LE LANGAGE DES PIERRES

ROBERT CARTER

LE LANGAGE DES PIERRES

*

Traduit de l'anglais
par Anne Paumier

LE PRÉ AUX CLERCS
FANTASY

Titre original : *The Language of Stones*

Publié par Harper Collins *Publishers*, Londres, 2004
www.harpercollins.co.uk

ISBN 2-84228-216-7
N° d'éditeur : 199
www.lepreauxclercs.com

Ce livre est dédié au plus grand Gallois vivant, Terry Jones.

Au commencement ils étaient neuf
Puis neuf devinrent sept
Et sept, cinq.
À présent, aussi sûr que les temps courent à leur perte,
Trois ne sont plus,
N'en reste qu'un.

Le Livre noir de Tara

PREMIÈRE PARTIE

UN ENFANT, UN HOMME

CHAPITRE PREMIER

L'adieu au Val

WILLAND, FILS D'ELDMAR, quitta les Hauts des yeux et dévala à toutes jambes le coteau pour regagner le village. La journée était chaude, le ciel sans nuage et l'herbe sous ses pieds, douce. Ses longs cheveux flottant au soleil comme des vagues de blé, il contourna un petit groupe de chaumières pour finalement entrer à l'Homme vert.

— Tilwin est arrivé ? s'enquit-il, dans l'espoir que le rémouleur serait déjà là, en train d'étancher sa soif.

Mais Chauve le Bon, tenancier du cabaret, lui fit signe que non. Aucune trace de Tilwin ni de sa meule. Will s'éloigna de quelques pas pour s'asseoir sur l'herbe.

Le soleil éclaboussait le lin blanc de sa chemise. On était bien, ici. Pâquerettes et pissenlits avaient envahi la prairie, à croire qu'elle avait su qu'il lui fallait revêtir ses plus beaux atours. Tous les ans, à la fête du Coucou, le temps était doux et ensoleillé. Il y aurait la course jusqu'à la pierre bitumeuse, les parties de balle au pied et tous les autres jeux d'adresse. Après cela, un grand feu de joie. On chanterait, il y aurait les danses, les divertissements et les joutes au court bâton avant de boire la soupe du dragon. Il en irait cette année de même qu'il en avait toujours été, et l'an prochain ce serait la même chose encore, et ainsi de suite à tout jamais.

Dans la vallée, ce jour inaugurait la saison du coucou ; c'était celui où l'on dressait le mât de mai et où tout le monde convergeait vers le grand pré pour prendre du bon temps. Mais Will savait qu'il ne pourrait en profiter — du moins pas avant d'avoir pu parler avec Tilwin. Son regard s'éleva vers ces épaulements qu'on appelait les Hauts et de nouveau une aspiration vague se saisit de lui. Cela n'avait cessé de croître, et aujourd'hui c'était comme si une corde invisible cherchait à extirper son cœur de sa poitrine. Voilà pourquoi il lui fallait avoir cette conversation avec Tilwin. Lui seul était capable de comprendre.

— Ohé ! Will !

D'emblée, il reconnut la voix, celle de Leoftan le Barbu, le forgeron. Deux nattes épaisses pendaient le long de sa joue gauche, comme deux cordes jumelles qu'on aurait plongées dans le goudron. L'homme portait, prise dans une ceinture, une chemise semblable à celle de Will, et un bonnet de laine rouge.

— Ton père te tressera les cheveux bientôt, pas vrai ?

Will eut un haussement d'épaules.

— C'est bien contrariant d'avoir treize ans quelques jours trop tard, juste après le premier mai.

Leoftan déposa la brassée de piquets de tente dont il était chargé.

— Oui, et il te faudra encore patienter presque une année avant de pouvoir t'aligner dans la course des hommes.

Will fit courir ses doigts dans ses cheveux blonds tout en jetant à la dérobée un coup d'œil vers les Hauts.

— Dis, Luffy, t'es-tu jamais demandé à quoi ça ressemble, là-haut ?

Le forgeron se redressa et lui lança un regard ahuri.

— Qu'est-ce que tu dis ?

— Une idée qui me passait par la tête. (Will désigna les Hauts d'un mouvement du menton.) Un de ces jours, il faudra que je monte y faire un tour, histoire de jeter un coup d'œil. Tu n'as jamais eu envie de savoir à quoi ressemble Nether Norton vu de là-haut, avec toute la vallée en contrebas ?

— Hein ?

Il y eut un silence gêné, mais Will n'en démordait pas. Une fois, il avait aperçu la petite silhouette d'un cavalier monté sur un cheval blanc, tout au loin, là où la terre épousait le ciel. Au printemps, on pouvait voir des moutons — par milliers — sous la conduite de chiens noirs, et quelquefois d'hommes aussi. Il les avait repérés bien souvent, mais quand il s'en était ouvert aux autres il les avait trouvés soudain silencieux, et Gunwold le porcher avait affiché un petit sourire narquois, comme s'il avait dit quelque chose qu'il ne fallait pas.

— Alors, Luffy ? Tu n'as jamais eu envie d'y monter, toi, sur les Hauts ?

Une ombre passa sur le visage de Leoftan.

— Pourquoi faut-il que tu t'entêtes à parler de ça ? Il paraît qu'il souffle un vent mauvais, sur ces hauteurs.

— Ah, c'est ce qui se dit ? Un vent mauvais ? Et qui est-ce qui raconte ça, Luffy ? Et comment est-ce que ça se saurait ? Moi, ce que je voudrais...

C'est alors qu'arriva Baldulf, gaillard de quatorze ans, bien en chair et plein d'assurance. Wybda Langue Pendue et deux ou trois autres l'accompagnaient.

— Tu devrais faire attention avec tes « je voudrais », Willand, intervint Wybda. On dit que les vœux des fous et ceux des rois se réalisent presque toujours.

Will la dévisagea, pas du tout démonté.

— Je ne suis ni roi ni fou. Tout ce que je veux, c'est aller là-haut et voir par moi-même. Quel mal y a-t-il à cela ?

Wybda avait emporté sa broderie. Elle avait sans cesse l'aiguille à la main, mais sur l'ouvrage les porcelets étaient trop dodus et les fleurs trop courtes sur tige.

— Tu ne sais donc pas que le peuple des fées te dévorera ?

— Que connais-tu du peuple des fées ?

De sa baguette de saule, Balduf cingla l'herbe à ses pieds.

— Elle a raison. Personne n'a rien à faire là-haut.

Gunwold sourit, de son sourire torve.

— Ouais, tout le monde le sait, Willand.

Les jeunes gens allaient passer leur chemin quand Leoftan demanda :

— Tu ne vas pas assister à la course des hommes ?

— Plus tard, peut-être.

Il les laissa aller. Il ne savait pourquoi, mais depuis quelque temps il se sentait mal à l'aise en leur compagnie. Il se demanda si cela avait quelque chose à voir avec le fait de devenir un homme.

— Il y a un chemin de transhumance qui parcourt les Hauts, fit une voix rocailleuse à son oreille.

Saisi, il se retourna : c'était Tilwin.

— Tu m'as fait sursauter.

Tilwin affichait un sourire entendu.

— J'en ai fait sursauter plus d'un, en mon temps, Willand. Mais ce que je te dis, c'est la vérité. Il y a plus de cinq mille ans qu'on fait passer des troupeaux chaque été sur cette piste. Eh bien, qu'est-ce que tu penses de ça ?

Tilwin était un homme de peu de mots, mais son savoir était grand. Il n'avait pas encore atteint l'âge mûr et, pour une raison connue de lui seul, ses cheveux noirs n'étaient pas tressés. Une fois l'an, il montait de Middle Norton se procurer quelque objet de première nécessité. Deux fois l'an, il prenait les chariots pour aller remettre la dîme, l'impôt villageois, à Ceux-qui-ne-voient-pas. Tilwin, qui n'avait pas son pareil pour affiler une lame, était le seul, à sa connaissance, à avoir jamais quitté la vallée.

— Qui sont les hommes qui mènent ces troupeaux ?

— Des bergers. Ils viennent de ce côté à cause de l'Anneau.

— Quel anneau ?

Le regard de Will glissa sur l'émeraude lisse que Tilwin portait au doigt, mais le rémouleur le détrompa dans un rire :

— Mais non, pas cette sorte-là. Tu ne sais pas qu'il existait des géants dans la contrée aux temps jadis ? Là-bas sur les Hauts se trouve l'Anneau du Géant. Un cercle de pierres levées. C'est un lieu de puissante magie.

Will sentit un frisson lui parcourir l'échine. Son cœur se serrait de nouveau. Peut-être était-ce l'appel de l'Anneau du Géant.

— De la magie... dis-tu ?

— Celle de la terre. Tout près de l'Anneau, se dresse Liarix Finglas, autrement dit la pierre du roi. Depuis des générations, chaque berger qui passe par là en détache un morceau, si bien qu'à présent elle est toute tordue, comme le pouce d'un géant.

— Vraiment ?

— Tu peux me croire.

— Et pourquoi les bergers font-ils ça ?

— En guise de porte-bonheur, qu'est-ce que tu imagines ?

Will ne savait que penser. La conversation lui avait mis l'esprit en feu.

— Rapporte-moi un fragment de cette pierre, veux-tu, la prochaine fois que tu monteras là-haut ?

— C'est donc ça que tu veux, maintenant ?

Tilwin avait une curieuse manière de s'exprimer, et quelquefois aussi une façon singulière, pénétrante, de vous regarder.

— Ah, mais tu m'as l'air bien assez chanceux comme ça, Willand. Disons, pas mal chanceux, jusqu'à présent.

L'étrange sensation étreignit de nouveau le cœur de Will. Ses yeux parcoururent la crête des Hauts en quête d'un signe, qu'il n'y trouva pas. Et quand son regard revint se poser alentour, Tilwin s'était évaporé dans la nature. Le temps d'un instant, il lui sembla que le rémouleur n'avait même jamais été là.

Will descendit en musardant et se posta sous l'enseigne peinte de l'Homme vert. Elle représentait une face enjouée — celle d'une créature du peuple des fées — verte comme une feuille et tout envahie de lierre. En l'honneur de la fête du Coucou, elle s'ornait de guirlandes d'aubépine en fleur.

Cuthwal était à l'intérieur — on entendait son violon — mais aucun signe d'Eldmar, le père de Will ; aussi s'éloigna-t-il pour s'asseoir un moment dans l'herbe et regarder passer les gens, qui affluaient du bas de la vallée. Puis ce fut la course des garçons, les encouragements et les cris tandis qu'une demi-douzaine de jeunes gaillards rivalisaient de vitesse à qui toucherait le premier la pierre bitumeuse.

Mais Will n'était pas d'humeur à encourager qui que ce fût. Leoftan avait parlé d'un vent mauvais, et un vent frisquet venait de se lever, et pas seulement sur les Hauts. Des nuées d'un gris métallique s'ourlaient et s'amassaient à l'ouest. Au début, les villageois parurent ne rien remarquer, mais quand le soleil disparut, deux ou trois levèrent le nez vers le ciel. Bientôt fanons et pavois se mirent à claquer et le faîte des grands hêtres de Pannage Woods commença de se balancer en bruissant. Parmi la foule, certains se prirent à frissonner. On aurait dit qu'il allait pleuvoir.

La musique cessa et les gens se hâtèrent d'aider, qui débarrassant les tréteaux, qui transportant les tables, tout en maugréant qu'on n'avait jamais vu cela car, de mémoire d'homme, jamais un bal du mât de mai n'avait été mis en déroute par la pluie. Will finissait de donner un coup de main quand un cri retentit. Se retournant, il vit le vieux Frithwold qui, tout gesticulant, remontait le chemin au pas de course.

— L'Ardent ! lança-t-il à bout de souffle, en atteignant l'Homme vert. La mort de mai me prenne si je mens. L'Ardent se promène en bas, par les sentiers !

— Allons, Frith, assieds-toi, et reprends tes esprits, fit calmement Bregowina, la femme du tenancier. Il n'y a point de sorciers par ici.

— Assieds-toi, je t'en fiche ! Ça l'est tout de bon, l'Ardent, puisque je te dis que je l'ai vu, par les chemins, au-dessus du Pré sanglant !

Baldgood se redressa de derrière ses barriques.

— Bah, c'est tout le cidre trouble que t'as bu, Frith !

— Non ! C'était l'Ardent, aussi vrai que je vis et que je respire !

On réussit à le calmer et le rangement reprit, jusqu'à ce que tout fût à l'abri, les portes remises dans leurs gonds. Il n'y avait pas à en douter : Frithold croyait ce qu'il disait ; il était blême et Will ne l'avait jamais vu à ce point bouleversé. Des groupes d'habitants de la vallée, la faux à la main, se concertaient à voix basse en jetant des coups d'œil anxieux vers le chemin. Will s'adressa à Chauve le Bon :

— Qui est l'Ardent ?

— Tu ne peux pas te rappeler, répondit l'autre, visiblement ébranlé.

— Dis-le-moi.

— C'est un étranger, qui vient par ici de temps à autre. Et l'on ne peut pas dire qu'il soit le bienvenu. La dernière fois, tu étais tout nouveau-né, probablement. C'était peut-être même avant ta naissance.

Cuthwal intervint :

— Nous, on n'aime pas ce personnage, ni ses façons. Et c'est pas d'aujourd'hui.

Will embrassait le chemin du regard, ne remarquant rien d'inhabituel.

— Et pourquoi donc ?

— Parce que c'est un *corbeau*, et qui n'apporte rien de bon.

— Mais tu n'as rien à craindre, Will, reprit Chauve le Bon. Il est pourchassé partout à cor et à cri. Nos solides gaillards vont le faire décamper ! À présent, tu ferais mieux de rentrer à la maison.

Will parcourut la prairie des yeux. Le ciel était chargé de nuages d'encre. C'était comme si la nuit était là. Alors l'averse creva. Le mât de mai oscillait, abandonné et misérable, pennons agités par le vent, qui avait forci et s'appliquait à saccager ce qui restait des bannières. Bregowina, plus imperturbable que jamais, alluma des bougies et ses fils barrèrent les portes. Ils finissaient tout juste quand Gifold N'a-qu'une-Dent et ses deux garçons se mirent à tambouriner contre le vantail pour qu'on les laissât entrer. À la façon dont ils portaient leurs fourches, on voyait bien qu'ils s'attendaient à des ennuis, mais personne ne les avait informés de ce dont il pouvait s'agir.

— À quoi ressemble l'Ardent ? demanda Will, sans obtenir de réponse.

Il croisa les bras. Pas de feu dans la cheminée, et l'éclairage de la salle commune se bornait à deux chandelles fumeuses dont la flamme tremblante était bien peu efficace.

— Je n'ai jamais vu de *corbeau.* Est-ce que c'est la même chose qu'un sorcier ?

— Aucun d'entre eux n'est très renseigné sur ce à quoi peut ressembler l'Ardent, Will.

Le garçon se tourna vers cette voix, venue du fond de la pièce. Dans un coin de pénombre se tenait, attablé, Tilwin. Il s'était trouvé une place où personne ne l'avait remarqué. Son chapeau était posé devant lui et il passait le pouce sur le tranchant d'un long couteau.

— Le seul homme de Nether Norton à l'avoir défié face à face, c'est Evergern le potier, et ça fait bien dix ans qu'il est mort.

— Qu'est-ce qui te prend, de te cacher comme ça dans le fond ? l'interpella Gifold, comme s'il s'adressait à un fantôme.

— Je m'occupe de mes affaires, Gif. Et tu devrais bien en faire autant.

Tilwin se pencha en avant et embrassa du regard le reste de l'assemblée.

— Je me suis glissé ici sans faire de bruit, mais oui, pendant que vous étiez tous à courir partout comme volaille à qui l'on a tranché la tête. J'aurais pu faire entrer une armée entière, vous ne vous en seriez pas même aperçus.

— Tu es un drôle de particulier, pour sûr, fit Chauve le Bon.

— Peut-être, mais laissez-moi vous dire quelque chose à propos de votre Ardent. Dans ce coin-ci de la vallée, vous le qualifiez ainsi, et vous dites que c'est un *corbeau.* D'autres, plus bas, l'appellent Merlin, ou plutôt maître Merlin, pour être tout à fait exact, même si ce n'est pas son vrai nom. Plus loin encore, du côté de Great Norton, ils le nomment Erilar et affirment que c'est un sorcier. Alors que du côté de Bruern, on l'affuble du nom de Finnygus et les gens lui amènent leurs chevaux pour qu'il leur pose des sangsues. Mais personne ne sait qui il est réellement, car il projette une lumière étrange, incomparable à celle d'une lampe. (Tilwin se pencha plus avant, et la lueur des chandelles révéla le bleu de ses yeux.) Il est profond en faits et en dits, notre ami l'Ardent.

Insondable comme le Kyle de Stratha. Et il a du mal à supporter les imbéciles. Alors, si j'étais vous, à supposer que quelque affaire le conduise par ici, je le laisserais la mener à bien sans m'en mêler.

Ils firent silence. Comme tous les autres, Will écoutait et ne pipait mot. Il ne comprenait pas grand-chose à ce qui s'était dit, mais le frisson d'excitation provoqué par les paroles de Tilwin lui avait hérissé les poils du cou.

— Et maintenant, assez parlé de ces choses-là, marmonna Chauve le Bon en émergeant de derrière son comptoir. Willand ! Il me semble que je t'avais dit de rentrer chez toi !

Will gagna la porte, mais après ce que venait de dire Tilwin, la maison lui semblait bien loin, par cette nuit noire. À vrai dire, le trajet n'excédait pas deux cents pas, mais il pleuvait toujours à seaux. Il risqua la tête au-dehors. L'eau dévalait le sentier. Là où, quelques instants plus tôt, les pieds soulevaient de la poussière, roulait maintenant un petit torrent. Il se jeta dans l'obscurité et partit en courant jusqu'à ce que la lumière de la taverne s'évanouît. C'est alors qu'il heurta un silex du bout du pied, se blessa l'orteil et faillit tomber. Sa chemise était trempée. Toutes les portes du village étaient closes, les volets solidement barrés.

« Et voilà pour l'accueil des beaux jours ! » songea-t-il, tout en sentant des brindilles craquer dans l'herbe sous ses pas. Ses mains, tendues devant lui, rencontrèrent l'écorce aux rainures profondes du grand chêne. Il s'arrêta pour tendre l'oreille. Au-dessus de sa tête, les feuilles crépitaient sous l'averse, et ce bruit avait quelque chose de sinistre, comme si l'arbre parlait tout seul.

Il secoua la tête pour chasser les gouttes tombées dans ses yeux et scruta les ténèbres en direction d'un faible rai de lumière qui filtrait de sous une porte. La maison. D'un pas trébuchant, il l'atteignit et bientôt ses doigts palpèrent la forme familière du loquet.

À son entrée, le courant d'air fit vaciller la lumière. Il vit Eldmar et Breona, ses parents, debout près de l'âtre éteint et, assis face à eux, un inconnu.

La silhouette était drapée dans une houppelande gris souris dont la capuche laissait le visage dans l'ombre. Le cœur de Will se mit à battre la chamade. Il allait parler quand son père lui intima d'une voix ferme :

— Monte te coucher, Willand.

— Mais, père...

— Will ! Fais ce que je te dis !

Jamais Eldmar ne lui avait parlé sur ce ton. À présent effrayé, il regarda ses parents tour à tour. Il aurait voulu aller près de sa mère, mais, voyant son père si intraitable, il lui obéit. Il monta l'échelle, les jambes tremblantes, et gagna directement son nid, dans le fenil. Là, il resta un moment étendu sur la paillasse qui lui tenait lieu de lit. Il régnait une atmosphère tiède et enfumée sous le toit. Cheveux collés au front, chemise plaquée sur le dos, il chercha à tâtons le contact réconfortant d'un solide fléau de bois, puis gagna aussi silencieusement que possible le bord du grenier, d'où il pourrait tout voir et tout entendre, se disant qu'au besoin il n'aurait qu'à repousser les claies en arrière pour sauter en bas et faire face à l'étranger.

Si ce particulier était bien l'Ardent, il n'avait toutefois rien du sorcier dont les autres avaient parlé. Il gardait posé près de son genou un bâton, façonné dans un bois merveilleusement lustré. Il possédait un visage pâle aux traits marqués, avec un long nez et une barbe plus longue encore, dont les poils avaient dû avoir, autrefois, la couleur du blé ou du cuivre ; à présent, ils évoquaient plutôt le pelage gris du blaireau. Il était emmitouflé dans un long manteau de coureur de chemins, fait de morceaux dépareillés et qui, à la faible lueur d'une chandelle de suif, semblait par instants presque sans couleur. La capuche laissait entrevoir une calotte, mais sous l'ourlet de l'ample robe serrée à la taille, les longues jambes étaient dépourvues de chausses, et il allait pieds nus. Des tendons saillaient à son cou, et parmi les charmes et amulettes qui bruissaient sur sa poitrine, il y avait le crâne d'un oiseau.

— On dit qu'il arrive souvent aux oreilles indiscrètes de surprendre des choses qui ne sont pas de leur goût, prononça l'étranger.

Sa voix était calme, mais elle portait. Elle renfermait un je-ne-sais-quoi qui évoquait à Will des contrées lointaines.

— Pourquoi ne pas nous laisser tranquilles ? murmura sa mère.

— Parce que des promesses ont été faites. Vous savez pourquoi je suis ici. Il me le faut.

À ces mots, Will sentit une étreinte glacée se refermer sur lui. Son univers, tout à coup, basculait et refusait de se remettre d'aplomb. Il entendit son père argumenter :

— Mais cela date d'il y a treize ans !

— Qu'importe le passage du temps, quand il s'agit d'un engagement ?

— Nous nous sommes mis à l'aimer, exactement comme vous aviez dit que nous le devions.

— Une promesse est éternelle. Avez-vous oublié quelle était la situation quand vous l'avez faite ? Vous et votre excellente femme étiez sans enfant, privés des joies de la paternité. Rappelez-vous à quel point vous désiriez avoir un garçon à vous ! Et puis une nuit, le troisième jour après la fête du Coucou, je suis venu à vous avec un petit de trois jours et c'en fut fini de votre souffrance.

— Vous n'avez pas le droit de nous le reprendre ! lança la mère de Will dans un cri.

Soudain, le personnage fit mine de se lever. Les parents de Will reculèrent d'un pas, tandis que la main du garçon enserrait plus fermement le fléau.

— Il n'est plus un enfant. Un enfant vous vouliez, un enfant je vous ai apporté. À présent, il est devenu un homme et je dois avoir ce fils de Beltane, ainsi qu'il était convenu. J'avais dit qu'il serait investi d'une mission, or nous y voici.

Un abîme de silence se creusa entre eux pendant quelques instants, puis l'étranger prononça des paroles absconses, sur quoi Eldmar et Breona inclinèrent la tête et ne firent plus de difficultés.

Là-haut dans son grenier, Will était au comble de la stupeur. Il commença à trembler. Il n'aurait su dire si cela tenait à la surprise, à la peur ou à quelque noir sortilège. Quand l'homme se mit debout, il resserra sa poigne sur le manche de l'outil, mais il n'avait plus à la main qu'une cuiller de bois.

— Faites descendre le garçon, intima l'inconnu. Expliquez-lui qu'il n'a rien à redouter de moi.

Eldmar appela et Will descendit l'échelle comme si ses bras et ses jambes étaient animés d'une volonté propre. Son père lui posa les mains sur les épaules, mais son visage ne trahissait rien d'autre qu'une grande douleur.

— Pardonne-moi si tu le peux, Willand. J'aurais dû avoir le courage de te le dire plus tôt.

— Me dire quoi ? fit Will dans un battement de cils. Je n'irai pas avec lui. C'est un sorcier, je n'irai pas avec lui !

— Il le faut, mon fils. (Le visage d'Eldmar était toujours aussi sombre.) Il y a treize ans de cela, nous avons donné notre parole. Nous avons juré de garder secrète la façon dont nous t'avions eu. Nous avons juré parce que nous voulions ardemment avoir un enfant à nous. Les années passaient, aux autres il venait des fils, mais à nous, jamais. Ton arrivée nous fut une bénédiction.

Will prit une profonde inspiration.

— Vous... vous auriez dû me l'avouer.

— Nous avions fait serment de n'en parler à personne, gémit Breona. Malgré cela, nous étions décidés à te mettre dans le secret, Will. Mais d'abord, tu étais trop petit. Par la suite, nous t'étions tellement attachés que jamais nous n'avons pu nous résoudre à la révélation qui aurait détruit notre foyer si heureux. Cela nous aurait brisé le cœur, tu comprends ?

Eldmar baissa la tête et Breona lui tendit la main. Elle avait les yeux pleins de larmes.

— Dis que tu nous pardonnes, Willand.

Will ravala ses larmes.

— Il n'y a rien à pardonner. Il n'est pas de meilleurs parents que vous.

— S'il vous plaît, implora Breona à l'adresse de l'inconnu. Ne pouvez-vous nous accorder encore un peu de temps ? Qu'il lui soit permis de rester un jour de plus, par miséricorde !

— Ce ne serait pas miséricorde, répondit l'étranger. De cela, je suis sûr, car il pourrait bien être l'enfant de la destinée, celui dont parle le *Livre noir*.

À ces mots, les yeux de Breona flamboyèrent. Elle se serait jetée sur l'étranger si Eldmar ne l'avait prise dans ses bras.

— Il est mon petit garçon et rien d'autre !

Will se vit incapable du moindre mouvement… Le personnage, allongeant le bras, toucha l'homme et la femme en proférant une formule accompagnée d'un signe au-dessus de leur front.

— Ne vous mettez pas martel en tête, ordonna-t-il. Vous êtes sans reproche. Vous avez fait tout ce qui vous était demandé.

Eldmar baissa les yeux au sol, sa femme laissa retomber les bras le long de son corps. Puis elle secoua la tête, de l'air de s'éveiller, et, le regard débordant de tendresse, serra Will dans ses bras.

— Il te faut enfiler une chemise sèche, fils. Je m'en vais te quérir ton meilleur pourpoint et te préparer un baluchon de fouaces pour le voyage.

Will recula, pris de peur.

— Que leur avez-vous fait ? s'écria-t-il.

— Garde ton calme, Willand. Ils ne se rappellent rien de leurs angoisses d'il y a un instant. Ils ont reçu du réconfort.

— Vous les avez ensorcelés !

— Je me suis servi d'une incantation. Elle n'est en rien néfaste.

Will voulut se jeter sur le visiteur, mais Eldmar le retint à bras-le-corps.

— Willand, calme-toi ! J'ai fait une promesse, mais c'est toi qui devras l'honorer. Il en va souvent ainsi entre père et fils.

Breona l'embrassa de nouveau et se dirigea vers le coffre à linge. Elle en sortit un cadeau d'adieu, un bijou gros comme le pouce fait d'une pierre verdâtre, veloutée, dont la forme figurait un saumon en plein bond, gravée d'un motif et d'une formule. Les mots, Will n'était pas en mesure de les déchiffrer, mais le motif consistait en trois triangles concentriques. Sa signification — s'il en avait une — était obscure.

— Cette pierre se trouvait dans ta couverture le jour où tu nous fus confié, expliqua Breona. Il est juste que tu la prennes à présent avec toi. Porte-la comme un talisman, car elle renferme tout l'amour d'une mère. Et puisses-tu, comme le saumon, nous revenir un jour.

Les yeux brillants, elle lui sourit. Il se jeta à son cou.

— Tu seras toujours ma mère, toujours !

— Je n'ai rien à te donner, dit Eldmar, mais je m'en vais faire une bonne chose avant que tu partes. Assieds-toi.

Quand Will se fut installé sur le tabouret, Eldmar lui prit une poignée de cheveux. De ses gros doigts qui semblaient pourtant malhabiles, il sépara les mèches et, les tressant d'une main sûre, obtint bientôt deux belles nattes.

— Et voilà, déclara-t-il en se redressant. À présent, tu es un homme.

CHAPITRE DEUX

Vers le royaume

ILS PRIRENT LA DIRECTION des Hauts sous la pluie battante, et Will se dit que le vœu fou qu'il avait formulé était en train de se réaliser, finalement. Il ne savait comment ni pourquoi ses pas le portaient, mais au bout d'un certain temps, le sentier foulé laissa place à l'herbe haute. L'étranger leur ouvrait la voie dans les sous-bois de Nethershaw. Les jacinthes, par milliers, jonchaient le sol alentour, mais les ténèbres les assiégeaient et il ne voyait rien. L'air était chargé du parfum pénétrant des végétaux et le calme de la nuit n'était troublé que par le bruit de l'eau. Les créatures à poil et à plume s'étaient tapies au plus profond des trous et des terriers, et rien ne bougeait.

On eût dit que ce voyage, quelqu'un d'autre le vivait à sa place. Sensation étrange, ses tresses d'homme toutes nouvelles venaient frapper sa joue humide. Il y porta la main et, à l'évocation de ses parents, les larmes lui montèrent aux yeux. Il trébucha dans l'obscurité et l'inconnu dit :

— Mesure ton pas, Willand, car nous avons un long chemin devant nous, cette nuit.

Leur progression régulière les mena en terrain dégagé. Bizarre comme les gouttes s'espaçaient désormais, et comme leur son semblait bruisser d'échos. Le sol sous les pieds avait la douceur des pâturages. Will n'avait jamais encore grimpé si haut, ni marché de nuit si vite et si loin. Le bonhomme ne prenait pas appui sur son bâton comme l'aurait fait un vieillard, il le brandissait devant lui. Il marchait à grandes enjambées, à croire qu'il se repérait dans l'univers nocturne avec la sûreté d'un chat.

Des questions par centaines assaillaient Will, concernant l'étranger. « C'est peut-être un sorcier, se dit-il en sentant sourdre la peur. Manifestement, il possède des pouvoirs, et il a prononcé une formule incantatoire sur mes... »

Ses pensées se détournèrent de Breona et d'Eldmar. L'angoisse qui lui tenaillait le ventre était proche de la frayeur, et en deçà rôdait une question qui le taraudait : si ce n'étaient pas Eldmar et Breona, alors qui étaient ses parents ?

« Je dois être sous l'effet d'un charme, se dit-il, ou alors pourquoi mes jambes suivent-elles cet homme contre leur gré ? » Il tenta de résister, mais rien à faire. À l'arrière-plan de sa conscience, s'agitaient des terreurs sans nom.

— Qu'est-ce qui ne va pas ? fit l'inconnu en se retournant.

Will aurait voulu poser la question redoutable, mais ne put que bredouiller :

— Est-ce que... est-ce que nous allons vers l'Anneau du Géant ?

L'autre fut plus proche soudain, dans l'obscurité.

— Que sais-tu de l'Anneau du Géant ?

— Mais... rien.

— Alors, pourquoi as-tu peur ? Tu es attiré par son pouvoir ? Réponds-moi ! (Le bonhomme lui agrippa le bras.) Que sais-tu à son sujet ?

— Je sais seulement que tout près se trouve une pierre dont les bergers prétendent qu'elle porte bonheur.

La voix de l'inconnu se fit plus douce et il partit d'un rire soudain.

— Pardonne-moi si je t'ai effrayé, Willand. Ce n'est pas là que nous nous rendons. Et pour ta gouverne, ce n'est pas un lieu de sacrifice rituel, où les gens avaient la tête tranchée ou étaient enterrés vivants, comme tu sembles enclin à le croire.

Will sentit son cœur lui cogner dans la poitrine à cette étrange réponse, mais déjà une part de sa peur s'était changée en détermination. Ils reprirent leur chemin, franchirent un léger ressaut et gagnèrent, passé le sommet, des terres qui s'inclinaient vers l'ouest. Quelque temps plus tard, ils contournèrent un hameau endormi qui ne pouvait être que Norton-le-Haut, lieu légendaire que les habitants de la vallée évoquaient rarement. Un chien courant aboya au loin, appel sourd et plaintif que l'écho reprit.

Enfin, Will, chancelant, dut s'arrêter. Il essuya ses yeux, ruisselants de pluie, tout en essayant de scruter, en arrière, la distance parcourue. Ils étaient à présent sur un autre chemin, plat cette fois, qui franchissait les Hauts de part en part.

L'inconnu se retourna.

— Quoi encore ?

— Je suis... J'ai peur.

Il eut un mouvement de recul quand l'autre tendit le bras pour lui toucher l'épaule, mais cette fois ses paroles étaient sans équivoque.

— Je ne prétendrai pas que tes craintes sont injustifiées. Cette nuit est la plus dangereuse de ta courte vie. Mais je ferai tout ce qui est en mon pouvoir pour te protéger.

Will avait quelque chose sur le cœur et il ne put se contenir :

— Eh bien, si vous êtes si fort, pourquoi n'utilisez-vous pas quelque sortilège pour nous mener là où nous nous rendons, quel que soit l'endroit ?

Le bonhomme s'immobilisa et le dévisagea un long moment avant de lâcher :

— Parce que la magie doit être utilisée avec parcimonie, et qu'il faut toujours en mesurer les avantages et les inconvénients. Elle doit être invoquée, non pas convoquée, et respectée, mais jamais traitée avec négligence. Si l'on doit y recourir, c'est avec sincérité et le cœur pur. Écoute-moi, Willand ! Je fais tous mes efforts pour te conduire en lieu sûr. Mais il se pourrait que nous n'y parvenions pas si tu décides de me défier. Et plus tu résistes, plus grand est le danger.

L'étranger parut soudain plus vieux que vieux, un sage habitué à parler d'importance, à prononcer des paroles de poids devant des hommes d'exception, plutôt qu'à déployer des manières enjôleuses pour amener de jeunes gaillards à lui emboîter le pas dans la nuit. Will, maussade, fixa le sol devant lui :

— N'y a-t-il pas... de géants, là-haut ?

Son compagnon eut un léger rire.

— Des géants ? Qui donc peut bien t'avoir raconté ça ? Ah ! Voyons voir. Ce serait bien Tilwin, notre grand voyageur.

Will en fut bouche bée.

— Alors, vous le connaissez !

— Je connais tant et tant de gens. Ainsi, Tilwin a dit me connaître ?

C'était plus qu'une question et Will ne jugea pas nécessaire d'y répondre. Il serra les dents, luttant toujours contre la force impérieuse qui obligeait ses jambes à avancer.

— Vous ne m'avez toujours pas dit où nous allions.

— Le moins tu en sauras, le mieux ce sera — jusqu'à ce que nous touchions au but.

— Et c'est loin ?

— Quatre lieues encore cette nuit, trois à vol d'oiseau, et nous arriverons à un sanctuaire. (Il baissa la voix d'un ton :) Tâche d'être plus serein, Willand. Un jour viendra où tu n'auras plus peur des géants — mais il va nous falloir travailler dur si nous voulons nous assurer que tu vives jusqu'à ce moment-là.

La voix de l'étranger avait l'éclat de la foudre, tout à la fois excitante, réconfortante et terrifiante. « Certes oui, ce doit être un fameux sorcier, se dit Will. Qui peut parler de la sorte, sinon un tel personnage ? » Mais quatre lieues ! C'était une trotte ! Dans la vallée, une seule vous menait déjà de Nether Norton à Overmast en passant par Pannage, et retour. Couvrir quatre lieues d'une seule traite, cela semblait proprement inimaginable.

« Mais il n'est pas question que je le suive. Je vais mettre sa magie à l'épreuve, pensa Will, opiniâtre. Je saisirai l'occasion. J'attendrai qu'il soit absorbé dans ses pensées, puis je me laisserai distancer insensiblement, et je ferai demi-tour au pas de course. Il ne me trouvera pas, car je ne rentrerai pas chez moi, non ! Je patienterai jusqu'à la première lueur du jour pour descendre en courant jusqu'à Overmast, et alors je me cacherai à l'intérieur du chêne Goulu. Il ne m'y dénichera pas.

Mais une poigne ferme le saisit par le col et le tira en avant.

— Ne lambine pas, je t'en prie. N'ai-je pas été assez clair, à propos des dangers que tu cours ?

Will tenta de se libérer de la main qui le tenait.

— Vous essayez de me lancer un sortilège, à me chuchoter vos formules de sorcier.

— Alors, je suis sorcier, c'est ça ?

— C'est un sort que vous m'avez jeté. Je sens bien ses effets sur mes jambes !

— Et que sais-tu de la magie ? Dans ton village, vous n'avez pas même une sage-femme !

— Je sais que les sorciers sont le mal !

L'inconnu tarda à répondre, puis il soupira, et son souffle se mêla à l'air humide :

— Ne me parle pas du mal, car tu ignores de quoi il s'agit. Crois-moi, ta vie et celle de milliers d'autres dépendent peut-être de ton obéissance, cette nuit. Allons, suis-moi de ton plein gré ou il me faudra prendre des mesures.

Will n'en crut pas un mot, mais il ne pouvait rien faire sinon poursuivre sa marche dans le clair-obscur en attendant de saisir sa chance.

Il finit par articuler :

— Au village, on dit que vous êtes un corbeau et que votre nom est l'Ardent.

— L'Ardent est une appellation comme une autre, pourquoi pas ? Les hommes de haut lignage utilisent depuis longtemps ce mot de *corbeau* pour désigner les errants comme moi, mais les gens de Nether Norton ne font pas la différence entre un corbeau et une scie de charpentier.

Il n'était guère plus avancé.

— Mais ce n'est pas votre nom.

— J'en ai un vrai, mais il ne convient pas qu'on l'apprenne.

— Pourquoi cela ?

L'inconnu haussa le sourcil.

— Parce que s'il venait à la connaissance de mon ennemi, je tomberais en son pouvoir.

— Et des ennemis, vous en avez beaucoup ?

— Un, seulement.

« Que voilà une réponse prudente », songea Will.

— Et de qui s'agit-il ?

— Parfois il use du nom de Clinsor, d'autres fois de celui de Masgull. Mais ni l'un ni l'autre n'est le véritable, pas plus que le mien n'est Gwydion.

Will se saisit de cet indice au passage.

— C'est ainsi que je devrai vous appeler ?

— Finaud ! fit le sorcier dans un rire. Allons, je m'en vais te mettre l'esprit en paix. J'ai porté bien des noms — Erilar, Finegas, Tanabure, Merlin, Laeloken, Bresil, Tiernnadrui —, mais tu devras me nommer comme les présents seigneurs de ce royaume quand ils parlent de moi : maître Gwydion.

— Maître Gwydion, répéta Will, satisfait. (Puis, avec emphase :) Maître Gwydion le sorcier !

— Ne plaisante pas avec ça.

La défense était formulée d'un ton calme, mais Will y perçut un avertissement solennel.

— Et pourquoi pas ? Vous pratiquez la magie. Vous ne vous en cachez pas. Vous êtes donc sorcier.

Gwydion approcha au plus près du visage de Will.

— Essaie de te rappeler que les mots comptent. Ils ont une signification bien précise. Je ne *pratique* pas la magie, Willand. On ne l'exerce pas. Rien à voir avec ces démonstrations spectaculaires de conjuration ; la magie, c'est ce qui relie les éléments du monde. Et ne me désigne jamais du nom d'enchanteur, sorcier ou magicien — ces termes sont prompts à induire en erreur les gens simples et peu instruits. Ils peuvent causer des ennuis.

Will se prit le pied dans un terrier de lapin et faillit tomber.

— Je voudrais qu'il s'arrête de pleuvoir ! Je n'y vois rien !

— Des vœux ! Chacun des sortilèges que je déploie cette nuit doit être dissimulé du mieux possible, mais nous pouvons peut-être essayer d'user d'un peu de lumière féérique, au moins quelque temps, sans trop de risque d'être remarqués, grommela Gwydion.

Il murmura quelque mots inaudibles, prit entre ses mains la tête de Will et, entre ses pouces, essuya l'eau de son visage. À l'instant, Will se sentit comme grisé, et il lui sembla qu'une lueur se faisait dans l'herbe mouillée alentour ; elle évoquait la rosée prise dans une toile d'araignée, comme le poudroiement du clair de lune à la surface d'une prairie. Puis il se rendit compte qu'il n'avait pas ouvert les yeux. Cette merveille le laissa bouche bée, mais grandement effrayé, cependant, de ce qui lui arrivait.

« Suis-je en train de rêver ? », se demandait-il, tandis que la pluie diminuait de force. Quelques instants plus tard, elle avait cessé tout de bon. Mais pas comme il en va d'ordinaire. Chacune des gouttes resta suspendue en l'air, à croire qu'elles avaient oublié comment s'y prendre pour tomber. Il sentit, en passant au travers, le choc doux de l'eau en suspens contre son visage, telle une buée enchantée. Et soudain, cela se remit à tomber, mais tout doucement.

Là-haut dans le ciel, les nuées commencèrent à se dégager, révélant une multitude d'étoiles vertes scintillantes. Will perçut l'appel familier d'un chat-huant, et dans l'air nocturne le rapace vint sur eux, silencieux, tout blanc, de belle envergure et le vol incroyablement lent, comme s'il traversait à la nage l'atmosphère humide. Les gouttes volaient en éclats sur sa trajectoire et il passa si près de Will qu'en tendant la main, celui-ci eût pu l'effleurer. Avant qu'il s'évanouisse dans la nuit, il eut le temps de distinguer dans le moindre détail le splendide plumage de ses ailes. La vue de l'oiseau le laissa sidéré, mais l'instant d'après ils avaient repris leur marche et c'était comme s'ils avaient quitté en rêve la contrée de la pluie enchantée, car à présent le sol était pierreux, accidenté, sec et poussiéreux. Le bâton du sorcier frappait un rythme à trois temps, toc, toc, toc, sur ce qui semblait désormais un vrai chemin. Will, dans la lueur ténue qui flottait encore sur les terres, s'y engagea sans se hâter ; la tête lui tournait, il avait l'esprit en ébullition. Aucun doute : il était sous le charme d'un autre sortilège, se dit-il. N'était-ce pas une raison supplémentaire de se défier du dangereux étranger ?

Et pourtant, s'il disait vrai à propos de ce danger plus grand encore ?

— Qui est Beltane, finit-il par demander. Que vouliez-vous dire quand vous avez parlé de « ce fils de Beltane » ? Beltane est-il mon véritable père ?

Gwydion grommela : la question semblait l'amuser. La lune en croissant s'était levée à l'orient, grande, basse, rougeoyante.

— Tu en as, des choses à apprendre. Beltane n'est pas une personne, mais un jour qui se situe entre l'équinoxe de printemps et le solstice d'été. Il correspond, dans la vallée, à ce que vous appelez la fête du Coucou et que d'autres appellent le jour de Mai. C'est un jour à part, celui qui t'a vu naître.

— Qui sont mes vrais parents ?

Il l'avait dit presque sans y penser, et voilà que c'était sorti, comme on retire une écharde.

— Dites-le moi, je vous en prie.

— Willand, je ne le puis.

— Mais il le faut !

— Je l'ignore.

— Je ne vous crois pas !

— Je ne mentirais pas là-dessus.

Mais Will ne se résignait pas.

— Où m'avez-vous trouvé, alors ? Dites-le moi.

Gwydion parut d'abord se refuser à répondre, puis il déclara :

— Quand je t'ai déniché, tu n'avais qu'un jour ou deux.

— Mais où m'avez-vous recueilli ? Qui était là ?

L'étranger suspendit son pas.

— Il n'y avait personne, Willand. Tu avais été abandonné là pour mourir.

L'onde de choc de cette réponse lui glaça le cœur. Tandis que le sorcier se retournait pour reprendre la route, Will restait hébété et transi. Comment pouvait-on abandonner un nouveau-né à la mort ? Quelle raison à cela ? Qu'est-ce qui n'allait pas chez lui ?

Gwydion revint sur ses pas, traça un signe au front de Will en murmurant quelques mots souverains, si bien qu'il sortit de son hébétude, tandis que se dissipaient les questions qui l'avaient tourmenté. Il reprit le voyage, après cela, comme en état d'apesanteur dans la nuit feutrée. Il regarda la lune se lever, toujours plus haute vers le sud-est. Elle perdit peu à peu sa teinte rosée pour prendre la blancheur de la craie dans un ciel limpide et constellé d'étoiles. Une clarté grise s'insinuait depuis quelque temps, venant de l'est, et Will, après avoir fermé les yeux de nouveau, constata que la lumière féérique avait disparu.

Il eut tout loisir d'admirer l'horizon bas et plat : le ciel était tellement plus vaste sur les Hauts que dans le val. Les terres s'étendaient à perte de vue. On avait l'impression de se tenir plus droit, de respirer plus profondément. Son regard épousa ce qu'il avait devant lui. Dans le lointain, le sol brun et fertile avait été labouré et planté. À moindre distance, se dressait une arête légère, suivie d'une déclivité. Le terrain, au sud, s'ouvrait en une large vallée dont les flancs remontaient sur le versant opposé, où se devinait une forêt. L'aube se précisait de seconde en seconde, et cette puissance allait bientôt darder d'incoercibles rayons qui viendraient fouiller les moindres recoins. Déjà, les premières lueurs permettaient de distinguer, de part et d'autre du chemin, des joyaux enchâssés dans l'herbe, pierre pâle habillée d'une fine couche de terreau et drapée dans un manteau vert. Il y avait tout ce qu'il fallait de bosquets, et quantité de parcs à moutons dans les parages, où un jeune homme décidé à prendre la poudre d'escampette aurait pu trouver à se cacher…

À cette pensée, Will rassembla ses esprits. Il avait presque abandonné l'idée de s'échapper. Bien qu'il eût marché toute la nuit, il ne sentait ni faim ni fatigue. Mais les choses étaient en train de changer. La lumière de féerie s'en était allée, et de même l'étrange sensation dans ses jambes commençait de s'estomper. Ses nattes se balançaient contre sa joue, d'un mouvement plein d'énergie ; il y porta la main. Vrai, le royaume était un territoire bien plus vaste, bien plus étrange qu'il eût jamais pensé.

« Je ne pourrai jamais retouver le chemin du retour si nous avançons encore, songea-t-il. C'est maintenant qu'il va me falloir tenter ma chance, avant qu'il ne soit trop tard ! » Mais, prudent, il se mit lui-même en garde : « Certes, jusqu'alors ce maître Gwydion ne m'a pas fait de mal, mais il est bien plus dangereux qu'il ne cherche à le paraître. Je parie, cependant, qu'il ne court pas si vite que moi, et qu'en plein jour il a la main moins sûre avec ses sortilèges. Je vais choisir mon moment, et puis au trot ! Avec un peu de chance, et si son capuchon veut bien rester sur sa tête, il ne me verra même pas filer. »

Il jeta un coup d'œil à gauche, à droite. L'antique chemin de transhumance, qui sur les Hauts allait large et droit, était tout déchiqueté. Il y avait maints pas à franchir qui étaient de la hauteur d'un homme, et le tracé choisissait de préférence les parties accidentées, là où le sol était le plus friable. Dans l'herbe, les crottes de moutons voisinaient avec les terriers de lapins. Des pierres grises surgissaient ça et là le long de la piste, et Will prit autant de distance qu'il l'osa, tout en se demandant si ces blocs n'étaient pas les restes de maisons de géants bâties autrefois le long de l'ancienne route. Tilwin avait dit, un jour, qu'au-delà de la vallée se trouvaient des bâtisses et des châteaux, étonnantes ruines qui dataient du temps des premiers hommes...

Refusant d'y penser davantage, Will tira soudain sa révérence et dévala la pente à toute vitesse. Une fois hors de vue, il courut le plus vite qu'il put, sautant comme un lièvre au-dessus des touffes d'herbe, se retournant à plusieurs reprises pour s'assurer, pardessus son épaule, que le sorcier ne s'était aperçu de rien. Quand il en fut certain, alors seulement il plongea derrière un tertre, où il s'aplatit de toutes ses forces contre le sol.

De sa position, il pouvait voir l'endroit où débouchait la boucle du chemin, et il ne fut pas long à repérer la minuscule silhouette sombre, au loin, enveloppée dans sa houppelande et apparemment plongée dans ses pensées. Il exultait. « Il ne me trouvera plus, désormais », se dit-il, étendu sur la mousse et cherchant à retrouver son souffle. Ses vêtements étaient encore trempés et une certaine fatigue commençait à se faire sentir dans ses articulations, mais peu lui importait. Il était libre. Il resterait tapi jusqu'à ce que le sorcier fût parti. Alors, il trouverait moyen de rentrer à la maison.

Il songea à ouvrir le paquet de fouaces serré sous son paletot, puis se ravisa. Il serait peut-être content de le trouver plus tard : la journée n'était pas finie. Mais la seule pensée des galettes le fit se souvenir de Breona et le sentiment de solitude s'insinua en lui.

« Elle n'est pas ma mère, pensa-t-il. Même si je ne vois guère comment la vraie aurait pu me manifester plus d'amour. »

Il sortit le talisman en forme de poisson et le prit, face au-dessus, entre ses doigts. Il ne pouvait lire ce qui était écrit, et pourtant le seul fait de le toucher était déjà un réconfort. Ses sentiments envers Breona et Eldmar n'avaient pas changé, mais à présent, là où tout n'avait été que certitudes, s'ouvrait un gouffre de questions.

Un merle en quête de son petit déjeuner lui jeta un coup d'œil circonspect, bordé de jaune, et commença à l'invectiver comme s'il eût été un chat. Will lui enjoignit de se taire, mais l'oiseau s'enfuit avec force cris de détresse, et Will se demanda si le sorcier était assez sur ses gardes pour avoir remarqué le tapage. C'est alors que le sol commença à trembler, à se déchirer. En se retournant, il vit une forme gigantesque, de couleur gris-vert, qui commençait à s'extraire d'un endroit qu'il avait pris pour un petit tertre. Celui-ci avait l'aspect d'un dos d'homme, mais avec des épaules larges comme une porte de grange, et la peau répugnante et verruqueuse d'un crapaud. La terreur saisit Will et referma sur lui son étreinte. Il voulut hurler, mais l'air était déjà saturé de grognements.

La créature se mettait debout. Elle s'arracha à sa tanière comme un rocher que l'on extirpe du sol et continua de grandir jusqu'à être aussi haute que le mât de mai. Ses deux immenses jambes avaient chacune la circonférence d'un chêne. Et le corps était à l'avenant, avec deux bras puissamment musclés ; mais le plus épouvantable, c'était la tête chauve, atroce, les traits taillés à l'emporte-pièce, avec une bouche où se bousculaient des dents inégales, terreuses, le sourcil proéminent et les yeux globuleux, pénétrants.

Will ne pouvait ni se redresser ni courir ; il restait là, pétrifié, au point que le plus infime réflexe de survie lui manqua. Mais comme le monstre se dirigeait sur lui, il fit, dans un jappement, des pieds et des mains pour tenter de fuir. Ses bras et ses jambes ne le portaient pas assez vite, et c'est alors que la chose darda sur lui un œil cruel. Dans un rugissement profond, elle approcha. Chacun de ses pas faisait trembler la terre. Elle vint si près que Will respira la puanteur de son haleine et sentit ses mains passer tout près.

Il réussit à échapper à ces pattes qui battaient l'air. Il fila à toutes jambes le long du chemin, sans jamais s'arrêter, certain que si le monstre l'attrapait, il le dévorerait tout vif. Dans sa course, ses tresses battaient contre son oreille. Quand enfin il se risqua à jeter un coup d'œil en arrière, il vit qu'un énorme rocher avait été arraché du sol, propulsé dans les airs et rebondissait à l'aveuglette tout près de lui, comme la boule d'un gigantesque bilboquet. Finalement, il reprit son emplacement initial, l'endroit exact d'où, quelques instants auparavant, il avait manigancé sa tentative de fuite.

Quand Will aperçut, au loin, la silhouette du sorcier sur la crête de la colline suivante, il vola vers lui. Le bonhomme marchait d'un pas égal, que rythmait le toc, toc, toc de son bâton sur les pierres. Le cœur battant, hors d'haleine, Will l'avertit dans un cri :

— Maître Gwydion ! Maître Gwydion ! (Ses mains s'accrochèrent aux pans de la houppelande mille fois rapiécée et les mots se bousculaient dans sa bouche :) Un gé... Un gé... Un géant !

Le vieillard fit halte, posa la main sur la tête de Will et sourit.

— Alba ne te fera aucun mal, aussi longtemps que tu ne cherches pas à nuire à ce qui lui tient à cœur.

— Il... Il essaie de me tuer !

— Alors, reste près de moi, car je suis son ami. Un jour, tu seras content que la chair de cette contrée soit la sienne. Mais maintenant, viens. Le jour nouveau est plus clair déjà, et il nous faut encore atteindre le pont de la Bonne Étoile.

Gwydion reprit sa marche, tranquille comme devant. Mais Will était encore aux prises avec sa frayeur. Il la sentait lui fouailler les entrailles, pourtant il trouva le courage de regarder de nouveau en arrière. Il n'y avait plus rien de remarquable à présent, sinon l'ombre un peu longue, peut-être, d'une légère excroissance du terrain projetée sur le chemin par le soleil levant. Quant au gigantesque rocher qui avait été utilisé comme projectile contre lui, il était là, debout, solitaire, avec l'air d'être installé au bord du chemin depuis plus de cinquante générations.

« C'était une ruse ! se dit Will dans un soudain accès de fureur. Juste une ruse de sorcier malfaisant ! Et j'y ai cru ! »

Mais une part de lui n'en était pas si sûre que cela, si bien que, pressant le pas, il suivit le vieil homme.

CHAPITRE TROIS

Vers la tour de Lord Strange

On était maintenant en fin de matinée, et ils n'avaient rencontré personne en chemin. « Il doit pourtant y avoir des habitants dans les parages, songeait Will, car quelqu'un doit bien cultiver ces champs, et j'ai aperçu, ici ou là, un toit de chaume dans le lointain. Peut-être empruntons-nous à dessein le chemin le plus écarté. »

Ils descendirent des Hauts et progressaient depuis quelque temps dans la vallée, quand Will s'arrêta.

— Je ne peux faire un pas de plus, fit-il d'une voix exténuée.

Le sorcier semblait réticent à s'arrêter en cet endroit. Il dévisagea Will sans aménité.

— Nous nous reposerons. Mais pas ici.

Il fit alors une chose curieuse : il sortit de sa manche une petite baguette et la fit tourner au-dessus du sol, allant et venant comme s'il testait quelque chose, jusqu'à ce qu'ils se fussent éloignés d'une centaine de pas. Il vit que Will l'observait.

— Ne t'inquiète pas, dit-il, ce n'est jamais que de la voyance. Tu remarques comme la baguette de coudrier bouge ? Elle m'aide à sentir la puissance dont l'influx court sous la terre.

Will ouvrit de grands yeux, sans mot dire, et Gwydion reprit son ouvrage. Il finit par leur trouver un endroit à son goût, un enclos oblong d'herbe broutée de la taille du pré communal de Norton. Il était ceinturé par un talus herbeux à peine plus haut qu'un homme. Des pierres dressées patinées par le temps en gardaient les quatre extrémités, érigées comme des dents grises. Will se demandait qui pouvait bien avoir travaillé à l'édification d'un tel endroit, car comme pâturage, cela ne devait pas valoir grand-chose. Mais quand il se fut laissé pénétrer par l'atmosphère du lieu, il eut la révélation qu'il s'agissait d'un très ancien site, qui imposait le respect. C'était vraiment bon d'être assis, tandis que les hirondelles croisaient et voltigeaient haut dans le ciel, mais en même temps, il percevait l'écho de faits lointains — des événements tragiques — qui semblait courir sous la terre.

Gwydion l'observait attentivement.

— Il y a longtemps, Willand, cet endroit était une fameuse place forte. C'est ici que, il y a quatre-vingts générations de cela, Memprax le tyran conspira avec son frère, Malin, pour gagner le royaume. Et quand il l'eut conquis, il assassina Malin dans son sommeil et régna en despote. Je m'en souviens comme si c'était hier.

Will dévisagea le sorcier d'un air abasourdi, car qui, sinon un immortel, pouvait se rappeler les événements survenus à quatre-vingts générations de distance ? Cette idée le mettait mal à l'aise. Il défit le paquet de fouaces, choisit la plus petite pour lui-même et tendit l'autre.

— C'est très gentil de ta part, fit Gwydion. En retour, je t'offre ceci.

Il ramassa un caillou et le lui présenta.

— Qu'est-ce que c'est ?

— Comme tu vois, un caillou. Mais il est très joli. Tu ne crois pas ?

— Vous vous moquez de moi ?

— Et pourquoi donc ? C'est ta récompense. Tu t'apercevras qu'il te fait le même usage qu'un denier d'argent, car ceux qui y attachent de la valeur le regarderont comme tel.

— Vous vous moquez, c'est certain. Ou alors vous êtes fou.

Le sorcier haussa les épaules :

— Si c'est ce que tu penses, tu n'as qu'à le jeter.

Mais Will décida de mettre le fragment de roche dans sa bourse.

Le soleil commençait à chauffer et Gwydion rejeta son capuchon en arrière, découvrant un front haut et la calotte ajustée de lin gris qui enserrait une longue chevelure dénouée. Son visage aussi était long, et ses yeux sombres profondément enchâssés sous d'épais sourcils. C'était une figure aimable. Il portait une barbe de vieillard, et pourtant il semblait impossible de lui donner un âge.

Quand il eut fini la fouace, il sortit sa baguette de coudrier et reprit ses opérations de divination autour des pierres. En dépit de tout ce qui s'était produit, Will ne pouvait se résoudre à penser du mal de lui. Au soleil, il avait l'air d'un pitoyable vieillard, rien de plus, accablé du poids de trop nombreux soucis. Peut-être, après tout, disait-il la vérité depuis le début. Et peut-être que ce ne serait pas si désagréable de se faire, pour quelque temps, l'apprenti d'un sorcier.

Quand Gwydion s'aperçut que Will l'observait, il lui fit signe d'approcher.

— Je suis en train de lire la pierre.

— Vous êtes vraiment fou.

— Et tu dois vraiment faire attention à ce que tu dis.

— Comment ça, la lire ?

— Avec mes doigts. Je veux voir si c'est une batailleuse. (Il en faisait prudemment le tour, tout en en caressant la surface du bout des doigts.) Te voilà plus renseigné, maintenant ?

— C'est quoi, une pierre batailleuse ?

Gwydion se redressa avec un sourire ironique.

— Il n'y a peut-être pas de mal à ce que je te le dise. Je veux savoir si c'est l'une de celles qui apportent la guerre dans le royaume.

Will esquissa une grimace de surprise mais ne dit rien.

— Oh, tu n'es pas le seul à n'en rien croire ! Toutes les pierres levées sont choses puissantes et précieuses. Elles ont été posées il y a très longtemps par les fées, ou bien encore par des mages qui avaient une part de leur science. Il n'y a que des fous pour avoir tenté de les bouger depuis.

Will observa le roc d'un œil critique. C'était un grand bloc gris marqué par les âges, beaucoup plus haut que large, et qui n'avait rien de remarquable. Il y posa les mains : la surface en était agréablement tiède.

Gwydion eut un sourire.

— La plupart des pierres sont bénéfiques pour la terre, comme celle, bitumeuse, qui rend la prairie de ton village si luxuriante et les moutons qui y paissent si opulents ; mais certaines sont loin d'avoir ces qualités. Les pires d'entre elles furent faites au vieux, vieux temps, dans le but d'inciter les hommes à la guerre. C'est pourquoi on les appelle les pierres batailleuses.

— Et celle-ci en est une ?

Gwydion eut un soupir.

— En vérité, je ne peux pas affirmer à coup sûr que tel spécimen en est une et tel autre non. Tenter de les découvrir est devenu ma tâche et mon fardeau ; mais jusqu'à présent, j'ai échoué.

— Échoué ?

— Il y a un certain tour de main que je n'ai pas. Les fées savaient parfaitement comment protéger le lorc contre la voyance.

Il tapota la pierre qu'il venait d'examiner.

— Mais au moins, nous n'avons pas à nous préoccuper de celle-ci, car elle porte un signe qui me dit qu'elle est sans danger.

— Un signe ? Où cela ? Faites-moi voir !

Gwydion lui lança un regard amusé.

— Crois-tu que tu serais capable de le discerner ?

Will enregistra les paroles de Gwydion sans répliquer, puis lança :

— C'est quoi, un lorc ?

— C'est comme un réseau de courants telluriques qui circule à travers le sol. Les pierres batailleuses s'en nourrissent et...

Il se tut soudain, et Will se rendit compte alors que les alouettes tout là-haut avaient cessé leur chahut. La sensation presque palpable d'un danger imminent plana au-dessus d'eux, tandis que Gwydion examinait les alentours d'un regard aigu.

— Tu as senti ?

— Quoi ?

Mais le sorcier se contenta de hocher la tête et se remit aux aguets.

— Viens, souffla-t-il en se coulant prestement sur le chemin. Il nous faut filer d'ici. Par mon ombre, quel temps nous avons perdu ! Nous aurions dû avoir franchi le pont de la Bonne Étoile et être déjà passés dans la forêt de Wychwoode !

Tandis que Will s'élançait à sa suite, il sentit augmenter l'impression de danger. Gwydion se comportait comme s'ils avaient à leurs trousses quelque chose de vraiment terrifiant, mais quant à lui, il ne vit ni n'entendit aucun signe de poursuivants. Enfin, ils pénétrèrent sous le couvert d'un fond de vallon boisé, et les craintes de Will se dissipèrent peu à peu. Les eaux de la Bonne Étoile cascadaient entre les pierres et scintillaient sous les frondaisons de hêtres, de chênes et d'ormes. Un muret serpentait d'une rive à l'autre et conduisait à un pont de pierre qui avait dû voir passer du monde. Là-bas, sur l'autre rive, on distinguait une femme debout sous un saule. Elle était belle, élancée, drapée de blanc et pourtant triste. On eût dit qu'elle venait de pleurer. Elle regarda Will approcher et tendit vers lui la main dans un geste de désir, ou de nostalgie, mais le sorcier lui intima brutalement de ne pas lambiner, et quand il leva les yeux de nouveau, l'inconnue était partie.

Comme ils poursuivaient leur chemin sous les ombrages, il s'enquit de qui elle était et pourquoi elle pleurait. Mais Gwydion lui jeta un regard désapprobateur et lui dit, pour toute réponse :

— Sous ce saule, là ? Je n'ai remarqué personne.

Will se retourna pour en avoir le cœur net, mais même le rayon de soleil dans lequel la femme avait paru se tenir s'était évanoui. Il savait qu'il l'avait vue, même si à présent il doutait de sa réalité.

Gwydion brandissait son bâton et s'exclamait :

— Voici la grande forêt de Wychwoode ! Réjouis-toi, Willand, car te voici sauf, au moins pour un temps.

Ils plongèrent au plus profond des bois, parmi le murmure des ruisseaux, les hautes futaies où le soleil jetait de l'or dans la pénombre verte. Will entendit résonner au loin les coups sonores d'un pic. Coucous, geais et autres oiseaux sylvestres voletaient entre les arbres. Au bout d'un moment, il dit :

— Maître Gwydion, comment se fait-il que vous ayez des souvenirs qui remontent à quatre-vingts générations ? Êtes-vous immortel ?

— J'ai vécu longtemps et j'en ai beaucoup vu, mais je ne suis pas immortel pour autant. Personne ne l'est. Je suis né, comme les autres hommes. Ma première demeure fut Druidale, sur Ellan Vannin, que certains nomment aujourd'hui l'île de Manx — mais c'était il y a très longtemps. Je peux être blessé, comme les autres hommes — par accident ou malfaisance —, bien qu'il soit difficile de prendre en défaut quelqu'un qui a mon expérience du monde. Je ne vieillis pas comme les autres hommes, et maintes protections magiques me défendent contre différentes sortes d'agressions, mais un jour je cesserai de vivre, tout comme les autres hommes. Pour définir ce que je suis, il n'y a pas de mot adéquat, en tout cas par les temps qui courent. Je suis à la fois gardien et éclaireur. Il fut un temps où l'on m'aurait désigné du nom de *phantarch*, mais tu peux m'appeler magicien.

— Mais magiciens et sorciers, c'est la même chose, non ? Ou bien les uns sont-ils du côté du bien et les autres du côté du mal ?

— Il y a plus d'un fou pour te raconter ces sornettes. Mais sois prudent quand tu emploies ces mots, car ceux qui croient au bien et au mal n'entendent rien à la véritable magie.

— Ceux qui croient ? fit Will, fronçant le nez. Vous voulez dire que peut-être, le bien et le mal n'existent pas ? Comment cela se pourrait-il ?

Pour toute réponse, Gwydion se contenta de dire :

— Tu ferais bien d'oublier, pour le moment, tout ce que tu as pu apprendre à propos de l'ombre et de la lumière, car la vraie nature de l'univers n'est pas telle que tu le supposes.

Will eut un regard circulaire.

— Et donc, il va me falloir vivre avec vous dans ces bois et apprendre la magie ?

Cette question sembla laisser son compagnon perplexe, puis dans un éclat de rire, il prit Will par l'épaule :

— Regarde devant toi, nous approchons de la tour de Lord Strange. Il pourra répondre à quelques-unes, au moins, de tes questions inépuisables.

Will le suivit en se demandant qui pouvait bien être ce personnage. Il n'avait jamais vu de seigneur, car lequel se serait donné la peine de franchir les marais de Quaggy pour s'aventurer jusqu'à Middle Norton ? Pas une âme, si ce n'est Tilwin, ne poussait jamais jusqu'aux contreforts qui protégeaient l'accès du val. Malgré tout, Will avait entendu parler des grands du monde et de leurs façons, de leurs atours, des festins qu'ils donnaient dans des châteaux bâtis en pierre, de leurs destriers à la robe blanche comme neige, et surtout de l'allure qu'ils avaient, avec leurs armures étincelantes, quand ils maniaient l'épée dans la bataille. Ils lui avaient toujours paru une caste aussi enviable que redoutable.

Quant à Gwydion, il n'avait pas l'air d'en être, loin de là. Il s'habillait simplement, comme un coureur de chemins ; il ne portait ni tunique de velours ni brocart, mais tout simplement de la laine ou du lin. Et il allait nu-pieds, comme un pauvre hère qui n'aurait pas les moyens de s'offrir une paire de souliers. Il ne portait pas de métal sur lui, ni rien qui vînt d'un animal abattu — pas de fourrure, pas de cuir, pas d'os —, mis à part le crâne d'oiseau qu'il avait autour du cou.

— Pourquoi portez-vous cette chose ? s'enquit Will, désignant l'amulette du doigt tandis qu'ils franchissaient un talus moussu avant de redescendre vers une clairière ombreuse.

Le magicien lui coula un long regard de côté.

— Ceci ? C'est un ornement… et un fétiche protecteur.

— Contre quoi ?

— L'imprévu. (Il arrêta le geste de Will, qui avançait les doigts pour le toucher.) Attention ! C'est un objet qui déclenche une sorte de magie très puissante. La façon dont il fonctionne est assez semblable à celle d'un carreau d'arbalète. Si son pouvoir était invoqué, c'est moi qui serais le trait.

Will ne comprit pas. Ce n'était jamais qu'un crâne d'oiseau. Mais il n'eut pas le temps de s'attarder sur le sujet, car à l'instant il aperçut une biche. Prenant Gwydion par la manche, il la désigna du doigt. Elle les observait, sur le qui-vive, de sous le couvert d'un bosquet de bouleaux, mais dès qu'elle se vit découverte, elle s'enfuit.

Will releva l'empreinte de ses sabots fendus dans la terre humide, mais il y en avait d'autres, plus grosses celles-là, et pleines. Gwydion se pencha sur quelques laissées et un demi-sourire se dessina sur son visage.

— Par ma foi, si ce ne sont pas des fumets ! Fumets de licorne ! Voilà qui est étrange. Il est rare d'en rencontrer si loin dans le Sud. Il y a quelque chose qui ne va pas.

La forêt devenait plus impénétrable et la végétation entravait leur marche, mais au moment même où ils semblaient ne plus pouvoir progresser davantage, le terrain s'adoucit en une déclivité qui ouvrait sur une clairière. Et plantée là, une tour fortifiée de pierre sculptée haute de plusieurs fois la taille d'un homme. Bien qu'elle semblât lugubre, Will fut saisi d'amiration. L'ouvrage rond était vétuste et couvert de mousse. Le sommet était hérissé de créneaux, avec des toits pointus, et le mur ponctué de meurtrières. À la base, s'étalaient des douves en carré.

Les craintes de Will lui revinrent comme ils approchaient de la grille d'entrée. Au moment où ils atteignaient le pont, une figure effrayante sortit leur barrer le passage. C'était un homme, mais il portait un bonnet de métal et un jaseran où s'entrechoquaient bruyamment d'innombrables anneaux de fer. Outre cela, il était revêtu d'un pourpoint rouge qui s'ornait de deux chiens courants brodés au fil d'argent. Jamais Will n'avait vu vêtement si éclatant. Il était de la couleur du sang.

— Qui se présente en la demeure de Lord Strange ?

Gwydion ouvrit les mains.

— Dites à votre maître qu'un ami se tient à sa porte. Un ami qui apporte des nouvelles de vent et d'eau, et de guerre à venir.

— Attendez ici la réponse.

Quand l'homme se fut éclipsé, Gwydion expliqua :

— Le gardien de la forêt se nomme John Strange. C'est ici qu'il demeure. Ses propres terres se trouvent dans le Nord, où il a de nombreux vassaux, mais le roi Hal lui a confié la garde de cet endroit. Le roi chasse rarement et n'est jamais venu ici, mais Wychwoode est une forêt royale et nécessite une surveillance appropriée. Tu comprendras bientôt pourquoi Lord Strange a été nommé dans un endroit où peu d'yeux ont loisir de se poser sur lui.

— Il est... si laid ?

Gwydion leva les yeux vers le haut de la tour.

— Il était autrefois fort bien fait de sa personne, mais son apparence a été *modifiée*. Il porte un anneau d'or dans le nez. C'est son alliance, qu'il ne voudrait surtout pas couper, et quel moyen de l'enlever autrement ? Prends bien soin de ne pas le dévisager.

Will sentit sourdre la frayeur.

— Et pourquoi pas ?

— Parce que la première impression est décisive. Tu ne voudrais pas qu'on te juge impoli.

Will eut du mal à avaler sa salive.

— Maître Gwydion, pourquoi m'avoir conduit ici ?

— Pour apprendre, Willand. Pour apprendre.

L'homme revenait. Cette fois-ci, il releva la partie frontale de son couvre-chef de métal et les pria d'entrer. Gwydion franchit le seuil et pénétra dans la grande salle, Will sur les talons. Et là, au milieu de ses gens, Lord Strange s'avança pour leur souhaiter la bienvenue à tous deux. C'était un être puissamment charpenté, à la poitrine vaste comme un tonneau, mais ce qu'il y avait de plus terrifiant dans sa personne, ce qui horrifia Will au point de le faire reculer, c'est que sa tête était en tout point semblable à la hure d'un sanglier.

Will réussit à se dominer. Il se frotta les yeux, mais rien n'y fit. La face du seigneur était hérissée de soies grises et sa mâchoire inférieure écumait, à l'endroit d'où saillaient deux dagues protubérantes. Au lieu du nez, il était affligé d'un groin qui s'ornait, en effet, d'un anneau d'or. Au-dessous du cou, cependant, il avait l'apparence normale d'un homme, vêtu des plus riches atours, de couleur rouge.

Pour éviter de dévisager le seigneur à tête de porc sauvage, Will préféra porter ses regards sur la dame qui se tenait à son côté. C'était une femme au visage aigu, grande et svelte, dont la longue chevelure était prise dans un hennin à voilette du même gris que sa robe de velours brodé. La toilette était ajustée sur elle au corselet et à la manche, et au cou elle portait une parure d'argent sertie de pierres pâles. Elle ne semblait pas se soucier de l'aspect monstrueux de son mari.

— Bienvenue à Wychwoode, maître corbeau, énonça Lord Strange. Êtes-vous venu à bout de votre quête ?

— Je vous remercie de votre bon accueil, répondit Gwydion. Et quant au reste, il nous faut avoir une conversation de toute urgence, vous et moi. Mais auparavant, je vous demanderai une faveur de la part de mon jeune compagnon. Il a marché toute la nuit, il est exténué et ses pieds sont endoloris. Il pourrait bien s'écrouler sur place si on ne lui offre pas un coin où reposer sa pauvre tête.

Will était encore tout retourné par l'effet qu'avait produit sur lui l'aspect du seigneur quand il avait pénétré dans la tour. Quelques instants plus tard, un homme et une femme se présentèrent et le prièrent de les suivre au long d'un escalier en colimaçon, fait de pierres maçonnées avec art, que mouchetaient les rayons du soleil. Après une ou deux volutes, la structure ouvrait sur une large galerie, que soutenaient des piliers ouvragés. Will n'avait jamais vu pareil endroit, et il en éprouvait de l'effroi.

— Je suppose que vous devez être un parent de Lord Strange, fit-il en tendant la main à l'homme dès que celui-ci se retourna. Mon nom est Willand.

Les suivants écarquillèrent les yeux.

— Monsieur, nous sommes au service de monseigneur. Nous faisons ce qu'il nous ordonne.

Ni l'homme ni la femme ne se résolurent à sourire ou à en dire davantage, et leur froideur imposa la distance à Will. Il ne voyait pas de raison à leurs façons inamicales. Ils étaient habillés d'étoffes coûteuses, même si la coupe et le style manquaient de dignité. La chevelure du serviteur lui arrivait à hauteur d'épaule, mais il n'avait pas de nattes. Celle de la servante était cachée sous un bonnet tout simple. Ils l'introduisirent dans une chambre à la parure somptueuse, qui aurait bien pu être celle du seigneur en personne.

Will jeta autour de lui des regards émerveillés.

— C'est ici que nous allons ? Quel endroit, par ma foi !

Mais la femme se contenta de détourner le regard, les yeux baissés.

— Monseigneur vous prie de prendre quelque rafraîchissement, et du repos selon votre bon vouloir.

— Et des victuailles, et de la boisson !

Il avait peine à le croire.

— Je vous remercie, mais dites-moi... (Il baissa le ton et, dans un demi-sourire, demanda :) Comment ces drôles de bacchantes ont-elles poussé à cette face de porc ?

L'horreur se lut à l'instant sur le visage des domestiques, qui, au lieu de répondre, firent mine de se retirer.

— Attendez, leur dit Will. (Une idée lui était venue.) Venez là. J'ai quelque chose pour vous.

Il s'en fut pêcher dans sa bourse le caillou que Gwydion lui avait donné et l'offrit à la servante. Elle le regarda d'un air interdit, si bien que Will ne put savoir si elle était contente de recevoir un shilling ou déroutée de se voir offrir un morceau de roche. Mais l'homme dit alors :

— Merci, monsieur !

Et la façon dont il le fit écarta tous les doutes.

La femme et lui se retirèrent, redoublant de remerciements, et ils fermèrent la porte derrière eux. Will partit d'un éclat de rire. Il avisa une assiette de victuailles et un gobelet de bière. Il se jeta dessus avec grand appétit, après quoi il grimpa sur l'immense lit, s'essuya la bouche d'un revers de manche et s'absorba dans la contemplation du plafond.

Pendant quelques instants, un millier de choses vues et entendues semblèrent lui tourbillonner dans la tête, puis le sommeil vint lui murmurer à l'oreille et il sombra.

Il s'éveilla dans l'obscurité. Il se demanda un moment où il pouvait bien se trouver, puis un flot de souvenirs lui revint et son sang ne fit qu'un tour. Il se leva pour gagner la fenêtre étroite garnie de vitraux qui ouvrait sur les hautes ramures de la forêt. La nuit était fraîche et embaumée. Pas un rayon de lune sur les arbres, mais la lueur venant du château permettait de distinguer les troncs fantomatiques de quelques hêtres, immobiles dans l'air tranquille. On sentait l'odeur d'eau stagnante montant des douves, et de quelque part au loin provenait un étrange battement de cœur, un son bas mais insistant dont l'écho, dans un régulier doum, doum, doum, se répercutait.

Wychwoode semblait un endroit bien solennel, très loin de ce que Will avait imaginé quand le magicien avait évoqué un lieu sûr. Il se dégagea de l'embrasure de la fenêtre et alla à la porte. Elle était de chêne massif et fixée avec le plus grand art à un linteau de pierre plus massif encore. Au début, elle refusa de s'ouvrir, et il se demanda s'il n'était pas retenu prisonnier, puis il découvrit le lourd loquet de fer, le souleva, et le battant s'ouvrit aisément et sans bruit.

À l'extérieur, la galerie à colonnes donnait accès à la vaste salle du rez-de-chaussée. Elle était décorée de tapisseries représentant des scènes de chasse, et d'une frise peinte où se voyaient des chiens courants et des bûcherons. Une immense cheminée de pierre, à l'âtre vide, occupait le mur du fond. Les reliefs d'un repas étaient épars sur la grande table, au milieu de quelques tranchoirs et de bols attendant qu'on les débarrassât. Deux douzaines de bougies, de la taille d'un bras d'homme, brûlaient vivement dans une paire de chandeliers et tenaient les ombres à l'écart. Gwydion occupait le siège du maître des lieux, au haut bout de la table, tandis que Lord Strange et sa dame, installés de part et d'autre, l'écoutaient.

— J'ai lu les présages, disait Gwydion. Et si j'avais dans ma bourse un millier de couronnes et que j'eusse sous mes ordres une compagnie de neuf douzaines d'hommes, ce ne serait toujours pas suffisant pour éviter le désastre qui s'annonce, à coup sûr.

Lord Strange se pencha en avant et son groin humide tressauta à la mention de l'argent.

— Si la guerre approche, comme vous le dites, alors tous nos espoirs vous accompagnent, maître corbeau.

Gwydion tendit la main et dit :

— C'est la raison pour laquelle je vous prie instamment de m'accompagner à la cour, à Trinovant. Jusqu'à présent, j'ai travaillé en secret, mais voici la fin du temps des incertitudes, et le jour approche où je vais devoir apporter à l'entourage du roi des nouvelles qui ne seront pas de son goût.

— Hélas, cette affliction ! soupira Lord Strange en détournant les yeux. (L'anneau à son nez brilla et la lumière des chandelles dansa dans ses cils blonds.) Car qui se laissera convaincre par quelqu'un affligé d'une tête de sanglier ? La reine ne peut supporter de demeurer dans la même pièce que moi. Elle m'appelle « le roi sanglant du pourceau » et se rit de moi. Je ne saurais donc trop vous conseiller de vous passer de ma présence pour tenter de persuader la cour.

Gwydion laissa filer entre eux un long silence, avant de reprendre la parole.

— C'est ce que je redoutais de vous entendre dire, ami John. Mais écoutez-moi : je vous assure qu'il ne reste rien à un homme dans votre position, sinon de remplir ses devoirs aussi honnêtement et généreusement que possible. J'ajoute que vous ne devez pas vous en remettre à autrui pour trouver le remède à vos maux, mais au contraire le rechercher dans la diligence et la prudence d'action. Donner, plutôt que prendre.

— Vous avez haute opinion de vos conseils, maître corbeau, et pourtant vous me semblez parler par énigmes.

— Si c'est le cas, alors c'est peut-être qu'il n'y a pas de façon plus directe d'aborder ces choses avec vous pour l'instant. (Gwydion posa les mains à plat devant lui.) Je ne voudrais pas, non plus, vous ennuyer avec le détail de ma propre tâche, mais il faut que je m'explique un peu, de sorte que vous puissiez mesurer l'importance de ces nouvelles que j'apporte. Tout comme l'eau se répand sur la terre en flux et rivières, de même coulent sous la terre des courants de force tellurique.

Lord Strange grogna :

— De force, dites-vous ?

— Tout comme certains endroits sont plus humides ou plus secs, de même il en existe où cette énergie abonde, et d'autres qui en manquent cruellement.

L'épouse du seigneur ne put réprimer un mouvement de lassitude.

— Maître corbeau, nous savons fort bien tout cela, pour vous avoir vu ausculter le sol avec votre baguette de coudrier.

— Oh, ces procédés sont on ne peut plus naturels et je les ai étudiés longtemps. Le royaume est tatoué d'un bout à l'autre par des courants imperceptibles, que toute personne de bon vouloir peut apprendre à ressentir. Ils coulent sous nos pieds en spirales et en torsades, avec des montées et des chutes de puissance qui correspondent aux divers mouvements du soleil et de la lune. Les fermiers s'y fient pour lire la terre et utilisent ce savoir pour s'assurer des récoltes abondantes. Un flux important assure à telle place un aspect florissant, tandis qu'un paresseux diminue la vitalité de tout ce qui pousse dans le sol ou se meut à sa surface. C'est bien connu.

La hure de sanglier eut un bâillement formidable.

— Nous vous croyons sur parole, maître corbeau, car nous ne connaissons rien en ces matières et nous en soucions moins encore.

Le magicien se pencha en avant, avec des airs de conspirateur.

— Mais, ami John, ce n'est pas de cette force-là que je parle à présent. Considérez ceci : tout comme il y a des rivières que les hommes empruntent pour échanger leurs marchandises, il leur arrive parfois de creuser des canaux pour avoir accès à certains lieux qui ne sont pas desservis par un cours d'eau naturel. Il en alla de même, autrefois, des formidables courants telluriques, car au temps jadis, à l'époque des premiers hommes, et avant que les fées se retirent dans le royaume du dessous, fut fabriquée une chose appelée lorc.

— Lorc ? Nous n'avons jamais entendu ce nom. (Lord Strange se gratta le menton.) Qu'est-ce que cela signifie ?

Le magicien hocha la tête.

— Personne, par les temps qui courent, ne sait plus rien du lorc. Même nous, sorciers de l'Ogdoad, supposions qu'il avait été brisé par les tyrans faiseurs d'esclaves, il y a de cela une cinquantaine de générations. Mais d'après certains fragments du *Livre noir de Tara* que j'ai découverts récemment dans l'île Bienheureuse, il y a tout lieu de croire qu'il en va autrement. Pensez au lorc en termes de canaux, construits par les fées et enfouis profond dans la terre. Ces derniers — ou « lignes », pour leur donner leur nom exact — sont au nombre de neuf et traversent le royaume selon plusieurs axes. Ils ont été faits pour capter et diriger les courants telluriques d'un bout de l'île à l'autre.

— Et dans quel dessein ? interrogea l'épouse du seigneur.

— Madame, votre sagacité me mène droit où je voulais en venir : leur but était — il est — de nourrir certaines pierres levées qui sont connues pour être des « batailleuses ». Une fois gorgées de force, elles sont capables d'inciter les hommes à la guerre.

Lord Strange fronça les sourcils.

— Et vous voudriez, maintenant, les découvrir ?

— C'est à peu près cela. Mais, tandis que je peux assez aisément repérer les flux naturels qui passent dans le sol, je n'arrive pas à sentir les lignes faites par les fées, car leurs artifices dépassaient de loin les limites de l'intelligence humaine, et ces choses nous sont restées soigneusement dissimulées. J'ignore quel peut être le nombre des pierres batailleuses, mais puisque je sais maintenant à quoi elles servent, mon espoir est de découvrir au moins un certain nombre d'entre elles par des voies détournées.

Le seigneur et sa dame se dévisagèrent sans mot dire, puis Lord Strange prit la parole :

— Ainsi, vous voudriez les rendre inoffensives ?

— Il n'est peut-être pas impossible, tout du moins, d'atténuer le massacre qui s'annonce. Mais le temps presse et cette tâche, je ne peux l'accomplir seul. Hommes, chevaux, argent, je n'ai rien de tout cela ; en bref, il me faut obtenir l'aval du roi et le soutien de sa cour.

Le silence se fit pesant. Lord Strange le rompit et s'exprima sans ambages :

— Comme je vous l'ai déjà dit, je ne vous serais d'aucune utilité à la cour. J'espère que vous n'êtes pas venu me demander de l'argent, maître corbeau, car je n'en ai guère...

Le magicien l'interrompit d'un geste :

— Ne craignez rien, je ne vous en demanderai pas, ami John. Mais vous me seriez d'un très grand secours si vous vouliez bien vous occuper de mon jeune apprenti.

Will faillit tomber de son perchoir.

Gwydion poursuivit :

— Voyez-vous, j'ai dû lui sauver la vie. C'est une trop longue histoire et je me garderai bien de vous ennuyer à la raconter, si ce n'est ce détail : pendant un temps j'ai songé à l'utiliser pour porter mes bagages, mais jusqu'à présent il s'est révélé plus encombrant qu'autre chose. Je ne me vois pas poursuivre plus longtemps avec ce poids à mes basques.

— Et vous voudriez que nous nous occupions du garçon à votre place ? demanda l'épouse du seigneur.

— C'est une tête sans cervelle, et un mal dégrossi ; pourtant il pourrait se révéler utile si nous arrivions à lui faire acquérir quelque instruction. Seriez-vous assez aimable pour vous en charger, gente dame ?

Celle-ci jeta à Gwydion un regard glacial. Quant au seigneur, il émit un grognement et Will, qui assistait à la scène muet d'horreur, eut l'impression qu'il allait refuser, mais le magicien eut alors un mouvement de tête persuasif, et il sembla qu'une atmosphère de bonne volonté s'installait tout à coup dans la grande salle.

— Dois-je vous rappeler que tout service rendu trouve sa récompense un jour ou l'autre ?

— Vous ne vous lassez point de me le répéter, maître corbeau. (L'énorme tête de sanglier se balança maladroitement.) Cependant, une fois de plus, je vais faire comme vous le demandez en espérant qu'un jour...

— Non ! s'écria Will. Je ne resterai pas ici ! Pas dans cet endroit sinistre ! Je viens avec vous, maître Gwydion, ou alors je rentre chez moi ! Je ne suis pas une tête sans cervelle et vous n'allez pas me laisser entre les mains de quelqu'un d'autre !

Il se précipita pour remonter l'escalier, mais sur un signe du seigneur l'un des gardes avança, se saisit de lui et le traîna, qui se débattait comme un beau diable, jusque dans la grande salle.

— Tiens-toi coi, lui intima Gwydion. (Will se vit momentanément privé de ses facultés d'élocution. Puis le magicien se pencha tout près de lui et lui murmura :) Wychwoode est un lieu des plus agréable, Willand. Tu dois rester ici au moins jusqu'à Lammastide. Ton treizième anniversaire ouvre une période de grand danger. Cela va durer six mois...

— Six mois ? hurla Will. Oh, emmenez-moi avec vous, je vous en supplie, maître Gwydion ! S'il vous plaît !

Patiemment, Gwydion s'inclina vers lui une fois encore et lui prit les mains.

— Écoute-moi, Willand. Tu as surpris notre conversation assez longtemps pour savoir que des forces puissantes s'assemblent dans le royaume ; elles promettent un bain de sang, à moins qu'elles ne soient confondues. Le devoir qui m'incombe est de faire mon possible pour éviter toutes ces souffrances. Le tien, c'est de faire ce que je te dis.

— Mais je ne peux pas vivre ici ! Je vous en prie, ne m'abandonnez pas !

— Comme tu changes vite d'avis. Hier encore, tu m'implorais de ne pas t'emmener. À présent, tu me conjures de te prendre avec moi. Qu'est-ce que ce sera demain, je me le demande ? Je viendrai te chercher à Lammastide.

Il s'en trouva un peu radouci.

— Mais c'est encore tout l'été à passer, maître Gwydion. Je ne peux pas...

Mais le magicien fit quelques tours sur lui-même et tout mouvement, excepté le sien, cessa dans la grande salle. Prenant une profonde inspiration, il glissa confidentiellement quelques mots à Will.

— Treize ans, tu as été un enfant heureux. Tu jouissais d'un foyer aimant et n'avais pas le moindre souci. Tu dois m'en être reconnaissant, car ce bonheur, c'est moi qui l'ai voulu pour toi.

Mais aujourd'hui, il plane une menace sur ta vie, que de simples formules de protection ne réussiront pas à tenir en échec. (Il porta un doigt aux lèvres de Will et reprit :) Ne perds pas de vue ta situation. Je sais que tu n'es pas une tête de linotte — cela, je l'ai dit à l'usage de Lord Strange. Wychwoode est le seul endroit sûr où passer la période la plus critique de ton existence. Ne t'aventure pas au-delà de ses limites. Je reviendrai te chercher avant Lammastide, tu as ma parole. À présent, promets-tu de m'obéir là-dessus, ou dois-je me laver les mains de ce qui peut t'arriver ?

Et le magicien avait le regard si grave que Will se retrouva en train d'acquiescer et de faire une promesse, qu'il détesta avant même que le charme ait été rompu.

CHAPITRE QUATRE

Un peu d'éducation

Et c'est ainsi que Will fut installé en la demeure de John, Lord Strange, pour la période de l'année qui courait de Beltane à Lammastide. Il ne fut pas long à s'accoutumer aux journées qu'il passait dans la tour, et bientôt il commença à oublier l'horrible aversion qu'il avait ressentie lors de sa première rencontre avec la Hure de sanglier.

L'épouse du seigneur avait accepté de présider à son enseignement, mais la chose ne tarda pas à devenir une torture pour lui. On lui fit d'abord endosser un pourpoint de noble étoffe, tout empesé, avec interdiction de le salir, et il dut se plier à la règle de rester à proximité de la tour, en tout cas de ne jamais s'aventurer au-delà de la portée d'un coup de clairon.

Au début, il obéit. Dans les beaux jours de mai et la chaleur de juin, il explora les environs immédiats de la forêt, en deçà de la rivière, espérant toujours apercevoir des licornes, et ayant présentes à l'esprit la promesse de Gwydion de revenir le chercher, et la sienne de ne pas s'écarter. Mais aucune sonnerie ne le rappela jamais, et peu à peu la règle stricte instituée par le seigneur se relâcha.

Les matinées étaient consacrées à des exercices fort pénibles, qui lui mettaient les méninges à rude épreuve, et pas un mot relatif à la magie, comme il l'avait espéré. Au lieu de cela, il lui fallait apprendre à lire et à écrire, à épeler ce qu'il y avait sur son ardoise, et presque la moitié des journées se passait à aligner et aligner encore des signes à la craie, et quand l'ardoise était pleine, il fallait tout effacer et recommencer. Mais au moins, les après-midi étaient à lui, au cours desquels il pouvait vagabonder à sa guise.

Il n'était pas non plus si solitaire qu'il l'avait craint. Presque chaque nuit, un superbe chat blanc lui rendait visite, et certains jours une femme au dos voûté fournissait du bois à la tour, selon une habitude établie. Will était désolé pour elle, car elle portait sur son dos de lourdes bûches — le combustible des soupers pantagruéliques du seigneur. Elle dit qu'une fois terminé son labeur de l'été elle devait livrer un autre stock de bois destiné, celui-là, à garder au chaud Lord Strange et sa dame durant tout l'hiver. Elle aurait alors suffisamment d'espèces sonnantes pour payer sa pension. Aussi Will entreprit-il de l'aider, et c'est ainsi qu'il commença à recevoir en retour plus qu'il ne donnait, car sans qu'il s'en rendît compte, la vieille avait déjà commencé à lui enseigner les rudiments de la magie.

On la connaissait dans les parages de Wychwoode sous le nom de la bonne femme de Wenn, car elle en savait long sur les herbes et les remèdes, les simples et les onguents. Elle avait même quelques lumières dans les arts de plus haute visée. Elle apprit à Will maintes choses, tandis qu'ils arpentaient le sentier qui longeait la rivière. Elle lui raconta d'abord ce qu'elle savait du « grand dit », puis elle lui parla de la « voie trois fois cachée » et aussi, comme ils approchaient du hameau d'Assart Finstocke, elle lui enseigna le langage des oiseaux.

— Les imbéciles croient que les bêtes sont inférieures aux hommes en rang et en sagesse, mais il n'en est rien. Sais-tu que tous les corbeaux sont gauchers ?

Il grimaça.

— Ils n'ont pas de mains, bonne femme.

— La gaucherie n'a rien à voir avec ces choses-là. (Elle montra ses mains puis, désignant sa tête :) Comme la plupart des choses, cela dépend de ce qu'il y a là-dedans. Sais-tu que tous les oiseaux rêvent ?

— Vrai ? Et de quoi ?

— De chants. Ils sont plus sages, à leur manière.

D'un doigt en crochet, elle se saisit d'une rainette cachée dans les roseaux.

— Et regarde-moi cette petite mignonne. La grenouille est sage à sa façon, car elle est bien plus habile dans son état qu'aucun homme ne pourra jamais l'être. Lequel pourrait passer tout l'hiver sans rien sur lui dans une mare gelée ? Elle, elle peut. De même, la taupe, l'écureuil, le goéland peuvent aller où nul humain ne va. Chaque bête sauvage possède son propre savoir sur le monde. Quand nous méprisons leur sagesse, c'est nous qui sommes des imbéciles.

La bonne femme était prodigieuse. Elle disait qu'avec de la patience, les gens pouvaient apprendre bien des choses des oiseaux et des souris, et pas seulement en observant leurs habitudes ou leurs mœurs, mais en se mettant à l'écoute des soucis de leurs cœurs minuscules et en tenant compte de leurs avertissements concernant l'avenir.

— Ignores-tu que tous les animaux ont la faculté de prévoir l'avenir ? demandait-t-elle. Les abeilles forment l'essaim quand elles sentent l'odeur du feu, et savent qu'un orage approche, et les frelons devinent quel éclair va frapper. Et s'il faut en venir à la noblesse du caractère, tu ne trouveras jamais plus grande loyauté chez un seigneur que chez le dernier de ses chiens de chasse. Pas plus que, pour l'élégance, aucune dame de la cour ne l'emporte sur le chat qui vient dormir la nuit sur ton lit.

— Vous le connaissez ? fit Will, stupéfait.

— Bien sûr, que je le connais. Il a nom Pangur Ban. Nous toutes, sœurs de la sagesse, avons nos familiers, nos favoris, qui nous aident et nous tiennent compagnie. Mon crapaud, Treacle, prétend que Pangur Ban est le véritable seigneur de Wychwoode, et un grand ami de Gwydion. Le chat ne te l'a donc pas encore dit lui-même ?

Will fit une grimace de surprise.

— Mais enfin, bonne femme, les bêtes ne parlent pas.

— Si, toutes. Même si pas un homme, pas une femme, si sage soit-il, ne peut entendre les mots qu'elles prononcent. Le hérisson, le campagnol ou la guêpe ne vont pas espionner pour un magicien à la cour des princes, comme certains le disent, en revanche, tu peux toujours faire confiance aux pics pour t'avertir si des coupeurs de bourse se cachent dans la forêt, et les étourneaux te diront si un village a payé sa dîme ou non, et si oui, combien il reste de grain dans les granges.

Elle exhiba un petit bout de pain sec.

— Tiens ! Prends-le et donne à manger aux canards. Et alors, tu verras peut-être comment il en va avec eux et comment ils te remercient.

Will n'avait pas plutôt pris le quignon qu'il avisa une douzaine de colverts glissant vers lui à la surface de l'eau. Ils avaient surgi de nulle part, et avec une telle célérité qu'il se demanda si la bonne femme ne les avait pas convoqués par magie. Un peu plus tôt, il l'avait vue recevoir le pain d'un garde de la tour, dont elle avait, la veille, guéri une blessure à la main. Il le rompit en petits morceaux et les lança aux colverts en veillant bien à ce que chaque mâle aux couleurs éclatantes et chaque femelle au plumage brun moucheté en eût sa part. Les oiseaux caquetèrent, barbotèrent et chahutèrent comme des gamins joueurs jusqu'à ce que tout le pain fût englouti et puis, voyant qu'il n'en restait plus, ils s'éloignèrent à la nage, presque aussi vite qu'ils étaient venus — mais pas un ne se retourna pour remercier Will de la collation, comme il s'y attendait pourtant plus ou moins.

— Alors, tu as compris, maintenant ? demanda la bonne femme comme Will quittait la berge à sa suite.

— Mais... je n'ai entendu aucun remerciement. J'aurais dû ? Il me semble que, tant que j'avais de la nourriture, ils étaient mes amis, mais quand je n'en ai plus eu, ils ont cessé de l'être.

L'autre partit d'un grand rire.

— Ah, mais pas du tout ! Tu ne penses pas encore en termes de magie. (Elle lui tapota le ventre par trois fois.) Les remerciements, c'est ici que tu les sens — quelque chose de chaud, qui irradie, là, juste sous le cœur. Concentre-toi. Tu le sens ? Le souffle de la vie ? C'est une force qui t'est venue de ces canards ; c'est leur gratitude qui brûle au-dedans de toi. Un présent aussi certain, aussi réel que le pain que tu leur as donné. Ressens-la, Will, et apprends à la percevoir de nouveau ! Étudie-la bien, car c'est une force capable d'amener un sourire sur le visage d'un homme et de lui faire le pied léger !

Et Will sourit, en effet, et il se dit que peut-être il avait saisi un peu de ce que son initiatrice avait dit, après tout. Il devait y avoir en ce monde une chaîne de bonnes actions, car la bonne femme n'avait-elle pas guéri la main du garde, qui avait donné le pain, qu'elle avait remis à Will, pour qu'il le distribue aux canards, qui l'avaient fait sourire ? Et maintenant, pensa-t-il, si seulement il y avait quelqu'un à qui il puisse faire don de ce sourire, alors la chaîne ne s'interromprait pas...

— La plupart des gens s'imaginent qu'ils ne connaissent rien à la magie, mais ils en savent plus long qu'ils ne croient. Tu as certainement eu l'occasion de saisir des bribes de grande sagesse dans les vieux dictons, non ? Nombre d'entre eux viennent de dits ou lois de magie. « À qui fait le bien, il sera fait le bien », tu as dû entendre ça ?

— Mais oui ! Et plus d'une fois.

— Eh bien, c'est un dit de magie. Et aussi : « Toutes choses reviennent d'où elles sont parties. » Et : « Il faut être fou pour chevaucher un dragon. » Et aussi : « Les riches sont comme crottin de cheval. »

— « Les riches sont comme crottin de cheval » ? Je ne vois pas bien la sagesse là-dedans.

— Les riches puent quand ils sont en grand nombre, alors que dispersés, un par-ci par-là, ils rendent tout prospère.

Will apprit comment le grand dit et la voie trois fois cachée étaient les pivots de la loi magique. Il découvrit comment l'obéissance au premier était l'élément qui différenciait les enchanteurs des sorciers, car on y lisait simplement : « Usez de la magie à votre guise, mais nul ne soit molesté. »

Il vit combien cela correspondait à ce qu'avait dit maître Gwydion, à propos de la parcimonie avec laquelle l'utiliser et de la nécessité préalable de mesurer le pour et le contre. Il se rendit compte qu'une grande part de l'habileté d'un enchanteur consistait à faire gagner du terrain au bien en prenant soin que les dommages occasionnés pour autrui fussent aussi minimes que possible. Un sorcier, au contraire, n'avait pas à tenir compte du grand dit, car il abusait de la magie en l'employant à son gré et sans scrupules. Il prenait les gains sans jamais se soucier des pertes. C'était là, en somme, disait la bonne femme, le sens profond du mot « malin », et c'était pourquoi le mal était toujours, en fin de compte, à l'origine de sa propre perte.

« Pas étonnant que Gwydion n'ait pas apprécié que je le traite de sorcier, se dit Will. Comparée à l'art du magicien, la sorcellerie doit être chose bien maladroite et malavisée, tout en force brute et sortilèges grossiers, au lieu de l'élégance et de l'adresse de celui-là. »

Il se prit à réfléchir à la voie trois fois cachée, qui disait : « Quoi que ce soit, accompli par magie, retourne au monde trois fois rendu. »

— Mais alors, un sorcier cupide devrait se retrouver enterré sous une avalanche de maux, qu'il aurait créés lui-même ?

— La magie fait rejaillir les conséquences sur le monde, pas forcément sur la tête du responsable en personne. C'est pourquoi les sorciers sont parfois prospères. Tu les reconnaîtras au sillage de destruction qu'ils laissent derrière eux, et c'est aux autres, ensuite, de mettre de l'ordre !

Will était scandalisé.

— Ils ne voient donc pas ce qu'ils leur font subir ? Ils n'ont pas honte ?

— Jamais ! Ils ne la connaissent pas. Car, vois-tu, aucun ne se croit vraiment sorcier.

Will avait mal à la tête, rien qu'à cette idée.

— Il me… Il me semble que je ne comprends pas.

— Willand, il n'y a pas de « bien » et il n'y a pas de « mal ». Ce sont des idées fausses, que des hommes avides de pouvoir ont inventées pour induire les imbéciles en erreur. Un sorcier se voit toujours comme quelqu'un de spécial. Il est épris de lui-même. Pour lui, la fin justifie les moyens, et il se trouve toujours de bonnes excuses. C'est pourquoi il viole sans arrêt la troisième loi de magie, qui dit : « Celui qui la magie embrasse doit être au plus vrai de son cœur. » Les sorciers se servent de la magie sale, Willand. Ils se mentent à eux-mêmes. Ils prétendent toujours que les crimes qu'ils commettent ne leur sont pas imputables, car ils sont accomplis au service d'un plus grand bien. Mais il n'en va pas ainsi, car jamais aucun bien véritable n'a son origine dans la malveillance. Tu dois être fort, si tu veux pratiquer des enchantements sans souillure. Et la force est, finalement, très semblable à l'altruisme. Est-ce que tu commences à saisir ?

Will avait la tête comme une essoreuse.

— Je n'en sais trop rien…

La bonne femme désigna en soupirant une fleur qui poussait tout près. La tige en était délicate, et la tête comme une libellule pourpre.

— Une grande grassette. La plus haute et la plus belle que j'aie vue cet été. Cueille-la pour moi.

Il la regarda, surpris :

— Mais vous avez dit qu'il fallait être une canaille et un sot pour s'en aller arracher des fleurs sauvages, quand elles sont tellement plus agréables à regarder en vie.

— Fais-le. Je vais t'enseigner une dure leçon. Ou bien n'as-tu pas la force de briser cette nuque gracile sans une bonne raison ?

Il prit la fleur, espérant à demi que quelque charme l'en empêcherait, mais la tige céda facilement et il sentit en son cœur un petit choc de protestation.

— Voilà, fit la bonne femme. Par cette action, tu viens de perdre un jour de ta vie. Tu l'as senti s'en aller ?

— Eh bien... oui.

— Maintenant, réduis cette fleur en miettes. Écrase-la entre tes mains jusqu'à ce qu'il n'en reste rien.

Une frayeur soudaine saisit Will à la gorge.

— Je ne veux pas.

— Tu pourrais très bien, qu'est-ce que cela change, maintenant ? (Elle prit la fleur et la jeta dans l'herbe haute. Puis, avec une grande conviction :) « La véritable force ne porte jamais atteinte à l'harmonie. » C'est un très vieux dicton, Willand, et plein de sagesse. Je m'en vais te le répéter dans son entier : « La véritable force ne porte jamais atteinte à la beauté ou à l'harmonie, elle les révère. » Elle a beaucoup à voir avec la magie. Tu comprends ?

Il regarda la plante privée de sa fleur. Elle avait l'air affligée.

— Non. Mais je commence à comprendre pourquoi les gens de Wychwoode vous nomment la « bonne femme ».

Elle lui prit la main.

— Allons, hauts les cœurs, Willand. Ce n'est jamais qu'un jour de vie de perdu, et encore celui-là ne te sera retiré qu'à la toute fin, quand il te sera bien moins précieux qu'un jour comme aujourd'hui.

Il y songea quelques instants et décida qu'elle avait raison ; il ferait mieux de retrouver sa bonne humeur.

— Bonne femme, peut-être pourriez-vous répondre à une question qui me tracasse.

— J'essaierai.

— Qu'est-ce qu'un enfant du destin ?

— Voilà une curieuse expression. Où l'as-tu entendue ?

— Maître Gwydion l'a prononcée une fois à mon sujet. Il a dit aussi quelque chose à propos d'un *Livre noir*. Qu'est-ce que cela veut dire ?

L'autre eut un sourire. Son visage tanné se plissa, mais ses yeux brillants restaient fixés sur ceux de Will.

— Cela, Willand, je ne puis te le révéler.

Cette réponse, qui n'en était pas une, le dépita et qui plus est, le drôle de sourire de son interlocutrice semblait faire surgir d'autres questions préoccupantes. À la fin, il risqua :

— Est-ce un sorcier qui a transformé l'aspect de Lord Strange ?

Mais la vieille femme se contenta de glousser, comme si c'était une fameuse plaisanterie.

Vint le plein été et le solstice, le jour où le soleil montait à sa demeure la plus haute dans le ciel. Will aurait voulu que l'année fût déjà tout entière écoulée. Même s'il n'avait passé qu'un très court temps en compagnie de l'enchanteur, et encore à contrecœur, il se languissait de voir arriver Lammastide.

Lammas était une autre façon de nommer le jour du Pain dans la vallée, où l'on faisait celui-ci rituellement. Et Gwydion lui avait appris qu'il en allait de même des autres fêtes populaires — les solstices n'étaient que deux, Midsummer, le jour le plus long, et Ewletide, le plus court. Les équinoxes, pareillement, se distinguaient comme des moments importants, quand, au printemps et en automne, les jours et les nuits étaient d'égale durée. Lammas marquait le début d'Harvest-tide, qui correspondait au premier blé mûr, le premier jour du mois d'août. Mais juin n'était pas encore passé, et le blé était encore en herbe.

Pour Lord Strange et ses gens, le temps ne se comptait qu'en termes de mois des tyrans. Et ils ne célébraient pas non plus la fête de Midsummer. Quand Will questionna l'épouse du seigneur, elle lui répondit, de son air guindé :

— Les rustres, les petites gens, sont pleins de croyances stupides. Ils sortent au soir, la veille de Midsummer, pour aller se planter sous un sureau ou s'asseoir au milieu d'un cercle de champignons. Ils s'imaginent peut-être qu'ils vont pouvoir danser avec les fées.

— Je pourrais y aller, moi aussi ? s'écria-t-il, ravi à cette perspective.

Mais elle se contenta de se raidir un peu plus et annonça :

— Tu nous as été confié pour apprendre les bonnes manières. Nous n'observons pas, quant à nous, les usages populaires.

Lord Stange entra pour venir s'installer à la grande table de chêne, abondamment garnie, comme à l'ordinaire, de tourtes et de pâtisseries. Il ressemblait plus que jamais à un sanglier. Tout en mangeant, il entreprit de calculer le coût de l'entretien de Will à la tour et se plaignit, une fois de plus, de ce que le magicien lui avait laissé sur les épaules le fardeau d'un hôte imprévu. Et à ce moment, Will fut pris de pitié envers le cupide, le misérable seigneur et sa déplorable dame, qui avait un cœur de glace, à tel point qu'elle n'osait se promener au soleil, de crainte qu'il ne fonde.

— Il est temps de te couper les cheveux, grogna Lord Strange en fondant sur le mets le plus proche.

— Qu'est-ce qu'ils ont, mes cheveux ?

— Les queues-de-cheval que tu portes là siéraient bien mieux à une jouvencelle. Nous les couperons !

Il frappa du poing sur la table.

— Ce sont des nattes, et c'est la parure d'un homme !

— Un homme ? Un homme, voyez-vous cela ! Pas ici. Ici, ce qui distingue un homme, c'est une tête rasée. Les rustres ont la tignasse au vent, les guerriers portent le cheveu court. Comme moi. Tu vois ?

Will avisa la crête de poils gris dont Lord Strange semblait si fier. Il se redressa d'un air de défi.

— Vos soldats se plient peut-être à votre bon vouloir, mais moi, pas !

— Quoi ?

— Essayez de me couper les cheveux, si vous l'osez. Si jamais vous le faites, maître Gwydion ne vous désenvoûtera jamais du sort qui vous emprisonne ! Rappelez-vous ce qu'il a dit : toute chose revient d'où elle est partie !

La hure de sanglier s'étrangla de rage et jeta la tourte à terre.

— C'est ce qu'il t'a raconté ? Que c'était lui qui m'avait ensorcelé ? Tu m'en diras tant !

— Je n'ai pas dit ça ! C'est ce que vous croyez, parce que vous êtes bête ! Bête comme cochon !

— Viens ici.

Will recula hors de portée du seigneur.

— Viens ici, petite canaille ! Je vais t'envoyer aux arrière-cuisines, pour ton insolence. Dans la souillarde, tu m'entends ? Tu frotteras et récureras les gamelles et les plats jusqu'à ce que tu aies fini de payer ta pension ! Viens ici, je te dis !

Mais Will échappa à ses vociférations. Se précipitant hors de la tour, il s'enfonça dans la forêt. Il courut, courut jusqu'à en perdre le souffle, et après avoir craché toute sa bile, il s'allongea dans une clairière et se plongea dans l'observation du ciel.

« Qu'est-ce qui m'a pris ? » se demandait-il, incapable de se rappeler avoir jamais auparavant ressenti de si violents mouvements de rébellion. Pour se calmer, il s'abandonna au chant des oiseaux. Il se demanda à quelles mélodies rêvaient les merles et quel était le petit nom d'un roitelet qu'il voyait caché dans un buisson de houx. Peut-être les oiseaux usaient-ils de sobriquets quand ils se parlaient les uns aux autres. Il écouta attentivement, essayant de pénétrer leur langage, mais n'y parvint pas.

Il finit par se mettre à l'écoute de l'autre bruit, celui qu'il avait pris, un jour, pour le battement du cœur de la forêt. Il lui était devenu si familier qu'à l'ordinaire, il ne le percevait même pas, mais en cet instant il en était de nouveau conscient. Cette fois-ci, la pulsation semblait plus profonde et plus sinistre encore, avec quelque chose de particulièrement insistant. Il marcha dans sa direction, tâchant de son mieux d'en repérer l'origine, et parvint à un endroit où la futaie devenait moins dense. La lisière était en vue, et des champs poudreux s'étiraient sous la lumière chaude et chatoyante qui enveloppait la terre au-delà de Wychwoode. Là, le son était plus fort. Will sentait dans les pieds, comme des basses, le doum, doum, doum, qui n'avait rien d'engageant, mais semblait, au contraire, morbide et implacable. Il y avait autre chose encore, car ici le fond de l'air n'était plus vert et propre, mais chargé d'une odeur de fumée.

Tout soudain, le bruit cessa.

La pente devant Will descendait, abrupte, sur un ruisseau paresseux. Il le suivit, et le vit s'élargir et ralentir encore son cours pour déboucher sur un large bief tout mousseux d'écume. Et là, quelque chose le frappa. Un instant il pensa avoir aperçu une silhouette, celle d'une femme flottant juste sous la surface. Du coin de l'œil, il crut discerner des voiles blancs ondulant dans le courant, mais en regardant mieux il se rendit compte que ce n'était qu'un jeu de lumière.

À l'autre extrémité du bief, un impressionnant barrage de terre et de bois flotté bloquait le cours de la rivière. L'eau était retenue en un long bassin qui avait creusé les flancs du vallon et noyé plusieurs arbres vigoureux dans la partie basse des berges. Mais son niveau avait été autrefois beaucoup plus haut ; on aurait dit que l'affluent n'avait pas été assez fort pour alimenter le bassin et le maintenir inondé pendant les mois de sécheresse. Puis Will découvrit la raison d'être du barrage : il y avait un moulin.

Il était doté d'une grosse roue à aubes, deux fois haute comme un homme, installée dans un rapide sur le flanc de la retenue, et il y avait des hommes, debout près des vannes de l'écluse. Il y en avait d'autres encore sur une parcelle déboisée un peu plus loin, qui s'activaient autour de monticules fumants ou qui allaient et venaient.

Will les observa un moment en manipulant son talisman en forme de poisson, n'osant pas se montrer. Qui pouvaient bien être ces gens ? Il décida de ne pas se faire connaître, juste au cas où sa présence ici reviendrait aux oreilles de Lord Strange. C'est alors que trois hommes avancèrent dans sa direction. Le premier était vêtu d'un pourpoint bleu à large ceinturon, le deuxième, plus petit, était habillé de gris, et le troisième, un grand gaillard silencieux en chemise bouffante, fermait la marche. La prudence inspira à Will de se cacher derrière un arbre comme ils progressaient sur le sentier où il se trouvait. Les voyant s'arrêter, il se fit tout petit.

— Un millier, fit l'homme de tête. Ce sont les ordres. C'est demain qu'on commence à couper. Et cette fois, je les choisirai moi-même.

— Combien de chênes en tout, maître ? interrogea le deuxième en grasseyant.

— Tous les gros fûts. Ceux-là auront la vie sauve. Ceux qui sont si larges que deux hommes n'en font pas le tour, je les veux. Quant aux autres, vous pouvez couper tout ce que vous voulez.

Le petit homme parut satisfait de la réponse, mais le plus grand jeta un regard consterné sur les frondaisons alentour.

— Alors, va y avoir du changement par ici, hein ?

— C'est les temps qui changent ! Des bâtiments de guerre ! C'est de ça que le royaume a besoin. De vaisseaux, et pas de fourrés pour les cerfs ni de ronciers où personne ne va jamais. Abattez-moi tout ça.

— Et la chasse royale, qu'est-ce qu'elle devient ? s'enquit le plus grand.

L'autre se retourna.

— Si l'on a envie de devenir riches, c'est du commerce qu'il nous faut, et pas ces fichues chasses au cerf. Et pour cela, faut des navires, tu saisis ?

— Mais vous avez dit des bateaux de guerre.

— Pardi ! (L'homme en bleu lui jeta un regard irrité et se détourna.) Le commerce, la guerre, qu'est-ce que ça peut faire ? Par l'un, par l'autre, on sera riches, et p'têt bien par les deux ensemble, même.

Le bonhomme continua de gesticuler en exposant ses plans pour le bois de Wychwoode, tandis que les autres trottaient derrière lui.

Will leva les yeux vers la voûte de feuillage défraîchie. La forêt affichait un air de tristesse miteuse aux endroits où elle avait été saccagée et mise à mal. Pourtant, pensa-t-il, quel crime impardonnable que d'abattre les plus vieux spécimens de chênes, des arbres que des générations d'hommes avaient vu croître avant qu'ils atteignent leur maturité et fassent du lieu ce qu'il était. La bonne femme avait dit qu'ils nourrissaient et abritaient plus de bestioles rampantes que toute autre essence. « Le chêne est le rendez-vous galant des scarabées et des papillons. Les écureuils, les geais et les pigeons lui prennent ses glands, et les blaireaux creusent leurs terriers entre ses racines. Et après la saison du rut, pendant laquelle les cerfs mangent peu, l'automne, avec son abondance de glands, arrive juste à temps pour que les mâles engraissent en prévision des froids à venir. » Si les chênes viennent à disparaître, réfléchit Will, atterré, que vont manger les cerfs ? Et les licornes ?

— Hé ! Toi, à quoi tu joues ? fit une voix derrière lui.

Will se releva d'un bond et faillit s'assommer contre une branche qui dépassait.

— À mettre ton nez dans les affaires des autres, je suppose ?

Il se retourna : une fille était là, à le regarder. Elle était souple et svelte, dans des atours de garçon d'un vert foncé, mais avec cela un joli minois en forme de cœur, qu'encadraient des mèches de cheveux blonds. Elle était à peu près de son âge.

— Oh, mon mignonnet ! Je t'ai fait peur ?

— Un rien, fit Will d'un petit air renfrogné, tout en se massant le dessus du crâne.

— Bien. J'en suis ravie. C'est ta faute, d'abord : tu n'avais rien à faire ici. Comment t'appelles-tu ?

— Will. C'est le diminutif de Willand. Et toi ?

— C'est pas tes oignons.

Will se rembrunit davantage.

— Cépatésonion ? Pas bien malin, comme nom.

— Et tu n'es pas bien malin, comme garçon. Qu'est-ce que tu fais par ici ?

— Je cherche des licornes.

— Des licornes ? fit-elle dans un rire. Tu n'en trouveras pas.

— C'est bien ce qu'il me semblait. Elles s'aventurent rarement si loin dans le Sud. (Il essaya de prendre un air compétent.) Elles n'aimeraient pas beaucoup ce coin-ci, de toute façon. Pas avec ce moulin en bas qui fait un tel vacarme, la moitié du temps, avec ce bruit de pompe.

Elle le dévisagea sans aménité.

— Où est-ce que tu habites ?

— Je... J'habite la tour.

Il était sur le point de lui désigner ses tresses et de lui dire qu'il n'était plus un garçon mais un homme, à présent, mais elle affichait un air de profond dégoût.

— La tour ? J'ignorais que la hure de sanglier eût un fils.

— Tu veux dire Lord Strange.

— Toi, tu l'appelles comme ça. Tu es de ses parents, ce n'est pas de veine pour toi. Un gardien digne de ce nom veillerait sur cette forêt, mais celui-là amène des gens pour la flanquer par terre. Tu peux dire à ton parent que c'est un porc, et son homme de main un porc, et eux tous des porcs aussi.

Dans un bond elle décampa à toutes jambes, mais il se lança à ses trousses.

— Hé ! lui cria-t-il, je ne suis pas fils de seigneur ! Je suis un manant, comme toi. Ne fais pas l'idiote ! Attends-moi !

Mais la fille ne voulait rien savoir. Elle avait le pied léger d'un faon, connaissait bien le terrain et s'esquivait en empruntant les passées de cerfs, là où elle pensait qu'il ne pourrait la suivre. Mais il la suivit néanmoins, jusqu'à ce qu'elle parvienne à un jeune arbre mort couché au travers d'un fossé d'eau boueuse, qu'elle emprunta de son pas léger, et d'un bond, elle fut de l'autre côté. Will s'y risqua à son tour, mais sitôt qu'il eut posé le pied sur ce pont de fortune, elle tira sur l'une des branches mortes, de telle sorte que Will bascula. Il atterrit de tout son long dans la boue, tandis que, penchée six pieds au-dessus de lui, elle riait à gorge déployée.

— Et maintenant, qui est l'idiot ?

— Je te mettrai une fessée pour ça ! s'écria-t-il.

— Oh, que nenni ! Tu ne m'attraperas jamais ! Pas ici !

Il se remit debout et tenta de se débarrasser grossièrement de la vase dont il était trempé. Sur un côté, il était couvert de la tête aux pieds d'un limon noir et nauséabond.

— Tu sais quoi ? Je crois que tu as raison. Donne-moi la main plutôt, et aide-moi à sortir de là.

Elle regarda sa main tendue et fit non de la tête.

— Tu me crois si bête ? Eh bien, tu te trompes. En plus, regarde ta main. Elle est dégoûtante.

— Écoute, je ne suis pas de la famille de Lord Strange. Je ne suis pas fils de seigneur. Je n'ai rien à voir avec ces gens de la tour.

— Tu as dit que tu y vivais. Tu mentais, alors ? Ou bien est-ce maintenant ?

— Ni l'un ni l'autre. Ce que je voulais dire, c'est que j'y suis logé. Et je suis de ton avis, le seigneur est un porc, et il a tort de faire couper ses plus beaux arbres. C'est l'appât du gain, et c'est pure méchanceté, mais il n'y peut rien s'il est ainsi, parce que c'est un sort qu'on lui a jeté.

Elle l'observa de nouveau.

— Tu ne m'as toujours pas dit ce que tu faisais là.

— La même chose que toi, j'imagine. Je me promène, j'écoute ce que les oiseaux se racontent.

Il s'accrocha à une racine d'arbre et entreprit de se hisser hors du fossé. Quand il lui tendit une nouvelle fois la main, elle recula et fit mine de s'apprêter à courir.

— Allons, tu peux me faire confiance.

— C'est moi qui en décide. Et tu m'as l'air du genre à attirer des ennuis. Je ne crois pas que tu comprennes quoi que ce soit qu'il vaille la peine de savoir. Mon père affirme que ceux de ton espèce sont tous comme ça.

— Je te l'ai déjà dit : je ne suis d'aucune espèce. Je suis moi, c'est tout.

Elle renifla.

— Pourquoi tes cheveux sont-ils coiffés comme ceux d'une fille ?

— C'est... C'est un signe de virilité, là d'où je viens.

— De virilité ? (Elle partit d'un éclat de rire.) Ce sont des cheveux de fille. Tu as l'air d'une fille.

Au moment où il commençait à se dire qu'elle n'allait pas l'aider, elle se pencha pour le saisir au poignet. Elle ne voulait pas le laisser prendre sa main. Le pied bien calé, dans un dernier effort, elle l'extirpa du fossé.

— Merci, fit-il. Tu vois ? Je ne vais pas t'y jeter à mon tour. Remarque bien que je pourrais.

— D'après qui ?

— D'après moi.

— Eh bien, essaie donc, pour voir.

— Si l'on arrêtait ces mômeries, dit-il en se détournant. Et le jour de Midsummer, par-dessus le marché.

Elle parut interloquée.

— Tu respectes le solstice, alors ?

— Eh bien oui, comme tout le monde, non ?

— Pas comme la hure de sanglier, en tout cas. Les seigneurs ne le fêtent pas. Tu devrais le savoir.

— Lady Strange croit qu'il serait indigne d'elle de prendre part aux amusements. Elle dit que seuls les rustres font la fête la veille de Midsummer. Je ne la vois guère se tenir sous les sureaux ou danser dans les cercles des fées.

— Nous, nous faisons toutes sortes de choses. Mais nous chantons, surtout.

— Quoi ?

— De vieilles chansons. Ma préférée, c'est celle du prince qui plante trois pommiers qui lui font présent d'argent, d'or et de diamants. Tu la connais sûrement.

— Ça se peut. Chante-la-moi.

Elle hésitait, un peu gênée. Finalement, elle se laissa fléchir.

— D'accord. Juste un couplet.

Mais elle en chanta quatre, et quand elle eut fini, il applaudit.

— C'était très joli. Tu as une belle voix, tu sais ?

Puis il recula de quelques pas.

— Où t'en vas-tu ?

— Nulle part. Mais il ne faut pas que je tarde à rentrer. J'ai des ennuis avec la hure de sanglier. Figure-toi que j'ai été impertinent. (Il jeta un coup d'œil en direction de la tour.) Mais d'abord, je voudrais connaître ton nom.

Elle rit.

— Ça, je parie que oui.

— Allez, sans rire. Dis-le-moi.

— Nous habitons tout au bord de la rivière, alors les gens m'appellent… Willow, Saule. (Elle se plongea dans l'examen de ses pieds.) Je sais que c'est un nom idiot.

— Il ne faut pas te sentir embarrassée. C'est charmant. Aussi gracieux que l'arbre du même nom. Et cela te va bien.

Ils avancèrent sans hâte jusqu'à l'endroit de leur rencontre et s'assirent. Elle lui dit qu'elle vivait dans le village de Leigh. Son père, Stenn, était verdurier, l'un de ces hommes dont le métier consistait à s'occuper de la forêt — et auxquels on imposait d'abattre les arbres.

— Mais ce genre de travail n'est pas du tout de son goût, dit-elle.

Ils s'accroupirent côte à côte derrière un tronc, et observèrent le moulin et les monticules fumants, tout près de là.

— On ne peut pas s'attendre à voir un homme qui s'est occupé toute sa vie de la forêt, comme l'a fait mon père, présider à son massacre. Il prétend que, même si, d'après la loi, l'ensemble appartient au roi, cela dépasse la simple question de la propriété.

— De même que les arbres dépassent la question du bois de construction.

Elle le regarda en souriant.

— Eh bien, mais c'est vrai que tu comprends ! Ces grands chênes sont les amis de mon père. Il a grandi avec eux, il les connaît et les aime, chacun d'eux, un par un. D'après lui, il y en avait ici bien avant l'arrivée des tyrans. Ce qui est en train de se passer ne lui dit rien qui vaille. Il estime que tout ça sent mauvais !

— C'est sûr, il y a quelque chose de malsain dans l'air.

Ses yeux se portèrent sur les volutes de fumée qui évoluaient dans l'atmosphère autour du moulin et la chargeaient d'une odeur âcre.

— Regarde-moi les charbonniers, qui empestent l'endroit avec leurs brûlots. Le charbon, c'est pour chauffer et fondre le fer. Ils ont abattu tout le boqueteau de Grendon, là où se trouve maintenant le réservoir du moulin. Mon père prétend qu'il y a trois forges cachées là-dessous, qui fonctionnent à longueur de temps et qui mugissent il faut voir comme. Et ce battement qu'on entend par toute la forêt, c'est le bruit des marteaux à bascule, qu'on les appelle.

Il la dévisagea.

— Et ça sert à quoi ?

— Qu'est-ce que j'en sais ? À fabriquer des choses. Nous n'avons pas le droit d'approcher du moulin de Grendon, mais je sais qu'ils y font des choses à partir du fer. Il y a des chariots qui viennent de la vieille route presque tous les jours, et qui repartent avec tout le fourniment.

— De quel genre ?

Elle haussa les épaules.

— Est-ce que je sais ? Chaque fois que je descends par là-bas, ils me chassent. Mais ça m'est égal. Je n'aime pas bien y aller, de toute façon. C'est devenu un endroit sale, puant et enfumé. Pas du tout le genre qui me plaît.

— Ce n'est pas ce que je voulais dire, quand je parlais de quelque chose dans l'air. Je pensais plutôt aux paroles de cet homme tout à l'heure : les temps qui changent.

Elle approuva de la tête.

— Et bien trop vite !

— Tout ça me semble cadrer avec ce que maître Gwydion m'avait dit.

Elle se redressa et le fixa avec un vif intérêt.

— Qui est maître Gwydion ?

Will regretta aussitôt d'avoir mentionné son nom. Il s'attachait tant d'importance, tant de secrets au nom de Gwydion que cela semblait presque une trahison. Et pourtant, quand son regard se posa sur Willow, il eut la certitude de n'avoir rien commis de répréhensible.

— C'est celui qui m'a amené à Wychwoode. Peux-tu garder un secret ?

Elle haussa les épaules.

— Je ne sais pas. Je n'ai jamais essayé.

Il la regarda, revit son visage au moment où elle le tirait du fossé et décida qu'il pouvait lui faire confiance.

— Si tu jures de le garder pour toi, je vais te raconter ce que je sais de maître Gwydion.

— Je le jure.

— La main sur le cœur ?

— La main sur le cœur.

Il prit une profonde inspiration.

— Maître Gwydion est un magicien.

Elle ouvrit grand la bouche et fronça le nez.

— Non ?

— C'est la vérité. Et je suis son apprenti.

— Et des mensonges éhontés comme celui-là, ils en racontent tous, là d'où tu viens ?

— Je ne raconte pas de mensonges ! C'est vrai. Je peux le jurer, si tu veux.

— La main sur le cœur ?

— La main sur le cœur.

Elle l'enveloppa d'un long regard et Will ne pouvait en être tout à fait sûr, mais il lui sembla qu'elle s'était décidée à le croire.

— Ce doit être passionnant d'être l'apprenti d'un magicien.

— Quelquefois, ça fait un peu peur. J'ai vu de ces choses, tu n'en reviendrais pas.

Elle eut un petit sourire sceptique.

— Quoi, par exemple ?

— Oh, des choses en tout genre. Il fait voler les hiboux si lentement que tu peux compter leurs battements d'ailes. Il arrête la pluie qui tombe, et elle reste suspendue en l'air. Il peut siffler un orage rien qu'en faisant ça. (Il claqua des doigts et se penchant vers elle, du ton de la confidence :) Et même, il peut faire sortir des géants de la terre. Des géants grands comme des granges. Ils sont terribles à voir.

— Alors vas-y, dit-elle, les yeux brillants. Montre-moi un petit tour de magie.

Cela l'arrêta net et il se demanda à quoi l'avaient conduit ses fanfaronnades. Il prit alors son air le plus grave.

— J'aimerais bien, mais...

— Mais quoi ?

Il hocha la tête et inspira une bonne fois.

— Tu sais certainement que la magie est dangereuse ?

— Sûrement pas quand on sait ce qu'on fait.

Il se redressa.

— Oh, non. C'est *toujours* dangereux. Toute magie est dangereuse parce que, vois-tu, elle affecte l'harmonie, l'équilibre, la... la façon dont les choses sont liées ensemble, et tout et tout.

— C'est vrai, ça ?

Elle le regardait, désireuse d'en entendre davantage, tandis qu'il essayait désespérément de se rappeler ce que lui avait confié la bonne femme.

— C'est très difficile de transmettre un savoir magique à quelqu'un qui n'a pas les bases.

— Ah, je vois. Mais je ne te le demande pas. Je veux juste que tu fasses de la magie pour moi.

— Je... J'y réfléchirai. (Il hocha la tête avec gravité.) Oui, j'y réfléchirai. Et peut-être que demain, j'aurai quelque chose à te montrer.

Elle détourna les yeux.

— Oui, oui, je vois. Et qu'est-ce qui te fait croire que tu me reverras demain ?

— Eh bien... Je veux dire, j'aimerais bien. Vraiment. (Il se sentit intimidé au point qu'il n'osait pas croiser son regard.) C'est-à-dire... Si tu as la permission... si tu peux... si tu en as envie. Il paraît que toutes choses reviennent là d'où elle sont parties ; c'est un dit, tu sais.

À cet instant, Will entendit deux coups de sifflet perçants et regarda au bas de la pente. Il y avait là un homme portant la barbe, la tête en arrière et deux doigts dans la bouche.

— C'est mon père ! Il rentre avec les autres pour les préparatifs de la fête. Faut que j'y aille. Je suis en retard, expliqua Willow.

Elle s'élança et, sans un mot de plus, dévala la pente comme un cabri.

Il allait la rappeler, mais le père était là et il se ravisa. « Willow... se dit-il. Mais, et pour demain, alors ? »

CHAPITRE CINQ

La goule du marais

WILL, RESTÉ SEUL, s'allongea un moment à la lisière des bois, songeant qu'il lui fallait rentrer pour affronter la colère de Lord Strange, et que plus il retardait ce moment, pire ce serait. Il jeta un regard aux eaux tranquilles de la retenue d'eau. Quand le doum, doum, doum, cessa pour la journée, ce fut comme la fin d'une rage de dents. Les rubans de fumée s'élevaient toujours au-dessus des meules des charbonniers, mais rien d'autre ne bougeait. Tout le monde, semblait-il, était redescendu au village pour se préparer à la fête de Midsummer.

Will soupira, se sentant seul au monde. Chez lui, dans le val, les gens allaient danser, festoyer et s'amuser jusque tard dans la soirée, mais tout cela paraissait bien loin dorénavant, et un frisson le parcourut. Alors qu'il était étendu là, sur son matelas d'herbe moussue, le spectacle du bassin où se reflétaient les arbres condamnés le plongea dans une humeur morose.

Quand il se fut lassé d'écouter le silence, la curiosité le remit debout et le conduisit au bas de la pente, vers un lieu interdit. Il avait toujours à l'esprit sa promesse à Gwydion de rester en deçà des limites de Wychwoode, mais le désir de connaître la vérité le poussa juste quelques pas au-delà. Autour de lui s'empilaient des quantités de bois de rebut, des montagnes de sciure et les souches de spécimens majestueux que la hache avait tranchés. Remises et abris à bois se pressaient autour du moulin de Grendon. Des monceaux de petit bois étaient entassés, prêts à être chargés sur les charrettes. À la vanne de l'écluse, on entendait le bruit de l'eau qui se jetait derrière la roue à aubes et s'abattait dans la cascade.

Il risqua un coup d'œil à l'intérieur de la forge et y vit un grand puits de chêne carré, des roues dentées, des pistons aux attaches de fer et des billes de pierre. Les enclumes, à chaque extrémité du marteau à bascule, étaient vides et un soufflet ouvrait sa gueule inutile près du brasier couvert. De longues tenailles et des maillets étaient accrochés au mur. Tout autour, s'élevaient des amas de métal, façonné en divers objets. La plupart étaient rouillés ou noircis au feu, mais quelques-uns étaient d'un beau brillant poli, et il n'y avait pas d'erreur possible sur la nature de ce qu'on fabriquait ici.

— La guerre, murmura-t-il en ramassant une lame d'épée en cours de finition. Exactement comme l'avait dit maître Gwydion…

Un frisson d'excitation le parcourut à la vue des pièces forgées là. Il y avait des épées de différentes tailles, dont aucune encore n'avait de pointe ni de tranchant. De sinistres casse-têtes et des marteaux de guerre étaient alignés d'un côté. Dans une autre dépendance étaient rangés des heaumes et des casques de combat, nombre d'éléments d'armures juste dégrossis, pour les membres et le corps. Et sous le toit de chaume d'un appentis, un établi de fabricant de cottes de mailles avec de pleines boîtes de rivets et des paires de tenailles, aux poignées enveloppées de vieux chiffons. Des milliers d'anneaux étaient déjà assemblés les uns aux autres avec soin pour en faire des cagoules de fer semblables à celles que portaient les gardes de Lord Strange.

Chacune des remises où Will posait les yeux était pareillement garnie. Il y avait là, semblait-il, assez de fer pour armer cinq cents soldats et si, comme l'avait dit Willow, des tombereaux venaient presque tous les jours prendre livraison du fourniment, qui pouvait dire le nombre de ce qui était déjà entreposé ?

« Lord Strange est-il au courant de ce qui se passe ? se demanda Will. Bien sûr qu'il sait ! Le son de ces marteaux à bascule porte loin et fort. »

Il se sentit glacé jusqu'aux entrailles. Ses doigts cherchèrent le réconfort du talisman en forme de saumon qui lui pendait au cou. Il souhaita que Gwydion fût là. « Voilà bien une jolie façon de fêter Midsummer », songea-t-il en s'éloignant.

Il avançait avec prudence pour passer le bief du moulin quand, par hasard, il regarda en contrebas. Ce qu'il vit lui arracha une exclamation d'effroi. Là où l'eau s'engouffrait sous l'écluse et tombait en cascade dans de violentes éclaboussures derrière les pales vertes des roues, il y avait une main délicate. Elle était menue, comme celle d'une petite fille, et avait dans la pénombre la blancheur de la cire.

Il resta les yeux écarquillés, sous le choc. Incapable de s'en détourner, il se pencha pour mieux voir. La main semblait s'agiter dans sa direction et pendant quelques secondes, il eut l'impression qu'elle lui faisait signe. Alors, se redressant, il regarda alentour, pris de panique. Quelques instants plus tôt, il redoutait d'être découvert dans un lieu interdit d'accès, et à présent il appelait à l'aide de toute la force de ses poumons.

Mais l'aide ne venait pas.

« Il faut que je fasse quelque chose », se dit-il, et il se laissa couler dans le bief. Le flot qui s'échappait de la chute était profond jusqu'au genou sous la roue, et froid à couper le souffle. L'eau qui lui cascadait sur les épaules passait en gargouillant dans un éboulis de bulles. La roue et son socle de pierre étaient visqueux et glissants. Il allongea le bras pour toucher la main cireuse, mais la trouvant morte, eut un mouvement de recul.

Il lui échappa un gémissement de désarroi. Il y avait là une chose noyée, un corps pris dans la roue de manière atroce. Qu'avait infligé celle-ci aux chairs, à force de battre et de tourner ? Le visage tordu par une grimace, Will prit pied dans le trou d'eau étroit. Là, révélée sous ses doigts qui exploraient à tâtons, dodelinait paresseusement une tête abandonnée en arrière, suivie d'un bras mince, pris au piège et mutilé par l'engin qui l'avait déchiré. Les pieds de Will glissaient toujours autant, pourtant il plongea de nouveau la tête sous la cascade, cala son dos contre les pales et se planta de toute sa force contre le courant pour soulever un tant soit peu la roue, et libérer ainsi le bras prisonnier de son étreinte.

Il n'y avait pas de sang. Le corps se libéra, frêle et léger. Will le prit dans ses bras, cherchant un endroit où le déposer. Dans le coin défriché, c'était sale et poussiéreux, si bien qu'il remonta son fardeau sur le talus en lisière de forêt, où il l'étendit sur un lit de mousse. Il était trempé et transi quand il s'agenouilla près de la frêle créature, mais la seule chose qu'il ressentait, c'était une immense tristesse.

Il battit des paupières, s'essuya le visage et alors seulement ses yeux s'attardèrent sur le cadavre. Il crut d'abord à une illusion créée par la lumière, puis il se rendit compte que la peau était incroyablement pâle, argentée, presque transparente. Un lacis de veines, entre le bleu et le vert, était visible au-dessous. La chair du bras était tordue là où elle avait été broyée, et sur le front comme aux tempes on voyait des marques verdâtres, comme si des lamproies ou des sangsues s'y étaient gorgées de sang. La chevelure aussi était d'une nuance verte, fine comme celle d'un enfant, pourtant les traits du visage étaient ceux d'un adulte — fins et délicats, menton pointu et large bouche. Quant aux yeux, on aurait presque dit que seul le sommeil les fermait. Will savait que l'être dont il faisait la toilette mortuaire n'était pas né d'une femme, mais cela n'avait pas d'importance.

« La pauvre petite chose a dû mourir toute seule, se dit-il. Prise alors qu'elle essayait de nager dans la retenue. Happée sous la roue. »

Un accès de tremblements eut raison de lui et il se mit à pleurer. Puis il disposa les membres de la créature avec dignité et déposa par-dessus des branches feuillues pour en couvrir la nudité, jusqu'à ce qu'on ne vît plus que le visage. Enfin il cueillit un bouquet de fleurs des bois. En dépit de ses horribles blessures, la trépassée était belle. Il sentit qu'il devait se pencher et lui déposer un baiser sur le front, en signe d'adieu. C'est ce qu'il fit, avant de filer à toutes jambes vers la tour.

Comme juin radieux cédait la place à un juillet plus chaud encore, Will n'en finissait plus d'espérer le retour de l'enchanteur. Les paroles déchaînées qu'il avait jetées à la figure de Lord Strange lui avaient valu son châtiment : le temps d'étude avec l'ardoise avait été doublé, et ses longs après-midi de liberté, supprimés. Il était astreint aux corvées de garçon de cuisine pour payer sa pension, mais cela lui importait peu. Ce qui le contrariait bien davantage, c'est qu'il n'avait pu, de ce fait, retourner au moulin pour voir si Willow était venue au rendez-vous, et maintenant il n'avait plus le droit d'aller plus loin que les douves.

— Alors, et Willow ? demanda-t-il, consterné, au chat blanc. La reverrai-je un jour ?

Le félin vint se frotter contre lui et le regarda sans ciller.

Will détestait rester cloîtré quand le soleil brillait. À force de tenir la plume, il avait mal au bout des doigts, mais il avait commencé à découvrir le pouvoir des lettres, et des mots, et par-dessus tout, il entrevoyait aussi celui, irradiant, des idées. Il s'aperçut qu'écrire, ce n'était pas, somme toute, l'exercice ennuyeux qui consiste à écorcher l'ardoise ou le parchemin de pleins et de déliés ; c'était bien, plutôt, acquérir le pouvoir de loger des idées dans la tête des autres, des gens qui étaient loin, hors de portée, et même, pourquoi pas, qui vivaient dans un autre âge !

L'immensité de la découverte le saisit, car personne ne s'était jamais avisé de l'avertir des abîmes de délices à quoi pouvait aboutir toute cette corvée. Ce dont il avait besoin à présent, c'était un livre à lire, et en ce qui concernait la question, il avait déjà son plan.

Le cœur lui battait tandis qu'il suivait Pangur Ban dans l'escalier, jusqu'aux appartements privés du seigneur. Là, il le savait, se trouvaient trois volumes reliés de vieux cuir, posés côte à côte sur une étagère de tilleul. Il vérifia d'un coup d'œil que nulle servante n'était dans les parages, puis pénétra dans la pièce et tira le premier ouvrage. C'était le livre de comptes de la maison ; il le parcourut rapidement, avant de le remettre en place.

Le deuxième était du même genre, mais le troisième était bien différent. Il semblait plus ancien que les autres, et sa reliure n'était pas protégée par un cadenas et une chaîne de métal. Il y avait quelque chose d'inscrit sur la couverture, et bien que Will fût en mesure de déchiffrer les mots, il n'y comprenait goutte : « *Ane radhas a'leguim oicheamna ainsagimn...* »

Le reste avait été emporté par une profonde éraflure. On eût dit que quelqu'un avait, un jour, essayé de jeter l'objet au feu, mais s'était ravisé. En l'ouvrant, Will constata que certaines pages étaient illustrées d'images. Il y avait de nombreuses lignes couvertes d'une écriture noire et soignée, avec ici et là des mentions à l'encre rouge, et tout cela d'une calligraphie si experte que Will s'émerveilla devant l'habileté du scribe. Les dessins représentaient des animaux de toute sorte et l'un en particulier retint son attention : un lion, la créature qui figurait sur la livrée des hommes de Lord Strange, et qu'il avait pris, tout d'abord, pour un chien bizzarement fait, car le seul lion qu'il ait vu auparavant était un dent-de-lion. On y voyait aussi un léopard, dont le livre disait qu'il était issu du croisement d'un lion, *leo*, avec un autre animal, plus féroce encore : le pard. En examinant mieux les images, on pouvait se rendre compte qu'une bonne part des bêtes étaient croisées les unes avec les autres, et certaines, même, avec l'espèce humaine.

Will se pencha au-dessus du livre, tandis que Pangur Ban se promenait sur la table et venait se frotter contre sa tête. Dans les marges en regard de certaines images, quelqu'un avait tracé quelques lignes, d'une écriture fine comme des pattes de mouches, et l'on eût dit que les mots avaient été tracés à l'aide d'une épingle. Mais encore une fois, c'était là une graphie qu'il ne comprenait pas. Au dos de l'ouvrage les mentions manuscrites étaient plus curieuses encore et cette fois, comme il s'escrimait en vain à essayer de les déchiffrer, une idée lui vint.

Il s'empara du miroir à main de la dame et essaya de lire à nouveau. Cela marchait : il pouvait lire. Mais pas tout à fait cependant, car même s'il arrivait à épeler les mots, il ne les comprenait toujours pas davantage que ceux de la couverture. Il les lut à haute voix ; cela faisait penser à de la magie. Et quand il parcourut encore une fois les pages illustrées, à côté de l'aigle il s'aperçut qu'on avait ajouté le mot *feoreunn*, à côté de l'abeille, *begier*, et à côté du dragon ailé — cette chose dévoreuse d'hommes qui vole dans les airs —, *nathirfang*.

Will les articula à haute voix à plusieurs reprises, puis se reporta au revers du livre, où de la même écriture de pattes de mouches, était écrit ceci : « Pour que la créature vienne, dites : "*Aillse, aillse [...] comla na duil !*" ; pour qu'elle vous obéisse, dites : "*Aillse, aillse, [...] erchim archas ni ! Teirisi ! Taigu !*" »

— Des invocations ! chuchota Will pour lui-même, tout exalté. Et ces espaces, c'est pour y mettre les noms qui conviennent.

« Je ne devrais pas regarder cela », se dit-il, se rappelant soudain les mises en garde de la bonne femme à propos du respect que la magie exigeait. Ce n'était pas bien de lire à la dérobée un ouvrage qu'il n'était pas censé regarder et, plus grave encore, de s'emparer furtivement de formules invocatoires, mais à présent qu'il était plongé dedans, c'était difficile de s'arrêter.

Il entreprit de mémoriser les mots, et le travail était en bonne voie quand il fut alerté par un bruit au-dehors. Il était si absorbé dans sa tâche qu'il parvint tout juste à s'éclipser avant qu'une servante ne passe la porte de la dame.

Après le repas de midi, Will se munit d'un morceau de pain tartiné de miel et, armé des phrases magiques, entreprit de capturer une mouche. La première qui entra par la fenêtre ouverte, attirée par le piège, fut faite prisonnière dans la pièce refermée, et tout l'après-midi, au lieu de ses exercices d'écriture, Will testa les formules à pleine voix.

Mais ce n'était pas si facile qu'il l'avait cru. Il y avait bien des façons de prononcer ce qu'il avait pris soin d'écrire, et la bestiole ne semblait prendre garde à aucune de ses interprétations. Par ailleurs, elle n'était pas tout à fait semblable à ses congénères figurant dans le livre. Était-ce une *foulaman* ? Ou bien plutôt une *gleagh*, ou encore une *crevar* ? En dernier ressort, il tenta *cuelan*, sans plus de succès, mais quand il ouvrit la porte, entra une belle grosse mouche bleue, qui se mit à lui bourdonner autour de la tête.

Il ne put retenir un cri de triomphe. Où qu'il allât dans la pièce, la *cuelan* suivait, avec la même détermination obstinée que le papillon de nuit qui vient tourner autour de la chandelle. Qu'il avançât ou reculât, elle ne le lâchait pas. Dès qu'il s'arrêtait, elle décrivait des cercles autour de sa tête.

— J'ai réussi ! s'écria-t-il, immensément satisfait de lui-même.

Il s'allongea sur le lit et observa sa prise, qui tournait et tournait au-dessus de son visage. Puis elle se posa sur son nez. Il essaya de l'en chasser, mais c'était la championne de l'esquive.

— Ça suffit comme ça. Tu peux t'en aller, maintenant, ordonna-t-il.

Mais rien à faire. La mouche avait été convoquée par une formule magique, et rien au monde ne lui ferait lâcher prise. Il se lassa très vite d'elle, mais pas elle de lui. Elle s'obstinait à venir se poser sur ses lèvres et à le harceler tandis qu'il essayait d'écrire, jusqu'à ce que finalement, il se décide à plonger sous les draps pour s'en débarrasser.

Quand il sortit la tête, elle était là, qui l'attendait. Quand il descendit pour le dîner elle fit de même, et malgré les trois tartines de pain au miel qu'il avait placées devant elle, elle ne s'intéressa qu'à lui. Tout ce qu'elle voulait, c'était lui tourner autour de la tête, et à la première occasion, comme elle s'était posée sur lui, il manqua s'ouvrir la lèvre en s'infligeant à lui-même un soufflet vigoureux. Pris d'un accès de fureur, il faillit tomber de son siège.

La cuisinière le dévisageait d'une drôle de façon. Il décampa avec un haussement d'épaules, l'insecte à ses trousses. Lady Strange, importunée par les attentions de l'ensorcelée à son égard, demanda à Will s'il n'avait pas oublié de se laver les oreilles. Lui ayant donné à faire un exercice, elle s'en fut. Will espéra que la bestiole aussi s'en irait, mais il n'en fut rien.

Le soir tombait, et impossible de se concentrer sur son étude. Toute la soirée, la mouche le harcela et quand la lune fut levée, et qu'on put raisonnablement se dire que les espèces diurnes allaient prendre quelque repos, cette mouche-ci continua de bourdonner. Will se demandait si la seule façon de l'attraper n'était pas de la laisser aller là où elle en avait si manifestement envie — dans sa bouche — et de l'avaler d'un coup.

Pour finir, il réussit à la tuer : d'un revers de main exaspéré, il la projeta contre le mur et la piétina. Pourtant, sa joie sauvage se tempérait de remords. Ce n'était qu'une mouche à viande, mais là n'était pas la question. Pratiquer l'invocation pouvait donner lieu à quelques mauvaises surprises. Il lui faudrait étudier cette discipline bien davantage encore s'il voulait être, un jour, en mesure de l'utiliser à bon escient.

À l'approche de Lammastide, Will échafauda un plan d'escapade ; il était tout sauf sophistiqué. Deux semaines d'obéissance avaient relâché la vigilance de ceux qui l'auraient, sans cela, surveillé de plus près. À la première occasion où il trouva la cour vide, il fit mouvement jusqu'à la grille. Il descendit tout droit à la rivière, où il trouva la masure de la bonne femme, plantée à l'ombre d'un saule à l'ample feuillage.

— Bonjour, bonne femme ! s'écria-t-il en approchant.

Un panier posé sur les genoux, elle était occupée à écosser des petits pois, mais l'accueillit d'un mot aimable et l'invita à entrer. Il s'assit sur un seau retourné et se lança :

— J'ai une question à vous poser. Accepteriez-vous d'y répondre ?

— Si je le puis.

— Connaissez-vous un village du nom de Leigh ?

— Certainement. J'y passe deux fois par semaine.

— Connaissez-vous une jeune fille qui y habite, du nom de Willow ?

La bonne femme opina, toute songeuse.

— C'est une bien jolie fille, tu ne trouves pas ?

— Je… J'aimerais lui faire parvenir un message. Si cela ne vous ennuie pas, bien entendu.

— Ah, fit-elle en ouvrant une autre cosse de petits pois. Et pourquoi n'y vas-tu pas toi-même ?

Will connaissait assez bien la vieille pour s'être attendu à la question.

— Eh bien, parce que Leigh se trouve au-delà des limites de Wychwoode, et que je ne veux pas manquer de parole à maître Gwydion.

Le visage de la bonne femme était de parchemin, mais ses yeux, deux lacs d'eau claire, semblaient voir au plus profond de lui.

— C'est un sentiment qui t'honore, quand tu as déjà failli à ta parole en venant ici.

Will baissa les yeux.

— Ce n'était pas une promesse à maître Gwydion. Ce n'est que la règle fixée par Lord Strange.

— Et qu'est-ce que cela change ? C'est ta parole qui se dévalue quand tu ne la tiens pas.

Il se sentit agité de sentiments divers.

— Mais je dois faire parvenir un message à Willow.

La bonne femme le dévisagea de nouveau de son regard tranquille.

— Et qu'est-ce qu'il dit, ce message ?

— Je veux savoir si elle veut bien me retrouver demain à midi à l'endroit, au-dessus de Grendon Mill, où nous nous sommes déjà rencontrés. Je vous en prie, dites-lui à quel point je désire qu'elle vienne et ajoutez que j'ai quelque chose d'important à lui montrer.

La vieille posa son panier de côté et clopina vers la porte.

— Qu'est-ce que tu veux lui montrer ? Fais-moi voir.

— Je ne peux pas.

— Alors, je ne peux pas me charger de ton message.

Il était au supplice.

— Je veux lui montrer certaines... prouesses.

— De quel genre ?

— Juste un peu de magie toute simple. Le genre de choses dont vous m'avez parlé.

Elle le dévisagea un long moment et hocha la tête.

— Willand, les secrets de cet art ne doivent pas être jetés à tous les vents. La magie n'est pas un hochet qu'on agite à sa guise. Si je t'ai livré ces choses, c'est parce que maître Gwydion dit que tu es quelqu'un de très particulier.

— Mais Willow aussi est spéciale. Si vous l'avez vue, vous devez savoir qu'elle est...

— Je sais qu'elle est très jolie.

Les joues de Will s'empourprèrent.

— Je vous en prie, bonne femme.

— Ah, je le lui transmettrai, ton message. (Ses yeux scintillèrent.) Mais si je le fais, c'est que j'ai mes raisons, qui ne sont pas les tiennes. Tu ne me croiras peut-être pas, mais un jour moi aussi, j'ai su ce que c'était que de brûler de l'ardeur de la jeunesse. Je ferai ce que tu me demandes, mais tu dois d'abord promettre de n'enseigner à cette jouvencelle aucun tour de magie, car comme le dit un célèbre proverbe : « S'intéresser à ce qui ne te regarde pas, aussi longtemps que tu es encore dans l'ignorance de toi-même, c'est tout bonnement ridicule. »

— Je vous le promets, bonne femme. Je ne lui montrerai rien du tout. Je vous en donne ma parole.

— Ta parole ? (Dans un rire :) Oh, mais c'est qu'elle vaut de l'or, Willand. J'y suis très sensible, je t'assure.

Le jour suivant, il se leva matin pour achever les exercices d'écriture que lui avait imposés l'épouse du seigneur, puis il se mit à surveiller la cour, bien décidé à saisir sa chance. Il avait été assez habile pour rentrer de son rendez-vous de la veille sans qu'on s'aperçût de son absence. Cette fois-ci encore, il profita pour s'éclipser de la relève de la garde. Il gagna les bois à toutes jambes, et l'excitation lui fouettait le sang. Questions et obstacles se bousculaient dans sa tête : et si la bonne femme n'avait pas pu trouver Willow ? Si Willow avait bien reçu le message, mais s'était vue coincée par quelque corvée domestique ? Et, pire que tout, si ayant bien reçu le message, elle avait décidé de ne pas venir ?

Il écarta cette hypothèse. Et même s'il était un peu en retard, il se força à marquer une pause et à se calmer.

— Il n'y a pas de raison de s'inquiéter, confia-t-il en passant à un sureau. Je saurai bien assez tôt à quoi m'en tenir.

Mais quand il atteignit les hauteurs qui donnaient sur le moulin de Grendon, un spectacle terrible l'attendait. Sur le coteau en surplomb du barrage, les arbres avaient été coupés jusqu'au dernier, et tous les fûts abattus traînés en bas, au bord de la route. Ce qui avait été la forêt profonde était maintenant un terrain dévasté, saccagé. Son cœur sombra quand il se rendit compte que le lieu, cher entre tous, de sa rencontre avec Willow n'était plus.

Autour de lui, ce n'étaient que souches massacrées à la hache et rameaux brisés. Le sol était jonché de débris de bois déchiquetés, là où les branches maîtresses avaient été débitées et entassées aux abords des meules de charbon. Soudain, il leva les yeux, la peau parcourue d'un frisson d'alarme. Alors, comme dans un rêve, il imagina des bandes d'hommes armés de haches et de scies, et une paire de bœufs sous le joug en train de tirer les troncs pour les transporter plus loin. Il y avait des cris, et le craquement d'un if vénérable qui s'abattait, fendu en deux, dans un gémissement formidable. Puis la scène, portée à incandescence, explosa à l'intérieur de sa tête et l'atroce vision disparut, le laissant seul et silencieux.

Le doum, doum, doum, s'était tu. Le temps sec qui s'était maintenu durant les semaines précédentes avait fait baisser les eaux du bassin de retenue au-dessous du niveau requis pour entraîner la roue. Le moulin était déserté, et tous les hommes expédiés ailleurs, à d'autres travaux. Will descendit vers le barrage en appelant Willow.

L'écho lui retourna sa voix, mais pas de réponse. Aussi s'installa-t-il sur une bûche pour attendre, le menton dans les mains. Un gouffre s'ouvrait au-dedans de lui, bien qu'il refusât tout d'abord d'y mettre le nom de déconvenue. Il se releva et commença à faire les cent pas sur la digue du barrage. Il ne tenait pas à s'approcher des appentis et des fours dressés près du moulin, aussi finit-il par revenir vers la berge pour observer le reflet de son visage dans l'eau. Deux nattes blondes lui pendaient le long de la joue gauche. D'un geste impulsif, il sortit son couteau et en coupa une. Puis l'autre.

— Voilà ! Je n'ai plus l'air d'une fille, à présent, s'écria-t-il à l'intention du vide alentour.

Il jeta les tresses à l'eau, aussi loin qu'il put. Elles flottèrent tristement et autour d'elles des cercles se formèrent à la surface, qui allaient s'élargissant.

— Willow ! lança-t-il de nouveau.

Si même elle s'était donné la peine de venir, elle ne serait sûrement pas restée bien longtemps à l'attendre. Il se souvint de ce qu'elle avait dit : « C'est devenu un endroit sale, puant et enfumé. Pas du tout le genre qui me plaît. » C'était folie que d'avoir choisi ce lieu de rendez-vous. Mais comment eût-il pu savoir que les choses tourneraient ainsi ? Et quel autre endroit possible ? Ils n'avaient mentionné, entre eux, aucun lieu de Wychwoode, sinon la tour.

Tandis que ses espoirs s'évanouissaient, il se rappela la manipulation qu'il avait apprise dans l'intention de l'impressionner. Il s'était entraîné très sérieusement sur des araignées d'eau, après l'incident de la mouche bleue. Avant sa promesse à la bonne femme, il avait eu l'intention de faire pour Willow un petit exercice de magie invocatrice avec des libellules. Il avait découvert le nom véritable de la variété de grande taille qui portait sur le corps une rayure d'un bleu éblouissant.

« Eh bien, se dit-il, si Willow ne vient pas, il n'y a pas de mal à essayer. »

Dans un effort pour recouvrer sa bonne humeur, il fit un pas vers la berge et de sa plus belle voix, avec solennité, tel le roi Lear des anciens dits s'adressant à son armée, lança :

— *Ealsha, ealsha, sathincareta comla na duil !*

Avant même que l'écho de ses paroles ait fini de se répercuter sur l'autre rive, une demoiselle s'avança jusqu'à lui en tournoyant. Il répéta cinq fois l'invocation, et quelques instants plus tard une demi-douzaine d'insectes dansaient en l'air autour de lui :

— *Sathincarentegh erchim archas ni, teirisi ! Cruind !* ordonna-t-il, les bras levés.

Aussitôt, elles se disposèrent en escadron. Un autre ordre encore, et elles se mirent à décrire des boucles pour former des huit, leurs trajectoires entrecoupées pour éviter la collision, dans le frottement murmuré de leur double paire d'ailes.

— Quel merveilleux talent tu as !

Will se retourna. Une jeune fille se tenait derrière lui dans la lumière ; elle ressemblait à s'y méprendre à...

— Willow ? interrogea-t-il, se protégeant les yeux de la main dans l'éblouissement du soleil.

Elle ressemblait à Willow, mais non, ce n'était pas elle, car elle avait la pâleur chatoyante de la gaze.

Il se frotta les yeux. Elle était grande et mince, et l'on eût pu la croire la sœur de Willow, mais dans ses yeux la lueur était comme voilée de tristesse, et sa voix plus profonde et plus rêveuse. Elle portait une robe blanche miroitante, et si délicate qu'on l'eût dit faite dans des ailes de libellules. Elle rappelait à Will celle de la femme fantôme qu'il avait croisée près du pont sur l'Evenlode, le jour de son arrivée à Wychwoode.

— Viens plus près, Will, dit-elle. Donne-moi tes mains et je te montrerai des merveilles.

— Willow ? Est-ce que... Est-ce que c'est toi ?

Il secoua la tête, tâchant d'y voir clair, mais le monde entier lui échappait à présent. Il perdait pied.

— Qui êtes-vous ? Comment savez-vous mon nom ?

— Je suis ton amie, Will. Je t'ai cherché partout, et voilà que je t'ai trouvé. Enfin, tu es venu à moi, mon seul amour.

— Je...

Il se frottait le visage de ses mains, luttant contre la lassitude qui le submergeait, mais il flottait dans l'air une douceur écœurante. C'était comme si ses bras et ses jambes étaient soudain sans forces.

— Assieds-toi. Tu es fatigué. Ne veux-tu pas t'asseoir ?

La lueur, dans le regard de la fille, avait perdu sa tristesse. À présent, ses yeux l'assuraient que prendre place près d'elle serait la chose la plus délicieuse au monde. Il se rappela l'expression, sur le visage de Willow, quand elle avait tendu la main pour le sortir du fossé boueux. Comment ne pas obéir à ce qu'elle lui demandait ? Il faisait chaud et la douceur tranquille de l'après-midi se refermait sur lui comme une couverture suffocante. Il prit une profonde inspiration, mais l'air ne semblait pas pouvoir emplir ses poumons, et dans un soupir il inspira encore.

— Laisse-moi te toucher, fit la jeune fille, de sa voix persuasive. (Il sentit une main fraîche lui effleurer le genou, le bras, le bord de la joue.) Est-ce que ce n'est pas mieux ? Mille fois mieux que de rester tout seul à attendre ? Ferme les yeux, Will. Repose-toi. Bientôt nous serons ensemble.

Une part de lui résistait, sachant qu'il y avait là quelque chose de mal, quelque chose d'important, mais quand il essaya de penser à ce que c'était, cela lui échappa. Il se sentait les yeux secs et douloureux, et il avait de plus en plus de mal à les garder ouverts. Il tenta de concentrer son attention sur les demoiselles, qui continuaient de décrire des cercles au-dessus de l'eau. Les fulgurants éclairs bleus de leurs corps dessinaient majestueusement les boucles dans lesquelles son incantation les avait enfermées. « Je dois les rendre à la liberté avant de m'en aller », se dit-il. Mais, étrangement, il ne pouvait se remémorer la formule qui rompait le charme, et finalement, il semblait que ce fût sans importance qu'elles continuent de voler tandis qu'il se reposait.

Les motifs entrelacés exécutés par les libellules se reflétaient dans les eaux sombres du bassin tel un symbole mystique. La surface de l'eau semblait un miroir, qui avait le pouvoir de rendre Will autre. Il aurait bien souri, mais la fatigue était si grande, et la voix caressante, irrésistible.

— Ferme les yeux, Will. Viens avec moi. Suis-moi dans la belle eau fraîche. Il y a dessous un monde merveilleux. Un fabuleux royaume, plus grand et plus beau que tout ce que tu as pu imaginer. Tellement plus beau que tout ce que tu as pu voir en songe. Tu découvriras tant de choses, tant de choses étonnantes. Tu aimerais cela, n'est-ce pas ? Alors, viens avec moi. Viens avec moi, et nous serons ensemble. Ensemble à tout jamais.

Will sentit céder en lui les derniers lambeaux de volonté. Le ciel d'opale, dont la blancheur de fournaise augmentait sa somnolence, semblait faire pression sur son crâne. Il sentit entre ses orteils s'insinuer la boue tiède et douce, et la lourdeur de ses pieds s'envola, et les souffrances de son long voyage hors de l'enfance s'apaisèrent. Quand il ouvrit les yeux à nouveau, il était déjà dans l'eau jusqu'au genou et la jeune fille près de lui était nue. Mais tout allait bien. Tout était en ordre. Le velours onctueux de la vase lui caressait la peau, l'invitant à pénétrer plus profond. Il s'enfonça davantage, jusqu'à la taille, jusqu'à la poitrine, puis il sentit la présence insidieuse de l'eau sur son cou, son menton. L'air était empli du bourdon monotone des demoiselles, qui se répétait, se répétait, se répétait à l'infini. Et la gracieuse Willow, à son côté, qui descendait l'allée liquide, et le contact rafraîchissant de ses mains sur son visage. Alors elle posa ses lèvres sur sa bouche et l'attira à elle pour le conduire dans les profondeurs, vers le monde extraordinaire qui gisait sous la surface.

DEUXIÈME PARTIE

LES FORCES TELLURIQUES

CHAPITRE SIX

Un nid de secrets

Quand Will émergea brusquement de son hébétude, il étouffait et luttait pour retrouver son souffle. Une cage de doigts osseux lui emprisonnait le visage, et à mesure qu'il réussissait à s'en défaire, ils lui labouraient les joues.

— Hors d'ici, goule puante ! rugissait une voix formidable.

Il vit alors une atroce créature se dessaisir de lui. Sa peau grise et marbrée s'affaissait et tombait en lambeaux flasques, sa chevelure pendouillait comme les feuilles de roseaux pourris qu'on trouve au bord des étangs, sa bouche éructait et sifflait tandis qu'elle se débattait pour tenter d'échapper à la poigne de Gwydion.

— Comment oses-tu exercer ta vengeance sur un innocent ? s'indignait le sorcier. Cette obligation je t'impose : retourne au limon auquel tu appartiens et plus jamais ne tourmente les fils des hommes !

Les longs doigts de la chose s'accrochaient à la figure de Gwydion. Leur extrémité portait des ventouses qui tentaient de s'attacher à lui, mais le magicien tenait la goule en respect. Pendant un moment, il sembla qu'elle allait réussir à le prendre dans son étreinte, mais alors il lui adressa quelque formule puissante, et elle s'enfonça dans les eaux, où elle se dissipa.

Will, à quatre pattes sur la berge, toussait et crachait. Chaque fois qu'il tentait de reprendre son souffle, l'eau qu'il avait dans les poumons lui provoquait des haut-le-cœur. Gwydion le jeta au sol, lui appuya des deux mains sur la poitrine, et bientôt il fut en état de s'allonger sur le dos et de respirer de nouveau librement.

— C'était horrible, s'exclama-t-il frénétiquement. Horrible ! J'ai cru que c'était une fille ! J'ai cru que c'était Willow !

— Et qu'en est-il de ta promesse de ne pas t'aventurer par-delà les limites de Wychwoode ?

La voix de Gwydion était douce, et cependant elle contenait une telle charge de reproche que Will tenta de se dérober.

— Mais je ne voulais pas désobéir ! Ils ont abattu la forêt et du coup, l'endroit où j'avais donné rendez-vous à Willow, que nous connaissions, eh bien... eh bien...

— Eh bien tu es tombé tout droit dans le piège que t'avait tendu la goule du marais ! Et moi qui croyais pouvoir te faire confiance !

Will était secoué de frissons convulsifs.

— Qu'est-ce que... Qu'est-ce que c'était ?

— Une goule. Une créature qui fait sa proie des imbéciles.

Will porta la main à sa poitrine.

— J'ai bien failli me noyer...

— Oh ! Tu ne te serais pas noyé ! Tu serais resté bien en vie, bien gaillard, pendant des jours et des semaines, comme provision dans le garde-manger répugnant que la goule, comme toutes ses pareilles, se réserve au frais là-dessous. Et là-dessous elle aurait tiré de toi, jour après jour, tous les sucs vitaux pendant que tu te serais abîmé dans ton rêve mortel !

Will était vautré dans la fange bourbeuse et malodorante qui lui collait au corps depuis sa sortie de l'eau.

— Maître Gwydion, si vous n'étiez pas venu...

— Tu as de la chance que je sois revenu, ça oui. (L'enchanteur lui jeta un regard, comme de très haut.) Ah ! Je ne peux pas supporter la pestilence de la magie maléfique.

— Mais comment avez-vous su où me trouver ?

— Te rappelles-tu tes amies les demoiselles ? Le charme invocatoire que tu as utilisé sur elles m'a mené tout droit ici, aussi sûrement que la goule. Tu as de la chance de n'avoir rien attiré de pire encore, car tu étais aussi facile à repérer que la lanterne d'un phare au milieu de la nuit.

— Je ne croyais pas mal faire. Je...

— Tu ne vaux pas mieux qu'un garnement qui prend plaisir à arracher les ailes des papillons. La cruauté est une faute inqualifiable, Willand.

Ces mots étaient rudes à entendre.

— Mais je ne leur ai pas fait de mal.

— Bien sûr que si ! Et après tout ce qui t'avait été enseigné ! Qui es-tu pour prendre des libellules au piège et t'en servir comme tu l'as fait ? Ce sont des créatures vivantes, avec leurs propres préoccupations, et qui n'ont ni le temps ni la force de servir de corps de ballet à un jeune fripon qui essaie d'épater une donzelle !

— Je ne l'avais pas envisagé sous cet angle.

— Ça, tu n'as rien envisagé du tout !

Le magicien arpentait la rive, et Will, tout à sa honte, évitait de le regarder. Il vit les demoiselles, exténuées, dont les corps flottaient à la surface, leurs membres minuscules agités d'un reste de mouvement. Il les avait presque tuées.

Gwydion se pencha, les sortit de l'eau une à une et murmura les mots qui les libéraient, puis les prenant dans ses mains où brillait une faible lueur il souffla sur leurs ailes, de sorte qu'elles revinrent à la vie, et s'envolèrent saines et sauves. Quand il en eut fini avec elles, il reporta les yeux alentour. Son visage était encore blême de colère.

— J'espère qu'à présent tu te sens la force de marcher, car il nous faut partir d'ici. (L'indignation lui enflammait le visage.) *Na duil !* Regarde le sacrilège qu'ils ont commis ! Ils ont mis à bas un bois de tout temps sacré. C'est un très grand crime, dont on n'a vu le pareil depuis que Nis et Conat brûlèrent les bois de Mona ! (Il se retourna tout à coup :) Et toi ! Où sont tes tresses ?

— Je les ai coupées.

— Espèce de sauvage !

Will claquait des dents et réussit à bredouiller :

— Quand la goule m'est apparue elle était belle, maître Gwydion. Elle m'a rappelé la dame en blanc. Celle qui se tenait près du pont sur l'Evenlode quand nous sommes entrés dans Wychwoode. Vous savez, celle à propos de qui je vous ai interrogé. Pourquoi pleurait-elle ?

Gwydion posa les mains sur les épaules de Will, avec une expression impénétrable.

— Ce que tu as vu ce jour-là, c'est la forme innocente de son apparition. Elle pleure un amour perdu, car elle est devenue folle après avoir été trahie par un homme.

— Et qui est-elle ?

— Tu n'as pas encore compris ? Ne t'ai-je pas dit que Lord Strange avait été autrefois le plus avenant des hommes de noble lignée ? Avant de devenir seigneur, il était le plus jeune fils d'une famille qui vivait à plusieurs lieues au nord, mais comme il était sans titre, il avait grand désir d'avancement. Lors d'un voyage, il passa par Wychwoode et y fit la rencontre d'une beauté, du nom de Rowen, qui vivait par ici. C'était la fille d'un manant, une fille de peu, mais elle donna son cœur à Lord Strange, tout entier. Elle fut donc au comble du bonheur quand celui-ci lui promit de l'épouser.

— Ce serait sa femme, vous voulez dire ? La dame qui m'a appris à lire et à écrire ?

— Le jour prévu pour les noces, quand tout le monde s'apprêtait à fêter son mariage avec Rowen, il annonça qu'il en avait élu une autre. Cette autre, c'est Lady Strange, que tu connais. Rowen fut la proie d'une maladie de langueur. Elle sombra dans la folie et se mit à errer dans les bois de Wychwoode, où elle vécut comme une sauvageonne durant une année, avant de se jeter dans l'Evenlode. À présent, elle ne peut supporter de voir des amoureux. Son plus grand plaisir, c'est de charmer les jeunes galants pleins d'espoir et de les mener à leur perte. Elle les fait payer pour les souffrances qu'elle a endurées. Tandis que de son côté, Lord Strange, par son épouvantable trahison, s'est exposé au sortilège qui le tient en son pouvoir. Tu comprends, maintenant ?

Will opina du chef. Il repensa à la silhouette blanche, qu'il avait prise pour un amas d'herbes folles, entraperçue dans le bassin de Grendon.

— Je saisis pourquoi Lord Strange doit porter son alliance à la narine. Il est plus maudit encore que j'avais cru.

— Retiens cette leçon des événements d'aujourd'hui : les rancunes amères corrodent l'âme humaine, tandis que seul le pardon la guérit. Il en va de même des souvenirs douloureux.

Will pressa le pas à la suite du magicien jusqu'à ce qu'ils eussent regagné le couvert des bois. Eût-il été un chien, il eût trotté la queue entre les pattes. Comme ils faisaient halte, il put voir l'enchanteur se retirer à l'écart pour se débarrasser de la colère qui était en lui. Il s'immobilisa comme une pierre, de façon à rassembler ses pouvoirs. Puis, les mains tendues dans une attitude de supplication, il concentra sur sa personne un millier de points lumineux et provoqua un stupéfiant éclair de foudre.

Il était d'un bleu plus intense que les libellules, plus aveuglant que le soleil de midi. Il zébra le ciel dans un fracas assourdissant et fit exploser le barrage en mille morceaux. Un nuage d'écume s'éleva de la clarté aveuglante, monta en bouillonnant dans les airs, et les eaux prisonnières furent rendues à la liberté. Leur flot sombre se rua en grondant et en quelques instants l'eau eut disparu. Il ne restait du bassin de retenue qu'un arpent de boue fétide, où se tortillaient des vers de vase en perdition.

Will suivit le magicien, mi-rassuré, mi-intimidé par sa présence, qui intimait un respect sacré. Il était réticent à rompre le silence et encore sous le choc de ce qu'il venait de vivre. En fermant les yeux, il avait sous les paupières les points écarlates que l'éclair y avait imprimés. Une douzaine d'hommes n'auraient pas pu creuser un trou pareil en une demi-journée de travail : il était bien naturel de respecter un pareil pouvoir, et bien difficile de ne pas le craindre.

Aux douves du château, une poignée de soldats qui montaient la garde se portèrent à leur rencontre. Certains d'entre eux se figèrent, tout à leur surprise, quand ils reconnurent le compagnon de Will. Ils tirèrent leurs armes, effrayés par ce qu'ils appelaient sorcellerie. À l'évidence, ils avaient entendu le coup de tonnerre, mais Gwydion les gratifia des mêmes paroles de salutation que lors de sa précédente visite. Ils n'eurent pas besoin d'aller s'enquérir de la permission de l'introduire, car Lord Strange et son épouse se présentèrent à la grille.

Will se sentait misérable. Qu'est-ce qui avait bien pu le pousser à couper ses tresses ? Il faisait face au seigneur et à son escorte, avec ses vêtements trempés collés de boue et son visage barbouillé couvert de sang. Il s'était montré sans foi et stupide, mais au moins personne ne lui manifestait le moindre intérêt. Tous les yeux étaient tournés vers Gwydion.

— Vous êtes le bienvenu, maître corbeau, fit Lord Strange d'un air guindé en s'arrêtant devant lui.

— Le bienvenu ? (Gwydion laissa de côté les aménités.) Je ne puis vous pardonner ce que vous avez laissé se commettre ici, John Strange. La folie galope ailleurs, par tout le royaume. Mais quelle sorte d'insanité est-ce donc, qui autorise la dévastation d'un antique bois sacré, tandis que le seigneur garant de Wychwoode reste assis en sa tour et ferme les yeux sur tout ce qui se passe ?

Le visage effrayant de Lord Strange était figé dans une expression hostile et ses petits yeux pâles ne cillaient pas.

— Folie, dites-vous ? grogna-t-il. Libre à vous de considérer l'abattage de la futaie de Grendon Copse comme une perte qui vous chagrine, maître corbeau, mais pour ma part, peu m'en chaut, car je ne suis guère instruit en ce qui concerne les arbres. J'ai été affecté ici à seule fin d'obliger le roi, et comme vous le savez certainement, je ne sais distinguer un bois sacré d'un autre, tout ordinaire.

— Votre infortune ne vous aura donc rien appris ? Le dernier des imbéciles saurait qu'il ne lui appartient pas de permettre que l'on coupe un seul chêne de Wychwoode. Vous êtes en train de vous livrer à des préparatifs de guerre.

Will vit se former un sourire sarcastique à la commissure des lèvres du seigneur.

— Je ne saurais le nier. Mais la mémoire vous fait défaut, maître corbeau, car vous-même m'avez informé et mis en garde contre des querelles à venir. La prudence ne veut-elle pas qu'on se prémunisse contre le coup dont vous dites qu'il se prépare ?

Gwendyon agita son bâton et en martela le sol.

— John Strange ! Je vous connais depuis l'époque où vous tétiez encore votre mère. Il fut un temps où je fondais de grands espoirs sur vous et votre lignée, mais vous m'avez manqué de foi. Cette forge — que la pestilence l'emporte — frappait des épées longtemps avant que je ne vienne ici vous informer des risques de conflit. Comment avez-vous pu manquer à tous vos devoirs, quand le roi lui-même vous a mandé de le représenter, et fait gardien et garant de cette vénérable forêt ?

— Je n'ai pas manqué à mon devoir…

Lord Strange releva le groin. Il porta la main à sa face monstrueuse, comme si une part de lui tentait de préserver le secret. Puis il balaya d'un revers de manche l'écume qui lui venait aux babines et articula d'une voix presque inaudible :

— … Car le roi lui-même a ordonné la construction du moulin de Grendon.

Will eut l'impression que, derrière la solennité du ton, Lord Strange se gaussait. Il jeta sur Gwydion un regard inquiet. L'enchanteur contenait à grand-peine son déplaisir.

— Je vous remercie pour la parcelle de courage dont vous témoignez, au moins, mais il eût mieux valu pour vous que l'usage de votre langue vous revînt plus tôt, car à présent vous avez présidé au meurtre de ce qui fut le cœur battant de Wychwoode. Cette forêt est destinée à dépérir, et plus jamais ne sera comme avant. Mais sachez ceci, John Strange : la roue du destin tourne sur elle-même. Par votre couardise et votre négligence, vous avez causé votre propre souillure. Pour cette raison, votre sang s'étiolera à mesure que dépériront les verts feuillages de Wychwoode. Votre premier-né sera une fille, et filles de même tous vos enfants à naître.

Aussi longtemps que vous n'aurez purifié votre cœur de la cupidité et de l'ambition, vous n'aurez point d'héritier et votre titre, ainsi que vos biens et possessions, passeront aux mains du fils d'un autre. Je vous enjoins de songer à cela en mon absence.

Gwydion se détourna et s'en fut. Il quittait la présence d'un seigneur sans permission de prendre congé, ce qui était un formidable affront, mais la malédiction avait laissé chacun pétrifié, et pas un soldat dans tout le royaume n'eût osé porter la main sur un magicien.

Les gardes s'effaçaient à mesure que Gwydion progressait. Will lui emboîta le pas en espérant que le pouvoir de son mentor leur permettrait de s'éloigner de la tour sans dommage. Quoi qu'il advienne, il semblait qu'une ombre funeste avait été jetée sur l'avenir de John, Lord Strange, et qu'elle ne lâcherait pas prise. Mais, malgré l'intolérable tension que Will sentait entre ses omoplates, on n'entendit pas d'appel aux armes, pas plus que ne fut donné l'ordre de décocher une flèche.

— Voilà qui est mauvais, très mauvais, murmura Gwydion comme ils étaient en train de disparaître hors de vue.

— Qu'est-ce qui est mauvais ? demanda Will, avec un dernier coup d'œil par-dessus son épaule.

— Lord Strange est la jauge à quoi je mesure l'état général de la noblesse. Notre sanglier a empiré ces derniers mois, à mon avis. Et c'est ce qui m'inquiète.

Et maintenant que Will y songeait, la ressemblance de Lord Strange avec un porc sauvage s'était peut-être accentuée dernièrement, en effet. Le fait de le voir quotidiennement l'avait sans doute empêché de remarquer des changements insidieux qui s'étaient opérés à son insu.

— Si le sortilège empire, pourquoi ne le levez-vous pas, tout simplement ?

— Tant de choses te restent ignorées. (Le magicien poursuivit sa marche en silence un certain temps, avant d'ajouter :) John Strange fut jadis le plus séduisant des hommes. Sa vanité et son ambition l'ont exposé à l'attaque magique. Le sortilège dont il subit le joug, ce n'est pas moi qui l'ai lancé contre lui, mais Masgull. Mon ingénieux ennemi voulait faire de Lord Strange l'instrument de mesure avec lequel tester l'élite gouvernante du royaume.

— Je ne comprends pas.

— Notre ami John l'ignore, mais son apparence suit le degré de corruption de ses pairs, et elle en dépend. Est-ce assez simple pour toi ?

Will se gratta la tête.

— Vous voulez dire que plus horrible est la conduite des seigneurs, plus repoussant devient Lord Strange ?

— Exactement ! approuva Gwydion.

— Eh bien, vous auriez pu me l'avouer d'emblée. C'est atroce.

— C'est un sortilège terrible et très retors, tu ne trouves pas ? Et d'autant plus cruel que la hure de sanglier dispose de tous les moyens d'y remédier — si seulement il voulait bien le comprendre.

Will plissa les paupières.

— Vous voulez dire que...

— Tout ce que Lord Strange a à faire, c'est s'acquitter de ses devoirs avec abnégation et en conscience. Cela suffirait à rompre le sort que Masgull a jeté sur lui.

— S'il se mettait à être un peu moins rapace, il commencerait déjà à paraître moins hideux ? (Et, dans un souffle :) Mais pourquoi ne le lui dites-vous pas ?

— Parce que les sorts que jette Masgull sont rarement si simples. Il existe une protection impossible à lever qui s'attache à cette malédiction. Elle rend toute aide ou assistance fatale à la victime. Ne t'avais-je pas raconté que ce sortilège avait été échafaudé par un ennemi ingénieux ? John Strange doit se libérer par ses propres moyens, et je suis allé aussi loin que faire se peut en lui indiquant la direction à prendre. Si d'aventure j'en venais — moi ou quelqu'un d'autre, d'ailleurs — à lui dire ce qu'il doit faire, il mourrait. (L'enchanteur regarda en arrière, en direction de la tour.) L'ami John a été envoyé ici pour être hors de portée des regards — par quelqu'un qui ne pouvait supporter de voir ses propres manquements représentés dans les traits de son visage. Malheureusement, l'ambition l'a porté à croire que la seule façon pour lui de mettre un terme à cet exil était de collaborer avec le grand armurier du roi.

Une idée avait pris forme dans l'esprit de Will, qui exigeait d'être formulée à haute voix.

— Alors, le roi serait un mauvais homme ?

— Le roi lui-même est une âme noble. Ceux dont il faut s'inquiéter, ce sont les seigneurs qui gravitent autour de lui.

Ils poursuivirent en silence, tandis que Will digérait les paroles du magicien, et bientôt ils furent profondément enfoncés au sein de la forêt, qui les accueillit dans son étreinte d'émeraude. Gwydion extirpa alors un sac des replis de sa robe, qu'il tendit à Will pour qu'il le porte.

— Qu'est-ce que c'est ?

— C'est mon sac en peau de grue, fait il y a fort longtemps dans le cuir d'un grand échassier qui vivait à l'ouest, au temps jadis. Il n'est pas bien grand, mais tu t'apercevras de sa surprenante capacité. Il contient tout le nécessaire pour le coureur de chemins. Et quoi que tu mettes à l'intérieur, il pèsera toujours le même poids.

Will le prit en main.

— Alors, j'imagine qu'il doit être magique.

— Il est l'objet d'un charme extraordinaire.

Will le souleva d'un air dubitatif.

— Vous n'avez pas grand-chose d'autre sur vous qui soit fait de cuir.

— Je répugne à tuer mes amis pour utiliser leurs dépouilles. Que dirais-tu si tu apprenais qu'un livre a été relié dans une peau prise sur le dos d'un homme mort ? Tu le lirais ?

— Beurk ! Non !

— Tu peux faire la grimace, pourtant c'est le cas de certains manuels de sorcellerie ou d'astrologie. De toute façon, en ce qui concerne ce sac, rien de tel. Il a été dépouillé et tanné il y a bien longtemps, quand la grue, qui portait le nom d'Aoife, a mué et repris sa forme humaine.

L'enchanteur n'en dit pas plus et Will se plongea lui aussi dans le silence. Il se prit à songer à Willow, épouvanté à présent par la façon dont il l'avait mise en danger. Et si elle avait été prise par la goule ? S'il avait découvert son corps, blafard et exsangue, au fond du bassin après que les eaux s'en étaient retirées ? C'était trop horrible. Dans la magie, comme l'avait dit la bonne femme, il fallait surtout compter avec les conséquences. Exploiter la puissance était chose facile ; le difficile, c'était de faire face à ce qui en résultait.

Plus il pensait à Willow, plus le cœur lui faisait mal. Il avait tant voulu qu'elle vienne, mais à présent il ne saurait même jamais si elle avait été d'accord pour le rendez-vous. Il désirait avoir une chance de s'expliquer. Il le souhaitait à tel point que c'était douloureux, rien que d'y penser. Il tenta de la chasser de son esprit, mais certaine chose que le magicien avait dite ne cessait de le tourmenter — il avait affirmé que la goule ne pouvait supporter de voir des jeunes gens amoureux...

Cela signifiait-il qu'il s'était entiché de Willow ? Et cela voulait-il dire que la réciproque était vraie ?

Cette idée l'exalta au plus haut point. Il était en train de se demander s'il n'allait pas interroger Gwydion à ce sujet quand l'enchanteur s'immobilisa, la main en avant.

— Tu as senti ?

— Quoi ?

Will ne discernait que la brise qui agitait doucement le feuillage des bouleaux.

Le magicien se figea en position d'alerte et scruta les alentours, comme s'il s'attendait à ce qu'une bête monstrueuse débouche de la forêt pour l'attaquer et le mettre en pièces.

— Senti quoi, maître Gwydion ?

— Un danger qui passe… Non, ce n'est pas après nous qu'il en a.

— Mais qu'est-ce que c'était ? s'informa Will d'un air suspicieux. Je n'ai rien vu. Rien perçu. Je ne perçois jamais rien.

— C'est seulement le manque d'expérience. Mais un jour, qui viendra bientôt, j'en suis sûr, tu commenceras à ressentir l'approche d'une menace.

Will porta la main à la manche de son compagnon.

— Maître Gwydion, pourquoi dites-vous que je suis l'enfant du destin ?

Le magicien décida qu'ils pouvaient poursuivre leur chemin en sûreté, et pour une fois daigna répondre sans détour.

— Parce que, si je ne me trompe à ton sujet, d'après la prophétie un jour tu te tiendras à la croisée des chemins, au lieu où se décidera l'avenir du monde.

— Quelle prophétie ? interrogea Will, soudain très attentif. Dites-moi.

Sur le visage du magicien, le demi-sourire s'effaça.

— As-tu déjà entendu le nom « Arthur » ?

— Vous voulez dire, Arthur le Grand ? Le roi des temps jadis ?

— Les temps jadis. Bon, peut-être ces temps te semblent-ils très, très lointains. Que sais-tu de lui ?

— Seulement ce que raconte la légende.

Will tâcha de se remémorer ce qu'on lui avait dit, mais s'aperçut que son savoir était bien maigre.

— Arthur a vécu il y a longtemps, peu après que les tyrans eurent quitté le royaume. Le pays était ravagé par les guerres, et alors il a trouvé une épée plantée dans une roche et… l'a tirée à lui, et alors il fut roi. Et aussi il avait, à Waincaister, une grande table ronde faite d'une douzaine d'arbres différents, et ses chevaliers y venaient et y prenaient leurs dîners... et...

— Et ?

— Eh bien... Il livra maintes batailles et toujours il était vainqueur, sauf pour la dernière, où il prit une flèche dans l'œil. Mais avant de mourir, il lui fallait remettre son épée à une dame qui vivait dans le lac. Et...

L'enchanteur semblait s'amuser beaucoup.

— Ah, c'est donc comme ça que cela s'est passé ?

Will haussa les épaules.

— En tout cas, c'est ce que j'ai entendu relater. Je suis sûr qu'il y a d'autres péripéties, mais je ne me souviens pas de tout. Quand les hommes du val racontaient ce récit, chacun y ajoutait son petit couplet personnel, si bien que les histoires du roi Arthur, qui étaient nos préférées, étaient les plus embrouillées de toutes. J'en ai entendu tant de versions différentes que je ne saurais guère distinguer le vrai du faux.

— Alors, je vais devoir te la raconter comme elle s'est réellement passée. Arthur le Grand était le cent unième roi de la lignée de Brea. Il n'avait que treize ans quand il succéda à son père, et il eut la vie la plus extraordinaire qui soit. Mais vois-tu, son étrange destinée fut à peine celle d'un roi mortel, car en vérité il n'avait rien d'un mortel.

— Mais vous m'avez dit une fois qu'il n'existait pas d'êtres immortels.

— Oh, mais Arthur n'était pas immortel. Il était la réincarnation d'un roi antique, qui régna à l'époque des premiers hommes, celui-là même qui jura de protéger ces îles en cas de danger. Ce qui t'a été narré se rapporte à la *deuxième* venue d'Arthur sur cette terre, telle qu'elle avait été prophétisée par quelqu'un qui se désignait du nom de maître Merlin. Mais tu es dans le vrai en ce qui concerne la façon dont fut confirmée la royauté d'Arthur. Il venait d'avoir treize ans quand il réussit à retirer l'épée sacrée nommée Branstock d'un rocher où elle était plantée, ce qui est l'un des signes annonciateurs.

— Calibor ! s'exclama Will. Je me rappelle que l'épée d'Arthur s'appelait Calibor !

Mais Gwydion, qui l'observait attentivement, hocha la tête.

— Non, celle-ci, c'était bien plus tard. La Dame du lac fit don à Arthur d'une épée du nom de Carabur. Mais l'arme qu'il réussit à retirer du rocher, c'était une autre, Branstock, comme je te l'ai dit. Et c'était l'un des quatre objets sacrés du royaume.

Will, songeur, porta la main à sa bouche. Il avait la sensation que tout cela lui était vaguement familier.

— Les quatre objets sacrés... murmura-t-il. Le sceptre magique, l'épée, la coupe et le pentacle, l'étoile à cinq branches !

— Dis-moi, je me demande comment tu le sais ? interrogea l'enchanteur, manifestement satisfait.

— Je l'ignore... Je... (Will secoua la tête, comme s'il essayait d'y mettre de l'ordre.) Tilwin ! Bien sûr ! Il avait apporté des cartes dans le val et m'a appris à jouer.

— Et as-tu ouï dire du sceptre, de l'épée d'État, de l'ampoule et de la couronne ?

— Non.

— Ce sont quatre symboles de la royauté qui représentent les objets sacrés quand un roi est couronné. Chacun d'eux doit être présent lors de la cérémonie. S'il n'y sont pas, un homme ne peut se dire roi. Mais ce ne sont pas les véritables objets sacrés. Ceux-ci ont été enfouis autrefois, profondément, dans le sol. Au vieux, vieux temps, ils étaient rassemblés dans une grotte du royaume du dessous. Le premier est l'épée de puissance, nommée Branstock ; le deuxième, le bâton de justice ; le troisième, le chaudron d'abondance, et le dernier...

— Le dernier est une étoile.

— Le dernier est l'Étoile d'Annuin. Dis-moi, comment le savais-tu ?

Will secoua la tête.

— Je... (Il fut soudain submergé de frayeur. Il eut du mal à avaler sa salive, mais releva le nez.) Maître Gwydion, cela a-t-il quelque chose à voir avec le fait que je sois l'enfant du destin, parce que s'il y a erreur...

Le magicien leva la main.

— De même que fut prophétisée dans le *Livre noir* la seconde venue du roi Arthur, il en fut annoncée une autre.

Une nouvelle onde de frayeur le parcourut.

— Laquelle ?

Le magicien détourna le regard.

— Ce pourrait bien être la tienne. Qu'en dis-tu ?

Will esquissa un rire.

— La mienne ? Mais c'est... C'est stupide !

— Tu crois ? Et pourquoi penses-tu que je t'ai sauvé la vie, et protégé ta tendre existence en te confiant à des parents aimants, hum ? Pourquoi, à ton avis, me suis-je assuré que tu grandissais et devenais adulte dans le giron du val, hors du danger et des soucis ? Cet endroit est depuis longtemps sous ma protection magique, or si tu étais l'enfant du destin, il fallait absolument te tenir hors de portée de Masgull. Tu comprends ? Tu dois être préparé comme il se doit à accomplir ta destinée.

Cette perspective, terrible, était trop vaste pour Will. Il refusait encore de l'admettre.

— Mais, et si je ne veux pas être *péparé* ?

— Ce que tu veux ou non n'a guère d'importance. Il le faut. C'est l'une de mes tâches. Et j'ai l'impression que tu as toutes les dispositions requises.

— Et que dit la prophétie ? interrogea Will, hébété.

— Comme toutes les prophéties, les termes n'en sont pas très explicites. Elle parle, de façon un peu fumeuse, d'« un qui devient deux », et autres indications difficiles à décrypter.

Will se sentait défaillir.

— Mais tout cela *ne peut* avoir aucun rapport avec moi !

— Ah ! Voilà encore une preuve.

— Quoi ?

— La prophétie dit que tu te déroberas trois fois. C'est la deuxième fois que tu le fais.

— Mais je ne me dérobe pas !

— Et voilà un troisième déni, si je ne me trompe.

Gwydion lui lança un coup d'œil critique.

— En tout cas, Lord Strange et son épouse ne se sont pas acquittés de leur tâche auprès de toi aussi bien que je l'escomptais. Tu possèdes cependant les ressources pour acquérir la science nécessaire, car nul homme ne peut se prétendre tel tant qu'il n'a pas engrangé dans sa cervelle un certain nombre de connaissances. Tu es encore loin d'être éduqué comme il se doit. Il me semble que tu aurais peut-être besoin…

Il s'arrêta net une fois encore et leva la main, aux aguets. Will se pétrifia et ils s'accroupirent tous les deux derrière un fourré. Mais rien ne se présenta et le soleil de l'après-midi filtra à travers le feuillage, jusqu'à ce que tout fût à nouveau tranquille.

— Qu'est-ce que c'était ? murmura Will quand l'alerte fut passée. Quelque diablerie ?

Gwydion se retourna, le sourcil froncé, la démarche prudente.

— Je t'ai déjà dit de ne pas user de ce mot. Il incite à penser de travers.

— Alors, dites-moi ce que vous avez ressenti.

— Un danger. Une ombre... Quelque chose de malin embusqué par là. Du moins, c'est ce que j'ai cru un instant.

— Masgull, vous voulez dire ?

— J'ai cru reconnaître un petit quelque chose de sa magie malfaisante. Mais je me suis peut-être trompé. Ah ! Regarde par ici !

L'enchanteur tira la baguette de coudrier de sa manche et commença à tester le sol. Avançant de quelques pas, il la pointa sur une piste à moitié enfouie sous la végétation, qui parcourait la forêt tel un tunnel de verdure. Elle était trop large pour qu'on puisse l'enjamber d'un saut et pavée, de sorte qu'on pouvait en suivre le profil, car aucun arbre ne poussait là où les pierres avaient été posées, bien serrées, les unes contre les autres. Il semblait que cette voie n'avait pas été empruntée depuis de longues années, et cependant c'était la meilleure que Will eût jamais vue construite.

— Si tu veux apprendre quelque chose à propos de diablerie, comme tu dis, Willand, alors regarde bien cette cicatrice infligée à la terre.

— C'est un très beau chemin en pierre, maître Gwydion, remarqua Will, laissant son regard s'attarder le long de celui-ci.

Il se demandait d'où il venait et où il menait.

— Il n'y a rien à admirer ! C'est l'Akemain, une route des tyrans ! Construite par des esclaves, implantée là il y a des siècles par un empire de sorciers. Sa principale fonction était de permettre la circulation de fantassins à travers la contrée aussi vite que possible. Elle a été aménagée pour participer à la destruction et à l'asservissement du peuple.

— J'en suis navré. (Will effleura l'herbe de ses doigts de pied.) Où mène-t-elle ?

— Elle parcourt cinquante lieues et plus, d'est en ouest. Et il en existe bien d'autres, de ces routes d'esclaves, qui profanent la terre avec la même impudence. Regarde comme elle file tout droit, sans tenir aucun compte des vallons ou des collines. Observe bien cette arrogance, Will ! Car cette longue voie d'accès constitue une insulte, s'il en est, à la noblesse de la terre et est le fléau présent de notre royaume.

— Comment cela ? interrogea Will en avançant jusqu'en son milieu. Ce n'est jamais qu'un ancien passage.

— Tu sauras bien assez tôt ce qu'il représente en vérité. Viens ! Retire les pieds de là-dessus !

Tandis qu'ils reprenaient leur chemin d'un pas vif, l'antique artère s'effaça peu à peu de l'esprit de Will, et il ne se passa rien de notable avant qu'ils parviennent enfin à la lisière sud des bois de Wychwoode.

C'était un après-midi chaud et suffocant, mais il se produisit un changement dans l'air au moment où le soleil se teintait d'écarlate, et le soir prit des nuances dorées. Ils étaient de nouveau en terrain découvert. Gwydion évitait les endroits où ils auraient pu rencontrer du monde, choisissant plutôt les bosquets et les sentiers touffus, et tandis qu'ils franchissaient un petit cours d'eau, l'enchanteur questionna Will à propos des leçons qu'il avait reçues de la bonne femme et du genre de magie qu'elle lui avait inculquée.

Will répéta les premiers enseignements, mais il dut, à cette occasion, avouer qu'il avait lu le bestiaire magique où étaient inscrites les formules de sortilèges.

— Je sais que je n'aurais pas dû, fit-il d'un air piteux. Je le sais à présent.

— Et nul doute que tu le savais déjà au moment où tu l'as fait. Dis-moi, il n'y avait pas quelques mots écrits sur la couverture ?

Will approuva du chef.

— Quelques-uns. Mais je ne suis pas arrivé à les lire selon le langage ordinaire.

— Ces mots étaient très probablement *Ane radhas a'leguim oicheamna ainsagimn deo teuiccimn*. C'est la vraie langue.

Will était éperdu d'admiration.

— Cela résonne plaisamment à mon oreille.

— C'est un langage antique, que les premiers hommes apprirent des fées. Il provoque dans l'esprit une faim puissante, tu ne trouves pas ? C'est pourquoi tu dois faire attention quand tu t'en sers, car c'est celui des pierres et il possède un pouvoir formidable. Maintenant, dis-moi ce que la bonne femme t'a appris encore.

Tandis que Will tâchait de se rappeler tout ce qu'il pouvait, le magicien hochait la tête ou se caressait la barbe, mais il ne posa pas davantage de questions ni ne fit de reproches, ce dont Will lui fut très reconnaissant. Finalement, Gwydion dit :

— Répète après moi : *Fiel ean mail arh an mailor treas.*

Will s'y essaya. Et une fois encore. Puis il fit une troisième tentative pour reproduire le son très exactement ; il vit alors Gwydion sourire.

— Voilà !

— Qu'est-ce que cela veut dire ?

— Tu as prononcé le dit trois fois plié dans la vraie langue.

Will lui rendit son sourire, enchanté.

— C'était facile.

— Assez facile pour certains. Mais suis-moi bien : la magie doit toujours être invoquée, jamais convoquée. Respecte-la et ne la traite pas avec dédain. Et quand tu demandes, agis ouvertement et honnêtement, car seul l'honnête homme a le droit de prononcer les mots du pouvoir.

Ils étaient arrivés sur la berge d'une rivière et Will remarqua une pierre levée de petite taille qui dépassait de l'herbe drue. Gwydion lui indiqua :

— Viens par ici et pose le sac en peau de grue.

Une fois de plus, Will obéit, et le magicien le fit sauter et se percher, assis, sur la pierre.

— Ne t'effraie point. Ce petit rocher a nom Taynton Sarsen. Il est aussi bénin que la roche bitumeuse de chez toi. Il marque un ancien point de passage important au-dessus du courant.

Il cueillit dans sa besace un éclat de silex au tranchant si aigu qu'on aurait pu l'utiliser pour se raser.

— Qu'allez-vous faire avec ? interrogea Will en jetant au caillou un coup d'œil incertain.

— Te faire une tête de mendiant.

— Quoi ?

L'enchanteur essaya le fil du silex et entreprit de couper les boucles de Will.

— Tiens-toi tranquille. L'endroit où pendaient tes tresses a maintenant l'air d'un champ à moitié moissonné, et ce n'est pas possible.

Will, avec une grimace, supporta l'affront et quand enfin il porta les mains à sa tête, il s'aperçut que sa chevelure n'était plus longue que d'un demi-pouce, avec l'aspect d'un paillasson. Il y passa les doigts à rebrousse-poil et, tout ébouriffé, suivit le magicien en ramassant un bout de bois au passage.

— Pourquoi m'avoir coupé les cheveux ?

— C'est un déguisement.

— C'est peu de chose, pour un déguisement.

— Cela servira à confondre ceux qui ont été envoyés pour t'espionner et faire un rapport sur toi.

Will fut pris d'un nouvel accès d'anxiété, qui le saisit aux entrailles.

— Des gens dépêchés par Masgull, vous voulez dire ?

— Il est dans ses habitudes de me faire surveiller quand des informations sur mes allées et venues lui reviennent aux oreilles. Il est probable qu'en ce moment nous sommes observés, car il a dû savoir que mon porteur de sac avait été logé à Wychwoode.

L'angoisse de Will se transforma en alarme.

— Il a découvert quelque chose à mon sujet ?

Gwydion eut un sourire énigmatique.

— J'y ai veillé moi-même.

— Vous voulez dire… Vous le lui avez révélé ?

— Je me suis assuré que Masgull découvre que j'avais amené à la tour de Lord Strange un apprenti dont j'étais mécontent, pour que durant l'été il soit repris en main.

— N'était-ce pas dangereux ?

— Bien sûr. Mais bien moins que si je n'en avais rien fait. Vois-tu, Masgull ne sait pas qui tu es. Il chassera ce détail de ses pensées, et une fois évacué, il le sera tout de bon.

— Je l'espère.

— Il croit que je suis un lâche. Il n'ira jamais imaginer que j'aurais l'audace d'exposer à la vue de tous celui qu'annonce la prophétie, car à ma place il t'aurait certainement gardé à l'écart, dans une forteresse de sortilèges. Je te mets en garde : Masgull désire plus que tout mettre la main sur celui qu'annonce la prophétie, et si jamais il décide un jour que c'est toi, eh bien alors…

Les paroles du mage moururent sur ses lèvres et il eut un geste qui évoquait la fatalité.

Will se passa la main sur la poitrine et regarda alentour, dans un trouble indicible. Des frayeurs toutes fraîches bouillonnaient en lui. C'était terrifiant de se dire que sa survie, à présent, reposait entièrement sur le fait qu'on le prît pour son propre leurre.

— Où allons-nous ?

— Tu le sauras quand nous y serons.

— Bien… et c'est loin ?

— À peu près la même distance que pour se rendre à Nempnett Thrubwell.

Will exhala un long soupir de frustration.

— Oh, maître Gwydion, pourquoi ne pas m'avouer d'où je viens et ce qu'il adviendra de moi ?

— Pour répondre à ta première question, je l'ignore. Et je t'ai déjà livré ce que je savais concernant la seconde : tu vas être instruit.

— Instruit en quoi ?

— Ce qu'est réellement le monde.

Will renifla.

— Qui peut le dire ?

Gwydion se tapota le nez du bout de l'index.

— Ah ! Le monde est la somme de ce que les hommes le croient être. Quant à cela, c'est profonde sagesse, si seulement tu savais...

Will trouva l'idée plaisante.

— Voulez-vous dire que si la plupart des hommes estimaient que le ciel est vert et l'herbe bleue, alors il en irait ainsi ?

Le mage esquissa un sourire.

— Vois-tu, Willand, c'est exactement ce que je pensais.

— Et c'est pour cela que la magie abandonne le monde ? Parce que les gens cessent de croire en elle ?

Gwydion leva un sourcil étonné.

— Ah mais Willand, sais-tu que tu m'étonnes ! Voilà une question on ne peut plus intéressante. Il y a un dit fondamental qui affirme : « Magie transforme » et un autre qui proclame : « Tout est magie pour celui qui pense en termes de magie. »

Will fourrageait dans la poussière du bout de son bâton.

— Mais ce que je veux savoir, en fait, c'est pourquoi Masgull a jeté ce sort à Lord Strange, s'il n'est pas sorcier de magie diabolique ?

Gwydion se frayait un chemin à travers un roncier touffu.

— Trois pas en avant, deux en arrière. Comme tu te sers facilement du mot « diabolique », Willand. Où as-tu été pêcher cette idée ?

— Je n'en sais rien.

Il haussa les épaules en écartant de la pointe de son bâton les branches piquantes d'églantier.

— Je n'ai pas raison ? D'utiliser ce terme de « diabolique » de temps à autre. Enfin... Il me semble... Masgull l'est sûrement, même si, peut-être, il ne le sait pas lui-même.

— « Diabolique » est une notion dangereuse à avoir en tête si tu cherches à découvrir ce en quoi consiste exactement la magie. Chacun de nous recèle un pouvoir démesuré d'accomplir ce que tu appelles inconsidérément « le bien » et « le mal »... (Il prit une profonde inspiration.) Il me semble que tu aurais bien besoin d'être instruit en cette matière, bien que tu ne me sembles guère mûr pour cela.

Will fronça le nez et rétorqua :

— Je n'ai pas envie de savoir.

Gwydion s'arrêta net et se retourna si brusquement que les amulettes, sous sa chemise, s'entrechoquèrent bruyamment.

— Ah, c'est ainsi ? Ne te méprends pas, les gens sont modelés ou orientés par le savoir — ou le manque de savoir, d'ailleurs. Je dois être très prudent en choisissant de te révéler certaines choses ou de t'en cacher d'autres. Tu dois apprendre et être préparé. Mais je ne dois pas t'emplir le crâne à tel point que ta nature essentielle en soit altérée. Tu saisis ?

Will remua tout cela dans sa tête tandis qu'ils longeaient la berge de la rivière. Le ciel se fit plus profond et l'on vit apparaître les premières étoiles. Avant que la nuit fût tombée tout à fait, ils installèrent leur campement. Gwydion choisit un endroit proche de l'eau courante, à l'abri d'un coteau. Il exécuta une danse de magie tellurique autour du lieu qu'il avait élu, puis sortit un récipient de cuisine qui se révéla plus lourd une fois extirpé du sac en peau de grue que ne l'était ce dernier rempli du même objet et de tous les bagages qui s'y trouvaient accumulés.

— En quel matériau est fait ce pot ? fit Will en le soupesant. Un genre de pierre ?

— Tout juste. C'est du *cleberkh*, ou encore « veine vague », comme disent certains, une variété de roche qu'on trouve dans les îles de l'Épée, un archipel situé au-delà des Orcas, dans le Grand Nord. Au début, la matière est assez malléable pour être modelée librement, mais à mesure qu'on y fait cuire des aliments, elle devient de plus en plus dure.

Gwydion tira du sac une pelisse de voyage brune toute rapiécée, très semblable à la sienne, et la tendit à Will :

— C'est pour toi. Tu dormiras mieux.

Il sortit un morceau d'ardoise tranchant, tailla un carré dans l'herbe haute et en fit neuf meules qu'il entassa. Dans le trou central, il introduisit des brindilles sèches et chuchota quelques mots pour que le feu soit. Il confectionna dans le pot une soupe épaisse et savoureuse, à la surface de laquelle flottaient d'appétissants morceaux de légumes rôtis. Will n'aurait su dire si cela tenait de la magie ou si c'était la poudre brune que l'enchanteur avait versée dans la mixture, mais le résultat était délicieux, goûteux et parfumé.

Comme s'éteignaient les dernières flammes, Gwydion s'allongea et s'absorba dans la contemplation du ciel.

— Que cherchez-vous ? lui demanda Will. Un signe ?

— Je m'émerveille, simplement.

Gwydion lui expliqua combien le dôme céleste était très éloigné, et comment les minuscules fenêtres qui y étaient percées laissaient filtrer la lumière de la formidable fournaise qu'était l'au-delà. Ces fenêtres, dit-il, étaient les étoiles.

— Et les étoiles filantes ? s'enquit Will. Qu'est-ce que c'est ?

— L'au-delà est un lieu à l'éclat inimaginable. Il y a des boules de feu au cœur de métal qui s'écrasent sans cesse contre la voûte extérieure du ciel. Il arrive parfois que l'une d'elles tombe en passant par la fenêtre d'une étoile. C'est ce que nous appelons une étoile filante.

— Une étoile filante, reprit Will en écho. (Il éleva vers le ciel une main interrogative :) Est-ce qu'une personne peut toucher le ciel ?

Il continua de fixer l'étendue vertigineuse du vaste dôme, mais ses paupières se firent lourdes et il ne tarda pas à s'endormir.

CHAPITRE SEPT

Lammastide

ILS SE LEVÈRENT TÔT, juste avant l'aube. Gwydion fit quelques pas autour du camp, humant l'air avec méfiance, jusqu'à ce qu'il fût certain que nulle menace ne pesait sur eux. Puis il dansa, marcha, et dansa derechef. Il prononça pour lui-même quelques mots à voix haute, jusqu'à ce que Will eût l'impression qu'un léger filet ondulant de gaze bleue apparaissait, surgi de nulle part, et se matérialisait autour de leur lieu de repos. Tandis que Gwydion parlait, la lumière semblait attirée par ses mains et venir se perdre au-dedans de lui. Et puis, comme si de rien n'était, il se mit à racler les cendres pour les sortir du foyer et les disperser alentour, et tout en exécutant cette tâche il semblait remercier l'herbe pour leur avoir été accueillante. Will ouvrait de grands yeux.

— Et à présent, il nous reste à refaire le sol, lui indiqua Gwydion. Veux-tu t'en charger ?

Il haussa les épaules, avec un vague sentiment de ridicule.

— Que dois-je faire ?

Il lui fallait remettre les meules d'herbe en place exactement comme elles étaient auparavant, et les arroser rituellement. Il s'acquitta de ce travail en se demandant en quoi l'arrosage rituel différait du simple fait de verser de l'eau sur le sol, mais Gwydion semblait approuver ses gestes, et quand tout fut parachevé et que le terrain eut presque la même allure que s'ils n'étaient jamais passés par là, ils se mirent en route.

— Que faisiez-vous, tout à l'heure ? demanda Will.

— Je rendais en dansant la magie que j'avais empruntée hier soir pour assurer notre protection.

— Contre Masgull ?

— Contre toute atteinte.

Will eut soudain l'impression qu'on lui coulait du plomb dans le cœur.

— Pourquoi Masgull veut-il tuer celui dont parle le *Livre noir* ?

— Parce qu'il est... né de Strife, né de la Calamité... né de Beltane dans la vingtième année... quand les rayons d'Eluned sont au plus haut.

Will essaya de prendre un ton sarcastique.

— Je suppose qu'avec ces renseignements, je suis censé tout comprendre.

— Peut-être cela n'a-t-il pas grand sens pour toi, mais Masgull sait que celui dont parle la prophétie finira par se dresser, un jour, entre lui et ce qu'il désire par-dessus tout.

— Et c'est quoi ?

— Être celui qui choisit la direction pour le futur.

— Eh bien, ce n'est pas moi qui me mettrai en travers de son chemin. Il peut bien en user comme bon lui chante avec le futur, pour ce que j'en ai à faire !

L'enchanteur eut un sourire entendu.

— Si tu es bien celui que je crois, alors tu le confondras, le moment venu. Il le sait, et le sachant, ne connaît pas de paix.

— Et parce que Masgull est votre ennemi, à vous aussi, vous êtes devenu mon ami. C'est cela ? dit Will d'un air maussade.

Il avait l'impression d'être pris en tenaille entre des forces gigantesques, qui se refermaient sur lui inexorablement.

Mais le magicien eut un autre sourire plein de mélancolie et hocha la tête en signe de dénégation.

— Je vois que tu mets ma sincérité en doute, Willand. Mais j'étais ton ami bien avant d'avoir deviné qui tu étais.

Ils poursuivirent plein sud, évitant les villages et s'écartant des voies de circulation les plus empruntées. Ils contournèrent les champs, où les blés d'or attendaient la moisson, et Will trouvait la promenade à son goût. Après des semaines de mal du pays et de muscles raidis par l'étude dans la tour, il se sentait vraiment libre, enfin. Les mots du mage, cependant, l'avaient troublé, et c'est peu dire.

Il prit son couteau et gagna la haie, où il tailla une branche dans un buisson d'épine noire. Elle était de la longueur d'un bras et de l'épaisseur de deux doigts. Sous le regard de Gwydion, il commença à la débarrasser des rameaux et de l'écorce, s'y taillant une poignée d'un côté, une pointe de l'autre. Mais à mesure que son ouvrage prenait forme, il se sentait de plus en plus gêné, car il sentait sur lui le regard de Gwydion. Si bien qu'au bout d'un moment, il s'interrompit et leva les yeux.

— Y a-t-il quelque chose qui cloche, maître Gwydion ?

— Qu'est-ce donc que tu fais là, mon garçon ?

— Un nouveau bâton de marche.

— L'épine noire est un choix judicieux. Tout comme le frêne, c'est un bon bois pour les poignées d'outils, fort et dense.

Encouragé, Will lui rendit son sourire.

— Mais tu as négligé de demander, auparavant, à l'épine noire si elle était d'accord.

— J'aurais dû ?

— Ç'eût été plus poli, mon garçon.

Will, confus, reporta les yeux sur le bâton. Ce n'était jamais qu'un bout de bois.

— Vous voulez dire que j'aurais dû demander pardon au *buisson* ?

— Pas pardon, Will... (La voix du mage se fit plus douce.) ... La permission.

— Mais l'épine n'aurait sûrement pas pu entendre ce que je lui aurais dit.

— Tout à fait exact, mais hors de propos. Un jour, tu comprendras. En attendant, dis-moi : es-tu habile à manier une arme ?

— Seulement le bâton, maître Gwydion.

— Dans le vaste monde, il est important que tu saches te protéger. La prochaine fois que tu te tailleras un bâton, veille à ce qu'il soit de la même taille que toi. Et rappelle-toi que tu en doubleras la force si tu prends soin de remercier l'arbre auparavant.

Will dévisagea le magicien en plissant les yeux.

— Il paraît qu'un bâton vaut toujours mieux qu'une épée, mais je ne vois pas comment cela se peut.

— Tu ne vois pas ?

Gwydion ouvrit son sac en peau de grue et en sortit un bâton interminable.

— Aucun escrimeur, quelle que soit la valeur de son arme, ne peut te blesser si tu te tiens hors d'atteinte. Il te suffit d'apprendre comment garder ton adversaire à distance respectable.

Et soudain Gwydion se leva et dansa, balançant son bâton devant lui et le faisant tournoyer en boucles et arabesques si rapides qu'aucun œil ne pouvait les suivre. Puis, tout aussi soudainement, il s'arrêta, remit l'objet dans le sac et fit signe à Will de le suivre.

— C'était stupéfiant ! s'exclama celui-ci. Vous agitiez le bâton si vite que je le voyais à peine !

— Dans la pratique, comme dit le dicton, réside la perfection.

Ils pressèrent le pas pour passer une rivière, la plus large qu'ils aient franchie jusqu'alors, qu'ils traversèrent aisément à gué, de l'eau jusqu'à la cheville, par-dessus un barrage à anguilles. Will trottinait aux basques de Gwydion, à trois pas en arrière, et quand la nuit tomba, ils se trouvaient à proximité d'une grange. Gwydion s'assura de sa bénignité en disposant des miettes de pain aux quatre coins du bâtiment et en exécutant une danse de protection, sur un air qui donnait le frisson. Mais la moitié de la nuit, Will ne put trouver le sommeil, guettant le moindre bruit. Il se roula plus étroitement sur lui-même dans son nid de paille, sans même trouver le courage d'éveiller le magicien, mais au matin il déballa tout.

— Maître Gwydion, j'ai entendu des bruits la nuit dernière. J'ai pensé que c'étaient peut-être des espions de Masgull.

— Je les ai entendus, moi aussi.

— Vous aussi ? (Il ouvrit de grands yeux.) Alors, j'avais raison.

— Oh, que oui. C'étaient des espions. Trois, en fait. Tous les trois en habit de velours brun. Tous de cette longueur.

Il écarta les mains pour évoquer leur taille.

Will laissa échapper une exclamation d'effroi.

— Des rats ?

— Des rats. Créatures exceptionnelles. Ils veillaient sur notre sécurité, comme je le leur avais demandé.

Au point du jour, ils se dirigèrent vers le village d'Uff, où Will put voir la pierre sifflante. Elle se résumait à un bloc muni de trois trous, planté dans la cour de l'auberge.

— On en joue comme d'une flûte, une fois tous les deux ans, l'informa Gwydion. C'est le signal de rassemblement des hommes pour le grand nettoyage. Tu n'as pas besoin de reculer, ce n'est pas une pierre batailleuse et il n'y a rien à craindre.

— Le grand nettoyage ? Qu'est-ce que c'est ?

— Tu l'apprendras quand nous arriverons à la fin de Lammas.

Toute la matinée, tandis que l'enchanteur s'entretenait avec les villageois, Will attendit et attendit encore. Gwydion était bien reçu à Uff et accoutumé à s'y attarder, car on y élevait des chevaux et il semblait les aimer beaucoup. Le bruit courut bientôt qu'un fameux leveur de sangsues était arrivé au village. On lui apporta de la nourriture et du cidre, mais il les offrit à Will pour calmer ses craintes et son impatience. Quand celui-ci eut enfourné tout ce fromage et tout ce pain, avec une demi-bouteille de cidre pour se rincer le gosier, il s'allongea dans un coin et ne se releva qu'un bon moment plus tard.

— Quand partons-nous ? demanda-t-il à Gwydion, se sentant plus que misérable et la gorge en feu. Je croyais que vous étiez décidé à poursuivre la route, et voilà que vous avez gaspillé la journée entière.

— Et rester sur le dos fin saoul tout un jour, ce n'est pas perdre son temps, peut-être ? répliqua le magicien en flattant le nez d'un élégant cheval blanc.

— Allons, maître Gwydion. Vous voyez bien ce que je veux dire... (Will se frotta les bras et jeta alentour un regard alarmé.) Masgull.

— Mais commençons par le commencement. Tu dois apprendre la patience et te mettre dans la tête que les vieilles dettes se paient toujours. De toute façon, il n'y a pas d'urgence à quitter ces lieux si nous devons passer la nuit de Lammas sur le mont du Dragon. Regarde cette jument, Willand. Ne ressemble-t-elle pas point pour point à Arondiel ?

— À qui ?

— N'as-tu jamais ouï parler d'Arondiel, le coursier d'Epona ?

Les villageois, surprenant la remarque de Gwydion, se mirent à sourire et à battre des mains, comme si le mage leur avait conféré quelque formidable et secret honneur. On n'avait jamais dit à Will qui était Arondiel, ni Epona, bien que pour quelque raison étrange il était persuadé que cette dernière était une noble dame qui avait vécu par ici il y avait très longtemps. Il ne savait pourquoi, mais son nom lui évoquait des chevaux blancs et une reine des temps anciens, qui se plaisait à nourrir sa monture favorite de pommes...

Il l'interrompit.

— Dites ! Maître Gwydion ! Vous vous moquez de moi ! Qu'est-ce que c'est que cette histoire de « mont du Dragon » ?

Mais le magicien était trop occupé à palper le poitrail des chevaux pour lui prêter attention.

— Il n'y a pas de quoi s'inquiéter, Willand, dit-il, d'humeur légère. Ce n'est que le nom d'une petite colline près d'ici. Tu aimeras l'endroit, je pense.

Quand enfin maître Gwydion fut sur le départ et invita Will à le suivre, il lui dit :

— Il y a ici des gens sur qui l'on peut compter, et qui s'y connaissent en chevaux. Nous avons un lien commun et j'y tiens fort, car ils ont gardé les anciens usages mieux que tant d'autres.

Ils prirent la direction du sud, marchant d'un pas vif car la journée était bien avancée, et parvinrent bientôt au pied d'une éminence qui surgissait, ronde et verte, au-dessus de la brume. Il leur fallut plus de temps pour l'atteindre que Will ne l'avait escompté, de sorte qu'ils firent halte, juste à l'instant où le soleil commençait à sombrer à l'ouest, sous le renflement d'une vaste prairie qui avait servi de pâture aux moutons.

Gwydion était d'excellente humeur.

— Voici un lieu très particulier, dit-il.

— Mais est-ce que nous serons en sûreté ?

— Il n'y a pas meilleur emplacement pour dresser notre camp ce soir.

Il devança Will jusqu'à un curieux petit promontoire conique et lui indiqua comment le sommet arasé en faisait un poste d'observation splendide sur tout le nord de la plaine qu'ils venaient de traverser. La saillie s'élevait dans un repli de terrain, à l'abri de l'éminence montagneuse qui bouchait la vue en direction du sud. Juste au-dessous d'eux, une langue de terrain plat encerclait le relief jusqu'en sa moitié et se terminait en cul-de-sac, tandis que de l'autre côté, un sentier maintes fois arpenté serpentait dans un repli de l'escarpement, comme s'il empruntait la voie la plus aisée pour accéder aux pâturages plus élevés. Ce lieu semblait des plus anciens.

Will inspira profondément, avec la conviction intime que n'importe qui pourvu d'une tête et d'un cœur pouvait comprendre que l'endroit possédait une aura très particulière, mais en portant le regard au sud-est, il repéra une forme étrange haut perchée dans le profil de la butte montagneuse, qui lui confirma que sans nul doute, il s'agissait là d'un site unique. Au-dessus du sentier, se dessinait un ensemble de courbes, formes taillées à vif dans l'herbe rase, de sorte qu'on pouvait voir les débris de calcaire au pied de la sculpture. La pente du terrain raccourcissait quelque peu la perspective, et cependant on y reconnaissait, à l'évidence, un cheval.

— Regarde, c'est Arondiel ! s'exclama Gwydion. N'est-ce point un régal pour l'œil ?

Will était saisi, devant cette figure, d'une admiration respectueuse.

— Elle est magnifique !

— Regarde-la avec révérence, car c'est la plus ancienne forme exécutée par l'homme que tu aies eu l'occasion de voir dans la contrée. Dans les plaines, tout là-bas, où poussaient des vergers magnifiques, vivait autrefois une puissante reine. Une fois l'an elle venait jusqu'ici, sur une jument blanche. Depuis des milliers d'années, les hommes montent tous les deux ans au village d'Uff pour garder vivace le souvenir d'Arondiel. C'est le grand nettoyage dont je t'ai parlé. Sans cette volonté de maintenir et de protéger, Arondiel aurait disparu depuis longtemps, mangée par les herbes qui poussent là-haut, et nous tous serions amputés de cette beauté.

— Mais qui est-elle ? interrogea Will.

Il dévorait des yeux l'œuvre gigantesque, dans l'attitude de quelqu'un qui n'arrive pas à se rappeler quelque chose d'important.

— Elle est à la fois un signe à déchiffrer et un esprit protecteur. Certains voient en elle l'idée de « cheval ». Et toi, qu'y vois-tu ?

— Pour moi aussi, elle évoque un cheval, acquiesça Will. Mais peut-être... (Il s'abrita les yeux de la main et scruta plus longuement la figure.) Il me semble que si l'on devait mettre un mot sur cette représentation, on songerait plutôt à « galop » qu'à « cheval », ou même à « vitesse ».

Gwydion rayonnait.

— Ah ! Willand, comme tu confirmes encore une fois qui tu es, et si aisément !

— Que voulez-vous dire ?

— Tu es plus profondément en harmonie avec l'esprit de ce lieu que je n'aurais jamais osé l'espérer. Tu seras en sécurité absolue ici, ce soir. Vitesse ! Son nom signifie vitesse ! Et une sculpture comme celle-ci, ce n'est point de nos jours qu'on la pourrait voir tailler, car même si dans cette contrée le cheval est roi, plus personne n'est capable de tracer de pareilles formes sur le visage de la terre.

Le présent qu'avait reçu Gwydion en quittant le village consistait en une miche fraîche. Car on était à Lammastide, jour où les premiers épis mûrs étaient coupés et battus, moulus et cuits pour en faire du pain, tout cela dans la même journée. C'était le rituel de la fabrication de cet aliment, tâche sacrée et solennelle, accomplie pour rendre grâce à l'abondance de la terre. Un temps pour exprimer sa gratitude envers la terre nourricière et, pour les paysans, de compter ses bienfaits.

Ils escaladèrent la colline au toit plat en mâchant le pain, et Will eut l'impression de n'avoir jamais rien mangé d'aussi bon. Les feux de joie s'élevaient, rouges, par toutes les plaines du vieux royaume de Wesset, jusqu'au nord. À mesure que l'obscurité se faisait plus dense, les gens allaient s'attrouper autour de ces brasiers, et rôtir du pain au bout de longues piques fourchues. On y ajouterait du beurre et du miel pour les enfants, on boirait des tonnelets de bière et l'on épuiserait le répertoire de chansons. Ils étaient assis côte à côte et parlèrent très avant dans la nuit, si bien que Will se sentit plus proche de Gwydion que jamais. Ce soir, l'enchanteur semblait d'humeur joyeuse, d'une sagesse accomplie, et très heureux de se trouver là. Il parla longuement d'histoire et dévoila à Will les événements marquants jusqu'à ce point précis, qui remontait presque à mille ans, où Arthur le Grand s'était adressé à ses troupes avant la bataille. Il dit d'une voix tranquille :

— Te révélerai-je le nom de cette colline dans la vraie langue ? Il s'agit de Dumhacan Nadir.

Will répéta les mots comme s'il les avait reconnus.

— Dumhacan Nadir, le mont du Dragon.

— Tu n'as jamais encore dormi sur un tel mont, il me semble. Et tu n'en auras plus l'occasion avant longtemps.

Will tapota le sol sous lui, étonné d'être là : il y avait quelque chose de trop régulier dans ce monticule pour qu'il fût naturel, et tout à côté il avait repéré une étrange balafre où l'herbe ne poussait pas, où la pierre blanche était à vif.

— Flenir était le plus gigantesque des gigantesques dragons du vieux, vieux temps, le plus fameux de la contrée. Formidable et féroce il était, « bête ailée au souffle enflammé » dont on a fait tant de contes et tant de chansons, au temps d'avant l'établissement du royaume. Pendant de longues années, il mit le pays à feu et à sang, faisant sa proie des brebis et du bétail par tout le domaine d'Angnor. Tout homme assez imprudent pour se trouver à découvert à son approche était déchiqueté comme un mulot pris entre les serres d'un aigle. Flenir avait l'habitude de prendre son petit déjeuner dans un endroit tout près d'ici — qu'on appelle Wormhill Bottom — et quand il avait arraché sur les os son content de chair, il s'en retournait à son repaire pour digérer en paix. Si le sommet de cette éminence est plat, c'est que Flenir avait coutume de s'y reposer et d'y frotter son énorme ventre rouge pour se débarrasser de la vermine qui s'y accrochait. Tous les dragons avaient des poux, Willand, qui étaient de la taille d'une main d'homme. Au jour, tu verras la gorge creusée là où Flenir enroulait sa queue autour de la colline, et si tu regardes bien en contrebas, tu y découvriras l'entrée qu'il utilisait pour pénétrer dans son antre, bien qu'elle soit comblée depuis longtemps. On dit qu'un jour, alors qu'il survolait Angnor, Flenir vit la silhouette d'Arondiel et en tomba amoureux. C'est pourquoi il élut domicile sur ce mont. Mais selon d'autres légendes, il a choisi ce site parce qu'il était jaloux.

Will plongea son regard en contrebas, dans l'obscurité.

— Il me semble qu'un dragon aurait pu choisir ce lieu tout simplement parce qu'il est l'endroit parfait pour prendre son envol.

— C'est certain.

Will caressa l'herbe rase du bout de ses doigts de pied.

— Alors, on pourrait supposer qu'il y eut autrefois un magnifique trésor enterré ici ?

— C'est exact, car comme tu le sais, les grands dragons avaient la manie des pies. Ils collectionnaient toutes espèces de babioles étincelantes. Ils convoitaient le métal brillant en tant que tel, et ils en entassaient des quantités. Mais en fin de compte, Flenir n'a guère apprécié la lame de bronze resplendissant qui fut forgée à son intention sur cette montagne là-bas, car ce fut sa perte.

Will songeait à la splendeur des jours anciens, à ces temps révolus désormais, à leur héroïsme inaccessible. Mais quel genre de héros couraient le monde à présent ? Des hommes qui avaient tête de porc, des seigneurs dont la cupidité insatiable leur faisait le visage en hure de sanglier. Un frisson le parcourut tandis qu'il demeurait assis, et il se sentit envahi par les souvenirs de la maison de son enfance. Ses doigts cherchèrent le talisman de pierre verte qui pendait à son cou, et il se rappela la mélodie que les hommes du val entonnaient chaque année, et qui avait nom le charme de Whyrm. L'an passé, cela avait été le tour d'Eldmar de la chanter. À un moment donné, tous les participants avaient levé ensemble leur bolée de soupe au dragon fumante et bu à petites gorgées la liqueur parfumée, puis la voix d'Eldmar s'était élevée, conduisant les autres au long des couplets.

Will sentit une larme lui perler au coin des paupières. Il renifla, tâchant de chasser la tristesse, sachant fort bien qu'il ne servait plus de rien, désormais, de se languir de la maison. Il se leva, alla se planter seul à l'écart, et un tel sentiment d'étrangeté le submergea que ses yeux chavirèrent, ses mains se glacèrent du froid de la mort, et ce fut comme si l'univers entier s'évanouissait pour lui. Et quand il ouvrit les yeux, une troupe fantomatique de dix mille soldats emplissait l'espace en contrebas, et il sut qu'ils étaient assemblés pour entreprendre leur marche héroïque à l'assaut de Badon Hill, où l'on verrait bientôt s'accomplir de hauts faits d'armes.

Il les vit, clair comme le jour, il vit leur fourniment guerrier qui brillait de tout son éclat, les vit agiter les amulettes au bout de leurs fers de lance et écraser les pointes de leurs flèches contre les boucliers, qui portaient le blason du faucon. Il discerna leurs visages et les entendit pousser une clameur si formidable qu'elle résonna par la terre désolée comme un roulement de tonnerre. Et il leur rendit leur salut, en transe, debout au bord du vide. Les bras levés, il leur cria en retour :

— *Anh farh bouiadan ! An ger bouiadhane !*

Et l'instant d'après, Gwydion le recevait dans ses bras, et les échos roulèrent et se répercutèrent par la colline, tandis qu'il luttait pour sortir de la vision, et quand il reprit ses esprits il était froid comme mort et avait encore dans l'oreille les cors de l'Elfland dont le son se dissipait peu à peu.

— Où suis-je ? s'inquiéta-t-il, défaillant.

Le magicien l'éloigna du bord de l'abîme.

— Ne t'assieds pas en cet endroit. Vois-tu comme la terre est nue ? C'est ici qu'un jour fut versé le sang du dragon. Rien n'y a poussé depuis lors.

Will chancela entre les bras de son sauveur, tandis que de vagues frayeurs le traversaient, comme des éclairs lointains. Un moment, il se demanda s'il n'avait pas déchaîné contre eux quelque péril sans nom, mais en levant les yeux vers le ciel il n'y vit que les froides étoiles, impitoyables comme la lueur dans l'œil d'un dragon.

Les mots se précipitèrent au sortir de sa bouche.

— Maître Gwydion, laissez-moi rentrer à la maison. Je ne peux pas être l'enfant du destin que vous recherchez, vraiment je...

— Du calme, jeune homme. D'après le dit de la folie : « Ne parle point de choses auxquelles tu n'entends rien. » Tu es ce que tu es. Cesse donc de lutter contre toi-même.

Pendant quelque temps, la réponse de Gwydion pesa comme une pierre sur le cœur de Will, mais bientôt une étoile filante traversa le ciel et il fut si ému de sa beauté qu'elle lui tira des larmes. Le magicien, dans un geste de réconfort, lui posa un bras sur l'épaule et

Will s'y appuya. Presque immédiatement, il se sentit gagné par la somnolence. Il lui sembla avoir dormi la moitié de la nuit quand il s'éveilla en sursaut, pour constater que tout était paisible et silencieux. Mais Gwydion n'était plus là. Ne le distinguant nulle part, il se leva pour le chercher. Cette fois-ci, il prit bien soin de ne pas mettre le pied sur la cicatrice de terre dénudée, comme s'il s'agissait d'une pierre tombale. Il contourna le haut de la colline, se persuadant de ne pas s'inquiéter. C'est alors qu'il trébucha sur quelque chose de dur et de tranchant, à demi enfoui dans l'herbe.

Quand il s'agenouilla pour tenter de découvrir de quoi il s'agissait, c'était froid sous les doigts comme du métal, et alors qu'il grattait la terre sèche et dure pour dégager l'objet, il s'aperçut qu'il était incurvé, un cercle de métal — comme le bord d'un gobelet —, qui dépassait un peu du sol.

Plus il grattait, plus la chose se libérait, et vint le moment où il put la retirer. Alors il constata que ce n'était pas du tout un gobelet, mais un cor empli de terre, dont la bordure d'argent était ternie et noircie. Ce n'était pas le genre d'instrument dont se servent les bergers, mais celui dont sonnent les guerriers pour adresser un message aux leurs d'un bout à l'autre d'une vallée. À la lumière des étoiles, il pouvait voir que des mots étaient gravés dans le matériau.

Il le secoua pour en faire tomber la poussière et le rangea dans son balluchon. Puis il s'allongea, et avec un profond soupir, replongea dans le sommeil.

Le jour suivant, ils reprirent leur route en suivant le sentier en lacets qui montait à l'assaut de l'escarpement. Ils passèrent un grand tapis de fougères qui disparaissait sous les liserons. Ceux-ci s'écartaient devant les pas de Gwydion, et toutes ces fleurs d'un rose pâle se refermaient et semblaient s'incliner respectueusement, tandis qu'il poursuivait son ascension au milieu d'elles. Will eut l'occasion de découvrir un antique enclos de terre, semblable à celui qu'il avait vu à l'endroit où ils s'étaient reposés, en route vers Wychwoode. Cette ruine était ronde, et Gwydion lui indiqua qu'il s'agissait des restes d'un *burgh*, un campement sédentaire, bâti à l'époque où les hommes se construisaient des maisons de rondins et de chaume, et n'avaient pas l'arrogance d'arracher les os de la terre à seule fin de satisfaire leur vanité.

— Il se contentaient d'utiliser les seules pierres que la terre elle-même leur offrait. Il y avait là autrefois un portail magnifique. Si tu avais vu comme les charpentes étaient remarquablement travaillées, comme la magie se nouait merveilleusement dans les solives ciselées. Mais si magnifiques que fussent ces anciens camps, tous tombèrent facilement devant l'envahisseur, ses armes et ses armures de métal. (Les yeux de Gwydion lancèrent des éclairs.) Il n'y avait rien à faire contre l'acier des tyrans, ces faiseurs d'esclaves, ni contre leur sorcellerie une fois que les îles eurent été trahies. Avec les tyrans vint l'âge de l'obscurité, qui depuis n'a cessé de porter son ombre sur le pays. Je n'aime guère proférer semblable chose, mais j'aurais souhaité que Gruech n'eût jamais vécu !

— Gruech ? De qui s'agit-il ?

— D'un infâme traître ! L'un de ceux dont les os reposent dans la poussière d'une grotte, bien loin d'ici. (Gwydion marmonna.) Que je te dise comment cela s'est passé. Le roi Hely régna quarante-quatre ans, plus longtemps qu'aucun souverain de la lignée de Brea depuis Dunval le Grand, et son premier-né avait nom Ludd. Quand il devint roi, il reconstruisit Trinovant, la cité que Brea avait fondée près de mille ans auparavant. Les ouvrages que Ludd avait bâtis étaient si magnifiques que l'ensemble fut rebaptisé Caer Ludd, en son honneur, mais à sa mort, la ville retrouva son ancien nom de Trinovant. Le corps de Ludd fut enterré sous l'une des grandes portes, qui célèbre son souvenir : la porte de Ludd. C'est moi qui prononçai son oraison funèbre, et à l'époque je rendis publiques certaines vérités qui disqualifièrent le fils de Ludd, Androg, et l'écartèrent du trône auquel il prétendait.

« ... Ce en quoi je fis bien, car Androg était doté d'un caractère faible, et quatre ans après la mort de Ludd, durant le règne de son frère Caswalan, il s'avéra que le pays avait besoin d'un vrai chef. La redoutable puissance de l'Est que nous appelons les tyrans envahit les îles pour la première fois. Ils se firent gloire d'y avoir pris pied le jour des Auspices, mille ans exactement après qu'y eut débarqué le héros Brea. Par cette vantardise, ils cherchaient à terrifier les populations, car Iuliu, le commandant en chef de leur armée, était réputé pour sa voyance, et il avait fait savoir que la lignée de Brea ne durerait que ce temps-là, mille ans.

« ... Mais nos bardes ne restèrent pas sans répliquer à cela, et s'employèrent, par leurs chants, à lui opposer leur version de l'histoire. Ils ripostèrent que le véritable jour des Auspices était déjà passé, et forcément passé inaperçu, au cours du règne du roi Hely, et que la prédiction d'Iuliu, de ce fait, était fausse. Ce qui rendit courage à nos guerriers, et après cela ils traitèrent par le dédain les assertions de l'ennemi, même lorsqu'elles étaient vraies. Et à l'instant où le premier faiseur d'esclaves posa le pied sur le rivage de galets, le lorc s'éveilla. Cela se déroula exactement comme l'avaient prévu les fées. Il y eut une terrible bataille et Neni, l'un des plus jeunes frères de Ludd, qui était maître en bien des arts, se distingua ce jour-là par sa bravoure au combat face à l'ennemi, bien qu'il dût payer chèrement son entreprise. Les tyrans étaient en train d'établir leur camp sur les berges de la rivière Iesis quand le choc se produisit. Les hommes de Neni se ruèrent sur l'assaillant, et Neni arracha lui-même son épée des mains du sorcier à la tête de ses troupes, mais ce dernier eut le temps de lui porter un coup et le poison entra dans son corps, de sorte qu'il mourut de ses blessures quinze jours plus tard et fut enterré sous une autre des grandes portes nord de Trinovant. Le trophée en or qu'il avait conquis, auquel il avait donné le nom de Thamebuide, « la mort jaune », fut mis en terre avec sa dépouille.

— Et c'est ainsi que les tyrans s'emparèrent du royaume ? fit Will, le sourcil froncé.

— Oh, mais non ! C'est leur commandant en chef, Iuliu le Voyant, qui mit fin à cette funeste invasion. Depuis l'instant où ils avaient pris pied sur le rivage de galcts, il eut de gros ennuis. Il fut en proie à des chutes inexpliquées et à d'épouvantables visions nocturnes, que le lorc réussissait pourtant à conjurer. Il en fut si affecté qu'après la terrible bataille livrée contre Caswalan et Neni, il choisit de replier sa redoutable armée par-delà les mers Étroites. Il regagna avec elle sa riche capitale de Tibor, où il fit vœu de ne plus jamais troubler la paix des îles. Iuliu le Voyant régna en despote sur son peuple et fut assassiné par ses propres amis.

Will se gratta la tête.

— Alors, comment le royaume tomba-t-il aux mains des tyrans ?

— Cent ans plus tard, ce pays fut trahi par l'un des nôtres.

Will eut un mouvement de désapprobation.

— Et j'imagine que c'est là l'œuvre de Gruech ?

— Pour sûr. Et le forfait est d'autant plus atroce qu'il était druide, et barde. C'était, de ce fait, la plus abominable des trahisons.

Gwydion reprit sa marche sans mot dire. Quelque temps plus tard, ils passèrent devant un groupe de très anciennes pierres et l'enchanteur expliqua qu'ici était le lieu où Wela, fils de Wada, avait forgé l'épée de bronze, véritable chef-d'œuvre d'armurier, qu'on appelait Balmung, celle-là même qui avait rasé de près les écailles sur le poitrail du dragon.

— Ces pierres marquent l'emplacement où Wada fut porté en terre par son peuple. (Le magicien poursuivit, avec aux lèvres un pincement ironique :) Si Welan avait seulement su comment faire, il aurait pu soumettre, par un charme, Flenir à sa volonté, et dès lors il n'aurait eu nul besoin de forger une épée. Il n'y a pas lieu de fouiller les entrailles de la terre pour en extraire le métal quand on a les ressources nécessaires, dans les mains et dans la tête. La terre répond gracieusement aux besoins du sage. Elle garde par-devers elle ce qui ne devrait pas échoir aux insensés. Hélas ! Elle ne pourra jamais donner tout ce que les hommes désirent, car il n'y a pas de limites à leur convoitise.

Mais déjà, l'esprit vif de Will arpentait de nouveaux sentiers.

— Serait-il possible, alors, de dompter les dragons géants à la seule force des mots ?

— Dompter ? Jamais ! Mais ensorceler, certainement. Au moins dans une certaine mesure, car les plus formidables d'entre eux étaient des bêtes vaines et avides, et ceux-là finissent par tomber, qui sont accessibles aux compliments et à la flatterie. En cela, ils étaient très semblables aux rois.

Will jeta un coup d'œil en arrière, sur le chemin qu'ils avaient parcouru. Au grand soleil de l'été, on pouvait voir à des lieues à la ronde, et le vaste paysage le fit songer à l'immensité du royaume et à l'exiguïté du monde clos qui avait été le sien jusqu'alors.

— Où allons-nous, maître Gwydion ?

— Encore cette question ? Par monts et par vaux, pour souper avec le roi.

Will pinça les lèvres, car il détestait se voir rabrouer de la sorte.

— D'accord, et ensuite la route à l'envers pour mesurer la distance, murmura-t-il entre ses dents.

Amusé de la réplique, Gwydion le malmena gentiment du bout de son bâton.

— Nous rendons visite au roi pour lui offrir réconfort en ces temps troublés. Mais voyager ne consiste pas simplement à arriver en un point donné par le plus court chemin possible. Il faut parvenir à destination dans les règles de l'art, car il y a bien davantage dans la façon d'aller quelque part que dans le simple fait d'y aboutir.

— Je ne vois pas bien où vous voulez en venir.

— Alors, que je te dise les choses carrément : il y a ceux que nous aurions plaisir à rencontrer en route, et ceux qui aimeraient bien se mettre en travers de notre chemin.

Will soupira. La sac en peau de grue semblait peser plus lourd, bien qu'il sût la chose impossible. Il s'aperçut alors qu'il était chargé du poids d'un secret : il n'avait encore rien dit à Gwydion du cor serti d'argent. « Je lui en parlerai quand il me dira où nous nous rendons, songea-t-il en faisant passer le sac d'une main dans l'autre. Commerce équitable n'est point vol, et voilà un dit de la vallée ! »

À Lyttenden Hill ils se trouvèrent devant des tours anciennes, battues par les vents, au-dessus d'un lac envahi par la brume. La chaîne de montagnes s'orientait de nouveau au sud et ils progressèrent sur un sentier d'altitude, pour redescendre enfin, à la nuit tombée, dans un bois aux contours indistincts, que le sentier se trouvait traverser.

Chemin faisant, Gwydion poursuivait l'instruction de son apprenti, concernant les diverses formes de magie. Il y avait la « semblance », qui consistait à faire apparaître les choses telles qu'elles n'étaient pas. Venaient ensuite les divers arts d'amener les gens à un état de sommeil ou de docilité enthousiaste. Suivait le pouvoir de déceler la fausseté dans le cœur des hommes.

— Rien n'échappe à l'oreille d'un mage, lui disait Gwydion. Il entend la vérité dans la voix des gens aussi facilement que certains perçoivent l'allégresse dans le rire ou la tristesse dans les sanglots. Une bonne part de ce que d'aucuns s'imaginent être de la magie en action n'est tout bonnement qu'une trame d'illusions. La plupart des personnes ne font pas la distinction, mais c'est pourtant bien la même différence qui sépare le fait de croire qu'une souris se transforme en pomme, de la transformation en tant que telle. Les modifications réelles sont bien plus difficiles à réaliser ; elles sont très fatigantes et les objets ont tendance à reprendre leur forme première dans un délai très court. Ce qui peut être dérangeant, si l'on croque dans une pomme qui fut autrefois une souris.

Will partit d'un grand rire.

— Certes oui, et plus dérangeant encore si l'on est le rongeur !

Comme ils pénétraient dans les bois obscurs, Gwydion entonna une rhapsodie qui parlait d'une embuscade d'ombres à laquelle il avait dû faire face dans les forêts plus sombres encore et plus profondes de l'Ouest, dans la contrée de Cambray, où souvent se tendaient des cordes qu'on ne voyait pas et volaient les carreaux d'arbalète, mordant profondément dans la chair des individus indésirables, au cœur de ce qui était bien la plus mystique des contrées. La force de ce chant toucha Will au cœur. Et quand il fut fini, la peur le saisissait au moindre cri nocturne ; ce n'étaient pourtant que hululements de chouettes en conversation avec la lune.

Ils campèrent et mangèrent ce qui restait du pain de Lammas, agrémenté de délicieux champignons nommés oreilles de cochon, fruit de la récolte de Gwydion. Ce soir-là, il s'abstint de monter un foyer de cuisson en cône, pas plus qu'il ne murmura pour faire jaillir le feu, mais il fit quelques pas à l'écart dans une clairière pour demander la force de la terre et s'emplir de son puissant pouvoir. Après quoi, il enjoignit à Will de s'envelopper étroitement dans sa pelisse et de s'installer pour la nuit sous un buisson qu'il lui désigna, là où la mousse était la plus épaisse. Mais si le but que recherchait le magicien était la tranquillité d'esprit de Will, ses paroles n'y contribuèrent point, car il ajouta que les habitants fuyaient cet endroit. Il était connu, selon les dires de Gwydion, sous le nom de « bois des Cous tranchés » et reposait sous la gouverne héréditaire de la maison de Sturme. De toute antiquité, il était le repaire de loups-garous et d'ogres des bois. C'est peut-être la raison pour laquelle Will s'agitait sans trouver le sommeil et n'était encore qu'à demi endormi quand il distingua, au milieu des arbres, des formes mouvantes.

Il pensa d'abord qu'il s'agissait d'animaux, probablement des daims. Puis il se dit que ce devaient être des hommes, enfin il sut que ce n'était ni l'un ni l'autre. Il avançaient vers lui dans une lumière spectrale, pâles et cependant chatoyants, de l'éclat que jette un mince croissant de lune. Ils arrivaient comme une tribu qui se rassemble, de toutes les directions, et il entendit un son à la limite de l'audible, un peu comme le bourdonnement sourd dans la tête d'un homme, juste avant qu'il perde connaissance. Will sentit des fourmillements dans la nuque. Il avait suffisamment écouté les mises en garde de Gwydion pour être persuadé qu'un danger les menaçait tous deux, et si Gwydion lui-même en était effrayé, ce danger devait être considérable. Puis il se rappela les loups-garous et les ogres des bois, et la frayeur le fit se redresser d'un bond.

— Gwydion ! siffla-t-il entre ses dents.

Il tenta de réveiller le magicien en le secouant, mais sans y parvenir. Celui-ci continuait de dormir, inébranlable, telle une bûche. « Les champignons ! se dit Will. Il a dû se tromper et s'empoisonner ! »

Il resta assis là quelques instants dans la nuit noire, le cœur glacé d'effroi, seul au monde, se demandant ce qu'il fallait faire. La panique l'enveloppa dans ses rêts, mais alors il inspira profondément et se plongea en lui-même. À sa grande surprise, il y trouva une force sereine dont il était loin de soupçonner l'existence.

— Quelles que soient ces créatures, murmura-t-il, elles n'auront pas raison de nous sans combat.

Et il empoigna son bâton d'épine noire.

« Si seulement Gwydion avait fait cuire ces champignons ! » songea-t-il. Mais alors, il se rendit compte que quant à lui, il se sentait dispos, et pourtant il avait mangé bien davantage de ces oreilles de cochon que Gwydion.

Les ombres chatoyantes ondulaient en approchant. Will les regardait arriver sur lui, d'un pas régulier. Non, ce n'était pas une troupe d'ogres des bois. Il ne se sentait pas menacé. Au contraire, il avait plutôt l'impression que les spectres étaient à leur place ici, et que c'était lui l'intrus, qui avait pénétré chez eux sans y être invité. Il entendait le piétinement de leurs pas sur le sol, le bruit des branches qui s'écartaient à mesure qu'ils approchaient. Envoyant promener sa pelisse, il se dressa de toute sa hauteur et se tint debout dans l'attitude d'un homme qui se porte à la rencontre d'un étranger, moitié hésitant, moitié accueillant, et au moment où les formes chatoyantes furent toutes proches, là seulement il commença à entrevoir leur vraie nature.

Si incroyable que ce fût, elles ressemblaient à la créature qu'il avait extirpée de la roue, au moulin de Grendon. Elles avaient la même couleur de peau, d'une pâleur argentée, la même chevelure légère, les mêmes visages menus aux traits délicats. Certaines avaient des montures et d'autres allaient à pied, et celles qui chevauchaient montaient à cru, à dos de licornes. Elles semblaient abriter une source lumineuse, comme si leur cœur était fluorescent. Will laissa tomber son bâton, toute idée de violence l'ayant abandonné, et il eut la certitude que ce moment était le plus beau de ceux qu'il avait connus jusqu'à présent.

Nul mot ne fut prononcé. Nul n'était nécessaire. La troupe luminescente s'assembla autour de lui, dans un doux murmure, et bientôt apparut son roi, car roi il devait être, à en juger par sa stature. Sans crainte à présent, Will eut la stupeur de constater qu'il le reconnaissait : c'était son portrait qui était peint sur l'enseigne accrochée au-dessus de la porte de l'auberge de Chauve le Bon ! Celui qui se tenait face à lui n'était autre que l'Homme vert. Son corps massif disparaissait sous l'entrelacs de feuilles de lierre, ses membres étaient habillés de feuillage et il avait la tête ceinte d'une couronne de houx. Des bruyères lui sortaient par les naseaux et par la bouche, mais elles ne pouvaient dissimuler ses yeux sauvages ni sa force souriante, pas plus qu'elles ne cachaient la puissance débordante de sa nature.

Tandis que Will regardait, empli de joie et de révérence, l'Homme vert vint à lui, lui donna une formidable accolade et l'étreignit avec une telle force qu'il en eut le souffle coupé. Des effluves boisés, comme ceux de la terre au printemps, emplirent les narines de Will et le chantonnement enfla à ses oreilles tandis qu'il se sentait soulevé du sol dans une étreinte de bienvenue. Il ne tenta rien pour se débattre, mais se contenta de fermer les yeux pour se protéger des doigts qui l'agrippaient, et quand il les ouvrit de nouveau, ce fut pour s'apercevoir que l'Homme vert l'avait lâché.

Tout le monde était parti. Le silence régnait, à présent, au cœur de la nuit. Will regarda alentour, le cœur battant à tout rompre, la bouche sèche, mais son esprit était délié et il se sentait habité d'une sensation exaltante de ne faire qu'un avec ce qui l'entourait. À quelques pas de lui était allongée la silhouette sombre de Gwydion, plongé dans un sommeil paisible. Will inspira profondément le parfum pénétrant de la nuit et se délecta de la clarté des étoiles, qui faisaient pleuvoir de l'argent à travers les branches du bois ensauvagé. Puis il s'allongea sur la mousse, s'emmitoufla dans sa pelisse et plongea dans les bras du sommeil.

CHAPITRE HUIT

Clarendon

LE LENDEMAIN MATIN, Will s'éveilla couvert des diamants de la rosée. Des brumes argentées enveloppaient la terre, bientôt dispersées par les rayons du soleil. Il ne dit rien à Gwydion de ce qui s'était passé durant la nuit. Il avait du mal à croire qu'il ne s'était pas agi d'un rêve, même si son cœur lui disait que chaque détail était bien réel. Mais tout en faisant ses bagages pour se disposer à reprendre la route une fois encore, il remarqua l'éclair de métal brillant qui luisait au sommet de son sac.

Il en sortit le cor usagé, et resta à le fixer, n'en croyant pas ses yeux. Il était à présent dans tout l'éclat du jour où il avait été fait, cerclé au bord et à son extrémité d'un argent finement ciselé, où se distinguaient parfaitement des mots inconnus. Comme Will le polissait d'un revers de manche un frisson le parcourut, et il sut qu'il avait été remercié et, d'étrange façon, accepté.

Gwydion était déjà occupé à danser en traçant dans l'espace de mystérieuses volutes, répandant, apparemment, des charmes sur les arbres. Quand il eut fini, il ramassa des feuillages et en tressa une couronne, qu'il déposa au bord du sentier, avant de dire :

— As-tu bien dormi ? J'espérais que tu passerais une bonne nuit.

Comme ils se mettaient en marche, Will fut traversé d'une pensée encourageante : bien que Gwydion, la veille, eût semblé parler par énigmes, ce qu'il avait dit à propos d'escalader des monts et de redescendre par vaux pour souper avec le roi s'était, en quelque sorte, produit. Car l'Homme vert était, à coup sûr, le souverain de cette contrée.

— Il y a un dicton qui affirme : « On ne peut pas faire une bourse de soie dans des oreilles de cochon », commença Gwydion. (Il ajouta d'un air entendu :) Mais quelquefois, ça arrive.

Comme ils franchissaient la lisière du bois des Têtes coupées, Will remarqua la chanson des alouettes au-dessus des champs de blé. Il y avait des nivéoles sur le bas-côté de la route, des épiaires à la tête penchée, des géraniums des prés et la jacobée d'un jaune éclatant. Les talus étaient jonchés d'une telle variété de fleurs que Gwydion, non sans s'être excusé auprès d'elles, en cueillit quelques-unes, qu'il mit dans sa besace. Et puis, de but en blanc, il lança :

— Quelque chose a mis le printemps sous tes pas, aujourd'hui. Aurais-tu, encore une fois, donné à manger aux canards ?

Et Will répliqua, dans un sourire :

— Non, maître Gwydion.

— Je dirais que tu m'as tout l'air de quelqu'un qui vient de passer une épreuve décisive.

Will lui jeta un regard soupçonneux.

— Vous croyez ?

— Mais oui, j'en ai l'impression. On est en train de te manifester en retour le respect dont tu as fait preuve, je dirais.

Will haussa les épaules.

— Peut-être que j'ai obtenu l'approbation des grands bois.

Gwydion hocha la tête d'un air songeur.

— Peut-être. Ce serait un immense honneur que de la recueillir. Qu'as-tu bien pu faire pour la mériter, je me le demande ?

Will se sentait à la fois fier et humble, et un peu embarrassé aussi.

— Vous ne savez pas ?

— Je sais bien des choses. Bien plus que d'aucuns, mais pas tout, cependant.

Will sourit à nouveau, heureux de constater qu'un être aussi puissant que Gwydion était capable, aussi, de rire de lui-même.

— En ce cas, je vous raconterai pourquoi j'ai obtenu l'approbation des grands bois quand je jugerai le moment venu pour vous de le savoir.

Gwydion haussa les sourcils.

— Te moquerais-tu de moi, jeune homme ?

— Commerce équitable n'est point vol, comme nous disons chez moi dans le val, maître Gwydion. Et l'on dit aussi que tout homme a droit à sa part de secrets.

L'enchanteur eut toutes les peines à réprimer un sourire.

— Voilà que tu parles comme un mage, mon garçon ! Maintenant, si tu me montrais cette chose que tu as empruntée à la terre, sur Dumhacan Nadir.

Will s'empourpra, puis se pencha au-dessus de sa besace.

— Ce n'était qu'un vieux cor usagé, tout terne et qui n'avait mine de rien, quand je l'ai trouvé. (Will lui tendit l'instrument.) Celui qui nous a rendu visite cette nuit, quel qu'il soit, a dû le frotter et le polir pendant notre sommeil.

— ... Formidable est son étreinte, car l'univers entier s'en trouve refait à neuf chaque printemps. Garde ce cor toujours avec toi, car c'est un présent rare. Tiens-le à l'abri des regards prédateurs et sois plus circonspect avec tes secrets. À présent que tu as passé brillamment cette épreuve et que tu as été accepté, je me dois de t'instruire en certaines matières d'importance. Que sais-tu de ton roi et de ceux qui l'entourent ?

Will eut un mouvement d'épaules dédaigneux.

— Pas grand-chose.

— Alors écoute bien ce que j'ai à te dire, car le temps est venu pour toi de savoir. Le roi siège sur le trône, au cœur du palais de Maison blanche. Il y est avec l'approbation de la pierre des Scions et tant que ne s'y opposent ni Magog ni Gogmagog, deux statues aux yeux de perles, installées dans des niches. Tous trois sont les gardiens du trône. Maintenant, si...

— Oh là là ! maître Gwydion !

Will avait les yeux brillants, d'entendre cette soudaine avalanche de noms. Ils ne signifiaient rien pour lui.

— Hum, voyons... Sais-tu ce qu'est un usurpateur ?

Le visage de Will s'illumina.

— Ce ne serait pas un seigneur qui essaie de voler sa couronne au roi ?

— Et dès lors devient roi à sa place. Exact. Même si tu ne le devinerais pas à le regarder, ton bon roi Hal est le petit-fils d'un usurpateur de la pire espèce. Il avait également un père, un fameux guerrier celui-là — qui porta, en son temps, le même nom, le roi Hal —, qui mit la main, par conquête, sur des territoires situés par-delà les mers Étroites, de Burgund à Breize. Que l'imbécile mourût d'un flux de sang avant d'avoir pu profiter de ce qu'il avait conquis, et même jeter un coup d'œil sur le fils qu'il avait engendré, n'est que juste revanche pour ce que son propre père avait commis.

— Ainsi donc, le père de Hal le guerrier était Hal l'usurpateur ? hasarda Will, qui essayait de ne pas perdre le fil.

— Exact. Le premier Hal s'empara du trône au mépris de la loi, ce qui est un très grand crime. Il fit mourir de faim le vrai roi au fond du donjon d'un château. Peu importe que ce dernier fût arrogant, obstiné et sans foi. Peu importe tout autant que l'usurpateur fût intelligent et capable, et acclamé par tous pour être un fameux meneur d'hommes... Ce n'en était pas moins un crime, car le vrai roi doit être couronné en souveraineté. Tu me suis ?

— Pas vraiment, fit Will.

— Cela importe peu. Tout ce que tu as à comprendre, c'est que le roi Hal est le petit-fils d'un usurpateur, et qu'il n'ignore rien de la raison pour laquelle le sort de son funeste ancêtre s'acharne contre lui.

— C'est une malédiction ?

— Juges-en toi-même. Un dicton d'autrefois affirmait ceci : « Malheur au pays dont le roi est un enfant » et, bien qu'il soit interdit aujourd'hui de le citer sous peine de mort, il n'en reste pas moins vrai. La couronne est tombée entre les mains du roi Hal alors qu'il était dans sa première année de vie, et même s'il porte le titre, il est le jouet d'hommes de pouvoir. Il a toujours été traité comme une mauviette par des barons qui se jouaient de lui. Leur but vise à le plier à leur volonté, et ils y ont réussi jusqu'à présent en effet, car il n'a jamais fait preuve de beaucoup de tempérament. Si la malédiction portée sur le père du roi Hal a provoqué sa mort prématurée, alors celle qui frappe l'actuel est bien pire encore, car il vit dans l'impuissance et voit son royaume s'enfoncer chaque jour plus profondément dans une détresse sans remède.

— C'est une noire fatalité, en effet.

— La couronne qui fut placée sur le front de l'enfant voilà trente ans était très controversée. Cependant, dans l'esprit de maints seigneurs, un si long intervalle de temps a fini par légitimer le roi Hal. Il représente, soutiennent-ils, la troisième génération de la lignée à recevoir leur serment d'allégeance. Ils disent que la majesté véritable coule aujourd'hui dans ses veines. En revanche, pour d'autres, Hal est — et restera toujours — le petit-fils d'un usurpateur doublé d'un régicide.

Will suivait à grand-peine les explications de Gwydion, mais ne savait que penser. Il n'avait jamais songé qu'il y eût tant de choses à prendre en compte, considérant la royauté. Soudain, ses conceptions enfantines sur l'effet que cela pouvait faire d'être roi lui semblaient bien simplettes.

— Mais alors, et le véritable roi ? demanda-t-il brusquement. Celui dont on a usurpé le trône et qui est mort de faim ? Il n'avait pas d'héritier ?

Le mage jeta à Will un regard de côté, comme s'il venait de mettre le doigt sur un point capital.

— Le roi dépossédé mourut sans enfant. Mais il reste en vie une branche de descendants dont les prétentions à la couronne, d'après les lois de transmission, sont plus légitimes que celles de Hal — et cette lignée s'est poursuivie sans interruption, pour en être aujourd'hui à la quatrième génération.

— Qui est-ce ? Un grand seigneur ?

— Un duc, rien de moins. Le sang royal coule dans les veines du duc Richard d'Ebor, envoyé récemment par le grand conseil du roi pour gouverner les îles Bienheureuses en tant que seigneur lieutenant — même si ses droits à ce titre pourraient faire l'objet d'un long débat. Néanmoins, c'est un homme dans toute sa force, et un gouverneur des plus capables. En vérité, il possède les vertus d'un roi et pense comme un roi. La dernière fois que j'ai eu une conversation avec lui, j'ai bien vu qu'il avait à l'esprit de revenir dans le royaume et d'y faire valoir ses droits, au besoin par la force.

— Mais je ne comprends pas. Le royaume aurait tout à gagner au couronnement du roi légitime, en respect des lois établies de la transmission ? Et si, par-dessus le marché, il s'avère meilleur chef et meneur d'hommes…

— Réfléchis encore. Que t'ai-je raconté à l'instant à propos de notre fameux Hal ?

— Ah ! Je vois… (Will hocha la tête.) Vous voulez dire que bien des seigneurs préfèrent garder Hal parce qu'il est facile à manipuler. Alors qu'ils tiennent à l'écart le vrai roi, qui aurait trop de poigne à leur goût.

— Tu y vois clair, Willand, clair comme de l'eau de roche. Mais c'est une vérité qu'il vaut mieux ne pas crier sur les toits, car celui qui le ferait exposerait sa vie.

Ils marchèrent tout le jour par une terre aux courbes tendres, dont la houle régulière se levait de part et d'autre du chemin qu'ils suivaient, en direction du sud. Sur une lieue à peu près, la pente montait doucement vers des plateaux crayeux, pour s'incliner à nouveau vers des vallons d'argile. En montant plus haut, ils trouvèrent de la lande émaillée d'ajoncs en fleurs. Gwydion devançait Will au long d'anciens sentiers de pâture qui couraient entre les buissons. Pendant la majeure partie de la route, ils progressèrent sous un ciel d'un bleu pastel où chantaient les alouettes, mais comme le soleil déclinait après avoir traversé le ciel de part en part, un vent frisquet s'éleva sur le plateau.

Gwydion observa le ciel à l'ouest, où s'amoncelaient les nuages.

— Il y a plusieurs millers d'années de cela, il y avait par ici de grands temples consacrés à la lune et au soleil. Tous sont en ruine à présent et ont sombré dans l'oubli, et la lune, comme le soleil, s'en trouvent amoindris. Un jour, si tu arrives à pénétrer la nature essentielle de la magie, je t'emmènerai voir Great Henge, le Grand Cromlech. Ce lieu porta un jour, dans la vraie langue, le nom de Celuai na Sencassimnh, « les prairies des diseurs de contes ». Il fut construit dans un nœud de la terre, là où se dressaient auparavant trois grands chênes, et l'on édifia une tour par-dessus les arbres. Plus tard, quand on eut éclairci les bois alentour, on construisit un cromlech de bois, et puis deux en pierre, l'un à l'intérieur de l'autre. C'est ici que reposent la plupart des rois des premiers hommes.

Will écoutait, dans l'espoir de l'entendre évoquer les pierres batailleuses, mais Gwydion lui lança :

— Regarde par ici, en bas ! Que vois-tu ?

Will s'abrita les yeux du soleil rasant et regarda au sud. Le paysage, au loin, n'était qu'un chatoiement de lumière.

— Qu'est-ce que c'est ? demanda-t-il, balançant entre l'effroi et l'admiration.

On aurait dit une immense plaine, mi-terre, mi-ciel, et pourtant lumineuse comme un banc de brume.

— Cela, Willand, s'appelle la mer.

— La mer… reprit Will en écho. (Ses yeux restaient fixés sur le ruban de lumière.) Je n'aurais jamais imaginé que c'était ainsi.

— Devant nous, plein sud, s'étend la vallée de la Bourne. Vois-tu cette flèche grise, comme une brèche dans le ciel ? C'est un chapitre, un cloître qui appartient à Ceux-qui-ne-voient-pas.

Will fixait la flèche qui s'emblait prête à s'envoler, sur la ligne d'horizon.

— De qui s'agit-il ? Il viennent une fois l'an dans les tourbières près de Middle Norton pour collecter la dîme. Je sais qu'après leur passage les malheureux sont plus pauvres encore, mais on dit que les yeux leur ont été arrachés. Et est-ce que c'est vrai, que leurs mains sont rouges ?

— Rouges comme des crêtes de coq, pour certains. Et des ongles jaunes, comme des griffes. Connais-tu l'expression : « Être pris avec les mains rouges » ?

Will sentit un frisson d'horreur lui parcourir l'échine. Il savait que si l'on était surpris à dire « mains rouges » à portée de leur oreille, on pouvait se faire trancher les lèvres.

— Mais est-vrai qu'ils sont aveugles ?

— Aussi aveugles que l'amour ou la justice. Bien qu'ils ne fassent usage ni de l'une ni de l'autre de ces deux denrées de choix. Pas plus qu'il ne croient que toute chose revienne à son point de départ. Ce sont des esprits esclaves, vois-tu.

Will frissonna et le vent qui parcourait les buissons d'ajoncs lui sembla soudain très froid.

— Qui sont-ils ?

— Des suceurs de sang très malins, qui ont trouvé moyen de se glisser entre seigneurs et manants, et qui s'engraissent aux dépens de tous.

— Et pourquoi nul ne se défend contre eux ?

— Les manants sont impuissants, car l'œuvre de la confrérie est sous la protection des seigneurs. Et s'il en va ainsi, c'est parce que les frères leur épargnent la peine d'avoir à collecter la dîme eux-mêmes. La maison du chapitre que tu vois en bas est une parmi des milliers d'autres qu'ils ont construites par tout le royaume, pour y accumuler leur butin mal acquis. Cette flèche ne vient qu'en deuxième place, quant à la hauteur, derrière la flèche noire de Trinovant, que tu auras l'occasion de voir un jour. C'est dans ces endroits que sont recueillies toutes les dîmes prélevées sur les districts alentour. Ils en gardent la moitié pour eux, et l'autre, ils la remettent aux gouvernants des lieux.

— Et si un village ne peut pas payer ? s'enquit Will. (Il songeait à certaines années de disette qu'ils avaient dû affronter dans le val.) Que se passe-t-il en cas de maigres récoltes ou de fenaisons perdues ? Ou si la pluie fait pourrir le grain après la moisson ? Ou si les pestes s'y mettent et la ruinent ? Que font alors Ceux-qui-ne-voient-pas ?

— Dans ce cas, on invoque la règle de fer. (Gwydion, les sourcils froncés, prit un air sombre.) Quand vient la famine, la seule manière d'apaiser Ceux-qui-ne-voient-pas est de faire offrande de jeunesse aux Anciens.

— De jeunesse ?

— Des enfants. Ils appellent cela avoir trop de bouches à nourrir. Ne t'ai-je pas dit que les frères sont toujours à l'affût de nouvelles recrues ?

— Et c'est là que nous nous rendons, à présent ? fit Will dans un souffle, la main sur la poitrine.

— La flèche grise que tu vois au loin, tout là-bas, est voisine de la cité de Sarum. Mais nous allons un peu au-delà, au logis royal de Clarendon, et là, comme je te l'ai déjà dit, notre hôte ne sera rien moins que le roi en personne.

Ils sortirent des hautes landes et passèrent tout près d'un antique cercle de terre. Gwydion agita sa baguette de coudrier dans sa direction et informa Will que ces promontoires couverts d'herbe étaient tout ce qui restait du superbe Calendrier de Figgesburgh. Aux temps anciens, s'y déployait là un gigantesque miroir de bronze poli qui réfléchissait les rayons du soleil et les renvoyait en bas, vers les palais de Sarum, au jour sacré entre les plus sacrés. Et lors de ces fameuses nuits, les anciens astronomes s'en servaient pour interroger les étoiles. Will huma avec délice l'atmosphère du lieu et tenta de se représenter l'observatoire décrit par Gwydion, mais il en restait si peu de traces que même les mots de Gwydion ne permettaient guère de le rappeler à la vie.

Ils entamèrent la descente en traversant une vallée boisée et atteignirent les limites de la forêt de Clarendon juste au coucher du soleil, mais ce soir-là, il n'y avait dans le ciel aucun déploiement de rose et d'or pour dire adieu au jour. Des nuées grises s'étaient assemblées, qui semblaient plus lourdes qu'enclumes, et comme ils pénétraient sous la futaie, ils entendirent, au loin, les premiers coups de tonnerre.

Will s'aperçut bientôt qu'il ne s'agissait pas d'une forêt oubliée comme l'était Wychwoode. Ceci était un parc royal des plus fréquentés, et l'on y trouvait même une magnifique loge de chasse, qui était devenue, au fil des ans, un palais au plein sens du terme. Gwydion lui confia que la cour venait souvent chasser à Clarendon, et qu'une centaine de forestiers et verduriers s'occupaient, outre des bois, des équipages et des meutes.

— Mais le roi, lui, n'a jamais aimé la chasse. Ce n'est pas un sanguinaire. Ce sont les nobles qui ont plaisir à tuer, des hommes qui valent moins que lui, cruels et brutaux, et — comme tu le verras bientôt — forts en gueule.

Will leva les yeux vers les feuillages des grands chênes. Ils avaient pris leur teinte vert foncé de plein été, mais nombre d'entre eux étaient couverts d'une sorte de floraison blanche que chez lui, dans le val, on appelait « mildiou blanc », et il savait ce que cela signifiait : les arbres, par ici, n'étaient pas heureux. Le pavillon de la loge royale était en vue, tout au fond d'une allée majestueuse, au-delà d'une pelouse qui faisait bien mille pas de long sur une centaine de large. Gwydion, qui voyait son étonnement, lui glissa :

— Il en est ainsi pour prévenir une embuscade contre le roi et sa suite.

— Mais qui voudrait tendre un piège au roi ? demanda Will, scandalisé.

— La politique est un jeu mortel, où seul compte le profit personnel. Le but, pour un seigneur, est de devenir plus riche que tous les autres, donc plus puissant. S'il possède plus de terres, il a autorité sur davantage d'âmes. S'il est suffisamment riche, il a le dernier mot en quelque matière que ce soit, car dans sa bourse, il peut mettre le souverain lui-même.

Will haussa les épaules en songeant à Lord Strange.

— Mais à quoi bon tout l'or du monde si un homme ne peut reposer en paix la nuit, et vivre en bons termes avec lui-même et avec ses voisins ?

— Ah ! mon garçon, comme j'aimerais que ta sagesse villageoise fût mieux partagée au sein de la compagnie que nous nous apprêtons à rencontrer maintenant. Mais ce n'est pas le cas.

Will se souvint des paroles de Gwydion à propos de la malédiction de l'usurpateur qui pesait sur le roi, et un instant, la crainte s'empara de lui.

Gwydion hocha la tête.

— La chevalerie est tombée bien bas, ces derniers temps. L'odeur nauséabonde de la rapacité et de l'ambition s'élève chaque jour davantage au-dessus de la cour. La violence s'ensuivra fatalement, aussi sûr que la nuit succède au jour.

Ils étaient tout proches de la loge à présent, et l'on croisait beaucoup de monde. Le pauvre et le malade, à la nouvelle que le roi était là, étaient venus — comme c'était leur droit — pour le prier de bien vouloir imposer sur eux ses mains qui avaient le pouvoir de guérir. Mais ils n'avaient pas été admis à approcher au-delà d'une certaine ligne de barrières de protection. Derrière celles-ci se dressaient un mur et un portail, et aux abords des postes de garde, des hommes d'armes, allongés dans l'herbe, en prenaient à leur aise.

Gwydion s'avança jusqu'au premier rang de la foule sans être remarqué. Il murmura quelques mots et leva les bras, lentement, comme s'il s'apprêtait à jeter une pierre. Puis, Will dans son sillage, il défit le loquet de la barrière et pénétra dans l'espace protégé.

— Holà ! cria l'un des soldats.

Trois d'entre eux se levèrent, rajustèrent leur casque de fer et s'avancèrent à la rencontre de Gwydion. Leur chef avait à la main une hache à long manche.

— Où croyez-vous aller comme ça ?

— Voir le roi, bien sûr, répondit Gwydion.

— Retournez là-bas !

Les deux autres s'apprêtaient à porter la main sur celui qui leur paraissait être un vieil homme à l'esprit trop troublé pour obéir à leurs instructions.

— Restez en arrière des bar...

Le chef s'approcha à son tour. Il repoussa ses subordonnés à l'écart et s'inclina dans une posture abjecte en bafouillant une formule d'excuses.

— Je suis navré, Votre Grâce. Ils ne vous ont pas reconnu. Laissez passer le duc Edgar et son parent !

— Suis-moi, Henry, murmura Gwydion.

— Henry ? (Will chercha des yeux autour de lui, avant de se précipiter sur les pas du magicien, qui franchissait déjà les grilles du portail.) Qui est Henry ?

— C'est toi. Quel effet cela fait-il d'être pris pour le jeune comte de Morteigne et Desart ?

Will examina son apparence, sans y trouver rien de changé. Les gardes s'interrogeaient du regard. L'un deux secouait la tête tandis que l'autre était en grande discussion avec son chef.

Will observait les alentours. Il s'élevait une clameur de huées et de moqueries parmi la foule des demandeurs d'audience.

— Mais ce n'est pas Sa Grâce, insistait le soldat, c'est un mendiant !

Son supérieur se détourna d'un air courroucé en répliquant entre ses dents :

— Mais tu ne vois donc pas que c'est un déguisement...

Une seconde vague d'hommes en armes apparaissait à hauteur des portes intérieures : deux soldats casqués, en cotte de mailles et tabard aux armes royales, quartiers alternés rouge et bleu, rebrodés de lions d'or et de fleurs d'argent, et un troisième, qui se tenait assis derrière un secrétaire à dos d'âne, avec chausses et pourpoint noirs. Il avait des yeux attentifs, et les cheveux coupés et coiffés en forme de champignon noir. Il déplut à Will au premier regard.

Gwydion, dans le passage couvert, se lança dans une série d'élans et de voltes, tel un homme qui commence à danser ou se prépare pour le lancer de poids. Bien que rien ne fût jeté que Will eût pu voir, il se trouva qu'un projectile s'en vint heurter l'homme en pleine face, de sorte qu'il faillit tomber de son tabouret, avant de se ressaisir.

— Bonsoir, Votre Grâce, fit-il d'un ton mielleux. L'assemblée vous attend.

— Merci, chambellan, fit Gwydion d'une voix qui n'était pas la sienne.

Il murmura quelques mots à l'oreille des gardes et traça des signes sur leur front, si bien qu'ils écartèrent leurs hallebardes et ouvrirent les portes devant lui. Il fit claquer ses doigts sous le nez de l'un d'entre eux, qui ne s'en aperçut pas.

Ce que vit Will en pénétrant dans les lieux lui coupa le souffle : la grande salle faisait cinquante pas de long et au moins la moitié de large. Elle était éclairée par une cinquantaine de chandelles, toutes allumées. C'était la plus grande pièce qu'il eût jamais vue, et de loin la plus luxueuse. Le plafond était soutenu par des solives magnifiques et ornées, et entre les poutres pendaient des étendards aux couleurs éclatantes, qui proclamaient les devises des seigneurs. Le sol était fait de dalles carrées, les unes du noir le plus profond, les autres du blanc le plus pur, et les murs peints, revêtus du plâtre le plus fin, étaient percés de hautes fenêtres garnies de vitraux. Entre elles étaient disposés des tableaux de chasse, la plupart des trophées de cerfs, que complétaient des têtes de sangliers ; Will songea à Lord Strange. Ce vaste espace dépassait sous tous les rapports la magnificence de la tour de Wychwoode. Deux longues tables, sculptées par les meilleurs artisans, couvertes des mets les plus fins et les plus appétissants, étaient dressées sur toute la longueur, accueillant, chacune, plus d'une centaine d'hommes vêtus de la plus riche façon. Une troisième leur faisait face, encore plus ornée, et disposée sur un piédestal qui la surélevait. Elle ne comptait que quatre sièges, dont le dossier, aux deux places du centre, était manifestement plus haut : c'étaient, songea Will, les fauteuils du roi et de la reine.

Et il y avait abondance de bruit, également. Tout le monde parlait en même temps et un orchestre de ménestrels jouait de la musique, tandis qu'un homme vêtu d'une tunique dont les couleurs scintillaient dans la lumière jonglait avec des torches enflammées. Will le vit faire assaut de vantardises et laisser les spectateurs bouche bée devant les figures qu'il dessinait dans l'air.

— Attention à ne pas prendre feu, Jarred, lui dit Gwydion. On prétend que les illusionnistes brûlent facilement !

À l'instant où le jongleur vit qui venait d'entrer, il poussa un cri et les flammes s'écrasèrent au sol en un amas fumeux.

Alors la musique cessa.

L'arrivée de Gwydion fit taire le tintamarre et quand les gardes eurent refermé dans un claquement sonore les portes de la grande salle, il s'installa un profond silence. Will sentit ses paumes toutes moites, et ce que Gwydion lui avait enseigné à propos des seigneurs qui ne pensent qu'à s'en mettre plein les poches lui revint à l'esprit.

Les regards, à présent, s'étaient portés sur l'enchanteur. À la table du haut bout, un personnage corpulent en atours blancs et bleus, assis sur l'un des deux sièges à dossier élevé, se mit debout.

— Qui ose se présenter sans y être invité en la royale présence ? fit-il sur un ton impérieux et courroucé.

Will crut tout d'abord qu'il s'agissait du roi, puis il se rendit compte que ce ne pouvait être lui, car l'homme qui se tenait là, massif, avait les cheveux courts et grisonnants, un cou de lutteur et le front bas, qui disparaissait sous d'épais sourcils noirs. Il arborait des muscles solides, que toute une vie passée à manier l'épée et à chasser avait gardés en pleine puissance. Son nez en bec de faucon et ses yeux aux paupières tombantes lui donnaient un air cruel et arrogant, qui cadrait mal avec ce que Will avait appris du souverain. Et l'homme portait une quarantaine d'années, ce qui faisait dix de plus que l'âge du roi Hal, d'après ses comptes, puisque cette année était la trente et unième de son règne, et qu'il portait la couronne alors qu'il était encore nourrisson.

— Vous me connaissez fort bien, Edgar de Bowforde, repartit Gwydion d'une voix de stentor, les bras levés au ciel, bien que je n'aie aucune raison de vous répondre, pas plus qu'à vos gens. Sachez cependant, vous et quiconque aurait l'audace de le demander, que je suis venu ici sur ordre du roi, car il m'a prié de me présenter à lui chaque fois que je jugerais opportun de le faire.

Tandis que les paroles fougueuses de Gwydion résonnaient sous les solives, le regard de Will se portait tour à tour sur le duc Edgar et sur l'incroyable femme assise à son côté, sur l'autre siège à haut dossier. Will se rendit compte au premier coup d'œil qu'il ne pouvait s'agir que de la reine Mag. Elle était élancée, vêtue d'écarlate, et portait une coiffure des plus sophistiquées, avec ce qui sembla être à Will des cornes dépassant des côtés de sa coiffure, couverte d'un voile somptueusement ouvragé. Ses mains étaient parées d'anneaux et de joaillerie, et son visage à la pâleur de mort était rehaussé par des lèvres rouge sang et des yeux noirs comme la nuit. Si elle était belle, alors c'était le genre de beauté qui rend les femmes fières et leur permet de tenir les hommes en obéissance. Elle parla, et au ton de miel de sa voix, on pouvait croire qu'elle était fort divertie.

— Eh bien approchez, je vous en prie, vieux corbeau, et partagez notre repas.

Edgar grinça des dents en entendant cela, mais alors la reine saisit entre ses doigts une cuisse de poulet et la jeta par terre.

— Je vois que vous êtes venu une fois de plus mendier à la table de mon époux.

Il y eut un éclat de rire général, mais qui s'estompa rapidement quand chacun vit Gwydion se pencher pour ramasser le pilon. Il appela un lévrier qui dormait sous l'une des tables et commença à lui détailler la viande en petits morceaux, qu'il lui offrait en lui flattant la tête.

— Écoutez-moi, Mag, car je ne me donnerai pas la peine de vous parler très fort ni très longtemps. Vous devriez le savoir, que cela vous plaise ou non : les privilèges ne vont jamais seuls, mais s'accompagnent de responsabilités. Nous verrons bientôt en quoi celles-ci consistent, pour vous et vos amis.

Will remarqua un jeune homme au regard farouche, assis à côté du duc Edgar. Il savait que ce devait être Henry, comte de Morteigne et Desart. Henry aussi était vêtu de bleu et blanc, et un écusson d'or au motif de herse brillait également sur la poitrine du père et celle du fils. Henry pouvait avoir dix-sept ans, et la manière dont il jouait avec un couteau à lame effilée fit courir un frisson le long de son épine dorsale.

Mais le magicien s'adressait à présent à quelqu'un qui occupait la place la plus éloignée de la reine.

— La dernière fois que je me suis présenté devant vous, ami Hal, je vous ai averti que votre royaume était en péril. Il l'est toujours.

L'homme au visage absent à qui s'adressait le mage fuyait son regard. « Voilà bien une poule mouillée, sans conteste », songea Will. Il avait le visage étroit, il était mince et élancé comme un arbrisseau, pâle de teint et imberbe, et vêtu plus simplement que n'importe quel convive. Il semblait terne et exsangue, effrayé et fort désireux d'être ailleurs.

Gwydion se tourna ici et là, pointant son bâton vers l'assemblée, où les seigneurs murmuraient derrière leurs mains.

— Je vous vois, Thomas, Lord Clifton ! Et Dudlea ! Et Scales ! Et vous, Lord Ordlea ! Tant de grands seigneurs, et pairs du royaume. Si nombreux rassemblés, et ce serait simplement pour les plaisirs de la chasse ? Qu'êtes-vous en train de comploter, je me le demande ? Et je vous pose la question sans détour : qu'avez-vous fait pour assurer la sécurité de votre roi depuis notre dernière rencontre ?

Will ne pouvait détacher ses yeux de la reine Mag. Elle était belle, mais redoutable aussi. Était-ce la terreur qu'elle éveillait en lui ou la répugnance que lui inspirait l'endroit, il n'aurait su le dire, mais il sentit la nausée lui monter au creux de l'estomac. L'odeur du banquet lui fut soudain écœurante, et maintenant la grande salle commençait à osciller et à trembler comme une mare où l'on vient de jeter un caillou. Il lui sembla qu'elle était sous l'emprise d'un réseau de forces en pleine tension, d'énergies magiques et contraires, statiques et invisibles, en suspens dans l'atmosphère. « S'il fût jamais un lieu dangereux, songea-t-il, c'est celui-ci. Maître Gwydion ne peut envisager un instant de me laisser avec ces gens-là. »

Il sentit se hérisser les poils de sa nuque et un bourdonnement singulier s'insinua dans ses oreilles, comme un avertissement. Il jeta autour de lui un regard de méfiance et d'étranges mots lui vinrent à l'esprit, quelque chose comme un refrain de ménestrel :

Un loup vorace
Un pourceau goinfre
Un renard rusé
Et un chien impudent.

Ce que cela signifiait, il n'aurait su le dire, ni d'où cela lui était venu, à moins que ce ne soit né de son opinion personnelle concernant les membres de l'assemblée. Ses sens lui semblaient bizarrement aiguisés, ses pensées vagabondes et décousues. Il avait l'impression de tout voir et tout entendre avec une formidable acuité, et cependant la voix de Gwydion lui semblait résonner de très loin. C'était le résultat, supposa-t-il, d'un déploiement de grande magie et d'une menace toute particulière qui pesait sur lui.

Il réusssit à chasser la panique, mais les visages qui se divertissaient aux tables prenaient déjà une apparence grossière et bestiale. Leurs bouches étaient à présent des museaux de loups, tandis qu'ils riaient à pleine gorge et commençaient à faire ripaille. Will sentit dans son dos comme un mirage déroutant, comme le vent qui ride la surface des eaux l'été ; seulement, ces ondulations étaient dans l'air.

Soudain l'agitation cessa et Will vit apparaître une silhouette encapuchonnée de noir. Elle se tenait là où, l'instant d'avant, il n'y avait personne, à hauteur de l'épaule du roi et de la reine. Will aurait voulu crier, mettre Gwydion en garde, mais il n'osa rien. Une goutte de sueur courut le long de sa tempe. Il se força à détourner le regard et s'éveilla soudain à la terrible immobilité de la grande salle. Gwydion était planté debout, les bras écartés, son bâton jetant une pâle lumière bleue.

— Ami Hal, vos sujets oublient tous les usages, avertit doucement Gwydion. Je mérite mieux que cet accueil, car je suis venu toutes affaires cessantes m'incliner devant vous et vous entretenir d'un sujet des plus graves, et qui vous concerne tous. Ne puis-je exposer ce que j'ai à dire avec quelque chance d'être écouté décemment ?

Le roi ne répondit point, mais réussit à lever la main dans un geste incertain.

— Je vous remercie.

Gwydion s'inclina avec grande dignité, manifestant sa reconnaissance, puis il se lança :

— Je suis venu vous mettre au fait de certains signes indiquant l'imminence d'une guerre. Elle occasionnera un massacre d'innocents tel que cette terre n'en a jamais connu. Les étoiles au ciel le disent. Il coulera des torrents de sang, et viendra le moment où les rivières du royaume charrieront des eaux rouges. Le frère sera le meurtrier de son frère, le père combattra contre le fils ! Tous les hommes désireront se voir morts et libérés de l'esclavage de la souffrance ! Tout cela ne manquera pas d'arriver, à moins que l'on y trouve un remède.

Tandis que Gwydion annonçait ces présages calamiteux, les yeux de Will restaient fixés sur la forme spectrale qui se tenait entre le roi et la reine. Son visage — si tant est qu'elle en eût un — était dissimulé dans une ombre impénétrable. Will tremblait de frayeur, se demandant si ce n'était pas l'un de Ceux-qui-ne-voient-pas. Il tenta d'en détacher le regard et d'y revenir, afin de dompter sa frayeur. Le pouvoir qu'avait cette silhouette de le hanter ne cédait pas. Mais soudain, la voix de Gwydion captura de nouveau son attention.

— Ce pays est rongé par un chancre mortel ! Je vous avertis qu'à moins que ne se lèvent des hommes de conscience pour défendre ce qui est juste, il y aura un terrible prix à payer, en monnaie de sang. Le royaume est sur la pente glissante et cette glissade, par degrés, va devenir une débandade. Seul le vrai roi a le pouvoir de me donner ce dont j'ai besoin si je veux protéger ce peuple...

— Ah ! C'est bien ce que votre reine vous a dit, messire ! s'écria le duc Edgar. Ce corbeau qui s'autoproclame « magicien » n'est rien d'autre qu'un mendiant venu pour nous soutirer ce qu'il pourra. Hors d'ici, vieux corbeau ! Sa Majesté connaît tous vos tours ! Elle ne gobera pas plus longtemps vos histoires de fantômes et vos contes de fées !

Gwydion se redressa encore.

— J'ai pour vous un dit de magie, ami Edgar, et des plus utiles. Si vous deviez devenir un jour un plus grand homme que vous ne l'êtes aujourd'hui, vous devriez en faire votre devise : « Je manquerai de tout avant que le pauvre ne manque de tout. » La rapacité éhontée n'est qu'une des raisons pour lesquelles vous êtes pitoyable, davantage encore que le plus démuni de ces malheureux qui attendent patiemment aux grilles du palais royal. Si vous ne changez pas vos manières, vous serez jeté à terre et mourrez de mort violente, mais je préfèrerais que vous fassiez la paix avec ce monde.

— Faire commerce de la peur expose à un châtiment mortel, vieux corbeau, même si vos paroles ont perdu le pouvoir de terroriser qu'elles eurent jadis !

— Je ne suis pas venu ici pour soutenir contre vous une joute oratoire, Edgar. Mais je désire avec la plus grande fermeté et dans la plus extrême urgence épargner à votre roi et à son peuple un conflit qui tranchera les artères, et videra de son sang chacun des nobles ici présents !

— Saisissez-vous du prophète de malheur !

Mais Gwydion se rassembla en posture de défense et semblait si redoutable que nul n'osa faire un mouvement vers lui.

— Plaignez celui qui oserait poser des mains menaçantes sur un mage de l'Ogdoad ! Tout doux, Edgar de Bowforde, car je vous intime le silence !

Will eut alors l'impression que la lueur d'un bleu pâle qui animait toujours le sommet du bâton de Gwydion s'élevait et s'efforçait d'atteindre le duc. Mais la silhouette encapuchonnée qui se tenait au côté de la reine déclencha une force contraire, qui isola le rayon et le tint en respect.

— Je ne me tairai pas ! rugit le duc. Vous voyez ? Son pouvoir magique est sans effet contre ceux qui se dressent devant lui ! Il a l'audace de me dire comment je dois marcher, mais il n'est rien d'autre qu'un vieux prestidigitateur ! Un fouineur d'un autre âge, qui vient se mêler de ce qui ne le regarde pas ! Un fou, mais assez malin pour essayer d'extorquer de l'argent de n'importe quel imbécile disposé à lui être agréable ! Retourne-t'en dans ta grotte, là-bas dans l'Ouest, vieux corbeau ! Va ramasser tes herbes et fricoter tes potions magiques, car pour nous, nous ne sommes pas disposés à te laisser déballer tes sorcelleries !

Des rires sonores retentirent dans la grande salle, mais Gwydion n'y prêta pas attention et choisit plutôt de plonger son regard dans les yeux du roi.

— Ami Hal, comment se fait-il qu'alors que je vous adresse cet avertissement solennel, tandis qu'il en est encore temps, vous n'ayez rien à me répondre ? Comment se fait-il qu'on vous dise roi de ce royaume ? N'avez-vous point de vergogne ? Regardez comme vos seigneurs se vautrent à votre table, et se repaissent de cygne rôti et de quartiers de venaison en sifflant votre meilleur vin. N'entendez-vous point comme ils se gaussent de vous ? Qu'ont-ils fait du respect pour les anciens usages ? Pourquoi supportez-vous, si vous êtes le roi, ces insultes qui viennent de moins nobles que vous ? Et pourquoi craignez-vous de laisser venir à vous les malades qui se pressent à votre porte ? Serait-ce que vous êtes si corrompu que vous ne vous souciez même plus de la justice ? Où bien est-ce que vos proches refusent d'admettre telles personnes en votre présence, par crainte qu'on ne découvre que peut-être, vous ne possédez pas le pouvoir de guérir par imposition des mains, qui appartient en propre au roi ?

— Il suffit ! glapit le duc Edgar.

Il se redressa, furieux, et jeta son flacon de vin à la tête de Gwydion. Il manqua son but, mais le liquide rubis vola en l'air et macula les épaules du manteau de l'enchanteur.

— Où sont tes charmes et tes protections à présent, vieux corbeau ?

— Prenez garde, ami Edgar, car je ne suis point, comme Jarred, prestidigitateur en habit bariolé.

— Je me moque bien de savoir qui tu es. Disparais avant que je ne sorte ma dague et ne coupe en deux ton petit gésier maigrichon.

Will tressaillit en le voyant tirer sa lame. Il aurait voulu que Gwydion déclenche l'éclair et la foudre sur le duc avant qu'il ne fût trop tard, mais il n'y eut pas de coup de tonnerre. Ce fut la colère de Gwydion qui éclata, plutôt.

— Edgar de Bowforde ! Je lance cette prophétie sur votre tête : évitez les châteaux, sous peine de mort !

Un cri de rage échappa de la gorge du duc, car il lui sembla que cette malédiction était dirigée exactement contre ses ambitions. Il sauta par-dessus la table et vint se planter, menaçant, devant Gwydion.

— Ton temps est révolu ! Ta magie n'opérera pas ici ! Le monde des druides dont tu es issu s'est effondré depuis longtemps, et les pouvoirs qui furent un jour les tiens n'ont plus cours. Tu es le dernier de ton espèce, et bientôt tu n'auras plus l'occasion de nous ennuyer. Et maintenant tu as assez abusé de notre patience. Sors d'ici, vieux père Temps, et n'oublie pas d'emmener ton petit mendiant.

La grande salle résonna des rires et des cris de « Hors d'ici, corbeau, dehors ! Dehors ! Dehors ! vieux père Temps ! »

Jarred sauta sur une table et se lança dans une démonstration de torches enflammées qui moquaient les pouvoirs du magicien. Gwydion se drapa dans sa dignité, agrippa son bâton et se disposa à quitter la salle.

Les gardes ouvrirent toutes grandes les portes et s'apprêtaient à reconduire les indésirables à bonne distance de leurs lances quand un cri perçant déchira l'air. Il provenait de la haute table. Même le duc se retourna et tous les regards se portèrent sur la reine. Elle s'était levée et fixait son époux, horrifiée.

Toute expression de triomphe abandonna les personnes présentes à la vue de la tête du roi qui dodelinait sur son épaule. Son visage avait pris la couleur de la cendre, ses yeux sortaient de leurs orbites et un filet de sang lui courait du nez à la lèvre. Et soudain, comme chacun l'observait, sa bouche se tordit en un rictus douloureux.

— À l'aide...

C'est alors que ses membres se mirent à tressauter.

La reine Mag poussa un nouveau cri.

— Faites quelque chose ! Par pitié, que quelqu'un fasse quelque chose !

— À qui demandez-vous secours ? demanda le magicien d'un ton impérieux. Car moi seul peux lui venir en aide.

— Ne le laissez pas s'approcher ! s'écria le duc Edgar. C'est l'un de ses enchantements, un sort qu'il a jeté sur le roi !

Gwydion n'éleva pas la voix.

— Le mal qui opère ici n'est en rien mon ouvrage. C'est une coupe de tromperie, épicée et tiédie pour être le fléau du roi Hal.

Le duc leva sa dague pour frapper. Will était sur le point de s'élancer quand il sentit l'emprise sur son bras d'une poigne à la force irrésistible, qui le retint en arrière. Le fils du duc s'était saisi de lui par-derrière et tenait maintenant sa poitrine à la merci de la pointe de son poignard.

— Gardez votre main du meurtre, cria Gwydion. Et vous, Henry ! Ou votre roi mourra ; cela au moins est chose certaine.

Le duc hésita, sachant fort bien où reposaient ses espoirs.

— Écoutez-le proférer ses menaces traîtresses !

— Imbécile ! s'écria la reine. (Ses yeux lançaient des éclairs.) Ne comprenez-vous pas ? Peu importe ce que dit le vieux corbeau. Nous avons besoin de ses talents.

À contrecœur, le duc Edgar laissa retomber son poignard. Il ordonna à son fils de s'écarter. Will se retrouva libre, mais pas avant d'avoir été précipité à terre, si bien qu'il s'étala. Gwydion ne prêta pas attention à lui et s'avança au secours du roi. Il débarrassa d'un revers de main la table dressée pour le banquet et demanda qu'on y allongeât le souverain à plat. Puis il se pencha pour écouter si le cœur battait.

Il murmura quelques mots dans la vraie langue, puis s'adressa à ceux qui se pressaient anxieusement autour de lui :

— Allez me chercher de l'eau chaude. Et donnez de l'air à votre suzerain !

Mais les chevaliers continuaient de s'attrouper avec des regards lourds d'appréhension, davantage inquiets, comme le comprit Will, de leurs privilèges et positions que de la vie de leur seigneur. Gwydion les fit reculer avec détermination jusqu'à leurs bancs et dégagea un espace pour lui-même.

— Viens par ici, petit porteur ! s'écria-t-il en cherchant Will des yeux. Où est mon apprenti ?

Mais tandis que Will approchait, il eut le temps de voir le duc qui tenait avec son fils un conciliabule où se lisait la fureur, avant d'envoyer un serviteur avec une course ou un message.

La reine se trouvait tout près, frottant ses mains blanches l'une contre l'autre.

— Il ne doit pas mourir encore, répétait-elle sans cesse, comme s'il suffisait de le dire pour faire qu'il en soit ainsi.

Will remarqua comme sa robe rouge ajustée bombait en son milieu et soudain, il eut la révélation qu'elle attendait un enfant.

Gwydion s'affairait de ses mains expertes auprès du roi inconscient, chuchotant des formules magiques, et traçant des signes et des sceaux au-dessus de son front. Il fit dissoudre une poudre rose au fond d'un bol d'eau qu'on lui apporta. Cela sentait la fraise et Will pouvait presque en goûter la fraîcheur saine qui s'exhalait dans l'air. On délaça la chemise du roi, et on lui baigna la poitrine, le torse et le ventre.

Enfin Gwydion releva la tête et attira Will tout près de lui tandis qu'il s'adressait à l'assemblée.

— Mon travail ici est terminé. On ne peut rien faire d'autre pour lui, si ce n'est lui prodiguer tout le confort possible, ce à quoi, j'en suis certain, la reine va s'employer personnellement. Il recouvrera la santé aussitôt qu'il aura quitté ces lieux. Mais le rétablissement sera long, car son corps a été empoisonné et sa volonté est encore, en cet instant, minée par...

Ses mots se perdirent sous les exclamations outragées de ceux qui avaient cru entendre une accusation.

— Empoisonné !

Le duc, dont le page lui avait apporté discrètement sa dague, laissa libre cours à sa rage. Il avait fait ses calculs. Il avait décidé qu'à présent que les jours du roi n'étaient plus en danger, il ne pourrait pas échapper à un règlement de comptes. Il dégaina son épée et, dans le même mouvement, se jeta sur le mage.

Mais Gwydion était prêt. Il sortit un petit objet blanc qui lui pendait au cou, murmura une formule puissante, enveloppant du même coup Will dans son manteau couleur souris.

La lourde lame, longue de presque deux mains, déchira l'air.

— Aaaaaaaaaaaaaaaaaaaaaagh !

Will ne put retenir un hurlement d'horreur en voyant la dague se planter de haut en bas dans le corps de l'agresseur, de l'épaule à la hanche, avant de retomber en résonnant sur le vaste échiquier de pierre du sol dans un jaillissement d'étincelles. Puis tout bascula dans le noir.

CHAPITRE NEUF

Un charroi dans l'île Bienheureuse

QUAND GWYDION OUVRIT tout grand son manteau, Will s'aperçut qu'il était en train d'escalader une corniche déchiquetée dans un vent à décorner les bœufs. L'air était frais et gorgé d'humidité, et il faisait grand soleil alentour. Tout contre sa joue, il sentait la pression d'une paroi de roche grise, mais il savait sans même avoir à le vérifier qu'il se tenait en équilibre au-dessus d'un précipice vertigineux.

La seule idée du gouffre sous ses pas faillit provoquer sa chute, car il avait une épouvantable horreur de l'altitude.

Des cris résonnaient tout autour de lui, repris par l'écho, et il essaya de se retourner.

— Doucement, par ici ! fit Gwydion en l'empoignant par l'épaule pour l'écarter légèrement du bord. Mets tes pas dans les miens, Willand. Celui-ci là, et puis l'autre. C'est bien. Va tout doucement, maintenant.

La corniche était étroite et une chute eût été mortelle. Mais Will voyait l'herbe douce à portée de sa main, qui annonçait le salut. L'enchanteur le guida pas à pas vers le sommet et le poussa enfin sur un petit ressaut herbu, où Will s'affala, épuisé, sur le matelas d'herbe douce et tiède, avec dans les membres des picotements de gratitude et de stupeur. Le vent lui coupait le souffle.

— Que nous est-il arrivé ? demanda-t-il au bout d'un moment. Où sommes-nous ?

— Le bord de cette montagne est celui du monde.

— Mais... comment cela ?

Will se mit debout et son regard embrassa le paysage. À quelques pas de là s'élevait un promontoire, avec, juste au-dessous, un sentier et des bois au-delà. Mais du côté d'où soufflait la brise il n'y avait... rien. Rien, si ce n'est le ciel et une corniche d'herbe rase, là où la terre basculait à pic dans... dans quoi ?

— Ce que tu vois, ce sont les rochers où se fracasse à tout jamais le chant des hommes noyés en mer, expliqua Gwydion en respirant profondément. Voilà la mer, Willand. Ce ruban scintillant que tu as vu depuis les hauteurs qui dominent Sarum. Nous sommes aux confins de la terre.

Will continuait de fixer le vide, bouche bée, lorsque soudain un grand oiseau de mer, gris et blanc à bec jaune, fendit l'air en plongeant de la falaise avec la promptitude d'un coup d'épée. Il jeta un cri perçant qui le fit tressaillir.

— Il ne te fera pas de mal. C'est un *faoilenn*, fit Gwydion dans un rire. L'oiseau de la joie et de l'hospitalité. C'est ici qu'il habite et il vient juste de se rendre compte que l'on approche de son nid. Tu n'avais jamais vu de goéland ? Mais bien sûr, tu ne pouvais pas. Pourtant, tu devrais le remercier, car c'est l'un d'eux qui vient de te sauver la vie.

Mais ce n'était pas tant le goéland qui avait fait tressauter Will que le souvenir de la dague aux mains du duc. Il était si certain que la lame lui était passée au travers du corps qu'il n'osait bouger, de peur de tomber en deux morceaux. Pour évacuer la peur, il plongea le regard dans le spectacle purifiant de la mer. Très loin en contrebas, un tapis ondulant bleu foncé s'étirait à perte de vue. Une houle née quelque part au loin se soulevait et s'abaissait, et venait lancer, pour qu'elles s'écrasent, des vagues successives à l'assaut du rivage inflexible. Avec le soleil dans les yeux et la fraîcheur piquante de l'air qui lui faisait venir des larmes, il se sentit revigoré. La mer ! Il y en avait une telle étendue !

— Méfie-toi des Abîmes de l'ouest ! avertit Gwydion. C'est ici ce qu'on nomme dans la vraie langue le Fairgge. Le mot est encore en usage dans le Nord pour désigner l'« océan en furie ». C'est un spectacle, ma foi, qui vaut la peine d'être vu ! Et maintenant, ne t'avise pas de tomber. Car il n'y aurait pas moyen de t'extirper de ces rochers si tu passais par-dessus le bord de cette falaise. Je suis à bout de force pour le moment.

Will fini par s'asseoir, avant de demander :

— Comment sommes-nous arrivés ici ?

— Voilà comment. (Gwydion embrassa le crâne d'oiseau qui lui pendait sur la poitrine.) Viens t'asseoir avec moi sur le tertre pendant que je reçois ce que la terre voudra bien m'offrir, et je te conterai comment ce talisman nous a permis de rester entiers tous les deux.

Ils allèrent s'installer sur le petit promontoire, où l'herbe était douce et verte, et où finissaient de se faner sur leurs tiges les vestiges de fleurs qui avaient été roses. À l'abri de la corniche, il n'y avait plus autant de vent, et Will écouta, stupéfait, le mage lui conter la façon dont il avait préparé un sortilège de disparition, sur ce crâne d'oiseau précisément, en cet endroit même, il y avait de cela quelques saisons.

— Mais comment se fait-il qu'il fasse jour ? interrogea-t-il soudain. Quand nous étions à la loge royale, il y a un moment, la nuit tombait, et nous voici...

— Si tu changes de lieu, alors tu dois aussi changer de temps. C'est ainsi que cela marche, car l'un est connecté à l'autre, et vice-versa, si tu vois ce que je veux dire.

Will ouvrit de grands yeux à l'idée de ce bond temporel.

— Je ne crois pas, non...

— Eh bien réfléchis-y à tes instants perdus, et peut-être que tu réussiras à comprendre. Nous sommes en ce moment à l'équinoxe — ou peut-être, comme tu dirais, toi · le vingt et unième jour de septembre.

Le regard de Will vacilla.

— Mais cela signifie que vous nous avez volé six semaines ! Les retrouverons-nous jamais ?

— Elles te seront rendues, Will. Mais pas avant la fin de ta vie.

— Maître Gwydion, ce n'est pas à cela que je pensais, mais à la guerre. Qu'en advient-il ? Pouvons-nous nous permettre de gaspiller tout ce temps ?

— Nous en aurions perdu bien davantage, n'eût été mon sortilège de disparition. Et ne t'imagine pas que c'était là une petite entreprise : un tel artifice ne s'utilise guère, car le résultat en est toujours incertain. Et l'on ne peut en préparer qu'un à la fois. Nous avons fait un long voyage, car nous voici à l'extrême pointe ouest des terres, là où finit le monde.

— Le monde ? Le monde entier ? reprit Will en écho. (Il songea à ce qui serait advenu si le charme avait été déclenché une fraction de seconde plus tard.) Et alors, nous avons dû nous rendre sur l'île Bienheureuse ! Qui eût jamais pensé que j'y viendrais un jour, et de cette façon ?

— Et comment trouves-tu l'endroit ? À ton goût ?

— Tilwin m'avait dit que c'était… très vert. Et c'est vrai.

Gwydion lui jeta un regard aigu.

— Mais sens-tu quelque chose ?

— Si je sens quelque chose ?

— Comment trouves-tu le goût de la brise de mer ? La sens-tu t'emplir les poumons de l'étoffe même de la vie ?

Will inspira profondément, jusqu'à en être grisé, avant de demander :

— Comment ce sortilège nous a-t-il amenés ici ?

Gwydion lui désigna le crâne d'oiseau qu'il portait toujours.

— J'ai tissé le détonateur qui l'arme autour de cet objet. Tu as raison de penser qu'un enchantement de disparition doit avoir une destination. On le trame d'ordinaire sur un sortilège de possession, je l'ai donc conçu pour me ramener, à partir de l'endroit où je l'invoquerais, jusqu'au lieu précis où la main de l'homme se posa pour la première fois sur la brindille autour de laquelle il avait été tissé. Un charme, une fois mis en place, attend le temps qu'il faut avant d'être actionné, le moment venu. Il suffit alors d'un seul mot subtil pour que le dispositif entre en action et que tout être vivant disparaisse dans son rayon d'action !

Will cligna des yeux quand Gwydion fit claquer ses doigts juste devant son nez.

— Les sortilèges de disparition sont fort utiles car ils sont engrangés pour l'avenir, si l'on peut dire. C'est de la force en puissance, prête à servir. Si grands étaient les périls de notre mission de cet été que depuis un an déjà, je me tenais prêt à chaque instant à voler ici à la vitesse d'un carreau d'arbalète. Et pourtant, à la loge de Clarendon, même ce chef-d'œuvre de magie a bien failli échouer à nous sauver, car nous étions pris dans un piège si savamment dressé que je ne l'ai pas perçu tout d'abord. Tout ce que j'ai pu faire a été de presser sur la détente pour nous libérer.

Will s'étira.

— C'est pitié que vous n'ayez pas actionné l'artifice un tout petit peu plus tôt. Cette épée m'a fait si peur que j'ai cru mourir et revenir à la vie.

— C'est le retour à la vie qui compte le plus. Mais je n'avais guère le choix. Cette grande salle était enveloppée bien serré, et empoisonnée de mauvais sorts ! Tous ces trophées de chasse, tous ces andouillers — et chacun d'eux luisant de magie malfaisante. Tu sentais quelque chose dans tes pieds, toi ? Moi, je ne sentais plus rien. Et pas le moindre craquement sur le sol. Le marbre mort est la pire sorte de pierre de taille, Willand. C'est bien différent lorsqu'il s'agit de la roche vivante. Il n'y avait pas grand-chose à quoi m'accrocher, dans cet endroit. Pas étonnant qu'ils choisissent cette pièce pour fomenter leurs complots et leurs vilenies. Et rien d'étonnant, non plus, à ce que le roi Hal soit tombé en pâmoison sous la pression des forces entassées là. Ne t'ai-je pas déjà dit qu'il est d'une nature ultrasensitive ?

— C'est pour cela que son nez s'est mis à saigner ? s'enquit Will, se souvenant tout à coup de la silhouette encapuchonnée qui lui était apparue, vaguement, derrière le siège royal. Magie malfaisante ? Est-ce à dire que ce pourrait être celle de Masgull ?

Gwydion le dévisagea soudain.

— Pourquoi prononces-tu ce nom, je me le demande ? Masgull était certainement à Clarendon peu de temps avant nous. Je suis inquiet de constater qu'il a dû anticiper nos déplacements beaucoup plus précisément que je ne l'imaginais.

— Et peut-être aussi vos manœuvres de diversion ? ajouta Will en constatant *a posteriori* que le fil fragile de sa sécurité se réduisait à bien peu de chose.

Le mage se leva et planta bien d'aplomb ses pieds dans l'herbe tendre.

— Willand, je m'en vais t'expliquer ce que je n'ai pas eu l'occasion d'exposer au roi. Écoute attentivement, car il importe que tu le comprennes bien. Tu m'as déjà entendu parler du peuple des fées, n'est-ce pas ?

Will hocha la tête.

— Oui, maître Gwydion.

— Alors, tu sais qu'elles étaient une ancienne race qui autrefois régissait le monde. Elles améliorèrent, au fil des siècles, leur maîtrise du monde et leur sagesse, au point qu'elle en vinrent à acquérir la connaissance des vérités essentielles. Elles étaient les gardiennes du monde sauvage, ce sont elles qui installèrent les premières forêts de pins et de bouleaux sur les îles, acclimatant des semences d'arbres toujours plus avant vers le nord, faisant reculer les glaces par la puissance de leur magie tellurique. Après leur victoire sur le froid et à la fin de la Longue Nuit, elle commencèrent à planter les chênes et les tilleuls, les noisetiers et les aulnes, mais à l'époque où apparurent les premiers hommes, leur pouvoir de régir le monde touchait déjà à sa fin.

« À cette époque, leur savoir était au faîte de son essor, et leur plus admirable réussite, ce furent les neuf lignes de lorc dont les canaux parcouraient les îles de part en part et qui nourrissaient la force tellurique. Mais il y avait à leur habileté sans pareille un revers obscur. Elles découvrirent que toutes choses au monde peuvent se comparer à des récipients contenant deux sortes d'esprits contraires : « félicité » et « calamité », comme nous les appelons en termes de magie — bien que, peut-être, tu préférerais les nommer « bonté » et « malveillance ». Tout ce qui existe — chaque roche, chaque brin d'herbe et même l'air — contient à peu près une mesure identique des deux forces, qui s'affrontent et bouillonnent sans répit dans le même corps. Mais finalement, les fées trouvèrent le moyen de les séparer l'une de l'autre et de les utiliser individuellement.

— Comment ont-elles réussi à faire une chose pareille ? interrogea Will, que l'idée impressionnait fort.

— Par leur magie. (L'enchanteur marqua une pause et déploya ses mains.) À la fin, les fées étaient devenues si habiles qu'elles étaient capables de dresser deux pierres côte à côte et de faire passer toute la bonté dans l'une et toute la malveillance dans l'autre. De sorte que l'une devenait un réceptacle d'exquise et parfaite bonté, quand l'autre contenait le mal à l'état pur, le mal absolu.

Will se mordilla la lèvre.

— Je crois que je commence à comprendre. Vous parlez des pierres batailleuses.

— Bien sûr, Willand, bien sûr.

— Et c'est le mal qu'elles renferment qui serait à l'origine de toutes les souffrances.

— C'est bien cela.

Will étudia ces nouvelles données à la lumière de ce qu'il savait déjà.

— Il n'y aurait pas moyen de le faire sortir un tout petit peu à la fois, pour le disperser aux quatre vents ?

— Pas sans dommages. Pense au contenu d'une coupe de poison. Si quelqu'un la buvait, il mourrait. Et si elle était partagée entre deux buveurs, alors peut-être aucun d'eux ne mourrait-il, mais ils seraient sérieusement atteints l'un et l'autre. Cependant si l'on faisait circuler la coupe à la ronde dans une assemblée nombreuse, lors d'une fête, par exemple, il y aurait plus d'une centaine de personnes pliées en deux par la colique.

— Et donc, si le mal emmagasiné dans les pierres batailleuses était libéré d'un seul coup d'un seul, cela déclencherait une bataille.

— Et si l'énergie mauvaise de l'une d'elles était dispersée de par le monde aujourd'hui, alors demain il y aurait des chutes et des jambes cassées, des pièces de monnaie égarées et du lait renversé. Tu saisis ? Tous les hommes du royaume s'éveilleraient un petit peu plus faibles, et toutes les femmes un tantinet plus laides.

— Et pourtant, cela semble bien peu cher payé, comparé à une guerre.

— Peut-être faudra-t-il en arriver là, finalement. Mais entrevois-tu à quel point l'idée est vertigineuse ? D'immenses pouvoirs de destruction et de préservation ont été mis en place le jour où ces pierres ont été façonnées. Au début, celles porteuses de mal étaient étroitement appariées à leurs sœurs et gardées ensemble, chaque paire à l'abri d'une chambre munie d'un toit. Combien y en avait-il, je ne sais, mais leurs tumulus, à ce qu'on disait, étaient dispersés à travers tout le Nord et l'Ouest. J'en connais certains, car trois d'entre eux, très vastes, ont survécu au passage du temps, presque intacts. L'un se trouve à Maeris Howel, sur l'île d'Orcsay, qui s'étend au large, au-delà de la côte la plus septentrionale de l'Albanay. Un autre se trouve à l'intérieur de la grange de Buyenn, ici, sur l'île Bienheureuse.

— Et le troisième ?

— Le troisième ? Gwydion le dévisagea attentivement. Tu ne devines pas ?

— Je devrais pouvoir deviner ? (Il passa entre eux un silence gêné.) Je devrais savoir, maître Gwydion ?

— Tu devrais peut-être, vu que tu es assis dessus !

Will n'en revenait pas.

— Vous voulez dire, cette petite colline ?

— Tu ne sens rien du tout ?

Le mage avança sur lui. L'exaspération se lisait à présent sur son visage.

— Le *Livre noir* dit que les tumulus ont été très soigneusement choisis. Ils se dressent en des endroits stratégiques, où sont rassemblés plusieurs courants de force tellurique. Mets-toi debout ! Ne sens-tu pas des fourmillements dans les doigts de pied ?

Will se leva. Il passa et repassa les pieds sur l'herbe douce, avant de hausser les épaules.

—· Pour moi, je ne sens que... de l'herbe !

— Mais ces tumulus ont été donnés aux premiers hommes. Ces derniers siècles, ils n'ont été connus que des druides, les plus sages parmi les hommes des temps plus récents. Il ne peut y avoir d'erreur ! Essaie encore !

Will examina ses pieds d'un air désemparé. Il ne saisissait pas bien ce qu'on attendait de lui.

— Je ne vois pas ce que je pourrais faire de plus, maître Gwydion.

L'enchanteur s'assit pesamment.

— Oh, peu importe, fit-il en balayant d'un geste résigné les vains efforts de Will. Peut-être me suis-je trompé à ton sujet, après tout.

Will restait planté là, inquiet maintenant.

— Maître Gwydion, vous ai-je causé du déplaisir ?

— Oh, Willand, assieds-toi donc. Ce n'est pas ta faute. Il n'y a pas plus fou qu'un vieux fou, et de tous ceux-là, le pire est celui qui veut croire à tout prix.

Gwydion fut maussade le reste de l'après-midi. Il demeura assis en silence sur le tumulus et Will le laissa tranquille, songeant que la magie malfaisante de Clarendon Lodge avait peut-être sapé plus qu'il ne l'imaginait la force du magicien.

Pourtant, il avait l'impression que Gwydion était aux prises avec une formidable déception et qu'il essayait d'ajuster ses plans pour en tenir compte. Mais il décida de ne pas poser de questions, car il se disait que cela avait peut-être bien quelque rapport avec lui, et si tel était le cas, mieux valait ne pas insister.

Un moment plus tard, l'enchanteur se reprit et revint près de lui. Il semblait ragaillardi et se mit à raconter les âges écoulés depuis le temps de la glace, et comment, quand les glaces s'étaient retirées, les terres noyées étaient devenues océan, ne laissant émergée que l'île d'Albion. Puis il parla de l'âge des arbres, et de l'époque des premiers hommes, il y avait de cela douze fois douze fois sept douzaines d'années. Et cette fois-ci Will s'aperçut que son esprit ne vagabondait plus à distance des paroles du mage, et il lui semblait qu'il y avait vraiment dans l'atmosphère de l'île Bienheureuse quelque chose de très particulier, car les histoires du vieux, vieux temps y prenaient un air de réalité tangible.

Et Will fut instruit de la sorte du départ des fées, et des trois cents générations de premiers hommes qui avaient vécu en paix dans les îles, selon les us et coutumes des fées.

— C'est alors, il y a un demi-millier d'années de cela, que le monde a changé, poursuivit Gwydion, le regard assombri tout à coup. L'âge des arbres toucha à sa fin et vint celui des géants, quand il n'y avait pas d'êtres humains sur les îles. Et cette période, qui fut un temps de désolation, dura mille ans. Puis vint le troisième âge, qui fut appelé de fer, quand le roi héros Brea affronta les géants, les vainquit et proclama la naissance du royaume, et de nouveau il y eut des hommes dans les îles. Et ce furent des temps glorieux, Willand, mais déjà la sorcellerie qui venait de l'est chassait devant elle de vastes migrations de peuples, et le don que les fées avaient laissé aux premiers hommes commença de s'agiter.

— Les pierres batailleuses ? demanda Will. Mais pourquoi ?

— Des milliers d'années auparavant, quand les fées vivaient encore dans l'univers de lumière et d'air, les tumulus du Nord et de l'Ouest furent ouverts et l'on y apporta chaque pierre, qu'elle fût bonne ou mauvaise. Les paires furent acheminées à destination, le long des puissants courants du lorc. On n'envoyait jamais séparément une pierre batailleuse, car sans sa sœur à côté d'elle, elle aurait constitué une cargaison hautement dangereuse. Livré à lui-même, chaque spécimen malfaisant aurait attiré les querelles, aussi sûrement que la magnétite les parcelles de métal. Il aurait suscité les plus grands troubles, car les pierres ont le pouvoir d'affecter l'esprit de ceux qui sont attirés par elles. Mais les fées dirent qu'une fois les représentantes du mal enterrées comme autant de cercueils au fond de leurs tombes dans le lorc, et le dispositif configuré et ajusté par la puissance qui s'y écoule, celles-ci deviendraient une redoutable force de protection et de défense.

— Et leurs jumelles ? Que leur est-il arrivé ?

— Le mot qui les désigne dans la vraie langue est *amhrainegh*, « la merveille ». Une fois les pierres batailleuses mises en place, leurs complémentaires pouvaient être remportées. Et elles le furent. À leurs tumulus dans les îles Bienheureuses et d'Albanay, et ailleurs encore. Là elles sont restées, source de réconfort et d'émerveillement pour tout l'univers.

— Mais je ne comprends pas, fit Will. Sûrement, le mal a dû être disséminé par tout le royaume quand on y a enterré les pierres batailleuses. Comment cela pouvait-il constituer un bouclier protecteur ?

— Il est vrai que chacune recèle le mal à l'état pur, mais de même que le tranchant d'une lame peut tuer, si tu la fixes à un manche tu en fais un outil ou une protection, de même — quand elle est dirigée par le lorc — fonctionne une pierre batailleuse. Rappelle-toi que les endroits où elles ont été installées ont été choisis avec le plus grand soin. C'était toujours des lieux très particuliers. Pendant des dizaines de siècles, elles se sont protégées elles-mêmes en rendant malice pour malice. « Malice pour celui qui pense en termes de malice. » Tu n'as jamais entendu ce dicton ?

Will fit signe que non.

— De nos jours, c'est la devise d'un certain ordre de chevaliers, mais c'est une maxime bien plus ancienne que certains ne le croient. Les pierres batailleuses poussaient quiconque abordait ces îles avec l'intention de nuire à la folie et l'auto-destruction. Ceux qui venaient dans un esprit d'amitié ouverte et de bienveillance n'étaient point troublés par ces terribles sentinelles. Brea y établit son royaume sans que jamais elles ne s'interposent. Et plus tard, quand les enfants de Nemeth arrivèrent, fuyant les persécutions et la sorcellerie auxquelles ils étaient en butte à l'est, ils trouvèrent secours sur ces rivages, eux aussi, sans jamais éveiller l'agressivité des gardiennes magiques.

— Mais Lord Strange m'a raconté que les Nemethiens furent chassés par l'un des rois des temps anciens.

— Ses vues sur l'histoire sont bien superficielles et il les plie à sa propre vision du monde. Au vrai, les Nemethiens furent épargnés par les pierres batailleuses. Ils vécurent paisiblement sur la terre des Lacs durant de longues années jusqu'à ce qu'ils entrent en lutte contre Memprax, après quoi ils furent assez avisés pour décider de se replier sur l'île Bienheureuse. J'en sais quelque chose, pour les y avoir conduits moi-même. Mais quel que soit le sort qui échut aux Nemethiens, bien d'autres peuples encore furent accueillis ici de manière pacifique ; ils prirent racine sur ce sol et mêlèrent leur sang jusqu'à se fondre avec ceux qui étaient déjà là, contribuant ainsi à la vigueur du royaume en y apportant le meilleur d'eux-mêmes. Aussi longtemps que les nouveaux arrivants ne prétendaient pas se tenir à l'écart d'une manière hautaine, ils étaient les bienvenus et jamais le lorc ne s'enflamma à leur arrivée. Pas une fois, au cours du règne des rois de Brea, jusqu'au temps de

Caswalan, il n'y eut le moindre éveil du lorc, car il n'y avait point de menace sur le pays.

« C'est ainsi que, durant mille ans et davantage depuis le règne de Brea, les pierres batailleuses ne firent pas parler d'elles. Il se forgea une légende à propos de certains spécimens taillés par les fées dans les piliers de la terre et acheminés depuis un lieu enfoui, à présent, au plus profond de la mer. Mais n'y croyaient que ceux qui étaient portés aux fantaisies de l'imaginaire, car à cette époque, seuls les druides connaissaient la vérité à propos du lorc, et seul le premier d'entre eux était entièrement au fait du secret.

Will laissait son regard errer sur l'étendue infinie de la mer et sur la gloire du soleil, qui jouait à travers un nuage, teintant les eaux d'un reflet d'argent. Il interrogea :

— Comment advint-il que le roi Brea eut loisir de venir et d'établir ici le royaume ? Comment se fait-il que les pierres batailleuses n'aient pas essayé de le détruire, lui aussi ?

— Pourquoi l'auraient-elles fait ? Quand Brea aborda sur l'île d'Albion, elle n'était pas habitée. Les premiers hommes avaient disparu depuis longtemps et la terre était tombée sous la domination de monstres. Alors vinrent Brea et son peuple, et comme les géants sont immensément forts mais pas spécialement intelligents, Brea hérita de la terre d'Albion et le lorc n'y trouva rien à redire.

Gwydion parla alors de Brea et des guerriers qui l'accompagnaient, à bord des sept vaisseaux qui abordèrent à Dartness et proclamèrent l'établissement du royaume. Il raconta comment Canutax, un capitaine sans peur qui appartenait à la suite de Brea, avait mis à terre le géant Godmer, dont le menton était à dix-sept pieds au-dessus du sol, comment Debon tua Coulin et comment Corinax triompha du puissant Albion.

— Au bout du compte, les géants furent démantelés et leur lignée s'éteignit. Et finalement, Magog et Gogmagog furent tout ce qui restait d'eux. Ces chefs de guerre furent faits captifs et conduits au palais de chêne de Brea, la Maison blanche à Trinovant, pour y servir comme portiers. Cela, c'était il y a bien des règnes, mille ans et plus avant l'arrivée des tyrans.

— Et eux, alors ? demanda, Will, captivé. Le lorc, à coup sûr, aurait dû les rejeter à la mer.

— Il advint que l'un des sorciers dans le lointain Orient surpassa tous les autres en puissance. Il commença à plonger ses longs doigts crochus vers l'ouest, pour assurer sa prise et conquérir, l'une après l'autre, les terres du Gadel, jusqu'à les réduire toutes en esclavage.

Ceci, Iuliu, qui était alors le général le plus puissant et le plus ambitieux de l'empire des tyrans...

— Ah ! Iuliu le Voyant ! l'interrompit Will.

— ... Iuliu le Voyant qui...

— ... qui était assailli d'atroces visions nocturnes.

— Exactement. Iuliu lança sur les îles une flotte de vaisseaux à plusieurs rangs d'avirons. À leur bord avait pris place une armée qui, après avoir abordé au rivage, s'enfonça à l'intérieur des terres. Ils livrèrent une bataille sans merci sur les rives de l'Iesis contre une troupe conduite par Caswalan et son frère, mais très bientôt, sous la conduite du...

— C'est là qu'interviennent les terribles visions nocturnes...

Gwydion haussa un sourcil, impatient.

— C'est toi qui racontes l'histoire, ou bien je continue ?

— Pardon.

— Très bientôt, mû par la force du lorc, un funeste spectre vint hanter les rêves du général des tyrans. Il réussit à le convaincre que l'invulnérabilité de son armée n'était qu'illusion fabriquée de toutes pièces, et le lendemain il fit faire retraite à ses troupes bardées de métal, et quitta les îles. On ne vit plus de tyrans après le départ d'Iuliu. Pas l'ombre d'un pendant presque cent ans, car nul n'osait affronter la protection qui, on le savait, était enterrée au cœur des îles. C'est alors que le plus abominable renégat qui fût jamais, un homme du nom de Gruech, fit s'abattre la calamité sur ces terres.

« Gruech était druide. Il avait prononcé ses vœux et avait lu une bonne part de ce qui se trouvait dans le *Livre noir*, mais après cela, la faiblesse s'empara de lui, et il se laissa aller à commettre des actes méprisables et répréhensibles. À bord de son coracle, il franchit les mers Étroites pour se rendre en Galles — l'ancien nom qui désigne la Nestrie et la Breize —, emportant avec lui hors des îles un secret capital, pour le vendre contre une poignée d'argent. C'est ainsi que sorciers et faiseurs d'esclaves de l'Orient découvrirent comment interrompre le cours du lorc en construisant des routes de pierre à travers le pays. Quand leur armée bardée de fer revint, ils savaient cette fois-ci quelle magie bien à eux employer, qui mettrait le royaume à leur merci et le ferait tomber entre leurs mains.

« Ils entreprirent sur-le-champ leur œuvre de folie. Attaquèrent et brûlèrent les magnifiques villes fortifiées, détournant la force des courants telluriques, brisant les os de la terre, déchirant son cœur battant ! Des révoltes il y en eut, bien entendu, et d'innombrables rébellions. Le pays fut à feu et à sang, la courageuse reine de l'Est combattit l'envahisseur avec la détermination farouche que seule une femme peut montrer. Je la vois encore : grande, impressionnante, dotée de la voix et de l'allure d'un chef. Ses deux filles, presque des adultes déjà, se tenaient à sa droite et à sa gauche le jour où elle harangua son armée avant de marcher sur Caer Malydion. Ses longs cheveux roux épandus brillaient sur ses épaules, et elle portait le torque d'or de la souveraineté, et quand elle dressa son épée en l'air, quelle ardeur enflamma les cœurs de tous ceux qui la regardaient !

Gwydion retomba dans le silence et Will crut voir une larme perler aux yeux du magicien.

— Qu'advint-il d'elle ?

— Les tyrans l'empoisonnèrent. Ils détenaient le secret qui leur permettait de mettre la main sur ces îles, et certes ils les réduisirent à merci, toujours plus fort sous leur poigne d'acier. À chaque saison, leurs mâchoires de prédateurs mordaient plus profond dans la terre, lui arrachant côtes et cartilages, extirpant d'elle le tuffeau et le silex, pour y édifier leurs forteresses de pierre et relier entre elles chaque portion du territoire.

« À force de mensonges, ils firent ramper le peuple comme autant d'asticots, Willand ! Tuèrent les gens d'honneur, chassèrent ceux qui leur résistaient, réduisirent en esclavage tous ceux sur qui ils pouvaient mettre la main. Ils brûlèrent les bois sacrés, faisant assaut de cruauté barbare. Ils n'habitaient pas des demeures de bois vif mais, comme le font les morts, des tombes de pierre taillée. Avant longtemps, à telle ville de haute muraille en répondait une semblable. On construisit, à la vitesse d'un couteau lancé, des routes qui entaillaient la terre comme autant de blessures, coupant la circulation du lorc, polluant et affaiblissant son cours. Elles sont comme des miroirs ou des digues, qui renvoient en éclats diffractés la force tellurique qui vient s'y heurter. Elles brisèrent l'âme de la terre en menus morceaux. Ils eurent même l'audace de bâtir un immense mur qui coupait l'île en deux, d'un rivage à l'autre, à seule fin de retenir la puissante magie qui réside en Albanay. Ces voies, ces murs et tous ces ouvrages de pierre nue rendirent les pierres batailleuses folles de rage impuissante et solitaire, isolées et abandonnées qu'elles étaient, chacune désormais exclue du réseau de force tricoté menu qui avait eu autrefois la capacité de veiller sur la terre sacrée et de la préserver. Dès lors, un flot corrompu se trouvait emprisonné en autant de noyaux solitaires de furie malveillante.

« Et ainsi, vois-tu, Willand, le royaume qui avait été autrefois sous la protection des pierres batailleuses tomba entièrement sous la férule d'un empire de sorciers, jusqu'à ce que, finalement, les anciens usages ne fussent plus pratiqués que dans l'Ouest, aux endroits où les pierres jumelles enfouies sous leurs tumulus projetaient sur la contrée une bénévolence que les sorciers tyrans ne parvenaient pas à entamer. Et pris au piège de leur loi d'airain, les gens de la lignée de Brea étaient éliminés, sauf ceux qui pouvaient fuir à temps et se retrancher en des caches secrètes. Et c'est ainsi que la sagesse des druides ne fut plus regardée que comme demi-vérité, et finit par se perdre à son tour.

— Et qu'advint-il des tyrans ? interrogea Will, tout en faisant courir ses doigts dans l'herbe douce et drue.

Il était resté assis trop longtemps sur une fesse et avait la jambe engourdie.

— Comme toute chose bâtie sur la sorcellerie, leur Empire fut dévoré par sa propre progéniture.

Will plissa les yeux.

— Et c'était qui ?

— L'esclavage du corps finit par tomber sous l'esclavage de l'esprit. Quand les tyrans débarquèrent ici avec leurs armées, ils n'avaient pas encore été aveuglés par la lumière qui devait les submerger plus tard. C'était un éblouissement auquel ils n'étaient pas en mesure de résister, malgré toute la puissance de leur soldatesque.

Will réfléchissait en frottant sa jambe gauche pour tâcher d'y faire revenir le sang.

— Vous faites allusion à la confrérie, n'est-ce pas ? Ceux-qui-ne-voient-pas.

Gwydion ferma les yeux, pour mieux se souvenir.

— Tu seras peut-être surpris d'apprendre qu'elle commença comme un petit groupe de personnes désireuses de faire le bien assemblées autour d'un chef qui voyait loin. Rebelle il était, un combattant acharné de la tyrannie des faiseurs d'esclaves, et son peuple infecté par une croyance terrible qui devait faire de lui, à la fin, la plus haïe des races. Mais, comme il en va de tant de rébellions, ce meneur fut abattu par la faiblesse des autres. La jalousie, la haine et la peur, Willand. Les trois grandes ennemies de l'homme. N'oublie jamais leur nom, car elles sont en chacun de nous et ruinent nos meilleures intentions. La confrérie des origines était une fleur fragile. Elle ne survécut pas longtemps au contact de la sorcellerie des faiseurs d'esclaves dans les terres torturées. Son chef fut pendu à un arbre et ceux qui le suivaient, dispersés. Quelques-uns, de peur, se réfugièrent dans le silence. D'autres, rongés par la haine, se revendiquèrent de lui, en vain. Mais les pires furent ceux qui devinrent fous de jalousie. Ils déformèrent tout ce que leur guide leur avait enseigné, jusqu'à en faire l'exact opposé de ce qu'il avait voulu dire. Cette nouvelle structure devint une société secrète, qui demeurait dans l'ombre et s'enorgueillissait d'être persécutée, car le plus sûr moyen de recruter des imbéciles et de leur faire croire qu'ils sont menacés est d'en choisir un, de temps à autre, pour l'envoyer à une mort glorieuse.

« Et pendant ce temps-là, les Anciens de la confrérie commençaient à goûter à la richesse des tyrans, au luxe dont ils jouissaient, à leur pouvoir. À la charité et à la pauvreté que leur chef avait embrassées, ils préférèrent l'or. Et ainsi, la communauté commença d'attirer à elle la mauvaise sorte d'hommes, et un jour ces princes trop bien nourris engraissèrent. Ils se multiplièrent, tels des parasites, à l'intérieur de la grande cité des tyrans. Et au moment où ils prirent leur envol du dos de leur hôte, ils avaient découvert une nouvelle façon de gouverner le monde : le grand mensonge. Et ça marche : non pas en mettant les gens aux fers, mais en forgeant des chaînes invisibles qui prennent possession de l'esprit humain.

Will eut un frisson d'effroi.

— Mais comment font-ils ?

Gwydion leva la main et serra le poing.

— Ils utilisent les espérances et les craintes naturelles de leurs victimes pour les réduire en esclavage. Tu comprends, à présent, comment la marée du pouvoir des tyrans a reflué au moment exact où Ceux-qui-ne-voient-pas assuraient leur main-mise sur l'Empire. Quand Ceux-qui-ne-voient-pas mirent en œuvre leur méthode éprouvée d'asservissement, elle était vouée à supplanter la précédente. Ici dans le royaume, ce fut la chute du régime des tyrans faiseurs d'esclaves : leurs tours chancelèrent, leurs cités s'écroulèrent, les toits de leurs palais s'effondrèrent. Les nouveaux envahisseurs issus de l'autre côté des mers vivaient selon les anciens usages, et vint le temps où tout ce qu'avaient construit les tyrans fut enseveli, en ruine, dans la terre humide.

— Sauf les routes.

— Sauf les routes. Celles-là avaient résisté mieux que le reste, mais même l'œuvre des géants finit par dépérir, Willand.

Gwydion détourna le regard, prit une profonde inspiration et retomba dans le silence. Le soleil, plus bas sur l'horizon, sculptait le visage de l'enchanteur comme s'il eût été de pierre. Il reprit le fil de ses pensées.

— Depuis le départ des tyrans, le royaume a connu plusieurs vagues d'invasion. Des dizaines d'armées ont pris pied sur ses rivages, au fil des ans, jusqu'à ce que le plus formidable conquérant entre tous fasse main basse sur lui et entreprenne une nouvelle vague de constructions de pierre. Gillan le Conquérant bâtit des châteaux. Et aujourd'hui, les routes des tyrans sont vieilles de mille ans et ne vont pas tarder à s'effondrer.

Will finit soudain par comprendre.

— Et donc, le pays n'est plus divisé en portions et les pierres batailleuses ne sont plus seules avec leur malveillance. Voilà pourquoi le lorc se réveille !

Le mage hocha la tête d'un air grave.

— J'ai tout lieu de croire que des étincelles de vie courent de nouveau dans les membres du géant endormi. Il tressaute. Des murmures glissent au fil de son courant ; pour la première fois en cinq cents ans, une pierre batailleuse a commencé à sentir la présence d'une autre et, du coup, à redécouvrir sa raison d'être.

— Mais qu'est-ce que cela veut dire ? fit Will en se retournant. Seulement que le royaume va être de nouveau protégé de l'invasion ?

— Je te l'ai déjà expliqué. (Gwydion poussa un profond soupir.) Le lorc est pollué. Le courant a été perverti. Il est devenu saumâtre et charrie des poisons maléfiques. Nous ne pouvons pas démanteler tous les châteaux érigés dans le royaume. Nous ne pouvons pas rapporter chaque pierre à sa carrière d'origine. Songe à toutes ces années pendant lesquelles les envahisseurs ont mêlé leur sang à celui des habitants de ces îles. Qui, maintenant, peut se targuer de n'avoir dans le cœur que du sang natif ? À présent, chacun est le descendant d'un envahisseur et sera touché par le vent de folie que sont capables de produire les pierres batailleuses.

Will sentit une goutte de pluie lui toucher la joue. Des nuages gris s'étaient assemblés, bien que le soleil continuât de jeter son or sur la mer, au loin.

— C'est donc ce qui va se passer, vraiment ? Nous allons tous devenir fous quand le lorc s'éveillera ?

— C'est déjà commencé. Tu ne vois donc pas comme nous subissons le fléau de décisions insensées ? Comme les seigneurs agitent sans fin leurs bouches, sans chercher à résoudre les problèmes bien réels qui assaillent le royaume ? Personne ne sait ce qu'il faudrait faire ni, pire encore, ne s'en soucie. Ah ! Les pierres batailleuses communiquent entre elles, c'est certain ! Et les arrêter à présent, voilà qui semble une tâche impossible.

Gwydion se leva et descendit lentement la pente du tumulus. Will le vit plonger son regard en direction de l'Ouest. Pour la première fois, il réalisait l'importance de l'enjeu et le prix à payer en cas d'échec.

« Mais en quoi cela me concerne-t-il ? se disait-il, abattu. Je ne suis pas un seigneur. Je ne puis rien. Je ne suis que l'apprenti d'un magicien, son porteur de bagages. Comme l'a dit Gwydion : “Ce n'est pas ta faute.” »

Il laissa le mage à sa contemplation morose du coucher de soleil, et se frotta les jambes pour en faire tomber les brindilles et les aiguilles. Puis il fit quelques pas pour se dégourdir, et contourna à demi le tumulus. Il remarqua, à sa grande surprise, que celui-ci comportait une entrée. Il y avait des murs, des piliers et un linteau de pierre, qui constituaient une sorte de porte basse. Il ne semblait pas y avoir de mal à y pénétrer, aussi se glissa-t-il d'un pas hésitant vers l'intérieur obscur.

Tout d'abord, il ne distingua rien. Il flottait une odeur d'humidité froide et sous ses pieds, il sentait le contact de la terre battue. Ses yeux s'accoutumèrent lentement à la pénombre et il s'aperçut qu'il était dans une chambre ronde, aux murs de pierre nue, sans mortier. Au centre, il devina un énorme socle grossièrement équarri. Il était plus ou moins cubique, mais beaucoup plus haut que large et à peine plus large que profond. Il tendit la main pour le toucher et sentit courir dans ses doigts une agréable sensation. Il éprouva le besoin d'embrasser ce bloc étroitement, car il semblait qu'il pût guérir les blessures et donner un puissant réconfort à quiconque était en proie aux tourments.

C'est alors qu'il dut porter la main à son front pour se protéger les yeux, car un mince rai de lumière avait réussi à s'infiltrer dans le tumulus et tombait maintenant droit sur la pierre. Il ne pouvait en détacher son regard ; c'est alors qu'il aperçut quelque chose qui le fit appeler à pleins poumons :

— Maître Gwydion ! Maître Gwydion, venez vite !

Un instant plus tard, l'enchanteur pénétrait dans la petite pièce, son bâton à la main, prêt à affronter le péril où se trouvait Will, quel qu'il fût.

— Me voici !

— C'est la pierre, maître Gwydion ! Regardez-la !

Et sous leurs yeux en effet, révélées par la lumière du crépuscule d'équinoxe, surgissaient des dizaines d'inscriptions. Elle couraient le long des côtés du socle, qui lui-même brillait d'une lumière douce montant et descendant, comme s'il respirait ou buvait le soleil.

Les yeux de Gwydion s'agrandirent de satisfaction.

— Elle t'a attiré, finalement ! Ou est-ce toi qui l'as trouvée ? Eh bien, voilà l'une des pierres jumelles, et peut-être tout n'est-il pas perdu !

— Mais ces marques et ces sillons ! Qu'est-ce que c'est ? Ils sont apparus juste sous mon nez, tandis que je regardais, comme... comme les zébrures d'un fouet.

Le mage examina les marques.

— On appelle cela ogham. C'est une inscription. J'aurais dû le savoir !

— Vous voulez dire, un genre d'écriture ? Pouvez-vous la lire ?

Will posa de nouveau la main sur la pierre et perçut une force qui palpitait à l'intérieur. Il retira vivement la main et, à cet instant, sentit quelque chose qui se frottait à ses mollets. Il se retourna : il y avait là un magnifique chat blanc, qui le regardait de ses grands yeux dorés. Il avait la queue dressée et l'enroulait autour des mollets de Will.

— Pangur Ban ! s'écria-t-il. (Il se baissa pour le prendre dans ses bras.) Comment as-tu fait tout ce chemin et traversé la mer, depuis Wychwoode ?

Il garda un moment l'animal au creux de ses bras, puis le laissa se glisser sur ses épaules.

— Regardez, maître Gwydion ! Il s'appelle Pangur Ban !

Gwydion s'arracha à l'étude de la pierre, le temps de lâcher distraitement :

— Oh, mais je le connais bien. C'est un fameux voyageur et il recherche la bonne compagnie, bien que l'île Bienheureuse soit sûrement plus à son goût que les bois de Wychwoode. Mais regarde la pierre ! L'inscription gravée là est en forme de question : *Si ni ach menh fa ainlugh ?* Cela veut dire à peu près : « Mais de qui suis-je la lumière ? » Ou encore : « Suis-je l'éclat du seigneur de la lumière ? »

Il contourna le bloc pour en examiner la face suivante et en déchiffra les mots l'un après l'autre :

— *Tegh brathir ainmer na.* Ce qui pourrait signifier, à peu près : « Le nom de mon frère est chez moi. »

Will fronça le nez.

— Cela n'a guère de sens, il me semble.

— C'est écrit dans un ogham très ancien, rien à voir avec les écritures oghamiques plus récentes de la renaissance. Cette inscription a été gravée par quelqu'un qui connaissait très bien le langage des pierres. *Tilla angid carreic na duna* : « Ici, dans la délétère cité de pierre. » (Gwydion poursuivait le déchiffrage en tournant.) *Aittreib muan nadir si a buan* : « Mon dragon s'en est retourné en sa demeure. » Mais nous ne savons pas dans quel ordre se lisent les lignes. Ni exactement où commencent et se terminent les vers.

— Quelle importance ?

— Immense. Supposons que le texte commence du côté exposé au soleil pour se poursuivre suivant sa rotation autour de la pierre, comme on pourrait s'y attendre. Et l'ogham, d'après ce que j'en sais, se lit toujours de bas en haut.

Gwydion, tout en se caressant la barbe, lut le texte en entier :

Si ni ach menh fa ainlugh ?
Tegh brathir ainmer na.
Tilla angid carreic na duna,
Aittreib muan nadir si a buan.

Mais de qui suis-je la lumière ?
Le nom de mon frère est chez moi
Ici, dans la délétère cité de pierre,
Mon dragon s'en est retourné en sa demeure.

Il marqua un temps de réflexion.

— Peut-être pas « délétère », mais plutôt « malfaisante ».

— Je vous avais bien dit que cela n'avait pas de sens.

— Regarde ! grommela Gwydion. Le soleil est à mi-distance de la pierre, côté face. Si je ne trouve pas la clé maintenant, l'occasion ne se représentera pas avant l'année prochaine — c'est-à-dire, étant donné les circonstances, peut-être jamais.

Will recula d'un pas, calmé tout à coup. Il regarda les longs doigts du magicien effleurer le pilier, s'assurant à nouveau de l'exactitude de la traduction. Puis il observa le carré lumineux se jouer sur la surface gravée à mesure que se déplaçait le rayon de soleil. Quand il eut atteint l'extrême bord de l'arête, il glissa insensiblement mais irrésistiblement vers le mur opposé. Gwydion faisait le tour du bloc à mesure que la lumière s'estompait. Quand la dernière lueur fragile l'eut abandonné, l'ogham s'effaça. Gwydion se redressa et dit :

— Viens par ici...

Will approcha, partagé entre le respect et l'effroi.

— Quoi ?

— Regarde la pierre, Willand. Dis-moi ce que tu vois.

— Rien, maître Gwydion.

— Mais tu verras. Le moment venu, tu verras de nouveau chose semblable, et tu sauras la lire, car tu es bien celui qu'annonce la prophétie, et j'ai l'intention de t'enseigner le langage des pierres !

Quelque chose, dans le ton farouche et triomphant du magicien, effraya Will, même si l'humeur présente de Gwydion était l'exact opposé de son précédent abattement.

— Est-ce que vous vous sentez bien, maître Gwydion ?

— Ah, c'est un art que j'ai appris, et oublié, et appris de nouveau. As-tu remarqué comme les signes étaient disposés à la verticale le long de chaque arête ? Ils étaient positionnés de la sorte parce qu'ils avaient deux significations. La première pouvait se lire littéralement : quelqu'un qui se tiendrait à l'aplomb des arêtes, l'une après l'autre, la découvrirait et s'en trouverait satisfait. Mais il y en a une seconde, beaucoup moins facile à saisir, celle-là. Seul celui qui se déplace selon un mouvement circulaire autour de la pierre est en mesure d'y accéder. Le fil du sens saute d'une arête à l'autre, et il faut repartir ensuite du haut de la colonne suivante. C'est une vieille astuce des druides, qui pourraient bien l'avoir apprise de roches comme celle-ci !

— Ainsi, il s'agit bien d'une pierre jumelle ?

— À ton avis ?

— Comment le saurais-je ?

Will entreprit de faire le tour du bloc, mais Gwydion l'arrêta dans son élan.

— Dans le sens du soleil, Willand. La façon dont tu t'y prends, à l'inverse de la marche du soleil, est irrespectueuse. Tu dois toujours avancer en suivant le soleil autour d'une pierre dressée, à main droite.

Will, émerveillé, regardait la pierre de tous ses yeux tandis que s'évanouissait dans la chambre le dernier rayon.

— Alors, que dit l'autre traduction ?

Dans le réduit obscur, la voix de Gwydion résonna, profonde, et pourtant, à l'oreille de Will, elle avait la douceur des cordes de la harpe.

Si ni tegh tilla aittreib,
Ach menh brathir angid muan,
Fa ainmer carreic na nadir si,
Ainlugh na duna a buan.

— En langage d'aujourd'hui, cela nous donne :

Me voici de retour en ma demeure,
Mais mon frère malfaisant,
Qui a nom pierre dragon,
Repose déjà sous la cité de lumière.

Ils sortirent du tumulus et se tinrent un moment debout sous un ciel qui avait pris la couleur de la braise. Gwydion enfonça dans l'herbe un pied vigoureux et huma l'air une fois encore pour se faire une idée du temps.

— La cité de lumière ! s'écria-t-il. Je connais ce nom. Le vent tourne un peu, ce me semble. Peut-être la fortune nous sourit-elle, après tout, car il sera bientôt établi juste ce qu'il faut pour une traversée. Viens, mon excellent jeune ami, nous devons trouver un bateau !

Et sur ces mots, il se mit en marche d'un pas plein d'allant.

— Attendez ! lança Will derrière lui. Et Pangur Ban ?

Mais le chat restait introuvable. Will se demanda soudain s'il avait vraiment été là ou s'il l'avait rêvé. Gwydion, quant à lui, était déjà presque hors de vue.

— Hé ! cria-t-il. Attendez-moi !

CHAPITRE DIX

Le trésor de Leir

LEUR « BATEAU » SE RÉSUMA à une coque de noix. Ils le dénichèrent dans le port de Cauve, et il fut donné à Gwydion contre une chanson par l'un des pêcheurs, qui s'imaginait qu'un sort avait été jeté sur son embarcation pour la faire sombrer. À la différence des bâtiments de commerce alignés le long du môle, le navire de Gwydion n'était guère plus qu'un panier étroit, pourvu de deux bancs et de deux grandes peaux de cuir huilées, une au-dessus et une au-dessous. Il y avait un jeune fût arrimé comme le manche d'un fouet et tiré bien ferme en arrière en guise de mât, et une voile ventrue de grosse toile.

Au début, Will avait eu peur de monter à bord. Il avait du mal à croire que semblable vaisseau pût flotter sans le secours de la magie. Parfois l'eau passait par-dessus les plats-bords et envahissait le fond, et ce fut le rôle de Will d'écoper. Gwydion parlait peu et ne faisait rien, si ce n'est donner un petit coup de godille de temps à autre. Ce n'était pas à proprement parler un bateau de plaisance, mais il tenait la mer, et Will fut étonné de voir l'aisance avec laquelle il se jouait des grandes vagues grises.

Il s'était imaginé d'abord que la nature de ce large ruban d'eau était de se tenir plat comme le bassin du moulin de Grendon ou comme l'étendue qu'il avait contemplée du haut des falaises, mais il s'avéra que, vue de près, la mer était tout sauf plate. Elle était faite de formidables montagnes d'eau, qui en un instant devenaient vallées. Le roulis lui mit d'abord l'estomac à l'envers, mais il réussit bientôt à surmonter cet inconvénient et s'aperçut que, tant qu'il gardait les yeux fixés au loin sur l'horizon, ses entrailles acceptaient de se tenir tranquilles.

Une fois, il prit dans la coupe de ses mains un peu d'eau pour étancher sa soif, mais la recracha aussitôt.

— Beurk ! C'est salé !

— Bien sûr que c'est salé, gloussa Gwydion. Je ne t'avais pas mis en garde ? Tu ne me verras pas en boire, moi, car j'ai navigué en compagnie de Manannan, fils de la mer.

Le mage commença par manœuvrer le bateau entre les rochers, à proximité des côtes, puis il mit le cap au large, de sorte qu'ils perdirent presque — mais jamais tout à fait, pourtant — les terres de vue. Là-bas dans les solitudes marines, on voyait quelquefois des formes sombres à mi-eau, un poisson géant de la taille d'un homme, quelque monstre, peut-être. Et il y avait d'autres merveilles qui amenaient un sourire aux lèvres de Will, des choses presque aussi transparentes que l'eau dans laquelle elles vivaient, rondes, avec un corps en gelée agité de pulsations et de battements, à la crête des vagues, et qui traînaient de longs rubans au-dessous d'elles.

Will faisait un petit somme de temps à autre, mais la tête de Gwydion ne s'affaissait jamais. Ils avaient du pain, du fromage et des fruits, et une outre de lait frais. Will vit deux fois le soleil se coucher derrière le bateau et deux fois le soleil se lever en face avant que la dernière terre disparaisse dans le dernier crépuscule, et qu'ils se retrouvent seuls sur la mer noire, sous un ciel constellé de joyaux.

Will désigna du doigt la figure qu'il connaissait sous le nom du Grand Chariot, bas sur le ciel au nord. Gwydion lui donnait le nom de Liag et disait que c'était ainsi que l'avaient nommée les fées, car pour elles, le dessin faisait penser à une louche à eau. Il enseigna à Will comment gouverner à partir de la Polaire, proche du Grand Chariot, et comment garder son cap, tandis que leur esquif se cabrait à l'approche des vagues, puis retombait dans des gerbes d'eau, sous les étoiles qui dérivaient, sereines, au-dessus de leurs têtes. Le soleil n'avait pas plutôt sombré à l'ouest qu'un astre brillant se leva à l'est, face à eux. Gwydion annonça que c'était un bon présage, car il s'agissait de la reine parmi les arpenteurs du ciel, connue dans la vraie langue comme Riannana Lugh, ou étoile de Lugh.

Quand Will voulut savoir quelle chanson avait poussée le magicien pour gagner le bateau, Gwydion la chanta tout du long, un vieux chant de marin, mais ses paroles ne disaient rien de la joie de naviguer à la belle saison. Il était plutôt question des longues veilles que les coureurs des mers d'autrefois enduraient pendant les nuits d'hiver, d'endroits, tout là-bas dans le Grand Nord, où il faisait gris, où la vie était dure, le froid cinglant :

Prêtez l'oreille car c'est vérité que je vais vous conter
Perdus, nous avons couru la morne lame salée.

Durant des jours de misère amère,
La barre droit devant, luttant pour nos vies.

Étrange est la mer et nombreuses les embûches,
Si longues les brasses au-dessous, si haute la houle.

L'effroi des eaux glacées, nous l'avons traversé
Ceux qui restent à terre, à l'abri du port, jamais ne sauront...

Et cela continuait ainsi, interminablement, et Will voyait une vague monstrueuse emporter un guerrier ; il imaginait les hommes durant les mornes quarts de veille, qui dégageaient la glace prise dans les planches, dans les cordages rendus plus épais qu'une jambe d'homme, maniant le couteau avec des doigts qu'ils ne sentaient plus jusqu'à ce que l'aube pointe, s'échinant sans répit pour empêcher le vaisseau de sombrer sous le poids de la glace. Et le magicien poursuivait son chant encore et encore, comme le vent, et ses paroles roulaient comme la mer. C'était un air qui évoquait des hauts faits accomplis sur des mers lointaines, en des âges qui depuis longtemps avaient sombré hors de portée d'entendement des mortels ; mais ils méritaient pourtant de rester dans la mémoire des générations qui leur avaient succédé.

— Tu iras là-bas un jour, Willand, dit Gwydion quand il eut terminé la chanson. Un jour, dans longtemps d'ici, tu voyageras dans le Grand Nord, vers l'endroit où se trouve la montagne de glace qu'on appelle Baerberg.

— Vous êtes encore en train de faire une prophétie ? interrogea Will, pas très sûr d'être heureux de se voir l'objet de cette prédiction.

— On peut le voir ainsi, mais pour ma part je ne le tiens pas pour tel, car je n'y vois pas la force d'une promesse absolue. Ce serait davantage, selon mon estimation, une forte probabilité.

Au matin du cinquième jour, Will remarqua que la mer avait changé de couleur. Il fut heureux de découvrir, au nord, une côte bordée de verdure. Il y avait des falaises, et aussi des bancs de sable pâle et des collines pourpres, en arrière-plan : la terre magique de Cambray, l'informa Gwydion. Et dans la direction opposée, il y avait une île très au large et qu'ils eurent bien vite doublée, dont le nom, aux dires de l'enchanteur, était Inysh Lughnasad. Au-delà, ses côtes se perdaient dans la brume.

— Pourquoi la mer est-elle brune, maintenant ? demanda Will.

— Parce que les eaux dans lesquelles nous sommes sont celles de l'embouchure du Grand Fleuve de l'Ouest. Cambray s'étend à l'ouest. C'est une contrée des plus favorisées !

Le rivage se précisa bientôt des deux côtés, et un courant de couleur brune, impétueux, vint les cueillir. Il les emporta tout du long jusqu'à l'estuaire, et ils naviguèrent sur une vague dont Gwydion lui expliqua que la magie n'était pas sienne, mais un mémorial naturel dédié à Séverine, petite-fille du roi Brea, morte noyée dans ces parages.

Ils firent accoster leur bateau à marée haute et dès que Will eut mis pied à terre, il sut avec certitude qu'il était de nouveau dans le royaume. Quelque chose dans l'air, un je-ne-sais-quoi dans la façon dont le sol répondait sous ses pieds. Ils déjeunèrent de mûres qui poussaient en bordure des vasières. Will ajouta un seau de moules au menu. Puis il prit un sommeil bien mérité jusqu'à ce que, avec la marée suivante, ils puissent profiter à nouveau du courant portant le long des vastes étendues vaseuses qui bordaient les berges de la rivière — que Gwydion appelait désormais le « Flot de Séverine ».

Quand Will s'enquit d'elle et de la façon dont elle s'était noyée, Gwydion lui répondit que c'était une bien triste histoire.

— Je t'avais conté comment le roi Brea vainquit les géants et comment Magog et Gogmagog furent emmenés captifs à Trinovant pour y servir comme portiers. Après cela, Brea prit pour femme Inogen, la fille de Pendrax. Elle lui donna trois fils, Loegrin, Alban et Cambaer. Quand le royaume passa aux mains de Loegrin, il épousa Gwendolin, fille de Corinax. Malgré cela, Loegrin partagea la couche de lady Estril, et c'est ce qui causa sa perte, car Gwendolin en conçut de la jalousie et le tua. Et en cet endroit où nous sommes, sous les murs de la cité de Caer Gloustre, Gwendolin noya Estril ainsi que sa fille, Séverine. De sorte que, aujourd'hui encore, les hommes de Cambray appellent ce fleuve le Flot de Séverine et manifestent grand respect aux cygnes qui, comme tu le sais peut-être, sont les créatures qui gardent les mystères de toutes les rivières.

— Les cygnes ? Et pourquoi cela ?

— Ils sont les gardiens mystiques des rivières.

— Je ne le savais pas, répondit Will.

— Eh bien, tu ne sais pas grand-chose.

Will suivit des yeux le sentier qui surplombait le fleuve.

— Je suppose que, maintenant que nous sommes de retour dans le royaume, il va nous falloir être prudents et rester sur nos gardes.

Gwydion lui jeta un coup d'œil qui en disait long.

— Je suis bien d'accord avec toi.

— Votre ennemi va se lancer de nouveau à notre recherche, n'est-ce pas ?

— À compter de cet instant, il va nous falloir nous montrer plus circonspects que jamais, pour éviter d'attirer son attention.

— De quoi a-t-il l'air, maître Gwydion ? Ce serait plus facile, si je savais comment le reconnaître.

L'enchanteur hocha la tête. Il semblait sombre.

— À la vérité, ces temps-ci il ressemble à une tête de mort. Mais tu serais bien en peine de le reconnaître si c'était cela que tu cherchais, car le plus souvent, il se promène sous un beau déguisement.

— Un beau déguisement ?

Will ouvrit le sac en peau de grue et en tira la corne d'argent. Il en raviva le brillant du revers de la manche.

— S'il vient, dois-je sonner du cor ?

— Il me semble que tu ne devrais pas souffler là-dedans avant d'avoir lu d'abord ce qui est écrit dessus.

Will étudia attentivement les mots gravés au bord de l'instrument.

— Mais je n'arrive pas à déchiffrer ce que ça dit. Ces lettres ne ressemblent à rien de ce qu'on m'a enseigné.

Gwydion le prit entre ses mains et regarda l'inscription de près.

— C'est écrit dans la vraie langue.

Ca iaillea nar oine baiguel ran,
Ar seotimne meoir narla an,
Aln ta'beir aron diel gan.

— Je n'en suis pas plus informé, maître Gwydion.

— Attends, que je te montre : Ici, *iaille*, « un moment de temps ». Et ici, *baigullar*, qui n'est pas tout à fait un verbe et pourrait suggérer une mise en danger, ou encore un besoin. Ensuite, nous avons *seotiem*, « un coup de vent », et *morhne*, « moi », « moi-même », mais seulement dans le sens du moi en devenir. Et ce mot, *ta'beir*, signifie « porter sur ses épaules » ou « posséder quelque chose à l'avenir », ou peut-être la couleur d'une possession, ou la façon dont tu porterais ce que tu aimes…

Will, avec un soupir, reprit la corne.

— Eh bien si c'est cela la vraie langue, je n'y entendrai jamais rien.

— … Et *ediell* veut dire « hâte », dont tu as beaucoup trop, fit Gwydion en haussant le sourcil. Nous disons donc, *fa nah aron diel* pour « se dépêcher » ou « aller vite ». Mais si tu veux que je te traduise cela en langage courant, eh bien, voilà ce que cela donne :

Si d'aventure tu te trouvais en détresse,
Sonne-moi, et tu auras la vitesse.

Satisfait, Will rangea la corne.

— Pourquoi ne le disiez-vous pas ? Cela semble tout simple : chaque fois que nous aurons besoin de faire vite, je soufflerai de la trompe.

Le lendemain, le magicien donna le bateau à un marchand qu'il rencontra sur la berge. Bien que l'homme en offrît une pièce d'argent, Gwydion ne voulut rien accepter d'autre qu'une demi-douzaine de pommes sauvages tombées au pied d'un arbre de son verger et la promesse de lui rendre la faveur un jour ou l'autre. Il engagea avec lui une longue conversation que Will n'entendit pas, puis ils poursuivirent leur périple à pied, toujours en direction du sud-est.

— Où allons-nous à présent, maître Gwydion ? Nous ne retournons pas à Clarendon, j'espère.

— L'abeille seule le sait, jeune homme.

— Et qu'entendez-vous par là, au juste ? Si l'abeille le sait, elle ne le dit pas.

— La vertu du voyage à pied ne consiste pas seulement à nous emmener quelque part. C'est surtout de recueillir assez de nectar pour nourrir les pensées d'un homme. C'est ainsi qu'on fait le meilleur miel. Mais si tu tiens absolument à le savoir, nous sommes en route pour la cité de lumière.

Cette réponse ne suffit pas à contenter Will, et d'ailleurs elle n'y était pas destinée. Il était piqué au vif et posa une autre question, en rapport avec quelque chose qui le tracassait.

— Cela nous aurait peut-être été fort utile de prendre ce que ce marchand nous offrait, pour le bateau ?

— Tu veux dire la pièce d'argent ? Je ne porte pas sur moi de choses extraites de la terre par fusion.

— Quel mal peut faire un peu d'argent ? Et d'ailleurs, je pourrais le porter à votre place.

— Ah, tu pourrais le porter ? Quel mal y a-t-il avec l'argent ? (Il lui lança une pomme à la volée.) Tiens ! On m'a autorisé à ramasser ces fruits. Mange, si tu as faim !

Will regarda la pomme ratatinée, mordit dedans et fit la grimace.

— Elle est surette. Je n'en veux pas.

Gwydion grommela.

— Rien n'est suret, sauf si c'est toi qui en décides ainsi. Et ne confonds pas désir et besoin. Un chant offert à un ami a payé ce bateau. Il a été donné de la même façon contre une promesse amicale. L'homme qui a des amis est toujours plus riche que celui qui possède de l'argent.

— Dites-moi pourquoi vous n'emportez jamais de métal avec vous. Qu'y a-t-il de mal à fondre un produit de la terre ? On ne tue ni oiseaux ni animaux pour fabriquer de l'argent ou du fer.

— Ce n'est pas vrai que je ne porte pas de métal du tout, car j'ai toujours ceci sur moi.

Gwydion sortit des plis de sa robe un couteau à manche court. Il déplia la toile qui le protégeait et Will vit briller la lame de fer poli, gravée d'un dessin inhabituel, comme de la paille jetée en désordre sur le plancher d'une aire de battage.

— Il est on ne peut plus précieux, car c'est de l'authentique fer né d'une étoile. Il remonte à l'époque où ce matériau était plus rare que l'or, plus fort qu'aucune autre chose connue, révéré, passé de père en fils, et on lui donnait toujours un nom. En ce temps-là, les hommes n'avaient pas encore appris des sorciers le secret qui permet de presser l'essence liquide du fer contenu dans les roches. Le seul disponible était celui qui tombait des cieux à l'intérieur des étoiles filantes. Tous les plus grands outils de la magie en étaient faits autrefois, comme celui-ci.

— C'est un joli couteau.

— Ce n'en est pas un, Willand. C'est une lame rituelle. Il y a une grande différence.

— Je persiste à penser que vous auriez dû accepter cette pièce en échange du bateau.

— Est-ce que tu as mal quelque part ?

— Non.

— Alors, sois content, et laisse tes pieds te porter où ils te porteront !

Avant longtemps, ils vinrent à pénétrer un bois avenant et arrivèrent bientôt dans une clairière, au milieu de laquelle se trouvait un petit étang d'allure sinistre, dont toute vie semblait s'être retirée. À cette vue, Will sentit courir en lui une onde de frayeur et s'écarta de la berge. Gwydion eut l'air de percevoir, lui aussi, que quelque chose clochait. L'eau était limpide, mais le fond aussi noir que charbon. La flèche d'un rayon de soleil pénétrait les profondeurs et dans un coin éloigné, là où la brise avait glissé en surface, flottait l'écume. Will crut y distinguer les ventres argentés de poissons morts. À la différence des étangs qu'il connaissait, tout agités de vie, grouillant de petites choses vertes et gigotantes, celui-ci était stérile. Gwyddion fouilla du bout de son bâton la vase du bord et examina les écorchures qui zébraient l'écorce des troncs d'un bosquet de pins d'allure mélancolique.

— Masgull, murmura-t-il enfin, assurant plus fermement sa prise sur le bâton. Voilà son œuvre, à coup sûr !

Will embrassa les alentours d'un regard circonspect, s'attendant plus ou moins à voir surgir l'ennemi de Gwydion, mais rien ne vint troubler la quiétude du lieu.

— Mort et destruction se sont abattues ici tout récemment. Et pourtant, Willand, laisse-moi te montrer une raison d'espérer.

Gwydion lança un petit caillou dans l'eau et Will entendit le plouf, et vit les rides se propager autour tandis qu'il s'enfonçait.

— Vois-tu comme ces ondes se propagent et s'en vont couvrir toute la surface ? Et remarques-tu comme, en un rien de temps, elles s'effacent ? Le destin est semblable à elles.

L'enchanteur souleva une pierre aussi grosse que la tête de Will. Avec un murmure il la lança, lui faisant décrire un arc très haut au-dessus de l'eau. Will, les yeux agrandis d'étonnement, la vit atteindre le sommet de sa trajectoire, puis comme par miracle, ralentir et s'arrêter.

— Comment faites-vous ? s'écria-t-il, saisi d'un respect admiratif.

— Cela demande beaucoup d'efforts. Mais ça en vaut la peine. Regarde !

Will vit la roche tomber en douceur à l'aplomb de la surface en tournant sur elle-même. Elle s'enfonça dans l'eau limpide et fit jaillir une impressionnante gerbe étincelante ; celle-ci se brisa en une multitude de points brillants, qui retombèrent à leur tour. À présent, au point d'impact, il y avait un large trou et Will distingua encore quelques instants le sommet de la pierre avant qu'elle sombre et que l'onde se referme peu à peu sur elle. Un instant, le temps sembla de nouveau suspendu, puis le mouvement s'accéléra jusqu'à ce que tout reprenne sa place.

La surface de l'étang fut agitée de vaguelettes et l'eau vint lécher la vase noire du bord mais finalement, comme l'avait dit Gwydion, les vagues moururent, le calme revint et tout rentra dans l'ordre.

— Vois-tu comme l'eau se guérit d'elle-même ? fit Gwydion. De même, le monde se stabilise après une violente secousse. Avec le temps, il retrouve son équilibre. Les choses reprennent leur cours initial, reviennent à l'ordre immuable, de sorte que quels que soient les actes des hommes — gestes de générosité désintéressée ou crimes honteux —, tout finit par être avalé par le temps et oublié.

Will ne pouvait détacher ses yeux de la surface de l'eau.

— Mais je croyais que vous alliez me donner une raison d'espérer.

Gwydion, avec un sourire, s'appuya à son bâton.

— Je vois que tu songes à Masgull, qui peut affirmer : « Quelle importance, la conduite des hommes ? Ils vivent et meurent, et tous leurs agissements, au regard du temps, ne sont que poussière que le vent emporte. » Mais peut-être vois-tu aussi en quoi il a tort, car qui peut dire que les fleurs ne durent pas et n'ont donc pas d'importance ? Et qui oserait prétendre que parce que le but est connu d'avance, le voyage ne compte pas ? Grande sagesse renferme parfois grand chagrin, et à la fin, pour certains, la folie.

Will avala péniblement sa salive, car une pensée fort troublante venait de lui venir à l'esprit.

— Et si Masgull, dans son délire, mettait la main sur une roche si énorme que l'étang ne puisse s'en guérir ?

— Ah ! Je vois que tu es sage bien au-delà de tes années, Willand, répondit Gwydion en se retournant vers lui, avec dans les yeux une flamme toute neuve.

— Le pavé que Masgull projette de jeter au cœur du monde est si énorme que nous serons éjectés à tout jamais de la vraie voie. S'il gagne, le visage de la terre sera changé à tout jamais.

Comme Will contemplait la sombre surface de l'étang, les eaux commencèrent à écumer et bouillonner, et il recula vivement, effrayé, se demandant si la roche lancée par Gwydion n'avait pas éveillé quelque créature gesticulante et contorsionnée, tapie dans l'obscurité.

— Une goule ! hurla-t-il, saisi de peur panique.

Mais Gwydion se contenta d'ouvrir les bras en murmurant des paroles au sens subtil. Il ferma les yeux, tandis qu'une lumière étrange émanait de lui. De l'eau montait une brume légère. Des roseaux jaillirent, suivis d'herbes aquatiques. Un banc de poissons minuscules vira dans un bel ensemble juste sous la surface et des libellules virevoltèrent au-dessus d'eux, pourchassées à présent par un hoche-queue. Will vit alors, à ses pieds, une rainette au sourire fendu. Elle était du même vert que l'herbe, avec deux fines rayures noires sur les flancs, et deux gros yeux jaunes qui s'ouvraient et se fermaient à mesure qu'elle déglutissait. D'un bond, elle fut dans l'eau, où elle s'éloigna à la nage et quand elle fut partie, Gwydion s'éloigna de la berge et s'inclina profondément, longuement devant l'étang, qu'il avait rendu à la vie.

Will sentit enfler au-dedans de lui une grosse bulle de joie, qui vint se loger dans sa poitrine.

— Oh, c'est magnifique, murmura-t-il.

— Magnifique, oui, fit Gwydion en posant la main sur son épaule. Viens-t'en, porteur de bagages ! Il est temps d'oublier la goule du marais. Souviens-toi de ce que je t'ai dit de la nécessité d'abandonner les mauvais souvenirs : ce qui est fait et ne peut être défait ne doit pas devenir un fardeau pour demain.

Ils poursuivirent leur route en direction de l'est, par monts et par vaux, et Will apprit bien des choses à propos de la terre en regardant les feuilles qui commençaient à jaunir sur les arbres. Tout était pour le mieux et la saison était exactement comme devrait toujours être l'automne dans le royaume, même si Gwydion faisait halte à chaque carrefour pour renifler l'air alentour tel un vieux chien. Quand ils débouchaient au faîte d'une colline ou émergeaient du couvert d'un bois, Will sentait la menace rôder dans l'air. Et une fois, voyant Gwydion en train de scruter, méfiant, un ciel d'un bleu pourtant limpide, il ne put s'empêcher de demander :

— Mais qu'est-ce que vous cherchez donc ?

À quoi le mage se contenta de répondre :

— Regard d'aigle, oreilles de lièvre ! (Il ajouta :) Savais-tu que ces rapaces ne prisent guère l'automne ? C'est la saison qu'ils aiment le moins et qui les rend d'humeur maussade.

— Les aigles, maître Gwydion ?

— Réfléchis ! Ils gagnent leur pitance non point tant grâce à l'acuité de leur bec et de leurs serres, qu'à celle de leur vue. Et un oiseau qui passe son temps à surveiller le moindre mouvement dans l'herbe, eh bien, qu'est-ce qui peut l'ennuyer davantage que d'innombrables feuilles jaunies, poussées par le vent par tout le pays ?

Will fit mine de ne pas s'apercevoir que le mage détournait la conversation, car il voyait bien que c'était dans le seul but de couper court à ses frayeurs et ses questions incessantes.

— Si nous ne retournons pas à Clarendon, alors où me conduisez-vous ? Encore dans un endroit secret, pour me cacher comme à Wychwoode ? Un lieu où vous me laisserez pour que j'y sois à l'abri ? Si c'est votre intention, pourriez-vous en choisir un où il y ait du monde ? Dans le val, nous avons coutume de dire que pour cacher un arbre, il n'est de meilleur endroit que la forêt.

— Eh bien, vois-tu, là-dessus tu n'as pas tort. Mais je pense que le plus sûr moyen serait encore de ne pas te cacher du tout.

Will soupira.

— Quand arriverons-nous ?

— Je t'ai dit un jour que nous sommes en route pour trouver la cité de lumière. Prends patience, car tu as beaucoup à apprendre en chemin. (Gwydion le prit par les épaules et le fit se retourner, face au nord.) Tu vois cela ? Nous disons que la terre a « bonne allure ».

— Bonne allure. N'est-ce pas de cela que je vous ai entendu parler, une fois, avec la hure de sanglier ?

— Mais oui, mais oui. J'avais oublié que tu écoutais aux portes. Je disais donc, bonne allure, cela saute aux yeux.

Will détailla le champ planté de choux et opina du chef.

— Bonne allure, maître Gwydion.

Puis le mage le fit se tourner face à l'est.

— Tandis que ce pâturage, là-bas, a vilaine allure. Tu le sens ? Est-ce que tu sens la mollesse dans la terre ?

— Non, maître Gwydion, fit Will d'une voix éteinte.

— Pourtant, c'est clair comme le jour, jeune homme !

— Dans ce champ-là, il y a des choux, et dans celui-ci des lapins, fit-il obligeamment. C'est cela ?

Gwydion eut un soupir consterné.

— Quelquefois, Willand, j'ai tendance à douter que tu puisses vraiment être celui que je crois que tu es.

— Désolé, maître Gwydion, mais je fais de mon mieux.

— Je sais. Et c'est ce qui m'inquiète.

L'enchanteur désigna du doigt une étendue aux sillons bien tracés.

— Si les cultures ne viennent pas bien dans celui-ci, il y a une raison. Les fermiers savent qu'elles poussent selon la lune. Toujours semer en lune montante, c'est ce qu'on dit, car toutes les plantes aiment ça !

— J'ai faim, fit Will un peu hors de propos. Croyez-vous que nous pourrions arracher quelques-uns de ces végétaux qui aiment la lune pour nous en faire une salade ?

— Faim, encore ? (Gwydion dévisagea Will sans tendresse.) Fort bien, nous ferons halte dans un petit moment. Choisis un coin à ton goût.

Mais ils avaient largement dépassé Leirburh quand Will annonça qu'il voulait s'asseoir.

— Ici ? fit le magicien en le fixant attentivement.

— Non. Plutôt là-bas. Cela semble un meilleur endroit pour déjeuner.

— Eh bien, que tes pieds nous y conduisent.

Will en tête, ils se dirigèrent vers un petit monticule au bord du chemin, non loin d'un carrefour. Gwydion battit un peu les alentours, en quête d'une branche feuillue, qu'il ne tarda pas à trouver. Ce n'était que cela : une branchette sur laquelle une centaine de feuilles et de brindilles avaient été tissées. À côté, il y avait une couronne duveteuse savamment confectionnée à partir de tiges et d'épis d'orge sauvage. Gwydion examina les deux objets avec la plus grande attention, puis les ayant brisés, les éparpilla alentour.

— Qu'est-ce que c'était ? interrogea Will en se souvenant d'une occasion précédente, où Gwydion avait tressé semblable couronne avant de la déposer au bord du chemin.

Le mage semblait plus préoccupé qu'à l'accoutumée.

— L'une était une lettre et l'autre une signature. Mange ton content sans traîner. Il nous faut partir.

— Mais j'ai envie de rester ici, on est bien sur ce monticule.

Les yeux de Gwydion s'étrécirent.

— Pourquoi nous as-tu amenés précisément au Tump, je me le demande.

Il semblait plongé dans la mélancolie, comme s'il venait de recevoir de pénibles nouvelles. Will ramassa un plein chapeau de mûres et sortit un morceau de fromage, qu'il conservait dans son balluchon. Puis il mastiqua la dernière des pommes ridées que Gwydion avait eues en échange du bateau. Elles étaient devenues de plus en plus sucrées à mesure qu'il mangeait l'une, puis l'autre, et celle-ci était la dernière qu'il avait mise de côté. Elle était si délicieusement surette qu'elle le fit saliver, mais comme il se rasseyait dans l'herbe du talus, il se rappela avec émotion la visite surprise de Pangur Ban dans l'île Bienheureuse et s'étendit sur le dos pour jouir de la douceur soudaine du dernier soleil.

Il songea à Willow, et lui revint en mémoire la chanson de Midsummer qu'elle avait chantée pour lui, qui parlait d'un prince et de ses trois pommiers. Il aurait aimé qu'elle fût à son côté en cet instant et se demanda dans combien de temps il reverrait les bois de Wychwoode. « Un jour, j'y retournerai et je la trouverai, se dit-il. Un jour. Que cela plaise ou non à Gwydion, j'en fais le serment ! »

L'enchanteur continuait d'aller et venir, le nez en l'air, anxieux. Il ne pouvait pas rester en repos et son œil d'aigle, sans répit, scrutait les monts dans le lointain, guettant le moindre signe annonciateur de danger. Will essayait d'ignorer le léger frisson d'angoisse qui lui courait sur la peau. Il cracha trois pépins et les planta, un par un, à un pouce de profondeur dans le sol du promontoire. Quand Gwydion le vit faire, il dévala en dansant la pente du tumulus et se jeta à terre, sur les mains et les genoux, jusqu'à ce que le sol se mette à trembler.

— Qu'est-ce que vous faites ? lui cria Will, alarmé.

— Vite ! Descends du Tump !

Will ne se le fit pas dire deux fois. Il se rua au pied du talus, et la panique le submergea quand il vit Gwydion brandir son bâton et se mettre à pousser des hurlements suraigus dans la vraie langue. Mais bien que le sol eût tremblé, aucun bouleversement formidable ne s'ensuivit.

— Maître Gwydion, qu'est-ce qui ne va pas ? J'ai fait quelque chose de mal ?

Gwydion resta un moment sans répondre, puis il cria :

— Masgull ! Es-tu là ? Montre-toi !

Will écarquillait les yeux, poils et cheveux hérissés, mais ne voyait toujours rien. Puis Gwydion tomba encore une fois à genoux :

— Agggggh !

— Qu'ai-je fait de mal ?

— De mal ?

Les yeux de Gwydion tournaient dans leurs orbites et le bord de ses paupières était tout rouge. Il semblait en transe, mais finit par se calmer.

— Rien. C'était un fameux cadeau pour un grand roi. L'avoir fait en toute générosité, une offrande sur une tombe ! Tu es celui-là. Il ne peut en être autrement, ou alors, comment aurais-tu pu savoir ce qu'il fallait faire ?

Will le tira par la manche.

— Maître Gwydion, relevez-vous.

L'enchanteur, d'un bond, se remit debout.

— Comment es-tu parvenu à ouvrir la tombe ? Hmm ? Dis-moi !

— Je l'ignore... J'étais juste en train de planter des pépins de pomme dans la terre et alors...

— Des pépins de pomme ! Le fruit d'Avalon ! Et regarde la conséquence !

Will pivota sur lui-même. Il resta bouche bée devant le talus, qui commençait à miroiter comme la brume de chaleur au-dessus d'une route poussiéreuse, en été. À l'endroit où il s'était tenu, quelques secondes plus tôt, la terre était en train de se transformer en vapeur, de sorte qu'à présent, il pouvait voir en dessous.

C'était une tombe ! À l'intérieur il y avait un caveau, mais qui semblait vide. Comme Will approchait, le miroitement reprit de plus belle et un éclair de lumière vive s'échappa du réduit mortuaire.

— *Arh twydion iy dionor, Semias-baigh !* s'écria Gwydion.

Il se porta en avant pour exécuter une danse agressive, comme pour défier la mort en personne. Puis il exulta, dans un formidable cri de triomphe.

— Ce n'est point sorcellerie ! La tombe ne réagit pas ! Se peut-il qu'il n'y ait pas plus d'un sort sur elle ? Celui que Semias avait jeté il y a si longtemps ?

— Mais quel est cet endroit ? interrogea Will, qui avait peine à suivre les commentaires du mage.

— Ah ! Incline-toi avec respect, Willand, car ceci est sans conteste la tombe du roi Leir des anciens temps !

— Un roi ?

— Le grand Leir ! Tu ne sais vraiment rien de ce nom illustre ?

Il était le onzième souverain du royaume. Leir, qui régna durant soixante ans ! Un guerrier si formidable qu'il atteignit le grand âge, auquel peu parviennent ! Suis-moi, Willand. Viens poser les yeux sur le vieux Leir, dont l'esprit, les dernières années de sa vie, fut si troublé par ses trois filles.

Ils pénétrèrent profondément dans le tumulus, où flottait maintenant une lueur bleu-blanc féérique, qui émanait d'un point suspendu dans l'air raréfié. Gwydion tendit la main vers lui et en rapporta un linceul de plumes blanches. C'était un manteau qui avait été posé sur le corps du roi, et au moment où Gwydion le retirait, son squelette leur apparut. Il était en tenue d'apparat guerrier, et entouré d'un assortiment d'armes de toute sorte, telles que Will n'en avait jamais vu. Il crut entendre les cris des combattants, le cliquetis des écus et des boucliers, les hennissements des chevaux qui piaffaient et gambadaient, impatients de se jeter dans la bataille. Quand il regarda de nouveau, il s'aperçut que le caveau était empli de pareils trésors, d'où émanait une lueur sombre qui n'était pas de ce monde. Terrifié, il s'inclina devant le crâne qui reposait, gris et abandonné, sous un casque de bronze. Sa grimace sans dents l'accusait, et il eut un mouvement de recul.

— Présente-lui tes respects, Willand ! Tes pieds avisés nous ont menés vers un lieu qui est resté longtemps soustrait aux regards du monde, même si plus d'un l'a cherché sans résultat.

Will écarquillait les yeux devant le magnifique bouclier avec son ombon de bronze, devant les lances, les épées qui montaient la garde autour des ossements, tout cet or et ces joyaux qui avaient de quoi laisser sans voix.

— Je... Je n'aurais jamais pensé nous conduire en pareil endroit, maître Gwydion, bredouilla-t-il.

— Mais tu l'as fait ! Bien que tu m'aies demandé cent fois où je t'emmenais, c'étaient tes pieds, oui les tiens, qui nous guidaient.

L'enchanteur prit l'épée resplendissante placée au flanc du roi et s'agenouilla devant Will.

— Reçois dans ta main cette lame qui appartint à un roi ! Fais-la tournoyer ! Elle t'appartient !

Will recula.

— Je ne veux pas la prendre.

— Mais tu le dois ! le pressa l'enchanteur.

— Non ! (Will se détourna de nouveau pour détailler les autres trésors, mais refusa d'en toucher aucun.) Maître Gwydion, je nous ai conduits ici, aussi ne devrais-je pas être celui qui décide de ce qu'il convient de faire ? Prenez ce que vous voulez, mais moi, je ne toucherai à rien, car à ce que je vois, ce sont des biens qui appartiennent à Leir, et je suis d'avis qu'il garde tout cela.

Mais le mage, captivé, dévorait déjà des yeux le manteau de plumes de cygne et une telle ferveur habitait à présent sa voix que Will se retourna.

— Quoi encore, maître Gwydion ?

— Si je ne me trompe point, ce manteau fut apporté depuis le royaume du dessous dans des temps immémoriaux par un roi bien plus grand encore que Leir. « Quiconque porte ce manteau restera caché à la vue des mortels... » Je comprends maintenant comment Semias a pu cacher Leir si aisément. Regarde le joyau qui sert d'attache à son linceul ! Ah ! Il y a si longtemps que je rêvais de voir de mes yeux ce colifichet !

Will examina la broche d'or et d'argent filigranés, entremêlés de façon inextricable, et l'énorme diamant légèrement bleuté qui y était serti. Gwydion sortit son couteau et murmura quelques mots incompréhensibles, puis il fit sauter la pierre précieuse du bijou qui l'enchâssait. Il la tint un moment en l'air pour en admirer l'eau, puis replaça le manteau sur la dépouille du roi. Will resta stupéfait de voir s'évanouir les ossements et tout le train des objets mortuaires.

Ils sortirent en toute hâte du caveau, tandis que le Tump réapparaissait et que le tumulus redevenait le tertre herbu qu'il était auparavant. Will se frotta les yeux, comme s'il s'éveillait d'un rêve.

— Viens-t'en, Willand ! appela Gwydion, qui déjà s'éloignait à grands pas. Tu n'as pas idée de ce que tu as accompli aujourd'hui, car tu pourrais bien nous avoir délivrés de celui qui cherchait à nous détruire !

Ils firent route pendant plusieurs jours en direction du nord-est, traversant à présent les Middle Shires, toujours en marche vers la contrée bien ordonnée du comté de Warrewyk, mais avec maints détours, sans raison apparente, tandis que Gwydion devenait chaque jour plus pressé et plus exalté. À Tolton ils trouvèrent un pont qui enjambait la Stoore, mais le passeur au visage sanguin les arrêta. Il portait un manteau d'un rouge fané et un insigne ravagé par le temps — l'ours enchaîné, qui était, comme l'expliqua Gwydion, le blason du comte de Warrewyk, commandant du port de Callas, et l'homme le plus riche du royaume.

— Eh bien, voyons. C'est un penny chacun, ou bien c'est un long détour pour vous autres, les mendiants.

— Depuis quand les gens du comte de Warrewyk empêchent-ils les voyageurs de passer ? interrogea Gwydion en regardant l'insigne arboré par son interlocuteur. Pourquoi cherche-t-il à leur prendre leur argent ?

— La guerre approche. Et ce sont les pauvres diables comme vous qui la paient d'avance, lui répondit l'autre du pont.

À cet instant, Will remarqua que d'autres silhouettes vêtues aux couleurs de Warrewyk sortaient d'un petit bâtiment couvert, derrière eux. Ils étaient six hommes, le gourdin à la main et tout prêts à s'en servir.

— Des problèmes ? fit l'un d'eux.

— Pas le moindre, répondit le passeur.

Sans crier gare, le garde le plus proche balança sa trique à la tête de Will.

Il n'eut que le temps d'esquiver le coup au cerveau, mais l'instant d'après fut jeté à terre par une volée dans le dos, qui lui fit craquer les vertèbres. Puis tout ne fut que confusion, et c'est dans une sorte de brouillard qu'il se sentit rouler avec son assaillant le long du fossé qui bordait la route. Les bâtons s'abattaient à coups furieux et redoublés sur sa tête, et il sut que d'un instant à l'autre, un choc meurtrier allait lui emporter le crâne. Mais il agrippa son adversaire au corps à corps, aussi étroitement que possible, et s'en servit comme d'un bouclier, jusqu'à ce qu'il puisse enfin se dégager et prendre la fuite. Il entendit derrière lui des pas précipités, un coup vint le cueillir dans le dos et il poussa un cri. Son poursuivant avait la poigne rude et il était bien plus fort que lui, mais juste au moment où Will se disait que c'en était fait de lui, l'autre desserra sa poigne et d'une secousse, il se libéra de son étreinte.

Il vit alors Gwydion, à l'écart, qui assitait tranquillement au combat, les bras à demi levés.

— Courez ! lui cria Will en se disposant à parer d'autres coups. Mais tout était étrangement calme à présent. Trois des hommes se dévisageaient comme si l'attaque n'avait été qu'une plaisanterie, les autres se comportaient comme s'ils ne comprenaient pas ce qui leur était arrivé. Quelqu'un venait en aide à celui qui avait flanqué Will par terre. Celui-ci se précipita, lui arracha le gourdin des mains et le fit voler sur lui, mais le coup fut détourné largement de sa trajectoire, bien loin de la poitrine de la cible.

L'un des hommes éclata de rire.

— Mais regardez-le !

— Vous trouvez ça drôle ? s'écria-t-il, hors de lui.

— Allons, allons, murmura le passeur en reculant de quelques pas. Remballez-moi ça, jeune homme. Il n'en est pas besoin.

— Maître Gwydion, mais courez donc ! hurla Will en tentant une fois encore de brandir le gourdin, qui lui échappa des mains.

Le magicien approcha et examina l'homme le plus proche avec intérêt.

— Eh bien, si ce n'est pas le combat le plus affligeant qu'il m'ait été donné de voir depuis longtemps ! fit-il en tirant sur l'insigne à l'ours blanc, sur la poitrine de l'autre. (La couture, grossière, céda facilement.) C'est bien ce que je pensais.

La frayeur de Will se dissipa, mais il était encore tout tremblant et en sueur.

— Je serais d'avis de les assommer tous, pendant que j'y suis !

— Tais-toi, lui intima l'enchanteur. (Ses yeux intrigués erraient sur le passeur.) Dites-moi, si ce n'est pas l'ours blanc que vous servez, alors qui est-ce donc ?

— J'appartiens au seigneur de Mell, monsieur.

— Et l'on vous a envoyé pour guetter le passage du maître corbeau et de son jeune ami ?

— Cela fait trois jours que nous sommes ici à l'attendre, car nous avons reçu nouvelle qu'on l'avait vu du côté de Foxcote Hill et qu'il viendrait sûrement chercher à traverser ici, à un moment ou à un autre.

— Vous aviez ordre de l'assaillir ?

— Oui. C'est un sorcier qui a perdu ses pouvoirs. Les ordres sont de le trouver et de le tuer.

— Ceux du duc Edgar ?

— Lui-même.

— Vous ne redoutez donc pas le maître corbeau ?

— Un peu. Mais on a des charmes.

— Montrez-les-moi, pour voir.

Le bonhomme ouvrit sa chemise et montra une tête de bélier tatouée sur son sein gauche. Au-dessous, il y avait une légende : *ecipsuA .nretarF.*

— Guidé par la confrérie, déchiffra Gwydion.

Il toucha légèrement du doigt le front de l'homme, de sorte qu'il oublie tout pour un moment.

— Vous avez un empoisonnement du sang, lui murmura Gwydion à l'oreille. Prenez de la racine de pissenlit. Et si vous connaissez la bonne sœur Knitbone, demandez-lui si elle aurait l'amabilité de mettre de côté pour vous quelques pousses de son meilleur plantain. Les furoncles seront partis dans cinq jours.

— Vous avez de drôles de façons avec les gens que vous rencontrez en chemin, observa Will en frottant ses vêtements pour les débarrasser de la poussière, alors qu'ils franchissaient le pont sur la Stoore. Que leur avez-vous fait ?

— Rien de bien grave. Ils retrouveront leurs esprits avant la tombée de la nuit.

— J'ai bien cru que j'y passais.

— Ce n'est pas cette attaque par les hommes de main du duc Edgar qui me tracasse, c'est qu'ils aient réussi à nous trouver ; s'ils peuvent nous dénicher, d'autres aussi.

Tandis qu'ils poursuivaient leur route, Will ne pouvait s'empêcher de tourner et retourner l'assaut dans sa tête. Il avait perdu de son assurance, et commençait à voir partout des formes et des silhouettes menaçantes, embusquées dans chaque coin d'ombre. Ce que Gwydion avait dit était vrai : si on les avait repérés du côté de Foxcote Hill, c'est qu'il y avait eu des espions postés, à les observer. Combien de fois étaient-ils passés à portée de vue des nombreuses flèches marquant les domaines de Ceux-qui-ne-voient-pas ? Plus souvent qu'il ne pouvait se le rappeler, et Ceux-qui-ne-voient-pas avaient des mercenaires parmi les gens du commun, qui ne les avaient pas quittés des yeux. À la prochaine attaque, ce serait pire, car le duc Edgar comptait parmi les puissants, dans le royaume. En tant qu'allié de la reine, il pouvait obtenir, au nom du roi, tout ce qu'il voulait. Peut-être Gwydion avait-il déjà été déclaré hors-la-loi, et une énorme prime offerte pour sa tête. Mais c'était pire encore de songer que si le duc les avait débusqués, Masgull pouvait faire de même, et sans difficulté.

Ils débouchèrent enfin en terrain découvert et Gwydion demanda à Will d'ouvrir l'œil, comme il l'avait fait souvent quand ils traversaient une large bande de terre exposée.

— Il y a encore bien des choses que je ne comprends pas, à ton sujet, dit l'enchanteur tandis qu'ils s'asseyaient à l'ombre d'un noisetier. Il y a des détails qui ne collent pas, et à présent je dois tâcher de m'expliquer pourquoi. Je t'ai raconté qu'il y a dans la terre des lieux de force et de faiblesse, et pourtant tu n'as pas l'air de pouvoir les détecter, tu ne montres aucune aptitude. Pourquoi ?

Will secoua la tête.

— Je ne sais, maître Gwydion. Je ne sais même pas de quoi vous parlez.

— Le fait de chercher le courant s'appelle le « discernement ». Regarde bien ce que je fais.

Le mage joignit les mains et s'agenouilla au pied de l'arbre, avec des marmonnements et des murmures. Puis il prit une branchette souple, l'écorça, en divisa en deux la moitié supérieure et la tint devant lui avec cette torsion particulière du poignet, dedans dehors, que Will l'avait déjà vu utiliser. Il semblait lire les mouvements de la baguette à mesure qu'il avançait.

— Qu'est-ce que vous essayez de sentir ?

— Les courants. Je cherche ma voie le long d'un sillon vert. Il y a des flux de force souterraine, des eaux stagnantes, des sources et des résurgences, et tous sont là sous tes pieds. Tu devrais être en mesure de les discerner, toi aussi.

— Quand vous dites « courants », évoquez-vous ces grands canaux construits par les fées pour approvisionner les pierres batailleuses en force tellurique ?

— Non, pas les lignes ; le lorc est un artifice enfoui profondément dans le sol. Ce dont je parle à présent, ce sont les courants naturels qui forment un réseau à la surface de la terre. Quand ils ont la vivacité des ruisseaux, ils rendent un endroit salubre et sain, de sorte que les gens aiment y demeurer ; mais quand ils sont paresseux, nul n'aime s'y attarder.

— Est-ce que tout le monde les perçoit ? demanda Will, qui se sentait tout d'un coup tenu à l'écart.

— Bien sûr.

— Alors, pourquoi pas moi ?

— Peut-être les discernes-tu, à ta façon. J'ai observé que ton humeur changeait, en cours de route. Je t'ai vu reconnaître la formidable énergie qui monte de la terre autour de la représentation d'Arondiel, et de même quand nous sommes arrivés au Calendrier de Figgesburgh. J'ai vu ton cœur se soulever de joie quand nous sommes passés à proximité. Mais ta manière d'appréhender la terre est très différente de celle des paysans ou des bergers. On dirait qu'il y a en toi une faculté qui interfère, dont les autres seraient dépourvus.

Will se trouva encore plus mal à l'aise en se remettant en marche sur les talons de l'enchanteur. Il songeait aux versets qu'ils avaient lus sur la pierre jumelle et se rappelait la force bienveillante qui courait dans ses doigts. Il détestait être différent et aurait voulu, plus que tout, ressembler à tout le monde. Il fut soudain envahi d'un sentiment de futilité.

— Nous n'arriverons jamais à trouver la cité de lumière, murmura-t-il. Jamais !

— J'ai pourtant les plus grands espoirs, répondit Gwydion d'un ton égal en agitant, une fois de plus, la baguette de coudrier au-dessus du sol. « Me voici de retour en ma demeure, mais mon frère malfaisant, qui a nom pierre dragon, repose déjà sous la cité de lumière. »

Il secoua la tête, pas plus avancé pour autant.

— Qu'est-ce que *cela* peut bien vouloir dire ? Nous ne trouverons pas de pierre batailleuse, maître Gwydion.

Le mage se retourna vers lui et pesa ses mots :

— Par deux fois en vingt pas, tu as proféré des paroles de désolation. Pourtant, l'allure de cette terre est entre bonne et moyenne. Je me demande pourquoi ? Y a-t-il quelque chose dans cette contrée qui te met spécialement mal à l'aise ?

Will regarda alentour, puis se plongea dans le secret de son cœur désolé.

— Je... J'ai seulement l'impression que cela revient à chercher une aiguille dans une botte de foin, comme nous disons dans le val.

— Ne perds pas déjà espoir.

— Mais le royaume est si vaste ! Et nous ne sommes que deux, et nous avons si peu de temps, et vous traînez les pieds, maître Gwydion. Vous traînez les pieds, je vous assure !

— Autant de bonnes raisons de ne pas nous bousculer. Qui se hâte trop va moins vite, comme le dit l'adage.

Will claqua la langue d'un air désapprobateur.

— Quelle minable paire de chasseurs de pierres nous faisons. Je ne sais pas où nous sommes, et vous ignorez tout autant où nous sommes supposés nous rendre.

La contrée qu'ils traversaient était au cœur des terres, plus riche et plus prospère qu'aucune auparavant. Les gens qu'ils rencontraient de temps à autre sur la route parlaient avec un grasseyement qui rappelait à Will l'accent du val, si bien qu'il se demanda à quelle distance il se trouvait maintenant de chez lui. Il aurait voulu savoir s'il y avait quelque chance que leur route les conduisît à proximité de sa vallée. Quelle joie c'eût été de faire halte à Nether Norton, de revoir son père et sa mère, et de leur conter leurs aventures, même s'il se disait qu'ils auraient bien du mal à croire le quart de la moitié de ce qui lui était arrivé. L'étreinte qui lui prenait le cœur quand il pensait à la maison était douloureuse, et rendue d'autant plus douloureuse par le fait que Gwydion avait placé le val sous une protection magique, de sorte que Will ne serait jamais capable d'en retrouver le chemin, si ce n'est sous la conduite de l'enchanteur.

— Je n'aurais jamais cru que le royaume était si étendu, dit-il comme ils débouchaient sur une autre crête, avec devant eux la houle de la terre qui se levait, toujours vers le nord-est, à l'infini.

— Il faut des jours de marche pour aller d'une côte à l'autre. Dis-moi, n'as-tu jamais entendu parler du *Grand livre du royaume* ?

— Vous voulez dire, le *Livre noir* ?

— Le *Sgraiet na Taire* ? Oh, non, pas celui-là. Le *Livre noir* est perdu, qui fut autrefois un rouleau de parchemin, et bien plus ancien que l'ouvrage dont je parle en ce moment. Le *Grand livre du royaume* n'a guère plus de cinq cents ans. Il est relié de cuir rouge et est conservé dans le palais du roi, à Trinovant. Il dénombre toutes les villes, les villages et les hameaux, et détaille, pour chacun d'eux, quelle richesse on peut en tirer. C'est sur lui que se basent les Anciens, parmi Ceux-qui-ne-voient-pas, pour connaître le montant de la dîme qu'ils vont exiger à tel ou tel endroit. Il y a plusieurs milliers de villages dans le royaume et pour ce qui me concerne, je les ai tous visités. J'essaie de me rendre en chaque lieu au moins une fois par génération.

Will émit un léger sifflement.

— Pas étonnant qu'on vous connaisse partout.

Le mage fit une pause et se pencha sur son bâton. Puis il le pointa au loin, lui désignant une éminence qui surgissait des terres basses :

— Regarde, Willand. J'ai l'impression que nous touchons au but de notre quête, car cette colline que tu vois là-bas abritait autrefois un bourg important. De nos jours, on l'appelle simplement Burgh Hill et l'on n'y voit plus trace de construction, mais autrefois, c'était la ville fortifiée de Lugh. Les guerriers Gadelish qui venaient de cette forteresse joignirent leurs forces à celles de la reine de l'Est et ensemble, il faillirent bien, à un cheveu près, rejeter à la mer les armées d'invasion des tyrans. Mais à cette période, la force du lorc était déjà brisée, et les habitants de la cité de Lugh furent finalement déstabilisés et vaincus.

— Je ne vois pas en quoi cela nous...

— Lugh avait nom « seigneur de lumière ».

— Ah !

Will leva les mains en l'air dans un geste d'impatience.

— Oui, mais même si vous avez raison, même si Burgh Hill est bien la cité de lumière, même si une pierre batailleuse se cache quelque part dans ce district, comment la trouver dans une si vaste étendue de terrain ? Cela pourrait prendre des mois et des mois. Des années, peut-être.

L'enchanteur balaya la contrée d'un regard indéchiffrable, exaspérant.

— Aux moments où le courant est le plus fort, je me suis quelquefois demandé si je n'arriverais pas à deviner et localiser le lorc.

— Il ne faut pas rêver, maître Gwydion.

Ils furent bientôt arrivés aux abords de Badby Chase. Will promenait son regard sur l'étendue des champs quand il avisa, à la lisière des bois, une douzaine de silhouettes avançant en file indienne au long d'un sentier. Plissant les yeux, il fut à même de détailler leur costume : haut capuchon pourvu d'un masque et longue robe grise. Chacune suivait l'autre, ses pas dans les siens, la main posée sur son épaule.

— Ceux-qui-ne-voient-pas, murmura-t-il, sûr de son fait.

Gwydion le mit à l'abri sous le couvert d'un chêne.

— Les membres de la confrérie sortent plus volontiers de leurs moutiers en automne, quand l'ardeur du soleil a commencé à diminuer.

— Mais ils nous voient... ou ils ne nous voient pas ?

— Pas si nous faisons attention.

Ils contournèrent en rampant l'épaule de la colline et découvrirent l'endroit sur lequel ils avaient failli tomber. C'était une petite maison de chapitre, complétée par des domaines attenants, travaillés par des mains mercenaires. Il y avait également un jardin protégé par l'enceinte d'un mur bas, et l'on voyait trois ou quatre hommes qui arrosaient des rangs de plantations, tandis qu'un autre s'affairait autour des ruches. Aucune robe de bure en vue, excepté celle du frère portier, qui montait la garde au portail d'entrée.

À cet instant, la file des membres de la confrérie atteignit la porte et celui qui ouvrait la voie s'arrêta. Il sembla prendre la mesure de l'instant, puis laissa entrer les autres. Aucun d'eux n'était capable de distinguer la droite de la gauche, car en passant le seuil, ils parurent prendre la mauvaise direction.

— Ce sont des recrues récentes, observa Gwydion, qui ne sont pas encore capables de trouver leur chemin.

Leur obéissance désarmée arracha une grimace à Will. Dès qu'ils furent hors de vue, Gwydion mena Will de l'autre côté de la colline, en direction de Badby Chase. Le chemin était bordé de grands chênes dont les branches basses venaient entremêler leurs ombrages et faisaient un tunnel aux couleurs de l'automne.

Tout en suivant le mage, Will se rappelait la silhouette enveloppée d'un manteau noir, encapuchonnée, qu'il avait vue debout près du roi et de la reine.

— J'ai remarqué quelqu'un à Clarendon Lodge qui avait bigrement l'air d'un membre de la confrérie, mais il était habillé de noir.

Gwydion le dévisagea longuement ; il semblait préoccupé.

— Noir, dis-tu ? Noir... Je n'ai pas souvenir d'avoir aperçu à Clarendon aucun compagnon de l'ordre noir. Et d'ailleurs, ce n'est pas possible.

— Mais j'ai *pourtant vu* un homme en noir.

Avec un soupir, Will trotta pour rattraper son mentor.

— Dites-moi, maître Gwydion, existe-t-il vraiment un vieux père Temps ? Il vous ont appelé comme ça, à Clarendon.

— Il en existe un, mais ce n'est pas moi.

Will eut un petit sourire désappointé et retomba dans le silence tandis qu'ils s'enfonçaient plus profond dans les bois, puis il demanda soudain :

— Est-ce vrai que la silhouette de la mort apparaît quand un grand personnage se trouve tout près de mourir ?

— Pourquoi poses-tu cette question ?

— Juste une idée, comme ça.

— La réponse, la voici : il est rare de voir la mort, et plus rare encore de la voir au chevet de quelqu'un d'autre. Et ce n'est pas vrai qu'elle ne surgit que pour annoncer la chute des puissants. Certains pensent que ceux qui la remarquent recevront eux-mêmes bientôt sa visite.

Will sentit ses poils se hérisser, et quand le frisson fut passé, il était encore étrangement mal à l'aise. Il regarda les bois sombres de Badby Chase et s'aperçut trop tard qu'il y avait du mouvement autour d'eux.

— Maître Gwydion !

— Reste où tu es !

Will fut tiré de son rêve éveillé par la menace qui s'avançait derrière eux. Gwydion s'arrêta.

— Montrez-nous vos mains, ou vous mourrez !

Trois hommes firent irruption face à eux et d'autres, brandissant qui des fourches qui des masses, sortirent des fourrés. Quatre autres silhouettes au moins étaient embusquées dans la pénombre, les cordes de leur arc tirées au plus près de leurs lèvres.

« Des hors-la-loi ! » songea Will. Une frayeur mortelle s'empara de lui quand il vit les embouts meurtriers des traits pointés sur lui. Sa main chercha à tâtons à la surface du sac, espérant atteindre la corne à bordure d'argent, mais la besace était bien fermée et il savait qu'au moindre geste brusque, une flèche viendrait lui embrocher le cœur. Il fit comme Gwydion et leva les mains, redoutant maintenant que ces hommes fussent ceux du duc Edgar.

Une femme d'un certain âge fut poussée en avant par deux plus jeunes. Elle divaguait et ses yeux roulaient dans leurs orbites. Will eut l'impression qu'elle était complètement folle.

— C'est celui-là ? l'interrogea un homme au regard vide.

— Regardez ! Le garçon qui l'accompagne n'est pas le même, cette fois-ci !

Gwydion attendait la réponse de la femme âgée, mais elle se contenta de glousser et d'agiter la tête.

— C'était lui, dit avec force l'une des jeunes. C'était bien lui !

Les hommes brandirent leurs armes, avec des airs farouches mais non point résolus encore, car la vieille ne répondait toujours pas.

— Nous avons des affaires pressantes, murmura Gwydion. Dites-nous pourquoi vous refuseriez de nous laisser passer.

— Restez tranquilles !

— Amenez-les ! s'écria l'autre jeune femme.

— Où est mon Wale ? cria une autre. Qu'avez-vous fait de lui ?

L'un des hommes fit un pas en avant dans l'intention de s'en prendre à Gwydion, mais celui-ci le retint.

— Je vous suivrai de mon plein gré, lui dit-il. Vous pouvez baisser vos armes.

— Personne ne portera la main sur vous si vous êtes innocent, déclara l'un des hommes.

Il s'efforçait de faire en sorte que la situation n'échappe pas à tout contrôle, mais Will voyait bien que les choses étaient sur le fil du rasoir.

Un autre avait les lèvres blanches de colère.

— Et si vous n'êtes pas innocent, vous n'aurez bientôt plus de soucis ! Vous m'entendez ?

Tout en trottinant au côté du mage, Will murmura :

— Maître Gwydion, qui sont ces gens ?

— Calme-toi, Willand. Ce ne sont que les bonnes gens de Preston Mantles.

Will baissa la voix, très effrayé maintenant.

— Des bonnes gens ? Mais ils sont en train de nous assaillir.

— Ce serait une calamité pour toutes les personnes en cause, lui répondit Gwydion, si je refusais de me laisser emmener à leur village.

Will leva le nez pour dévisager tour à tour les hommes qui les escortaient à travers les broussailles. Ils étaient vraiment très excités, et Will voyait bien que certains d'entre eux essayaient de les tenir hors de portée des plus menaçants. Il chuchota :

— Vous allez les laisser nous conduire comme cela où ils veulent ? Alors, et votre... ?

— Ils ne te toucheront pas. Il s'agit d'honnêtes gens, mais ils sont en détresse. Je ne puis rester indifférent à leur souffrance. (Gwydion s'adressa alors aux villageois :) Dites-moi, quel est le problème ? interrogea-t-il.

Immédiatement, les paroles du mage eurent un effet apaisant, mais l'une des femmes au visage crasseux qu'ils avaient vue au bord du chemin jeta à Gwydion un regard mauvais, ramassa une poignée de terre et la lui lança.

— Mais écoutez-le ! Quel est le problème, il demande quel est le problème !

L'homme qui leur avait adressé la parole, sur le chemin, fit un pas en avant, le regard aigu :

— Leur fils a disparu depuis trois jours. Que savez-vous à ce sujet, l'étranger ?

Gwydion sembla l'ignorer, et préféra se tourner vers l'homme qui semblait aux abois.

— Quel âge a votre fils ?

Le regard du père vacilla. Ses pupilles n'étaient guère plus grandes que des têtes d'épingle.

— Treize ans. Et demi.

— C'est un brave garçon ! hurla la mère.

Ses yeux étaient tout rouges, à force d'avoir pleuré.

Gwydion posa la main sur son front et murmura quelques mots difficiles à saisir.

— Son nom est Waylan, dit la femme, en le regardant dans les yeux. Nous l'appelons Wale.

— Dites-moi ce qui est arrivé, suggéra Gwydion.

— Disparu, volatilisé, marmonna le mari. Nous avons battu tous les fourrés à sa recherche, mais pas moyen de le trouver. C'est un bon garçon. Il ne serait jamais parti comme ça, tout seul, sans prévenir.

— Réfléchissez, leur dit Gwydion. Est-ce qu'un étranger serait venu par ici, auparavant ?

Tous ceux qui étaient rassemblés à la porte tâchèrent de se rappeler s'ils avaient vu passer un inconnu par le village, mais non, personne n'était venu depuis plus d'une semaine. Alors, la voix de Gwydion se fit insistante, irrésistiblement.

— Je vous le demande : un étanger est-il venu par ici ?

Les villageois reculèrent, pleins de crainte à présent, et intimidés.

— Non ! Non ! s'écrièrent-ils. Il n'y avait personne !

C'est alors que la folle cracha quelque chose. Elle tomba sur les genoux, s'étrangla, l'écume aux lèvres.

— La sage femme ! s'écria quelqu'un. Elle a la cervelle rongée par les vers !

Gwydion s'agenouilla près d'elle, traça un symbole au-dessus de son front, puis ordonna :

— Parle-moi, ma sœur.

— Le vieil if ! fit-elle dans un souffle, les lèvres bleues. Il est en sang ! En sang !

Gwydion, en quelques instants, lui eut porté assistance. On eût dit qu'il arrachait quelque chose d'invisible logé dans sa poitrine, puis il se releva. Son visage avait la pâleur du clair de lune.

— Conduisez-moi.

« Un if qui saigne, se disait Will tandis qu'on les menait vers le pré communal. Comment cela se peut-il ? »

Ils atteignirent le grand arbre au sombre feuillage, entourés à présent d'une cinquantaine de villageois. À hauteur d'homme, l'if se séparait en deux troncs d'égale force, et à partir de là, il développait un feuillage dense et lançait vers le ciel sa flèche élégante. Sous son ombre, rien ne poussait. Des baies rouges toxiques se détachaient, brillantes, sur le vert profond. Il était fort ancien, cet arbre sacré de Preston Mantles. Gwydion s'en approcha avec tout le respect qui lui était dû. Juste au-dessous de la fourche où le tronc se séparait en deux, une résine d'un rouge profond suintait tel du pus d'une légère excavation dans le bois.

— Lequel d'entre vous a brisé le cœur de ce vénérable conifère ? interrogea le mage en se retournant, courroucé, vers la foule assemblée.

Il y avait à présent une force impressionante dans le ton de sa voix et les villageois reculèrent.

— Qui est venu danser ici ? demanda Gwydion avec une autorité redoublée. Dites-le-moi !

Les villageois se dévisagèrent d'un air coupable, mais continuèrent de nier, avec force haussements d'épaules et regards ahuris. Ils tressaillaient d'effroi devant la colère de Gwydion. Toutes les armes furent déposées à terre et les enfants coururent se cacher derrière les jupes de leur mère.

— Dites-moi qui dansait ici !

Will, malgré lui, recula lui aussi.

— Allez me chercher un attelage et des chaînes ! ordonna Gwydion. Il faut que j'en aie le cœur net !

Tout en allant quérir une paire de bœufs pour les conduire au pied de l'if, les villageois ne cessaient de murmurer entre eux, mais leur totale obéissance étonnait Will. Ils semblaient accepter sa colère et son autorité, s'exécutant sans rechigner. Les parents de l'enfant disparu le regardèrent se saisir d'une pioche et commencer à élaguer les branches basses. Puis on enroula une chaîne autour de l'un des troncs et les bœufs commencèrent à tirer.

— Hue ! cria l'un des hommes.

Il serrait une corde passée à un anneau dans le mufle de l'animal de tête. Les magnifiques bêtes tiraient de toutes leurs forces, les sabots profondément enfoncés dans le sol. La chaîne se tendit, arrachant l'écorce tandis qu'elle étranglait l'une des deux branches maîtresses. Alors, l'arbre eut comme un frisson et dans un craquement formidable de tout son être, il se sépara en deux, et la branche s'écarta dans un grondement sourd.

Celui qui menait les bœufs poussa un cri. La moitié arrachée de l'if vacilla, et s'abattit dans un nuage de poussière et de feuilles. C'est alors que Will découvrit, exposé à la lumière du jour, le cœur blanchâtre de l'arbre vénérable, et il se détourna, glacé d'horreur.

Niché au plus profond du bois, il y avait un squelette parfait. Blanc comme un asticot, mou comme un asticot, luisant, lové en chien de fusil tel un enfant qui dort. Will sentit la nausée lui monter à la gorge. Toutes les personnes présentes se jetèrent en arrière avec des murmures d'effroi. La mère poussa un long hurlement et le père l'enfouit dans ses bras, pour lui cacher l'horreur de la scène.

Gwydion se porta immédiatement près d'eux et traça sur leur front les signes qui soulagent. Will se détourna de cette effroyable vision. Incapable de bouger, de proférer un mot, il resta sous le choc de ce moment de pure atrocité. Mais Gwydion captura de nouveau son attention et il osa regarder l'arbre, vers le centre duquel le mage dirigeait une flamme bleue. Puis celui-ci affermit sa prise sur son bâton et se tourna vers la vieille femme, tombée à genoux à ses pieds.

— Dis-moi qui a fait cela, ma sœur ! ordonna Gwydion, les yeux incandescents.

La bonne femme s'effondra de nouveau et fut prise de convulsions. Ses lèvres bleues se mirent à écumer et elle poussa des grognements, comme si son esprit et son corps étaient aux prises l'un avec l'autre. Alors, l'enchanteur imposa les mains sur son visage levé vers lui et exigea de nouveau, impérieusement, sa réponse.

— Dis-moi son nom !

Et de sa poitine tressaillante monta un mot, un seul :

— Masgull !

CHAPITRE ONZE

La pierre de Caer Lugdunum

LE LENDEMAIN MATIN, Will n'était guère d'humeur à parler. Ce qui s'était passé à Badby Chase semblait un atroce cauchemar et aussi, peut-être, un mauvais présage pour l'avenir. Pour l'instant, il n'avait qu'un désir : chasser la terreur de son esprit.

Mais que signifiait la mort de ce garçon ? Sous l'effet d'une compulsion irrésistible, la sage femme de Preston Mantles avait confié à Gwydion tout ce qu'il désirait savoir : le monstrueux méfait était l'œuvre de son grand ennemi. Et bien que Will ne fût pas directement concerné par ce qui s'était produit, cela ne faisait qu'affermir son cœur contre l'usage malhonnête de la magie, qui avait nom sorcellerie.

Le spectacle du garçon mort l'avait horriblement choqué. Il n'avait pas compris, tout d'abord, ou peut-être s'était-il refusé à comprendre. Mais Gwydion n'avait pas laissé les choses en l'état.

— Il avait nom Waylan, mais on l'appelait Wale. Il avait treize ans et demi, et Masgull est venu au village, et l'a tué. Je pense que tu peux te figurer pourquoi.

La veille au soir, il s'était senti pris de compassion envers les parents, qui regardaient le squelette de leur fils amolli par la sève craquer et chuinter au milieu des flammes. Il avait écouté les femmes du village le pleurer, et il avait eu le cœur brisé par ce son étrange et inoubliable. Mais entendre que ce garçon, Waylan, avait été assassiné à sa place ! L'horreur de la chose l'atteignait de plein fouet et la frayeur s'insinuait jusque dans ses entrailles.

— Puis-je poser une question, maître Gwydion ?

— Bien sûr. Et avec un peu de chance, tu pourrais même recevoir une réponse.

Il ne réagit pas à cette tentative du mage de prendre les choses à la légère, mais repartit d'un air morose :

— Hier soir, vous avez demandé aux villageois s'ils avaient vu un étranger par ici, mais ils vous ont menti. Vous l'avez bien vu et vous les avez punis pour ça. Cela ne vous ressemble pas, maître Gwydion.

— Ils ne mentaient pas, répondit doucement Gwydion. Ils n'étaient pas en mesure de se rappeler, parce qu'ils avaient reçu l'ordre d'oublier.

Sur ces mots, le magicien enfouit la main dans sa poche et en retira une poudre grise. On aurait dit de la cendre, comme celle de l'if qu'on avait brûlé la nuit précédente. Le mage esquissa un geste sur le front de Will, mais celui-ci se déroba.

— Que faites-vous ?

— C'est pour te réconforter. Qu'est-ce que tu croyais ?

— Je n'ai pas besoin de réconfort, maître Gwydion, dit-il d'un air morne. Je veux me souvenir de la douleur de ce jour.

Le mage rangea son petit paquet.

— Comme tu voudras.

À mesure que les jours passaient, toujours à l'air libre, et avec de rares occasions de rencontres, Will perdit le sens du temps, mais à en juger par la couleur des feuilles, les solides toiles et les gros corps arrondis des arraignées dans les haies, on devait être vers la fin octobre quand ils interrompirent leurs vaines recherches et finirent par arriver au village d'Eiton.

Leurs pas faisaient fuir les campagnols quand ils traversaient les chaumes et sur les collines, les lapins déguerpissaient devant eux. Ils arrivèrent à un hameau protégé d'une palissade de chêne, dont les demeures de tuffeau lessivé par le temps et les toits de chaume rappelèrent à Will les maisons de chez lui. Ce qu'il trouva plus réjouissant encore, ce fut la vue de l'auberge du Grand Chariot, dont l'enseigne arborait sept étoiles.

— Liagh, dit-il, ce qui fit sourire Gwydion. Vous voyez ? Je ne suis pas le sans-cervelle que vous disiez. Il y a certaines choses que je retiens.

Will avait acquis l'habitude, depuis le temps, de dormir à la belle étoile, et savait comment s'installer confortablement, qu'il pleuve ou qu'il vente. Il avait appris à choisir le sol le plus moelleux, à se confectionner un lit de feuillages, à plomber sa houppelande de pierres pour qu'elle ne s'envole pas et à l'installer au-dessus de lui au bout de bâtons fichés dans la terre. À plusieurs reprises, maintenant que les nuits se faisaient plus fraîches, il avait garni sa chemise de paille ou rempli leur pot à cuire de braises et de cendres chaudes, avec le couvercle par-dessus, et il s'endormait lové autour. Il s'était plus d'une fois éveillé, le matin, pour trouver son manteau luisant de pluie ou de rosée, mais lui était resté bien au chaud et au sec sous sa tente improvisée, et s'était contenté de secouer les perce-oreilles et de les laisser se débrouiller tout seuls.

Il était maintenant si fort après tous ces jours de marche que, quelles que soient les courbatures infligées à ses os endoloris par une nuit à la dure, après une lieue de marche il n'y paraissait plus. Cette dernière semaine, cependant, le sol avait perdu cette tiédeur propre aux beaux jours, aussi la perspective d'un bon lit à l'auberge était tout à fait de son goût.

En entrant, ils trouvèrent une grande salle fort engageante, avec un escalier qui menait à l'étage. Autour des tables du rez-de-chaussée, il y avait du monde, occupé à se réchauffer près du feu, pour la plupart des rouliers et des chemineaux, et autres coureurs de routes.

— Eh bien, ça alors, maître Gwydion ! s'exclama Dimmet, le patron du Grand Chariot — c'était un costaud pourvu d'un fort menton et d'une paire de moustaches —, quelle agréable surprise ! Je vous sers une chope de ma meilleure bière ?

— Volontiers, ami Dimmet.

— Et vous, jeune homme, que désirez-vous ? La même chose ?

— Nous n'avons pas de quoi payer, fit Will en retournant sa poche, tandis qu'un grand chien noir s'approchait pour le renifler.

— Qu'à cela ne tienne, mon garçon. Il n'en sera pas besoin. Les compagnons de maître Gwydion sont toujours les bienvenus, et ils sont mes invités. Duffred ! Viens par ici, espèce de fainéant ! Vous allez trouver mon gars bien changé, je crois, maître Gwydion.

— Je n'en doute pas. Voilà un garçon bien nourri.

Duffred, qui semblait destiné à ressembler trait pour trait à son père, s'en alla quérir les rafraîchissements, avec un clin d'œil et un sourire radieux.

Gwydion se pencha et glissa à l'oreille de Will :

— Tu comprends maintenant ce que je te disais l'autre jour, que celui qui a des amis est bien plus riche que celui qui a de l'argent ? Vois-tu, j'ai déjà voyagé de la sorte une ou deux fois déjà.

— On peut dire que vous êtes bien reçu, lui répondit Will.

— Il y a une raison à cela. Les gens viennent de toute part goûter la bière qui sort des cuves de brasseur de Dimmet. Il me demande toujours de dire quelques mots favorables quand je suis là. Et je m'exécute, bien qu'il soit difficile de faire meilleure bière que la sienne.

Will songea à toutes les faveurs, à toutes les protections magiques que Gwydion donnait si volontiers. Quelle merveille ce serait d'être comme lui, se dit-il, un homme qui vivait sans le moindre souci et faisait le bien où il passait, qui donnait des bateaux et pratiquait une magie honnête, et soignait les chevaux atteints de la gourme ou de la fièvre charbonneuse. Un magicien laissait partout où il allait des amis et des dettes de gratitude. Cela semblait une bonne façon de vivre. Mais alors Will se souvint de la confusion que Gwydion avait provoquée quand il avait fait son apparition dans le val.

— Maître Gwydion ? Nether Norton n'est pas un endroit de mauvaise allure, n'est-ce pas ? Comment se fait-il que les hommes du val vous redoutent tant ?

— Me redoutent ? fit Gwydion sans s'émouvoir. C'est un bien grand mot. L'accueil prudent que me réserve Nether Norton est dû au sortilège que j'ai jeté sur le val. Je l'ai choisi avec le plus grand soin, il y a quelque temps de cela ; le val est un endroit très écarté, et ses habitants des gens d'un naturel tranquille, habitués à compter sur eux-mêmes. Mais s'ils se plaisent à rester chez eux et regardent d'un mauvais œil les étrangers qui viennent à passer — et tout particulièrement ceux qui pratiquent la magie —, alors tu peux attribuer cela au sort que je leur ai jeté.

— Maître Gwydion, pourquoi Tilwin est-il le seul à être jamais venu de l'extérieur ? Vous l'avez envoyé pour garder un œil sur moi ?

— Tilwin le rétameur n'est pas forcément celui qu'il paraît.

— Maître Gwydion ? (Ses yeux rencontrèrent le regard du mage.) D'où est-ce que je viens ? Qui m'a abandonné quand je n'avais qu'un jour ou deux ? Ce sont mes parents ? C'était leur faute, à eux ?

Mais Gwydion posa un doigt sur ses lèvres et Will se tut tandis que Dimmet revenait avec la bière que son fils avait tirée. Malgré la bonne humeur de l'aubergiste, Will avait le cœur en berne.

— Allons ! fit Dimmet, devant l'air lugubre de ses invités. Buvons à la santé de Sa Majesté notre roi. Puisse-t-il recouvrer pleine vigueur et régner sur nos vies pendant de longues années encore !

Comme ils ne levaient pas leurs chopes, Dimmet leur jeta un regard interrogateur et demanda à voix basse :

— Auriez-vous, par hasard, ouï dire des nouvelles fraîches de l'état de santé du souverain ?

— Il ne m'est rien revenu à ce sujet au cours de ces dernières semaines, répondit Gwydion, en toute sincérité.

Dimmet hocha la tête d'un air affligé.

— Alors peut-être n'êtes-vous pas au courant des échos qu'on m'a rapportés : il est aussi mal en point qu'un gars de Nadderstone, à ce qu'on dit. Un colporteur qui vient de temps en temps par ici a raconté que Sa Majesté est clouée au lit par un mal étrange, et qu'elle n'a plus l'usage ni de ses membres ni de sa tête.

— Le bonhomme est-il quelqu'un en qui vous avez foi, ou bien l'une de ces langues bien pendues qui passent leur temps à dégoiser dans les arrière-salles ?

— Je suis très physionomiste, maître Gwydion. Et en général, je sais lire sur les visages. Et si ce que je vois ne me plaît pas, je ne laisse pas l'individu s'attarder trop longtemps sous mon toit. C'est ouste, dehors et du balai !

— Allons bon ! fit Gwydion dans un demi-sourire. Et quand cette fontaine de vérité s'est-elle exprimée au sujet du roi ?

— Oh, ça remonte à trois jours. C'est des nouvelles fraîches, pas vieilles de plus d'une semaine, je dirais. Paraît que Sa Majesté serait à l'article de la mort depuis quelque chose comme deux mois. On dit… (Dimmet se pencha plus près.) On dit qu'elle a eu un choc au cœur en voyant cette rondeur qui est venue à la reine, du côté de la taille. Eh bien ! Qu'en pensez-vous ?

— Vous suggérez que le roi ne savait pas que la reine portait un enfant, avant d'avoir vu son ventre s'arrondir ? interrogea Gwydion, les yeux plantés dans ceux de Dimmet.

— On dirait que non.

Dans un murmure, Gwydion invita son interlocuteur à la prudence.

— Je vous mets en garde, Dimmet... Ce sont là propos séditieux.

— Et quand bien même... rétorqua Dimmet en reniflant. Entre vous et moi, et entre ces quatre murs, vous savez aussi bien que moi le peu d'intérêt que le roi manifeste pour les réalités de la vie. Toujours à ses dévotions et ses chères études, enfin... à ce qu'il paraît. C'est quasiment un pur esprit, si l'on peut dire. Bon, moi, je n'aime guère les commérages, comme vous savez, mais il en est un qui va bon train en ce moment, selon lequel l'enfant ne serait pas le sien.

Will jeta à Gwydion un regard interloqué, mais l'enchanteur ne laissa rien paraître de son avis sur la question. Il préféra changer de sujet :

— Vous venez de dire à l'instant que Sa Majesté était « aussi mal en point qu'un gars de Nadderstone ». Qu'entendiez-vous par là ?

— Oh, c'est juste qu'il y avait un endroit par ici, dans les anciens temps, en allant par Chapter House Hill, du nom de Nadderstone.

— Je m'en souviens. J'y suis allé une fois, mais c'était il y a bien longtemps.

— Pour ça, je vous crois, parce que ce hameau, il y a belle lurette qu'il n'existe plus. Tous les habitants ont été emportés par la Grande Peste, ça remonte à bien plus loin que mon arrière-grand-père. Mais bien avant, déjà, les gens disaient qu'il n'y avait pas plus mal loti que ce coin-là. On racontait toutes sortes d'histoires là-dessus, et des plaisanteries, et le dicton court encore : quand vous voyez un homme qui devient fou, ou qui se tranche la gorge, ou qui tombe de cheval, ou qui se prend la foudre sur la tête, vous dites : « Ça doit être un gars de Nadderstone. » Il ne reste rien du hameau. Des ruines, et c'est tout.

— Ah bon ? fit Gwydion d'un air songeur. Eh bien, dites, on en apprend des choses avec vous, et cela vaut bien un mot ou deux prononcés au-dessus de vos cuves à bière.

Gwydion et Will se retirèrent et, comme le soir tombait, Dimmet leur alluma un bon feu dans une petite arrière-salle qu'il appelait « la douillette ». Elle se trouvait au dos du grand foyer et pour y pénétrer, il fallait passer par l'une des cheminées à l'ancienne. Gwydion déclara que le seul fait d'entrer dans l'arrière-salle recélait une sorte de magie que seules certaines personnes étaient à même de saisir. L'endroit, bas de plafond sous les solives, disposait d'un petit foyer où s'empilaient quelques bûches prêtes à être enflammées. Il était éclairé par un minuscule œil-de-bœuf cerclé de plomb qui donnait sur la cour, et garni d'une table de chêne et de plusieurs bancs. Les murs étaient couverts de placards de bois sculpté et poli qui lui donnaient l'allure de l'intérieur d'une barrique ou de l'une de ces minuscules cabines que Will avait vues à bord des bateaux alignés le long du môle, à Cauve. La douillette semblait idéale pour oublier tous les soucis, mais en dépit de la bonne chère et de la boisson, Will ne se sentait pas très à son aise. À la fin, n'y tenant plus, il demanda pourquoi ils étaient là à se prélasser quand il y avait tant à faire, et de toute urgence.

— Il nous faut attendre la lune.

— La lune ? Mais qu'est-ce que la lune a à voir avec ça ?

— La lune a à voir avec la plupart des choses.

— Si vous le dites, maître Gwydion.

— Et oui, je le dis. Je le dis.

Will avait une autre question sur le bout de la langue, mais il était plus fatigué qu'il ne pensait, et une demi-pinte de bière le plongea dans une vague somnolence. Quand ses paupières commencèrent à se fermer, Gwydion lui ébouriffa les cheveux en lui disant qu'une bonne nuit de sommeil les attendait et qu'ils feraient bien d'aller se coucher.

Le mage était debout avant le point du jour. Quand Will descendit l'escalier, il le trouva installé dans l'arrière-cuisine. Will bâilla tandis que Bolt, le chien noir du Grand Chariot, le regardait comme un qui attend quelque chose. Il agitait la queue et Will lui donna le liseré doré de sa tranche de bacon.

— Et maintenant, où allons-nous, maître Gwydion ? s'enquit-il.

— Voir un endroit dont Dimmet a parlé hier. Je ne t'ai jamais rien dit au sujet de Caer Lugdunum ?

— Pas que je m'en souvienne.

— Te rappelles-tu quand nous avons regardé ensemble les feux de joie de Lammas ?

— Je n'oublierai jamais cette nuit. Ni cet endroit.

— Le nom de Lammas a été modifié et déformé au cours des siècles, comme il arrive à tous les noms, avec le temps. Il y a longtemps, c'était Lughnasad car, comme je te l'ai déjà dit, Lugh était l'un des grands héros parmi les Gadelish, connu d'eux sous le nom de seigneur de lumière. Lammas était sa fête préférée. *Dunum* est un terme ancien qui désigne une forteresse et *caer* veut dire « ville ».

— Donc, fit Will qui se rappelait l'inscription, on a la ville de la forteresse du seigneur de lumière...

— Tout juste ! Alors, et les dragons ?

— Comme dans pierre dragon ?

Will se plongea dans une longue réflexion mais plus il réfléchissait, moins il voyait ce que Gwydion essayait de lui faire deviner. Soudain, il lui vint une idée.

— Attendez ! Je me souviens de Dumhacan Nadir, le mont du Dragon. Donc *nadir* peut signifier soit « dragon », soit « mont ».

— Lequel des deux, alors ?

— *Dumhacan* me fait penser à *dunum*. Et les forteresses étaient toujours perchées au sommet des collines. Par ailleurs, *nadir* m'évoque les vipères, en lesquelles certains voient des bébés dragons. Et d'autre part, d'après le bestiaire magique de Lord Strange, on appelle quelquefois les serpents des vouivres, et les dragons aussi. Je dirais donc que nous nous rendons à Nadderstone !

Gwydion eut un large sourire.

— Vif comme l'hermine ! Je dois reconnaître, Willand, que vraiment, parfois, tu m'étonnes.

— Je crois que je commence enfin à me faire à votre façon de penser, maître Gwydion.

— Cela demande du temps. Mais il en est ainsi de la plupart des choses qui en valent la peine.

Will se jeta comme un jeune loup sur le reste de son déjeuner, puis ils prirent la direction de l'est, et traversèrent une contrée aux douces ondulations. Vers le nord, le paysage était plus montueux, mais au sud les terres ouvraient sur une large plaine. Les hauteurs étaient couvertes de bois, et les champs labourés s'étendaient jusqu'à une lieue ou deux d'Eiton. Le sol par ici était de glaise brune, épaisse, et à mi-pente ils trouvèrent une petite mare — rien de plus qu'une cuvette emplie d'eau, bordée de fourrés. Gwydion sortit sa baguette de coudrier et arpenta le terrain alentour. Il fit observer que c'était là sûrement un endroit idéal pour y barboter et peut-être y fouiller la vase à la recherche de fer d'étoile, car ce trou n'avait probablement pas été creusé de main d'homme, pas plus qu'il n'avait une allure naturelle, mais avait été fait par une météorite, qui avait dû heurter la terre dans des âges reculés.

— Sens-tu quelque chose par ici, à propos de la terre ? lui demanda Gwydion.

— Euh... non.

— Tu es sûr ? Pas le moindre fourmillement dans les pieds ?

— Rien de tel, maître Gwydion.

— Alors, poursuivons.

Ils descendirent dans la vallée sur la distance d'une demi-lieue et se trouvèrent en face d'une éminence d'où s'élançait une grande tour de pierre. Will sentit une odeur de fumée. Elle s'élevait, grasse et âcre, des cours fermées du chapitre, en contrebas.

— Cette puanteur vient de leurs cuves à lard, observa Gwydion. Savais-tu qu'ils massacrent tous les animaux qu'ils ramassent, avec la dîme ?

— Oh, non ! C'est vrai ? fit Will qui avait du mal à le croire. Pourquoi font-ils ça ?

— Ils mangent les foies et prennent le sang pour confectionner des boudins. Et puis ils broient les os pour les transformer en pain. Mais ils gardent la graisse pour la fondre et en faire du savon et des bougies pour leurs rituels. Ils brûlent des chandelles par centaines.

— Je comprends pourquoi il leur faut se laver, dit-il, avec une grimace de dégoût. Mais pourquoi des hommes qui n'ont pas d'yeux auraient-ils besoin de bougies ?

— Leurs ablutions, ce n'est pas simplement pour se laver, Willand, car ce qu'ils essaient d'évacuer, ce sont leurs fautes. Voilà pourquoi les braves gens les appellent « mains rouges » : plus longues leurs dévotions, plus rouges leurs mains, car il y a une espèce de soude dans leur savon qui s'infiltre sous la peau et qui leur fait les ongles jaunes comme des serres de prédateurs. Pour eux, c'est une marque de distinction. Quant aux chandelles, ils s'en servent pour éclairer des images viles qui sont pendues aux murs de leurs chapitres. Ces hautes fenêtres que tu vois sont faites d'obsidienne, un verre sombre qui ne laisse entrer qu'une lueur blafarde. Et qui cache bien des horreurs.

— Mais s'ils sont aveugles, pourquoi accrochent-ils des images ?

— On suppose qu'ils ont un sens atténué qui leur tient lieu de vue. Qui leur fait voir à gauche ce qui est à droite, tel un miroir.

— Comment le savez-vous ?

— Parce que, quand des recrues entrent dans la confrérie, elles confondent la droite et la gauche, comme si leur esprit avait été brouillé par ce qu'on leur a fait subir ou qu'elles n'étaient pas encore habituées à leur nouvelle manière de voir.

Un frisson parcourut Will tandis que Gwydion se remettait en route, le long des étangs immobiles qui s'alanguissaient à leur droite. Le sentier contournait le promontoire et passait tout au pied d'une tour carrée surmontée de quatre flèches de pierre. Elle avait été érigée dans le tuffeau tendre, la pierre locale, qui prenait ici des nuances beiges et se couvrait des arabesques fantastiques dessinées par le lichen au ton grisâtre, de sorte qu'à présent, ce qui restait du bâtiment semblait atteint de lèpre, jusqu'au cœur. Le chapitre installé en contrebas était tout sauf accueillant. Des baies aveugles s'élevaient au-dessus des murs d'enceinte et une girouette de fer ouvragé dominait les toits. Le motif en était un cœur blanc agrémenté des lettres A, A, E et F pour les quatre points cardinaux. Au-dessus de l'entrée principale, était gravé un E. Et Will remarqua une série d'autres lettres qui entaillaient le côté droit de l'arc de pierre : N I S L I N. Et, du côté gauche : E R O B A L.

Il sentit passer en lui une onde d'inquiétude.

— Je ne me sens pas bien ici.

— Ne crains rien, ils ne nous approcheront pas.

— Qu'importe, je ne me sens pas bien.

Gwydion examina d'un œil aigu le domaine prospère.

— Il fut un temps où ils mendiaient par les chemins, mais aujourd'hui, ils n'ont de pauvreté que le nom. Quelle honte de tromper ainsi les braves gens, car à la vérité la seule chose qui les intéresse, c'est l'or. Leurs chapitres et leurs cloîtres sont des plus richement dotés, plus que les domaines des seigneurs qu'ils servent et cherchent à placer sous leur contrôle. Regarde comme ces usurpateurs de la prospérité commune nous ont détournés du vrai chemin !

Will, ses pas dans ceux de Gwydion, contourna les murs sinistres. On lui en avait tant raconté sur Ceux-qui-ne-voient-pas, que le souvenir des frères en robe de bure noire qui avaient arpenté à l'aveuglette ces cours ceintes de murailles lui donnait la chair de poule. Et cette impression pénible n'était guère atténuée par Gwydion qui, comme un fait exprès, avançait ouvertement et d'un pas décidé le plus près possible du portail d'entrée. Will se demandait pourquoi l'enchanteur ne faisait pas plutôt un détour, mais il ne dit rien jusqu'à ce qu'ils fussent largement hors de portée.

— Ils s'approprient tous les endroits de meilleure allure du royaume pour les polluer, laissa tomber le mage d'une voix amère.

Trop de bois sacrés, de cromlechs et de dolmens ont été perdus par leur faute. Ils ne comprennent rien à la terre, ils ne l'aiment pas. Tout ce qu'ils ont réussi à faire, c'est à défigurer les plus beaux sites. Leur seule préoccupation est d'amasser de l'or, et de s'enrichir avec les intérêts de l'argent qu'ils prêtent et la vente de promesses creuses. De toutes mes forces je m'oppose à eux, de tout mon cœur je les méprise et je les plains.

Comme ils débouchaient au sommet de la colline, Will s'aperçut qu'ils étaient sur une ligne de partage des eaux. À partir de ce point culminant, la terre s'inclinait vers l'est en pente douce. Gwydion désigna du doigt, au loin, une tache grise et déclara qu'il s'agissait de l'endroit où se dressait autrefois l'infortuné village de Nadderstone. Ce n'était guère plus qu'une ruine à présent, dévorée par la végétation, et qui peu à peu retournait à la terre.

Gwydion étudia le ciel.

— Il sera bientôt temps, observa-t-il.

Il prit en main sa branche de coudrier en forme d'Y.

— Sentez-vous quelque chose ? demanda Will.

— Les courants naturels de la terre passent ici. On les perçoit bien. Essaie toi-même.

— J'aimerais mieux pas, fit Will.

Pour lui, l'endroit avait mauvaise allure et la proximité du chapitre le mettait mal à l'aise.

Avec une inclinaison de la tête, Gwydion insista fermement :

— Là. Prends ta baguette et n'aie pas peur. Faire le sourcier est sans danger et je suis là, tout près.

Will laissa le mage lui montrer comment tenir l'instrument, avec ce tour particulier du poignet, dedans, dehors, qu'il utilisait toujours, l'une des branches du Y dans chaque main, la pointe bien à l'horizontale. Quand Will tournait les poignets, l'objet se retournait vers le haut ou vers le bas. Il sentit la sueur lui couler sur le front et fit un pas en avant, pas très sûr de lui.

— Les coudes au-dehors. Voilà, c'est mieux.

Aux premiers pas, il ne sentit rien et s'arrêta. Gwydion l'incita à essayer encore et il fit quelques pas de plus, mais il ne tarda pas à en avoir assez de ne rien voir venir : la baguette restait inerte.

— Je n'ai aucune idée de ce que je devrais ressentir, maître Gwydion. Je devrais peut-être renoncer.

Mais il fit quelques pas encore, et puis encore. Puis des centaines. Il finit par lâcher un juron en tempêtant :

— Ça ne marche pas !

— Tout doux, jeune homme. Ce n'est pas à force de regarder qu'on voit ! Il faut laisser venir. Dans l'art du sourcier, la sérénité est le meilleur atout.

Will inspira profondément, se sentant tout sauf serein. Plus concentré maintenant, il avança doucement. Rien. Et toujours rien. Il levait les bras sans trop y croire, les yeux fixés sur la ligne d'horizon. Il essaya de nouveau, mais cette fois son esprit se mit à vagabonder plus que ne l'avaient fait ses pieds.

Dès qu'il eut cessé de s'acharner, un étrange phénomène se produisit en lui.

— Oh ! cria-t-il. Je crois... Je crois que c'était ça !

Gwydion eut un hochement de tête approbateur en voyant la façon dont la baguette s'était cabrée.

— Ah ! Enfin !

Mais quelle que fût la cause de ce soubresaut, elle avait disparu. Will fléchit les doigts et tenta de se concentrer encore une fois. Ayant eu une première expérience en la matière, il savait désormais à quoi s'attendre et était impatient de le ressentir à nouveau. Il était soudain tout excité, hors de lui. Il perçut alors une sensation ténue, une tension qui parcourait la baguette. Il tira doucement dessus. Elle s'éleva et descendit tandis qu'il marchait en droite ligne, puis son bras tourna et il perdit contact.

— C'est parti ! Mais c'était fort, cette fois-ci ! J'ai eu quelque chose pendant plus de six ou sept pas !

— Maintenant, fais demi-tour et reviens vers moi, lui intima Gwydion.

Ce qu'il fit, et de nouveau l'instrument monta et descendit. Le truc, se dit-il, c'était de ne pas chercher à discerner les courants directement, mais de guetter plutôt leur reflet à l'intérieur de lui, dans les bras et dans la poitrine.

Il ne put retenir un cri. Cette fois, on ne pouvait pas s'y tromper, non plus qu'au dessin que cela faisait dans la pâture. Après une vingtaine de pas, il s'arrêta.

— Je suis passé au-dessus d'un flot souterrain, fit-il, avec un drôle de sourire. J'ai senti ses berges ! Je le sentais couler ! C'est comme un courant !

Gwydion riait de plaisir.

— À présent, essaie de le suivre.

— Le revoilà, dit-il en s'éloignant. De ce côté, il s'affaiblit, mais si je reviens vers vous, il se renforce.

— Ah ah ! maintenant, tu sais lire le flot !

Will était très fier de lui. La sensation était celle d'un flux qui montait le long de la baguette, puis dans son bras droit, lui traversait la poitrine, redescendait dans le bras gauche, puis de nouveau dans l'instrument. S'il était trop concentré, il perdait le contact. Pas assez, l'effet s'effaçait. Ce n'est que quand il était dans la juste disposition d'esprit et l'exacte tension du corps que le flot se laissait discerner.

Comme il suivait le cours souterrain, celui-ci diminua sensiblement. L'impression qu'il ressentit était comparable à la fois où ils étaient dans le bateau et entraient dans l'embouchure du fleuve portés par le courant. En se retournant, il sentit l'inversion du flot dans sa poitrine et sut qu'il avançait à contre-courant.

— C'est fantastique ! s'exclama-t-il, émerveillé par cette sensation et la façon dont le flux parcourait son corps, et lui circulait dans le cœur.

— Il suffit d'un peu d'entraînement.

— Êtes-vous sûr que tout ça n'a rien à voir avec la magie ? demanda-t-il en détournant les yeux de la baguette.

— Je n'y suis pour rien. (Gwydion souriait, mais semblait songeur.) Mais tu as un talent remarquable. Permets-moi de te dire : je n'ai jamais vu personne lire les courants comme tu le fais.

— Mais c'est si drôle ! répliqua Will, tout à l'excitation de ce qu'il vivait. J'espère que j'y arriverai encore demain.

La main en visière, il suivit des yeux le parcours du flot, dans la direction où il s'éloignait.

— Et le cours principal ne produit pas la même sensation que celui qui était au-dessus ou ceux qui sont autour. C'est... Je n'arrive pas à l'expliquer.

Gwydion le dévisagea avec attention.

— Le cours principal ? Où cela ? Montre-moi.

Mais Will était plus captivé par ce que la baguette de coudrier était en train de lui raconter.

— Est-ce que le flux profond coule toujours en si droite ligne ?

— Profond, dis-tu ? fit Gwydion, avec des yeux ronds. En droite ligne ? Tu en es sûr ?

— Eh bien, mais oui, maître Gwydion. C'est clair comme de l'eau de roche. C'est comme quand vous vous penchez au-dessus de l'étang en automne, avec toutes les feuilles tombées à la surface : vous les voyez flotter, mais en scrutant avec attention, vous discernez aussi les arbres nus qui s'y reflètent, comme s'il y avait sous la surface un autre monde, inversé.

— Et le dessin en profondeur ? Les arbres ? Tu les vois ?

— Ce que je distingue, c'est une seule ligne, bien droite. Le petit étang, là-bas derrière, le chapitre et Nadderstone, tout y figure exactement — du moins, c'est ce qu'il me semble.

— Tout droit... fit Gwydion, avec une expression mystérieuse.

Will jeta un coup d'œil par-dessus son épaule, du côté d'où ils étaient venus.

— Mettez-vous là. Sentez vous-même. Qu'est-ce qui ne va pas, maître Gwydion ?

Mais le magicien ne bougeait pas. Il porta la main à sa tête, comme un homme qui vient de recevoir un coup violent.

— Je ne puis, dit-il seulement, dévisageant Will avec la plus grande acuité à présent. Je ne peux pas le sentir. Il n'existe pas de courant tout droit, dans la nature.

— Que voulez-vous dire, maître Gwydion ?

— Dans le *Livre noir*, il est suggéré que les lignes de lorc courent tout droit, pareilles aux rayons du soleil, et que c'est à cela que nous pouvons les reconnaître.

— Vous voulez dire... Ceci est une ligne ? fit-il, incrédule. En êtes-vous certain ? Mais c'est facile à percevoir !

Le visage de Gwydion s'illumina.

— Ah ! Mais voilà qui est bien. Voilà qui est très bien.

En poussant des cris de joie, Will prit le magicien par le bras et ils se mirent à danser l'un autour de l'autre comme des fous. Mais un instant plus tard, Gwydion l'arrêta dans son élan :

— Vite ! dit-il, après un regard au ciel. Il nous faut profiter de la force pendant qu'elle dure !

— Pensez-vous que mon aptitude pourrait disparaître ? s'inquiéta Will en se lançant sur les pas du mage.

— Aucune n'est jamais constante. Mais là n'est point la raison. Le soleil ou la lune a une course bien plus rapide que ne le pensent certains hommes !

Will se dépêchait pour n'être pas distancé par l'enchanteur. Ils foncèrent vers Nadderstone, suivant toujours le courant que l'apprenti détectait à mesure. Il se sentait plein d'une formidable confiance en soi, et Gwydion exultait.

Ils étaient à présent à proximité des ruines. Des corbeaux croassaient au sommet des arbres. Des mouches s'envolaient en bourdonnant des hautes herbes à leur approche. C'était un endroit lugubre et déserté. Les carcasses des maisons étaient effondrées ou brûlées et les quelques vestiges encore debout, envahis par les ronces, étaient en train de retourner à l'état sauvage.

— Il ne survit pas grand-chose du *Livre noir*, observa Gwydion. Mais les fragments que j'ai réussi à rassembler m'en ont appris beaucoup. Les pierres batailleuses n'ont pas toutes la même force. Il y en a de plus ou moins puissantes. Elles ne désignent pas systématiquement le site de futures batailles. Si la tâche des plus fortes d'entre elles est de pousser les hommes à la discorde, les moins efficaces pourraient ne servir qu'à relier les autres entre elles, car le *Livre noir* dit explicitement qu'elles doivent être en liaison les unes avec les autres. Il est aussi écrit qu'elles peuvent avoir été faites pour révéler ce qu'elle savent. Parmi les plus fortes, il en existe certainement une d'une puissance monstrueuse, celle qu'on appelle la pierre du destin. Elle a été plantée la dernière et sera, je pense, la première à tuer quand la guerre éclatera ; et il est écrit qu'elle exigera un lourd tribut de sang avant d'être satisfaite.

— À moins que nous ne puissions la trouver et la détruire, observa Will.

— Nous ?

Gwydion se tourna vivement vers lui et le dévisagea longuement avec intensité, comme s'il le jaugeait.

Will déambula entre les bâtiments effondrés et se sentit d'humeur plus morose. Il lui semblait qu'à sa façon, Gwydion lui avait fait passer un test et l'avait jugé capable. Ses paroles lui avaient semblé teintées d'ironie. Elles l'avaient blessé et il se sentait remis à sa place. Il entendait au loin le croassement des corbeaux et il détesta ce son. En dépit du plein soleil, l'endroit le glaçait jusqu'aux os.

L'un des bâtiments les plus vastes, ce qui avait été l'auberge peut-être autrefois, semblait avoir été brûlé. Avec le temps, les ruines n'étaient plus qu'une masse informe de ronces et d'herbes folles, et pas une corolle de fleur ne s'y épanouissait. Will se baissa pour ramasser quelque chose par terre et s'aperçut que l'objet était gris, en forme de doigt, pointu à une extrémité.

— Montre-moi cela, dit Gwydion en tendant la main.

Will frotta sa trouvaille pour la débarrasser de la poussière, mais eut un geste de recul.

— Et pourquoi le devrais-je ? murmura-t-il. C'est moi qui l'ai découverte.

— Parce que ce pourrait être un indice important, dit l'enchanteur en la lui prenant des mains.

— Un indice de quoi ?

— Ces bricoles sont parfois nommées éclairs de foudre. Les gens sans instruction les appellent éclairs d'elfes et disent que ce sont des pointes de flèches de farfadets. D'autres prétendent que c'est ce qui tue quand un homme est atteint par la foudre. Et d'autres encore, que c'est ce qu'il en reste quand elle frappe le sol. Quand les individus, par ici, en trouvent un, ils percent un trou dedans et le portent avec une ficelle au cou comme amulette, ou bien encore l'enfouissent sous le chaume du toit, pour protéger leur maison de l'incendie.

— Et ça marche ?

— Quelquefois.

— Quelquefois seulement ?

Le magicien eut une moue légère.

— Cela dépend à quel point on y croit.

— Est-ce comme cela qu'opère la magie ?

Et Gwydion, avec un profond soupir :

— Regarde ! Cette flèche possède un charme dont on voit la marque. Elle est tombée du chaume de cette maison brûlée. Tu peux voir d'où est parti le feu. Ces pierres décolorées. J'ai observé la même chose bien souvent. C'est la foudre, la coupable, dans le cas présent.

— Donc, cet enchantement n'a pas marché ?

Gwydion le dévisagea, les sourcils levés.

— Voilà le problème. S'il n'a pas pu tenir la foudre à l'écart, c'est qu'il devait y avoir autre chose à l'œuvre ici.

Will jeta un regard autour de lui, oppressé par toute cette sinistre désolation. Le vent bruissait dans les hautes herbes, mais pas un vol, pas un chant d'oiseau. Gwydion lui confia la baguette de coudrier.

— Essaie de repérer de nouveau la ligne de lorc.

Will empoigna l'objet, mais le courage lui manqua et il essaya de se dérober.

— Je vous l'ai dit, cet endroit me met très mal à l'aise.

— Tu dois prendre cette baguette et faire ce que je te dis !

— Mais pourquoi ?

— Fais-le, Willand !

Il y avait tant de force soudaine dans la voix du magicien que Will sentit son estomac se nouer. Il reprit l'instrument et commença à arpenter les alentours, mais de mauvaise grâce.

— Vas-tu te mettre en besogne, s'il te plaît ?

— Mais je m'y mets !

— Que non ! (Gwydion lui jeta un regard sombre.) Il y a longtemps que s'est perdue la connaissance du cours secret de chaque ligne. Le *Livre noir* disait que le flot monte ou descend avec les saisons, le temps, et les phases de la lune et du soleil — bien qu'il soit toujours à son plus fort au moment des jours sacrés. Que t'en semble, à présent ?

Will avait le sentiment très clair que Gwydion se servait de lui en l'exposant aux dangers qu'il préférait ne pas affronter lui-même. C'était impossible à ignorer. Il s'arrêta et porta la main à sa nuque pour rabattre les poils qui s'y étaient hérissés. Quand il huma l'air, il lui trouva une odeur acide.

— Continue de chercher, je te dis !

Avalant sa salive, il se remit au travail, mais sa confiance en Gwydion s'estompait à mesure que l'envahissait l'impression qu'il était mortellement en danger. Il perçut, dans ses bras et sa poitrine, la sensation que le contact était établi avec le flot.

— Je l'ai retrouvé, annonça-t-il, sans joie.

— Bien. Maintenant, continue de le suivre.

— Mais je sens… Maître Gwydion, c'est *dangereux* !

— N'y prends pas garde. Fais comme je te dis.

« Et pourquoi le devrais-je ? se dit-il en arpentant la prairie verte. Pourquoi devrais-je lui faire confiance, alors qu'il m'envoie là où il n'ose pas aller lui-même ? »

« Il est en train d'exposer ta vie, renchérit une autre voix intérieure. De se servir de toi, comme un chasseur de sanglier de ses chiens. Ce vieux poltron t'a appris à deviner le flot dans le seul but de sauver sa peau. Qu'a-t-il fait d'autre que t'apporter chagrins et souffrances ? Il a presque failli te faire tuer quand la lame du duc Edgar t'est arrivée dessus comme l'éclair. Tu veux mourir à cause d'une erreur qu'il commet ? »

Will s'arrêta pour dévisager l'enchanteur d'un regard lourd de reproche. « Et Willow ? lui disaient les pensées qui se bousculaient sous son crâne. Tu voulais la revoir, plus que tout, n'est-ce pas ? Tu n'arrivais pas à t'empêcher de penser sans cesse à elle. Mais tu le peux, maintenant. Curieux que Gwydion soit revenu juste au moment où elle et toi alliez vous revoir. Peut-être a-t-il eu peur que tu préfères rester près d'elle plutôt que de courir les routes avec lui, à poursuivre des chimères. C'est pour ça qu'il a conjuré la goule du marais. Pour te terrifier, c'est tout… »

Will enjamba un carré d'orties, sentant déjà entre ses omoplates la foudre dont le mage, il en était sûr, était sur le point de le frapper. Il s'approcha d'un puits, fait d'une petite margelle et d'un mur arrondi de pierre blonde. Une poignée de fer était encore accrochée au-dessus. En se penchant, il vit un disque de lumière et son propre visage, qui lui rendait son regard, plusieurs mètres en contrebas. Il eut à lutter contre un puissant désir de déchirer en deux la baguette de coudrier et d'en balancer les morceaux au fond de l'eau. Au lieu de cela, il la jeta à terre et alla s'asseoir à quelques pas de là sur le seuil à demi effondré d'une masure en ruine. Là, il enfouit sa figure dans ses mains sans réussir à endiguer le flot de larmes qui le submergeait.

— Tu as fait de l'excellent ouvrage, Will, murmura Gwydion. Tu as ressenti le désespoir ancré dans le sol, mais c'est assez pour aujourd'hui. Éloigne-toi un peu par là-bas : les mauvaises pensées s'en iront et tu commenceras à être mieux.

Mais en se relevant, Will ne sentit que l'étourdissement et la sueur froide de la peur qui rampait sur sa peau. Il vit Gwydion ramasser la baguette et commencer, l'air lugubre, à la suivre aux abords du puits. Le mage ressembla soudain à l'un de ces répugnants pilleurs de sépultures, humant l'air à la recherche d'une proie.

— Pourquoi me faites-vous ça ? hurla Will, dans la colère que les choses en soient venues là. Je n'ai rien à faire ici ! Je rentre chez moi !

— Cela n'a rien d'agréable, mais c'est nécessaire, lui répondit Gwydion. Écarte-toi de la ligne. Va t'installer sous les arbres. Tu ferais même bien de grimper dans les branches jusqu'à ce que tu aies repris un peu tes esprits.

Will avait l'impression que sa tête allait éclater. Il titubait de-ci de-là, mais refusait pourtant de suivre les conseils de Gwydion.

— Je vous déteste ! Vous m'entendez ?

— Arme-toi de courage, Willand. Et examine avec soin ce que tu ressens présentement. Essaie de comprendre comment la mauvaise influence s'insinue dans ton esprit. Tu ne dois pas t'y abandonner, mais apprendre à la combattre ! La pierre dragon se défend, comme nous savions qu'elle le ferait !

Les pas de Will le portèrent, bon gré mal gré, jusque dans la prairie touffue. Là, il commença à reprendre son calme. Il marcha jusqu'aux arbres, des alisiers blancs. Ils étaient encore en feuilles et portaient une abondance de baies vermeilles. Il grimpa pour aller se percher parmi les hautes branches inconfortables et, ce faisant, s'aperçut que la teneur de ses pensées se modifiait. Quelques instants plus tard, il se sentait honteux d'avoir pu douter de l'enchanteur.

« Gwydion a raison, après tout, se dit-il, émerveillé de voir à quel point il était déjà mieux. Quel atroce endroit ! Pas étonnant que tout le monde soit parti ! »

Il regarda le mage se déplacer parmi les ruines. L'allée de verdure n'était guère à plus d'une douzaine de pas de l'autre côté du village, mais elle allait s'élargissant, pour devenir bientôt deux fois plus vaste.

— Reste où tu es ! avertit Gwydion, brandissant son bâton. Voilà l'endroit. J'en suis sûr

Will le vit s'agenouiller et enlever des mottes d'herbe, comme s'il se disposait à faire un feu. Puis il dégagea des brassées de foin, avant de les empiler.

« Je dois l'aider », se dit Will. Il sauta à terre et se mit à courir vers l'endroit où Gwydion était en train de creuser.

— Je t'ai dit de rester où tu étais, grommela celui-ci.

Il avait le visage hagard et une grimace lui tordait la bouche.

— Mais je me sens mieux maintenant.

— J'ai peur que ce ne soit que passager. Si tu dois rester, souviens-toi de la façon dont la peur s'est insinuée en toi et a perturbé le cours de tes pensées. Tu dois te tenir en garde contre cela, car la pierre batailleuse sait que nous sommes là pour elle.

— À quelle profondeur est-elle enterrée ?

— Elle ne peut pas avoir été enfouie bien loin de la surface.

Will observa le mage, qui entaillait le sol compact avec sa lame rituelle.

— Peut-être devrions-nous retourner au Grand Chariot pour y prendre des pelles. Nous n'y arriverons jamais comme ça.

— Ce ne sera pas nécessaire.

— Non, bien sûr que non, fit Will, comprenant d'où lui venait sa pusillanimité. Au temps pour moi !

Gwydion continuait de gratter et de creuser, et bien qu'assailli par toutes sortes de frayeurs, Will vint à son aide. Le ciel ensoleillé de midi se chargea de nuages et bientôt il sembla à Will qu'il allait pleuvoir. Il chassa cette pensée et se persuada, avec tout l'optimisme dont il était capable, qu'il ne pleuvrait pas et que, même si c'était le cas, ils poursuivraient leur ouvrage. Il retirait des poignées de terre du trou à mesure que Gwydion les dégageait. Au bout d'un moment, l'excavation avait atteint la profondeur d'une demi-coudée.

— Pourquoi n'invoquez-vous pas la magie pour le faire ? finit par suggérer Will en essuyant la sueur qui coulait de son front.

— Pourquoi faut-il que tu poses des questions si sottes ?

— Ne me traitez pas de sot ! s'écria-t-il en se relevant tout à coup.

Mais à l'instant même, il s'accroupit de nouveau et reprit sa tâche en se forçant à présenter des excuses.

— Pardonnez-moi, maître Gwydion. Pardonnez-moi. Je suis un sot. Je me suis laissé prendre encore une fois.

— C'est moi qui te dois des excuses, observa Gwydion, avec cependant quelque chose de contraint dans la voix. Ce que je voulais dire, c'est qu'il ne vaut mieux pas recourir à la magie aux abords de la pierre batailleuse, sauf pour contenir ou annihiler la force mauvaise. Il nous faudra employer un sortilège pour la porter, je pense, mais pour l'immobiliser, ce ne sera nécessaire qu'au moment où nous l'aurons extraite du sol.

— Mais comment pourrons-nous la bouger ? Si elle ressemble à sa jumelle, elle doit peser au moins deux tonnes. Bien trop lourd pour que nous la soulevions sans l'aide de la magie.

Gwydion cessa de creuser pour jeter à Will un regard affûté, de sous ses sourcils en broussaille. Will comprit immédiatement.

— Désolé, fit-il à nouveau. Bien sûr, que nous allons sortir cette pierre. Un petit bout par-ci, un petit bout par-là.

— Bien jeté, Will. J'apprécie ton humour. Mais cette fois-ci, tu as raison : nous parviendrons peut-être à la soulever, mais pas à la porter bien loin. Retournons à Eiton demander à Dimmet un cheval et une carriole. (Il se releva et se frotta les mains.) Mais d'abord, nous devrions nous assurer qu'il s'agit bien de la pierre dragon, et pas d'un leurre destiné à nous induire en erreur.

— Et maintenant, qui est-ce qui est pris ? ironisa Will.

Gwydion s'assit.

— Tu crois ? Eh bien, tu as peut-être raison. J'anticipe sans doute un peu.

Ils se remirent à creuser et Will sentit la faim lui tenailler le ventre. Il se dit que c'était probablement encore une tentative pour l'affaiblir, une attaque de la pierre, qui cherchait un nouveau moyen de briser son énergie, mais il s'aperçut alors que le soleil était en train de basculer. L'après-midi touchait à sa fin et ils n'avaient rien avalé depuis les œufs au bacon du petit déjeuner.

Gwydion était capable de se passer de repas. Il mangeait très peu, des fruits et des légumes ou du gruau d'avoine, et jamais de viande ni de poisson, et buvait de la bière ou du cidre, parfois du vin. On aurait dit qu'il se restaurait plutôt pour mettre les autres à l'aise que pour satisfaire son propre appétit. Will s'était étonné de cela, car il n'avait jamais entendu parler de personne qui pût se passer à dessein du plaisir de goûter de la viande. Mais à l'instant où il allait suggérer qu'ils mangent un morceau, le couteau de Gwydion buta sur quelque chose de dur et un grondement parcourut le sol.

— Nous y sommes ! fit l'enchanteur d'un air sombre. Recule-toi !

Sous les yeux de Will, il dansa trois fois dans le sens du soleil autour de la fosse. Il écarta la terre qui protégeait la roche et ils virent que celle-ci était de taille similaire à sa jumelle, et de même apparence. Elle était allongée tout du long comme un cercueil, dont on n'aurait vu que le couvercle. Mais il ne portait pas la moindre inscription.

À sa vue, Will se sentit faiblir et un frisson lui parcourut l'échine.

— Et maintenant ?

— Il faut défaire ce que nous avons fait.

Gwydion se mit à recouvrir la pierre, à pleines mains, avec la terre qu'ils avaient dégagée.

— Il nous faut l'ensevelir, qu'elle dorme. Puis nous irons dîner.

Ils revinrent à l'auberge bien avant le coucher du soleil. Le mage trouva l'abreuvoir et se lava les mains, ainsi que la lame de son couteau, puis il remmaillota le précieux fer d'étoile dans son étoffe, avant de remettre la corde à son cou et de glisser le tout à l'intérieur de sa robe.

— Qu'allez-vous faire ? lui glissa Will à voix basse.

— Je dois déchiffrer l'inscription dès que possible.

— Mais il n'y en avait pas.

— Si je ne me trompe pas, il y en aura bientôt une. La lune se lèvera juste avant la crépuscule. Elle est presque à son plein. Je m'en vais murmurer quelques mots de mon cru à cette pierre, qui n'aura pas d'autre choix que de révéler son secret. Où vas-tu ?

Will avait passé la porte et avait déjà un pied dans la grande salle.

— Vous disiez que j'allais pouvoir dîner…

— Nous ne pouvons pas nous permettre de laisser une pierre comme celle-ci trop longtemps sans surveillance !

— Oh ! maître Gwydion, elle est enterrée depuis des siècles. Quel mal est-ce que...

— Mais nous l'avons déterrée ! Demande à Dimmet de te préparer quelque chose que tu pourras manger en route.

Sur ces entrefaites, Duffred arriva de l'étable et Gwydion se porta à sa rencontre pour lui demander s'il pouvait disposer pour quelques jours du cheval bai et du chariot à quatre roues, ainsi que des billots et leviers qui leur servaient à soulever les barriques.

Duffred se gratta le menton.

— Prendre Bessie ? Il faut que j'aille demander à mon vieux père s'il est d'accord.

Quand Duffred ressortit en sa compagnie, celui-ci semblait contrarié. On l'entendait grincer des dents et il ne cessait de répéter : « Ça va faire du dérangement. » Mais après avoir échangé quelques mots avec le mage, il finit par acquiescer et le cheval fut harnaché, puis on jeta sacs et cordages à l'arrière du chariot, ainsi qu'un pic.

— Fut un temps où ce vieux fardier servait à collecter la dîme, leur confia Dimmet. Vous risquez de vous faire regarder de travers par les gens, à cette saison-ci de l'année, perchés sur cet engin. Ne vous laissez pas attraper par les mains rouges !

Will sentit son estomac se rétrécir, à entendre Dimmet proférer ces mots-là aussi ouvertement. Il jeta à la ronde un regard inquiet. Gwydion avait dit que Ceux-qui-ne-voient-pas considéraient l'expression comme une insulte et que leurs espions leur en rapportaient toute utilisation par les manants. C'est ainsi qu'ils intimidaient les gens de peu et leur intimaient un semblant de respect.

— Ce qu'il nous faudrait absolument, c'est un treuil de maçon, déclara Gwydion, balayant du regard les recoins de la vieille étable. Mais je suis sûr que nous arriverons à nous en passer, s'il n'y a pas moyen de faire autrement.

— J'ignore ce que vous avez en tête, maître Gwydion, fit Dimmet, et d'ailleurs je ne tiens pas à le savoir. Mais je vous demande comme une faveur de me ramener Bessie aussi tôt que possible, et en bonne forme. C'est une excellente jument, et forte avec ça ; la meilleure qu'on ait jamais eue. Je serais très fâché de la perdre.

— Nous vous ramènerons carriole et cheval, et avec mes

remerciements, l'assura le mage, avec une poignée de main. Puissent vos barriques n'avoir jamais de fuites, mon ami !

— Ça ne risque pas d'arriver !

Will eut tout juste le temps de se servir un gobelet d'eau et d'arracher un morceau de miche de pain avant de sauter dans la charrette, et en route. Après avoir mâché le pain, il demanda :

— Vous disiez qu'il y avait des pierres plus fortes et d'autres plus faibles. De quelle sorte est celle-ci ?

— Nous ferions bien de nous préparer à affronter l'une des plus redoutables.

Will se sentit tout excité.

— Vous pensez vraiment qu'il s'agit d'une de celles qui poussent les hommes à la bataille ?

Gwydion lui répondit sans le regarder.

— Le lorc, sans aucun doute, est en train de revenir à la vie, mais il joue sa chanson sur un instrument accordé par la sorcellerie, de sorte que sa musique, autrefois délicieuse, ressemble plutôt à un tintement de casseroles. (Il fit cingler les traits du harnais et claqua la langue pour encourager le cheval.) Il nous faut faire vite, car même si cette pierre repose dans la terre depuis des siècles, cela fait aussi longtemps qu'elle n'a pas été exposée à la lumière de la lune, et cette nuit c'est la syzygie.

— La sizy quoi ?

— Syzygie. Quand la lune sera à l'aplomb du sud à minuit, elle traversera le premier méridien. Comme elle est exactement à son plein, cela veut dire que le soleil se trouvera sur la même ligne, bien qu'il soit pour le moment dans la partie du ciel qui se situe au-dessous du sol.

Will leva le nez au ciel. Il n'aurait jamais pensé qu'il y en eût une partie sous la terre et avait du mal à l'imaginer.

— Comment cela peut-il se trouver sous la terre, puisque c'est le ciel ?

— Cela ne peut se trouver là que si le soleil est dedans, et que pourtant nous sommes dans la nuit.

— Je suis désolé d'avoir demandé.

Gwydion lui coula un regard de côté.

— La partie qui se trouve sous la terre, c'est l'endroit où le soleil, la lune et toutes les étoiles se retirent quand ils vont se coucher, tu comprends ? La syzygie ressemble beaucoup à une éclipse — sauf que cela se passe sur un seul plan au lieu de deux, bien sûr.

— Bien sûr.

— L'effet produit, c'est cela qui importe. C'est très semblable à la marée haute. Aujourd'hui le flot le long de la ligne est puissant. Il continuera de se renforcer jusqu'à minuit. Et puisque la pierre se sait déjà menacée, nous allons en profiter pour la lever avant.

Will avait la cervelle en compote, à force d'essayer de suivre les explications de Gwydion, mais il comprenait au moins une chose : morts de peur ou pas, il leur faudrait avoir hissé la roche hors de son trou avant minuit.

Une question lui vint à l'esprit :

— Est-ce que le mal se renforce en même temps que le flot ?

— Je commence à être las de te voir toujours employer ce mot, Willand. Cela veut dire tant de choses que finalement, cela ne signifie rien du tout. Ce n'est que le signe d'une pensée sans vigueur.

— Désolé.

— Rappelle-toi : la ligne n'est pas la cause de ce qui s'est passé à Nadderstone. C'est un canal. Seule la pierre batailleuse est la source d'infamie. L'une des raisons pour lesquelles je t'ai installé dans le val, c'est la proximité des Hauts et de ce que tu appelles l'Anneau du Géant. C'est l'anneau du destin brisé d'un peuple depuis longtemps oublié, mais j'ai longtemps suspecté qu'une ligne court tout près de là. Une forme de protection semble émaner de l'anneau lui-même. Comment expliquer, autrement, que les bergers, depuis des générations, font faire à leurs troupeaux un détour de plusieurs lieues à travers les Hauts pour toucher la pierre du roi ?

Will se remémora les contes abracadabrants de Tilwin, mais ils semblaient bien peu de chose en regard de ce que Gwydion était en train de lui confier.

— Tilwin m'a dit une fois que les bergers prélèvent toujours un fragment de la Roche comme porte-bonheur.

Gwydion fronça les sourcils.

— Il en a dit bien plus que je ne l'escomptais.

— Il n'aurait pas dû me parler de l'Anneau du Géant ? Et pourquoi pas ?

— Parce que cela te met des idées en tête, sur lesquelles, sans aucun doute, ton imagination va broder. Ce que tu appelles l'Anneau du Géant est un lieu de solitude, un endroit où furent enterrés trois rêves. C'est un cercle parfait de quelque quatre-vingts pierres. Une quarantaine de pas de diamètre, et pourtant c'est un centre de pouvoir énorme. J'ignore s'il est au service du lorc, mais il est tout proche de la tombe d'Orba, reine de la lune d'été. Il y a de cela bien longtemps, bien avant l'ère où vivait le roi Brea, Orba était l'épouse de Finglas, premier souverain de l'Ordu. Il venait d'une contrée de lacs, très loin au nord. Ces informations, nous les devons aux révélations de Cherin, l'enfant voyant, qui fut le cinquante-troisième roi de la lignée de Brea.

« La tombe de Finglas, qui se trouvait aussi près de l'Anneau du Géant, fut éventrée et pillée dans des temps plus récents par Fumi, le dragon noir. Il n'en reste rien, si ce n'est une série de traces au sol. Mais Fumi ne toucha pas à la sépulture d'Orba. Si tu te rends là-bas, tu verras les cinq pierres qui constituent la chambre mortuaire de la belle reine de la lune. Elles sont encore debout, même si son tombeau et toutes les richesses qui s'y trouvaient ont disparu depuis longtemps.

— Y irons-nous, quand nous aurons extirpé et détruit la pierre ? interrogea Will, que l'espoir illuminait soudain. Nous irons ? Oh, s'il vous plaît ! Pourrais-je rendre visite à mes... À Eldmar et Breona ?

Gwydion le dévisagea avec une infinie patience.

— Willand, ce n'est pas à toi qu'il incombe de détruire les pierres batailleuses.

— Mais je vous aide, non ? Je ne suis pas le bon à rien encombrant dont vous parliez à Lord Strange ?

— Il me faut admettre que ton talent a permis de localiser la pierre dragon, mais cette tâche est on ne peut plus hasardeuse et ta sécurité est au moins aussi importante, à mes yeux, que mes démêlés avec les roches.

— Oh, mais comment se fait-il ? Je ne suis jamais qu'une personne et les pierres en tueront des milliers si vous les laissez faire.

— Mais tu es l'enfant du destin.

Will croisa les bras, l'air buté.

— Quoi qu'il en soit, vous ne pouvez pas me renvoyer. Vous n'arriverez pas à dénicher un autre spécimen si vous ne sentez pas les lignes. Vous avez besoin de moi, désormais.

— Ainsi donc, j'ai besoin de toi ? J'ai fait beaucoup plus que toi pour localiser cette pierre, Willand.

— Oh non ! Jamais de la vie ! J'ai trouvé la jumelle juste à temps, et je...

— Ce n'est pas impossible. Mais n'est-ce pas moi qui t'ai dit que les pierres ont connaissance les unes des autres, et qu'on peut les forcer à révéler ce qu'elles savent par magie ? Je m'en vais affronter la pierre dragon au corps à corps, et lui soutirer un lai très semblable à celui qui nous est apparu sur sa sœur. C'est l'indice qui me mettra sur la piste des autres. Quant à ce que j'allais faire de toi, j'y ai beaucoup réfléchi. Tu as dit toi-même que le meilleur endroit où cacher un arbre, c'était la forêt. J'en ai une à l'esprit qui fera très bien l'affaire.

Will regardait défiler le paysage dans le soir qui tombait doucement, avec le clip, clop des sabots du cheval sur la piste. Il se sentait vide et déconfit. Il essayait de se persuader, pour se consoler, qu'un jour viendrait où il reverrait Eldmar et Breona, et qu'après avoir surmonté tous les dangers il saurait enfin qui étaient ses vrais parents. Il aurait voulu se sentir heureux et reconnaissant que quelqu'un comme Gwydion se soit donné tout ce mal pour lui, mais n'y arrivait pas.

— Alors, c'est donc ça, vous allez me laisser encore une fois.

— Au jour de l'an, tu seras débarrassé de la compagnie du vieux mage irascible. Ce sera pour toi le moment propice pour un nouveau départ. Tu dois te préparer pour les événements à venir.

Will sentit le ressentiment lui nouer les entrailles.

— Mais je n'ai pas envie de me préparer, et je refuse d'être un fichu enfant du destin. Je veux rester avec vous et continuer à courir après ces pierres !

— Écoute-moi, Willand ! Tu ne connais encore rien du monde. Pour l'instant, il faut laisser la décision à plus sage que toi et faire ce qu'on te dit.

Ces paroles le piquèrent au vif et le plongèrent dans une humeur morose, tandis que la charrette bringuebalait en abordant la crête. Il ouvrit les yeux tout grands pour détailler les bâtiments lugubres qui signalaient le domaine de Ceux-qui-ne-voient-pas, le chapitre, les hauts murs et la tour. Tout était calme et silencieux, comme si les occupants étaient affairés à d'épouvantables dévotions. Pas le moindre mouvement. La nuit était presque complètement tombée.

Ils étaient maintenant sur la crête et Bessie fournissait moins d'efforts pour tirer l'attelage. Will, qui regardait vers l'est, vit se lever sur l'horizon une grosse lune jaune, comme péniblement, et avant qu'elle ait viré à l'argenté, ils étaient de nouveau parmi les ruines de Nadderstone.

S'il avait été bien difficile de garder le cœur alerte dans les parages de la pierre sous la lumière du soleil, à présent c'était presque impossible. Gwydion ne voulait pas de lanterne et la lueur au ciel s'était évanouie, remplacée par le faible scintillement des étoiles. Une brume s'était levée du sol, présence molle en linceul blanc fantomatique. Comme ils approchaient de la partie remuée, Will fut pris d'un haut-le-cœur et faillit vomir. Mais il prit une profonde inspiration, se ressaisit et chassa au loin les pensées funestes.

Ils évacuèrent la terre, travaillant sans plaisir. Ils creusèrent plus profond autour de la roche, et dessous aussi pour la dégager, et l'entourèrent d'une corde épaisse, qu'ils relièrent à des longes fixées au harnais de Bessie. Gwydion proféra des charmes de guérison sur la terre blessée, s'arrêtant de-ci de-là pour murmurer, danser et chanter dans la vraie langue. Et même ainsi, Will sentait la force dans la pierre, qui se débattait et ruait pour tenter de se débarrasser de ses liens. Il imagina un formidable sanglier acculé dans un enclos branlant, qui, animé de l'énergie du désespoir, cherchait à rassembler assez de rage pour enfoncer la palissade et trouver la sortie.

Gwydion voulait redresser la captive pour qu'elle se tînt debout. Son intention était de la faire basculer sur des madriers posés sur le monticule de terre, pour pouvoir la hisser sur le chariot par l'arrière. Will vit que ça n'irait pas. Il sentait la malice enragée qui n'attendait que le moment de se libérer. Le seul fait de lever la pierre libérerait son humeur capricieuse. Il le dit, mais Gwydion ne tint pas compte de son avertissement et l'envoya rassurer le cheval.

— Tout doux, Bessie, lui murmura-t-il à l'oreille. (La bête était terrifiée et il fallait toute l'attention de Will pour l'empêcher de ruer dans les brancards.) C'est un magicien, et il croit tout savoir.

— Je t'ai entendu.

— C'est parfait.

Mais bizarrement, le fait de calmer l'animal apaisa aussi Will, et fit reculer la peur.

— La sage femme me l'avait bien dit, observa-t-il. En soulageant les peines d'autrui, on oublie ses soucis.

Le magicien hocha la tête dans le clair-obscur. Sa voix semblait lasse d'avoir, une fois de plus, à commenter des évidences.

— C'est pour cela qu'on l'appelle la sage femme.

— Je sais, répliqua Will d'un ton hargneux. Je suis... désolé, ajouta-t-il immédiatement.

— J'accepte tes excuses.

Will ne put s'empêcher de faire la grimace, dans le noir.

— Willand… tu te débrouilles très bien. Tiens bon.

Il se força à répondre avec humilité.

— Merci, maître Gwydion. Je tiendrai bon.

Ils finirent par mettre la pierre debout et Gwydion exécuta autour d'elle une danse fantastique, le pas léger, pour convoquer les puissances qui l'envelopperaient et la réduiraient au silence. Les yeux brillants, Will vit la terre alentour se teinter d'une sinistre lueur verte, mais la roche s'entêtait à rester noire, néant découpé contre le ciel. Will s'accroupit dessous pour retendre une corde qui s'était relâchée. Un instant, la pierre sembla sur le point de basculer sur lui. Il poussa un hurlement de panique, s'extirpa du trou comme il put et se mit à courir tel un lapin. Quand il s'assit dans l'herbe sèche, il était bien loin de la ligne. Il sentit la sueur froide lui ruisseler sur la peau et le sel irriter le coin de ses yeux. Il était au bord des sanglots, et terriblement honteux de sa couardise. Il observa le magicien poursuivre seul son travail et repensa à ce qu'il lui avait dit, qu'il n'avait pas besoin de lui.

— Je vous montrerai que vous vous trompez, murmura-t-il en retournant à l'ouvrage.

Il se tenait près de Gwydion et l'aidait en silence, patiemment, jusqu'au moment où la lune, qui voguait déjà haut, commença de passer la ligne médiane du ciel. Alors Gwydion reprit ses danses et proféra des paroles subtiles, et l'ogham apparut un instant à la surface de la pierre batailleuse, comme de la chair de poule. Gwydion fit le tour de la roche, la menaçant, déchiffrant les signes qu'elle portait et suivant les sillons du bout des doigts parmi les ombres, pour s'assurer de leur sens. Puis les marques s'estompèrent et disparurent, et ils déposèrent avec maintes précautions la captive sur deux poutres qu'ils avaient récupérées dans les ruines.

Will bloqua les roues de la charrette, fit un nœud coulant autour du bloc rocheux et en fixa l'extrémité au harnais de Bessie. Celle-ci était assez forte pour hisser sans difficulté l'énorme masse sur la rampe d'accès de terre compacte. Il entendit la pierre se plaindre au contact du bois et tandis que Bessie, encouragée par les douces paroles de Gwydion, tirait sans broncher, Will dénicha trois vieilles poignées de râteaux, qu'il fixa sous la prisonnière pour servir de roulettes, avec mille précautions, jusqu'à ce que celle-ci vînt reposer en sûreté à l'arrière de la charrette.

C'est alors que Will se rendit compte du tremblement qui lui agitait les jambes et de la douleur dans sa colonne vertébrale. Il se sentit soudain comme un homme à mi-chemin d'un pont de singe jeté au-dessus d'une rivière en crue, au milieu des rugissements et des projections d'écume.

— Qu'y a-t-il ? demanda Gwydion.

— Mes genoux dansent la gigue, répondit-il, avant de s'écrouler plutôt que de s'asseoir. Je décèle quelque chose qui accourt le long de la ligne.

Le magicien fit un petit tour et lâcha enfin :

— Je pense qu'une digue a dû lâcher.

Will fut de mieux en mieux. La pierre semblait perdre l'essentiel de sa redoutable emprise sur lui, à présent qu'elle avait été levée. C'était comme si sa connexion avec le lorc avait été rompue et sa puissance maléfique amoindrie, même si Gwydion affirmait que ce n'était qu'une ruse.

— Elle veut que nous croyions son pouvoir diminué, mais il n'en est rien. J'ai appliqué des charmes qui la contraignent provisoirement, mais ils ne feront pas effet longtemps. Nous devons la déplacer aussi vite que ces pauvres essieux le permettront. Il nous faut y aller maintenant, si Bessie est capable de trouver son chemin dans le noir.

— Où cela ?

— J'ai à l'esprit un endroit qui fera l'affaire.

— Pourquoi ne pas l'emporter au bord de la mer et la faire basculer dedans ? On ne la trouverait jamais.

— Quoi ? Et se retrouver avec des centaines de naufrages à l'endroit où nous l'aurions lancée ? Et un millier de matelots perdus en mer ? Voilà à quoi aboutirait ce plan, j'en ai bien peur.

— Où allons-nous la transporter, alors ? Si l'on ne peut l'enfouir sous la terre ni la jeter à la mer ?

— Nous allons devoir l'emprisonner, annonça Gwydion.

Il monta à côté de Willand et mit la jument en route. Quand Will s'enquit de ce qu'avait dit l'ogham, Gwydion lui livra la traduction sans attendre :

> Roi et reine avec pierre dragon.
> Ensorcelés par la lune, seuls dans la noirceur.
> Dans le champ du Nord jamais plus ne s'éveilleront,
> Le fils et le père, par la guerre tués.

Et après un silence songeur, il ajouta la lecture croisée :

Fils ensorcelé du roi du Nord,
Reine de la lune dans le champ de son père,
Dragon de noirceur, éveille-toi pour le massacre !
Pierre solitaire, éloigne de nous la guerre !

Ils avancèrent à l'aveuglette dans les cahots de la charrette le long de la piste, voguant à présent sur un océan de brume sous la lune froide, et Will frissonna.

— Qu'est-ce que ça veut dire ?

— Je ne sais.

— Mais nous avons fait du bon travail cette nuit, n'est-ce pas, maître Gwydion ? Vous et moi ?

— Qui vivra verra, Willand.

CHAPITRE DOUZE

Sur les berges de la Néane

LE LENDEMAIN EN FIN D'APRÈS-MIDI, la contrée, en direction du sud, se présentait comme une vaste plaine fertile, couverte de pâturages, avec çà et là des hameaux. Au nord on devinait la masse sombre de la forêt de Roking, avec ses chênes noueux. La Néane serpentait vers l'est à travers ce paysage, et Will et Gwydion ne perdaient rien de la vue, haut perchés qu'ils étaient sur le chariot à quatre roues, tandis que Bessie tirait consciencieusement son lourd fardeau. La pierre dragon reposait au fond du charreton, cachée sous un amoncellement de sacs. Will refusait d'y regarder : il préférait porter les yeux sur le grand chemin, vers la ville dont ils devinaient à présent les contours.

Elle lui apparut comme une immense collection de maisons, semblable à Sarum, qu'il se rappelait avoir vu au loin, lorsqu'ils faisaient route vers Clarendon. L'endroit se présentait comme un enchevêtrement de bâtiments, au centre ceint de hauts remparts, sur lesquels flottaient les fumées frileuses de l'automne. L'agglomération était perchée sur un promontoire fortifié au-dessus des marais où le cours de la Néane semblait se perdre. Tout comme à Sarum, il y avait maintes tours de guet et les flèches acérées des clochers qui s'élevaient par-delà les toits de chaume, mais cette fois, point de grande flèche pour dominer le tout.

Comme ils approchaient davantage, Will nota la présence de

nombreux moulins et huma l'odeur forte des tanneries installées au bord de la rivière. À l'intérieur des murs et sur les ponts, on constatait une importante circulation générée par l'activité marchande.

— Quelle est cette cité ? interrogea-t-il.

— Ce n'est pas une cité, mais une ville.

— Et quelle est la différence ? fit Will en fronçant les sourcils.

— Une cité détient un privilège royal et se trouve affranchie d'impôts. Corde est le nom que ses habitants lui donnent, bien qu'elle s'appelle Cordewan. Elle est réputée pour la fabrication de chaussures.

Will savait que l'artisan qui les fabriquait s'appelait un cordonnier, c'était donc logique, mais cela n'améliorait pas la mauvaise impression que lui faisait l'endroit. Il ne put réprimer un frisson, avant d'observer :

— Est-ce qu'il y a… la peste ?

Gwydion lui lança un regard étonné.

— Pourquoi dis-tu cela ?

— Je sens une odeur épouvantable, fit Will en grimaçant.

Gwydion lui répondit d'un ton pondéré :

— Comment connaîtrais-tu le relent de la peste ? Il n'y a rien dans l'air d'inhabituel. Corde a toujours été un lieu de bonne allure et ses habitants ont la réputation d'être accueillants aux étrangers.

Et maintenant que Will y pensait, il comprenait que ce qui lui levait le cœur était tout simplement le remugle caractéristique des grandes fosses emplies d'écorce de chêne et des tanneries. Il se força à examiner la ville sous ce nouveau jour et le mystère ne fit que s'épaissir, car il n'y avait rien qui y fût désagréable, après tout, et il n'aurait su dire pourquoi il était pris de ce dégoût insurmontable.

« Mais bien sûr ! C'est la pierre dragon, se dit-il. Elle est en train de m'entrer dans le sang. Je ne dois pas la laisser faire. »

Bientôt ils virent se déployer l'immensité des champs, au sud, et Will, fermant les yeux, tenta une petite sieste, mais il était agité de sensations si violentes qu'il s'éveilla de nouveau. Quand ses yeux se portèrent sur les champs, il les vit parcourus par une affluence de gens debout en files bien droites. Au premier abord, on eût dit une foule de pauvres hères, mais en y regardant de plus près, il s'avéra qu'il s'agissait de moyettes de grain.

Il eut l'impression de se réveiller tout à fait et comprit que ce ne pouvaient être des meules. C'étaient des prés et non des champs labourés, et ils étaient envahis de pierres levées. Il y en avait des centaines, taillées en des formes fantastiques.

— Qu'est-ce que c'est que ça ? demanda-t-il à Gwydion.

— Les pierres de Harding. Je dois te féliciter, Willand. Tu as eu une prémonition, et celles-ci sont rares. Peut-être que la présence toute proche d'une pierre batailleuse mise à nu a éveillé quelque chose en toi. (Will l'interrogeant du regard, il ajouta :) Je t'ai vu tressaillir ; c'était comme si quelqu'un se tenait sur ta tombe.

— Sur ma tombe ? Je ne comprends pas.

— C'est une façon de parler. En ce qui concerne ce site, je t'informe que ce sont des pierres tombales — Cordewan a perdu énormément d'habitants au moment de la Grande Peste. Bien des gens ont fui pour trouver refuge au cloître de Delamprey. Il y a des siècles de cela, c'était une demeure royale, mais Ceux-qui-ne-voient-pas se sont approprié l'endroit petit à petit. Les pierres de Delamprey ne sont pas posées pour marquer l'emplacement des tombes à la façon habituelle, elles sont la chair pétrifiée de ceux qui redoutaient plus que tout le fléau qui s'annonçait.

Will, fasciné, n'en finissait pas de contempler les alignements, pas tout à fait sûr de pouvoir y reconnaître des formes humaines.

— Vous voulez dire que ces gens ont été pétrifiés par Ceux-qui-ne-voient-pas ?

— Exactcmcnt.

— Mais j'ignorais qu'ils faisaient usage de la magie.

— Ils en abusent. Ils trempent dans une espèce de sorcellerie.

Will se replongea dans la contemplation des pierres.

— Ne pouvez-vous lever le sortilège ?

— Quand ils sont venus ici pour être transformés de leur propre volonté ?

Will fut parcouru d'un frisson de dégoût.

— Mais qu'est-ce qui pourrait pousser quelqu'un à faire ça ?

— Ils ont été bercés de fausses promesses. Les individus qui sont aux prises avec la peur de la mort font des choses étranges. Ceux qui sont venus ici ont jeté leurs chaussures et se sont avancés pieds nus dans la rivière. Ils se sont livrés à Ceux-qui-ne-voient-pas, à Delamprey, pour échapper à la peste. On prétend qu'ils attendent d'être ramenés à la vie par un grand guérisseur, mais il n'est pas encore venu, et ne viendra pas avant trois fois trois douzaines d'années, plus une.

Comme Will était perdu dans l'examen des sinistres alignements et du cloître qu'on devinait au-delà, quelque chose tressauta dans sa tête. Il eut l'impression que la pierre batailleuse qu'ils transportaient était en train de glisser de son lit. Il se redressa, comme un qui au moment de s'abîmer dans le sommeil se réveille en sursaut.

— Que se passe-t-il ? s'inquiéta Gwydion en tendant le bras pour l'empêcher de s'affaler.

— Rien, murmura Will, s'apercevant qu'il s'était endormi. (Il avait rêvé.) Maître Gwydion, qu'entendez-vous par « prémonition » ?

— Tu ne manques pas d'imagination, jeune homme, gloussa Gwydion. Je n'ai jamais parlé de cela.

Et il se mit à rire de plus belle, à gorge déployée, comme enchanté d'une plaisanterie, tandis que Will s'efforçait de comprendre.

— Mais vous l'avez évoqué, non ?

— Allons, crois-tu ? Ou bien l'as-tu rêvé ?

Will se rembrunit.

— Ne plaisantez pas avec ça, maître Gwydion.

L'enchanteur riait toujours.

— On dirait que tu as peu de goût pour la philosophie. Rendors-toi. Ou si tu dors, alors réveille-toi.

Will resta un moment incertain, puis regarda en arrière. Il y avait là des pierres à l'air lugubre, alignées par centaines, qui semblaient monter la garde depuis des temps immémoriaux.

— Ne pouvez-vous rien faire pour elles ?

— Pour les pierres de Harding ? (Gwydion fit claquer les traits et lança à Bessie un petit mot d'encouragement.) Ce sont des roches à présent, battues et rebattues par les intempéries depuis des siècles, et davantage. Qu'est-ce que tu voudrais que j'en fasse ?

Les ombres du soir commençaient à s'allonger et l'étoile qu'ils suivaient, semblait-il, déploya pour eux un manteau de lumière bleue. Gwydion arrêta leur chariot et tendit l'oreille. Alors Will entendit, lui aussi, le son étouffé de cloches sonnant à la volée, quelque part vers le sud. Une autre y joignit sa voix, toute proche, puis une autre, plus distincte, résonna au sud-est, et un fracas s'éleva du sein même de Cordewan. Avant longtemps, ce fut une volée de rythmes compliqués, alternés ou se chevauchant. Gwydion y prêta une oreille attentive jusqu'à ce que l'obscurité fût totale, que le bruit semblât se dissiper vers le nord, et qu'enfin la ville retombât dans le silence.

— Qu'est-ce que c'était ? s'inquiéta Will.

Il avait déjà entendu carillonner, mais seulement pour appeler les villageois ou pour indiquer les moments de la journée. Ici, rien de tel. Un déluge de sons s'était abattu sur la campagne telle une averse d'été, avant de disparaître comme il était venu.

— La dernière fois que c'est arrivé, c'était il y a plus de trente ans. Les beffrois de couvre-feu se répercutent les uns aux autres des informations d'importance particulière. Ils propagent ces nouvelles le long de l'épine dorsale du pays aussi vite que possible.

Will ouvrit grand la bouche, redoutant une calamité :

— C'est la rumeur de la guerre.

— Non pas, mon gaillard.

— Alors, une invasion ?

— Si c'était cela, on allumerait aussi des feux d'alarme sur les collines.

— Alors, quoi ? Vous avez déchiffré le message que transportaient les cloches ?

Gwydion intima à Bessie l'ordre de repartir et les grosses roues de bois massif se remirent à rouler.

— C'était en rapport avec le roi.

— Le roi est... mort ? crut deviner Will, songeant soudain à toutes les implications de l'événement.

— Non, tout le contraire, répondit Gwydion. (Au moment où Will allait regretter qu'il n'en dise pas plus, il ajouta :) Le roi Hal a un fils.

Toute la journée du lendemain, ils progressèrent en direction de Geddenhoe Chase, vaste zone sauvage qui échappait au contrôle de la loi, où bêtes et oiseaux étaient élevés pour la chasse. Will songeait à l'arrivée de l'héritier et à la silhouette miroitante, dissimulée sous son capuchon, qu'il avait vue penchée sur l'épaule de la reine Mag.

Il se rendait compte à présent qu'une pensée désagréable l'avait poursuivi depuis un certain temps : l'apparition de la mort voulait sans doute dire que soit la reine, soit le nouveau-né ne survivrait pas à l'accouchement. Et voilà qu'étaient venues de bonnes nouvelles, et rien de tragique ne s'était produit. Mais Will se souvint alors de ce que Dimmet avait dit, à savoir que le roi Hal n'était pas le père de l'enfant, et entrevit les désastreuses conséquences que cette révélation entraînait quant à l'avenir du royaume — bien qu'il fût incapable d'en prévoir la nature.

À force de brasser ces pensées en son for intérieur, il finit par avoir froid. Il s'enveloppa plus étroitement dans son manteau et demanda :

— Qu'allons-nous faire, au juste, de cette pierre ?

La question ne prit pas Gwydion au dépourvu.

— D'après les indications portées dans le *Livre noir*, il semble qu'il y ait trois façons de briser la puissance d'une pierre batailleuse. Le plus sûr moyen serait de la remettre à côté de sa jumelle, celle à laquelle elle était appariée à l'origine. Il suffit de la largeur d'une main entre elles pour que leur pouvoir de bénignité ou de méchanceté se trouve de nouveau en parfait équilibre.

— Ne faut-il pas qu'elles se touchent ? demanda Will.

— Je ne crois pas. Car à ce moment-là le flot serait trop vif, il s'ensuivrait une violente déflagration et la substance de chacune des roches exploserait en poussière, en même temps que toute chose alentour. S'il était libéré, l'esprit de malfaisance n'aurait plus nulle part où résider. Je n'ose imaginer ce qui se produirait en pareil cas. Mais il va me falloir résoudre cette énigme avant longtemps.

— On dirait que vous ne savez pas trop quoi en faire, maintenant que vous l'avez en votre pouvoir.

— Mais elle n'est pas en mon pouvoir. Loin de là, soupira l'enchanteur. Les connaissances que je possède sur le sujet sont fragmentaires et tout ce que je t'en ai dit doit être considéré avec circonspection. J'ai tendance à croire que si l'on permettait aux esprits de circuler entre les pierres, de manière mesurée et contrôlée, alors on pourrait les domestiquer à nouveau. Mais il n'est plus temps de courir le Cambray et l'Albanay, sans parler de l'île Bienheureuse, pour dénicher chaque jumelle qui y serait enfouie, car elles ne se révèlent qu'à certains moments de l'année. Je me doute bien de l'endroit où se cachent certains exemplaires, mais dans tous les cas sauf un, ce n'est qu'approximatif. Pas plus, d'ailleurs, que je ne sais à quel double chaque spécimen est associé.

Le soleil inondait de flaques de lumière la route qui s'ouvrait devant eux et les arbres de la forêt retentissaient de chants d'oiseaux. Les pensées de Will s'égayaient elles aussi dans tous les sens.

— Vous disiez à l'instant qu'il y avait trois moyens de procéder, avec les pierres batailleuses. Quel est le deuxième ?

— D'en évacuer la malignité par magie. C'est un tour de main qui a peut-être été connu autrefois, mais qu'on a oublié depuis longtemps et qui reste donc à redécouvrir. J'ai consulté bien des têtes chenues qui vivent à l'écart de tout, en des endroits reculés de ces îles, et j'ai tenté de me représenter, élément par élément, la manière dont on procédait, bien que cela n'ait jamais été tenté sur une pierre du lorc. Je crains que ce ne soit très dangereux, car la puissance maligne qui réside en les batailleuses est si pure, qu'il faudrait la faire retourner au monde à dose infinitésimale et s'assurer, avant de libérer une minuscule goutte de ce poison violent, que la précédente a bien été disséminée et ne présente plus de danger.

— Et une erreur serait toujours possible ?

Gwydion rajusta son bâton, qui avait glissé.

— Vider de sa substance une pierre batailleuse serait trop risqué. Si, par suite de quelque imprudence, le mal devait prendre le dessus, il se trouverait libéré d'un seul coup et ce serait un désastre.

Will jeta par-dessus son épaule un coup d'œil à la forme à l'arrière du charreton.

— Quel genre de désastre ?

— Si toute la malfaisance de cette roche était lâchée en claquant des mains ? (Gwydion hocha la tête.) Dans ce cas, je suis certain que mon pouvoir ne suffirait pas à l'empêcher d'entrer en fusion. Le spécimen que nous charrions pèse plusieurs tonnes, et disons qu'il pourrait contenir, peut-être, une once ou deux de force bienveillante. Si seulement la moitié de l'énergie de nuisance qu'il contient était lâchée dans la nature, et non pas dispersée comme il se doit, ce serait largement suffisant pour mettre le royaume à la torture, bien au-delà de ce qu'il serait capable d'endurer.

Will se mordilla la lèvre.

— Et la troisième voie ?

— C'est la seule qu'il me reste. Puisque je ne peux pas convoyer seul par mer la pierre dragon jusqu'en l'île Bienheureuse, je suis obligé de l'entreposer en lieu sûr en attendant le moment où je mettrai la main sur sa jumelle et l'installerai auprès d'elle.

— L'entreposer en lieu sûr ? Et comment ? Se peut-il qu'il en existe un pour une chose pareille ?

— Absolument sûr, non. Mais je me dis que si on l'enfouissait, si on la scellait dans une chambre spéciale dans les fondations d'un château fort, si on l'orientait correctement et qu'on la confinait à l'intérieur d'un ouvrage de maçonnerie massif, si cette pièce était mise sous clé et celle-ci gardée nuit et jour par rien moins qu'un maître en us et coutumes, eh bien alors, et alors seulement, sa malice pourrait peut-être se trouver contenue, et personne ne serait tué.

Will, l'air morose et regardant la route devant lui, remarqua d'un ton désabusé :

— Eh bien, voilà une raison de se réjouir.

L'enchanteur répondit d'un rire bref à ce trait d'humour.

— D'un autre côté, nous ne sommes pas encore dans cette brillante situation.

— Est-ce que les maîtres en us et coutumes sont une sorte de magiciens ? Comme vous ?

— Ce sont des hommes aux vastes connaissances, mais ils ne sont pas magiciens, car ce terme était réservé à ceux de l'Ogdoad. Chacun d'eux a sa spécialité : Lord Morann est le maître des joyaux, Gortamnibrax est spécialisé dans les choses vertes et qui poussent, Barinth commande la vague salée ; c'est un marin d'un savoir-faire époustouflant, Willand. Et il y en a d'autres.

— Mais aucun d'eux n'a de lumières spéciales en ce qui concerne les pierres batailleuses, j'imagine ? (Will réfléchissait, les coudes sur les genoux et le menton posé au creux des mains.) J'étais très enthousiaste quand nous avons trouvé celle-ci, mais on dirait bien que nous nous sommes mis dans un beau pétrin, par la même occasion. Si seulement le lorc n'avait jamais existé !

— Ce n'est pas lui qui est à blâmer. Il ne faudrait pas, non plus, que tu en veuilles aux fées. Les merveilleux ouvrages du vieux, vieux temps ont été détournés de leur vraie nature, et détruits par l'appât du gain et les pratiques de sorcellerie des âges plus récents. Est-ce que tu songerais à reprocher au frêne les flèches qu'on fait avec son bois ?

Will examina la question, pour aboutir à la conclusion que les sages de jadis ne l'avaient peut-être pas été tout à fait assez. Ils avaient compté sans les trois vices inhérents au genre humain et les sept faiblesses qui en découlaient. Will observait les arbres sur leur passage.

— Ainsi donc, nous emportons la pierre dragon dans un château, reprit-il pour revenir à son sujet. Lequel ?

— Foderingham, annonça Gwydion. Ce n'est pas le plus proche, mais je me dis que c'est le plus sûr, car il est bâti à l'intérieur de trois flots circulaires, même si l'un d'eux est un peu faible. Et aussi,

Richard d'Ebor, le seigneur du lieu, est un ami qui s'en est retourné récemment dans ses terres.

— Et je vais devoir rester avec lui ? interrogea Will pour la forme, car il connaissait la réponse.

— Willand, le duc Richard n'est en rien comparable à Lord Strange, et c'est un noble comme on n'en peut trouver de plus raisonnable dans ce royaume. Après lui avoir parlé, il me faudra très certainement chevaucher jusqu'à Trinovant, car c'est dans cette grande cité que je serai le mieux à même de poursuivre mon combat.

— J'aurai grande peine à voir nos chemins se séparer une fois encore, observa Will, qui se sentait déjà envahi de regrets.

Gwydion posa un bras sur son épaule et lui dit avec douceur :

— Allons, courage. Il te faut veiller sur la pierre en mon absence, et cette fois-ci je serai parti longtemps. Apprends ce que tu dois, même si ce n'est pas facile pour toi.

— J'aurais préféré...

Will était sur le point de dire qu'il eût préféré qu'on le laissât chez lui, mais il se rendait compte que c'étaient là des paroles d'enfant. Il était clair, à présent, que la première partie de sa vie s'était achevée le jour où il avait suivi Gwydion hors du val.

Il avait, alors, laissé derrière lui son existence insouciante de jeune garçon. La deuxième, cela avait été l'apprentissage des mots et de leur pouvoir, et la connaissance des principaux dits de magie. Et maintenant, qu'est-ce qui l'attendait ?

Comme pour répondre à sa question, Gwydion observa :

— Le temps sera bientôt venu pour toi de te faire aux usages des hommes de pouvoir. Il te faut apprendre comment se comportent les seigneurs et les dignitaires, et pour ce faire il n'est pas de meilleur moyen que de grandir parmi eux. Le château de Foderingham est un endroit de bonne allure et j'ai bon espoir qu'avec le temps, tu en viennes à le considérer comme ta propre maison.

— J'ai bien peur que cela n'arrive jamais.

— Les manières, Willand. D'après le dicton, elles font l'homme, car qui d'autre qu'un fou aurait l'idée de satisfaire ses exigences par la force, alors qu'un mot aimable peut lui procurer tout ce dont il a besoin ? Foderingham n'a rien de mélancolique, comme l'était la tour de Wychwoode. Richard d'Ebor a de nombreux fils et filles, parmi lesquels son héritier, qui est sensiblement du même âge que toi. À Foderingham, tu apprendras l'art de la fauconnerie et de la chasse. Tu comprendras en quoi cela consiste, d'être un seigneur.

J'ai comme l'impression que le duc et son entourage vont t'aimer, et tout spécialement le seigneur des jardins, qui a nom Gort, ce qui dans la vraie langue signifie « lierre », ou « champ de blé », selon la façon dont on le prononce.

Will jeta à l'enchanteur un regard soupçonneux et croisa les bras. « Et alors, que devient ce talent particulier que j'aurais, paraît-il ? Ça n'a plus d'importance ? Je me moque bien des faucons et de la chasse, et à l'entendre, on dirait bien que je vais devenir l'apprenti d'un faiseur de compost ! »

Gwydion dut lire dans ses pensées, car il reprit avec douceur :

— J'aimerais autant que tu te rendes de ton plein gré à ta nouvelle demeure.

— Je ne sais que penser. La pierre me met de bonne ou de mauvaise humeur, comme les marées qui montent et qui descendent, fit-il, luttant de toutes ses forces pour chasser les idées noires et garder le cœur léger malgré tout. J'irais jusqu'à dire que vos enchantements n'empêchent pas ce monstre, derrière, de laisser suinter sa méchanceté et de nous coller le bourdon.

Gwydion lança à la roche un regard peu amène.

— C'est bien possible. Nul ne sait quelles méthodes ces pierres utilisent pour diffuser leur malfaisance. As-tu déjà entendu les paysans parler de tour du destin ?

— Mais oui. Pourquoi ?

— Parce que cela pourrait s'avérer une expression adéquate. Il se pourrait que les pierres batailleuses, pour faire leur ouvrage, s'y prennent en faussant la destinée des gens.

Un frisson de terreur descendit le long de l'échine de Will. Cette idée semblait sortie d'un cauchemar, car combien de fois le mage ne l'avait-il pas appelé « enfant du destin » ?

Il refit défiler dans sa tête tout ce que l'enchanteur lui avait enseigné depuis le début, à la recherche d'un indice, mais ne trouva rien qui puisse le guider. Finalement, il demanda :

— Maître Gwydion, qu'est-ce qu'un phantarch ?

Le mage répondit d'une voix égale, sans réussir cependant à cacher sa surprise.

— Où as-tu entendu ce mot ?

— C'est vous qui l'avez prononcé, une fois.

— Ah bon ? « Au commencement ils étaient neuf, puis neuf devinrent sept... » Et ces mots-là, te les ai-je déjà dits ?

— Non.

— Alors, peut-être que Tilwin ne t'a pas complètement gâté en parlant à tort et à travers. Ces mots viennent d'un vieux lai prophétique qui parle de l'Ogdoad. (Et il entonna :)

Au commencement ils étaient neuf
Puis neuf devinrent sept
Et sept, cinq
À présent, aussi sûr que les temps courent à leur perte,
Trois ne sont plus,
N'en reste qu'un.

Quand il eut fini, il observa :

— On ne peut pas être un phantarch, Will. On ne peut être que *le* phantarch. Et je suis le dernier.

— Cela veut dire « magicien » ?

— Cela veut dire bien plus encore, fit Gwydion en se caressant la barbe. Celenost fut le premier phantarch. Il dirigea l'Ogdoad de neuf. Mais il est parti depuis longtemps.

Les pensées de Will s'arrêtèrent sur le mot « ogdoad ». Un jour, il en avait demandé la signification à Lady Strange, puisque Gwydion l'avait mentionné en présence de la dame. « Nous, mages de l'Ogdoad » avait-il dit, et Will avait d'abord supposé qu'il s'agissait d'une sorte de confrérie ou de société secrète de magiciens, mais l'épouse de la hure de sanglier l'avait détrompé.

— Lady Strange m'a expliqué qu'« ogdoad » signifiait un groupe de huit. Je ne vois pas bien comment il pourrait y avoir un ogdoad de neuf, pas plus qu'il ne peut exister une paire de trois.

Gwydion eut un hochement de tête entendu.

— L'Ogdoad a toujours été un groupe de huit, plus un, qui n'était pas pleinement des nôtres.

— Pourquoi cela, pas des vôtres ?

— Parce que de tout temps, il était prévu qu'il nous trahirait.

Will se gratta le menton en songeant que la magie, tout comme la royauté, était une affaire beaucoup plus compliquée qu'il semblait au premier abord.

— Vous voulez dire que cette trahison avait été prévue depuis le début ? Vous saviez que l'un d'entre vous allait vous tromper tous, mais en ignorant lequel ? Cela a dû être très dur.

— Très dur. Cela affectait notre façon de penser, de travailler. Nous avons commencé comme tous les hommes. Nous sommes nés à l'âge des arbres et avons été choisis parmi les premiers hommes pour être mis à part. Ceux qui étaient susceptibles de suivre la voie naissaient avec une marque sur le corps, que seuls ceux qui portaient la même pouvaient voir. Mais cela ne faisait pas d'eux un magicien, car la voie était longue et ardue, et à l'arrivée, il en fallait huit plus un, pas un de plus. Beaucoup portaient la marque, mais peu résistaient aux épreuves de sélection, et c'est ainsi qu'avec le temps, la trace s'effaça, sur tous les individus, sauf ceux de l'Ogdoad.

— Mais si quelqu'un ne la portait pas, il était sûr de ne pas devenir magicien ?

— C'est cela.

Will était agité de pensées qui soulevaient à leur tour des questions délicates. Y avait-il eu beaucoup de femmes parmi ces magiciens ? Par-dessus tout, il voulait savoir à quoi ressemblait la fameuse distinction désignant un mage, mais il n'osait pas demander, de crainte que Gwydion ne la lui montre, et que lui, Will, ne s'aperçoive à cette occasion qu'il la voyait. Il préféra lancer :

— Vous m'avez dit un jour de ne pas vous appeler immortel. Cela veut-il dire que vous mourrez un jour ?

— Les gens ont l'habitude de dire : « Un mage est moins changeant que l'étoile Polaire », mais ils se trompent pour l'un comme pour l'autre. Même cet astre n'est pas constant. Sa course change au cours des âges, et nous aussi. Les magiciens sont nés mortels, mais ne meurent pas comme tels. Ils ne vieillissent pas comme les autres hommes, mais se fatiguent, c'est vrai. Ton esprit est logé à l'intérieur de ton corps, mais il n'en va pas de même pour les magiciens.

Will ouvrit des yeux étonnés.

— Vous n'en avez donc pas ?

— Mais bien sûr que si. Seulement le mien ne réside pas en moi comme le fait ma conscience. Il est ailleurs. Cela a été mis au point par précaution contre les attaques magiques. Nos esprits ont été transposés à l'intérieur d'une pierre philosophale, que chacun d'entre nous est allé cacher très loin dans le Grand Nord.

Will se redressa.

— Les pierres philosophales — j'en ai entendu parler, sans jamais savoir ce que c'était ! À quoi ressemblent-elles ?

Gwydion eut un sourire ironique.

— La mienne est à peine plus grosse qu'un œuf de poule et s'y apparente beaucoup, sauf qu'elle est noire et veinée de couleurs. Vois-tu, il vient toujours un moment où un magicien commence à faiblir. Il lui faut alors récupérer sa pierre et retrouver son unité première.

— À faiblir ?

— Seuls les phantarchs faiblissent, Will. Celui dans ce cas-là devient difficile à percevoir, non pas tant parce qu'il s'estompe, même si quelquefois on peut avoir cette impression, car les mortels doivent se concentrer de plus en plus fort pour le remarquer. Tu aurais du mal à te souvenir de ce qui se serait passé, si tu t'étais trouvé en compagnie d'un phantarch en train de disparaître. Il laisse derrière lui une impression de sens, mais tu ne serais pas en mesure de te rappeler ses paroles. Converser avec un phantarch évanescent est une rude expérience, aussi déstabilisante que de parler avec quelqu'un qui ne cesserait de glisser dans l'angle de ton œil, hors d'atteinte de ta vision. Celui-ci est déjà presque au-delà de lui-même, vois-tu. Et quand vient le jour où il est prêt à accomplir son dernier voyage, il se rend dans le Grand Nord et tout souvenir de lui s'efface à jamais de la mémoire des mortels.

Will songea à la tristesse de devoir partir seul pour le dernier voyage.

— Et personne ne l'accompagne ?

— Le temps que dure sa mission, le phantarch a deux assistants. L'un s'en va toujours avec lui.

— Et l'autre ?

— Il reste et devient le prochain phantarch.

— Et vous, qui sont vos assistants ?

Gwydion inspira profondément.

— Je n'en ai pas, car les neuf ne sont plus qu'un. Quand Celenost s'est estompé, Brynach et Maglin, tous les deux, regardèrent en leur cœur et Brynach vit qu'il n'était pas destiné à devenir le phantarch. Donc, Celenost s'en fut avec lui, laissant Maglin à la tête d'un nouvel Ogdoad de sept. La même chose se reproduisit au moment où Maglin commença de s'estomper, car Urias choisit de l'accompagner, laissant Esras à la tête de l'Ogdoad de cinq. Et en dernier lieu, Morfesa s'en est allé avec Esras, laissant en arrière Semas, pour prendre la responsabilité du trois.

— En dernier lieu ? interrogea Will. Mais je croyais que vous aviez dit que vous étiez tout seul, maintenant.

Les yeux du magicien s'assombrirent et les traits de son long visage se teintèrent d'une infinie tristesse.

— Quand Semias a commencé à s'estomper, Masgull et moi,

tous les deux, avons regardé en nos cœurs, mais Masgull refusa de partir avec lui.

Une onde de frayeur se rua par tout le corps de Will.

— Masgull ? Vous voulez dire...

Gwydion porta son regard au loin.

— Masgull était destiné, de tout temps, à devenir le traître. Nous sommes des premiers hommes, les derniers représentants d'un peuple venu à l'existence il y a des lustres, quand l'univers était plein de magie. Nous fûmes autrefois frères de l'Ogdoad, Masgull et moi, ouvreurs de sentiers et protecteurs du monde, mais il a choisi une autre voie. Il refuse de se plier à ce qui devrait être ; c'est ainsi qu'il est devenu sorcier.

À l'approche de midi, ils abordèrent une vaste contrée de peu de relief. Au nord, la magnifique forêt de Roking s'étendait, sombre et morne, mais juste en cet endroit, la terre s'inclinait en pente douce vers le lit d'une rivière, et ils ne furent pas longtemps avant de découvrir, face à eux, un château dans tout son éclat.

C'était la forteresse la plus imposante que Will eût jamais vue. Des terrassements et de hauts remparts dominaient le cours de la rivière, que surplombait une éminence agrémentée d'un donjon. Des murs blancs s'étiraient interminablement entre les tours rondes et sous les remparts du château, un pont enjambait la rivière. Sur la rive la plus proche, se dressait un petit campement.

— À une lieue par-delà cet ouvrage, une plaine s'étire vers l'est, l'informa Gwydion. La route du Grand Nord passe à proximité et au-delà, ce sont les plaines marécageuses, le Deeping Fen. C'est cet immense marécage qui donne à l'endroit toute son utilité, comme emplacement pour un château. Les armées en marche qui coupent au plus court vers le nord passent obligatoirement dans le champ d'observation des hommes qui gardent les remparts du duc Richard.

Le charreton arriva bientôt sur le robuste pont de madriers. Le chemin se poursuivait jusqu'à traverser une barbacane protégée. À la vue de la livrée divisée en quartiers qu'affichaient les hommes de garde, Will redoubla de suspicion, car elle était bleu et blanche, les couleurs mêmes que portaient le duc Edgar et son fils à Clarendon. Mais quand il y regarda mieux, il vit que les sentinelles arboraient sur la poitrine non pas des herses, mais plutôt un jeu de chaînes en or, qui emprisonnaient un faucon d'argent.

— Qu'avons-nous à faire d'un seigneur qui choisit un tel signe pour emblème ? s'inquiéta Will. N'est-ce pas une marque de servitude ?

— Sois plus attentif, Will, lui recommanda Gwydion. Le faucon, qui représente la liberté, est en train d'essayer de se défaire des liens qui le retiennent prisonnier. Le duc Richard est à la tête de la maison d'Ebor, qui est, en quelque sorte, en exil sur ses propres terres. Il ne peut parler de ses espoirs, car il redoute la hache du bourreau, mais les seigneurs affichent leurs secrets désirs par des symboles. Ce que signifient le faucon et les chaînes, c'est ceci : que ce soit légal ou non, le duc Richard, en son cœur, se considère de plein droit comme le seul véritable roi.

Will reçut ces informations sans sourciller.

— Ne m'avez-vous pas dit un jour que le roi avait fait de lui son seigneur lieutenant dans l'île Bienheureuse ? Ce n'était donc pas un honneur ? Et si le souverain est comme vous le dites, et comme je le crois, entièrement dominé par son épouse, pourquoi irait-elle récompenser le rival de son mari ?

— Il ne s'agit pas d'un honneur, mais d'un titre creux, car l'île Bienheureuse n'est pas sous la gouverne du royaume. Quelques propriétés portuaires et quelques terres par-ci, par-là ont été concédées pour préserver les débouchés commerciaux, et c'est à elles que se réfère ce titre ronflant. En le conférant à Richard, la reine et Edgar ont voulu l'exiler de l'autre côté des mers. Leur idée était de le maintenir aussi loin que possible de Trinovant, afin qu'il soit dans l'ignorance de leurs agissements.

— Vous voulez dire qu'ils s'imaginaient que, tant qu'il résiderait dans l'île Bienheureuse, il ne serait pas en mesure d'interférer dans leurs plans pour user du roi Hal comme ils le font ?

— C'est cela, aprouva Gwydion en se tapotant le lobe de l'oreille. Mais il n'y a pas longtemps, un petit oiseau m'a dit que le bon duc avait réussi à revenir dans le royaume.

Will lança à Gwydion un regard ironique, ne sachant pas s'il était sérieux ou non. Mais oui, il avait l'air de parler sérieusement.

Comme ils approchaient de la grille, les gardes les arrêtèrent et examinèrent la charrette. L'un d'eux jeta un coup d'œil dubitatif sous les sacs qui dissimulaient la pierre dragon.

— Qu'est-ce que c'est que ça ? interrogea-t-il.

— Un présent pour votre maître.

— Et il se peut que mon seigneur vous en fasse mille mercis, répliqua l'homme, en rejetant en arrière le bord de son casque en forme de bouilloire. Laissez-moi pourtant vous dire que si le choix était mien, je ne laisserais pas un truc diabolique comme cette énorme caillasse passer le pont qui mène à mon château. Mais je vous connais de vue, maître corbeau, et j'ai des ordres, et des plus fermes, de ne jamais me mettre en travers de vos déplacements, si bizarres soient-ils.

— Je ne manquerai pas de remercier votre seigneur de la confiance qu'il me témoigne, Jackhald, et de la courtoisie de ses serviteurs, s'exclama Gwydion avec chaleur.

Il fit claquer les rênes et le tombereau s'ébranla au-dessus des eaux lentes pour gagner l'ombre du grand portail.

Dans un effort pour mettre du baume au cœur de Will, Gwydion fit observer :

— Je connais une histoire à propos du château de Foderingham qui pourrait t'aider à te sentir mieux à ton aise ici. Comme tu le sais, le grade le plus bas pour un aspirant à la magie se nomme le « faire semblant », que d'autres appellent encore le tissage d'illusions.

— Qui consiste à faire paraître les choses ce qu'elles ne sont pas.

— C'est bien cela. Maintenant, il est très utile aux seigneurs et gentes dames, qui sont enclins à oublier l'humilité et à qui il faut rappeler de temps à autre qu'ils ne sont pas de plus d'importance que toi et moi. Je me souviens d'une fois où je me trouvais ici. C'était vers Eweletide, le solstice d'hiver, et un vent d'est cinglant qui s'était levé sur les marais du grand Deeping Fen soufflait sans discontinuer depuis plusieurs jours. Une fine couche de neige couvrait les jardins et chaque bordure de toit, chaque créneau des murailles semblait revêtu d'un collier d'hermine. Quand la fête fut terminée, sur l'ordre du duc, chacun sortit pour une petite marche, un brin de conversation ou simplement pour prendre l'air, mais la seule chose que savaient faire les gens du duc Richard, c'était se plaindre du froid, aussi me demanda-t-il si je pouvais permettre que le soleil brille avec un peu plus d'éclat pour les réchauffer. Mais comme la neige commençait à fondre au sol, les gentes dames se plaignirent davantage en s'interpellant les unes les autres, protestant que c'était une honte qu'il n'y eût pas de feuilles aux branches ni de fleurs en boutons. Aussi je fis en sorte de convoquer pour elles les plus belles roses, qui avaient la délicatesse et la pureté de la première neige. C'est alors que les jeunes seigneurs se mirent à réclamer et à demander s'il n'était pas temps pour eux de rentrer, pour reprendre du pudding aux groseilles. Ce qu'entendant je fis apparaître, aux extrémités des groseilliers à maquereau, des fruits juteux et délicieux, et je dis à chacun d'eux de sortir son couteau et de prendre un fruit rond et prometteur, et de s'apprêter à le couper — mais à mon signal seulement !

Will ne put se retenir de l'interrompre.

— Et ils ont attendu ?

— Bien sûr que oui, fit Gwydion. Car qui renoncerait à une délicieuse groseille à maquereau, fraîche et juteuse, en plein cœur de l'hiver ? Mais alors, quand tout fut prêt, dans un claquement de doigts je fis disparaître le charme de semblance, l'un des plus élaborés et des plus convaincants qu'il m'ait été donné de mettre en œuvre, et chacune des personnes présentes se rendit compte qu'elle avait dans la main, au lieu de baie, le bout du nez de son voisin. Depuis cet épisode, le jardin porte le nom de « jardin de la rose blanche ».

— Et pas « jardin du nez blanc » ? répliqua Will, tout sourire.

— Ah non point, non point, fit Gwydion en arrêtant la charrette. Car, comme tu ne tarderas pas à t'en apercevoir, quand seigneurs et belles dames se voient infliger une leçon d'humilité, ils n'ont guère envie de commémorer la chose.

— Le duc Richard est-il plaisant à regarder ? s'inquiéta Will, qui redoutait lc pirc. Est-ce que je vais l'aimer ?

L'enchanteur lui offrit son plus beau sourire.

— C'est un homme au charme fou. Méfie-toi, car tu pourrais bien l'aimer plus qu'il n'est raisonnable.

Will leva le nez vers les crocs d'acier des herses qui, démontées pour des travaux d'entretien, avaient été remontées spécialement pour eux. Il songea aux gardes qui tiraient sur les barreaux des treuils, quelques pieds au-dessus de lui, et fut pris de panique. Il les imagina qui lâchaient prise et laissaient retomber sur lui la formidable barrière de protection. Un frisson lui courut le long de la moelle épinière et lui coupa le souffle. Il fut sur le point de sauter de la charrette, mais resta de marbre ; bientôt ils avaient pénétré à l'intérieur des défenses du château, et l'atroce impression disparut.

— Du calme, Will, tout va bien.

Il essuya la sueur qui lui coulait du front, très gêné que le magicien ait surpris sa terreur inexplicable.

— Je suis désolé, maître Gwydion. Je suppose que la magnificence du lieu m'impressionne.

— C'est probablement cela.

À présent, tout ce que Gwydion lui avait raconté à propos des châteaux commençait à prendre sens, car ce que Will avait sous les yeux, c'était de puissance faite pierre. Passé le pont-levis, on débouchait sur une cour intérieure, surmontée de hauts murs où circulaient des gardes en grand nombre. Dans cet espace clos se dressaient des étables et autres bâtiments destinés aux usages domestiques. Des centaines de gens s'y affairaient, nombre d'entre eux portant la livrée d'Ebor, mais bien d'autres en tenue simple de paysans ou d'artisans, qui vaquaient à leurs tâches quotidiennes. Un passage couvert et voûté conduisait à un autre portail, qui ouvrait sur une seconde cour, mais les lourds vantaux de chêne étaient fermés, dissimulant à Will ce qu'il y avait au-delà.

Gwydion vit s'avancer à sa rencontre des hommes en livrée à qui il donna des instructions détaillées, concernant ce qu'il convenait de faire du charreton et de Bessie. Will sauta à terre, mit les mains sur les hanches et entreprit d'examiner la tour de garde du château. Elle était plus grande et plus haute que celle de Wychwoode. Le donjon, octogonal, dont chacune des faces ne faisait pas moins de trente pas de largeur, était construit au sommet d'un promontoire abrupt, où poussait une herbe grasse. De l'endroit où il se tenait, Will avait vue sur trois de ses côtés, qui tous étaient percés de meurtrières, de façon que, même au cas où l'ennemi aurait réussi à passer les premières lignes de défense, les hommes d'armes pouvaient s'y replier en gardant le contrôle de la première cour intérieure. Comme pour la tour de Wychwoode, la partie supérieure des bâtiments était garnie de créneaux, de sorte que les défenseurs retranchés pouvaient tirer flèches et carreaux d'arbalète sur les assaillants, bien à l'abri de forts volets de bois. Et au-dessus de la tour, flottait un long pennon de bataille, bleu et blanc, fendu à l'arrière en queue d'hirondelle. Il portait une devise semblable à celle qu'arboraient les gardes sur la poitrine, à quoi s'ajoutait un semis de fleurs blanches. Will se sentit immensément heureux d'être là. Gwydion avait dit que c'était un endroit de plaisante allure et il était du même avis.

— Et quelles merveilles nous apportez-vous cette fois-ci, maître Gwydion ?

À cette voix, Will sursauta. En se retournant, il s'aperçut que l'homme qui avait posé cette question était grand, taillé en force, la quarantaine. Il ne put s'empêcher de le dévisager d'un air admiratif. Les yeux de l'inconnu étaient du même gris que l'ardoise de l'île Bienheureuse. Il portait un chapeau de velours brun bordé de fourrure de loutre et son pourpoint, d'un bleu somptueux, lui tombait des épaules jusqu'au sol. Il s'ornait de manches ouvragées elles-mêmes agrémentées d'hermine, et était maintenu à la taille par un ceinturon à ornement rouge et or, dont l'extrémité faisait une boucle avant de revenir vers le bas. Au côté gauche, y était logée une large épée.

Le duc — car de qui d'autre eût-il pu s'agir ? — se tenait en compagnie de cinq ou six de ses gens. Il n'y avait pas le moindre doute dans l'esprit de Will, quant à qui détenait l'autorité. Chacun de ses gestes était plein de décision et Will eut l'impression que cet homme-là était de ceux qu'on suit jusqu'à la mort. Quand Lord Strange piétinait ceux de son entourage dans une dérisoire tentative de se rehausser, le duc Richard se tenait sans effort au-dessus des membres de sa maisonnée. Will songea à la pitoyable carpette qu'était le roi Hal, et comprit à l'instant pourquoi tant de personnes, par le royaume, auraient préféré avoir pour roi le duc Richard.

— Ami Richard, heureux de vous revoir !

Gwydion et le duc se tinrent l'un l'autre à bout de bras un moment, et Will eut l'occasion de remarquer une chevalière d'or qui brillait à l'auriculaire du duc.

— Maître Gwydion, vous êtes le bienvenu. Mais comment avez-vous su que j'étais ici ? Je séjourne rarement à Foderingham par ces temps troublés, d'ailleurs, je ne resterai pas longtemps.

— Les nouvelles d'importance vont vite. Je suis moi-même porteur d'informations qui ne sauraient attendre. En retour, je dois vous demander une faveur.

— Faites donc, maître corbeau, mais si les nouvelles que vous apportez sont en rapport avec la naissance d'un prince de sang royal, nous sommes déjà au courant.

Will entendit le commentaire non formulé qui accompagnait les paroles du duc. Gwydion intervint alors :

— Je ne doute pas que vous soyez au courant des événements, car vos messagers sont prompts et vos sources sûres, en général. Mais les informations que je détiens sont d'un autre genre — et je les destine à vous seul.

— Venez, dans ce cas, car nous devons parler maintenant ou jamais.

— Ami Richard, peut-être le Wortmaster, le maître des bonnes herbes, pourrait-il entendre mes paroles lui aussi, si l'on peut le trouver rapidement. (Puis Gwydion s'adressa à Will avec un clin d'œil :) Willand, tu dois rester ici. Prends bien soin de faire comme on te le dit.

— Oui.

Il était sur le point d'ajouter quelque chose, mais Gwydion avait déjà entraîné le duc dans son sillage. Il y eut un étrange carillon qui, à peine déclenché, cessa aussitôt, puis les lourdes portes donnant accès à la cour intérieure s'ouvrirent, et duc et magicien disparurent à la vue.

Will attendit, sans que quiconque se préoccupât de lui, les gens allant et venant autour de lui comme à leur habitude. Il se sentit embarrassé et se demanda ce qu'il convenait de faire. Ces derniers temps, il ne s'était presque jamais trouvé hors de la présence du mage et il se sentait mal à son aise d'attendre ainsi, tout seul. Au bout d'un moment, il s'assit sur un petit banc le long du mur, et finalement l'un des suivants du duc, un chevalier vêtu de bleu et de jaune, vint le chercher et l'emmena aux cuisines.

Il avait entre vingt et trente ans, était affublé d'un large nez, et bâti comme un capitaine de guerre.

— Mon nom est sir John de Kyre Ward.

— Et je suis Will de... de Nether Norton du val, monsieur, répondit Will, sans être sûr que ce fût bien là la formule appropriée pour s'adresser à sir John.

Celui-ci ne sembla pas faire grand cas de sa réponse mais ne put ignorer la question suivante :

— Êtes-vous apparenté au duc ?

Sir John le fusilla du regard.

— Mon père est sir Hugh Morte de Morte Hall, qui se trouve être l'oncle du duc, et le gardien de Foderingham en son absence.

La cuisine était chaude et pleine de vapeurs, amplement garnie de braisières de fer et de chaudrons de cuivre. Des bûches en grand nombre étaient entassées dans le coin de la cheminée. L'air tiède embaumait le pain sorti du four.

— Vous allez être engagé sans délai comme page, avec tous les devoirs afférents à la fonction. Vous m'avez l'air d'un jeune homme dégourdi, à l'esprit vif. Cela tombe bien, car il y a beaucoup à faire et beaucoup à apprendre.

— Apprendre quel genre de choses ? fit Will, dont le cœur sombrait.

Il espérait ne pas avoir à revivre les heures de labeur solitaire, les pages de copie, tout ce qu'il avait dû avaler entre Beltane et Lammas.

— Étiquette et histoire, j'imagine. Bien qu'Aspall, le précepteur, soit à peine capable de vous dire dans quel sens monter à cheval. Possédez-vous quelques rudiments dans l'art des lettres ?

— Quelques-uns. Je peux écrire une centaine de mots, voire plus et...

— Allons, ce n'est point mon affaire. Pour moi, je vous enseignerai tout ce qui concerne l'art de tuer. (Avec une grimace, il fit asseoir Will.) Comment tuer sans se faire tuer, voilà qui est plus important que le travail de scribe. Mais mangez à présent si vous avez quelque appétit, car on vous dira sous peu de quoi il retourne.

Après avoir vidé entièrement un immense tranchoir où figuraient en bonne place une pièce de bœuf et des boulettes, Will se vit accompagner par l'un des marmitons jusque dans une petite pièce qui faisait partie d'une dépendance appuyée contre un mur de la cour intérieure, dans laquelle, désormais, il vivrait. Quand le domestique l'eut laissé, Will se promena au hasard dans le jardin, s'imaginant qu'il s'agissait du jardin de la rose blanche. Il entendit alors le son terriblement excitant du métal qu'on frappait et un drôle de gong se répercuta d'un mur à l'autre. Il dressa l'oreille et, ce faisant, s'aperçut que le jardin était surplombé par une galerie couverte. Deux fillettes, qui pouvaient avoir sept ou huit ans, l'observaient, dissimulées dans l'ombre des colonnes. Au moment où il les aperçut, l'une d'elles se pencha pour murmurer quelque chose à l'oreille de l'autre, et elles partirent d'un fou rire.

Will allait leur faire un signe de la main quand apparut un homme d'un naturel doux, grand et mince, vêtu de noir et blanc.

— Hum, hum ! Appelez-moi Aspall le précepteur, dit-il d'une voix curieusement haut perchée. Je suis le professeur des deux fils aînés de Sa Majesté. Je vous indiquerai quels sont vos devoirs.

Il pria Will de l'accompagner sur l'une des tours du château, et c'est alors qu'il remarqua les petites filles.

— Ne prêtez pas la moindre attention à lady Elizabeth et lady Margaret.

— Des dames ? s'étonna Will, les jugeant bien trop jeunes pour ce titre. Ces deux filles ?

— « Lady » est leur titre. Le duc et lady Cicely ont sept enfants en tout. Quatre garçons et trois filles, bien que lady Anne ne soit plus une enfant : elle va sur ses seize ans. Les deux plus jeunes sont George et Richard. Vous ne les verrez guère, car ils sont encore beaucoup sous la gouverne de la nourrice, Rose, mais les deux aînés logent ici.

Will glissa un coup d'œil à l'intérieur. La pièce était vide, mais un tel désordre y régnait qu'on ne pouvait s'y tromper : c'était bien une chambre de garçons.

— Comment s'appellent-ils ?

— Sir Edward et sir Edmund. (Un sourire fugitif passa sur le visage du précepteur.) Sir Edward doit être de votre âge à peu près. Il est l'héritier de monseigneur. Sir Edmund est son cadet de trois ans. Vous vous occuperez d'eux.

— Devrai-je leur donner du « sir » ? demanda Will d'un air gêné.

Il ne lui semblait guère convenable d'user de ce terme avec quelqu'un de son âge, ou même de plus jeune que lui.

— Sir Edward est comte des Marais, observa le précepteur comme si cela résolvait le problème. Et sir Edmund est comte de Rutteland. Vous n'êtes pas autorisé à emprunter ce corridor. Il conduit aux chambres où dorment lady Elizabeth et lady Margaret. Vous n'avez pas non plus le droit d'utiliser cet escalier. Suivez-moi, maintenant, je vais vous présenter à Wortmaster Gort — s'il y a moyen de mettre la main dessus.

Tous ces noms nouveaux — tous, sauf un — dansaient dans la tête de Will.

— Wortmaster Gort, fit-il en quittant la chambre. C'est vraiment un drôle de nom.

Aspall claqua la langue d'un air désapprobateur.

— Ne dites jamais cela à portée de son oreille. C'est un titre des plus respectables pour un personnage des plus — hum — vénérables. Il est seigneur des jardiniers et guérisseur et aussi, dans une certaine mesure, un précepteur à sa façon. On m'a dit que votre nom était Willand et que vous êtes accoutumé à la compagnie des coureurs de chemins. C'est bien cela ?

— Heu… oui, sans doute.

— Eh bien alors, je suis certain que vous ne serez pas trop dérouté par notre Wortmaster.

Ils suivirent un long passage aux détours compliqués avant de déboucher enfin à l'air libre dans la cour intérieure, où trônait un banc vide.

— Où est parti maître Gwydion ? s'inquiéta Will.

Aspall se retourna.

— En quoi cela vous concerne-t-il ?

Will hésita devant l'étrangeté de la question.

— Parce que j'ai à lui parler, voilà pourquoi.

L'un des gardes passa à leur hauteur et Will reconnut en lui Jackhald.

— Hé, Jackhald ! Savez-vous où se trouve maître Gwydion à l'heure qu'il est ?

L'homme s'arrêta, repoussa le bord de son casque de fer et s'adresssa à Aspall :

— Monsieur, si c'est le maître corbeau que demande le garçon, ce n'est pas son jour de chance.

— Pourquoi cela ? voulut savoir Will.

— Parce qu'il a quitté les lieux en compagnie de monseigneur.

— Allez, venez maintenant...

Will refusa d'obtempérer.

— Parti ? Mais où cela ?

— Il ne vous appartient pas de poser des questions, avança Aspall.

— Parti pour où ? insista Will. J'ai besoin de le savoir !

Et en dépit du choc que lui causait cette façon de lui tenir tête, le précepteur finit par lui confier :

— Monseigneur a pris une escorte. Ils chevauchent vers Trinovant, de toute urgence. Ne les avez-vous pas entendus partir ?

— Parti ? Déjà ? (Will les dévisageait l'un après l'autre.) Mais... et Bessie ? Le cheval n'est pas à maître Gwydion. Pas plus que le charroi. Ils appartiennent à...

Jackhald éclata d'un grand rire sonore.

— Pour sûr, le maître corbeau aura laissé un tas d'instructions. C'est toujours comme ça qu'il fait.

— Mais quand revient-il ?

Le garde redoubla de rire.

— Ni monseigneur ni le maître corbeau ne font leurs confidences à Jackhald, figurez-vous !

Et Will, le cœur lourd, se laissa tomber sur le banc. Une vague de désespoir le submergea. « Eh bien, que penser de ça ? se dit-il. Maître Gwydion a eu le temps de donner des instructions pour qu'on renvoie Bessie à Eiton, mais il est parti sans même un mot d'adieu pour moi ! »

TROISIÈME PARTIE

AU PLAISIR DU DUC D'EBOR

CHAPITRE QUATORZE

L'hiver de notre déplaisir

QUAND WILL EUT CESSÉ de remâcher son ressentiment, il ne lui resta que la sensation d'être seul au monde. On lui fournit un justaucorps et des chausses neufs aux couleurs de la maison d'Ebor, de même que deux chemises et une paire de chaussures de cuir, qui lui semblèrent bizarres à porter, au début.

Il fit un paquet de ses vieux vêtements en installant au milieu son précieux cor, sortit de son balluchon ses autres possessions et plaça le tout dans le petit coffre qu'on avait mis à sa disposition pour y ranger ses affaires. Il n'était pas plutôt habillé qu'on l'envoya au bout du long corridor pour se porter à la rencontre des deux fils aînés du duc Richard. Il ne leur fallut pas longtemps pour se jauger mutuellement, pour qu'il sache à qui il avait affaire, et eux aussi.

Les jeunes seigneurs portaient les cheveux coupés juste au-dessus des épaules, à la façon des princes. Leur pourpoint était de la meilleure qualité, bien qu'assez usagé, et ils arboraient un chapeau de velours vert qui leur donnait fière allure. Edward, à n'en pas douter, était bien le fils de son père : grand, blond, et la détermination d'un chef. Edmund était plus studieux et plus chaleureux envers le nouvel arrivant.

— Sais-tu manier l'épée ? lui demanda Edward tout de go.

— Ça se pourrait, lui répondit Will d'un air méfiant.

Il y avait dans la personne d'Edward quelque chose qui lui semblait bizarre.

— Soit c'est oui, soit c'est non. Lequel des deux ?

Will haussa les épaules.

— C'est peut-être.

Edward le regarda dans les yeux.

— Il te faudra apprendre les bonnes manières si tu veux être page à mon service. Et le maniement de l'épée. Je te montrerai des passes. Attrape, hérisson !

Will prit sans mot dire la grossière arme d'entraînement qu'on lui jetait.

— Mon nom est Willand, murmura-t-il.

— Qu'est-ce qui ne va pas, avec tes cheveux ? Tu t'es battu avec une faucheuse ?

Edward partit d'un rire espiègle et son frère fit de même.

— Quelles autres armes connais-tu ?

Will n'avait aucune idée de ce dont parlait l'autre.

— Je sais tirer à l'arc. Et là d'où je viens, les hommes se servent du bâton court, pour le sport. Je sais le faire tourner, mais pour nous ce ne sont pas des armes.

Edward eut un petit rire méprisant.

— Un bâton court ? Tu entends ça, Edmund ? Il combat en agitant un bout de bois ! Allons, Willy-qui-frétille-du-bâton, fais-nous voir comment tu te débrouilles avec une épée !

Will para le premier coup et commença à se demander si, après tout, il était le bienvenu. Le deuxième, formidable, lancé à toute volée, l'envoya valser contre un bord de table, où il se heurta bruyamment le coude.

Le troisième fut intercepté par un homme de forte carrure. Sir John et lui se ressemblaient comme deux gouttes d'eau, à ceci près que ce chevalier-ci avait les cheveux gris, et Will se rendit compte qu'il devait être le père de sir John de Kyre Ward, ce qui faisait de lui, très probablement, sir Hugh de Morte Hall.

Will reçut une claque sur les oreilles, puis Aspall, qui venait d'entrer, lui demanda ce qu'il s'imaginait être en train de faire.

— Ici depuis moins d'une heure et tu es déjà à te conduire comme un barbare. Tu seras privé de dîner ce soir.

Edward lui adressa une grimace de derrière le dos du précepteur.

Will lui retourna un regard de défi, mais ne dit mot. Il lui sembla que si Gwydion avait voulu mettre à l'épreuve sa connaissance du monde des seigneurs, il avait choisi le bon endroit, car ce château n'avait, dans son genre, rien à envier à la maison de fous qu'était Clarendon Lodge ou à la tour sinistre de la hure de sanglier. Avoir choisi ce lieu pour y héberger la pierre batailleuse semblait une décision bien mal avisée.

Mais Will ne fut pas long à oublier complètement la roche captive. Il fut tout d'abord occupé à s'habituer à ses nouveaux appartements et à conclure une trêve avec ses compagnons. Après la vie passée au hasard des chemins, les journées à Foderingham s'apparentaient à de la torture. Les leçons n'en finissaient pas. Toute chose au château était gouvernée par une étrange machine de fer installée au faîte de la tourelle surplombant la cour intérieure. De temps à autre, la cloche qui jouxtait l'engin se mettait à sonner. La tour était surmontée d'une roue qui portait des signes, des I, des V, des X et une flèche qui bougeait dès qu'on avait le dos tourné. À certains moments, personne ne prêtait attention à ces cling et ces clong, mais d'autres fois, on voyait les gardes courir pour la relève, ou un repas était servi, ou il se produisait quelque autre altération du rythme ordinaire de l'activité domestique. Will haïssait alors la machine, car les conversations s'interrompaient à brûle-pourpoint, et des gens dont il était en train de savourer la compagnie prenaient soudain leurs jambes à leur cou, comme si quelque insulte avait été proférée.

Et à Foderingham, il n'y avait pas que le flux et le reflux de la journée à obéir à un contrôle strict. Ici, comme dans la tour de Lord Strange, la population était divisée entre famille, pensionnaires et domesticité. Les domestiques étaient de toute sorte, chacun d'eux à sa place dans une hiérarchie pointilleuse et certains, qui avaient eu la malchance d'être préposés à des tâches subalternes, n'auraient pas l'occasion d'accéder à des travaux plus relevés. Mais nul ne se plaignait jamais ni ne manquait de déférence, redoutant d'être traité sans ménagement. On était loin, ici, de l'existence dans le val, où chacun s'occupait du bien-être des autres et où l'estime qu'on accordait à un homme — et la sienne, d'ailleurs — dépendait largement de l'opinion que les gens avaient de sa sollicitude envers autrui.

Et ce n'étaient pas les seules choses qui vinrent heurter les principes de Will sur l'ordonnancement du monde. Parmi ceux qui étaient autorisés à pénétrer dans le château, il y avait certains de Ceux-qui-ne-voient-pas. Le cloître le plus proche ne se trouvait guère à plus d'une demi-lieue, et quand Will se renseigna là-dessus, on lui répondit que c'était la famille du duc qui en avait financé la construction, et que le duc lui-même en assurait l'entretien et la maintenance annuelle, à un coût d'ailleurs fort élevé, sur ses deniers personnels. Les frères venaient de temps en temps au château pour y accomplir leurs étranges rituels. Ils refusaient de célébrer les huit grandes fêtes annuelles que Gwydion lui avait nommées — les deux solstices qui marquaient Midsummer et Ewle, les deux équinoxes, et les quatre journées exceptionnelles qui étaient respectivement Sowain et Beltane, Imble et Lammastide. À Foderingham, la famille du duc fêtait des jours de moindre importance, non pas ceux qui correspondaient aux grands mouvements du ciel, mais des fêtes attachées à des hommes, surtout des Anciens de la confrérie, tels Ilbyn le Parfait ou Swythen le Martyr.

Et quand venait une vraie célébration, on l'appelait d'un autre nom, donné par Ceux-qui-ne-voient-pas aux fins de leur propre gloire, et aucun des rites adéquats n'était observé. Il n'y avait pas de ces jeux rudes et drôles, pas de réjouissances, pas de ripaille, mais le jeûne et la morne parade des frères dans leur robe d'apparat brodée de fils d'or, qui défilaient, tête basse, en gémissant. Will suspectait que cela avait été décidé pour supplanter les fêtes d'autrefois, de sorte que les gens finissent par oublier tout de bon les anciens usages.

Il trouvait que la vie à Foderingham n'était pas drôle. La compagnie de Gwydion lui manquait plus qu'il n'aurait su le dire, car après tout ce temps passé avec lui, il avait l'impression, depuis son départ, d'avoir perdu une part de lui-même. Et même si Edward et Edmund n'étaient pas si terribles qu'il l'avait pensé à première vue, aucun d'eux n'avait l'air de connaître quoi que ce soit d'intéressant sur le monde.

Bien que Will portât le titre de page, il n'était pas traité très différemment des deux fils du duc. Quand ils montaient à cheval, soupaient ou avalaient leurs interminables leçons, il faisait de même. Pourtant, à maints détails impalpables, il se rendait bien compte qu'ils le gardaient à distance. Il ne leur en tenait pas rigueur — c'était leur maison, après tout, et il y était un hôte indésirable —, mais se demandait pourquoi Edward nourrissait tant de suspicion à son endroit. Et pourquoi Edmund, qui acceptait sans broncher l'autorité de son frère aîné, lui refusait son amitié, comme si c'était là le rôle qu'on attendait de lui.

Edward était de la taille et de la force de Will, mais son caractère était aussi changeant que celui d'Edmund était constant. Les humeurs d'Edward pouvaient être au beau fixe comme au trente-sixième dessous, et l'on ne pouvait jamais savoir comment il allait se comporter. Il était d'un naturel généreux mais aimait bien être celui qui décide. Will s'aperçut rapidement que pour le mettre en rage, il lui suffisait de lui tenir tête sur un point de détail. Que ce fût une broutille n'avait pas la moindre importance ; Edward était capable d'aller jusqu'à la violence s'il s'apercevait que Will lui disputait la prééminence.

Il ne fut pas long, non plus, à réaliser que chaque fois qu'Edward voulait l'insulter, il le traitait de « mon petit page ». En de telles occasions, Will arborait un sourire en se répétant ce que Gwydion lui avait dit avec la dernière vigueur, à savoir que la pitié était un sentiment aussi vain et humiliant que l'envie.

Ewle arriva, et il ne neigeait pas. Il y eut un semblant de fête, mais ce fut surtout une période maussade, ponctuée de lugubres cantiques et d'une sinistre procession de frères. Will la suivit d'une distance qu'il pensait suffisante pour sa sécurité. Ce furent encore des cierges, des sermons interminables prononcés par des hommes vêtus d'or et portant un haut chapeau. Une pâle lueur éclairait vaguement les couteaux à découper qui servaient à leur rituel. Quand ils s'exprimaient, c'était dans une langue estropiée que Will ne comprenait pas. La tête coupée d'un porc était posée sur un plateau, levée bien haut et portée dans la grande salle du château. On versait des récipients pleins de sang dans des bassines d'or et l'on faisait des discours, avec force vœux de bonne santé pour Son Excellence le prieur de la confrérie. Ce ne fut que quand ils eurent quitté l'enceinte du château que lady Cicely fit venir ses enfants auprès d'elle dans la petite salle de réunion, où se trouvaient un jongleur vêtu de rouge et de jaune et un nain acrobate avec des clochettes à son chapeau, ainsi qu'un homme comme ce Jarred, au château de Clarendon, qui crachait le feu et savait aussi le conjurer, tout cela dans des explosions sonores et des odeurs de poudre de perlimpinpin. Will, qui avait vu ces choses pour de bon, trouvait que c'était là bien piètre imitation.

Mais en février arrivèrent des nouvelles qui remirent du courage dans tous les cœurs. La duchesse convoqua sa famille et rassembla tous les membres de la maisonnée jusqu'au dernier serviteur, pour leur annoncer que le duc Richard avait remporté, dernièrement, une victoire sans effusion de sang. Ses efforts patients de diplomatie à Trinovant, annonça-t-elle, avaient convaincu bon nombre de seigneurs de ce qu'il devrait être admis au grand conseil au nom du roi. Et puisque le roi Hal était toujours aussi dolent, muet et incapable de gérer les affaires publiques, on avait attribué au duc Richard le titre de « lord Protecteur et Défenseur du royaume ».

Au grand déplaisir de Will, il ne fut pas fait mention de Gwydion, et quand il s'enquit de lui auprès de lady Cicerly, elle lui adressa un sourire affectueux et désolé : elle ne savait rien à son sujet.

— Le maître corbeau est toujours en retard, observa Edward, en manière de plaisanterie. Il est comme toi, il ne sait pas ce que c'est qu'une horloge.

— Il vient quand ça lui dit et repart quand ça lui chante, si c'est ce que tu veux dire, répliqua Will.

— Ne traduis pas mes pensées, mon petit page. Je sais ce que je veux dire, et ce que je dis, je le pense.

— Mais tu n'exprimes pas toujours ce que tu sais, fit Will d'un ton plein de sous-entendus. (Il ajouta, un tout petit peu trop fort :) Et la moitié du temps, tu ne sais pas ce que tu dis.

— Je t'ai entendu, petit page !

— C'est tant mieux.

— Retire ça !

— D'accord. Considère que je l'ai retiré.

Il offrit son sourire le plus manifestement forcé à Edward, espérant qu'il en serait plus enragé encore, mais cette fois-ci, il était d'humeur à accepter ce qu'il voulait bien considérer comme des excuses. « Il a la délicatesse d'un éléphant dans un magasin de porcelaine, songeait Will en riant sous cape. Quel idiot il fait. »

Quand les vents glacés de février eurent cédé la place aux averses de mars, tout le monde se surprit à espérer d'autres bonnes nouvelles, mais ce qui arriva fut plus ennuyeux. Des bandes d'hommes en armes s'étaient dispersées dans les marais du nord. Les gens de la reine et les amis du duc de Mells galopaient par le pays, pillant et volant, fomentant des troubles, provoquant toute personne qui se trouvait liée à la maison d'Ebor. À présent, la rumeur circulait qu'ordre avait été donné aux plus puissants vassaux de lever des troupes et de se tenir prêts à assumer leurs devoirs vis-à-vis du roi. Et ce qui se profilait derrière cela, Will ne le devinait que trop bien. Tandis que le doigt glacé de l'hiver restait posé sur le pays, il trouvait que la joie de vivre était bien longue à revenir. Il eut l'occasion de voir, et plus d'une fois, des colonnes d'hommes à faible distance du château et des soldats fouiller les champs, au loin. Nombre de seigneurs, avec leur escorte et leur train, arpentaient le pays, empruntant dans un sens ou dans l'autre la grande route du nord, s'approchant jusqu'à passer en vue des crénaux de Foderingham et obligeant la garde, qui avait été doublée, à rester en faction toute la nuit.

Pendant les longues semaines de froid, Will supporta l'acrimonie rageuse d'Edward. Mais il avait appris à se dominer. Chaque fois que le fils du duc lançait une remarque destinée à le faire sortir de ses gonds, il se contentait d'un haussement d'épaules et laissait glisser l'offense comme l'eau sur les plumes d'un canard. Il tâchait de se comporter en homme vis-à-vis d'Edward, de s'en remettre à ce que Gwydion aurait conseillé dans cette circonstance : envisager les choses du point de vue de l'autre et se montrer indulgent. Mais ce n'était pas facile.

Gwydion lui avait dit que les sept faiblesses humaines étaient basées sur trois défauts, mais il ne lui avait pas vraiment expliqué en quoi consistaient ces derniers. Il y avait, s'il s'en souvenait bien, l'orgueil, la vanité, la tyrannie, la colère, la paresse... plus une ou deux autres qui ne lui revenaient pas à l'esprit. Edward, sans aucun doute, était orgueilleux et vain. Il était également enclin à se montrer tyrannique quand il croyait pouvoir se le permettre. Quant à la colère, il était d'une nature emportée, et si la paresse se manifestait par une certaine désinvolture dans la manière d'apprendre ses leçons, eh bien il était paresseux, aussi.

Mais il n'était pas, non plus, facile à mépriser. Au vrai, Will était sincèrement désolé pour lui. Le duc Richard était si manifestement le maître des lieux, et si profondément au cœur des pensées de chacun, que personne d'autre ne semblait avoir d'importance. En son absence, tout sombrait dans le silence et l'obscurité, et la cause n'en incombait pas seulement à l'hiver, saison propice à l'inaction. Il y avait dans l'air une vacuité presque palpable, comme si tous s'étaient figés dans l'attente du retour de leur seigneur. Et personne ne ressentait cette perte aussi vivement qu'Edward.

Ce n'était pas une vie. Chaque jour on attendait des nouvelles, et quand un fragment d'information leur parvenait, si ténu fût-il, il était choyé, tourné et retourné, examiné sous tous les angles. Lady Cicely était la seule à connaître la teneur des missives délivrées par courrier spécial. Celui-ci arrivait, épuisé, après avoir chevauché à bride abattue et remettait à la dame un pli fermé, portant le sceau et le poinçon du duc. Will avait vu une fois, imprimé dans la cire rouge et dure, le symbole du trèfle à quatre feuilles et des trois fleurs. Mais bien que la duchesse brisât souvent la marque en leur présence, elle ne leur lisait jamais les missives dans leur intégralité.

Et quand on en venait aux choses sérieuses, elle se contentait d'énoncer des détails sans conséquence, et d'assurer chacun des enfants que leur père était en bonne santé et pensait beaucoup à eux.

Mais si les moments où ils étaient tous assemblés dans la grande salle étaient doux-amers, le temps passé dans la pièce d'étude avait un goût de fiel. Aspall tenait énormément à ce qu'ils étudient les grands livres. Il leur fit apprendre par cœur et réciter les noms des trente-neuf comtés du royaume, et leur raconta de sa voix précise, haut perchée, les hauts faits du temps jadis.

— Un chevalier doit toujours chercher à réparer les torts, les assurait-il. Il se doit d'accorder protection au faible et de se montrer charitable envers celui qui est dans le besoin. Il ne fera pas défaut, en connaissance de cause, à son ami, mais sera valeureux au combat et fera quartier à quiconque demandera merci. Toujours il se battra à honneur, et à parole donnée jamais ne manquera. (À ce propos, il leur dit encore :) Un chevalier, jamais, au grand jamais ne trahira ami ni ne dira menterie, car cela a nom chevalerie, et c'est là un code qui s'applique à tout homme d'un certain rang. À présent, oyez ! Je m'en vais vous lire un passage du lai de sire Tristan...

Will prenait en considération les lois de la chevalerie, mais il n'en était pas impressionné. Il lui semblait évident que toutes ces règles compliquées pouvaient avantageusement être remplacées par le grand dit, par exemple, ou peut-être, tout simplement, par celui qui conseillait : « Ne fais pas à autrui ce que tu ne voudrais pas qu'on te fît. » C'était bien là quelque chose qui ne venait à l'idée de personne à Foderingham, et à Edward moins encore. Il n'avait guère assimilé le code chevaleresque, contrairement à ce qu'il prétendait. « Il est bien parti pour tomber », se disait Will en voyant l'héritier du duc taillader d'un air nonchalant la propriété de son père et la défigurer à la pointe du poignard.

— Que regardes-tu, petit page ?

— Je ne sais pas, fit-il.

Edward brandit l'arme sous son nez :

— Et alors, ce n'est jamais qu'un vieux chambranle de porte. Et de toute façon, cela m'appartiendra un jour.

Will choisit de s'éclipser en murmurant entre ses dents :

— Toute chose revient un jour là d'où elle est partie, Edward. C'est une vérité qu'il te reste à apprendre.

Mais quelles que fussent les difficultés que rencontrait Will, il y avait une compensation, et de taille : Wortmaster Gort, le maître des bonnes herbes.

Il était nommé ainsi en raison de sa connaissance des plantes de toute sorte. Voilà un homme qui, bien que paraissant à peine installé dans le mitan de son âge, était une véritable antiquité. En sagesse, il semblait insurpassable. Et pourtant il était jeune d'esprit, car il fallait le voir danser, par la forêt et les marais, tel un gamin ! Les gardes — que les enfants du duc appelaient jacks, à cause de leurs jaquettes rembourrées — juraient que le Wortmaster n'avait jamais, de mémoire d'homme, taillé sa barbe couleur queue de blaireau ni coupé un seul de ses cheveux. Ils disaient que c'était un genre de magicien, mais Will savait bien que les jacks n'avaient pas la moindre idée de ce dont il s'agissait.

Will savait que Gort n'avait rien d'un mage mais qu'en revanche, il était au fait d'une grande part de l'enseignement de Gwydion concernant la magie et le monde sauvage, car il était maître en us et coutumes. Il pouvait, par sortilège, faire s'épanouir un bouton, et comme une sœur de la sagesse, il avait un « familier », un lapin grassouillet, poil blanc, oreilles rouges, qui avait nom Osric et pouvait se battre avec des chats — et gagner !

Gort aimait cuisiner pour lui-même et affectionnait particulièrement les bouillons. Le capharnaüm qui lui servait d'abri était sans cesse embué par les éructations et les gargouillis écumants de quelque brouet, auxquels se mêlait l'odeur nauséabonde de pourriture végétale. Gort y entreposait de magnifiques champignons odorants et des fromages à la puanteur avérée, enveloppés dans de vagues linges désaffectés. Il gardait les miettes de pain longtemps, trop longtemps, si longtemps que même les souris n'en voulaient pas. Sous les chevrons du plafond il mettait des herbes à sécher. Tandis que la langue de la plupart des gens ne leur permettait de reconnaître que les cinq saveurs principales, Gort se disait capable d'en distinguer deux douzaines, et dans les bois son long nez pouvait repérer le parfum des jacinthes à trois lieues. Il portait une sempiternelle robe longue, d'un vert foncé, et sur la tête un chapeau gris qui n'avait pas plus de forme qu'une pâtisserie — bien qu'avec quelque chose de vaguement carré, qui n'était pas sans évoquer celui qu'arborent les étudiants —, agrémenté d'un motif brodé de feuilles.

Il passait l'essentiel de son temps au jardin, où on le voyait aider à pousser une brouette de fumier ou se prélasser dans un coin de pelouse où le soleil d'hiver s'était laissé capturer. Il disait que celui qui était capable de faire venir deux épis de blé ou deux brins d'herbe sur un bout de terre qui n'en donnait qu'un jusqu'alors faisait davantage pour le royaume que toute la clique assemblée des seigneurs, toujours à discutailler. Gort ne prenait toute sa mesure que dans la nature. C'était alors une joie que de marcher à son côté. En pénétrant dans les bois de hêtres, il flattait de la main l'un des grands fûts à l'écorce argentée et disait :

— Est-ce que ça ne ressemble pas à la patte d'un gigantesque animal gris ? (Ou bien encore :) Le hêtre est un bois sacré, bon pour toi, pour moi mauvais, dit le vaurien !

Et il s'éloignait en dansant jusqu'à ce qu'il tombe sur une autre variété d'arbre, et alors il disait autre chose, comme :

— Ne prends pas abri sous le chêne, car des cieux la foudre il déchaîne. (Ou encore :) Oh, doux bois jolis, combien j'aime vos espaces infinis ! (Et aussi :) Orme, gracieux orme, haute futaie. Orme, jamais ne viens à me manquer !

— Est-ce là une formule magique ? demandait Will en ces occasions.

À quoi Gort se contentait de répondre :

— Fiole, philtre, et allons-y les violons ! Mais non, quelle idée, pèlerin !

Son ton était tel qu'aussitôt Will se sentait ridicule avec sa question et pensait qu'à coup sûr, Gort avait dû dire quelque chose de bien plus intéressant qu'une banale formule d'enchantement.

À l'intérieur du château, il était en général modeste et discret, un escargot dans sa coquille, mais à l'air libre, il laissait libre cours à son exubérance, et ce n'étaient que danses, gambades et chansons :

B comme l'alphabet,
Béé comme le mouton,
Bai comme le cheval,
Et baies comme celles du sureau.

— Ha ! Ha ! Ha ! s'esclaffait-il, avant d'enchaîner sur une autre des innombrables perles de sagesse ou de folie douce qui lui passaient par la tête.

De Wortmaster Gort, Will apprit beaucoup dans le domaine des êtres vivants, tout, d'ailleurs, excepté ce qui concernait la chasse, car les effusions de sang étaient le domaine réservé du brusque et stoïque Huntmaster Tweddle, le maître de chasse. Il venait des rudes vallons du Nord. Sous son chapeau orné d'une plume de corneille, il arborait des moustaches grisonnantes et négligées, un sourire plein de chicots et des yeux tellement enfoncés dans leurs orbites qu'on n'aurait su dire de quelle couleur ils étaient. Il avait de grandes mains, qui avaient tordu le cou à plus d'une perdrix et empilé des monceaux de gibier. Mais cela ne l'empêchait pas de veiller comme un père attentionné sur les faucons et les éperviers dont il avait la charge.

Les oiseaux chasseurs faisaient la joie de Will, car ils étaient fiers et farouches, et dotés d'une séduction sans pareille. Ils menaient une vie qu'il ne connaîtrait jamais, d'ailes et de vent, et possédaient à fond les caprices des mouvements d'air, savoir qu'il n'était donné à aucun humain de partager. Cependant, le temps que Will passait dans les écuries et les volières était du temps volé au Wortmaster. Gort et Tweddle s'évitaient, car ils éprouvaient une aversion mutuelle, vigoureuse et sans égale. Will s'aperçut immédiatement que leurs opinions étaient toujours diamétralement opposées, quel que soit le sujet. Et quelque part entre eux deux, il y avait ces hommes chargés de l'instruire dans le domaine des choses du monde : sir John Morte, qui pouvait montrer comment faire — dans presque toutes les situations — mais était incapable d'expliquer par des mots, et Aspall, qui maniait avec dextérité les « pourquoi », les « bien que » et les « quoi qu'il en soit » de sa voix haute et flûtée, mais était dans l'incapacité totale de se servir de ses dix doigts.

— Hum ! commençait-il. Aujourd'hui, hum ! nous allons nous pencher sur *La Geste de sire Gauvain*...

Mais après les romans de chevalerie, c'était sir John qui leur montrait comment monter à cheval et tirer comme un vrai chevalier. Il leur apprenait maintes choses que Will n'avait pas envie de savoir, comment fendre en deux le gésier d'un homme, par exemple, ou comment s'y prendre au mieux pour mettre le feu à une chaumière. Mais il y avait des compensations, comme les grands galops à travers champs, ou encore apprendre à cacher une compagnie entière d'arbalétriers dans les bois, sans que personne ne devine leur présence.

C'est du précepteur que Will, un beau jour d'avril, apprit ce qu'il ignorait jusqu'alors concernant le rang seigneurial. La leçon se déroulait au jardin, où ils profitaient de la douceur du soleil printanier. En son centre se trouvait un carré net et dru qu'on appelait « la pelouse ». Tout au long de l'année, elle était tondue au plus ras par deux hommes qui utilisaient pour ce faire des fauchons et des balais de genêt. Will se demandait pourquoi ils n'avaient pas recours aux moutons tout simplement, pour s'épargner un souci. C'était ainsi, en tout cas, qu'on procédait à Nether Norton : les ovins entretenaient le pré communal qui servait de terrain de jeu de boules. Tout homme du val savait parfaitement que ce que ces animaux laissaient derrière eux était source inépuisable de bienfaits pour la terre, mais Aspall accueillit la trivialité de son intervention d'un air désapprobateur, et Edmund observa à mi-voix qu'il fallait bien que ceux qui tondaient la pelouse, comme celles qui s'occupaient de la garde-robe de la duchesse, et tous les autres domestiques, se vissent offrir un moyen d'existence.

— Quand même, ça n'a pas de sens...

— Willand ! Veuillez vous en tenir à votre leçon !

Le précepteur désigna de sa baguette le manuscrit qu'il venait d'ouvrir. Il semblait manifester quelque réticence à faire ce cours, comme s'il pensait qu'il traitait d'un sujet délicat, qu'il convenait d'aborder avec d'infinies précautions.

— Comme vous le voyez, le roi est le plus élevé par le rang, expliquait-il. Après lui viennent les princes. Après eux, les frères et oncles du roi, même si le roi Hal, pour sa part, n'en a pas.

— Le roi Hal, ha ! murmura Edward d'un ton méprisant en croisant les bras sur la poitrine.

— Hum ! (Aspall fit jouer ses doigts sur le coin de sa table d'un air impatient, avant de poursuivre :) Après les frères du roi...

Après les frères du roi, découvrit Will, venaient des hommes qui portaient des titres curieux : le lord Grand Chambellan, le lord Haut Amiral, le comte maréchal du royaume. Au-dessous se trouvaient les ducs, puis les marquis, enfin les comtes. Vicomtes et barons suivaient et c'est à peine s'ils comptaient, se disait Will, bien qu'ils fussent de rang supérieur aux chevaliers. Tout en bas de la liste figuraient les écuyers et les gentilshommes de la garde. On ne mentionnait pas les pages, pas plus que les fermiers, les forgerons ou les porchers, ce qui semblait bizarre, tout de même, car c'étaient eux qui assuraient toutes les tâches utiles.

— C'est parce que ce sont des gens de peu, affirma Edward en lançant un coup de coude dans les côtes de Will. Comme toi, Willy-qui-frétille-du-bâton.

— Très bien, d'accord, et les magiciens, alors ? reprit Will sans s'émouvoir.

Le précepteur ne fut pas long à répondre :

— Ils ne figurent pas non plus sur la liste.

— Ha ! les magiciens ! fit Edward.

— Si l'on en rencontre un, comment le reconnaît-on ? interrogea Edmund.

— Il a de gros yeux, de longues oreilles et une toute petite langue, fit Will avec humeur et, dans le ton de la voix, du moins lui sembla-t-il, quelque chose d'un enchanteur.

Aspall le rappela à l'ordre d'un claquement de langue péremptoire et Will s'attendit à se faire expulser du jardin, mais juste à ce moment arriva Wortmaster Gort, chargé d'une brassée de moutarde sauvage qu'il venait de cueillir à l'instant. Il annonça qu'il était à la recherche de son lapin et quelques instants plus tard on entendit un certain tumulte quand Rock, l'un des chiens courants de Tweddle, pénétra en bondissant dans le jardin. Will vit le grand lévrier au poil gris foncer droit sur le coin où Osric prenait tranquillement le soleil. Will, en un bond, fut debout, mit ses mains en porte-voix et cria de toutes ses forces.

— Non, Rock !

Le soleil se reflétait dans le collier de métal qu'il portait au cou. À l'instant même où ses mâchoires allaient se refermer sur Osric, il s'effondra à terre comme si on lui avait fauché les deux pattes avant d'un seul coup, d'un seul. Puis il roula sous un massif de rosiers, où il se mit à japper, de surprise plus que de douleur.

Edmund se précipita en avant, mais Osric, d'un bond, lui échappa. Finalement, Gort s'en saisit et, d'un geste vif, le mit définitivement hors de portée du chien.

— Maître Tweddle ! Faites-moi sortir cette sale bête du jardin ! Il est encore allé siroter dans la brasserie, sous ce tonneau de bière qui fuit, le bougre. Et vous aussi, d'ailleurs, m'est avis.

Le maître de chasse et sir John vinrent chercher Rock. Une fois le lévrier parti en trottant sur leurs talons, le lieu retrouva la paix. Ou presque, car Will s'assit lourdement sur le banc, les mains aux côtés.

Edward lui jeta un coup d'œil attentif.

— Tu ne te sens pas bien ? Tu es blanc comme un apprenti meunier.

— Je me sens… (Il ne réussit pas à exprimer l'étrange sensation de vide dans sa poitrine, qui lui faisait penser qu'il allait défaillir.) C'est… Je crois que c'est en train de passer.

— Regarde-moi dans les yeux, fit Gort en plongeant les siens, profondément, dans ceux de Will.

— Il a peur, c'est tout, lança Edward en grimaçant, les mains sur les hanches. Il a cru que le chien arrachait la tête de ce pauvre cul-blanc et que le sang allait gicler comme d'une fontaine. C'est pour ça qu'il a failli tourner de l'œil !

Aspall toucha le fils aîné du duc à l'épaule.

— Sir Edward, je vous prie. Vous aussi, sir Edmund, revenons à notre leçon.

Tandis que Will, toujours assis, se remettait de ses émotions, l'engin qui marquait le temps fit entendre ses cling et ses clong, mettant fin à la leçon. Will resta sur le banc. Le Wortmaster lui suggéra :

— Referme les doigts de la main droite aussi fort que tu peux autour de mon poignet.

Will s'exécuta, mais rien à faire : il manquait de force. Il était encore tout étourdi.

— Qu'est-ce qui m'arrive, Wortmaster ?

Et Gort lui fit son plus beau sourire de guérisseur.

— Rien qui doive t'inquiéter. Je vais te faire un petit mélange de poudres. Avec ça, tu te sentiras mieux en un rien de temps.

Cet après-midi-là, il y eut une heure de pluie, durant laquelle Will eut les cheveux coupés et la nuque rasée de près. Sa coupe, à présent, s'approchait davantage de la coiffure des fils du duc, et la nuque lui picotait tandis qu'ils étaient tous les trois penchés sur de vieux parchemins, à identifier les différentes sortes de blasons que distinguait la science héraldique. Aspall leur expliquait les « règles de teinture » si compliquées, qui disaient quelle couleur pouvait être associée avec telle autre sur la bannière d'un chevalier. Ils s'absorbèrent dans d'autres parchemins, sur lesquels étaient représentés tous les longs étendards, terminés en queue d'hirondelle, que les seigneurs déployaient dans les batailles. Ils apprirent pourquoi certains portaient l'épée rouge et d'autres le cœur blanc, et la signification des différents symboles, jusqu'à ce qu'ils se mettent tous à danser sous les yeux de Will.

Quand l'étude à l'intérieur fut terminée, ils ressortirent au grand air et restèrent plantés sans mot dire, tandis que sir John leur aboyait dessus.

— D'après les règles de la chevalerie, un chevalier doit vivre de façon telle que sa conduite inspire le respect ! Avec honneur et bravoure, orgueil et foi, et courtoisie envers tous ! Il doit être altruiste, charitable et loyal ! Il doit respecter les femmes et protéger l'innocent ! Voilà l'idéal vers lequel doit tendre le chevalier, et de toutes ses forces ! Des questions ? Bien. (Il ajouta, avec dans l'œil une lueur sinistre :) Cet enseignement, c'est Aspall qui vous le dispensera, et nul autre que lui. De moi, vous apprendrez comment rendre les hommages qui leur sont dûs à ceux qui vous sont supérieurs par le rang, comment dispenser sommairement la justice et comment survivre au combat, quand ça tourne à la boucherie. (Ses lèvres s'animaient d'un sourire fugitif.) Tous finissent ainsi, d'ailleurs. Et ne laissez personne essayer de vous faire croire le contraire.

Il leur montra quelques pièces d'armurerie rouillées et leur en indiqua le nom, et quel endroit du corps elles étaient destinées à couvrir.

Will prit une épaulière et l'examina d'un air incertain.

— Et ceci, qu'est-ce que c'est ?

— Tu la tiens à l'envers, lui glissa Edward.

— Pourquoi est-ce que j'apprends toutes ces choses sur les armures ? interrogea Will en s'adressant à sir John. Je vais devenir chevalier, moi aussi ?

— Toi ? se gaussa Edward. Un chevalier ?

À quoi sir John répondit :

— Tu dois apprendre tous les devoirs d'un page, et cela inclut l'accoutrement.

— Tu dois connaître ce qui concerne les armures, reprit Edward avec un sourire sarcastique, parce que tu devras astiquer la mienne en vidant un pichet de cidre.

— Je ferais un meilleur chevalier que toi.

Edward manifesta d'un geste sans ambiguïté le dégoût que lui inspirait cette seule pensée.

— La chevalerie est un très grand honneur, quelque chose que seul un seigneur peut transmettre à un vassal qu'il veut honorer. Qui aurait l'idée de t'adouber, toi ?

— Je serais bien plus utile dans les vrais combats.

— Et d'après qui ? De toute façon, la chevalerie est affaire de sang et de naissance. C'est hors de question pour quelqu'un de pauvre extraction, comme toi.

Will fut piqué au vif, au point de coller à Edward un bon soufflet sur l'oreille dès que sir John eut le dos tourné. Ils s'empoignèrent aussitôt, toutes griffes dehors, jusqu'à ce que sir John en rugissant les sépare et les cloue chacun sur son siège en attendant qu'ils retrouvent leur calme.

Après quoi il leur parla longuement, avec attendrissement, de son arme favorite, le fauchier, grand sabre à lame large et incurvée, à un seul tranchant, horrible à voir, lourde comme une hache, et dont la garde épousait étroitement la forme du poignet. Un moment plus tard, il fit mander un jeune garde et leur montra à quoi ressemblait un homme revêtu de pied en cap de son armure, même passablement usagée. Puis sir John s'appliqua à tenter d'occire le garde à grands coups sonores du lourd fauchier, qu'il portait successivement aux différentes parties du corps : tête, corps, bras et jambes.

Sallet… la tête !
Bevor… le torse !
Pauldron… l'épaule !
La poitrine ! Le dos !

Rerebrace… le bras !
Couter… le coude !
Vambrace… l'avant-bras !
Gauntlet !

Tasset… la hanche !
Cuisse… la cuisse !
Poleyn… le genou !
Greave… le jarret !
Sabaton !

Justement, il manquait un sabaton, mais fort heureusement quand sir John porta le tranchant de son arme sur le pied du garçon, il fit seulement mine de frapper et détourna le coup au dernier moment. Finalement, le garde fut autorisé à se débarrasser de l'armure et se vit offrir une pièce d'argent pour sa peine. Il s'empressa de quitter les lieux, titubant légèrement.

— Avez-vous remarqué comme les courbes font dévier les coups ? Ne choisissez jamais l'épée contre une armure, si lourde soit-elle. Préférez-lui ceci !

Ils regardèrent sir John brandir une masse d'armes. Il les emmena devant un vieux bouclier accroché à un sac de sable monté sur un piquet. Un cœur avait été tracé grossièrement à la craie en son centre. Quand, après avoir balancé la masse d'armes, il la projeta, le seul poids de celle-ci fit que la pique longue de deux pouces vint se ficher au beau milieu de la partie plate de l'armure. Et quand il l'en retira, un filet de sable coula sur le sol.

— Mort ! clama Edward.

— Aussi mort qu'une poignée de porte, renchérit sir John.

À la vue du sable en train de s'écouler, Will se demanda quel effet cela devait faire de sentir le sang vermeil de son cœur filer ainsi par la boutonnière d'une blessure. Il en avait la bouche sèche.

Sir John les emmena plus loin, près d'une souche d'arbre, et leur montra son arme personnelle, une large épée. La lame en était si aiguisée qu'on pouvait s'en servir pour peler un fruit. Il leur prouva alors comment, entre les mains d'un épéiste accompli, elle pouvait, d'un seul coup d'un seul, couper en deux la tête d'un jeune sanglier. Will n'eut pas le moindre malaise à ce spectacle et Edward, qui le guettait du coin de l'œil, en fut pour ses frais. Et tout le reste de la journée, il fut très attentif à ne pas laisser entrevoir, de quelque manière, qu'il pourrait avoir le cœur levé à la vue du sang, car s'il était pris en flagrant délit de faiblesse, il était certain d'en entendre parler jusqu'à la fin des temps.

Cette nuit-là, Will fit un cauchemar atroce. Cela commençait bien pourtant : il marchait avec Willow, main dans la main dans le bois de Wychwoode, mais alors surgissait un homme en armure, dix fois plus grand que lui. Son adversaire avait un fauchier justement, tout comme sir John, et le bras qui le brandissait était d'une force irrésistible. Quand le guerrier lançait son arme contre un arbre, celui-ci se fendait en deux et à l'intérieur était le squelette de Will. Et Willow, en pleurs, s'en allait en courant, et là, au pied de l'arbre, qui se lamentaient, c'étaient Eldmar et Breona mais aussi — et ils riaient, ceux-là — ses véritables parents, la duchesse et le spectre de la mort.

Will s'éveilla trempé de sueur. Rejetant ses couvertures, il se leva pour aller chercher de l'eau, et ses pieds rencontrèrent le dallage humide et glacé. Qu'est-ce qui avait bien pu le tirer de son sommeil en sursaut ? Il y avait une fuite à la tonne à eau. Des gouttes lui éclaboussaient les pieds. Le liquide s'infiltrait entre les pierres disjointes du sol. Mais il se figura entendre quelque chose d'autre, à l'extérieur, et tout à coup il se souvint de la pierre dragon.

Elle avait été enterrée, enfermée à double tour dans quelque resserre humide aux bons soins du Wortmaster Gort, qui n'avait pas jugé bon d'en souffler mot. Mais à présent, Will entendait ses murmures. Elle l'appelait. Pas de doute, c'était elle, et en s'approchant d'une fenêtre, il ne fut pas surpris davantage en identifiant la forme qui hantait la cour intérieure.

Il connaissait son nom.

C'était la mort, qui rôdait là dans le froid clair de lune. La mort et ses relents empestés de pourriture enfouie dans le sol, nauséabonde comme la liqueur qui s'échappait des cercueils par les nuits brumeuses. La mort. Pas d'erreur possible. Et Will se tapit, d'instinct, car il sentit courir dans ses os une onde de frayeur, et aussi parce qu'il savait confusément que le spectre cherchait à l'aveuglette le fils unique qu'il avait engendré.

Quand il se réveilla le matin, la journée s'annonçait humide et venteuse. Il trouva Gort en train de farfouiller sur le remblai du château. Il y avait des frères à l'intérieur et celui-ci ne voulait rien avoir à faire avec eux — chaque fois qu'ils étaient là, il s'arrangeait pour être ailleurs. Quand Will le soumit à un feu roulant de questions à leur sujet, il se redressa, se massa le bas du dos et lâcha d'une voix sinistre :

— Celui qui se jette dans les bras de Ceux-qui-ne-voient-pas, et demande asile et protection dans le sanctuaire d'une maison du chapitre, sera toujours le bienvenu. Oh, pour ça, oui, il pourrra toujours entrer ! Mais sortir, pas moyen. Ah, non, rien à faire ! Souviens-toi de ça !

— Je m'en souviendrai.

Gort lui fit un clin d'œil complice, avec un air de consternation sur son visage poilu.

— Une fois que leur prieur a posé les mains sur le visage d'un nouveau venu, ses yeux perdent leur éclat et se ratatinent, comme le raisin qui reste sur la vigne. Il est pris d'un soudain aveuglement et doit rester dans la confrérie à tout jamais.

— Maître Gwydion m'a dit que... les mains rouges admettent parmi eux des voleurs et même des assassins. Cela est-il vrai ?

— As-tu jamais entendu maître Gwydion proférer un mensonge ? Plus d'un frère se recrute parmi les pauvres bougres qui titubent sous le poids d'une faute insupportable. Et il y a aussi tous ceux qui ont fait le mal et ne se sentent pas coupables pour autant — ceux-là, il arrive aussi qu'ils aillent grossir les rangs de la communauté.

Will fut saisi d'horreur à ces révélations.

— Mais pourquoi les gens abandonneraient-ils leur liberté de leur plein gré ?

— Pas de leur plein gré ! Quand ils sont acculés, poussés dans leurs derniers retranchements ! La seule chose qu'on exige d'eux, c'est cette formule : « Je demande asile et protection auprès du sanctuaire de la confrérie. » Quiconque prononce ces paroles doit être admis et échappe, dès lors, à la loi du roi. Tu ne sais pas cela ?

Will dévisagea Gort, les sourcils froncés.

— Échappe à la loi ?

— Échappe à la loi. Mais certainement pas à la punition, car une fois qu'un homme a abdiqué sa liberté, il devient aveugle à tous les sens du terme. Tout ce qu'il était, tout ce qu'il est, il lui faut l'oublier. Il ne peut pas davantage quitter son cloître que l'abeille sa ruche. Et d'ailleurs, celle-ci jouit de davantage de liberté, car les frères ne peuvent sortir sans la permission du prieur, et même dans ce cas, ils doivent être accompagnés par des membres plus anciens.

— Ils ne peuvent donc pas s'échapper ? Même pas si une armée venait à leur secours ?

Gort fit entendre son rire aigrelet.

— Eh non ! Pas même alors. Pas un seigneur dans ce royaume n'oserait lever des troupes contre Ceux-qui-ne-voient-pas. Personne n'aurait l'audace de leur faire un affront pareil ; ils ont le bras trop long, et trop d'influence, depuis trop longtemps. Et leur mémoire est sans limite.

Le Wortmaster se mit à arpenter le tertre herbu sur lequel était édifié le donjon, examinant les fleurs sauvages qui y poussaient. Il ne semblait guère enchanté de ce qu'il trouvait.

— De la grande douve, du côté nord, dit-il. Elle envahit tout à présent...

Il pointa du doigt les plantes qui offensaient sa vue et qui, pour Will, étaient des chardons. Elles arrivaient déjà à hauteur du genou et avec cela piquantes, et des feuilles comme des hallebardes.

— Elles seront trois fois plus hautes au plus fort de l'été.

— Pourquoi cela vous chagrine-t-il de les voir pousser ici ? interrogea Will. Moi, je les aime bien.

— Mais moi aussi. Elles ont du caractère, elles sont même irascibles, fières dans le meilleur sens du terme, et il n'y a rien à redire à une espèce qui pousse là où elle devrait pousser, nous sommes bien d'accord.

Il eut un long regard scrutateur en direction du ciel de plomb, où les nuages s'amoncelaient.

— Les bouvreuils dorés, qui mangent les graines des grandes douves, sont ravis, eux, j'en suis certain. Mais elles n'ont jamais crû ici. Jamais, au grand jamais. Et je me demande pourquoi elles sont venues s'y installer.

— Il faut absolument qu'il y ait une raison ?

Gort lui jeta, de sous ses sourcils en broussaille, un regard aigu et avança d'une voix solennelle :

— En ce monde, Will, il y en a une à toute chose. Et en toute chose il y a matière à s'émerveiller...

— Je n'avais jamais envisagé les choses sous cet angle, fit Will dans un sourire.

Gort se pencha sur un bouton qu'il trouvait à son goût.

— Réveille-toi, petite chélidoine, voilà le printemps ! entonna-t-il. (Sa voix, au caractère mélodieux, surprit Will, et du bouton sortit une adorable fleur jaune, en forme d'étoile.) Regarde comme elle se recroqueville pour se protéger des frimas, pour sortir au printemps, pimpante comme le premier soleil ! Nous l'appelons la favorite du coureur de chemins, car elle aime à pousser le long des haies et des bouchures, où elle tend le cou pour le plaisir du voyageur. Ah, par ma foi ! La beauté que nous offre la moindre des simples !

La joie dilata le cœur de Will et il se mit à chanter.

Au commencement ils étaient neuf
Puis neuf devinrent sept
Et sept, cinq.
À présent, aussi sûr que les temps courent à leur perte,
Trois ne sont plus,
N'en reste qu'un.

Pour les deux derniers vers, Gort joignit sa voix à celle de Will. Il prit entre les doigts, tout sourire, une feuille de grande douve et la tapota en cadence, sans crainte de se faire piquer.

— Voilà une chanson prophétique, tu sais ? Je suppose que c'est maître Gwydion qui te l'a apprise... Je me trompe ? Tu sais de qui elle parle ?

Will coula un regard de biais au Wortmaster, ne sachant pas trop s'il devait mentionner l'Ogdoad.

— Et vous ?

— Des enchanteurs, pardi ! Bon ! Maintenant je te l'ai dit, même si le phantarch lui-même n'a rien voulu t'en révéler. J'imagine que maître Gwydion ne t'a pas dit que j'avais été pressenti, au vieux, vieux temps, pour faire partie de l'Ogdoad de neuf.

Will, tout à sa surprise, dévisagea le Wortmaster.

— Vous ? Vous aviez la marque ?

— Eh oui, moi ! Le pauvre vieux Gort ! Comme le monde serait différent si c'était Gort qui avait été désigné, au lieu de ce monstre de Clinsor. Mais c'était il y a si longtemps. Bien avant le temps où Celenost est devenu phantarch. Tu ne sais pas grand-chose de tout cela, je suppose.

— Pas grand-chose. Clinsor ? Vous voulez dire Masgull ?

— Alors, c'est le nom qu'il porte par les temps qui courent, c'est bien cela ? Il a été le traître tout du long, et crois-tu que je ne m'en doutais pas ? Je le leur ai dit. Qu'il me faisait une drôle d'impression. Ah, c'était il y a bien longtemps, à l'époque où Maglin était phantarch, oui, en ce temps-là. Mais Maglin s'est dressé sur ses ergots comme il savait si bien le faire et m'a cloué le bec : « Nous ne pouvons pas nous permettre de lancer des accusations aussi graves sur la base de drôles d'impressions, Gortamnibrax. »

— J'imagine que le projet de Masgull est de prendre le pouvoir sur le monde et de ne jamais mourir, avança Will. Et si jamais il arrive à se débarrasser de maître Gwydion, il n'y aura rien pour l'arrêter.

— Clinsor ? Prendre le pouvoir sur le monde ? Vivre éternellement ? (Gort huma l'air alentour.) C'est probablement quelque folie de ce genre. C'est toujours comme ça. Voilà ce qui se passe une fois que la vanité a planté son dard dans votre chair et instillé son poison dans votre sang. La seule chose qu'on ait envie de faire de son existence, c'est d'édifier son propre mausolée. Et certains sont particulièrement aveugles à l'inanité de la chose, vois-tu !

Will aurait voulu en entendre davantage, mais Gort avait déjà l'esprit ailleurs et lorgnait à présent du côté du ciel. Il tendit la main :

— Ah, pauvre de moi ! Topinambours et tubercules ! Pour le colporteur, des nèfles, mais pour le prince, des coings ! Voilà encore de la pluie. Ah, c'est magnifique !

Un instant plus tard il se mit à pleuvoir en effet, et c'était une bonne averse rafraîchissante, le genre d'arrosage dont raffolaient les arbres, à ce que disait Gort. Ils marchèrent côte à côte sous le crachin, s'en régalant tout autant que les cygnes sur la rivière, et Gort lui enseigna les différents usages de la dame-d'onze-heures et de la fraise des bois, et les merveilles qui se pouvaient obtenir de l'achillée, de la grenouillette et de la vipérine. Mais Will se demandait encore ce que pouvait signifier la présence des chardons sur le remblai du donjon, et si cela pouvait avoir quelque funeste connexion avec la présence de la pierre dragon.

Quand il retourna à ses leçons, il trouva un Edward qui manquait singulièrement d'énergie, le regard perdu dans le gris du ciel.

— Je voudrais savoir quand père rentrera, dit-il à son frère. Il a promis de me présenter Dalgur.

— Il reviendra quand bon lui semblera, je suppose, répondit son frère, avec un enthousiasme modéré.

— Votre père sera absent un certain temps encore, intervint Aspall. (Il ajouta, avec une tendresse dont il n'était guère coutumier :) Tous ses enfants lui sont on ne peut plus chers, Edmund, mais nous vivons des temps tourmentés, et le duc a la sagesse de tenir compte des avertissements du corbeau.

— Qu'est-ce que c'est que ce Dalgur ? voulut savoir Will.

Le regard d'Edward s'anima tout à coup.

— C'est l'épée qu'il prend en second. Sa préférée, la meilleure, c'est Fregorach, dont le nom signifie « celle qui a réponse à tout ».

— Et Dalgur, alors, qu'est-ce que cela veut dire ? demanda Will, trouvant que ce nom ressemblait fort au mot qui, dans la vraie langue, désigne l'ardillon d'une boucle de ceinturon.

— « Entailleur d'imbéciles. »

— Tu viens juste de l'inventer.

— Mais non ! Père a reçu ces deux armes des mains d'un fameux forgeron, dans l'île Bienheureuse, quand il y a été fait seigneur lieutenant. L'acier dans lequel elles ont été forgées est très rare.

Edward, d'un bond, gagna la haute fenêtre et se saisit d'une énorme masse d'armes à ailettes, qu'il brandit au-dessus de sa tête dans unc posture héroïque.

— Père est dans la grande cité de Trinovant, en train de tenir tête, en cet instant même, aux fourbes et aux traîtres qui grouillent autour de la personne du roi ! Ce sont des ennemis et il doit les réduire à merci avant de pouvoir prendre le chemin du retour. Mais ne crains rien, Edmund, il rétablira chacun dans ses droits au mieux des intérêts du royaume, et dès que ce sera fait, il nous reviendra. Si j'étais lui, je prendrais Fregorach et j'irais trancher toutes les têtes des opposants du roi !

— Eh bien je dis que tu n'en ferais rien, dit Will d'un ton placide, très peu sensible à la grandiloquence théâtrale d'Edward.

— Je le ferais, oui, et en un rien de temps ! répliqua Edward.

— Et moi je maintiens que tu n'en ferais rien, car la première ennemie du roi Hal, c'est son épouse, et les lois de la chevalerie dont tu as plein la bouche t'interdisent absolument de lever la main sur une femme, à plus forte raison quand elle est reine. La seule chose qu'on puisse faire, c'est l'enfermer dans un cloître et attendre qu'elle y meure de chagrin.

— Que sais-tu de la chevalerie, Willy-qui-frétille-du-bâton ? Tu n'es rien qu'un petit page, et pas des plus relevés.

— Je ne suis pas un page, et je ne suis pas petit non plus, fit Will, avec un air de défi. Je suis ici pour être agréable à maître Gwydion. Et pour ce que j'en sais, j'étais à la loge de Clarendon, l'autre jour. J'ai vu le roi et la reine de mes propres yeux, et ça, je parie que ça ne t'est jamais arrivé.

— Hal, ce minable ver de terre ? repartit Edward. Ce n'est pas un roi, ça !

— Sir Edward, veuillez vous asseoir ! l'interrompit Aspall de sa voix flûtée certes, mais courroucée. Et je vous demande de tenir votre langue ! Par ordre de votre père en personne, il y a des choses que vous n'êtes pas autorisé à dire !

Edward eut l'air de s'apercevoir que cette fois-ci, il était allé trop loin. Il fit amende honorable, mais en se rasseyant, il jeta à Will un regard plein de morgue et ne put s'empêcher de siffler entre ses dents :

— Un petit page, en tout cas, j'ai dit.

Will sourit intérieurement et préféra ne pas répliquer, ce qui présentait l'avantage, il le savait bien maintenant, d'exaspérer Edward par-dessus tout. En son for intérieur, il se représentait en train d'administrer une telle correction à Edward, que celui-ci serait bien obligé d'abandonner ses grands airs. D'un côté, cela faisait du bien de l'imaginer réduit en purée mais de l'autre, il sentait confusément que ce serait trahir ce que Gwydion lui avait enseigné : la nécessité de s'introduire sans heurt dans le monde des hommes, de se montrer compatissant envers les imbéciles et de préserver sa force intérieure. « C'est plus facile à dire qu'à faire, songea-t-il en savourant malgré lui les mouvements de violence qui, montés en puissance depuis quelques minutes, avaient du mal à s'éteindre. Un de ces jours, Edward poussera le bouchon trop loin, poursuivit-il, avec un singulier mélange d'espoir et de résignation. Alors, je lui volerai dans les plumes, et il maudira le jour où il est né. »

Finalement, Aspall arriva laborieusement à la fin de l'interminable *Lai de Brea et Inogen*, et ce fut l'heure de partir. La leçon finie, Edmund s'attarda un moment. Il avait quelque chose à dire à Will.

— Pourquoi faut-il toujours que tu le cherches ?

— Moi ? Mais je ne le cherche pas.

— Oh, mais si ! Même quand tu ne dis rien. C'est une façon d'être que tu as.

— Je n'y peux rien. Et de toute façon, c'est lui, je t'assure, qui est toujours à m'asticoter.

— Mais tu lui dois le respect... fit Edmund avec une pointe d'embarras dans la voix. (Il lui était pénible d'avoir à préciser ce point. Il était bien plus intelligent que son frère aîné, même s'il se gardait bien de le montrer.) Si tu veux mon avis, tu devrais t'incliner. C'est tout ce qu'il veut.

— Edward ne s'en contentera pas.

— Mais tu ne vois pas ? C'est juste... parce que son père lui manque.

— À toi aussi, il te manque, Edmund, fit observer Will. Et... à moi aussi.

— Peut-être, Will. Mais pour Edward, c'est différent. Tu comprends, c'est lui l'héritier.

Et à ce moment, comme Edmund passait la porte et le laissait seul dans la pièce, Will comprit une vérité déterminante à propos d'Edward. Son père n'était pas seulement un grand seigneur, c'était un grand seigneur qui se considérait comme le souverain légitime du royaume, et en ce qui concernait son fils premier-né, cela faisait une énorme différence.

La mort, que Will s'attendait à voir frapper à Foderingham, ne vint pas. La duchesse et toute la famille gardèrent une santé florissante, de même que Gort, toujours aussi peu disert.

Will eut le grand déplaisir de voir arriver Beltane, et pas la moindre festivité pour le célébrer. Pour Ceux-qui-ne-voient-pas, c'était le jour de l'Abstinence, et le rite qu'ils accomplirent entre les murs du château lui donna l'impression qu'ils avaient réussi à dépouiller le rituel instauré il y avait de cela des siècles de toute trace de joie. Aucune nouvelle de Gwydion, et Will commença à se sentir abandonné tout de bon. « Certainement, se dit-il, et même s'il est terriblement occupé, même si son travail l'absorbe complètement, il aurait pu trouver le temps de m'envoyer un message, ne serait-ce qu'un tout petit mot. » Mais rien ne venait.

Par-dessus le marché, la pierre avait recommencé à murmurer au cœur de la nuit. Will était resté étendu, éveillé, s'efforçant de n'y pas prêter attention, mais il avait senti son corps habité d'une drôle de sensation. Il était en train de changer, il le savait. Sa voix chevrotait et se cassait de temps à autre, des poils lui poussaient au-dessus de la lèvre supérieure, et en touffes ridicules au milieu de la poitrine et aussi plus bas, à l'aine. Il se sentait nerveux, agité et enclin à s'irriter facilement d'un rien, comme si se manifestait à l'intérieur de lui une sorte de faim inconnue et impossible à assouvir, mais à cela s'ajoutait un poids, et il savait bien que cela venait de la pierre dragon.

Mai passa, et puis juin, et la chaleur monta en puissance. Il se surprit plus d'une fois à rêver éveillé et perdit de vue ce qu'il était censé apprendre. Les exercices d'armes que dispensait sir John le faisaient ressembler de plus en plus à un genre de monstre, un chien enragé. Ils y consacraient deux heures par jour au début, puis trois. Will et Edward prenaient leur leçon ensemble, et la rivalité entre eux grandit. Pour sa part, Will tenait ces entraînements pour ce qu'ils étaient, mais Edward ne supportait pas qu'un autre fût meilleur que lui. Leur nuque, leurs poignets épaissirent à force de mouvements répétés, et les muscles de leurs bras, de leurs cuisses, de leur poitrine prirent de la force et devinrent saillants. Will était visité par un rêve récurrent dans lequel son esprit avait commencé à habiter le corps de quelqu'un d'autre. Quand Edward et lui-même terminaient la séance par les exercices à l'épée nue, chacun surveillait les gestes de l'autre en se demandant quand, enfin, sir John les mettrait face à face afin de les départager et lequel des deux, alors, prendrait l'ascendant sur l'autre.

Le mois de juin arriva enfin. Par une chaude matinée, Edmund, en taillant une plume avec son couteau, se coupa le doigt et Aspall n'eut pas d'autre choix que de laisser Will et Edward à leur étude sans surveillance. C'était une erreur.

Edward, les jambes allongées et les pieds sur une chaise, arborait un air d'ennui profond.

— J'en ai assez d'être enfermé dans cette salle, s'écria-t-il.

Il jeta à travers la pièce la masse d'armes avec laquelle il jouait l'instant d'avant.

Elle atterrit tout près de Will, qui sursauta, de sorte que l'encre de sa plume fit un gros pâté au beau milieu de son travail.

— Pourquoi ne vas-tu pas faire un tour dans le jardin du nez blanc, suggéra-t-il, piqué au vif. Va-t'en piétiner deux ou trois fleurs, et tu reviendras quand tu seras calmé !

Edward se retourna vers lui, les nerfs en pelote, lui aussi.

— N'appelle pas ce jardin comme ça ! Je déteste ça !

— Et pourquoi pas ? C'est un nom qui lui convient bien mieux que celui, idiot, que vous lui donnez maintenant.

— C'est toi l'idiot !

— Comme tel, tu viens avant moi.

— Retire ça ! Ou...

— Ou quoi ? fit Will en plantant les yeux dans ceux de son adversairc. Qu'est-ce que tu peux me faire, hein ?

Edward s'éclipsa et l'instant d'après il était revenu avec le coffre de Will. Il en répandit le contenu sur le sol et le cor à bordure d'argent tomba à grand bruit sur le plancher.

— Voyons voir ce que notre vilain mendiant trimballe dans cette chemise dégoûtante, hein ?

Will sentit la colère monter en lui, comme un courant glacé, impossible à réfréner. Cette provocation dépassait, de loin, les allusions habituelles d'Edward aux origines plébéiennes de Will. Cette fois-ci, c'était la guerre.

— Oh ! Regardez-moi cela !

— Pose ça ! Je t'avertis !

Ravi de voir Will enragé, Edward brandir le cor.

— Qui est ce petit bonhomme habillé de bleu ? fit-il, faisant allusion à la livrée que Will était contraint de porter. Dites-moi, qui est donc ce petit bonhomme ?

— J'ai dit : pose-moi ça !

Edward se mit à caracoler à travers la pièce, le cor à la main.

— Petit homme en bleu, viens souffler de ton cor ! Les moutons au pré, les vaches dans le blé !

Quand il porta l'instrument à sa bouche, Will se jcta sur lui. Mais Edward l'attendait. Jetant l'objet à ses pieds, il fit un pas de côté et le flanqua violemment à terre. En se retournant, il trébucha et se heurta la tête. La blessure était légère mais douloureuse et il avait l'arcade sourcilière en sang : il vit rouge. Ils se bousculèrent et cherchèrent à s'empoigner. Alors, Edward lui tomba dessus en balançant les poings à la volée, jusqu'à ce qu'un des coups porte et atteigne Will à l'œil, celui qui saignait déjà. Will répliqua et sentit le choc de l'os sous les jointures de ses doigts. Se détournant de son agresseur, il voulut ramasser ses biens épars. Mais Edward était de nouveau sur lui et d'une bourrade, le jeta à terre. Will esquivait du mieux qu'il pouvait, mais Edward faisait pleuvoir sur ses tempes une volée de horions. C'étaient des coups qui faisaient mal, portés avec l'intention de blesser, et Will savait désormais qu'ils avaient dépassé le seuil où ils auraient pu cesser les hostilités sans que leur orgueil en pâtît. Il était trop tard pour reculer.

Edward était maintenant dans un tel état de fureur que c'en était effrayant. Il n'était guère, de nature, enclin à la pitié, et quand Will se dégagea, il avait dans la bouche le goût du sang. Il le sentait couler du coin de son œil gauche et se rendait bien compte qu'il ne s'agissait pas d'un jeu qui aurait mal tourné. Ils avaient tous les deux été entraînés à se battre, et ils étaient prêts. Il vit le regard qu'Edward jeta à la masse d'armes. S'il réussissait à s'en saisir, se dit Will, il lui ouvrirait le crâne, c'était sûr. Edward ne serait pas content tant qu'il ne l'aurait pas vraiment amoché. Et alors, qu'arriverait-il ? Rien : Edward était l'héritier. Il n'y avait aucune solution ; il lui fallait affronter l'attaque en faisant preuve d'astuce.

Comme Edward se précipitait pour se saisir de la masse, Will plongea sous la table en roulé-boulé pour tenter de l'atteindre avant lui. Il sentit une volée de coups de pieds passer tout près sans le toucher, puis le premier impact dans le dos. Il anticipa le coup suivant et attrapa Edward par le talon. Celui-ci tenta avec la dernière fureur de se dégager, mais il ne réussit qu'à perdre l'équilibre. Will en profita pour le plaquer au sol, sur le dos, ce qui lui donna deux secondes de répit pour se remettre debout. Quand Edward se rua de nouveau sur lui, Will lui jeta à la tête l'encrier et les plumes. Le bord tranchant du petit pot d'étain le cueillit de plein fouet sur l'arête du nez. Puis un pupitre bien ciré fut saisi à bout de bras et vint s'écraser au sol, encrier compris, éclaboussant les dalles comme du sang noir. Ils se ruèrent une nouvelle fois l'un sur l'autre, et comme ils luttaient au corps à corps, le pied d'Edward glissa dans une flaque d'encre et ils tombèrent tous les deux.

Cette fois-ci, Will avait le dessus. D'une main, il saisit Edward à la gorge, jusqu'à ce que celui-ci tente quelque chose pour se dégager. Il tira sur la chaîne qui maintenait un fort volume posé sur le coin de la table. Quand le livre bascula, la lourde reliure de métal vint frapper Will à l'arrière du crâne. La douleur lui planta son aiguille dans le corps. Leurs deux têtes se cognèrent. Sonné, Will n'était plus en mesure de se battre et se laissa éjecter sans broncher. Quand il tenta de se redresser, Edward en profita pour essayer de lui balancer un coup de pied dans la mâchoire, qui l'aurait tué, s'il avait atteint son but. Heureusement, Edward était aveuglé, moitié par l'encre, moitié par la colère, si bien qu'il toucha l'épaule.

Ils étaient acculés tous les deux à présent et n'avaient plus rien à perdre. Ils s'empoignèrent et se secouèrent avec furie, les yeux grands ouverts l'un sur l'autre. Le visage d'Edward était lacéré, en sueur, en sang, ses cheveux blonds souillés d'encre. Il haletait, il grognait. Will tentait d'étancher le flot vermeil qui s'écoulait de son nez. Un instant, il y eut une pause dans l'empoignade, que Will mit à profit en tentant d'arracher le gros livre d'Aspall de la chaîne qui le retenait. Son intention était de le jeter au visage d'Edward, mais l'attache refusait de céder, et dans l'effort qu'il fit pour libérer le lourd volume, celui-ci lui échappa des mains.

Une fois encore, ils se jetèrent l'un sur l'autre, ayant oublié toutes les leçons sur l'art de la guerre, sauf une, grimaçant, rugissant, essayant de se décoller la tête sans grâce ni façons, s'enfonçant les doigts dans les yeux, tirant, poussant, tombant.

« Tous les combats tournent à la boucherie. » La phrase résonnait dans la tête de Will comme un dit de magie. Et puis, tout à coup, Edward fut sur lui, il l'étranglait. Il appuyait la poignée de la masse d'armes, de toutes ses forces, contre sa trachée. Will avait beau se débattre comme un beau diable, il ne parvenait pas à se libérer. Il cherchait l'air. Il lui fallait se débarrasser de ce poids qui l'anéantissait, mais il ne trouvait pas de prise, jusqu'à ce que monte en lui, avec l'énergie du désespoir, une bouffée de panique qui se répandit dans ses bras et sa poitrine. Quelque chose claqua d'un coup sec dans le crâne de Will, comme un éclair, et Edward alla valser à l'autre extrémité de la pièce. Il percuta à toute volée le mur d'en face. Alors, la porte s'ouvrit et sir John Morte se jeta entre eux, et ses mains qui portaient des gantelets se saisirent de Will par le cou et le tirèrent en arrière.

— Si vous voulez faire ça, c'est dehors ! aboya-t-il.

Il tira Will à travers la pièce et tout le long du passage couvert.

— Mmmmff ! protestait Will.

Il toussait, bafouillait, postillonnait, et finit par cracher le sang et la salive à pleine bouche quand sir John le déchargea, comme un vulgaire paquet, dans un coin de la cour. Edward se précipita sur lui en rugissant, le visage dégoulinant de sang. C'est à peine s'il y voyait quelque chose, mais cela ne l'empêcha pas de reprendre le combat.

— Yaaaaaagghh !

Edward, la mâchoire tordue dans une grimace atroce, tenait le visage de Will embrassé dans une étreinte meurtrière, mais ce vent de folie fut de courte durée, car sir John les traîna tous les deux au bas des escaliers et jusque dans la cour, et quand Will se releva pour balancer son poing à la figure d'Edward, sir John l'envoya promener à terre, d'un simple revers de la main :

— Toi, reste ici ! fit-il. (Puis il brandit un doigt menaçant sous le nez d'Edward :) Et toi, tu veux la même chose ? Hein, c'est ça que tu veux ?

Edward se dit que oui, d'abord... mais finalement, non. Et d'un seul coup, voilà, le combat était terminé. Les adversaires s'assirent par terre, pantelants. Will passa le revers de la main sur ses lèvres enflées et essaya de souffler le sang qui lui bouchait les narines, et Edward porta les deux mains à ses mâchoires, pour vérifier si elles fonctionnaient toujours.

Moitié par plaisanterie, moitié pour montrer qu'il avait encore de la pugnacité en lui, Will observa finement :

— Je t'avais dit que tu devrais aller faire un tour au jardin du nez blanc.

Edward se mit debout à l'instant même, noir comme un morceau de charbon.

— C'est la dernière fois que tu insultes le blason de cette maison devant moi !

— Comment le sais-tu ? Tu as la tête trop épaisse pour être un devin !

— Ça suffit ! rugit sir John, avec une bourrade de sa grosse main dans la poitrine de Will. Quant à vous, sir Edward... Que penserait votre père s'il vous voyait ainsi ?

Will essaya un rire jaune en voyant qu'Edward, lui aussi, se faisait réprimander.

Sir John administra une bonne calotte à Edward, puis la même à Will, pour faire bonne mesure. Les gantelets se refermèrent sur leurs deux chevelures, et sir John les emmena au puits. Il leur jeta à la tête, chacun son tour, un seau d'eau froide. Puis il les fit asseoir et demanda à Will quelle était la raison de cette empoignade.

— Je ne sais pas, fit Will, de son air le plus entêté.

— Ah, tu ne sais pas. (Sir John opina lentement du chef, avant de tourner vers Edward sa figure taillée à la serpe.) Et je suppose que toi, tu ne sais pas non plus ?

Edward eut un geste de dénégation sans appel.

— J'ai oublié.

— Alors, il va falloir que ce soit moi qui vous le dise. Venez plus près.

Will eut quelque inquiétude devant le ton tranquille de sir John, et ce geste d'invite dont il n'était pas coutumier. Mais le chevalier posa une main dans leur dos à chacun, découvrit un rang de grandes dents régulières et dit :

— C'est ce qui arrive toujours quand deux jeunes mâles de force et d'envergure égales sont mis en présence. Ils ressentent le besoin impérieux de cogner leur tête l'une contre l'autre. Le velours tendre de vos andouillers tombe en lambeaux à toute vitesse, ces temps-ci, gaillards chanceux que vous êtes. Il est temps que je vous donne double dose d'exercice. À compter de ce jour, vous vous lèverez une heure plus tôt et terminerez une heure plus tard. Et la prochaine fois que vous vous affronterez en combat singulier, il ne s'agira plus d'une petite bagarre de garnements sur le plancher d'une salle d'étude. Vous vous battrez à l'épée nue.

CHAPITRE QUINZE

Contre toute raison

GORT LES EXAMINA L'UN APRÈS L'AUTRE, pour vérifier s'il n'y avait rien de cassé, et mettre un peu de piquant sur leurs blessures, en guise de punition. Quand Will et Edward se rencontrèrent de nouveau, ce fut à la table du dîner. Comme Will enjambait le banc pour s'asseoir, Edward lui fit immédiatement une place, geste qui était du jamais vu chez lui.

— Merci.

— Je t'en prie.

— Ben donc ! fit l'une des servantes, remarquant du même coup leur inhabituelle civilité et leurs visages défigurés. Qu'est-ce qui vous est arrivé, hein, les jeunes maîtres ?

— Bagarre ! répondit Will de son air le plus fier en assénant une vigoureuse tape amicale dans le dos d'Edward.

— Et une fameuse, avec ça ! renchérit Edward en inclinant la tête pour enfourner une cuillerée de purée de pois cassés du seul côté de sa bouche qui pouvait encore s'ouvrir.

— Ah ah ! fit la fille de cuisine avec une moue de connaisseur, tout en grattant d'un bras dodu et vigoureux le fond d'une casserole. Vous êtes les meilleurs amis du monde, maintenant, j'imagine. C'est toujours comme ça après une empoignade, hein ? Des frères, j'en ai sept, alors je m'y connais... !

Aussi bizarre que cela puisse paraître, c'était vrai. Will avait l'impression qu'une barrière insurmontable avait été mise à bas. Il ressentait une exaltation telle que les souffrances qu'il endurait lui semblaient totalement insignifiantes. Quelque chose — il n'aurait su dire quoi, au juste — avait été réglé entre eux, une fois pour toutes. Cela avait à voir avec le fait d'être mis à l'épreuve et d'avoir gagné le respect, et cela fonctionnait dans les deux sens en même temps, et tout de suite. Le sang versé n'était pas sec encore, mais Will se sentait plus proche d'Edward qu'il ne l'avait jamais été. Et Edward paraissait dans les mêmes dispositions.

Tandis que Will éloignait le plateau vide pour être agréable à Edward, et que celui-ci lui servait, en retour, un gobelet de vin de Callas, l'horloge du château sonna six heures du soir. Will tressaillit sous la morsure acide du vin sur sa lèvre endolorie, mais il se réjouit bien davantage de cette affection sincère et toute nouvelle pour lui, cette fraternité chèrement gagnée à force de coups donnés et reçus. Il pensa avec une pointe de culpabilité à la promesse qu'il avait faite à Gwydion et se rendit compte qu'il n'avait pas eu, depuis un bon bout de temps, une pensée pour l'enchanteur. Sa quête pour trouver les pierres de la destinée et empêcher la guerre, qui, il y a si peu de temps encore, consumait toute sa vie, semblait à présent bien lointaine, un écho du passé qui n'avait plus grande importance.

— Hé ! Willy-qui-frétille-du-bâton ! le héla Edward, avec un sourire en coin, de l'autre côté de la table.

Will lui rendit son demi-sourire. Aussi surprenant que cela pût paraître, la raillerie ne le blessait plus. Il portait ce surnom avec fierté.

— Quoi ?

— Tu veux que je te montre quelque chose ?

Edward sortit de sa sacoche un objet en ivoire. C'était long d'un pied et tordu en spirale, avec des extrémités grossièrement sciées.

— Un bon cor en mérite bien un autre, hein ?

— Qu'est-ce que c'est ?

— Une corne de licorne.

— Fais-moi voir ! (Will examina l'objet rare avec des yeux stupéfaits.) D'où la tiens-tu ?

— Elle vient du trésor de mon père. (Edward la fit tourner dans sa main avec fierté.) N'y touche pas. Elle est très ancienne.

— Comment te l'es-tu procurée ?

— J'ai accès aux clés de toutes les portes de ce château.

— Et aussi à tous les coffres fermés à clé, il me semble.

Edward encaissa la pique d'un air contrit.

— Je promets que je n'irai plus jamais mettre mon nez dans tes affaires. Voilà. Comme ça, ça te va ?

— Ça me va tout à fait.

Will examinait en détail la corne tortueuse. Elle était longue comme son bras, lourde et dure comme une dent, légèrement brunie par le temps dans les cannelures. Elle portait une marque d'usure, à un certain endroit, comme si quelqu'un l'avait grattée avec une lame. Cela le fit penser aux poudres et aux onguents que fabriquait Gort.

— Tu devrais faire attention. Les licornes sont des bêtes fabuleuses. Tu ne devrais pas toucher sans permission au domaine de la magie.

— D'après qui ?

— D'après Gort.

— Le seigneur des vers de terre ? Je ferai comme bon me chante. Quand mon père n'est pas là, c'est moi, pas Gort, qui suis le chef de la maisonnée.

Will fut sur le point d'entamer une discussion et de répliquer qu'il devrait montrer plus de respect pour le Wortmaster, mais il s'interdit d'aller plus loin. Edmund avait vu juste : discuter avec Edward était du temps perdu — et la chaleur radieuse de leur amitié toute neuve était trop douce pour la gaspiller déjà.

Quelques jours plus tard, au plus haut de l'été, Tweddle prit Will et Edward avec lui et les conduisit au pavillon où il logeait. C'était un homme qui s'emportait vite, passablement borné, adepte des plaisanteries grasses, mais le peu qu'il connaissait, il le connaissait à fond, et la seule chose qui l'intéressait, c'était la chasse.

Dehors, ses yeux étaient deux fentes. À l'intérieur, ils étaient du bleu pâle des bleuets. Il leur tint ce discours :

— À l'âge de quatorze ans, le jeune chevalier fait sa première sortie en forêt pour chasser le daguet, pas pour se remplir l'estomac de venaison, mais pour apprendre à quoi ressemble la mort. Et pour découvrir ce que c'est que le courage, aussi. Il doit apprendre à garder la tête froide, et comment tenir compte des signes. Vous êtes prêts à passer votre première armure, à vous initier à faire la guerre, à livrer une joute, à devenir bons cavaliers. Avec le temps, vous saurez comment prendre un château d'assaut, tendre une embuscade, éveiller le courage qui dort en vos hommes, garder vos guerriers des périls, vous défendre si besoin est et faire le meilleur usage des armes. Mais d'abord, il faut vous familiariser avec le sang. Venez avec moi, que je vous montre comment on arrache les tripes d'un cerf pour les jeter aux chiens.

Ainsi donc, ils apprirent à courir le cerf et à tirer à l'arc dans les halliers. Ils passèrent le mois entier les mains plongées dans le sang jusqu'au coude. Plus d'une fois, rouges de la tête aux pieds, ils durent rester plantés dans la fange au milieu d'un amoncellement de bêtes démembrées, tandis que les chiens se livraient à la curée et que les mouches bourdonnaient, attendant leur tour. Will envoyait ses carreaux d'arbalète avec une telle précision, droit au cœur de la cible, qu'Edward refusait de tirer avec lui. À cinquante pas, trois sur trente seulement de ses traits manquaient la cible, mais au grand étonnement de Tweddle, aucun ne touchait jamais ni biche ni chevreuil.

Comme l'avait annoncé le maître de chasse, on ne tarda pas à leur mettre entre les mains épée, masse d'armes et marteau de guerre, et il leur fallut s'entraîner dur sous la houlette fort exigeante de sir John. Il leur expliqua comment ouvrir en deux le plus commodément armets et sallets, barbutes et casques de toute sorte. Il leur démontra, par l'exemple, que les coups assénés à l'aide de la masse sur les épaules d'un chevalier en armure étaient pires encore qu'inutiles. Il leur exposa comment les têtes de flèches, pointues comme des aiguilles, pouvaient ouvrir les cottes de mailles qui protégeaient les points de faiblesse où les pièces de métal d'une armure, pour les nécessités du mouvement, n'étaient pas exactement ajustées. Et aussi, quelles étaient les erreurs qui, sur un champ de bataille, pouvaient leur coûter la vie.

Il fut bientôt temps pour eux d'enfiler les justaucorps qui servaient de doublure aux cuirasses. Il s'agissait de vestes très ajustées de futaine rouge bordée de satin, renforcées par des lanières de cuir, percées de quelques trous ici et là. On y passait une corde torse enduite de cire de cordonnier pour assujetir le harnachement et le maintenir en place. Les aisselles et l'intérieur des coudes étaient couverts d'un gousset de mailles de métal. Et pour les jambes, il y avait d'épaisses chausses de lainage, garnies de même aux genoux et au bas-ventre, et des chaussures spéciales de cuir épais, par-dessus lesquelles on accrochait des sabatons d'acier flexibles. Ces vêtements étaient chauds, mais ils les portèrent tout au long d'une semaine d'été, afin que le tissu « se fasse à la sueur » au contact de leur corps.

Et puis, la semaine suivante, vint s'y ajouter l'armure pour les jambes, pendant la durée des leçons avec Aspall. Entre deux, des armuriers venaient s'enquérir de la façon dont se comportait leur tenue — est-ce que ça faisait mal ici, ou là ? —, puis ils emboîtaient, frappaient, resserraient, pour ajuster l'ensemble au plus près. Quand les ecchymoses qu'ils avaient aux chevilles et aux genoux commencèrent à guérir, il fut temps pour le haut de leur corps, bras et torse, de souffrir à son tour. Will fut surpris de découvrir que, même si l'armure était très désagréablement chaude, en revanche elle était plutôt confortable, et pas si lourde que cela, car le poids en était réparti sur tout le squelette, et au bout d'un certain temps, ses muscles s'y trouvèrent bien. Deux semaines après avoir enfilé sa première doublure armée, Will pouvait courir, grimper et faire des volte-face dans son justaucorps harnaché de pied en cap et mieux encore, chevaucher très à l'aise.

Ainsi passèrent un long été et un long automne, avec, entre les leçons, la chasse, l'entraînement au combat et les joutes. Will nota avec intérêt que depuis qu'il portait l'armure, les gens le regardaient autrement. Le poli de miroir de l'acier était destiné à détourner les pointes de flèches, mais il faisait aussi tourner la tête des filles qui venaient vendre des œufs dans la cour extérieure du château. Et l'éclat du métal poussait les gardes en service à rectifier la position. À porter une armure coûteuse, un jeune gaillard se prenait facilement pour un seigneur, et Will se mit, malgré lui, à goûter cette impression fort agréable. Il lui arrivait parfois d'être brusque dans ses façons et de marcher d'un air un rien fanfaron. Bien qu'il ne le remarquât pas lui-même, d'autres s'aperçurent du changement.

Mais en dépit de toutes ces nouveautés, il ne perdait pas de vue son véritable moi. Et chaque fois que les filles se retournaient sur lui, il ne pouvait s'empêcher de rêver à l'air qu'aurait Willow si elle le voyait ainsi. Mais il n'eut jamais l'arrogance de se présenter en armure ou une arme à la main quand il allait rendre visite au Wortmaster. Un jour tiède et embaumé du mois d'octobre, l'un des rabatteurs de Tweddle vint dans la cabane de Gort alors que Will s'y trouvait. Il s'était fait embrocher par un sanglier et Gort lui prépara un cataplasme pour chasser le poison de la plaie. Will observa la façon dont il grattait le moisi du pain et l'appliquait en emplâtre bien serré sur le mollet du blessé, puis entourait le tout de feuilles de patience et de grande mauve.

— Dans l'art de guérir, fit remarquer Gort quand l'homme se

fut éloigné en clopinant, tu dois te rappeler que la force vitale a son propre flux. Les cures magiques en soignent les ruptures accidentelles — comme la blessure de cet homme.

— Qu'est-ce qu'il y a, dans cette jarre ?

— Le meilleur basilic de cimetière, répondit Gort en plissant les paupières. C'est quand il plonge ses racines dans les entrailles des morts qu'il est le plus florissant, tu ne le savais pas ?

Will laissa errer son regard sur les étagères en désordre : il sentait croître son intérêt. Il se pencha de près sur un gros globe de verre soufflé qui contenait ce métal liquide que Gort appelait « vif-argent ». Il renvoyait l'image de la pièce tout entière tel un miroir, mais bizarrement déformée et comme retournée sur elle-même.

— Si vous pouviez inverser le flux de la force vitale, Wortmaster, alors est-ce que vous seriez capable de faire vivre quelqu'un à tout jamais ?

— Mais, quelle idée ! Quel homme dans son bon sens pourrait envisager une chose pareille ? répondit Gort, horrifié rien que d'y penser.

Will donna une chiquenaude à un flacon de verre et l'écouta tinter.

— La plupart des gens aimeraient bien cela, à mon avis.

— C'est parce qu'ils ne savent pas ce que c'est que de dépasser l'espérance normale de vie. Quand la force vitale décline, à juste titre, quand l'heure est venue pour un individu de quitter ce monde, vouloir s'en mêler serait contraire aux lois de la nature, à ce qui doit être. Cela s'oppose à tous les vœux, à tous les serments que j'ai prononcés. Pour rien au monde je ne mettrais mon nez là-dedans.

— Mais, et pour vous, qu'en est-il ? interrogea Will, que ces dénégations n'impressionnaient guère. Et quel âge a maître Gwydion ?

— Il est vieux comme les montagnes, et même un peu plus. Mais lui, c'est un magicien, et personne n'a le désir, pour soi-même, de l'être.

— Et vous, alors ? Vous qui n'êtes pas magicien…

— Eh non. Non, non et non. (Gort eut un claquement sonore des lèvres en regardant au loin, par la porte ouverte.) Je ne suis pas magicien.

— Mais vous aussi, vous êtes vieux comme les montagnes. Comment se fait-il que vous, les maîtres des us et coutumes de la forêt, vous viviez si longtemps tout en refusant de faire profiter les autres de vos élixirs ?

— Élixirs, mais entendez-le !

Gort redonna toute son attention à la brassée de douce-amère dont il était en train de détacher les baies rouges.

— J'ai vécu plusieurs vies, mais il y a une chose que je peux t'assurer, c'est que j'ai payé le prix pour ça.

— Vous m'avez l'air d'aller fort bien. Et tout vaut mieux que d'être mort.

Gort grommela :

— Si tu le dis.

— Je suppose que le truc, c'est que vous arrivez à bouleverser les équilibres, fit Will avec un brin d'exaltation. J'ai entendu maître Gwydion en parler plus d'une fois.

— Ah oui, les équilibres. Cela fait bien longtemps que je n'ai pas entendu utiliser ce terme. Je ne m'occupe guère de ces grandes questions. Je sais seulement qu'il y a un coût pour cela, et que c'est beaucoup trop cher payé, ça n'en vaut pas la peine, et sauf circonstances très spéciales, il faut s'en garder absolument. Tu ne me verras jamais prendre dans le monde végétal autre chose que ce qu'il veut bien me donner de son plein gré.

— Et seulement ce dont vous avez besoin, ajouta Will.

Il inspectait l'intérieur de la cabane, empli de toutes sortes de bizarreries et de bouts de n'importe quoi, dont la seule raison d'être, apparemment, était de satisfaire la curiosité du Wortmaster.

— Je suppose que vous utilisez ces divers trucs ? C'est pour faire quoi ?

— Ceci et cela. On ne sait jamais quand on va avoir l'utilité de quelque chose. Tous les maîtres en us et coutumes de la forêt sont animés d'un puissant besoin de savoir, Will. C'est inhérent à la profession, mais c'est autant une malédiction qu'une bénédiction, tu peux me croire. Clinsor a même été jusqu'à retrancher un morceau de son propre corps pour gagner en connaissance, tu le savais ?

— Clinsor ? Vous voulez dire Masgull ? fit Will avec un soudain intérêt. Quel genre de connaissance convoitait-il ? Et que s'est-il coupé ?

Gort hocha la tête en signe de dénégation.

— Oh ! Dites-le-moi, Wortmaster !

— Ce n'était pas son petit doigt, c'est tout ce que je te dirai ! Je ne peux pas parler pour Masgull, mais tous les autres praticiens de la magie sont bourrés de scrupules quant à l'exercice de leur art. Nous avons horreur du gaspillage et abhorrons tout autant la cupidité. Aucun maître en us et coutumes de la forêt ne cueillerait davantage d'une plante que ce dont il a exactement besoin. Pas plus qu'il n'en prendrait une quantité telle qu'elle serait amenée à disparaître d'un endroit où elle avait poussé jusqu'alors.

— Et les poisons ? voulut savoir Will en examinant l'intérieur d'une jarre de terre qui contenait un liquide verdâtre en train de pourrir. Et les poudres explosives ? Parlez-moi des poudres explosives.

— Oh là là ! Comme tu grandis ! J'espère que maître Gwydion ne se trompe pas à ton sujet. Par ces tristes temps, il n'y a que deux choses qui intéressent les jeunes gens quand on parle de magie : les poisons et les explosions. Pour ce qui est de ces dernières, Will, je n'y connais rien.

— Mais les poisons, vous devez en connaître un rayon sur le sujet !

— Dans ce domaine, en ma qualité de guérisseur, je sais probablement tout ce qu'il y a à savoir. De a comme aspic à s comme scorpion, en passant par f comme frelon. Mais je te ferais remarquer qu'il n'y a rien de tel que les végétaux. Ils sont plus puissants que tout : aconit, actée, sanguinaire, champignons vénéneux de toute sorte, bryone, hellébore, belladone... Il existe des milliers, des centaines de milliers de poisons dans la nature. (Il s'éclaircit la voix et s'assit, avec sur les traits un air de surprise.) Mais aucun maître des simples ne se mêlerait d'en faire usage, jamais, à moins que ce ne soit pour soulager les gens, vois-tu ?

— Les poisons peuvent donc soigner ?

— Ah, mais oui ! Tu ne le savais pas ? C'est un principe de guérison magique : une toute petite quantité de quelque chose de mauvais se révèle excellent pour l'organisme... si je peux m'expliquer ainsi. Viens avec moi, je vais te montrer.

Gort l'emmena dans les champs et lui fit faire un long détour jusqu'à un bois. Il lui enseigna comment les infusions d'herbes aidaient à la digestion de multiples façons et comment on pouvait guérir les blessures, même les plus profondes, en appliquant dessus un cataplasme à base d'un certain champignon.

— Quelques connaissances, même sommaires, dans le domaine des plantes et des simples peuvent s'avérer aussi utiles à un voyageur qu'une magnétite à un marin — n'importe quel maître des plantes, allongé dans un pré le nez dans l'herbe, peut dire, à une demi-lieue près, à quel endroit du royaume il se trouve.

— Mais comment ?

— Il suffit d'être attentif à l'accent dans le chant des oiseaux, de renifler l'odeur de la terre, et d'épier les fleurs minuscules et les mousses qui tapissent le sol. Tu n'as jamais vu maître Gwydion goûter les eaux ou frotter une motte de terre entre le pouce et l'index ? Mais la science des arbres, Will — ah ! c'est la plus enchanteresse, au sens propre du mot, de toutes les vertus qui s'attachent au monde végétal. Beaucoup d'arbres sont fort anciens, et nombre d'entre eux sont de vieux amis des mages. Sais-tu que tous parlent quand le vent souffle à travers leurs branches ?

— Ah, bon ? fit Will en croisant les bras sur la poitrine.

— As-tu jamais écouté leur conversation ? Chacune des trente-trois espèces d'origine a son propre son, caractéristique. Le sureau produit un rrh — qu'on transcrivait au vieux, vieux temps avec cinq traits debout gravés sur l'arête d'une pierre, comme ceci. (Gort esquissa le motif en travers de son doigt.) Tandis que l'aulne fait un fffff — deux traits droits dans l'autre sens. C'est pourquoi les maîtres des simples laissent des branches fraîches aux croisées des chemins : c'est pour prévenir des sortilèges — des messages que seuls peuvent comprendre ceux qui partagent leur art.

Will songea aux signes en ogham sur la pierre dragon et aux feuilles que Gwydion avait souvent disposées sur le sol aux carrefours.

— Je me souviens d'avoir vu maître Gwydion déposer des couronnes comme celles dont vous parlez quand nous avons traversé le bois des Cous tranchés. Et de nouveau lors de notre retour dans le royaume, en rentrant de l'île Bienheureuse. Je pense qu'elles lui servaient à laisser des messages pour Tilwin le rémouleur.

— Tilwin le rémouleur, dis-tu ? (Gort arpentait la clairière. Il ajouta :) C'est plus que probable.

— Vous connaissez Tilwin ? fit Will, dont le visage s'éclaira. Est-ce qu'il est déjà venu à Foderingham ?

Gort s'agenouilla, distrait par les délicates coupoles d'un groupe de champignons vénéneux qui poussaient aux abords d'une vieille souche.

— Il m'est arrivé d'entendre mentionner son nom, bien sûr.

— Il a de vastes connaissances en ce qui concerne les pierres précieuses. Et il aiguise les couteaux. Il est probablement maître des simples, lui aussi.

— Oh, ça alors...

Gort tomba en arrêt devant un saule pleureur au feuillage gracieux dont les frondaisons trempaient dans les eaux de la Néane.

— Une essence distillée à partir de l'écorce de cet arbre sera du meilleur effet pour dissiper les maux de tête et les douleurs de poitrine.

— J'ai connu une jeune fille qui s'appelait Willow, fit remarquer Will. Un jour, elle m'a donné mal à la tête et douleur dans la poitrine. Mais c'était une peine étrange. Et c'est quand elle n'était pas là que je souffrais.

— Et elle est partie, maintenant, cette peine étrange ?

— Sauf quand je pense à elle. Alors, la douleur revient. Je la sens, là, au creux de l'estomac. J'aimerais qu'elle soit là, avec nous, en ce moment. Vous l'aimeriez. Vous l'aimeriez beaucoup.

— J'imagine qu'elle est jolie.

— Oh, oui ! Mais je ne sais pas quand je la reverrai. Il faudra d'abord que maître Gwydion revienne. (Il eut un soupir et son regard plongea au-delà de la clairière, en direction du sentier qui ramenait au château.) Croyez-vous que les chardons qui poussent sur le remblai ont quelque chose à voir avec la pierre dragon ? Pensez-vous que ce soit un présage de guerre ?

Gort haussa les épaules.

— Je ne connais rien aux présages. Oh, là là, non ! Maître Gwydion n'aurait jamais dû apporter cette chose ici. Je n'ai pas eu une seule vraie nuit de sommeil depuis qu'elle est là.

— Ah, vous aussi ? Moi je fais d'horribles cauchemars, parfois. Et j'ai vu une silhouette qui marchait dans le jardin il y a quelque temps, et puis de nouveau dans la grande salle. Il me semble que c'était... la mort.

Gort cligna des yeux, comme une chouette.

— La mort, dis-tu ? Ah, pauvre de moi !

— La mort, c'est ce que j'ai cru au début, mais à présent je ne vois pas bien comment cela se pourrait, parce que je ne vois personne mourir, en tout cas pas encore.

En passant sous l'ombre de l'un des arbres qui bordaient la rivière, il ne put s'empêcher de frémir, car il en sentait la morne désolation.

— Prends garde, Will. Le sureau est un arbre sorcier, car ses os sont vigoureux et creux, et l'on sait que plus d'un emprisonne une âme perdue.

Will croisa les bras.

— Wortmaster, dites-moi tout de bon : ces choses que vous me racontez à propos des plantes, des oiseaux, tout cela, est-ce Gwydion qui vous a demandé de me les enseigner ? Et pour quelle raison ? Va-t-il revenir ? Est-ce qu'il me veut comme apprenti, ou non ? Désire-t-il que je devienne un maître des simples, parce que si ce n'est pas le cas...

— Tut tut, l'interrompit Gort. Toutes ces questions ! Maître Gwydion ne m'a donné aucune consigne pour t'inculquer ceci ou cela. Tu me sembles juste tout disposé à apprendre une ou deux petites choses, non ? Ça crève les yeux !

Will attrapa une mouche d'un revers de main. Il avait l'impression que Gort ne disait pas toute la vérité.

— Qu'est-ce que vous aviez en tête quand vous avez dit là-bas, tout à l'heure, que vous espériez que maître Gwydion ne se trompait pas sur mon compte ?

— Ah ! J'ai dit ça ?

— Mais oui, vous avez dit ça. Et lui, que vous a-t-il dit à mon sujet ? Il m'appelait l'enfant du destin. Qu'est-ce que ça signifie ?

Gort lui jeta un coup d'œil attentif.

— Tu es celui que tu es, Will. Tu as le don, exactement comme l'un des premiers hommes. Tu ne peux pas y échapper.

— Mais c'est quoi exactement, ce talent que je suis censé posséder ?

Gort grommela :

— Cela se remarque de toutes sortes de façons... Tu es sensible. Tu n'arrêtes pas de voir des choses — rien que cela, déjà, prouve que tu as le talent. Une fois, tu as mis deux douzaines de flèches l'une après l'autre dans la cible, sans avoir jamais appris à tirer. Comment as-tu fait ton compte ? Je parie que tu es incapable de me le dire, hein ? Je parie que tu ne t'en es même pas rendu compte, je me trompe ?

Will l'admit, dans un rire.

— Non, c'est vrai.

— Ah ! Tu peux rire, mais je suis sûr que tu savais très bien ce que tu faisais. C'était pour remettre Edward à sa place, ce qui n'était pas bien de ta part, et pas très courtois. Mais il y a un autre aspect de la chose : je t'ai vu refuser de laisser tes traits abattre un cerf pour Tweddle — cette sympathie pour la chair et le sang, pour ce qui est vivant, cela aussi vient de ton talent. Regarde comme tu as sauvé Osric !

— Osric ? Cette espèce de lapin gros et gras ?

Gort agita le doigt devant lui, avec un sourire indulgent :

— Oh, non, Will, on ne me la fait pas. Je sais très bien reconnaître un envoûtement quand j'en vois un. J'ai bien vu comment ça s'est passé. Et c'était parfait. Précis, parfaitement synchronisé, et tu as réussi à ne pas blesser ce stupide cabot.

Le visage de Will se tordit dans une grimace.

— Wortmaster, je n'ai jamais fait une chose pareille !

— Il paraît qu'on ne connaît jamais que soi, mais ce n'est pas tout à fait vrai ! (Gort soupira et sa voix sembla lointaine, tout à coup.) Tu es plus différent que tu ne le crois. D'aucuns en connaissent un rayon en magie, mais sont pourtant incapables de lancer des envoûtements. Quand ils essaient, ils n'arrivent qu'à se couvrir de ridicule.

Will entrevit soudain la défaillance dans le cœur de Gort et comprit ce qui l'avait empêché de devenir magicien.

Gort hocha la tête avec un singulier mélange de tristesse et d'ironie.

— C'est pour cela que je n'ai jamais pu faire de progrès. Tout le reste marchait très bien, mais pour ce qui était de jeter des sorts, je n'y arrivais pas, rien à faire. En matière de magie, je suis dans la situation d'un escrimeur qui ne pourrait pas se résoudre à tailler dans le lard.

Sur le chemin du retour au château, Gort enseigna à Will plus qu'il n'en désirait savoir sur le coquelicot, la fleur de coucou et la moutarde, un bon remède contre la goutte. Comme ils longeaient une fois encore les murs de Foderingham, Will ne put s'empêcher de demander :

— Maître Gwydion disait qu'il y avait une prophétie me concernant, quelque chose comme « un qui devient deux ». Qu'est-ce que cela veut dire, à votre avis ?

Gort leva les mains au ciel.

— Des prophéties ? Qui sait ? Je suppose que certaines ne valent même pas la pierre sur laquelle elles sont gravées. Mais quand les voix qui se sont tues viennent sonner de la trompe et réveiller l'énergie enfouie dans l'urne amère de toute chair, alors attention !

Gort eut un sourire pensif et Will ne put qu'en rire.

— Oh, Wortmaster, qu'adviendra-t-il de moi ?

— Je n'ai pas la réponse à cette énigme, Will, vraiment je l'ignore. Mais tu sais ce que j'aimerais ?

— Qu'aimeriez-vous, Wortmaster ?

— Avoir essayé juste un peu plus de trouver ma voie à travers le buisson d'orties des pratiques magiques. Je n'ai jamais été aussi doué que maître Gwydion, bien entendu, mais je reste persuadé que j'aurais pu en égaler certains et aller plus loin, en tout cas, que mes résultats d'aujourd'hui. Mais je me suis laissé aller à mes craintes, tu vois. (Un long silence s'installa entre eux, puis Gort essaya de retrouver sa bonne humeur :) De toute façon, si l'on pouvait se nourrir de « si j'avais su » et de « si j'avais pu », on n'aurait jamais faim, tu ne crois pas ?

Vint l'automne, et les hirondelles qui criaient et virevoltaient depuis mai se rassemblèrent pour le départ vers les terres chaudes qui, disait Gort, bordaient l'extrême limite sud de l'univers. Les feuilles brunirent et tombèrent. L'équinoxe passa dans la plus grande discrétion, sauf le temps qui se déchaîna pour entonner une ode funèbre à l'année qui se mourait. Will se rappela avec tristesse comment, dans les années de son enfance, le vent se ruait sur le chaume de leur maison dans le val et il versa une larme, car cette époque semblait bien, bien loin maintenant.

Comme la noirceur et le froid de novembre assuraient leur prise sur tout le pays, les pénitents du chapitre vinrent processionner au château, dans les mêmes robes à cagoule : il s'agissait de marquer le début d'un nouveau jeûne. Treize d'entre eux allaient devoir rester debout, alignés, tout le long du jour, et l'épreuve allait durer jusqu'à extinction des troupes pour cause de mort, à moins que ne fût démontré le « miracle de nourriture spirituelle ». Mais cette austérité féroce n'impressionnait personne. Will s'aperçut que la diète était rompue secrètement chaque midi et chaque minuit, quand les frères s'embrassaient en tournoyant et changeaient ainsi de place, au cours d'une danse destinée à tromper les regards.

Après Sowain, vinrent les premières gelées blanches, si fragiles et délicates. Les murailles de Foderingham perdirent la netteté de leurs contours et les intrigues où étaient pris ses pensionnaires s'épaissirent. Un soir où Will et Edward conversaient tous les deux à voix basse dans la pénombre, Edward évoqua les espoirs du duc Richard de restaurer sur le trône la branche qu'il nommait « le sang adéquat ».

— Tout a été ruiné par la naissance du bâtard de la reine. Sans cela, à la mort du vieux Hal — qui ne saurait tarder —, la couronne serait revenue sur la tête du roi légitime. Mais cette naissance a tout changé. Maintenant, quand Hal disparaîtra, nous aurons encore un enfant roi au lieu d'un bon chef solide et compétent, et ce sera un désastre pour le royaume.

— Si Hal meurt bientôt.

— Il mourra.

— Tu veux dire… à la guerre ?

Edward eut un petit rire sec, mais s'abstint de répondre. Will ne se souvenait pas d'avoir jamais entendu prononcer ouvertement à Foderingham le mot d'« usurpateur ». Il n'avait pas davantage entendu quiconque évoquer les prétentions à la couronne du duc Richard. Dire ces choses à haute voix était un acte de haute trahison et Will savait bien que cela pouvait vous valoir la décapitation.

— Évidemment, à la guerre. C'est le dernier recours d'un roi dont les droits à la couronne sont bafoués, la seule chose qui peut l'empêcher d'être écrasé par ses ennemis. Ils désirent contraindre mon père à se soumettre à un jugement, mais ils n'osent pas le pousser trop loin dans ses retranchements, car ils savent qu'alors, il se jetterait sur eux les armes à la main, et ils ne veulent pas d'un conflit ouvert.

— Mais ton père, est-ce qu'il veut la guerre ?

— Il n'a certainement rien à y perdre, mais la loi, c'est autre chose. Il est bien mieux né que le roi, mais les jalousies à la cour royale sont telles que s'il devait affronter un procès, les choses tourneraient mal pour lui. Si la reine et ses amis pouvaient persuader les vassaux de le déclarer coupable de haute trahison, alors ils invoqueraient la « mort civile » et la « corruption du sang » pour écarter à tout jamais la lignée des Ebor.

— Qu'est-ce que la « mort civile » ?

Edward soupira si profondément que leur unique chandelle vacilla.

— Une loi. Cela veut dire que les terres et les titres détenus par un seigneur qui a été exécuté au motif de haute trahison ne peuvent être transmis en héritage. Tout reviendrait directement à la Couronne, par confiscation.

— Je vois, chuchota Will. Et donc, si ton père était décapité pour trahison, tu ne deviendrais jamais duc d'Ebor ? Et tu perdrais ce château.

— Nous perdrions tous nos châteaux. Et nos biens, et nos titres. Tout.

Will hocha la tête dans la demi-obscurité.

— Alors, il faut que ton père soit très très prudent. Et les autres aussi, j'imagine.

Edward le dévisagea, essayant de lire dans ses yeux malgré la pénombre. Il parlait bas, mais avec une flamme dans la voix.

— Nous devons être vigilants. Même ici, dans ces murs. Il n'y a pas de château sans traître ni espion. Nous savons que Foderingham grouille d'yeux et d'oreilles mercenaires. Il y a de la vermine dans tous les coins.

— Maître Gwydion dit que les meilleurs habits peuvent avoir une mite.

— Le maître corbeau est l'un des seuls hommes, mis à part ceux de notre propre sang, en qui mon père ait foi. À présent que je t'ai fait confiance, à ton tour : dis-moi ce que c'est que cette énorme pierre que vous avez apportée ?

C'était bien la dernière question à laquelle Will avait envie de répondre. Il ne faisait pas l'erreur de croire qu'une confidence donne droit à une autre en retour, aussi choisit-il ses mots avec soin.

— On l'appelle la pierre dragon ; maître Gwydion affirme que c'est un puissant engin de destruction, façonné il y a très longtemps. Je n'en sais guère plus.

Les yeux d'Edward brillèrent dans la pénombre.

— J'ai regardé, pendant qu'on la descendait dans les caves sous le donjon. C'était le jour où mon père est parti pour Trinovant. Des maçons sont venus, et sous les ordres de Gort, ils ont pris cette roche et l'ont disposée exactement selon les instructions laissées par le maître corbeau. Elle repose debout sur deux blocs de grès, installés dans un caveau, sous les fondations du donjon. Si l'on allait y jeter un coup d'œil ?

— Quoi ? siffla Will entre ses dents. Tu es fou ?

— Et alors, la belle affaire ! Tu n'aurais pas peur, tout de même ?

— Il n'y aurait qu'un imbécile pour ne pas avoir peur.

— Pourquoi ? Qu'est-ce qu'elle fait, cette pierre ?

Will décida qu'il n'en avait que trop dit. Il se sentait mal à l'aise, allongé sans trouver le sommeil dans l'obscurité de la nuit, à écouter le vent froid, à l'haleine fétide, venu des grands marais du Nord. Dans ce territoire incertain entre la veille et le sommeil, il s'imagina entendre des courlis, puis ce son se transforma en la voix de forces violentes qui vagissaient et grognaient à l'intérieur d'une pierre tombale, dans un effort pour se libérer des sortilèges qui les retenaient captives et dont l'efficacité, peu à peu, s'émoussait. Un profond désarroi s'insinua en lui et cette sensation lui remit dans les narines l'odeur nauséabonde de la mort, et lui fit fouiller du regard la cour, tendu, dans l'attente du visiteur importun.

Au matin du surlendemain, Will remarqua l'excitation inhabituelle d'un bavardage en sourdine entre les deux jeunes sœurs d'Edward. Il lui sembla qu'elles étaient en train de commenter une rumeur.

— Dis-moi, demanda-t-il à Margaret. Est-ce que ton père rentre au château ?

— Père ? fit Margaret en écarquillant les yeux. Tu as entendu dire quelque chose à son sujet ?

— Non, mais je croyais que vous, vous aviez des nouvelles. Votre façon de chuchoter, comme s'il y avait un secret. Elizabeth et toi, on dirait des souris. Et Edward est bizarre, aussi.

Margaret se fit les yeux moins brillants.

— Je ne saurais dire.

— Mais pourquoi ?

— Edward nous a demandé de nous taire.

— Eh bien, je n'ai plus qu'à aller le questionner.

Il laissa les deux filles à leur embarras et partit à la recherche d'Edward, qui se contenta de rire à ses interrogations.

— Oui, c'est vrai, nous descendons tous cette nuit pour voir la pierre magique. Si je ne t'en ai pas parlé, c'est parce que je savais que tu ne voudrais pas venir.

— La pierre ? répéta Will, sous le choc. Mais vous ne pouvez pas faire ça.

Edward, avec un sourire malicieux, sortit de sa poche une grosse clé de fer.

— Ah ! Nous ne pouvons pas ? Et pourquoi donc ?

— Parce que c'est dangereux !

— Ce n'est jamais qu'une vieille pierre, Willy-du-balai. Ah ! Je savais que tu réagirais comme ça : tu nous bassines.

— Ce n'est pas juste une vieille pierre. C'est...

— Quoi ?

— C'est... diabolique. Enfin, non, pas exactement *diabolique*, c'est un mot que nous ne devrions pas employer, d'après maître Gwydion. Ce que je veux dire, c'est...

— Magique ! (Edward mit la clé hors d'atteinte de Will, qui tentait de s'en saisir, en poursuivant :) L'un des cuisiniers prétend qu'elle a des pouvoirs. Elle peut dire l'avenir.

— C'est idiot. Qu'en sait-il ?

— Beaucoup. Tous les cuisiniers en savent long sur tout. Ne t'inquiète pas, Will. Nous descendons juste y jeter un petit coup d'œil. Si elle n'est pas diabolique, alors quel mal y a-t-il ? Il n'y a même pas la moindre garde.

— Pas de garde ? Mais je croyais...

— Un tas de jacks sont mal en point. Il y en a deux douzaines avec la colique. Malades comme des chiens et tout frissonnants. Sir Hugh ne va certainement pas gaspiller des gens à surveiller une pierre dans une cave quand les nouvelles sont si alarmantes et qu'il y a des kilomètres de murs à protéger.

— Oh, non !

— Tu te fais du souci pour rien. Nous y allons ce soir. D'ailleurs, tu sais, pourquoi ne viendrais-tu pas, toi aussi ?

Will réfléchit à la proposition, sachant fort bien qu'il n'empêcherait pas Edward d'agir.

— Bon, d'accord, je vous accompagnerai, mais tu dois me promettre, sur la vie de ton père, que tu te garderas de la toucher.

— Je le jure, concéda Edward sans difficulté. Et toi, jure par le soleil et la lune que tu ne diras rien à personne.

— Je le jure, par la lune et les étoiles.

— Si tu veux, d'accord.

Il dévisagea Edward en se demandant d'où lui venait ce charme curieux. Il était d'une franchise désarmante et Will retrouvait son père en lui, mais au plus profond du tempérament cette fois, et non pas dans une imitation affectée.

Ce soir-là, la nuit d'hiver tomba tôt, en même temps qu'un crachin persistant, et ils allèrent tous se coucher, bien obéissants, avant que huit heures n'aient sonné au carillon. Mais ils ne dormirent pas. Au lieu de cela, ils écoutèrent longtemps le bruit du vent qui forcissait, et quand tout le monde se fut retiré et que le château fut laissé sous la surveillance de la garde, ils se levèrent, s'habillèrent et se réunirent en secret dans l'ombre propice de la cour intérieure.

La nuit était humide et agitée de bourrasques, un temps à ne pas mettre un chien dehors, et cet état de choses favorisait les plans d'Edward. À pas furtifs mais déterminés, il précéda ses frères et sœurs sur les marches qui conduisaient au donjon, puis il sortit la clé et les fit entrer. Ils descendirent l'escalier sombre qui donnait accès au caveau, dans les profondeurs du bâtiment.

Sur l'insistance d'Edward, tous les enfants du duc étaient partie prenante de l'aventure. Même Richard, qui n'avait que deux ans et qui avançait sous la responsabilité de lady Anne, et George, cinq ans, qui tenait présentement la main de lady Elizabeth. Lady Margaret et sir Edmund fermaient la marche. Quand un éclair zébra le ciel, au-dehors, ils sursautèrent et le lent roulement de tonnerre qui suivit les mit très mal à l'aise. Il s'immobilisèrent dans le noir, sans oser respirer. Puis des éclairs jaunes jaillirent du briquet d'Edward, qui tirait des étincelles de sa boîte d'amadou. Il y eut une lueur rouge, tandis qu'il soufflait doucement sur le petit bois d'allumage et l'odeur de fumée s'insinua dans l'air humide de la cave. Puis la mèche d'une chandelle de suif toute neuve s'enflamma et un éclat commença de percer l'obscurité.

Les murs de tuffeau étaient froids et mangés de salpêtre, le plafond voûté supporté par des arcs en plein cintre et, là où les flûtes de pierre cannelées rejoignaient les piliers qui les supportaient, on avait sculpté des têtes grimaçantes de gargouilles. On aurait dit qu'elle étaient embusquées dans l'ombre, les yeux pleins de convoitise, à l'affût de leur proie.

Au centre, appuyée au sol par l'une de ses extrémités, attendait la pierre dragon. À la lumière vacillante de la chandelle, Will vit distinctement l'ogham tracé le long des arêtes. Les visiteurs se tenaient blottis devant la roche, tels des marauds venus présenter leurs doléances à leur seigneur. Ils n'osaient bouger, les yeux grands ouverts, retenant leur souffle, jusqu'à ce que George, avec un miaulement d'inquiétude, rompît le charme :

— Je veux rentrer.

— Regardez bien, les prévint Edward en sortant de sa manche la défense de licorne en ivoire.

— Tu n'aurais pas dû apporter ça ! objecta Will.

— Pourquoi pas ?

— Je te l'ai déjà dit : la pierre est dangereuse. Tu vas l'exciter. Enlève ça d'ici !

Edward fit comme s'il n'avait pas entendu. Il regardait, sans émotion, les marques qui chatoyaient doucement à mesure qu'elles aparaissaient à la surface du bloc rocheux. Edmund, lui, semblait y attacher plus d'importance.

— C'est une espèce d'écriture, suggéra-t-il en s'en approchant un peu plus.

— Edmund, en arrière ! murmura Will.

Les poils de sa nuque s'étaient hérissés et il avait la certitude, à présent, qu'il aurait dû trouver moyen d'empêcher cette folie.

Edward se servait de la défense de licorne comme d'un stylet en la laissant courir dangereusement près des arêtes de pierre, ce qui faisait jaillir des étincelles de l'ogham.

— Ce doit être une prophétie. Je n'arrive pas à la déchiffrer. C'est toi, l'apprenti magicien. Qu'est-ce que ça dit ?

Will répéta la traduction directe, celle à laquelle il avait eu tout le temps de réfléchir, en chemin vers Foderingham.

> Roi et reine avec pierre dragon,
> Ensorcelés par la lune, seuls dans la noirceur,
> Dans le champ du Nord jamais plus ne s'éveilleront,
> Le fils et le père, par la guerre tués.

— C'est seulement de la poésie, alors, fit Edward d'un air déçu. Et c'est tout ?

— Regardez ! s'écria Anne. Regardez-la ! Qu'est-ce qui se passe ?

Ils regardèrent tous, sans savoir ce qu'ils devaient chercher, terrorisés et pourtant cloués sur place par la peur. Les deux plus jeunes filles s'accrochèrent l'une à l'autre en se demandant si leurs yeux ne leur jouaient pas des tours. George se remit à pleurnicher et l'écho fit pleurer, à son tour, le petit Richard. Edmund agrippa le bras de Will.

— Qu'est-ce qu'elle fait, la pierre ?

— Chut ! Taisez-vous tous, siffla Edward entre ses dents. Vous voulez qu'on nous trouve ?

— Il faut nous en aller, l'avertit Will.

Mais la roche lui coupa la parole, car elle avait commencé de produire une pulsation longue, égale, rythmée, comme si elle savait comment jouer avec leurs nerfs et leur faire perdre la tête. Elle émettait à présent une lueur rouge brique, qui irradiait de l'intérieur, et alors la surface commença à chatoyer de nouveau, tandis que la matière se transformait en un liquide velouté.

— Regardez ça ! C'est une prophétie ! Des mots ! De vrais mots ! intervint Edward. Il approcha la chandelle et entreprit de lire : « Mon premier, à l'ouest se mariera. Mon deuxième, roi sera. Mon troisième sur un pont est étendu raide mort. Mon quatrième, s'était refermé en boucle autour de sa poitrine et menaçait d'étrangler son cœur palpitant.

Il se força à conduire ses pensées ailleurs. Une émeraude étincelante se mit à jeter ses feux dans sa tête. Il s'accrocha à sa pure lumière et la couleur le ramena au tumulus vert tendre de l'île Bienheureuse, et aux vers sinistres gravés sur la pierre jumelle de celle-ci. Ils avaient semblé n'avoir pas le moindre sens...

Si ni ach menh fa ainlugh ?
Tegh brathir aimer na.
Tilla angid carreic na duna,
Aittreib muan nadir si a buan.

Et les mots se formèrent tout seuls sur les lèvres de Will :

Mais de qui suis-je la lumière ?
Le nom de mon frère est chez moi
Ici, dans la délétère cité de pierre,
Mon dragon s'en est retourné en sa demeure.

Soudain, tout fut clair.

— Le nom de mon frère est « chez moi » ! cria-t-il.

L'adversaire chancela. Will tenta de toutes ses forces de se rappeler le mot dans la vraie langue. Le nom de la pierre batailleuse était « chez moi », ce qui dans la vraie langue se disait... se disait...

— *Tegh !* s'écria-t-il. *Tegh, scaiol !*

Et en un instant, ce fut comme si toute la puissance de la roche se réfugiait de nouveau à l'intérieur. La lumière qu'elle dégageait s'estompa, Will tira Edmund en arrière et ils roulèrent au sol. La lueur rouge se dissipa. La pierre semblait furieuse d'avoir été contrecarrée, mais le contact était rompu, et sa rage meurtrière était à nouveau enchaînée et réduite à l'impuissance. Edward, commotionné, le visage blafard, aida Will à traîner son frère le long des marches jusqu'à l'air libre. Il pleuvait des cordes. La pluie, froide et piquante, fut la bienvenue.

— Vite ! souffla Edward. La garde ! Les voilà !

Ils avaient éveillé les soldats, qui passèrent tout près d'eux dans un bruit de ferraille : ils se dirigeaient dans la mauvaise direction. Edward se dissimula dans l'ombre et dès que la voie fut libre, il fit signe à Will de sortir. Ils prirent Edmund sous les bras, chacun d'un côté, et parvinrent à le ramener, en traversant le jardin de la rose blanche, jusque dans leurs quartiers sans être remarqués. Ce qu'ils découvrirent en y entrant était bien pire que d'être pris. Le visage d'Edmund était froid au toucher. Il était dans une grande faiblesse et il leur fallut déployer des efforts considérables pour le faire sortir de sa transe. Quand il revint à lui, il était à peine capable de parler et absolument inconscient de ce qui s'était produit. Tout ce qu'il pouvait dire, c'est qu'il avait trébuché dans le noir et s'était rattrapé en posant la main sur la pierre.

— Tu n'aurais pas dû faire ça ! fit observer Will.

— Il le sait bien ! cracha Edward. Et toi, d'abord, tu n'aurais jamais dû apporter cette chose démoniaque à Foderingham.

— C'est maître Gwydion qui l'a apportée ici, pas moi. Et si elle a été enfermée et mise sous clé, il y avait une bonne raison. S'il y a quelqu'un à blâmer pour ce qui est arrivé ce soir, Edward, c'est toi.

— Ma main me fait mal, gémit Edmund.

Quand ils regardèrent la paume, ils y virent une vilaine brûlure.

— Ne t'inquiète pas, le rassura Will. Je m'en vais chercher un baume apaisant chez Gort. Ça te soulagera. La douleur s'en ira, je te le promets.

— Il n'est pas question de réveiller Gort, fit Edward.

— Il le faut ! Nous n'aurons qu'à dire qu'il s'est brûlé dans la cuisine.

— Non. Les gardes sont de sortie. Il devinera la vérité. Nous attendrons demain.

Will aida Edward à déshabiller son frère et à le mettre au lit, et au moment où ils se séparaient Edward lui intima :

— Pas un mot, à personne, de ce qui s'est passé. Tu entends ?

— Je ne suis pas fou, tu sais.

— N'importe, je veux t'entendre promettre !

— D'accord, je promets ! Mais seulement si tu jures de remettre cette défense de licorne à sa place, parmi les affaires de ton père, et de n'y plus jamais toucher.

Trois jours plus tard Will et Edward étaient en tenue d'escrime et face à face une fois de plus, mais avec des épées d'entraînement. Chacun d'eux rejetant sur l'autre la responsabilité de ce qui était arrivé dans le caveau, cela donna lieu à un combat particulièrement vigoureux.

On entendait le choc de l'acier contre l'acier. Les attaques étaient sans pitié. Will respirait profondément sous son masque de fer, sans souci des coupures et des bleus. D'entaille et d'estoc, ils frappaient de lourds coups bruyants qui lui résonnaient dans les oreilles, ainsi que les grognements de frustration qu'ils poussaient tous les deux, car leurs défenses étaient plus fortes que leurs armes à lame volontairement émoussée, si bien qu'aucun n'était en mesure de porter à l'autre un coup décisif. Les armures grinçaient tandis qu'ils luttaient au corps à corps, trébuchaient et roulaient dans la poussière. Les doigts dégoulinant de sueur et engourdis par des couches de protection, ils s'essayaient à saisir et arracher les attaches de métal, à faire sauter les mailles de fer, à se tailler par la force un chemin dans le harnachement de l'autre. Et même s'ils ne portaient pas de dague, ils s'imaginaient qu'ils auraient pu en avoir une à la main, aussi jouaient-ils le jeu comme s'il s'agissait de tuer pour de bon.

À la fin, ils perdirent toute dignité et les gardes qui regardaient avec intérêt commencèrent à rire. Sir John s'avança entre eux pour mettre fin au combat, arguant que faire voler toute cette poussière manquait singulièrement d'élégance et ne servait qu'à envoyer du sable dans les tartes qui étaient à refroidir sur le rebord de la fenêtre de la cuisine.

Will croisa le regard d'Edward quand ils retirèrent leur casque. Lui non plus n'avait pas peur. Edward avait la peau du visage écorchée et tuméfiée aux endroits où Will avait porté sa lame, car les casques n'étaient pas molletonnés. Ses cheveux étaient collés de sueur et rebiquaient sous le bord d'un bonnet de lin sale. Will savait que sa figure aussi était pleine de bleus et qu'il avait l'arête du nez en sang, à l'endroit où son casque avait été momentanément forcé vers l'avant.

Mais tandis qu'ils se faisaient face, bien loin des sentiments amicaux qui étaient les leurs d'habitude, ils perçurent un son qu'ils attendaient depuis longtemps. Un cor qu'on soufflait depuis la barbacane — deux coups de clairon sur deux notes montantes, qui annonçaient l'approche d'hommes à cheval, venant du sud.

À l'instant même, Edward jeta son casque et se précipita. Will fonça derrière lui, arrachant dans sa course son bonnet de lin et ses gantelets, montant à toute volée les marches qui conduisaient sur les remparts, dans un cliquetis de fer.

— C'est père ! s'exclama Edward. (Ils se penchaient côte à côte dans l'espace étroit ménagé dans le chemin de ronde.) Ça ne peut être que lui !

— Pousse-toi. Laisse-moi voir.

Les autres s'étaient laissé gagner par l'excitation. Les gardes s'attroupaient, formant des nœuds le long des murailles. On se passait le mot : le duc était revenu.

— Regarde, lui signala Will, le bras tendu. (On voyait voler des étendards, et maintenant ils distinguaient les couleurs des cavaliers.) Argent à fasce gueules en chef trois tourteaux, un molet azur comme différence, déchiffra Edward en examinant attentivement le blason.

Will savait exactement ce qu'il voulait dire : une bannière rouge et blanche, avec trois disques rouges et une étoile bleue.

— J'espère que ce sont des amis, dit-il.

— C'est sir Walter Deveron — Lord Ferrers. Il fait partie de la suite de mon père.

Et dans la voix d'Edward, Will perçut la déception, car le duc n'était pas avec eux. Ils se précipitèrent au pont-levis, se saisirent des rênes du chevalier de tête, accoutré pour les déplacements en temps de guerre. Will crut comprendre que ce devait être Lord Ferrers. Derrière lui on comptait peut-être deux centaines d'hommes à cheval, et derrière encore, s'étirait une longue file de lourds chariots couverts, avec chacun un cavalier qui faisait office d'escorte.

Une fois franchi le pont sur la Néane, Lord Ferrers descendit de sa monture crottée, et jeta autour de lui un regard vif, aussi perçant que celui d'un faucon. Il était taillé comme un chêne, la tête puissante, guerrier au poing de fer. Il était d'humeur radieuse : ses hommes et lui sortaient tout juste d'un engagement, et tout s'était passé pour le mieux.

— Le butin, lança-t-il d'une voix de stentor. Et quel butin ! Seize chariots couverts interceptés sur la route de Trinovant, bourrés jusqu'à la gueule d'engins de guerre.

— Vous avez pris tout ça ? s'émerveilla Edward.

— Parbleu, sir Edward, nous avons mis leur escorte en déroute. Vous auriez dû les voir courir comme des lapins ! Les conducteurs de bestiaux nous ont dit qu'ils avaient reçu l'ordre de garder secrète la destination de ce convoi, mais ils ont eu vite fait de nous la révéler, une fois que nous eûmes mis la main dessus. (Puis, dans un rire :) Voilà un fardeau dont Lord Strange ne sentira plus le poids sur ses épaules !

Entendant mentionner ce nom, Will eut un mouvement de surprise. Mais déjà Edward prenait le casque de Lord Ferrers et l'accompagnait jusqu'à la grande porte de la cour intérieure, où lady Cicely était apparue au milieu de ses suivantes, pour accueillir les nouveaux arrivants.

Sous les yeux de Will, les chariots furent conduits sur le pont et rassemblés en bon ordre tout à côté. Il avait retrouvé son sang-froid, et commençait à sentir la douleur des écorchures et des ecchymoses qu'il avait reçues. Sa lèvre était gonflée et déformée, l'un de ses yeux presque clos, et il avait une bosse de la taille d'un œuf de cane à l'arrière de la tête. Il savait qu'il aurait dû descendre demander à Gort de le soigner, mais il n'avait guère envie d'affronter sa déception quand il le verrait. Il préféra se frayer un chemin au milieu des chariots qui venaient d'arriver quand quelque chose lui fit lever la tête car là, assise à côté de l'un des conducteurs, se trouvait une jeune fille aux cheveux blonds, la peur au fond des yeux.

Will lui lança un regard, et un autre encore. La fille le vit, mais s'empressa de détourner les yeux, comme elle l'aurait fait devant n'importe quel homme en armure.

— Willow ? fit-il. (Son cœur cognait dans sa poitrine et il lui semblait que tout le monde l'entendait.) Willow, c'est toi ?

Elle se retourna, surprise d'entendre prononcer son nom, et quand elle croisa son regard la peur fit place à la confusion.

— Willow, c'est moi. C'est moi, Willand.

— Will, fit-elle, hésitante. (Elle porta la main à sa bouche et murmura :) Mais qu'est-ce qu'ils t'ont fait ?

CHAPITRE SEIZE

À l'ouest, un hiver de réconfort

QUAND ILS SE REVIRENT LE LENDEMAIN, Will était plus sobrement vêtu de la livrée bleu et blanc de la maison d'Ebor. Il descendit jusqu'aux chariots vidés de leur butin, qui servaient désormais de campement aux conducteurs. On les avait installés tout près les uns des autres dans un champ en contrebas, au bord de la rivière, et les bœufs paissaient à côté. Will décida de ne rien dire des circonstances qui lui avaient valu ce visage écorché et tuméfié, pas plus qu'il n'expliqua la raison pour laquelle il portait une armure. Il connaissait suffisament Willow, déjà, et il était assez avisé pour se rendre compte que l'apprentissage de la guerre n'était pas propre à susciter son admiration.

Il reçut l'hospitalité dans le logement de fortune qu'elle partageait avec Stenn, son père, un homme dans le mitan de son âge, qui portait la barbe, semblait très capable, et plus que prudent dans ses paroles. Il réserva à Will un accueil chaleureux, mais bien vite un silence gêné s'installa entre eux. Finalement, Will surprit entre le père et la fille un regard de complicité qui le rassura, et Willow ne tarda pas à entraîner Will au-dehors.

— Crois-tu que cela lui déplaise, que je vienne te rendre visite ? l'interrogea-t-il quand ils furent hors de portée de voix.

— Il ignore qui tu es, dit-elle. Il sait seulement que nous nous sommes rencontrés une fois au moulin de Grendon. Il pense que tu vas nous faire renvoyer à Wychwoode et qu'alors il nous faudra affronter la colère de Lord Strange. Je lui ai dit que je te demanderais de nous épargner cela.

Will laissa errer son regard vers la rivière, où deux cygnes majestueux barbotaient près du rivage à l'herbe drue.

— Je ne suis pas en mesure d'envoyer qui que ce soit ici ou là. Je suis...

— Tu me l'as déjà dit. Tu n'es pas fils de seigneur.

— Eh bien... Je sais que j'en ai tout l'air...

Ses mots se perdirent et elle le regarda, ne sachant que penser.

— Will, tu as changé.

— Ne crains rien.

Il sourit, dans un effort pour la rassurer.

Mais elle ne lui rendit pas son sourire. Au lieu de cela, elle détourna le regard, comme si elle ne se sentait pas capable de franchir le gouffre qui venait de s'ouvrir entre eux.

— Ne te fie pas à ces vêtements. On m'oblige à les porter.

— Je ne trouve rien à te dire, observa-t-elle calmement. Après tout... tout ce que tu m'as dit là-bas, à Wychwoode, à propos de la magie et de...

— Il me semble que nous aurions besoin d'une bonne conversation.

Il s'assit sur un muret de pierre et lui raconta ce qui s'était passé depuis leur séparation. Il lui raconta tout, excepté ce qui concernait la pierre dragon.

Willow, à son tour, lui conta ce qui lui était arrivé. Elle avait reçu un message de la sage femme pour ce rendez-vous au moulin de Grendon, mais elle n'avait pu se libérer à temps et quand elle était arrivée près du ruisseau, elle avait entendu claquer le tonnerre et aperçu un éclair de foudre bleu, vers la lisière de la forêt. Quelques secondes plus tard, un formidable torrent d'eau boueuse s'était engouffré dans le fossé. Elle avait eu si peur qu'elle avait pris ses jambes à son cou et était rentrée chez elle en courant tout du long. Plus tard, elle avait trouvé le courage de se rendre à la tour de Lord Strange, mais l'un des gardes lui avait dit que le jeune homme qui était venu avec le magicien était reparti.

— Jusqu'alors, je n'avais jamais cru à l'existence d'un certain maître Gwydion, avoua-t-elle.

— Tu pensais que je l'avais inventé ?

Elle opina du chef.

— Mon père affirme que les garçons racontent souvent aux filles des choses qui ne sont pas vraies, juste pour les impressionner.

Will devint cramoisi.

— Je suppose que oui.

— Mais toi, tu fais tout le contraire, tu ne crois pas ? (Elle regardait la coupe élégante de ses cheveux et la richesse de ses vêtements.) Tu m'as dit que tu n'étais pas fils de seigneur, mais on dirait bien que tu vas le devenir, au bout du compte.

— Non, ces vêtements ne sont pas à moi. Je ne suis qu'un page.

Elle porta la main à ses cheveux.

— Je les aimais mieux longs, quand tu avais tes deux nattes.

Il y passa les doigts à son tour, songeant au jour où il avait coupé ses tresses, parce qu'elle lui avait dit qu'il avait l'air d'une fille.

— À la vérité, fit-il, je ne sais pas très bien pourquoi je suis ici. Maître Gwydion m'a déposé dans cette noble maison exactement comme on se débarrasse d'un vieux bagage. Il s'est lavé les mains de ce qui pouvait m'arriver et est parti sans même se fendre d'un adieu.

— Qu'avais-tu fait pour le pousser à bout ?

— Je ne crois pas que ce soit ça. Il a seulement dit qu'il avait un travail important à faire, pour lequel je ne pouvais pas l'aider.

— Pourquoi es-tu resté ici ? demanda-t-elle, avec un regard morose aux murailles de pierre qui ceignaient la cour extérieure.

— On n'y est pas si mal, une fois qu'on y est habitué.

— Tu aurais pu t'enfuir.

— J'ai promis à maître Gwydion de lui obéir en tout point... (Il baissa la tête, pensant au vaste manteau de magie qui couvrait le val et à tout ce qu'il aurait pu lui raconter à ce propos.) Et pour dire la vérité... je ne pourrais probablement pas rentrer chez moi.

Elle préféra ne pas s'immiscer davantage dans ses secrets, mais annonça d'un ton animé :

— Eh bien finalement, l'action de maître Gwydion n'aura servi à rien, au moulin, parce que tous les hommes valides ont été réquisitionnés pour reconstruire le barrage. Même mon père. Moins d'un mois après les premières pluies d'automne, le bassin de retenue était déjà aussi haut que jamais. On a remis la roue en marche et les marteaux à bascule ont recommencé à taper comme des sourds.

Will hocha la tête en se demandant si Gwydion n'aurait pas dû dire au duc Richard d'envoyer un détachement à Wychwoode pour y guetter l'apparition d'un convoi de chariots.

— Tu as dû avoir peur quand les hommes de Lord Ferrers vous sont tombés dessus, comme ça.

— J'ai d'abord cru que nous allions tous être tués. Mon père a pris son arc, mais je le lui ai fait reposer.

Il eut un sourire.

— Je suis content que tu l'aies fait.

Elle prit sa main dans la sienne et la serra.

— Tu n'imagines pas comme je suis heureuse de te voir, Willand. Un visage ami dans un endroit pareil. Tu ne peux pas savoir ce que cela veut dire. Je te remercie.

Le rouge lui monta aux joues. Il ne trouvait rien à répondre. Il avait encore un œil au beurre noir.

— Mais je n'ai rien fait.

Elle plongea ses yeux dans les siens.

— C'est ce que tu dis, mais la nuit dernière, comme je ne trouvais pas le sommeil, j'ai retourné tout cela dans ma tête et je suis arrivée à la conclusion que c'est la magie qui nous a conduits ici.

Will l'imagina étendue dans le noir, à penser à lui, et il se sentit horriblement gêné.

— Willow, à la vérité, je ne connais rien à la magie. Pas ce genre-là, en tout cas.

— Si ça n'en est pas, alors j'aimerais bien savoir comment cela s'appelle. Peut-être un tour du destin.

— Oui, acquiesça-t-il en se demandant de nouveau quelle part avait pris Gwydion à leur arrivée. C'est peut-être ça.

Mais d'être assis là côte à côte, c'était trop beau pour être vrai, et Will n'arrivait pas à chasser tout à fait de son esprit la réflexion de Gwydion, à propos de la façon dont les pierres batailleuses arrivaient à leurs fins en faussant la destinée des gens. Peut-être était-ce la pierre dragon qui se jouait d'eux. Peut-être qu'elle avait réussi à soustraire suffisamment de son pouvoir aux sortilèges de contention de Gwydion pour amener ici Willow et son père. Peut-être tout cela n'était-il pas si chanceux qu'on aurait pu le croire au premier abord.

Il aperçut le jeune Edmund qui clopinait du côté de la grande porte, sous l'œil d'une servante. Sa main était encore bandée et il avait l'air hébété. On entendit des sabots résonner sur les pavés de la cour et Will reconnut le puissant destrier à la robe châtain d'Edward. Celui-ci le montait. Il avait concocté une fable incroyable à propos de son jeune frère : il était tombé par terre, il avait mis par mégarde sa main dans le feu et s'était dévissé le cou. Mais les effets de ce qui lui était arrivé quatre jours plus tôt se faisaient toujours sentir. Peut-être, se dit Will, était-il temps d'avouer la vérité à Gort.

Il fut interrompu dans ses pensées par Edward, qui approchait. L'air nonchalant qu'il s'était mis à prendre ces temps-ci chaque fois qu'il se trouvait en présence de jeunes femmes lui seyait tout à fait. Dans ses velours, son chapeau porté avec désinvolture, il faisait viril et paraissait aussi séduisant que son père. Son cheval, en sueur, frappait le sol du sabot.

— Comment va, Willy-qui-frétille-du-bâton ? lança-t-il d'un air enjoué. Ah, mais tu es occupé, je vois.

Willow inclina la tête et détourna le visage avec modestie.

— Bonjour, Edward.

Will sauta à bas du muret et donna la main à Willow en guise d'au revoir.

— Il faut que je m'en aille.

Comme elle s'en retournait vers le campement, Will reporta son attention sur Edward.

— Écoute, Edward, j'étais en train de me dire que j'allais trouver le Wortmaster.

— Tu es tout le temps fourré avec lui.

— Tu sais de qui je veux lui parler. (Il prit le cheval d'Edward par la bride et le conduisit dans la cour intérieure.) D'Edmund.

Edward continuait de suivre Willow du regard, par-dessus son épaule, jusqu'à ce qu'elle eût disparu.

— Je ne suis pas d'accord.

— Écoute, Edmund n'a jamais été comme ça. Il y a quelque chose qui cloche. Il ne sourit même pas.

— Il n'a jamais été très souriant. Sa main va de mieux en mieux. Laisse-le tranquille.

— Ce n'est pas sa main qui me préoccupe. Il est en train de se perdre. Ce serait préférable si je disais à Gort…

Le sourire insensible d'Edward mourut sur ses lèvres.

— C'est mon frère, Will, et c'est moi qui décide ce qui est bon pour lui. Ça va passer.

Stenn s'avéra beaucoup plus agréable à fréquenter que Will ne l'avait craint. Il était calme et pondéré, et il avait avec cela la plus solide poignée de main que Will ait jamais vue. Les autres hommes de Wychwoode le considéraient comme leur porte-parole et Will promit de faire parvenir à lady Cicely une pétition de leur part. À la grande surprise de chacun, la gente dame vint en personne à la grande porte de la cour intérieure dès le lendemain pour annoncer sa décision.

— Vous êtes libres de rentrer chez vous, dit-elle, faisant courir son regard d'une tête inclinée à une autre. Cependant, Willand m'informe que certains d'entre vous ne tiennent guère à partir. Il dit que vous êtes d'honnêtes verduriers qu'on a forcés à accomplir une tâche qui leur était odieuse. Est-ce vrai ?

Personne ne broncha. Puis Stenn prit la parole.

— C'est vrai, madame. Chaque mot est vrai.

La duchesse les dévisagea délibérément pendant quelques instants, puis elle reprit :

— Quiconque craint les représailles de Lord Strange est autorisé à demeurer ici. Je ne saurais tolérer que les manants subissent un injuste blâme.

Quand elle se fut retirée, Will s'avança pour recevoir de sa part l'expression de la gratitude des conducteurs de chariots. Au bout d'un certain temps arriva Edward, qui le prit à part.

— Où est la fille ?

— Willow ? Qu'est-ce que tu lui veux ?

— Je suis venu lui annoncer qu'elle doit se rendre auprès de ma mère pour être informée de ses devoirs. Elle entre au service de la famille.

Will sentit son cœur bondir, comme quand on pressent un danger.

— Mais elle ne sait rien de la vie de château. Sa place est certainement plutôt auprès de son...

— Will, c'est un honneur.

Les jours suivants, les sonneries de trompettes retentirent plus d'une fois au-dessus des murs de Foderingham. Depuis quelque temps, la garnison enflait régulièrement d'hommes venus des parties septentrionales des domaines du duc. Il circulait des rumeurs, à propos d'armées qu'on aurait vues marchant au pas le long de la grande route du nord, et l'on rapportait qu'on levait des troupes et qu'on enrôlait des soldats dans les villes, au loin. Mais un curieux simulacre de paix s'installa sur le royaume tandis que la main froide de l'hiver resserrait son emprise. Quelle que soit la combinaison de magie et de politique que Gwydion et le duc étaient en train de mettre en œuvre à Trinovant, ils semblaient réussir, pour l'instant en tout cas, à empêcher la marée de déferler.

En ce qui concernait Willow, il s'avéra qu'elle avait été placée au service des deux plus jeunes fils du duc. C'était une tâche qui comportait une lourde responsabilité et elle avait hâte d'en être libérée, car les enfants n'étaient pas faciles à dompter et prompts à la colère. Will savait qu'elle aurait préféré aller faire un tour du côté des cibles et y lancer quelque carreaux d'arbalète, ou bien encore arpenter les prairies en compagnie de Gort, pour apprendre toutes sortes de choses sur les plantes sauvages. Mais, comme l'avait fait remarquer Edward, c'était un honneur d'avoir été prise au service de la duchesse, et à la vérité Willow n'avait pas le choix.

Les jours se firent plus courts, le temps plus froid et plus gris, mais au cours de l'une des rares matinées étincelantes précédant Ewletide, les trompettes soufflèrent depuis les murailles de Foderingham ; cette fois, c'étaient trois longues notes tenues.

Ils étaient en train de subir une leçon fastidieuse, mais dès qu'Edward entendit le trille qui avertissait de l'identité du visiteur, il bondit de son siège et se suspendit à la haute fenêtre garnie de barreaux pour tâcher de ne rien perdre du retour tant attendu.

— Il est revenu ! hurla-t-il. Je le savais !

— Sir Edward ! tempêta Aspall de sa voix flûtée. Vous ne devez pas vous agiter à la moindre alarme. Rasseyez-vous, je vous prie, nous n'avez pas demandé la permiss...

Mais le pauvre précepteur n'eut d'autre ressource que de contempler les sièges vides, là où l'instant d'avant les deux frères avaient été assis et où il n'y avait plus, désormais, que Will. Edward avait déjà traîné Edmund hors de son banc d'étude et le tirait maintenant le long du passage couvert.

— Il n'a vraiment pas la moindre discipline, observa Aspall dans un murmure. Bien, Willand, reprenons... Willand ?

Mais Will lui avait déjà filé sous le nez.

Il s'engouffra derrière les deux frères dans la spirale des degrés de pierre usés, déboucha à leur suite dans la galerie et se précipita à la grande porte. Une troupe d'hommes à cheval, deux ou trois cents peut-être et qui portaient haut l'étendard du duc, approchaient de la barbacane. On entendait déjà les sabots des chevaux qui passaient le pont-levis et la herse. Le branle-bas était dans tout le château quand le duc et ses cavaliers de tête pénétrèrent à l'intérieur, dans le tintamarre de leur fourniment. Will remarqua que les montures écumaient et que le duc portait, à l'endroit de la nuque, une pièce d'armure dont le métal brillait, ainsi que des jambières. On aurait dit qu'il avait fait route en forçant l'allure, s'attendant à quelque escarmouche. Immédiatement derrière lui, s'avançaient une trentaine d'hommes en armure, et d'autres en cotte de mailles et brigandine, tous avec l'épée au côté. Plusieurs d'entre eux étaient de rang élevé, les autres leurs chevaliers servants. Will chercha du regard Gwydion parmi eux, mais rien n'indiquait sa présence.

Le duc Richard mit pied à terre et rejeta un pourpoint de cavalier crotté de boue, heureux de toute évidence de se retrouver parmi les siens. Edward et Edmund étaient déjà aux côtés de leur père. Il leur ébouriffa les cheveux, et dans un sourire les emmena avec lui à l'intérieur, où les attendaient Elizabeth, Margaret et George. Puis dame Cicely apparut, tenant dans les bras le petit Richard. Elle échangea quelques mots en privé avec son époux, tandis que tout le monde entrait.

Willow, d'un signe, prit Will à part.

— Ainsi, c'est là le duc, dit-elle.

— C'est lui, repartit Will. Est-ce qu'il n'a pas fière allure, pour un seigneur ?

— Je n'y connais rien. (Son regard glissa sur les membres de la famille du duc, un à un.) Mais il a fière allure, pour un homme.

Will avait noté la présence d'Edward tout près du duc, et pendant quelques instants très désagréables, il se demanda si Willow ne parlait pas du fils, plutôt que du père.

Ce soir-là, quand l'émoi fut retombé, Will s'assit avec Willow dans la laiterie et partagea son modeste souper.

— J'espérais voir maître Gwydion parmi les arrivants, avoua-t-il d'un air abattu.

— Ce doit être qu'il n'a pas encore trouvé le moyen d'anéantir le pouvoir de la pierre dragon, dit-elle.

— Comment es-tu au courant de cela ? demanda-t-il, choqué d'entendre ce nom dans sa bouche.

— Sir Edward m'a tout raconté.

— Il a fait ça ?

Elle le regarda d'un air enjoué et ses yeux bleus ne cillaient pas.

— Mais oui. Y a-t-il du mal à cela ?

— Non…

Elle pencha la tête de côté.

— À ton avis, pourquoi ne veut-il pas m'emmener la voir ?

— Tu le lui as demandé ? l'interrogea-t-il, redoutant le pire, à présent.

Elle haussa les épaules.

— J'espérais qu'il me le proposerait.

Will rompit un morceau de pain et le trempa dans le ragoût.

— Cette pierre, mieux vaut que tu n'y penses plus.

— Et pourquoi pas ? Peut-être que toi, tu accepterais de me la montrer. Je veux voir pourquoi on en fait toute une histoire.

— Eh bien, ce n'est pas possible. Elle est enfermée dans une cave voûtée sous le donjon, où elle est en sûreté — si l'on peut dire qu'une chose pareille puisse l'être quelque part.

Willow se mordit la lèvre.

— Alors, elle est vraiment très dangereuse ?

— Oh, oui ! Je ne sais pas grand-chose à son sujet, mais ça au moins, j'en suis sûr. Et je commence à me dire que le mal qu'elle recèle a trouvé moyen de se faufiler à l'extérieur. Elle a déjà atteint Edmund.

— Edmund ? Tu veux dire sir Edmund ? Celui qui est boiteux et handicapé du bras ?

— Il n'a pas toujours été comme ça. Et ce n'est pas seulement une affaire de bras et de jambe. Il se comporte comme s'il était pris au piège dans un labyrinthe, incapable de trouver l'issue. C'est difficile à expliquer, mais je l'ai vu hier qui longeait un mur à tâtons comme un aveugle. « Qu'est-ce que tu fabriques ? », lui ai-je demandé, et il m'a jeté un regard complètement vide, avant de me dire : « Je cherche la lumière. » Je te le dis, Willow, le destin de chacun de nous est en train d'être tordu et anéanti à cause de ce bloc rocheux. J'espère que maître Gwydion va revenir bientôt.

Elle avait sur le visage une expression singulièrement distante.

— Willand, tu te poses trop de questions.

— Que veux-tu dire ?

— Tu devrais t'estimer heureux. Ton destin est de ceux que n'importe quel garçon de la campagne échangerait contre le sien en un clin d'œil. La vie que tu mènes — chaussures de cuir, équitation et chasse, sans parler de porter l'armure — est celle d'un seigneur. Et qu'est-ce que ça peut te faire si maître Gwydion ne revient jamais ?

— Si c'est comme cela que vivent les gentilshommes, alors grand bien leur fasse ! Si je pouvais choisir ma vie à l'heure qu'il est, je serais loin d'ici, à manger des tartes aux pommes là-bas, chez moi, au pays, à Nether Norton où j'ai grandi, pieds nus et le reste.

Elle croisa les bras devant elle.

— Ah, charmée de l'apprendre. Cela ne te fait donc pas plaisir que je sois ici ?

— Qu'est-ce que ça a à voir ? fit-il, sans se rendre compte de ce qu'il y avait de blessant dans ses paroles. (Et puis, avec un soupir :) Écoute, tout ce que je veux dire, c'est que tu ne devrais pas prendre cette histoire de pierre si à la légère. Elle affecte les gens. Et s'il n'y avait que celle-ci ! Il y en a d'autres plantées un peu partout, qui œuvrent tranquillement à la perte du royaume. Il va se produire très bientôt, cela ne saurait tarder, un infime changement quelque part dans le pays — un pont du temps des tyrans va s'effondrer, ou un chargement de pierre de taille sera volé au vieux mur des faiseurs d'esclaves — et voilà, ce sera ça. Crac ! Comme la dernière brindille en trop sur le dos de la mule, et elle s'écroule.

— Je ne comprends rien à ce que tu racontes. Ça n'a pas le moindre sens, pour moi.

— Eh bien alors, ne t'en mêle pas !

— Bon, d'accord, je ne m'en mêlerai pas !

— Bien.

Sur ce, Will quitta la laiterie pour aller observer les seigneurs qui s'assemblaient à l'entrée de la grande salle. « Regarde-les, se dit-il. Ils sont en émoi : il se passe quelque chose. La mule est peut-être plus près que je ne pensais de crouler sous le fardeau. Par la lune et les étoiles, comme j'aimerais que maître Gwydion fût revenu avec eux ! »

Il resta un moment en retrait, puis se dit que mieux valait savoir de quoi il retournait plutôt que de se perdre en conjectures. Passant devant les gardes au visage familier, il se glissa dans la salle, et se mêla aux nombreux serviteurs et aux hôtes qui allaient et venaient. À la première occasion, il questionna sir Hugh à propos des chevaliers qui étaient arrivés.

— As-tu donc oublié tes étendards et tes blasons ? s'étonna celui-ci. Là-bas, en rouge, avec le dessin de l'ours blanc ?

— Euh… le comte Warrewyk, capitaine de Callas.

Sir Hugh opina du chef.

— Le neveu de lady Cicely. Rappelle-toi son visage et son nom, car il possède plus de terres que n'importe quel comte dans le royaume. Ton ami le maître corbeau dit qu'il lui fait pitié, car même un présent de dix mille écus d'argent ne suffit pas à lui donner le sourire. À sa gauche, en pourpoint rouge et noir, c'est son père, le comte Sarum. Là-bas, l'écu au lion rouge désigne Lord Falconburgh, frère naturel du comte Sarum. Et ici, en vert, voici Lord Bergaven, dont les armes sont le taureau noir et blanc, un autre frère du comte Sarum. Tu vois Lord Scrope de Belton, là ? C'est leur cousin.

— Tous ceux qui sont là sont-ils de même des proches parents ?

— Évidemment. Et pour moi aussi. Comment pourrait-il en être autrement : le sang n'est-il pas plus épais que l'eau ?

— Quand on le verse, oui.

Sir Hugh lui lança un regard perçant et observa :

— Tu as l'esprit vif, Willand, mais qu'attendre d'autre de la part de l'apprenti d'un corbeau ?

— Je n'y voyais pas d'insulte, monseigneur. Vraiment.

— Mais moi non plus. Le clan Warrewyk est très puissant. De tous les comtes, Warrewyk et Sarum sont nos principaux alliés. Et nous en avons grand besoin ces temps-ci, car tu auras peut-être remarqué que l'avenir s'assombrit.

— Les nouvelles sont-elles si mauvaises ?

Sir Hugh lui frappa sur l'épaule.

— Quelles qu'elles soient, elles ne sont pas pour tes oreilles. Alors je te recommande le plus court chemin vers la porte.

On lui avait signifié son congé, mais il versa une rasade de vin dans le gobelet de sir Hugh et demanda :

— Au moins, dites-moi ce qu'il est advenu de maître Gwydion ? Ces informations-là me concernent, il me semble.

— Qui peut savoir ? Les affaires du maître corbeau se déroulent rarement au grand jour. Nous n'avons pas la prétention de comprendre ce qu'il fait, sauf à dire qu'il s'occupe à tisser des sortilèges qui, poussant par-ci, tirant par-là, maintiennent le royaume dans un vaste réseau de bien et de mal. Magie d'État, cela s'appelle, et je ne me suis jamais beaucoup penché sur la question. Pour m'expliquer en quoi cela consiste, on a utilisé il y a bien longtemps, quand j'étais tout jeune, l'image des cordages et des piquets qui retiennent une tente. Ton maître Gwydion s'est démené comme une araignée ces treize derniers mois à Trinovant, abattant une influence ici, faisant assaut de persuasion ailleurs, multipliant les manœuvres au point que personne ne sait plus de quel bord il est, à présent.

Will se sentit un peu décontenancé de voir sir Hugh comparer Gwydion à une araignée.

— Vos propos sont à peine amicaux à son endroit.

— Comment devrais-je parler de quelqu'un qui soupe à la table de l'ennemi ?

— Il fait cela ?

— Il a croqué ces derniers temps à Trinovant dans toutes les pommes de discorde, mais là, il vient de commettre une grave erreur.

— Laquelle ?

— Il a laissé voir où penchait son cœur. Il a fait un présent sans prix à la reine Mag. Il lui a donné un magnifique diamant bleu-blanc. Il l'a posé lui-même sur son front en public au cours de la dernière assemblée des seigneurs en grand conseil. Tout le monde sait qu'elle aime les joyaux par-dessus tout — sauf, peut-être, le chiard dont elle jure qu'il est du roi Hal.

Will n'en revenait pas. Il se rappelait parfaitement la pierre précieuse que Gwydion avait dessertie du fermoir du manteau de cygne, dans la tombe de Leir. Que le mage s'en fût séparé, déjà, semblait impensable, alors la donner en cadeau à la reine Mag !

— Mais... pourquoi aurait-il fait ça ?

— Il faudra le lui demander toi-même, car pour moi je n'en sais rien. Il nous dit qu'il cherche à acheter la mégère de façon qu'elle accepte de tolérer la paix, mais un diamant comme ça ! Notre bon duc ne voit pas pourquoi elle devrait être payée avant qu'il ait son mot à dire dans le gouvernement. Et c'est également l'avis de tous ceux qui sont ici !

Will ne voyait rien à répliquer à cela.

Sir Hugh ne jugea pas bon de se fendre d'un sourire, mais garda son air féroce. Il fit le geste de pincer un rien d'espace entre son pouce et son index.

— Méfie-toi, petit corbeau : le duc est à ça de déclarer le magicien son ennemi. Et ce jour-là, il n'y aura plus place ici pour toi.

— Vous me chasseriez ? demanda Will.

— Nous te traiterions comme n'importe quel espion infiltré en notre sein.

— Mais je n'en suis pas un ! Vous chasseriez quelqu'un qui ne vous a jamais fait aucun mal ?

— Nous te chasserions ? Oh, que non ! (Sir Hugh laissa échapper un murmure amusé.) Que cela soit bien clair : un seul mot du duc et moi, ou n'importe lequel des hommes que tu vois là, nous te couperons la gorge d'une oreille à l'autre.

Will chercha dans l'expression de sir Hugh un signe qui indiquât la plaisanterie et fut épouvanté de n'en pas trouver.

— Mais enfin, vous me faites confiance, non ?

— Te faire confiance ? Je te le redis : les seuls vrais amis, c'est par le sang qu'ils se font. La parenté est l'unique lien auquel on puisse se fier. Tout le reste est changeant.

Le chevalier aux cheveux gris posa la main sur la poignée de son épée et s'éloigna. Will le regarda s'en aller, ne sachant que faire. Pour la première fois, il mesurait combien était mince le fil à quoi tenait sa vie et commençait à comprendre comment il en allait vraiment des seigneurs — comment leur esprit, préparé de longue date à penser en termes de violence et de soupçon, ferait une proie facile, qui succomberait à l'influence des pierres batailleuses.

Will se fondit dans la pénombre et consacra son attention aux fils du duc. Il observa que les tics nerveux d'Edmund passaient inaperçus et qu'Edward était suspendu au moindre mot de son père. Les raisons de ce dernier comportement étaient évidentes. Le duc était un homme séduisant et le charme émanait de toute sa personne. En dépit de ce que sir Hugh avait dit, il était naturel de le considérer comme un grand seigneur, mais aussi, tout simplement, de l'aimer. Il capturait le regard et Will voyait clairement pourquoi certains hommes n'avaient d'autre choix que d'en suivre d'autres dans la bataille.

Quand le duc se leva, le silence tomba. Il annonça simplement :

— Ma décision est prise. La maison tout entière se déplacera pour commémorer la fête sacrée d'Ewle dans notre place forte de Ludford.

C'était une phrase assez terne en somme, mais elle eut un effet presque magique. À l'instant même, l'assemblée se mit à pousser des cris joyeux et à frapper des mains sur les tables en signe d'approbation.

Seul Will n'avait pas le cœur à la joie, car lui aussi savait ce que cela voulait dire. Il tourna les talons et se retira sans être remarqué. Puis il s'en fut tout raconter à Gort.

Mais il croisa d'abord Willow dans les cuisines.

— Commémorer ? s'étonna-t-elle. Ce n'est pas « célébrer » qu'il veut dire ? Ah, je déteste quand les seigneurs déclarent le jeûne et laissent Ceux-qui-ne-voient-pas processionner avec leurs hauts chapeaux et leurs manteaux dorés.

— Non, tu ne comprends pas, lui dit-il. Ça n'a rien à voir avec Ewle, si le duc fait déménager sa famille dans un château plus facile à défendre. Ludford est profondément enfoncé dans les marais de l'ouest et toutes les terres alentour lui sont loyales. C'est là qu'il va pouvoir rassembler ses forces. Cette fois-ci, c'est la guerre.

— Ce n'est peut-être pas si mal que ça, après tout.

Il lui lança un regard scandalisé.

— Allons, pense à ce que tu dis.

— Il paraît qu'ils paient les soldats un sou par jour. Ce n'est pas mal payé pour rester assis à ne rien faire, la plupart du temps.

— Oui, et d'ailleurs ce n'est pas la chute qui tue un homme qu'on précipite au bas d'une tour, mais l'arrivée soudaine au pied du mur !

— Si c'est de soldats que le duc a besoin, eh bien il sera satisfait de mon père et des autres hommes de Leigh. Ce sont tous de bons archers. Et qui sait, peut-être que la hure de sanglier trouvera la mort, que le bois de Wychwoode y gagnera un nouveau protecteur et que nous pourrons rentrer chez nous.

Will ne répondit pas, car il pensa d'abord qu'elle avait perdu la raison. Puis une autre réflexion, bien plus atroce, le frappa : que la chose, quelle qu'elle fût, qui suintait de la pierre dragon, avait dû pénétrer dans sa tête à elle aussi.

Les quelques jours suivants passèrent à un rythme trépidant, car les préparatifs pour le départ du duc et de sa maisonnée mobilisèrent tout le monde. Pour ces raisons, Will était heureux de quitter Foderingham, même s'il se tracassait au sujet de la pierre batailleuse et ce qui lui arriverait quand le château se retrouverait sous la garde d'une garnison très réduite. Gort était soudain difficile à intercepter, et quand Will réussit enfin, il refusa de parler de la pierre batailleuse ; Will reporta donc tous ses espoirs sur un retour de Gwydion avant leur propre départ.

Mais ils restèrent vains, car on ne vit pas l'enchanteur, pas plus qu'on n'entendit parler de lui, et aucun des nobles seigneurs nouveaux venus ne semblait savoir ce qui avait pu lui arriver. En réalité, le déménagement pour Ludford était une opération d'envergure, mais à Will cela semblait une tâche bien ennuyeuse. Il y eut maintes choses à aller chercher, à rassembler, à transporter, à tenir prêtes avant le moment du départ, et quand il fut venu le temps refusa de leur être favorable. Il plut sans discontinuer pendant trois jours. Les routes hivernales étaient noires de boue et les chevaux défonçaient le chemin à tel point que les équipages suivants devaient faire un détour. Au fond des vallées on s'enfonçait dans des tourbières et sur les crêtes la neige fondue faisait toboggan. Puis vinrent les gelées, qui couvrirent le sol de glace et transformèrent les flaques en patinoires qui avaient à peine le temps de fondre avant la tombée du jour.

Une modeste allure de quatre lieues quotidiennes était déjà une bonne moyenne, pour ce trajet d'une semaine en direction de l'ouest. La plupart des chevaux avançaient d'un pas tranquille et pondéré, dans une file de trois cents personnes en déplacement. Les charrettes, les chariots bâchés et les équipages de bœufs labouraient le sol gelé et bringuebalaient dans les ornières, tandis que l'austère livrée grise de l'hiver prenait possession du royaume.

Cinq cents fantassins et hommes d'armes se déplaçaient en même temps qu'eux, affrontant stoïquement la rudesse de la nature et des éléments. Les chevaliers et les nobles chevauchaient en tête, arpentant les prairies et les champs la lance à la main, pointe dénudée. Chaque matin, des groupes de chasseurs s'éloignaient du campement et des éclaireurs battaient la campagne pour prendre des points de repère dans le paysage, identifier l'éventuelle présence d'ennemis, et chercher à dénicher leurs espions. Mais les soldats à cheval ne laissaient pas longtemps sans protection les chariots de la maisonnée, et jamais tous en même temps. Will s'imagina d'abord qu'ils redoutaient les hors-la-loi — on disait que des bandes de pillards infestaient certains coins parmi les plus reculés de leur itinéraire —, bien que nul n'eût osé s'attaquer à un convoi si bien protégé, quelles que soient les richesses convoitées. Il s'aperçut finalement que le duc se protégeait d'une embuscade tendue par un ennemi bien plus redoutable que des coupe-jarrets : la reine en personne.

Ayant déjà fait l'expérience d'une attaque sur la route, Willow était sur ses gardes, mais sans panique. Les hommes de Leigh avaient tous été vêtus d'une livrée bleu et blanc, et équipés de grands arcs de guerre en bois d'if. Quand elle ne s'occupait pas des enfants en bas âge de la maison d'Ebor, Willow s'asseyait près de son père dans la carriole tirée par une paire de bœufs, qui transportait une certaine quantité de provisions. Puis, quand elle était lasse de rester assise, elle faisait quelques pas le long du convoi, si la boue n'était pas trop profonde. Will remarqua qu'elle conversait beaucoup avec le Wortmaster Gort et qu'elle essayait d'aider de toutes les façons. Il nota aussi que, chaque fois qu'Edward passait près d'elle à cheval, elle levait la tête et lui souriait. Will n'avait pas de monture, lui. Les chevaux étaient réquisitionnés pour l'escorte, et il n'avait pas la qualification requise. Qui plus est, à la suite d'un méchant coup de froid, il avait le visage couvert de boutons et tous ses os lui faisaient mal.

— Combien de chemin avons-nous encore à parcourir ? demanda-t-il à Edward à la première occasion.

— Les journées sont trop courtes pour nous mener nulle part, rétorqua celui-ci d'un air entendu. Et je n'ai jamais rien vu de pire que cette boue.

— Pourquoi, alors, avons-nous quitté si tôt Foderingham ? Nous aurions certainement pu attendre que le temps s'améliore.

Edward le dévisagea comme s'il venait de poser une question idiote.

— Les jours n'en auraient été que plus courts.

C'était là réponse stupide, et Will précisa sans ambages :

— Ce que je veux dire, c'est qu'à mon avis, ton père veut parvenir au cœur de son domaine au plus vite, tant qu'il le peut encore.

Les yeux d'Edward s'étrécirent.

— Mon père ne craint personne.

Will fut pris d'une violente quinte de toux.

— La guerre est proche, et quand elle sera sur nous elle écrasera tout le monde, y compris ton père — surtout ton père. Cela ne te tracasse donc pas ? Ne veux-tu pas essayer de trouver le moyen de l'éviter, s'il en existe ?

— Peu me chaut. Que vienne la guerre ! (Il prit un air belliqueux, le menton en avant, et demanda :) Où est Willow ?

— Qu'est-ce que tu lui veux ?

Mais Edward ne se donna pas la peine de répondre.

Un camp de la taille d'une petite ville sortait de terre à la halte de chaque soir. Il y avait une heure de chaos à l'endroit désigné, puis une ambiance plus calme s'installait tandis qu'on dressait les tentes et qu'on allumait les feux dans la nuit tombante. Will s'asseyait au côté de Willow dans le crépuscule et partageait avec elle un délicieux dîner d'anguilles à la broche en écoutant Stenn raconter des histoires du temps jadis, à l'époque des jours heureux dans les bois de Wychwoode, avant l'arrivée de Lord Strange.

Plus tard, quand Willow était partie se coucher, Will s'en allait faire un tour du côté du campement des soldats ou des tentes peintes, dressées en un cercle étroit, où se tenaient les nobles chevaliers, avec des intérieurs luxueux, des tapis et des peaux de mouton, des brasiers de charbon de bois, et du mobilier judicieusement agencé, qu'on pouvait transporter en voyage. La garde était assurée par des hommes casqués dont l'haleine se figeait dans l'air glacé ; ils restaient debout, appuyés sur leur hallebarde, des heures durant sans s'impatienter, tandis que montait le bruit léger des conversations tranquilles derrière les toiles doucement éclairées par la lueur des bougies, et que la nature sauvage s'étendait à des lieues à la ronde dans le froid et la nuit.

Le troisième soir, par hasard, Will surprit Edward en train de faire entrer Willow dans sa tente. Il resta enfermé en sa compagnie un bon bout de temps, et ce fut douloureux pour Will de les savoir ensemble. Quand ils se quittèrent, Edward fit glisser la bague qu'il portait au petit doigt et la lui donna. Will reçut comme un coup d'épée au cœur et eut presque envie de sortir de l'ombre pour bien leur montrer qu'il les avait vus, mais il se reprit en se disant que pareille impulsion, si irrésistible fût-elle, ne lui serait d'aucun secours. Cela ne lui parut pas très avisé et il combattit ce premier mouvement impétueux, comme un homme se devait de le faire, car qui empêchait Willow et Edward de se parler s'ils en avaient envie, et même en privé ? Et si Willow préférait la conversation d'Edward à la sienne, à qui la faute ?

Il avait espéré qu'une fois loin de l'influence de la pierre dragon, il serait de meilleure humeur, mais cela allait de mal en pis, au contraire. La jalousie le torturait. Il buvait les potions que Wortmaster Gort lui préparait pour le débarrasser de son mauvais rhume, mais trois journées atroces d'hiver étaient déjà passées, et il fallut attendre le quatrième jour avant qu'il commence à respirer un peu plus librement.

— Ah ! lui dit Gort. Ainsi, tu t'es finalement décidé à coopérer avec le traitement, c'est cela ?

— Que voulez-vous dire ?

— Tu ne sais pas comment fonctionnent les traitements ? Il faut que le patient y mette un peu du sien, les herbes ne suffisent pas. Tu dois donner la permission au remède de te guérir.

Cela semblait absurde et Will répondit d'un air sombre :

— Je ferai de mon mieux.

Comme ils dressaient le camp, en fin d'après-midi, Will devint de plus en plus agité. Il se sentait dans un état d'excitation étrange. La dernière fois qu'il avait été en proie à pareil phénomène, c'était avant son arrivée à Foderingham. Il y avait quelque chose de bizarre dans les environs, cela tenait à la terre. Il avait au moins appris à reconnaître cela. Une ligne. Une pierre batailleuse peut-être. Une méchante lueur qui brûlait quelque part, presque à portée de la vue. Un murmure dans la pénombre. Une puanteur implacable. L'idée lui vint à l'esprit de se tailler une baguette de coudrier et d'essayer de la dépister, mais il en frissonna. Il comprit alors la raison pour laquelle les poudres du Wortmaster avaient été si longues à agir : à Foderingham, le pouvoir mauvais de la pierre batailleuse s'était infiltré dans son organisme à petites doses. À présent, loin de la coupable, son esprit et son corps se débarrassaient peu à peu du poison, comme le pus s'écoule d'une blessure en voie de guérison.

Il émergea de sa tente, toussa et cracha, puis en rampant pour ne pas être remarqué, alla s'installer seul au bord du chemin bourbeux, là où la nature sauvage reprenait ses droits. Il respira profondément, s'efforçant de préserver son cœur de cet étrange pouvoir que recélait la terre, mais d'y faire entrer, au contraire, la force que Gwydion y trouvait. Le moment qu'il aimait le plus, c'était quand s'allumaient les étoiles et que le vent tombait, que le calme de la nuit s'installait avec la fraîcheur du soir. Il allait faire très froid — assez pour geler les mares et les trous d'eau, de sorte qu'on pourrait les franchir à pied au petit matin — et il y avait suffisamment de silence, un peu à l'écart du camp, pour que les oreilles lui bourdonnent. La noirceur de la nuit était tenue en échec par la clarté glacée de la pleine lune et Will était tellement tendu qu'il avait des fourmillements dans tous les membres.

Il s'éloigna davantage, sachant bien que ces monts tout autour appartenaient au comté de Sylop et que très bientôt — demain, peut-être — ils arriveraient à destination. C'en serait fini, pour un certain temps au moins, des nuits comme celle-ci, grandes ouvertes sur l'immensité. « Si seulement Gwydion était là, songea-t-il. Si seulement quelqu'un pouvait me donner de ses nouvelles. Je ferais n'importe quoi pour savoir s'il a réussi. »

Un halo flamboyant de lumière colorée soulignait les contours de la lune d'hiver, haut dans les nues, et Will admira la gamme des couleurs pastel déployées comme dans un arc-en-ciel. Au-delà, on devinait les étoiles. Là-bas, vers le sud, où le clair de lune éclipsait presque leur scintillement, on en distinguait pourtant trois de taille moyenne. Elles étaient soulignées d'une étincelle de bleu brillant, tandis qu'au-dessus, la lueur qu'on devinait était d'un rouge fougueux : c'était la constellation dont Gwydion lui avait dit que les princes du Nord la nommaient l'Ell-wand, les Anciens Belatucrados, la Cornue, et les peuples plus tradifs Cernunnos : un chasseur dont la silhouette, chaque hiver, venait flotter au-dessus du pays, ses deux chiens d'arrêt postés à ses côtés, à regarder toute la nuit en bas, sur la terre, si quelque proie se présentait. Un frisson parcourut Will tandis que son regard plongeait au plus profond du ciel. Il eut une nouvelle quinte de toux et aspira à se sentir moins malade, moins à la dérive dans ses pensées, moins las et retranché du monde. Gort avait raison — quelque chose de lourd pesait sur son cœur, comme un envoûtement.

La solitude non plus ne pouvait rien pour guérir ce mal. Il résista à l'envie de retirer ses chaussures et de planter ses orteils glacés dans le givre : cela ne ferait qu'aviver les sentiments nauséeux qui l'habitaient. Il se souvint du temps où il pistait la pierre dragon : il en avait encore des traces, dans les muscles des bras, de la poitrine. Mais même s'il ne s'était guère écoulé plus d'une année depuis lors, son corps avait changé. Au-dessus de lui, la lune éclipsait l'innombrable armée des étoiles. Les moutons, dans les pâtures, étaient immobiles. Le monde avait perdu sa couleur. Tout près, un cours d'eau gargouillait en passant sur un lit de galets, mais ici à la croisée des chemins, la boue piétinée par des milliers de sabots avait durci. Une borne de pierre annonçait que l'endroit avait nom carrefour de Morte et que Trinovant était distant de sept fois sept lieues. Des silhouettes de tyrans, gravées dans la pierre, tendaient à se transformer en ogham sous son regard oblique. Quand il regarda mieux, elles avaient disparu. En face, dans l'ombre des arbres, se dressait un épouvantable gibet. Il s'élevait, menaçant, devant lui, tandis qu'il trébuchait sur les monticules de glace qui barraient la route. Ce poteau de chêne grossièrement équarri, de section carrée et trois fois haut comme un homme, était planté là pour l'exemple. Au bout de son bras de fer haut perché, l'horreur était suspendue : le corps d'un criminel, condamné à pendre dans un linceul de chaînes, prisonnier de ce carrefour pendant un an et un jour, comme une mise en garde. La nuit, cette sentinelle veillait, immobile et silencieuse.

Qui était-ce ? se demandait Will, pris au piège de l'impulsion morbide qui le poussait à lever la tête pour tâcher de déchiffrer le visage gelé du cadavre. Le choc provoqué par la vue de la chair réduite à sa plus simple expression — accrochée là comme de la viande de boucherie — n'en finissait pas de se répercuter en lui.

Qui avait été cet étranger, cet homme exposé à présent dans des haillons blancs de glace ? Peut-être un braconnier ? Un meurtrier ? Un voleur de bétail ? Était-il coupable ou innocent ? Avait-il connu l'amour ? Avait-il été aimé en retour ? Quelle erreur avait précipité sa chute et l'avait conduit là ? Pourquoi n'avait-on pu le sauver ? Et quelle brutalité l'avait exposé ainsi à la vue de tous ?

Pas de réponse dans l'atroce sourire. Le rayon de lune qui frappait les dents découvertes sous des lèvres étirées, desséchées par les vents, ne laissait rien deviner. Une main à l'ossature fine, battue par les intempéries, pendait, bien en place, à la verticale. Et les orbites vides des yeux, qu'avaient picorés les corneilles, regardaient vers le sol, comme chargées de l'assurance tranquille de celui qui sait. L'homme apparaissait à Will comme quelqu'un qui revient d'un long voyage dans une contrée si lointaine qu'il ne peut rien en dire. Troublé par l'immobilité du cadavre, Will avança la main et imprima une légère poussée à la cage de fer. Elle se mit en mouvement aussi docilement que la balancelle d'une amoureuse au jardin, par un beau soir de juin.

— La guerre ! fit la voix éraillée de la silhouette suppliciée. Ils m'ont pendu haut et court… et je suis mort !

Et Will, qui voyait un individu exécuté pour la première fois, mit les mains sur ses oreilles pour ne pas en entendre davantage.

— La guerre ! poursuivirent les gonds rouillés de la cage. Je ne voulais pas y aller… Et alors, vois-tu… ils ont voulu faire un exemple… avec moi.

Malgré tout ce qu'on avait tenté de lui inculquer à Foderingham, Will savait bien, tout au fond de lui-même, qu'un conflit n'était pas le déploiement d'épées étincelantes et de rutilantes armures, et de drapeaux en queue d'hirondelle flottant au vent. C'était la voracité des seigneurs et la souffrance des gens de peu — et aussi la douleur, et la peur et la mort.

— La guerre ! s'écrièrent les mâchoires vides du cadavre. Elle arrive ! Elle arrive… Elle arrive…

Will ferma les yeux pour échapper à la vision de cette chair martyrisée, exposée au givre de la nuit, et en cet instant même il eut la révélation de ce que Gwydion l'avait envoyé apprendre à Foderingham.

Ils approchèrent de Ludford en fin d'après-midi le jour suivant, l'avant-veille d'Ewletide. Le soleil bas, diffus et immature, qui n'avait pas dispensé la moindre chaleur de tout le jour, était à peine suffisant à cette heure-ci pour éclairer vaguement les contours des bois qu'on distinguait par-delà les lignes droites des sillons des champs, sur lesquels descendait la brume. En haut des arbres squelettiques étaient perchés des nids de corneilles, et il y avait dans l'atmosphère le genre de froid vaporeux qui faisait monter tout droit en l'air la fumée des feux de bois avant qu'elle ne se disperse en éventail, formant des nappes plates sous un ciel sans un souffle d'air.

— Qu'en dis-tu ?

Will désignait d'un geste du bras la beauté mélancolique du crépuscule gorgé d'humidité, où le soleil sombrait au milieu de bancs de brouillard en déroute, dans lesquels s'effilochaient le jaune et le rouge.

— De ça ? répondit Edward, sans comprendre. (Il avait les joues rougies par la course.) Très bon terrain pour monter à cheval. Et la forteresse en impose.

— Je parlais du coucher de soleil, pas du château.

Edward reprit les rênes de sa monture et se frappa la poitrine.

— Tu sais que Ludford est à moi ?

— À toi ?

— Je suis comte des Marches. Ainsi, tu l'ignorais ?

— Laisse-moi monter à cheval, demanda Will, pris d'un désir soudain d'échanger sa place avec celle d'Edward.

Mais le fils du duc fit tourner la tête de sa jument et, la poussant au pas, jeta par-dessus son épaule :

— Pas aujourd'hui. Elle n'en peut plus.

Telle fut la journée : sans entrain et pitoyable, au plus noir de l'hiver, en dépit des efforts déployés par les plus gais de la compagnie pour l'embellir un tant soit peu. Will broyait du noir et observait la façon dont Willow choisissait délicatement l'endroit où elle posait les pieds, évitant les flaques et les ornières gelées de la route. Il était attentif au bruissement de ses jupes quand elle les relevait. Sa démarche l'ensorcelait.

Pourquoi Edward avait-il eu avec elle une conversation en privé ?

— Alors, Will, fit Stenn, venant à sa rencontre. Qu'est-ce qui t'afflige ? Ça fait des jours que tu fais une tête longue comme ça.

— Un vilain rhume.

— Et c'est tout ? Double portion pour toi au souper de ce soir, dans ce cas. Il paraît qu'on tue un rhume en le nourrissant, comme on élimine la fièvre par la diète.

Will aimait cet homme, son aîné, car malgré toute la bonne humeur qu'il déployait, il gardait un œil vigilant sur sa fille. « Elle est tout ce que j'ai au monde », lui avait-il confié au dîner, la veille au soir, et Willand l'avait perçu comme un avertissement.

— Pourquoi ne vas-tu pas consulter le Wortmaster ?

— Je l'ai déjà fait.

Mais il savait que le rhume n'était pas la cause — c'était l'effet.

Ils passèrent par Wyg Moor et puis par Leint Hall, où la grande famille de Morte entretenait une robuste garnison. Au hameau d'Elton, Will vit un minuscule palais de fées, somptueux dans tous ses détails, et pourtant pas plus haut que son épaule et conçu pour des êtres hauts comme trois pommes. Mais seules les poules l'occupaient, à présent.

Comme il manifestait son étonnement, Gort lui dit :

— Oh, mais ici nous sommes dans les marais de Cambray. Il y avait autrefois, par ici, des gens de petite taille, mais c'était il y a longtemps et aucun de leurs ouvrages n'est resté. Peut-être cette maison a-t-elle été construite comme un encouragement à leur intention, dans l'espoir qu'ils reviennent.

Ils arrivèrent finalement à la grande porte de Ludford et Will constata que c'était un endroit plein de vie, avec des murs d'enceinte épais et bien entretenus, et un grand portail très accueillant. Ici les hommes de garde avaient les joues vermeilles, ils étaient vigoureux et d'humeur joyeuse.

— Pas comme était Caster autrefois, lui confia Gort. Dans cette cité, la grande porte avait même un faux mendiant secret, ah, ah !

Will ne put réprimer un sourire ironique.

— Comment un mendiant peut-il œuvrer en secret, Wortmaster ? Et qui aurait l'idée de se déguiser ainsi ?

— Ah ! Voilà comment cela se passait : ce mendiant se jetait aux pieds de tous ceux qui arrivaient ; la charité ! braillait-il, la charité pour un pauvre hère ! Mais en fait, il était là sur ordre de Lord Caster en personne, avec mission de surveiller lequel des riches marchands se montrait charitable, car il faisait un rapport sur tous ceux qui entraient dans la cité et on les traitait en fonction de leur générosité !

Mais c'était la nouvelle de la venue du seigneur de Ludford qui avait fait sortir les manants dans les rues. On entendait le son des cors, des cloches et des clochettes, et d'une procession enthousiaste qui leur faisait cortège. Will comprit que le duc avait manqué à tous ces manants, comme un père absent. Il s'avançait à présent au milieu d'eux, droit sur sa monture d'abord puis à pied, se réjouissant de leur adoration, jusqu'à ce qu'enfin il arrive au pied des murs de sa propre demeure.

La ville était dessinée selon un plan très net, avec des rues qui se coupaient à angle droit, beaucoup d'entre elles fort bien pavées, même si Will fut consterné de repérer un chapitre et un cloître dominant le champ de foire de sa haute flèche de pierre. Au flanc de la maison du chapitre près d'Eiton, le beffroi était orné d'un cœur blanc et d'une girouette qui portait les lettres A, A, E et F.

— Qu'est-ce que ça veut dire, là, sur la girouette ? demanda-t-il au Wortmaster.

— Si tu le leur demandais, ils te répondraient que c'est le nom des quatre vents dans le langage mystique de Tibor. C'est le pays d'où venaient les tyrans. (Gort jeta autour de lui un regard circulaire et, mettant la main devant sa bouche, poursuivit :) Ils ont nommé les vents d'après leurs quatre points cardinaux — le nord, ils l'ont appelé oliuqA, l'est suruE, le sud retsuA et l'ouest suinovaF. Mais ce n'est pas qu'une simple girouette. Oh, non ! Observe-la assez longtemps et tu la verras bouger, même s'il n'y a pas un souffle. Les lettres, en réalité, sont là pour « satinretarF dA tE bA »... Ce qui veut dire : « De la confrérie à la confrérie. » Ces épouvantables bâtonnets perchés au-dessus de leurs clochers, voilà comment leurs cloîtres communiquent entre eux d'un bout à l'autre du territoire.

Will frémit d'horreur. Il imaginait les girouettes se mouvant en commune sympathie les unes avec les autres, envoyant en quelque langage ésotérique des messages lourds de menaces, révélant toutes les informations que les espions de la confrérie avaient pu rassembler et les diffusant sans tarder dans tout le royaume. La face avant du monument de pierre planté à l'entrée du chapitre était incisée de signes indéchiffrables et éclairée, à cette heure-ci, de bougies votives. Un frère au visage dissimulé sous son capuchon montait la garde devant. Will sentit sa peau se hérisser de chair de poule quand il perçut l'odeur écœurante du suif et les chants lugubres qui émanaient de l'intérieur. Il lui semblait que c'était là une organisation hautement puissante, hautement nuisible aussi.

La multitude se pressait jusqu'au pied du château et s'assemblait devant la grande porte. La place forte avancée aux marches des domaines d'Edward était dressée en surplomb de la ville, et

Will se dit que l'accueil réservé au duc par la population portait témoignage de sa réputation. Mais à regarder les visages réjouis et la jubilation qui se donnait libre cours, il était certain que les manants ne comprenaient pas encore la véritable raison de la venue de leur seigneur. Pas plus qu'ils n'avaient le moindre pressentiment de la terrible calamité qui, tel un orage, fondait sur eux.

« Mais qu'est-ce qui m'arrive ? se demandait Will, incapable de se faire le cœur plus léger, fût-ce d'un rien. Pourquoi est-ce que je vois les choses avec des yeux morts ? C'est moi qui déforme les choses, ou le monde est-il réellement en train de s'assombrir ? Comment savoir ? Je n'ai jamais encore vu se préparer la guerre. Les chevaliers ne veulent rien en dire par crainte des espions et je n'arrive pas à obtenir du Wortmaster une réponse claire à mes questions sur les pierres. »

Comme ils passaient sous la grande porte, Will eut le temps de jeter un coup d'œil en haut des fortifications, et il lui sembla y apercevoir la silhouette de la mort, postée en longue robe noire. Une terreur soudaine se répandit dans tout son corps, et l'odeur puissante et nauséabonde, qui lui vint aux narines comme du plus profond d'un gouffre, lui coupa le souffle. Il recula vivement, ainsi qu'un homme qui trébuche au bord d'un précipice.

Un soldat qui marchait au coude à coude avec lui lui donna une bourrade en lui lançant un juron. Mais l'instant d'après, Willow s'était portée à sa hauteur et s'enquérait de ce qui n'allait pas, à quoi il répondit d'un signe de dénégation en ajoutant qu'il était juste un peu étourdi et qu'il n'y avait pas de quoi en faire tout un plat.

Pourtant il lui avait semblé, tandis qu'il levait la tête sur les dents de la herse au moment de franchir le pont-levis, qu'il avait eu une fois auparavant la même impression de crainte inexplicable. Et il avait déjà vécu cette scène, jusqu'à imaginer les hommes d'armes, une main contre l'autre, tirant au guindeau au-dessus de lui. À son arrivée à Foderingham, il avait redouté que les gardes préposés au maniement de la herse la laissent retomber sur lui et il se demanda pourquoi cette drôle de sensation se reproduisait à présent.

— Avance donc ! lui intima Gort, avec une petite tape amicale dans le dos. Tu ne vois pas que tu bloques le passage ?

La forteresse de Ludford, où l'on avait envoyé des avant-coureurs, était prête à les recevoir. Là aussi, il y avait deux cours intérieures distinctes, séparées par des murailles fortifiées, à la différence qu'ici on les appelait « cours de garde ». Un mur de tuffeau grisâtre encerclait la première — deux de ses extrémités étaient arrondies, et une carrée, et dans le quatrième coin se situait la seconde cour, entourée de douves, avec son donjon carré haut perché et ses murs d'enceinte. Des corbeaux tournoyaient au-dessus de la plus haute tour, où flottait l'étendard du duc.

Au moment où ils pénétraient dans la cour intérieure, Will avisa une grande salle, un « solar », c'est-à-dire les appartements privés du seigneur, et Gort montra du doigt la magnifique maison ronde, d'où le duc administrait ses affaires. Nombre d'autres logements étaient construits dans l'enceinte du château et ici, comme à Fode
ringham, un énorme engin à mesurer le temps, installé à l'intérieur d'une haute tourelle, sonnait les heures avec force bruits de ferraille.

— Elles viennent toutes du château des Cadrans solaires, lui confia Gort. C'est une grande maison dans le Nord, propriété du duc. Braye, le seigneur qui en a la garde, est un maître des us et coutumes des bêtes et des plantes, et grand observateur des étoiles. Ces machines sont de son ouvrage, mais quant à moi je préférerais qu'il s'en tienne aux cadrans solaires !

— Alors il existe bien un vieux père Temps, après tout, observa Will en prenant bonne note de ces observations.

Il était facile de comprendre pourquoi on avait choisi cet endroit pour y construire un château, car ce nid-de-pie dominait tout le paysage alentour, avec des pentes abruptes côté nord et ouest, où cette défense naturelle était renforcée par la Theam et son affluent, le Ludd. Mais une fois à l'intérieur, le château n'avait rien de la forteresse rébarbative qu'il paraissait, vu de l'extérieur. Partout se pressaient des serviteurs cherchant comment être agréables aux hôtes et les nombreuses cheminées d'une immense cuisine, doublée d'une grande pièce qui abritait les fours, laissaient filtrer des fumets et des effluves alléchants. Will ayant consacré des heures à l'étude des fortifications, il inspecta le donjon d'un œil d'expert. Il en évalua l'édification, pour ce qui concernait les fondations, à dix générations en arrière, au bas mot. Chacune en avait amélioré la résistance et y avait laissé sa marque, renforçant ici, ajoutant là un contrefort, un étage, une défense, ce qui était bel et bon.

Gort les introduisit dans les quartiers qu'on avait préparés à leur intention. Will vit que les pièces, quoique exiguës, étaient confortables, et après avoir jeté un bref coup d'œil circulaire, il s'assit près de Willow sur une banquette et rompit pour elle une miche de pain chaud. Ils mastiquèrent tranquillement tandis que le soir tombait et que Gort disposait sur la table son précieux attirail d'herboriste ou vaquait d'une pièce à l'autre, avec de pleines brassées de mystère. Au bout d'un certain temps, Edward pénétra dans la cour intérieure d'un air désœuvré et Will eut l'impression qu'il attendait quelqu'un. Willow le suivait du regard. Elle l'observait tandis que, les mains sur les hanches, il prenait la mesure de la force des murs que son père lui avait donnés en héritage. Will savait bien que la question était stupide, mais il ne put s'empêcher de la poser :

— Tu le trouves beau ?

— Sir Edward ? Certes oui, répondit Willow sans hésiter. (Elle continuait de suivre des yeux le jeune seigneur.) Mais il ne se prend pas pour n'importe qui.

Will sentit que le gouffre à l'intérieur de lui se comblait, enchanté qu'il était, malgré lui, d'entendre Willow critiquer Edward, si peu que ce fût.

— J'imagine qu'il a toutes les raisons d'avoir une haute opinion de lui-même.

— Que veux-tu dire ?

— Eh bien, ici c'est son château. Il lui revient du fait de son titre, et il sera duc d'Ebor un jour. Un parmi les puissants.

— La plupart des gens se laissent impressionner par les biens et le rang, repartit Willow en souriant à part soi. Certaines filles feraient un sacré chemin pour épouser le fils du meunier.

— Eh ! mais Edward n'a rien d'un fils de meunier !

Elle lui rit au nez :

— Tu n'as pas l'air d'avoir la moindre idée de ce qui attire les filles, chez les garçons, hein ?

— Tu veux dire que toi, il ne t'impressionne pas ? interrogea-t-il. (Will observait la démarche, les façons d'Edward. Il avait appris à copier bien des attitudes de son père.) Quelque chose poussa Will à remarquer :

— Tu sais, il est rare que les nobles aient des manants pour amis. Ils ont des serviteurs en qui ils ont entière confiance, des hommes entre les mains de qui ils remettent leur vie. Mais ce ne sont pas pour autant des amis. Pas de vrais amis. Edward a les pires difficultés à être intime avec quiconque.

Willow continuait de dévisager ce dernier avec un intérêt manifeste.

— Pourquoi dis-tu cela ?

— Tu as vu comme il mange son père des yeux. Ce qu'il pense, au plus secret, c'est que les bottes du duc d'Ebor vont être bien grandes pour lui. Il n'est pas sûr d'être à la hauteur. Voilà pourquoi il essaie de tenir les autres à l'écart. De peur qu'ils ne découvrent à quel point le vrai Edward manque de confiance en soi.

Willow croisa les bras sur sa poitrine.

— Ça n'a pas de sens.

— Pourtant, c'est vrai.

— Sir Edward est sûr de lui jusqu'à l'excès !

— Ça, c'est ce qu'il voudrait bien que les gens croient. Il cherche à se donner des airs, mais ce n'est que de la poudre aux yeux.

— C'est comme ça qu'on devient quelqu'un, à ton avis ? En tentant de se donner des airs ? (Elle le regarda en se tapotant le front du bout du doigt.) Je me demande pourquoi tu dis des choses pareilles. Tu ne serais pas jaloux, par hasard ?

Il était trop tard pour s'arrêter, désormais.

— Je l'ai vu te donner sa bague. Pourquoi l'as-tu acceptée ?

Elle le dévisagea un instant, puis laissa transparaître sa colère.

— C'était son sceau, Will. Il m'a demandé de l'apporter à son scribe, qui en avait besoin pour sceller une lettre. Il ne voulait pas risquer de crotter ses souliers, avec toute cette boue ! De toute façon, qu'est-ce que ça peut bien te faire, ce qu'il me donne ?

— Allons bon ! Qu'est-ce que j'entends ? On élève la voix ? On se dit des méchancetés ?

Gort venait de faire son entrée. Il était venu demander à Willow si elle voulait bien aller accrocher un charme neuf dans la cave à vin ; c'était un menu objet fabriqué au temps de la moisson, tressé de sa main à partir d'épis de seigle, façonné en forme de feuille de vigne, et destiné à protéger le vin et à l'empêcher de tourner. Elle le prit, mais Will lui emboîta le pas jusque dans la cour intérieure. Un sentiment atroce, qu'il n'avait jamais ressenti encore, le rongeait. C'était aussi tenace que la faim, en mille fois pire. Il regarda en passant le puits couvert, la brasserie, les hauts murs du donjon qui semblaient s'incliner sur lui. Il suivit Willow, passa derrière elle sous une petite porte et descendit dans son sillage l'escalier qui conduisait aux caves du donjon où l'on conservait le vin. Une forte porte de bois massif y était percée, à gauche, et il comprit au premier coup d'œil qu'il s'agissait d'un cachot où l'on pouvait garder un prisonnier sans qu'il voie jamais la lumière. Il perçut un cri. Un enfant en bas âge. Alors, une sensation de suffocation le submergea et il fut sur le point d'étouffer.

— Cet endroit... fit-il d'une voix éteinte. Il y a un bébé là-dedans !

Willow y fut tout droit, pour se rendre compte. Mais il n'y avait rien de vivant à l'intérieur de la pièce vide, si ce n'est, peut-être, un rat.

— Pourquoi as-tu dit ça, Willand ? Il n'y a pas d'enfant là-dedans.

— Mais... Je l'ai entendu crier.

— Je me demande ce que tu as en ce moment. Il me semble que tu devrais consulter le Wortmaster. Et sans tarder.

Elle disposa le charme au-dessus des barriques et se recula pour juger de l'effet, tout en ajustant une mèche de cheveux derrière son oreille. Puis elle remonta les marches, ennuyée d'avoir Will sur les talons. Finalement, il la laissa filer.

L'humeur maussade, il la regarda s'éloigner et traverser la cour intérieure plongée dans le noir. Il replia les doigts et jeta le poing à plusieurs reprises contre le mur, jusqu'à ce que la main lui fasse mal. Son comportement attira l'attention d'Edward, qui s'en vint le retrouver.

— Qu'est-ce qui se passe ? s'enquit-il. Veux-tu m'accompagner à l'armurerie ? Je vais te montrer ce que nous avons là.

— Va-t'en !

Edward se raidit, stupéfié par l'accès de rage soudain de Will, qu'il n'avait rien fait pour provoquer. Personne n'avait le droit de parler sur ce ton à l'héritier du duc, et dans son propre château, qui plus est. Cela exigeait des excuses immédiates, mais aucune ne vint et leurs regards se croisèrent, dans une expression de défi muet. Même ainsi, Edward mesura lequel des deux était le plus déterminé. Se contentant de considérer Will de haut en bas, il dit :

— Comme tu voudras.

Et avec un brusque hochement de tête, il s'en fut.

« Mais que m'arrive-t-il ? », se demanda Will quand Edward se fut retiré. Il porta les mains à ses tempes et son regard se perdit dans la profondeur du ciel. Il frissonnait.

— Le duc l'a apportée avec nous, murmura-t-il, atterré, sous le choc de cette révélation soudaine. Par la lune et les étoiles, je comprends ce qu'il a fait ! Il a transporté la pierre dragon jusqu'ici !

— Allons, bon, maître Tripes-en-Désordre !

Wortmaster Gort était à quatre pattes, occupé autant qu'un blaireau qui creuse un terrier au milieu des racines, mais il ne s'agissait que de mettre de l'ordre parmi ses possessions, à la pâle lueur de l'aube. Il installa par terre une brassée de son équipement disparate, releva la tête et demanda, l'humeur joyeuse :

— Alors, comment te sens-tu par cette belle matinée ?

— Je n'ai guère dormi cette nuit. Vous n'auriez pas une potion pour moi ? Quelque chose qui remette les gens sur pied ?

— Ah, mais oui, mais oui, bien sûr. Des remèdes contre la colère, en veux-tu, en voilà.

Gort, qui était occupé à déballer un grand mortier et son pilon, interrompit son ouvrage pour examiner le contenu de ses sacs.

— ... Contre des tas d'autres choses aussi : la mélancolie, la paresse, tomber du lit trop tôt le matin... Ah ! et celui-ci, qu'est-ce que c'est ? (Il le renifla.) ... La jalousie, ou peut-être plutôt l'envie. Difficile à dire. Les deux, probablement ! Très en vogue en cette période de l'année chez les garçons comme chez les filles. (Il se mit à ramper sous une table.) ... Tu n'aurais pas vu Oscric ? Mmh ?

— Non, mais hier, j'ai vu la mort encore une fois.

Le Wortmaster se releva trop brusquement et se cogna la tête.

— La mort ? Tu veux dire... (Il fit un geste qui ne signifiait pas grand-chose.) L'apparition ? Elle t'a suivi jusqu'ici ?

Will acquiesça d'un hochement de tête, incapable de croiser le regard de Gort.

— Elle se tenait à la grande porte. Et voilà que je fais de nouveau des cauchemars. Donnez-moi quelque décoction de votre jardin de simples, j'ai besoin d'un calmant. S'il vous plaît, Wortmaster.

— Hier au soir tu faisais des bonds de cabri, l'œil vif et la jambe légère comme un lièvre à la saison du coucou. Il me semble t'avoir entendu échanger quelques vilains mots avec Willow, aussi, je me trompe ? C'était quoi, cette histoire ?

— Je vous en prie, Wortmaster, plus de questions.

— Alors, tu n'as qu'à aller te plonger la tête dans un seau d'eau, et peut-être que ça te rafraîchira les idées, mmh ?

— Mais j'ai besoin d'une potion ! Je me sens atrocement mal.

Il envisagea un instant de confier à Gort ses conclusions au sujet de la pierre dragon. Mais il se contenta d'observer :

— Peut-être est-ce l'approche du solstice d'hiver ; je perçois quelque chose qui me ronge les os.

— Eh bien, je n'ai pas de remède pour les os rongés, ni même pour les solstices, rétorqua Gort. (Ses petits yeux enfoncés ne souriaient pas.) Et tu sais quoi ? Si j'en avais un, je ne te le donnerais pas. Bien souvent, la mauvaise humeur est à la fois sa propre cause et sa propre conséquence. Et maintenant, tiens-toi à l'écart des autres, au cas où tu serais contagieux !

— Espèce de vieux chnoque !

Will tourna les talons et sortit en claquant la porte à toute volée, mais il suivit les conseils de Gort. Il passa la matinée à chaparder dans les cuisines, ou perché au plus haut des tours et des murailles, ou à rôder autour des hommes de garde, qui auraient bien voulu le voir décamper pour pouvoir retourner à leurs parties de dés.

Dans l'après-midi, une procession morose de frères entama le rituel de la veille d'Ewletide. Ce n'était pas plus gai que les célébrations d'Ewle que Will avait dû subir à Foderingham. Trois de Ceux-qui-ne-voient-pas poussèrent jusqu'au château, portant des bougies allumées. Il y eut une veillée et des rites solennels, et des vœux adressés à l'endroit du très haut gardien Isnar, mais c'était une fête sans joie et terriblement sinistre. Pas de rires, pas de danses, et les chants étaient des psalmodies funèbres, mélancoliques. Après quoi ce fut le maigre partage du pain sec, puis les dames engagèrent la conversation de part et d'autre de la table, et quelques-unes s'isolèrent pour comploter des mariages, tandis que les seigneurs commençaient à s'assembler à l'autre extrémité de la grande salle pour s'installer devant la cheminée, avec des flacons de vin et des tranches de viande piquées au bout de leurs dagues.

Will se trouva assis assez loin d'Edward, dont la présence s'imposait à tous les conseils. Il se plaça là où on le lui avait indiqué, mais il savait qu'il devait se montrer prudent et garder ses sentiments pour lui. Personne ne remarqua son humeur cassante, tandis que les gentilshommes débattaient au-dessus de sa tête des grands problèmes de l'heure. Mais installé là, au milieu des parents et alliés du duc, Will commença de craindre pour sa personne. La folie qui s'était mise à croître et embellir à l'intérieur de sa tête comme une hideuse fleur grise était en train d'échapper à son contrôle. C'était un besoin irrépressible de souffrir et il n'aurait fallu pour le sauver, croyait-il, rien de moins qu'un poignard plongé dans son propre cœur. Il n'aurait su dire pourquoi, mais l'idée de passer à l'acte contre lui-même, parfaitement répugnante à l'ordinaire, lui paraissait à présent des plus tentantes. Il s'efforça de lutter pour repousser cette étrange disposition d'esprit qui retournait toutes ses pensées contre elles-mêmes. Cela avait-il quelque chose à voir avec le solstice ? Ou avec sa coïncidence avec la nouvelle lune ? Le duc avait-il vraiment délivré la pierre dragon de ses liens pour la transporter secrètement jusqu'ici ? Avait-il commis la folie de l'emporter dans ses bagages depuis Foderingham, comme une possession, comme une récompense ?

Bien sûr qu'il l'a fait...

« Le duc s'imagine que cette pierre pourrait lui être une arme. Il pense qu'il peut l'utiliser contre ses ennemis. Il ne comprend pas que les charmes qui retiennent et ligotent le mal en elle, qui l'empêchent de se ruer au-dehors, sont de nature géomantique et ne sont efficaces que dans un lieu donné. Hors de leur portée, la roche va tournebouler toutes les têtes, sans exception. »

Will sentait céder ses défenses. Il s'ouvrait en grand. Il était ouvert de force, semblait-il...

Il se mit lui-même en garde en se disant qu'il était, en cet instant, celui que la pierre batailleuse avait choisi. Il allait être son porte-parole, son agent, son *bras armé*. C'était sa sensibilité à fleur de peau qui lui avait valu d'être retenu. Une revanche sur le magicien, pour l'avoir enlevé aux siens, pour avoir su repérer ce don qui lui était propre !

Mais non ! C'est un honneur...

Il eut soudain l'esprit incroyablement clair. C'était une impression toute-puissante, excitante. La certitude imprégna tous ses pores, comme une rosée brillante, et il lui sembla qu'il déchiffrait les vérités à livre ouvert, avec l'acuité du cristal, des assertions vivaces, brillantes, audacieuses. Son esprit aiguisé de neuf lui rendait accessible le pouvoir de conviction que celles-ci portent en elles. Pour la première fois, il était apte à déterminer ce qui était réel et ce qui ne l'était pas. Toutes ses pensées précédentes, il les voyait pour ce qu'elle étaient, confuses et douteuses. Elles n'avaient plus aucun sens, car à présent il avait vu la vérité vraie. Et il savait ce qu'il lui restait à faire.

Il cligna des yeux, à droite et à gauche. Ces seigneurs, ces chevaliers qui l'entouraient, occupés à boire et à rire, ils disputaient de vétilles, leur esprit se consumait en mesquines rivalités et complotait des alliances stériles. Les choses se passaient ici exactement comme à Clarendon. Le duc Richard, par exemple, avec ses six châteaux forts et toutes les terres du duché d'Ebor. Et là-bas, le comte de Sarum, encore quelqu'un à l'immense fortune, qui régnait en seigneur sur trente mille hommes. Et plus loin son fils, le comte

Warrewyk, capitaine du port de Callas, de l'autre côté des mers Étroites, et en possession de biens innombrables qui lui étaient échus par mariage. Ensemble, ces personnages, leurs parents et alliés étaient à la tête de plus de la moitié des terres que comptait le royaume et des cinq neuvièmes de ses richesses. Et pourtant, ils étaient en train de se chamailler pour savoir auquel d'entre eux reviendrait la dernière cuisse de cygne rôti d'Ewletide, et de débattre sur la qualité du vin. Ce qui restait à faire n'était-il pas évident ?

Will allongea le bras et se saisit du couteau à découper planté dans un gigot de mouton, sur la table devant lui. La lame luisait, véritable invite au meurtre, tandis qu'il en retournait le manche dans sa main. La lumière jouait sur le fil tranchant, comme le clair de lune touchant de son doigt de givre le squelette d'un déserteur. La sueur dégoulinait sous les cheveux de Will. Il contemplait les fils de nobles, qui écoutaient avidement leurs pères, leurs oncles : la conversation portait maintenant sur le point de savoir quelle nouvelle partie du royaume devrait être ajoutée à leurs terres, comment les domaines confisqués au duc Edgar et aux autres alliés de la reine devraient être divisés et répartis entre eux, une fois le pouvoir entre leurs mains. Will avait l'impression d'être en présence d'une meute de chiens, qui se disputaient des os en montrant les crocs. Leurs vies semblaient avoir été avalées dans un jeu monstrueux, dans lequel la fortune des grandes familles était tout ce qui comptait ; des notions comme la plus élémentaire sympathie pour son prochain ou le bien commun n'y avaient aucune place.

« Lequel d'entre eux peut vivre dans plus d'un château à la fois ? », s'interrogea Will. Il sentit monter d'un cran la colère, qui bouillonnait maintenant au-dedans de lui. « Lequel serait seulement capable de se tenir debout sans ployer sous le poids de tous les velours chatoyants et les fourrures qui sont l'ordinaire de sa garde-robe ? Il n'y en a pas un pour relever l'autre — sinon ce duc, qui est le pire de tous ! Il n'aura de cesse qu'on ne l'ait couronné roi ! Pareil appétit de pouvoir mérite salaire, un salaire en acier trempé ! »

Comme la grande horloge du château se mettait à égrener les douze coups de minuit, l'attention du duc Richard fut détournée vers la fenêtre. Le long couteau à découper avec sa poignée de bois massive était pour Will une invite irrésistible. Il vit ses doigts se refermer sur le manche.

— Tu vas mourir ! s'écria-t-il en se levant d'un bond. Meurs !

— Il mourra, certes, mais quand son heure sera venue, et ce n'est pas à toi d'en décider, Willand !

Et Will sentit qu'une poigne invisible le saisissait au poignet tandis qu'une voix familière résonnait à ses oreilles. L'horloge s'était arrêtée sur le sixième coup. Le temps lui-même semblait suspendu, comme son geste : tout était figé.

Puis Gwydion se mit à danser avec grâce dans la grande salle ; ses gestes, ses paroles magiques cristallisaient l'air. Seul bougeait celui qu'il déplaçait dans ses mouvements, spirales de couleurs. Ses longs vêtements tournoyaient et s'envolaient, montaient et descendaient telle une flamme vacillante et floue, et tout ce que Will pouvait saisir de lui, c'était l'impénétrable mystère de son sourire.

Le coutelas glissa doucement de ses doigts et tomba à terre. L'enchanteur posa sur son épaule une main dont le contact, immédiatement, le calma, puis, d'un coup, tout reprit vie.

CHAPITRE DIX-SEPT

Dans le palais du roi Ludd

Au moment où le duc vit Gwydion, il se leva brusquement et recula, comme devant un spectre. Les autres seigneurs, ouvrant de grands yeux, murmuraient des jurons : ils se sentaient insultés de ce que leur intimité avait été forcée de façon si contraire aux règles de la politesse et de la courtoisie. Des airs scandalisés, des gestes de surprise choquée se manifestèrent du côté des dames, à l'autre extrémité de la grande salle, puis il tomba sur l'assemblée un silence lourd de menace.

— Maître Gwydion… commença le duc Richard, rompant enfin le silence. (Il dévisagea chacune des personnes présentes, l'une après l'autre, avant de reporter sur le mage un regard étonné.) À aucun moment vous ne nous avez annoncé votre intention de venir séjourner parmi nous. Puis-je vous demander depuis quand vous étiez embusqué dans notre dos ? Et pourquoi vous avez jugé bon d'entrer ici par magie, alors qu'un simple coup frappé à la porte vous aurait introduit dans ce château, où vous auriez été le bienvenu, comme il en a toujours été ?

Le visage de Gwydion arborait une expression intransigeante.

— Je ne suis pas venu ici pour m'y voir offrir bon accueil, ami Richard. Et vous voudrez bien me pardonner si j'ai interrompu votre conversation.

— Depuis combien de temps, dites-moi, êtes-vous parmi nous

sans avoir été annoncé ? demanda Lord Warrewyk d'un air belliqueux, et sur un ton qui exigeait une réponse.

— Assez longtemps pour ouïr vos intentions. (Gwydion leva les bras, puis les laissa retomber dans un geste d'immense lassitude.) Après toutes les mises en garde que je vous ai données, Richard, je vous trouve ici, occupé à des préparatifs de guerre.

Les poings du duc se crispèrent et l'anneau d'or qu'il portait au petit doigt lança des éclairs.

— La guerre, c'est notre affaire ! C'est moi qu'on a nommé lord Protecteur et Défenseur du royaume, pas vous ! De quel droit osez-vous me dire ce que je peux, ou non, faire ?

Le mage agita sous leurs yeux un index incandescent, qui traça en l'air un cercle de feu. Puis il s'adressa à Edward :

— Dites-moi, jeune homme : quel est le meilleur moyen de combattre le feu ?

— Par le feu, repartit Edward sur-le-champ, même si sa voix manquait d'assurance et se teintait d'une ombre de crainte.

Gwydion ouvrit grandes les mains.

— Vous voyez ? Vous voyez comme ce fils premier-né, la prunelle de ses yeux, vient de trahir la façon de penser de son père ?

Et ce disant, l'enchanteur dessina du bras le mouvement du serpent dressé, prêt à frapper. Des langues de flamme orangée surgirent de ses paumes et s'engouffrèrent dans le cercle incandescent, que les nouvelles flammèches venaient alimenter à leur tour, de sorte que le brasier était plus vif d'instant en instant. Quand le feu se mit à ondoyer dans leur direction, les seigneurs reculèrent d'un bond. À présent, l'anneau embrasé émettait un crépitement caractéristique, une chaleur palpable et un filet de fumée noire, dont les volutes s'enroulaient sous les poutres sombres du plafond. Il ne s'agissait plus des dérisoires feux de Bengale que produisaient les mélanges détonants des sorciers, comme ceux que Will avait vus déployer par Jarred à Clarendon, mais de belles flammes, avec des langues rougeoyantes. Elles semblaient prendre la forme d'êtres vivants, se tordaient et se nourrissaient de leur propre énergie avec force rugissements.

Gwydion tenait la salle sous son charme, avec ses pouvoirs d'artificier. Si puissants fussent-ils, ces nobles personnages étaient incapables d'opposer la moindre réplique à ce doigt accusateur qui commandait à la fournaise au-dessus de leurs têtes, pas plus qu'à la voix accusatrice.

— Je repose ma question : quel est le meilleur moyen de combattre le feu ?

Parmi les seigneurs qui avaient les yeux rivés au cercle menaçant, pas un n'osa risquer une réponse.

— Eh bien, Willand, dis-le-leur !

Will, à son propre étonnement, se leva pour répondre :

— Avec un seau d'eau, maître Gwydion.

— Et voilà, jeune homme !

À l'instant même, un baquet apparut entre les mains de Gwydion, et dès qu'il en jeta le contenu sur le feu, celui-ci s'éteignit.

— Mais oui, bien sûr ! Avec un seau d'eau !

L'anneau en flamme se transforma en vapeur et le récipient se volatilisa. Les riches tapis qui couvraient le sol dallé n'avaient pas été mouillés le moins du monde. Gwydion alla se placer à côté de Will et lui posa la main sur l'épaule.

— Vous voyez, mes amis ? Ce jeune homme, lui, sait. (Et se tournant vers le duc :) Marchez à pas légers sur la terre, ami Richard. Soyez honnête dans vos transactions. Conduisez-vous noblement et défendez la justice. Ne perdez pas de vue vos engagements de chevalier, car même si vous manifestez tous de la loyauté les uns envers les autres et déployez des prouesses au combat, ce beau courage indomptable ne vous servira de rien. (Il se détourna.) Viens avec moi, Willand. Il nous faut partir, une lourde tâche nous attend. Et *Shail fadah hugat* à vous tous !

Les gardes ouvrirent les portes à reculons, comme effrayés devant une terrible malédiction, alors que le mage venait seulement de leur souhaiter longue vie à tous. L'instant d'après Will et lui étaient au-dehors, dans le froid de la nuit, et Will avait le cœur léger. Il sentait dans son dos le regard d'Edward, qui le voyait s'éloigner comme si son départ en compagnie de l'enchanteur était une trahison. Mais cela n'avait pas d'importance. C'était comme si on l'avait débarrassé d'un poids immense, car la folie l'avait quitté et il avait l'esprit plus clair que jamais.

— Maintenant, dis-moi ce qui t'a mis dans cet état, le questionna Gwydion tandis qu'ils traversaient la cour intérieure.

— C'est la pierre dragon, maître Gwydion. Quelqu'un l'a libérée. J'ignorais tout de leur projet de la transporter ici, je le jure ! Et même si j'en avais su quelque chose, je n'aurais pas pu les en empêcher.

Gwydion tourna les talons.

— Tu dis n'importe quoi, mon jeune ami. La roche est bien à l'abri dans son caveau à Foderingham. J'en arrive tout droit.

— Mais j'ai senti son pouvoir la nuit dernière. Et de nouveau, juste à l'instant. C'est ce qui m'a poussé à essayer de... (Il jeta alentour un regard prudent et, baissant la voix :) À essayer de tuer le duc.

— Ce n'est pas la pierre dragon qui t'a incité à cela.

Will s'arrêta tout net.

— Et quoi, alors ?

— Quelque chose en toi, qui le voulait.

— Mais j'aime le duc. Et je le respecte. Et...

— Tu crois ? Vraiment ?

Gwydion lui lança un regard peu amène, avant de poser les deux mains sur ses épaules.

— Il me semble évident, Willand, qu'il doit y avoir une autre pierre batailleuse enterrée par ici. Elle travaille sur une faiblesse en toi, dont tu n'as pas conscience.

Will sentit le sang refluer de ses artères.

— Une autre pierre batailleuse ?

— Je ne vois que cette explication. Et toi ?

— Mais... (Les yeux de Will allaient d'une tour à l'autre, d'un mur crénelé à l'autre.) Et le voyage, alors ? Tout le long du voyage, quelque chose m'a rongé de l'intérieur. Si ce n'était pas la pierre dragon cachée dans l'une des charrettes, alors d'où venait cette sensation ?

Gwydion sourit, comme pour lui seul.

— Un dit de magie, l'un des plus importants, affirme ceci : « D'abord, connais-toi toi-même. »

Will ne voyait pas bien ce que cela pouvait vouloir dire. Il écarta cette énigme d'un air impatient.

— Mais je vous assure que je me connais.

— Ah ! Comme tu as changé depuis notre dernière rencontre, Willand. En deux coups de cuiller à pot, voilà que tu habites un corps d'homme à présent, et tu en sais déjà un rayon sur les hommes, c'est cela ?

Le mage attendait une réponse, mais Will ne discuta pas. Il ne voyait pas quoi rétorquer. Et à quoi bon, d'ailleurs ? Il était vain de prétendre discuter avec un magicien, quand bien même on aurait été en position de force. Et c'était loin d'être le cas en ce moment.

Quand Gwydion reprit la parole, son ton s'était radouci ; avec la subtilité qui le caractérisait, il toucha juste au cœur des préoccupations de Will. À croire qu'il lisait en lui.

— Tu es plus fort que tu ne l'imagines. Il faut que je te le dise, par égard pour toutes les entreprises qui nous attendent. Bien plus fort. Tu dois commencer à être plus sûr de toi.

Will eut un sourire contraint.

— Vous croyez ?

— Oh, Willand. Ewle est peut-être la plus sombre des nuits, mais c'est aussi le temps de toutes les promesses. Viens ! Nous devrions nous réjouir ! Nous avons vu, pendant six mois, la lumière s'éteindre à petit feu, mais voici qu'elle amorce son retour ! Sens-tu le printemps endormi ? Il attend, luxuriant, toute son énergie prisonnière, à l'intérieur de chaque graine, de chaque racine enfouie au plus froid de la terre. C'est cette nuit que le soleil se met en route pour son voyage de retour ! Et dis-moi, est-ce que ce n'est pas une bonne raison de faire la fête ?

Une fête ! Une joie soudaine réchauffa Will. C'était bon de se retrouver en compagnie de l'enchanteur. Il était si étrange, si puissant.

Il s'étira comme un chat.

— Maître Gwydion, je me sens comme libéré d'une souffrance atroce.

— Bien sûr, comment en irait-il autrement ? Le moment du solstice est passé et la force décroît. Le soleil et la lune ont commencé à incliner leur trajectoire loin l'un de l'autre. Ewle est arrivé !

— Mais comment faire pour le célébrer ? Ils ne savent pas ce qu'est Ewle, dans la maisonnée du duc. L'an dernier, à Foderingham, malgré toute leur richesse, il n'y a eu ni bal ni festin. C'était sinistre comme une porte de prison.

— La vie que mènent ces seigneurs est en train de les tuer de l'intérieur et ils sont trop aveugles pour s'en apercevoir. Ils se battent et nouent des alliances, ils font la guerre et la loi, mais en as-tu déjà vu un danser ? Ah ! Même s'il y allait de leur vie, il n'y aurait pas moyen de les y pousser !

Will frémit, au souvenir de l'étroitesse d'esprit qu'il avait remarquée chez Edward. Il songea que ce que celui-ci possédait, c'était la richesse et la puissance d'un seigneur. À sa manière, il était aussi infirme que Ceux-qui ne-voient-pas, et aussi affligé et démuni que le plus pauvre paysan. Quel imbécile il avait été d'envier le sort d'Edward !

— Vous n'avez pas changé d'un pouce, maître Gwydion.

Le mage lui lança un regard pénétrant.

— Mais toi, en revanche, si.

Il ne put s'empêcher de rougir, sans savoir pourquoi.

— Je... J'avais pensé que vous me laissiez en pension chez eux pour que je m'imprègne de leurs manières, avança-t-il d'un air hésitant. Je croyais que vous vouliez que j'apprenne à leur ressembler.

Le magicien gloussa de rire.

— Toi ? Tu peux me dire quand un seul d'entre eux sent passer la bonne matière de la terre entre ses doigts de pied ? Ils sont souvent à cheval et quand, par hasard, ils vont à pied, c'est sur des chemins pavés, les orteils bien calés dans leurs grandes bottes à éperons. Ils cherchent le mal chez les autres, avant d'y chercher la bonté. Ils réduisent les gens en esclavage sous des chaînes d'or et d'argent, qui sont des liens aussi sûrs que les menottes des tyrans du vieux, vieux temps. Et puis ils essaient de découper le temps en petites rondelles avec leurs machines insensées. Tu ne peux pas estimer tout ce que le monde recèle à son poids d'or, quand le premier imbécile venu sait, au plus profond de lui, que rien qui vaille la peine qu'on le possède ne peut se mesurer. J'espérais que tu apprendrais une chose ou deux de cet ordre au foyer des seigneurs, Willand. Et peut-être en as-tu retiré quelque chose, en effet.

Will avait la tête qui lui tournait, à présent.

— Mais un seigneur n'est-il pas obligé de se conduire de la sorte ? Il faut bien que quelqu'un mette de l'ordre dans les choses.

Gwydion ouvrit largement les mains.

— Tu crois que l'ordre vient de ce que certains imposent leur volonté aux autres ? Chaque fois qu'un individu doit renoncer à son être profond, Will, le monde se retrouve avec un nouveau problème sur les bras. J'aimerais que le cœur de nos grands hommes fût refait à neuf, un de ces jours, avec un genre de courage plus sain que celui dont ils font preuve en ce moment, mais d'ici à ce que ce jour vienne, j'ai bien peur que dialoguer avec ces personnages ne revienne à converser avec des souches d'arbre.

Comme ils arrivaient aux appartements où Will était logé, une silhouette vêtue d'une ample robe sortit de l'ombre et le fit sursauter. Il s'arrêta net, le souffle coupé.

Gwydion posa le poignet sur son bras.

— De quoi as-tu peur, mon gaillard ?

— Du mal.

— Du mal ? Mais c'est ta meilleure amie.

Gwydion fit apparaître une lumière magique au bout de son doigt et l'éleva devant lui. Elle diffusait une lueur pâle mais vivace, qui éclaira une tresse de cheveux blonds et jeta une lumière bleutée sur un visage aussi gracieux que le souci de mai, mais soucieux, justement.

— Will ? Tu vas bien ?

Il se sentit soulagé au-delà de tout en reconnaissant le ton chaleureux de la voix.

— Maître Gwydion, articula-t-il. Voici... Willow.

— On dirait que vous avez fait peur à mon jeune ami. Heureux de vous connaître ! J'ai entendu Willand parler de vous en termes élogieux.

Willow était très belle dans la clarté féerique.

— Enchantée de vous rencontrer, maître Gwydion, murmura-t-elle. Si vous êtes vraiment un magicien et si vous aimez votre apprenti, alors je vous prie de soulager son esprit, car ces temps-ci il n'était pas bien, et je crains qu'il ne retourne son agressivité contre lui-même si on ne lui vient pas en aide.

Gwydion se retourna vers Will.

— Je vois qu'il te reste une amie, malgré le mal que tu t'es donné pour détourner tout le monde de toi. J'ai eu une conversation avec Gort, qui m'a dit sur ton compte bien des choses que je n'avais pas remarquées. Je suis heureux d'avoir à vous annoncer qu'il n'y a rien à soigner ; en revanche, une ou deux mises en garde s'imposent peut-être. Par ailleurs, je vois deux esprits qui ont grand besoin du soleil de l'hiver. Puisque ce temps devrait être celui du renouveau et que cet endroit est trop infesté de frères à mon goût, je m'en vais vous montrer comme il convient de célébrer la fête d'Ewle ! Mais d'abord...

Il allongea le pas vers la porte et, d'un grand coup de son bâton, l'ouvrit toute grande.

— Il nous faut quitter cette morne forteresse si nous voulons voir une vraie célébration d'Ewle, car les manants seuls ont encore le cœur assez pur pour ressentir pleinement ce qu'il y a à ressentir et voir clairement ce qu'il y a à voir. C'est vérité réconfortante de savoir que, tant que l'esprit du peuple reste vigoureux et indompté, il ne peut y avoir de victoire finale pour ceux qui voudraient nous ravir la liberté !

Ils sortirent du château et descendirent vers la ville. Will avait mille choses à raconter à Gwydion et autant de questions à lui poser, mais le magicien filait d'un bon pas. À la grande porte, ils passèrent devant une cage aux lions. Quatre fauves bien en vie, bien réels, qui faisaient les cent pas tels des sentinelles, installés près du puits qui alimentait la ville en eau, de façon que tous ceux qui venaient tirer de l'eau à Ludford puissent les voir. Will écarquilla les yeux, se demandant comment il avait pu ne pas les remarquer lors de sa première entrée dans la ville.

— Le duc les a reçus en cadeau, lui dit Gwydion. Ils venaient d'un marchand oriental qui faisait du commerce de part et d'autre des mers Étroites, à Callas. L'ami Richard avait l'intention d'en faire présent au roi, pour sa ménagerie de Trinovant, mais quelque chose l'a retenu.

— Vous voulez dire, parce que les lions sont un symbole royal ? interrogea Will. Parce qu'un tel présent aurait été considéré par d'aucuns comme un signe d'allégeance, une façon de reconnaître la légitimité du roi Hal, de renoncer à ses prétentions au trône ?

— Eh bien, Willand, voilà qui manifeste une intelligence éveillée. Dis-moi, tu en as fait du chemin depuis notre dernière entrevue !

— J'ai été un élève attentif, maître Gwydion.

Willow poussa un soupir.

— Comme ils ont l'air malheureux, ces gros chats. Pauvres créatures, enfermées dans une cage par ce froid mordant !

Gwydion s'approcha de Will pour lui glisser en confidence :

— Tu m'as souvent demandé ce qu'était le mal. Eh bien, tu n'as qu'à regarder ton amie pour savoir ce qu'il n'est pas.

— Je sais qu'elle est douce et gentille, murmura-t-il en retour. Bien qu'elle soit forte aussi, si vous voyez ce que je veux dire.

— La meilleure description que j'aie pu trouver du mal, c'est l'absence de compassion. Ni plus, ni moins.

— La compassion ? Qu'est-ce que c'est ?

— L'aptitude d'une âme à chanter à l'unisson avec une autre, homme ou bête. (Devant l'air perplexe de Will, le magicien ne put s'empêcher de rire.) Ne crains rien, jeune homme, car même si tu prétends ne pas connaître les mots pour le dire, ton âme chante comme pas une. Viens, ce soir tu vas pouvoir t'en donner à pleins poumons !

Ils pressèrent le pas et contournèrent le monument de Ceux-qui-ne-voient-pas. Il était poudré de neige fraîche et semblait moins inflexible qu'auparavant. L'air de la nuit était glacé et le sol sous leurs pieds, dur comme le fer. Des bougies se consumaient dans des niches, juste à l'entrée du chapitre. L'odeur qui s'en élevait était lourde et grasse. Un frère en capuchon et sandales gardait la porte. Il ne semblait pas plus sensible au froid qu'il n'eut l'air de remarquer leur passage, pourtant son haleine montait dans l'air, de sous son chaperon.

— C'est l'araignée qui s'apprête à fondre sur la prochaine mouche qui se prendra dans la toile, observa Gwydion. Les affligés, les nécessiteux, ceux dont l'esprit est troublé, ce sont ceux-là qu'il recherche, car c'est quand les gens sont au plus bas et submergés par les trois faiblesses qu'on peut le plus facilement les convaincre de succomber à l'esclavage de l'esprit que constitue le grand mensonge. Mais ce soir, m'est avis que cette araignée rentrera bredouille : pas une mouche dans la ville de Ludford.

Ils traversèrent la place centrale, sombre et glacée. La neige tombait en tourbillonnant et quand Will se retourna, il put constater que les chandelles qui brûlaient auparavant autour du monument avaient été mouchées.

— Ewle, le jour où le soleil amorce son retour ! Ewle, le jour d'Alban Artain ! Regarde la neige se déposer sur ces couronnes de houx ! Le vert, le rouge et le blanc ! Voici les vraies couleurs d'Ewle. Jadis, les gens par ici mettaient un cochon à rôtir en l'honneur du sanglier d'Arduinna, et les guerriers chantaient :

Sacrifions le sanglier d'Ewle !
Répandons son sang à l'est et à l'ouest !
Rôtissons-le au feu, sur la bûche d'Ewle !
Servons-le tout entier, une pomme dans la gueule !

— Ça ne rime pas, fit Will en grimaçant. Et même pour le rythme, ça ne va pas du tout.

Gwydion lui lança un regard désapprobateur.

— Pardi, c'est une traduction. Et ça a été composé par des guerriers.

— Et alors, quand bien même ?

Gwydion leva un sourcil moqueur.

— Eh bien ! Tu as dejà vu des poètes *se battre* ?

Cette nuit, toutes les demeures étaient plongées dans l'obscurité, mais dans l'hôtel de ville brillait une lumière dorée. En approchant ils perçurent le bruit de réjouissances — des percussions et la voix chevrotante des cornemuses. On avait installé de longs bancs, il y avait quantité de bonnes choses à manger et à boire, et des centaines de personnes de tout âge et de toutes tailles se livraient à la frénésie de la danse. L'assemblée baignait dans la magificence d'un grand feu qui diffusait partout sa chaude lumière. Mais à leur entrée, la musique se tut et les danseurs se tournèrent pour voir qui faisait pénétrer l'air froid de la nuit.

— Appelez les huissiers ! cria quelqu'un.

Le cri fut repris dans l'assemblée.

Quelques hommes se portèrent à leur rencontre, pour s'enquérir de l'identité de ces personnes qui s'étaient introduites sans avoir été invitées et pour voir si elles s'attendaient à être bien reçues.

— Ami ou ennemi ?

— Nous venons tous les trois partager votre fête ! s'écria Gwydion. Nous laisserez-vous entrer, bien que nous arrivions les mains vides ?

C'est alors qu'un cri fusa parmi la foule :

— Emmenez-les à la mère Brig ! Que la mère Brig décide !

Tous s'attroupèrent pour dévisager les nouveaux venus, puis sans que personne n'en eût décidé, on s'écarta pour leur ouvrir un passage. Rien ne bougeait, si ce n'est les hautes flammes du feu de joie au haut bout de la salle et un chien qui, la langue pendante, courait dans une cage en forme de roue, entraînant ainsi une broche où rôtissait un cochon. Un garçon coiffé d'un chapeau à bord relevé et armé d'une louche pour recueillir le jus était préposé à l'arrosage du rôt.

Les huissiers précédèrent Gwydion et ses compagnons auprès d'une vieille toute ratatinée, assise dans un coin à l'abri des cornemuseux. Une grande corneille noire était perchée à son épaule gauche, sur le dossier de sa chaise. De part et d'autre se tenaient deux jeunes filles en robe de fête, assises devant un rouet. Will se frotta les yeux. Il n'en revenait pas : elles étaient en tout point identiques l'une à l'autre. Il remarqua comme elles dévisageaient Willow avec intérêt. L'ancêtre avait des pupilles pâles comme du lait et Will songea que pour ce soir, peut-être, les deux filles étaient ses yeux.

— Le sanglier, l'arbre, le rouet et la corneille ! observa Gwydion. Ah, tout se passe comme il convient, ici !

— *Twrch Trywth !* fit la corneille.

— Ah ! *Twrch ! Trywth !* répéta la vieille, que certains prononcent *Torc ! Traiath !* du nom du roi qui fut changé en sanglier ! Celui qui, poursuivi par Arthur, préféra plonger dans la mer plutôt que d'être pris. Comme c'est bon d'entendre votre voix de nouveau, maître Gwydion !

— Ami ou ennemi ? Ami ou ennemi ? scandaient les huissiers.

— C'est l'ami le plus sûr que j'aie jamais eu, répliqua la vieille d'un ton de reproche.

— Alors, bienvenue à lui ! répondirent les huissiers, qui s'en furent.

— Asseyez-vous près de moi à la place d'honneur, proposa la vieille. Rufus ! Apporte du pain et du vin !

Le chef des huissiers, un bossu vêtu de noir, frappa trois fois dans ses mains. Un jeune homme imberbe leur apporta des cornes pour y boire et des couteaux, pour qu'ils pussent se servir à volonté. On approcha des tabourets, puis les percussions et les cornemuses reprirent de plus belle, et les danseurs se lancèrent sur la piste avec une frénésie renouvelée. De ses mains hésitantes, l'aïeule parcourut le visage de l'enchanteur et emprisonna un instant les charmes qu'elle découvrit à tâtons, pendus au cordon, sur sa poitrine. Du bout des doigts, elle entreprit de déchiffrer le motif en relief.

— Le haut *pessereau* est difficile à trouver ces temps-ci, maître phantarch.

— Cela est vrai, ma bonne dame, mais son feu est vrai. Et quant à vous, vous êtes aussi belle que jamais.

— Au yeux de certains, maître phantarch, répondit-elle avec un sourire timide, édenté. De certains seulement. Répondez-moi avant de vous mettre à manger : préféreriez-vous la moitié d'une miche avec ma bénédiction ou la miche entière et ma malédiction ?

— Ma chère Brighid, s'exclama Gwydion en riant. Pourquoi le demander ? Vous savez bien que pour rien au monde je n'oserais affronter vos malédictions, quand bien même l'univers tout entier viendrait en contrepartie.

— Alors, mangez ce que vous voudrez à la grande table de Ludd, et que tous mes vœux vous accompagnent ! Et peut-être plus tard voudrez-vous m'honorer de la présence de celui qui doit s'entendre dire son destin.

— Ah, Brighid, voyante vous étiez, et voyante vous demeurez ! Mais nous ne devons intervenir qu'avec grandes précautions. Je sais peu de chose du rôle qu'il est appelé à jouer dans les événements à venir, à l'exception de cette pitoyable partie qui nous est révélée dans le livre. Prenez donc bien garde à ce que vos mots n'aillent pas influencer indûment ses choix.

— Vous devriez savoir, maître phantarch, que les paroles d'une voyante sont à prendre comme un tout. Aux autres de faire le tri. En tirer les leçons, c'est votre affaire à vous.

— Mais qu'est-ce qu'ils sont en train de se raconter ? murmura Willow, déconcertée par l'étrangeté de ce dialogue.

— Je ne sais pas, lui glissa Will. Mais une chose dont tu peux être sûre, c'est qu'il y a plusieurs sens à ce qu'ils disent. C'est toujours comme ça, quand Gwydion prend la parole.

— Le Wortmaster Gort m'a confié que *pessereau* est l'ancien nom secret pour le sapin argenté, murmura Willow. Il dit que cet arbre a la particularité de capturer le soleil d'hiver. C'est pourquoi on le choisit pour la bûche d'Ewle : il produit la plus authentique flamme d'Ewle.

Will désigna du doigt le coin de la pièce.

— Regarde comme le faîte a été coupé. Il a tout l'air d'un sapin en miniature.

Will espérait que, comme il était d'usage chez lui, les jeunes filles du village avaient ramassé les copeaux de la bûche d'Ewle. Dans le val, elles les gardaient d'une année sur l'autre, de façon qu'on allume chaque fois la bûche avec les éclats de la précédente. La tâche qui revenait aux garçons était la dispersion des cendres autour des maisons, comme charmes destinés à prévenir l'incendie. Ce soir, chacun éviterait de regarder les ombres portées sur les murs par la bûche d'Ewle, car quiconque discernerait une silhouette sans tête mourrait dans l'année.

À la pensée du val, le souvenir d'Eldmar et Breona revint à Will, celui des bons moments qu'ils avaient passés ensemble à l'occasion des fêtes d'Ewle. Il se demanda ce qu'ils pouvaient bien faire et sut qu'ils étaient en train de songer à lui. C'était là un lien qui les reliait tous les trois, qui était aussi fort que ce qu'aurait pu produire la magie de Gwydion, aussi indéfectible que dans n'importe quelle famille. Will sortit de son encolure le petit talisman en forme de saumon. Le petit œil rouge semblait le fixer d'un air approbateur. Il pressa la minuscule figurine au creux de sa main et se sentit inondé d'un sentiment de réconfort paisible.

Ce soir, les bonnes gens de Ludford qui maintenaient en vie les anciens usages s'étaient rassemblés pour boire et manger, se plonger ensemble dans le même bain de musique et de liesse. Les jeunes ressentaient comme un rare privilège d'avoir été admis parmi eux.

— Qui est-ce ? fit la vieille femme, les doigts tendus en avant en direction de Will.

Ses yeux avaient l'éclat laiteux des perles, et un instant il la vit telle qu'elle avait été jadis, une beauté, et qui n'avait rien à envier aux deux sœurs assises à côté d'elle. La ressemblance entre elles était si frappante qu'il comprit que ce devaient être ses arrière-petites-filles.

— Mais tu n'es pas celui qui doit se faire prédire l'avenir ce soir, fit-elle en se rasseyant.

— Qu'est-ce que vous dites là ? s'étonna Gwydion en se caressant la barbe d'un air perplexe, surpris de la voir se tromper. Qu'est devenu votre don de double vue ? Car c'est bien celui-ci, le forceur de destin.

— Ha ! (La vieille ouvrit grand les mains, comme pour se réchauffer à la chaleur d'un bon feu. Les jumelles dévisagèrent Will.) Qu'il approche, alors.

— Mon nom est Willand, madame, fit-il en s'inclinant.

— Ah ! Et courtois, ce jeune homme ! Et mes respects à toi aussi, Willand ! (Elle gloussa, avant d'osciller majestueusement et de laisser tomber :) J'apprécie ses bonnes manières, mais il est aux prises avec les poisons de la jalousie. Il en va ainsi des jeunes hommes, quand les jeunes femmes en valent la peine.

Lequel, du roi de l'obscurité
Ou du roi de la lumière,
Vaincra son frère, à gauche, à droite ?
Lequel prendra la poudre d'escampette,
Lequel prendra peur,
Lequel, face à son frère
Viendra se dresser et combattre ?

Will prêta une oreille polie et s'apprêtait à demander si la chansonnette devait être entendue comme un présage, mais il se ravisa, car il valait mieux laisser certains augures où ils étaient. Un silence passa. Will chercha Gwydion des yeux, mais il semblait s'être volatilisé. Puis on les invita, Willow et lui, à se joindre à la danse, ce qu'ils firent avec la meilleure grâce, riant et tourbillonnant autour de la salle avec tous les autres.

Quand vint minuit, on n'entendit pas sonner la cloche du couvre-feu. Les bonnes gens continuèrent de danser, de plus en plus vite. Will n'en pouvait plus. C'est alors que la vieille fit signe à son aboyeur, un grand et fort gaillard avec une voix de stentor, qui réclama le silence et entonna :

— Faites votre entrée à présent, seigneur de l'an sombre !

Et le roi Houx fit son entrée, effectivement, vieil homme accoutré de branchages et de feuilles piquantes, une énorme touffe de gui attachée à la ceinture. Il portait dans une main une faucille rouillée et dans l'autre une petite cage, dans laquelle se trouvait un oiseau minuscule.

Un roitelet, un roitelet !
Le roi de tous les oiseaux !
Celui qui vole le jour du roi Strefon,
On l'a pris dans les ajoncs !

La vieille fit un signe et l'aboyeur cria à pleine gorge :

— Entrez maintenant, seigneur de l'an lumineux !

C'est alors que s'avança le roi Chêne, un tout jeune homme vêtu de vert foncé, une couronne de rameaux et de feuilles mortes sur la tête. Il portait une faucille dorée, que Will identifia immédiatement comme un crochet de couvreur, peint en jaune. Les jumelles lui firent escorte en lançant des glands à la volée et en chantant :

Par le jonc et le roseau,
Par le plomb et le goudron !
Je briserai les phalanges
Du Kelog Var !

Les deux faucilles s'entrechoquèrent, clang, clang, et les rois entamèrent un pas de danse, face à face, dos à dos, puis en tournant l'un autour de l'autre. Will saisissait le sens de tout cela, car la « mêlée pour l'année nouvelle » se déroulait presque de façon identique chez lui, à Nether Norton, même si les formules différaient un peu et les danses, beaucoup.

Finalement, le roi Houx s'écria :

— Aïe ! Aïe ! Aïe ! Je me sens mourir !

Et Rufus, le bossu à qui revenait le plus grand honneur, coupa la touffe de gui, qui fut recueillie dans un linge blanc par les jumelles. Elles l'apportèrent ensuite avec mille précautions en prenant bien soin que rien ne touche le sol. Ce fut alors l'entrée spectaculaire du roi Ludd dans la grande salle. Et quel roi ! Revêtu comme l'un de ces formidables guerriers de jadis, avec un torque doré, un casque de bronze et un masque à faire peur, un bouclier rond et une armure aux nombreux anneaux. Il portait haut levée une épée en forme de feuille effilée, qui n'était pas sans rappeler celle que Will avait vue auprès de la dépouille du roi Leir.

— Regarde, Willand ! murmura la vieille femme. Il vient de la cité, de la grande porte de Trinovant, où pourtant il continue de veiller sur ceux qui demeurent entre ses murs. Il arrive tout droit de l'endroit où il est couché à l'année pour être parmi ceux qui restent fidèles à sa mémoire.

— C'est vraiment lui ? s'émerveilla Will.

— Tu en douterais ?

Et l'espace d'un instant, Will eut l'impression que ce n'était pas un quelconque bourgeois déguisé pour ressembler au roi de jadis, mais bien ce dernier lui-même. Seulement, quand il voulut vérifier comment Gwydion prenait la chose, à la légère ou sérieusement, celui-ci n'était toujours pas là. Puis la porte s'ouvrit à la volée et il y eut une bousculade. Un cri d'étonnement s'éleva parmi les bonnes gens, qui reculèrent. Autour de Will, on haussait le col, on se mettait sur la pointe des pieds, les yeux écarquillés de surprise, car voilà que Gwydion était revenu. Et il n'était pas seul, car il s'avançait au milieu d'eux, ouvrant la voie à quelqu'un d'autre, et ce quelqu'un, Will le constata avec une égale surprise, c'était le duc Richard. Le seigneur était pieds nus et vêtu simplement de sa chemise de nuit, les mains attachées devant lui au moyen d'une corde, une autre, lâche, passée autour du cou. Il portait autour de lui un regard vide, comme s'il était en pleine transe, et l'assemblée fit silence quand il fut introduit au milieu d'elle.

— Bonne mère Brig, dit Gwydion, le visage sévère, voici celui dont je vous ai parlé. Il est sorti de son lit pour être parmi nous. L'autoriserez-vous à se joindre à la fête ?

— *Twrch ! Trywth !* croassa la corneille.

— Ainsi, voici celui qui doit s'entendre prédire l'avenir !

Chacun retint son souffle. On n'avait jamais vu chose pareille et d'aucuns se disaient que c'était là une intrusion inouïe, une grave erreur d'avoir amené un seigneur parmi eux, et tout particulièrement celui-là. Ils regardaient en direction du roi Ludd, mais il ne fit aucune déclaration royale. Il se contenta de rester planté là, les bras croisés sur la poitrine, si bien que la vieille poursuivit.

Elle attendit que les murmures s'éteignent et que Gwydion fasse agenouiller le duc devant elle. Puis les jumelles prirent la parole, avec la légèreté des fées.

— Êtes-vous de bonne foi, Richard d'Ebor ? firent-elles à l'unisson.

Les yeux du duc roulèrent dans leurs orbites, sans rien voir apparemment, et il murmura aux chevrons du plafond :

— Je suis aussi honnête qu'il se peut.

— Eh bien, dites-nous ce que vous voyez devant vous.

Il ouvrit de grands yeux.

— Je vois trois jeunes sœurs, qui parlent d'une même voix.

À quoi les jumelles répliquèrent :

— Trois sœurs, dit-il. Et quant à celle qui se tient au milieu ? Vous paraît-elle agréable à regarder ?

— C'est la plus belle des trois.

Il y eut un soupir d'approbation parmi l'assistance et une rumeur parcourut l'assemblée, comme si cette réponse était d'une grande conséquence quant à la suite des événements.

— En voilà assez ! s'écria la vieille en levant la main. À présent, souvenez-vous de mes paroles, Richard d'Ebor, car je déclare ici même que je suis la souveraineté. En ce qui concerne le siège enchanté : vous mourrez dans le premier combat qui suivra, si vous osez jamais poser la main dessus. Tenez-vous pour vérité ce que je viens de vous dire ?

— Je vous ai bien entendue.

— Si vous voulez connaître l'avenir, alors regardez votre ombre sur le mur. Mais je vous préviens ! Les prophéties ne sont pas toujours bonnes à entendre.

Les yeux du duc recommencèrent à rouler dans leurs orbites : il était de nouveau dans le rêve, mais cette fois il semblait voir les silhouettes qui dansaient sur le mur blanchi à la chaux.

— La mienne, fit-il en haletant, la mienne est... celle... de droite !

— Et maintenant, vous pouvez vous en retourner, avec votre force tout entière et des milliers de bénédictions.

C'était la voix de la mère Brig qui s'exprimait par la bouche des deux jeunes filles.

— Mais vous feriez bien d'espérer que la compréhension vous vienne plus vite que la mort.

Will restait tranquillement assis près de Willow tandis que Gwydion, le visage sombre à présent, retraversait la salle en compagnie du duc. Will aurait aimé comprendre ne fût-ce qu'un septième de ce qui s'était produit cette nuit, car cela semblait de la plus haute importance. Mais les portes se refermèrent bruyamment, et l'instant d'après Gwydion et le duc Richard étaient partis. Petit à petit, les conversations reprirent, puis la musique, et bientôt on dansait et riait de nouveau, comme si la visite du duc n'avait jamais eu lieu.

Will se tourna vers Willow et vit combien elle était belle, et plus il la regardait, plus belle elle lui semblait. Elle lui rendit son regard, longuement, et même si une rougeur lui montait aux joues pendant qu'il la dévisageait, elle ne détourna pas les yeux. N'y tenant plus, il lui prit les mains et l'attira à lui. Il l'entoura de ses bras et l'embrassa sur les lèvres, et sa bouche était bien plus douce que le vin le plus parfumé.

Et la danse reprit de plus belle. Ils s'y adonnèrent toute la nuit : on aurait dit qu'ils étaient sous l'effet d'un charme et qu'ils ne pouvaient pas s'asseoir aussi longtemps qu'ils n'avaient pas été désenvoûtés.

Will s'éveilla le lendemain la tête lourde mais le cœur léger. L'humeur massacrante qui avait été la sienne s'était évanouie avec la fête de l'Ewle. Au point du jour il faisait grand froid et un soleil éclatant resplendissait dans le ciel tandis que l'univers revenait à la vie, comme à regret. En regardant au-dehors, il s'aperçut que tout reposait sous une épaisse couverture de neige. Dans la cour extérieure, les chevaux qui d'ordinaire s'intéressaient aux allées et venues s'étaient retirés au fond de leurs stalles et la volaille jetait alentour des regards perplexes, décontenancée par toute cette pureté.

Will se fraya un chemin dans cette blancheur immaculée. Il enfonçait jusqu'au genou dans la neige et sur les créneaux elle s'amassait dangereusement, mais il grimpa pour jouir de la vue superbe qui devait s'offrir de là-haut. Et superbe était la vue, en effet — les champs couchés sous leur couverture blanche, faite de carrés réguliers, cousus ensemble par le tracé noir des haies. Tous les chemins étaient comblés et la neige, poussée par le vent, avait formé des talus sous lesquels disparaissaient les clôtures, les fossés et les barrières : on eût dit que la terre était blottie sous une fourrure d'hermine. Will plaignit l'armée qui aurait essayé de se mettre en marche prochainement et se demanda si Gwydion ne s'était pas retiré aux petites heures du jour sur quelque pic rocheux pour altérer l'atmosphère de la nuit et fausser le fond de l'air, de façon à laisser au duc un dernier délai, pour réfléchir encore. Plus loin, au second plan, on distinguait la sombre et sinistre forêt de Morte, plantée à flanc de coteau, au sud-ouest. Une vue large et dégagée de terres basses s'offrait au sud-est. Au nord, les champs dessinaient un autre patchwork et un pic solitaire, la Chaise du Géant, dominait le paysage à l'est. Dans la direction opposée, engloutie dans l'ombre où l'ouest était encore noyé, là d'où venaient les rivières, s'étendait une chaîne de monts pris par les grands froids, terre sauvage, impossible à conquérir, capable d'avaler dans ses brumes des armées tout entières. Le château de Ludford avait été bâti en cet endroit par les héritiers du Conquérant pour protéger ses terres contre la très ancienne magie qui, à ce jour encore, rôdait dans les principautés de Cambray. C'était la raison pour laquelle les seigneurs de Ludford avaient toujours été nommés « seigneurs des marches », car ils défendaient les Marches, les frontières, contre un territoire qui représentait encore une menace.

Will prit le temps de respirer profondément et de se laisser pénétrer de cette beauté qui était venue au monde, mais la faim eut bientôt raison de lui et il descendit pour prendre son petit-déjeuner, une fricassée des restes de la veille, avant que Gwydion ne le retrouve. Ensemble, ils se rendirent à la maison ronde, où le duc recevait ses visiteurs.

Des gardes en flanquaient l'entrée, une arche aux piliers sculptés, de toute beauté. La pièce de travail était richement décorée, tendue de draperies splendides. Les portraits des douze reines austères semblaient surveiller les transactions et les affaires qui se traitaient là. Le duc, d'un abord courtois, était assis à son bureau, mais sa contenance trahissait le manque de sommeil. D'un geste il ordonna à son secrétaire et à ses copistes de se retirer, et quand la porte se fut refermée sur eux, il prit la parole :

— Comme je vous l'ai dit, maître Gwydion, je suis heureux de vous abandonner le domaine de la magie, mais vous devez me laisser gérer les affaires d'État. Le présent que vous fîtes à la reine, et ce qu'il a pu signifier, est à l'origine de mon déplaisir en ce qui vous concerne.

— Il ne s'agit pas de ce que vous imaginez.

— C'était un pot-de-vin ! Offert sans m'avoir consulté ! Destiné à me gagner le protectorat du royaume ! Sans doute pensiez-vous bien faire en cela, mais c'était une intrusion dans des affaires qui ne vous regardent pas, et sans mon assentiment.

Gwydion affronta calmement la colère du duc.

— Ami Richard, voyez les regards que vous lancent les douze reines austères. Avez-vous oublié pourquoi votre père, Richard de Coneyburgh, a ordonné d'accrocher ces effigies aux murs de cette maison ronde ? C'était pour rappeler à ceux qui ont des choix décisifs à faire d'y réfléchir à douze fois, comme le font les femmes. N'auriez-vous pas le courage de revenir sur une décision, ne fût-ce qu'une seule fois ?

Le duc laissa échapper un soupir. Tendu, nerveux, il tâchait de contenir sa contrariété. Il jouait avec un objet posé devant lui, long, en ivoire, que Will reconnut.

— Je vous remercie de votre conseil, mais suis au regret de vous informer que ma décision est prise et qu'il n'est plus temps d'en changer.

— Quand bien même je viendrais vous dire que, du fait d'une prophétie, les jours du duc Edgar sont comptés ?

Le regard du duc s'anima soudain et ses doigts se resserrèrent sur la spirale d'ivoire.

— Edgar de Mells ? Quelle prophétie ?

— Je lui ai dit qu'il devait « éviter les châteaux, sous peine de mort ».

Le duc Richard planta ses yeux dans ceux du mage. Il posa ce avec quoi il jouait et se mit à faire tourner l'anneau qu'il avait au doigt.

— Et qu'est-ce à dire ?

— Les gens interprètent les prédictions comme ils veulent.

Le duc se laissa de nouveau emporter par son caractère un peu vif, mais il semblait plus soucieux que colérique.

— Autant vous le dire, je ne m'intéresse guère aux prophéties. Il y en a tant de fausses, manifestement inventées pour faire barrage à de bonnes décisions. Pas plus que je ne me soucie des rumeurs ou des rêves prémonitoires.

— Des rêves ? (Gwydion se pencha pour confier au duc, par-dessus la table :) Auriez-vous, par hasard, rêvé la nuit dernière ?

Will se souvint des curieuses paroles de la mère Brig à propos du duc Richard, qui mourrait s'il posait la main sur le siège enchanté — la vieille femme lui avait-elle jeté un sort ? Il observa la façon dont les mains de son interlocuteur agrippaient les têtes de lion sculptées, au bord de son fauteuil, et s'interrogea une nouvelle fois à propos de cette pièce d'ivoire. C'était, sans doute possible, la défense de licorne qu'Edward avait dérobée un jour.

Cherchant à se soustraire au regard inquisiteur de Gwydion, Richard essaya de se montrer conciliant.

— Maître Gwydion, je ne désire pas que vous m'expliquiez le sens de mes rêves. Je vous ai mandé pour tenter de vous faire comprendre que ma décision est prise, que vous ne devez plus vous interposer, ou bien l'amitié qui nous lie trouvera une fâcheuse conclusion.

— À quel point vous pouvez ressembler à votre grand-père ! observa Gwydion, comme à part soi. (Il continuait de dévisager le duc sans fléchir, et puis il hocha doucement la tête.) Si vous avez pris votre décision, alors qu'il en soit ainsi. Mais pour ce qui concerne ma requête, cette donation en hommes et en argent, et le bateau pour transporter une pierre depuis l'île Bienheureuse — les hommes et l'argent pour contribuer à tenir sous bonne garde les pierres batailleuses que nous pourrions encore trouver et sortir de terre —, m'accorderez-vous l'aide que je pourrais être amené à vous demander ?

Un pâle sourire passa sur le visage du duc.

— C'est un joli tour que vous nous avez joué hier soir, avec le feu. Avec une telle maîtrise de la magie, quel besoin avez-vous de navires et de détachements armés ? Et il est bien étrange de vous entendre parler d'argent.

Gwydion chassa cette remarque acide d'un geste irrité.

— Il est un proverbe de magie, qui dit ceci : « Magie vient en aide à qui commence par faire l'effort de se tirer d'affaire tout seul. » D'autres évoqueront l'importance du libre arbitre, le sentiment de compassion, l'origine et le partage des idées, qui doivent être offertes avec sincérité et honnêteté. Mais c'est dans la nature même de la magie : *donner, c'est recevoir.* Voyez-vous ?

Le duc leva les yeux au plafond.

— Tout cela est bien compliqué et bien ésotérique — c'est votre affaire, non la mienne. Je suis un homme d'action. Vous pouvez constater combien je répugne à me mêler d'un domaine où je n'entends rien, et qui est le vôtre, maître corbeau. Pourquoi ne pas faire de même et m'abandonner les questions d'État ?

— Richard, il est certaines tâches pour lesquelles mes aptitudes me seraient de peu de secours. Ce n'est pas à la légère que je sollicite ces faveurs — je ne puis transporter des pierres d'un bout à l'autre de la mer grise sans y être aidé. Un don de vous, et qui représente peu de chose, m'aiderait à poursuivre mon entreprise secrète et pourrait éviter un désastre.

— Morbleu, c'est mendicité, et pénible mendicité avec cela !

— Je vous ai expliqué que je devais arracher ces roches avant qu'il ne soit trop tard.

— On vous dit sage, maître Gwydion, fit le duc avec froideur.

Voilà peut-être pourquoi vos requêtes semblent si bizarres aux hommes ordinaires. Mais je me demande parfois si, en mémoire de l'amitié qui vous liait à mon père, je ne suis pas trop enclin à vous céder. Vous n'arrêtez pas de dire que la guerre se profile, mais dans cette occurence je serai le premier à avoir besoin de soldats et d'espèces sonnantes. (Il tapota des doigts sur le bras du fauteuil.) Quoi qu'il en soit, si vous pouviez me garantir quelque protection magique, en compensation, voyez-vous...

— Richard, n'essayez pas de faire du marchandage avec la magie.

— Mais une faveur en mérite bien une autre, non ?

— Et ne venez pas me citer les dictons avec ce ton ironique ! La magie n'est ni à vendre ni à négocier — vous le savez. On n'en tire pas avantage pour soi-même. La magie doit toujours être sollicitée, jamais convoquée, toujours respectée, et jamais traitée avec dédain. Demandez ouvertement, demandez honnêtement, car seul un honnête homme a le droit de dire les mots qui mettent en œuvre la force.

Le visage du duc se figea.

— Voilà que vous vous mettez à être déraisonnable.

— Déraisonnable ? Parce que je perce si bien à jour vos artifices ?

— Mais des « pierres batailleuses », maître Gwydion ? (Le duc hocha la tête.) Comment annoncer à un soldat qu'il va devoir me suivre dans la mort parce que ses camarades qui auraient dû couvrir notre flanc ont été, sur mon ordre, envoyés en mission pour déterrer des roches magiques, quelque part au fin fond du royaume ?

— Vos soldats vous suivront n'importe où. J'en suis certain.

Le duc reçut le compliment avec grâce.

— Mais s'il pouvait y avoir un sortilège de protection général sur toutes les armes d'Ebor...

— Richard ! Mais écoutez-vous ! C'est de la sorcellerie que vous êtes en train de me demander. Et malheur advienne à ceux qui, même dans la dernière détresse, se jettent dans ses bras pour en tirer avantage. Ils y perdront le goût du pain !

Will voyait s'agrandir le gouffre qui séparait le duc et l'enchanteur. Gwydion se pencha en avant pour saisir la main de son interlocuteur, mais celui-ci se déroba.

— Maître Gwydion, je vous ai déjà fait réponse, et par trois fois. N'insistez pas !

Gwydion se leva, recula, retrouva son calme et sa dignité. Les traits de son visage ne trahissaient pas le moins du monde la colère qu'aurait pu susciter en lui la folie des hommes.

— Richard, mon vieil ami, je dois prendre congé de vous. Aujourd'hui, les courants de marée viennent de s'inverser et pour votre cause, c'est marée descendante. Quant à la pierre dragon, je vais prendre des dispositions pour qu'elle soit enlevée de Foderingham aussitôt que possible. Pendant ce temps, examinez bien toutes les raisons qui vous invitent à la bataille, car elles pourraient bien ne pas être toutes bonnes. *Shail fadah hugat* à vous.

Gwydion se dirigea vers la porte, suivi de son jeune compagnon. Quand ils se retrouvèrent dehors, la blancheur de la neige ébouit Will. Parce qu'il venait d'entendre mentionner le nom de la pierre dragon, de vieilles peurs l'assaillaient de nouveau et il se demanda s'il ne devait pas essayer de raconter à Gwydion ce qui s'était passé cette nuit-là, lorsque Edmund avait eu la main brûlée ; mais le moment lui semblait mal choisi.

— « C'est moi qu'on a nommé lord Protecteur et Défenseur du royaume, pas vous... », fit Gwydion d'un ton las, reprenant les paroles du duc Richard. Et voilà qu'il me fait le reproche d'avoir joué en sa faveur pour lui obtenir le protectorat. Qu'est-ce qui lui passe par la tête ?

— Avez-vous remarqué ce que le duc Richard avait à la main ? interrogea Will.

— Comment cela ?

— Il manipulait une défense de licorne.

Gwydion se détourna. Il répugnait à se voir détourné de ses pensées par les interventions intempestives de Will.

— Mais non. Je m'en serais aperçu, s'il y avait eu dans la pièce le moindre morceau de défense de licorne.

— Mais le duc la tenait. C'était celle...

Il se tut, voyant le piège dans lequel il allait tomber. Le moment était décidément mal venu pour avouer au magicien ce qui s'était passé à Foderingham. Il décida de laisser à Gwydion le temps de recouvrer une humeur plus sereine. Il demanda plutôt :

— Avez-vous vraiment offert à la reine le diamant du roi Leir ?

— Le diamant de Leir ?

Le magicien se retourna vers lui, vivement intéressé, tout à coup.

— Ah, mais non, ce n'était pas celui de Leir, jamais de la vie. Il avait seulement été enterré avec lui. Je ne t'en ai donc pas parlé, de ce diamant du grand roi Arthur ?

— Si, hasarda Will, incapable pour l'instant de démêler tout à fait ce qu'il savait de ce qu'il avait peut-être imaginé. Vous avez dit... Vous avez dit qu'il avait été rapporté au temps jadis par le roi Arthur, du royaume du dessous. Vous m'avez raconté aussi que l'Étoile venait d'une pièce, un genre de grotte, très loin sous la terre. Un endroit du nom d'Annuin, où toutes les ombres sacrées reposaient jusqu'à ce qu'Arthur dévaste la forteresse de Caer Rigor. En compagnie de Taliesin et de ses héros, il se rendit là-bas par mer à bord d'un vaisseau, Prydwen, et là ils délivrèrent les ombres, mais sept seulement revinrent à la vie...

Un étrange demi-sourire errait sur les lèvres du mage.

— Je t'ai raconté tout ça, vraiment ?

— Certainement, répliqua Will, avec un mouvement d'épaules. Sinon, comment l'aurais-je su ?

— Comment, en effet ? Ah, mais peut-être as-tu entendu l'un de ces contes mille fois déformés qui traînent dans les endroits comme l'Homme vert.

— Oui, murmura-t-il. Ça se peut. C'est sûrement ça.

— Mais pour répondre à ta question à propos de l'Étoile d'Annuin : je l'ai donnée à la reine car je sais fort bien qu'elle convoite les bijoux, les beaux, les gros joyaux, uniquement pour ce qu'ils valent. Elle ignore tout de ce que cette pierre signifie et des raisons qui m'ont fait la lui offrir.

— Mais pourquoi l'avoir donnée à cette mégère calculatrice ? Voilà ce que le duc Richard n'arrive pas à comprendre, et moi non plus d'ailleurs.

— Oh oh ! Te voilà qui parles comme un vrai fils de la tribu d'Ebor, à présent ! Méfie-toi, Willand. Méfie-toi de ce que tu es en train de devenir.

— Ne dites pas cela, maître Gwydion. Je ne suis pas l'un d'eux, je vous assure. Ah, non ! Et tant que nous y sommes, vous n'avez toujours pas répondu à ma question.

Devant l'insistance de Will, le mage eut un petit froncement de nez — approbateur ou désapprobateur, c'était difficile à dire :

— Tu grandis plus vite que je ne pensais. J'ai remis ce diamant à la reine pour un motif que je ne puis révéler encore — et ça m'a fait mal au cœur de le lui donner, tu peux m'en croire !

— Et comment comptez-vous que le duc Richard entre dans vos vues et saisisse vos stratagèmes, si vous vous refusez à les lui expliquer ?

— Il y a certains sujets dont je ne parle pas. Un peu de foi en moi, voilà ce que je demande à l'ami Richard. J'ai mis toute ma diplomatie dans la balance pour le soutenir, depuis longtemps, patiemment, sans faillir, mais parce qu'il ne comprend pas mon plan d'ensemble — les raisons pour lesquelles je fais tout cela pour lui —, il prend ombrage d'un rien.

— Peut-être y a-t-il autre chose pour expliquer le comportement du duc, quelque chose de plus grave que vous ne croyez, hasarda Will, ses pas dans ceux de son mentor.

La longue robe de Gwydion tournoya quand il se retourna.

— Ah, bon ?

— C'est juste que par deux fois, pendant votre absence, j'ai vu la silhouette de la mort qui marchait dans le jardin de la rose blanche, maître Gwydion. Et je l'ai vue de nouveau ici même. Que croyez-vous que cela laisse présager ?

— Gort m'a dit que tu avais vu des apparitions. (Dans les yeux du magicien, on pouvait lire de l'inquiétude, tandis qu'il dévisageait Will avec la plus grande attention.) Gort attribue ce que tu as vu à Foderingham à une fuite de la pierre dragon. Et ce que tu as pu voir ici à ce qui dort dans le sol dans les parages. Je ne suis pas certain qu'il soit dans le vrai. Disons que les éléments te concernant commencent à prendre tournure et que depuis quelques jours, il me semble que j'y vois plus clair.

La vieille peur prit à nouveau Will dans ses tenailles.

— Les éléments me concernant, maître Gwydion ?

L'haleine du magicien montait dans l'air vif du matin. Son visage était de glace, tandis qu'il plantait ses yeux dans ceux de Will.

— Gort me confie des tas de choses. Dis-moi, sais-tu ce qu'est une prémonition, mmh ?

— Oui. Ce sont des présages.

— C'est cela, oui. Des avertissements. Sais-tu pourquoi tu redoutes qu'une herse de pont-levis te tombe dessus et te tue ?

La question, inattendue, le dérouta.

— Non...

— Il ne t'est jamais venu à l'esprit que peut-être, un jour, cette chose se produirait pour de bon ? Que ta peur te vient d'un genre de savoir spécial, que tu aurais acquis dans un temps à venir ?

— Vous voulez dire... un savoir à l'avance ?

— Quelque chose comme ça. On pense que c'est la cause principale des prémonitions — ton moi futur souffle une mise en garde à ton moi d'aujourd'hui, par-dessus les barrières du temps.

— C'est comme cela que je dois mourir ? s'affola Will, horrifié. Coupé en deux par une herse ?

— Coupé en deux ? (Gwydion haussa le sourcil avant de répondre sur un ton léger :) Et que voudrais-tu que je te dise encore là-dessus ? C'est *ta* prémonition.

Will regardait sans le voir le sol à ses pieds, gorgé de neige en train de fondre.

— Mais je ne peux pas croire ça... Ce n'est pas possible... Oh, non !

— Pourquoi ne peux-tu pas le croire ? Tu avais peut-être envisagé une fin plus glorieuse ? (Gwydion le prit par les épaules.) Peut-être t'imagines-tu que Gort est un vieil imbécile, Willand, mais il n'en est rien. Loin de là. Si je suis venu, c'est parce qu'il m'a dit qu'il fallait t'emmener d'ici. Il y a quelque chose à Ludford qui t'est néfaste, et tu dois t'en aller.

— Ce serait, vous voulez dire, la pierre batailleuse qui est enterrée par ici ?

— Ça, peut-être, oui... Mais autre chose aussi. Tu as vu comme ma diplomatie a échoué auprès de Richard. Tout ce que j'échafaude pour préserver la paix s'effondre. Ludford n'est pas un terrain favorable pour nos projets. Quelque chose sape mon influence ici, mais ce dont je suis sûr, c'est que tu en es en partie responsable.

— Et si moi, je refuse d'y être impliqué ?

Les yeux de l'enchanteur étaient devenus deux charbons ardents.

— Peu importe, à vrai dire, ce que tu veux ou non. Ici, ton esprit tourbillonne comme un chiffon de soie dans la bourrasque. Tous tes défauts sont accentués comme dans une loupe. Tu as été emporté par les flux néfastes qui parcourent la maison d'Ebor et il est trop dangereux pour toi d'y rester. La mère Brig ne lit pas grand-chose de ton avenir, mais elle dit qu'un jour tu reviendras ici, et que la connaissance que tu auras acquise des puissances qui se conjuguent en cet endroit changera de façon déterminante la façon dont le passé est choisi et fixé, pour tous les futurs à venir.

Will avala sa salive, troublé.

— Maître Gwydion, qui est la mère Brig ? Qu'a-t-elle dit encore à mon sujet ?

— Brighid, la noble reine d'Imbletide ! Que les tyrans appelaient « Brigantia ». C'est une voyante.

La réponse n'était pas suffisante.

— Mais elle est sûrement plus que ça.

Gwydion le regarda soudain comme un homme regarde un chien qui vient d'apprendre un nouveau tour.

— Plus qu'une simple voyante, prétend ce gaillard. Tu l'as entendue dire explicitement ce qu'elle est.

— Eh bien, si c'est le cas, je ne m'en souviens pas.

— Alors, tu aurais dû être plus attentif, car elle s'est présentée avec une certaine solennité. Elle est la souveraineté. Pour tout un chacun, elle est une vieille femme ratatinée, sauf pour celui qui est appelé à devenir roi. Lui, la voit comme une belle jeune fille. Mais quant à toi, Willand, elle dit qu'un jour l'histoire se penchera sur tes actes, ici, en ce lieu même, mais que pour l'instant tu devrais quitter Ludford, et tout de suite.

Ils étaient arrivés aux portes menant à la cour extérieure et Will se figea, tandis qu'on les ouvrait.

— Partir ? Quoi ? Maintenant, comme ça ? Mais... Je ne peux pas m'en aller comme ça, dit-il d'un air hébété.

Gwydion arborait un regard sombre, infiniment préoccupé.

— La guerre est une affaire terrible, Willand. Chaque pierre batailleuse déterrée et mise hors d'état de nuire, ce sera une calamité évitée. Plusieurs milliers de vies peuvent encore être sauvées. Viens avec moi, que nous cherchions ces roches ensemble.

Will eut du mal à avaler sa salive. La tête lui bourdonnait.

— Mais je ne peux pas venir avec vous sur-le-champ. Que faites-vous de... Willow ?

La lueur vacilla dans les yeux de Gwydion.

— Il te faut faire un choix.

— Mais vous ne voyez donc pas ? Willow fait partie du vrai chemin, du destin dont vous parlez sans cesse. Ça ne peut pas être une coïncidence, si elle est venue atterrir à Foderingham. Elle fait forcément partie du plan d'ensemble. Nous sommes destinés l'un à l'autre. Vous ne le voyez pas ?

L'enchanteur hocha la tête.

— Tu parles du destin comme si tu comprenais de quoi il s'agit, mais tu ne saisis pas. Un jour, tu t'enrouleras dans ses plis et ils te prendront, mais ce n'est pas pour tout de suite.

Il se raidit, l'air buté.

— Maître Gwydion, cette fois-ci je ne vous suis pas.

— En es-tu bien certain ?

Le mage, tout en lui parlant, fixait un point au-dessus de lui. Will suivit son regard, vit les immenses dents de fer de la herse en suspens au-dessus de sa tête et en franchissant le passage dangereux d'un pas alerte, sentit sa résolution fléchir.

— Mais je ne peux pas laisser Willow...

Le magicien avait retrouvé sa voix douce et compréhensive.

— Avec Edward qui lui manifeste tant d'intérêt, c'est ça ?

Will baissa la tête. Il ne sentait plus que la souffrance, maintenant. Devoir et désir s'affrontaient en lui. Il n'allait pas, encore une fois, se retrouver à battre la campagne. Le désir qu'il éprouvait pour Willow était bien réel, et le contrarier, quelle douleur c'était !

— Je suis désolé, maître Gwydion... Je ne peux pas vous accompagner.

— Qu'il en soit ainsi.

L'enchanteur se retourna, commença de s'éloigner et un instant, Will lui trouva l'allure d'un vieil homme entêté pateaugeant péniblement dans le blanc de l'hiver, courbé sous le poids d'une folle mission. Dans son for intérieur, il apostropha Gwydion : « Et maintenant, que voulez-vous de moi ? Que j'erre pieds nus par les chemins, mes pas dans les pas d'un vieux fou ? »

— Que le sol gelé s'ouvre sous vos pieds et vous engloutisse tout entier, maître Gwydion, murmura-t-il entre ses dents.

Mais rien à faire. Plus il fixait le dos du mage, plus sa détermination sonnait creux. En choisissant l'égoïsme, il laissait la porte ouverte à la peur et au désir pour façonner sa destinée, au lieu de prendre le contrôle sur lui-même, comme il savait qu'il devait le faire.

— Si vraiment vous croyez que ça peut sauver une vie ! s'écria-t-il.

Gwydion s'arrêta. Il se retourna, laissa choir son bâton et ouvrit grand les bras pour y accueillir Will qui courait vers lui. Il n'y avait plus que de la gratitude sur son visage.

— Je savais que j'avais raison, en ce qui te concerne. Maintenant, nous avons nos chances de triompher dans notre quête périlleuse, la tienne et la mienne, Willand !

Mais tout en partageant la joie du mage et en pleurant avec lui, Will sentait toute la douleur de son propre sacrifice.

— Vous devez me laisser le temps de passer quelques instants seul avec Willow, dit-il en envoyant promener ses chaussures. Elle a le droit de savoir.

QUATRIÈME PARTIE

LA MISE À L'ÉPREUVE DE WILL

CHAPITRE DIX-HUIT

La pierre du fléau

LENTEMENT, l'hiver qui tenait le royaume dans l'étreinte de ses serres de glace lâcha prise, tandis que Will et Gwydion se lançaient à la recherche des pierres batailleuses. On vit apparaître les crocus, jaune safran, puis les bourgeons des arbres, gonflés, prêts à éclater, puis les délicates feuilles vert tendre, et Will eut l'impression que le monde s'ouvrait devant lui comme un territoire pour les rêves. Par les beaux après-midi, pluie et soleil fomentaient ensemble des arcs-en-ciel iridescents, dont la splendeur accompagnait leurs errances. Le glapissement des renardes, la nuit, donnait le frisson et l'odeur musquée du renard flottait dans la fraîcheur des bois. Malgré les giboulées, les jours rallongeaient et gagnaient en chaleur, puis vint le moment où les gelées nocturnes cessèrent tout de bon.

Will se refit deux nattes, se tailla un bâton de coureur de chemins dans un jeune chêne et tâcha de goûter le plaisir d'être sorti de cet univers où les couronnes étaient aussi pesantes que l'ombre des châteaux. Voilà qu'il était revenu à la liberté et arpentait la contrée en compagnie d'un magicien, ce qui n'était pas donné à tout le monde. Pourtant, malgré tout son enthousiasme, il lui fallait bien reconnaître qu'il en était venu à goûter le confort qu'offrait la maison du duc d'Ebor ; d'autre part, un regret lancinant continuait de le ronger.

Il avait le visage de Willow. Elle avait accepté sa décision avec une attitude compréhensive qui lui avait donné envie de la serrer contre lui et de ne jamais la quitter. Au lieu de cela, ils avaient échangé une promesse, il l'avait attirée à lui dans une dernière étreinte désepérée, puis elle l'avait regardé partir, des larmes plein les yeux.

Il s'était retourné plus d'une fois et l'avait vue agiter la main tout en haut des murs crénelés, jusqu'à ce qu'ils fussent hors de vue. Et il ne savait pas à quoi comparer la souffrance qu'il avait ressentie, alors, dans la poitrine. Au seul souvenir de cet instant, il plongeait dans un abîme de mélancolie.

À présent, après tant de nuits sans sommeil, à essayer d'habituer son corps à supporter le froid, il avait appris à ravauder ses sentiments en lambeaux et à comprendre la force ensauvagée de la nature. Gwydion lui enseigna comment faire courir, de sa propre volonté, une bonne température à travers ses chairs, de sorte que même quand la tempête rugissait et qu'une averse de neige fondue lui tombait dessus dans la nuit, son corps dégageait une chaleur de foyer sous la tente formée par sa houppelande, comme la chouette sous sa couverture de plumes. Faire fondre la glace dans son cœur avait été une entreprise bien plus difficile, et seuls le temps qui passait et l'entraînement de ses facultés d'oubli réussirent à atténuer sa douleur.

Un soir, comme le jour tombait, Will détourna le visage du feu et dit :

— Je repense quelquefois à ce qui s'est passé à Preston Mantles. Je ne me sens pas à mon aise avec ça, comme si c'était ma faute.

La réponse de l'enchanteur ne fut guère réconfortante.

— Si Masgull pouvait mettre la main sur toi, il te ferait subir la même chose. Ou pire.

— Il y a pire ? (La frayeur lui tordait l'estomac.) Que me veut-il ?

— Tout simplement, tu es un obstacle à sa progression.

— Mais comment ? Qu'est-ce qu'il essaie de faire ? Je pourrais comprendre, si vous me disiez qu'il veut devenir le maître du monde, ou quelque chose comme ça...

— En un sens, oui, c'est cela.

— Je crois qu'il serait temps que vous m'expliquiez ce qui se produira si jamais Masgull l'emporte.

— Tu as mis du temps à poser cette question, observa Gwydion. (Ses yeux étaient entièrement plongés dans l'ombre.) Et à présent que tu as demandé, il va me falloir te répondre.

Il se glissa plus près du feu, plus près de Will, et s'appuya du bras au sac en peau de grue. Le feu flambait, pétillait, craquait en projetant des étincelles rouges. Will avait une impression de calme avant la tempête.

— Si Masgull devait triompher, alors tous les éléments de beauté dans le monde disparaîtraient peu à peu. Les hommes et les femmes aspireraient de tout leur cœur à la paix, mais ils ne connaîtraient que la guerre, jusqu'à la treizième génération. Leurs désirs profonds seraient mis sous le boisseau. Dans un tel contexte, aucune satisfaction ne pourrait durer. On ne ressentirait ni amour ni joie. Il n'y aurait que l'appauvrissement et la peur.

Cela semblait trop incommensurable pour être appréhendé et compris.

— Mais comment pareilles choses pouraient-elles être le fait d'un seul individu, maître Gwydion ? Même si c'est un sorcier comme Masgull, qui fut membre, un jour, de l'Ogdoad ? Comment pourrait-il tout changer, comme ça ? Et qui pourrait le vouloir ?

Gwydion se tassa et pour la première fois, Will se dit qu'il avait l'air épuisé, l'air d'être au-delà des limites de l'endurance.

— Il y a longtemps, nous étions sept — huit gardiens et un traître. Aujourd'hui l'Ogdoad n'est plus, moi seul subsiste. La fin d'un âge approche. Les temps vont changer, une fois de plus. Et qui peut dire ce qui s'ensuivra ? Rappelle-toi, Willand : ce n'est jamais hors de portée d'un homme, même un seul, pour peu qu'il soit convaincu, sorcier ou pas, de dégrader la vie de chacun dans ce monde, s'il parvient à se dresser et à en faire à sa guise, sans rencontrer d'opposition de la part de ceux qui auraient le pouvoir de l'arrêter.

— Un homme convaincu ? Convaincu de quoi ? intervint Will, alarmé. Convaincu de quoi, maître Gwydion ?

Mais le magicien avait décidé qu'il n'en dirait pas plus.

Le lendemain, ils firent un dîner digne de rois — de l'agneau frais, qu'on leur avait donné dans le dernier village traversé, et des truffes, que Gwydion avait trouvées dans le bois. Will prépara les deux appétissantes côtelettes et les disposa au-dessus du feu, sur lequel murmurait Gwydion. Avant longtemps, elle étaient prêtes.

— Mais je me sens coupable de manger les deux, dit Will, quand Gwydion eut refusé la part qui lui revenait.

— Coupable ? Alors, n'en mange qu'une. Ou pas du tout.

— Mais ce serait du gaspillage, et les mages n'aiment pas ça. Et d'ailleurs, j'ai faim.

— Eh bien, mange-les, alors.

Will délibéra un moment, puis mordit dedans.

— Vous ne prenez jamais de viande, maître Gwydion ?

— Je n'ai nul besoin de chair, poisson ou chevreau.

Will mâchait la viande, au plus près de l'os.

— C'est très bon.

— On dirait, oui.

Will fronça les sourcils, avant de s'essuyer le menton d'un revers de manche.

— Serait-ce qu'un magicien ne doit pas manger de viande ?

Gwydion, avec un soupir, s'assit plus confortablement, les doigts posés, immobiles, sur les genoux.

— Je n'en mange pas parce que je n'en ai pas besoin. Et parce que je n'en ai pas besoin, ce n'est point de mon goût. Est-ce que les aigles broutent l'herbe, est-ce que les tourterelles se régalent d'un gigot de mouton ?

Gwydion lui parla alors des âges enfuis et des jours du vieux, vieux temps qu'il avait passés dans la nature sauvage ; ils n'en finissaient pas, dans le froid et la solitude. Il parla de rigueur et de force d'âme. Il dit comment, parfois, le corps d'un homme le trompe, lui réclamant le sommeil quand c'est cela qui le tuera.

— C'était ainsi, mes périples dans le Grand Nord, par-delà les hautes montagnes où tourbillonnent des fantômes de neige, où il est si facile à un homme de se faire surprendre par un brutal changement de temps. Plus d'un s'y est fait prendre et repose là-bas, sous un linceul de glace, dans ces cols haut perchés. Tous sont les otages des neiges éternelles.

Will changea de position ; il se sentait mal à l'aise.

— Pourquoi me racontez-vous tout ça ? Vous, qui ne parlez jamais pour ne rien dire ?

— Parce que la sagesse s'appuie souvent sur une trame de broutilles, des bêtises, des choses toutes simples et qu'on néglige, d'ordinaire. Peut-être qu'un jour, il te sera utile de savoir à quoi ressemble le Grand Nord. Et peut-être que tu peux, d'ici là, acquérir les habitudes mentales et la discipline qui te seront alors utiles.

— Les habitudes mentales ?

— La discipline mentale, disons, comme l'ouverture d'esprit.

— Comment faites-vous ça ?

— Je pense pouvoir te l'enseigner, le moment venu.

Will se frotta les mains pour les débarrasser d'un reste de graisse.

— Si vous n'avez pas besoin de viande, alors je pense que je n'en aurai pas besoin non plus.

Gwydion sourit.

— Brave garçon. Maintenant, il ne te reste plus qu'à venir à bout du goût que tu en as.

Will y réfléchit longtemps, puis il creusa un trou pour y enterrer les os en prononçant une brève formule de remerciements. Depuis quelque temps, Gwydion avait pris l'habitude de chanter les histoires de Brea. Il y consacrait un moment chaque jour — habituellement, juste après que Will eut dîné, quand son talent de sourcier du lorc somnolait dans la paresse de la digestion. Mais ce soir, il n'avait pas plus tôt commencé que Will l'interrompit.

— Vous m'avez déjà parlé de Hely et Ludd. Vous ne vous rappelez pas ? C'était juste après que vous m'avez emmené de la tour de Lord Strange.

— À ce moment-là, tu voulais savoir comment les tyrans étaient venus dans les îles. Veux-tu que je te raconte à présent comment ils en sont partis ?

Le visage de Will s'éclaira.

— Aspall m'a dit que Caswalan avait eu pour successeur son frère, Tervan, et qu'à Tervan avait succédé son fils, Cunobelin, qui fut le quatre-vingt-unième roi de la lignée de Brea — et neuf fois neuf étant un nombre de chance...

— Eh bien, tu as reçu d'excellentes leçons d'histoire, fit Gwydion en lui coupant ses effets. Mais ce que je vais te raconter sur les tyrans, Aspall n'aurait pas pu te l'enseigner, car moi j'étais là, et lui pas...

Will s'émerveilla de la désinvolture de la remarque. Cela l'incita à chercher, une fois encore, pourquoi l'un des noms de Gwydion était « maître Merlin ». Merlin était l'enchanteur qui apparaissait dans toutes les histoires concernant le grand roi Arthur et Will s'était déjà demandé si par hasard maître Merlin et maître Gwydion ne seraient pas une seule et même personne.

Mais Gwydion était déjà parti dans d'autres anecdotes, celles d'une époque tumultueuse où la poigne mortelle sous laquelle les tyrans tenaient les îles commençait à céder. Will ouvrit son esprit à ce flot de sagesse et s'y abandonna de bon gré.

— Pendant de longues années, les rois de Brea se firent les marionnettes obéissantes des tyrans, ne gouvernant que sous leur tutelle, jusqu'à ce qu'une terrible calamité s'abatte sur Tibor et que, finalement, les armées des faiseurs d'esclaves se retirent. Mais ce n'est pas pour autant que le royaume put retourner à son ancienne gloire, car le lorc avait été rompu. Et c'est ainsi que, dans les années qui suivirent le départ des tyrans, les invasions se succédèrent. Le mandat de Semia comme phantarch ne fut pas des plus faciles, car même si les tyrans étaient partis, ils avaient laissé derrière eux quelque chose de bien plus destructeur.

— La chose qui les a brisés, hasarda Will. Le grand mensonge.

Gwydion opina du chef.

— Le grand mensonge. Dans les derniers jours de la domination des tyrans, des hommes au regard mort vinrent de l'est, avec un seul chant aux lèvres. L'un deux avait nom Swythen, le premier de Ceux-qui-ne-voient-pas à recruter sur ces îles. Lui, et ceux qui vinrent après lui, faisaient partie de cette vile confrérie de sorcellerie qui avait dévoré de l'intérieur l'empire des tyrans. La communauté s'interposa entre le peuple et ses gouvernants, assurant peu à peu son pouvoir sur les premiers et son influence sur les seconds. Et elle s'enrichit chaque jour davantage, poussant les pauvres gens à la folie.

— Comment cela ? fit Will dans un souffle.

— En leur racontant le grand mensonge. Ne t'ai-je pas déjà expliqué que, tandis que les tyrans se rendaient maîtres des corps en les faisant plier sous les chaînes, ces propagateurs de la désinformation, eux, emprisonnaient les esprits ? La confrérie construisit maints palais de pierre de sinistre apparence, des temples avec des toits comme des squelettes, où résonnait l'écho de la haine contre les anciens usages. Par la contrainte ou par la ruse, elle s'acharna à détourner le peuple du vrai savoir, et à le faire plier sous la férule de la crainte et de la fausseté.

« Quand l'Empire des tyrans se fut dévoré lui-même, de nouveaux envahisseurs prirent pied sur les îles, troupes fraîches de tourmenteurs jetées sur une terre désormais sans défense. C'étaient des Normandins, guerriers féroces, affamés de terres, abatteurs d'arbres et voleurs de bétail, des hommes qui vivaient dans une contrée où pousse un arbre géant, un arbre à songes. D'au-delà de la mer obscure, ils vinrent par bateaux, chaque année une tribu différente, chaque printemps une nouvelle invasion. Ils débarquèrent avec des épées et des haches, et parce que chaque pierre batailleuse ruminait désormais sa malice solitaire et ne pouvait plus accomplir son ouvrage en concertation avec les autres, ces étrangers belliqueux furent victorieux et purent s'abreuver de sang tout à loisir, sans que le lorc n'intervienne pour les en empêcher. Des années durant, les eaux des rivières furent rouges. Famine et pestilence s'abattirent sur le pays, et en tous les lieux qui avaient été autrefois sous le joug des tyrans, dominait à présent le Normandin sans loi.

C'est ainsi que durant un demi-millénaire, le sang de ces îles se mélangea. Le centième souverain régna au début de ces temps funestes ; il avait nom Uther. Son nom te dit quelque chose ?

Will hésitait.

— Je ne crois pas le connaître.

— Aspall ne t'a donc jamais parlé d'Uther Pandragon ? Ni de son union magique avec Ygerna ? Ni de celui qui naquit de cette union ?

— Non. Ou alors, il ne s'y est guère attardé.

— L'enfant fut appelé Arthur, poursuivit Gwydion, qui ne le quittait pas des yeux.

— Le grand roi Arthur, reprit Will, captivé.

— Personne ne le sut d'abord, mais c'était sa deuxième venue sur terre et elle était attendue depuis longtemps, car Arthur avait vécu une autre vie bien des siècles auparavant, du temps des premiers hommes, quand il fit voile à bord de Prydwen et rapporta les dépouilles d'Annuin. Cette naissance était donc sa réincarnation, et j'étais prêt à le recevoir.

— Ainsi donc, vous êtes bien maître Merlin, murmura Will, qui osait à peine prononcer ce nom.

— Je fus ton conseiller alors, comme je le suis aujourd'hui.

— *Mon* conseiller ?

Will eut l'impression que son sang se retirait de ses veines. Il prit une profonde inspiration, pour emplir l'espace vide qui s'était creusé en lui.

— Mais il se peut que vous vous trompiez, maître Gwydion.

— Il se peut que je me trompe, en effet, car je suis loin d'être infaillible. Mais les prophéties du *Livre noir* se sont toujours révélées exactes, et elles te vont comme un gant. Tu es la troisième incarnation annoncée par la prophétie, cela ne fait pas l'ombre d'un doute.

— Mais je ne suis pas roi ! Regardez-moi !

Gwydion le fixa et éclata de rire.

— Sais-tu, c'est exactement ce que le Wart me disait.

— Le Wart, qui est-ce ?

— Juste un surnom. C'est comme ça que j'appelais Arthur quand il était enfant.

Tandis que les vents vivifiants de mars, à force de souffler, s'épuisaient pour céder la place aux giboulées d'avril, ils arpentèrent le sud-ouest pour jeter un coup d'œil aux landes haut perchées au-dessus de la mer, mais la terre y était trop propre, trop douce pour leur être d'aucune utilité. Will fut incapable de découvrir le moindre signe d'une ligne de lorc, au-delà d'un soubresaut qu'il sentit passer dans sa baguette, au village de Norton Fitzwarren. Et même cela, d'après Gwydion, aurait pu s'expliquer tout simplement par la présence des ossements d'un grand dragon enterré aux alentours. En tout cas, bien avant d'atteindre les limites du duché de Corinow, ils firent demi-tour, dos au couchant, et choisirent plutôt de marcher nord-est, et de pénétrer dans les Degrés.

Mais avant qu'ils ne quittent les terres mouillées, Gwydion désigna du bout de son bâton Tor le sacré, à Galastonburgh, et Will en frissonna, car là-haut, l'air maussade, se profilait la masse sombre d'un chapitre, et il n'aurait jamais, au grand jamais, imaginé voir un jour une chose aussi impudente dans un lieu si sacré.

— Pourquoi m'est-ce une telle souffrance, de découvrir chose pareille ? s'étonna-t-il d'un ton solennel.

— Parce que c'est un lieu que tu as en mémoire, pour l'avoir beaucoup fréquenté tel qu'il était. Tu constates ce qu'en ont fait Ceux-qui-ne-voient-pas et comment ils ont manqué à toutes les promesses qu'ils t'avaient données.

Ensuite, ils remontèrent vers le nord, par le val de Malmesburgh, et se mirent à l'abri, pendant deux jours de pluie, dans une grange à Hooke Lydiard. Gwydion en profita pour chanter d'autres lais encore, avant d'en faire une sorte d'explication de texte, jusqu'à ce que Will s'imprègne d'une bonne compréhension des circonstances de sa vie. Le troisième jour, le soleil reparut et ils se remirent en route. Dès midi, le vent d'ouest avait déjà bien asséché le sol. Gwydion murmura à l'oreille du feu et leur prépara un repas chaud, que Will mangea avec gratitude.

Quand il eut fini, il bâilla, s'étira et dit :

— Mais vous n'avez pas parlé encore de l'époque qui court entre le départ des tyrans et l'arrivée de Gillan le Conquérant. Qu'arriva-t-il en ce temps-là ?

Gwydion posa lentement son regard sur celui de Will.

— Cinq cents ans et plus séparent l'époque du roi Arthur de celle de la conquête, mais cela nous concerne peu, à vrai dire, aujourd'hui. Il suffit de dire que durant les guerres sanglantes qui suivirent la retraite des tyrans, le lorc était toujours dans le même état de rupture et n'offrait donc aucune protection au pays. Le royaume était fractionné en un grand nombre de petits territoires. D'autres envahisseurs vinrent d'au-delà des mers, et d'autres encore, si bien qu'ils finirent par se battre entre eux, et le sang coula de plus belle. J'avais déjà vu le royaume démantelé. Cela arriva après les règnes de Ferrex et Porrex, les fils querelleurs de Gorboduc. Cette première fois, l'unité avait été retrouvée grâce à la poigne ferme d'un roi déterminé, Pinner, mais à l'époque des Normandins, ce furent les six royaumes qui émergèrent des affrontements.

— Wesset, Marset, Umberland, Essalby, Kennet et Lindisay, récita Will, qui n'avait pas oublié les leçons d'Aspall.

— Exactement ! Et c'est à mon ami Semia que revient le mérite d'avoir mené à bien les négociations diplomatiques qui permirent la réunification du pays : six ne firent de nouveau plus qu'un. Et par la suite, quand Gillan le Conquérant débarqua ici, il y a de cela douze générations, Semia passa avec lui le meilleur traité possible, ou plutôt le moins désastreux, car déjà sa force déclinait et il n'avait plus la même maîtrise des affaires du pays. Les alliés du Conquérant attaquèrent dans le Nord. Il y eut une grande bataille à Stennford et une autre à Senlack Ridge, où le roi Hardy reçut une flèche dans l'œil et mourut piétiné sous les sabots de la cavalerie ennemie. Les interventions de Semia, cependant, évitèrent un bain de sang et mirent un frein aux débordements les plus sauvages des meutes de Gillan. Un accord fut conclu selon lequel, si Gillan s'emparait de la couronne et si ses neuf barons daignaient prendre le titre de lieutenants du royaume, ils s'engageaient à se considérer alors non pas comme les propriétaires, mais comme les régisseurs de ces îles, avec le devoir d'en prendre soin et de veiller sur cette terre vénérable. C'est ce pacte qui fut scellé et chacun jura sa foi, dans la plus grande solennité.

« Mais Gillan était ambitieux et arrogant, et grande était sa connaissance des pouvoirs occultes. Il avait amené ici une formidable armée, faisant miroiter des richesses à tous ceux qui accepteraient de le suivre. Et à présent que la victoire était sienne, il tint parole. Il se fit bâtisseur, en bois d'abord, puis en pierre. Cette terre était divisée et diverse, et Gillan en recensa soigneusement les richesses dans son *Grand Livre du royaume*, que chacun des souverains a conservé à sa suite.

« Gillan constitua pour lui-même un trésor de la Couronne, déposséda de leurs biens, de leurs terres les hauts personnages des Normandins, et distribua le royaume, morceau par morceau, à ses hommes liges. Ceux qui jusqu'alors avaient dirigé le pays, Gillan les asservit d'une manière ou d'une autre. Les comtes et les vassaux se virent convertis en intendants et le menu peuple ploya sous le dur labeur de transporter des tombereaux de terre pour édifier ces monticules, ces buttes et ces promontoires où les lieutenants de Gillan allaient percher leurs châteaux. Et c'est ainsi que, dans la brutalité, dans la cruauté, les barons assurèrent leur prise sur cette terre qu'ils venaient tout juste de conquérir. Au fil du temps, ils édifièrent les grandes places fortifiées, les forteresses et les bastions qui sont encore debout aujourd'hui, et les fils de leurs fils y demeurent à ce jour.

— Au moins une relative paix s'est-elle installée depuis quelques siècles, observa Will.

— Une paix ? répliqua Gwydion d'un ton vif. Je ne dirais pas cela. La force du lorc a été pervertie, trop pervertie. Il y a eu des effusions de sang à chaque génération. Il surgissait toujours une nouvelle guerre — tantôt dans le Nord, tantôt à l'ouest — et dans l'intervalle, il y eut d'incessantes révoltes des petites gens dressées contre la tyrannie de leurs maîtres. Mais nous n'avons jamais connu de vraie paix, comparable à celle qui régna autrefois sur ces îles.

— Et tout cela, sans compter les pierres batailleuses.

— Tu l'as dit. Elles sont toujours dans le sol. Et chacune d'elles est un noyau dur de noirceur d'où filtre la malignité. Et voilà pourquoi la guerre qui s'approche sera plus atroce que tous les affrontements qui l'ont précédée. La situation est bien pire que du temps des légions des tyrans, car les héritiers du Conquérant n'ont construit aucune nouvelle route de pierre pour tenir en échec les courants du lorc désormais corrompus. Ils ont laissé s'affaisser, par endroits, le mur de ces faiseurs d'esclaves, au nord, de sorte que le poison s'est répandu jusqu'en Albanay, et le grand fossé du roi Offa, à l'ouest, se combler et s'effacer, polluant ainsi le Cambray. Les voies de l'Empire des tyrans sont en train de disparaître tout de bon, même si elles ont duré bien plus longtemps que ce que proclamaient dans leur immense vantardise leurs bâtisseurs : mille ans ! À présent, il y a des vides ici et des brèches là, car durant tout ce temps, on ne s'est jamais vraiment donné la peine de les entretenir sérieusement. Les miroirs se craquèlent, Willand. Les digues sont pleines de trous. Tu as vu l'Akemain, la route qui coupe à travers le bois de Wychwoode. Des portions entières de cette route sont englouties sous la boue ou ont été emportées par les inondations, soulevées par les racines des arbres ou encore démolies volontairement et emportées par pleins charrois pour consolider les fondations des murs des châteaux.

— Je commence à comprendre ce dont vous parliez, fit Will, avec le sentiment que son appréhension du monde venait de s'élargir d'un seul coup.

Avec un sourire, Gwydion prit un bout de bois et tisonna les cendres.

— N'aie crainte, il t'en reste beaucoup à apprendre.

Sur quoi, Will reprit :

— Une question encore. Si Masgull était un mage de l'Ogdoad comme vous, comment a-t-il pu rester tout ce temps dans l'ignorance du lorc ?

— Il en connaît l'existence et tout ce qu'il faut espérer, c'est qu'il n'en sache pas plus long que moi sur le sujet. Nous, magiciens de l'Ogdoad, avons appris mainte chose sur le monde, mais il y en a qui nous échappent, cependant, et dans les derniers âges, nous n'avons pas nécessairement partagé notre savoir les uns avec les autres. Il y avait une bonne raison à cela.

Will se frotta le nez.

— À cause du traître parmi vous ?

— Nous ignorions qui il était — lui-même, aussi, semble-t-il. Nous savions seulement qu'il n'accepterait pas de renoncer quand sont tour serait venu de disparaître et donc, à mesure que nous étions moins nombreux, son influence relative dans le groupe ne fit qu'augmenter. Quand je découvris les tricheries de Gruech, ce qui se produisit après que j'eus trouvé des fragments du *Livre noir* en sa possession, je m'en ouvris à Semias, mais pas à Masgull.

— Pourquoi cela ?

— Parce qu'à ce moment-là, il était devenu clair pour moi que le traître ne pouvait être que lui — puisque Semias, phantarch, était destiné à s'en aller se perdre dans le Grand Nord, le moment venu. Ne restait donc que Masgull.

— Mais Semias n'a-t-il pas tenté de vous aider contre ce dernier ?

— Comment aurait-il pu choisir entre nous deux ?

— Mmh.

Will regarda danser un moment les dernières flammes vacillantes du feu, puis se releva pour aider Gwydion dans les préparatifs de départ.

— Maître Gwydion, pourquoi n'avons-nous pas analysé avec la baguette de coudrier le sol autour de Ludford, pour y déloger cette pierre dont vous dites qu'elle y est enterrée ?

— Parce qu'il est bien plus urgent d'en dénicher une autre, celle vers laquelle pointe la pierre dragon.

— Qu'est-ce que vous entendez par « pointe » ?

— Pendant que tu séjournais à Foderingham, j'ai voyagé loin et consulté bien des personnages de grand savoir, mais n'ai guère entendu parler du lorc, et le peu que j'ai amassé sur le sujet n'était pas fiable. Cependant certaines histoires n'étaient pas dénuées, à mon avis, d'un fondement de vérité. De la même façon que certains vers relient les pierres jumelles, les inscriptions gravées sur les batailleuses rattachent l'une à la suivante. C'est pourquoi on peut les lire de deux façons. Ce pourrait être un vestige de quelque mécanisme magique. Peut-être une sécurité. Une façon d'induire l'adversaire en erreur. Je ne sais. Mais chaque pierre découverte nous conduira à la suivante, aussi longtemps que nous serons assez malins pour déchiffrer les indices qu'elle porte. Et qui plus est, j'ai l'intuition qu'il existe un ordre préétabli, selon lequel les roches sont destinées à se réveiller chacune à son tour.

— Savez-vous laquelle est censée s'éveiller la première ?

Gwydion se tapota la barbe d'un air contrit.

— Ce pourrait bien être celle qu'on appelle la pierre du destin. Mais je n'en suis même pas certain.

— Savez-vous combien il y en a ?

— Neuf peut-être, ou bien dix-neuf.

L'enchanteur poussa un soupir et décida d'annoncer la donne sans y aller par quatre chemins :

— Si nous étions adeptes des jeux de hasard, je miserais sur le chiffre trente-neuf.

— *Trente-neuf ?*

Will ferma les yeux, les rouvrit.

— Trois fois treize. C'est un nombre aussi probable qu'un autre — et beaucoup plus que certains. (Will poussa un profond soupir de découragement.) Ne nous laissons pas accabler sous le poids des nombres. Mais pour ce qui est des deux sortes de pierres batailleuses, les plus grandes et les moindres, j'avais raison, et aussi sur le fait que seules celles de la grande espèce appellent la bataille. Alors, vas-tu me demander, à quoi servent les moindres ? À rien en elles-mêmes, semble-t-il. Elles se contentent de servir de bornes en quelque sorte, mais mon hypothèse est que leur présence est nécessaire pour que le lorc pompe la force tellurique et soit en mesure de diriger son pouvoir de nuisance.

— Notre tâche n'en sera que plus difficile, observa Will. Parce que nous pourrions découvrir des spécimens de la petite espèce, alors que nous cherchons ceux de la grande.

— Plus que probable. Mais nous n'en sommes pas là. Si nous pouvions découvrir une pierre batailleuse de plus, ce serait déjà bien. Notre quête peut sembler décourageante, mais il nous faut d'abord nous rendre à l'endroit que désigne la pierre dragon, puis trouver la suivante, puis encore la suivante, et ainsi de suite jusqu'à ce que nous arrivions à la pierre du destin.

— Mais si les pierres batailleuses sont en aussi grand nombre que vous le dites, cela pourrait durer des années !

— Je ne vois pas d'autre façon de procéder. Au moins, à ce moment-là, tu seras devenu pleinement adulte et tu disposeras de l'intégralité de tes pouvoirs.

— Alors la guerre sera bel et bien déclarée, terminée et derrière nous !

— Allons-y, que j'essaie de reprendre ton instruction.

Tandis que les journées de printemps continuaient de rallonger et que le soleil du plein midi était de plus en plus haut, Gwydion tâchait d'enseigner à Will le truc pour ouvrir son esprit.

— Nos sens sont limités. Aucun homme ne voit, n'entend, ne sent l'univers dans toute sa gloire. Tu dois apprendre à laisser tomber les barrières que tu as érigées pour te défendre contre le monde tel qu'il est dans son essence véritable.

— Mais comment, maître Gwydion ?

— Interroge-toi d'abord sur la différence entre voir et regarder, ou celle qui sépare entendre d'écouter, et tu vas commencer à saisir ce qu'il faut que tu obtiennes de ton esprit. Tu as eu suffisamment de leçons pour savoir ce qu'est la concentration. La première étape, c'est justement le contraire de ça.

Mais Will trouva la chose plus difficile, en pratique, que ne l'avait présentée Gwydion. Ils arpentaient la contrée du nord au sud et de l'est à l'ouest, la baguette de coudrier à la main, en vain, jusqu'à ce qu'un après-midi, ils arrivent au hameau d'Aston Oddingley.

La matinée avait été pluvieuse et Gwydion n'avait cessé de contourner les fermes, d'éviter les manoirs, et à présent il venait de tirer Will par la manche, pour qu'ils quittent la route et s'installent à l'abri des regards, le temps de prendre leur collation.

— Comme tu le sais, dans certains endroits je suis accueilli à bras ouverts, expliqua-t-il, tandis qu'ils se fondaient dans la nature. Dans d'autres, non. Le propriétaire de ces terres est le baron Clifton, dont tu te souviens peut-être pour l'avoir vu à Clarendon. Il portait ses couleurs : six anneaux d'or sur fond rouge et son blason était le dragon rouge.

Will opina du chef.

— Barbe noire taillée court et mine sournoise ?

— Tu te le rappelles.

— J'imagine que nous ne sommes pas les bienvenus ici, alors.

— Bien deviné. Il a mis ses gens en garde contre moi, il serait donc imprudent de passer parmi eux sans nous dissimuler ou même de nous montrer. Le seul secours que nous obtiendrions, ce serait mots grossiers et chaînes plus rudes encore.

Ils se reposèrent à l'abri d'une haie que Gwydion avait couverte de sa houppelande et se contentèrent, pour éviter la fumée, d'un bref et maigre feu de brindilles, tâchant de se réchauffer sous le mince crachin. Des perles d'eau, presque de la rosée, venaient se déposer sur le paletot de laine de Will : on eût dit de minuscules diamants. La pluie n'avait pas l'air de vouloir s'arrêter et le ciel se défaisait en lambeaux, crevait en rais obliques d'un gris lourd. Will fit un effort pour « ressentir le moment », comme le lui avait appris Gwydion, et quand il y réussit, il trouva une beauté indicible à ce ciel, que son intelligence ordinaire avait catalogué comme gris, lamentable, sinistre.

— Alors, fit Gwydion, une étincelle dans le regard, tu ne m'as toujours pas raconté comment s'est passée ta vie à Foderingham.

Will gloussa de rire.

— Ma foi, c'était assez confortable, comparé à celle de coureur de layons.

— J'avais espéré que la vie de château t'aurait enseigné des leçons plus essentielles.

— J'ai appris à chasser le sanglier et traquer le daguet — qui, comme je le découvris plus tard avec une certaine déception, n'est autre qu'un daim dans sa troisième année. Ils m'ont montré les diverses sortes de chiens courants et d'arrêt, celles qu'utilisent les verduriers, et comment on se sert des faucons pour attraper les pigeons, ainsi que la différence entre les vervelles et les créances, et à quoi reconnaître les variétés de faucons. Ils m'ont enseigné que l'essentiel en matière de fauconnerie, c'est d'avoir la poigne ferme... Oh, et mille autres choses encore.

— Et pas de combats ?

— Au bout de quelques mois, ils ont commencé à m'initier au maniement de l'épée et du bouclier, et aussi d'une longue épée qu'ils appellent une main et demie — balancer la lame dans l'attaque et parer en défense. Je leur ai dit que je préférais le bâton court, mais Edward n'arrêtait pas de se moquer de moi. Il m'appelait Willy-qui-frétille-du-bâton. Alors, j'ai laissé tomber.

— Eh bien, c'est un imbécile, et toi aussi. Il n'y a pas d'arme plus efficace que le bâton, quand il est manié par quelqu'un qui sait bien s'en servir, fit Gwydion en tapotant le sien. Même si peu de nobles seigneurs en connaissent les secrets.

— J'ai dit à sir John que vous n'aviez jamais de métal sur vous, si ce n'est un petit couteau de fer d'étoile. Il a affirmé que c'était de l'entêtement stupide. Il m'a fait réciter par cœur le nom de toutes les parties d'une armure, puis m'a appris à les mettre dans le bon ordre. J'ai dû porter une cotte de mailles et de l'acier, jusqu'à m'y sentir aussi à l'aise que dans une chemise de soie. Puis il m'a inculqué comment chevaucher en armes et me servir de ma lance pour frapper la quintaine, qui n'est pas un poème de cinq vers, comme je le croyais, mais une chose en bois, brutale, qui tourne sur votre passage et cherche à vous assommer pour vous faire tomber de cheval.

Quand Will se tut, Gwydion lui demanda :

— Et ces leçons, elles t'ont plu ?

— C'était passionnant, en un sens... (Il haussa les épaules.) Mais c'était toujours tuer, tuer. Tuer des animaux, tuer des oiseaux, tuer des gens, ou essayer de ne pas se faire tuer soi-même. Ce que je sais à coup sûr de la vie des seigneurs, c'est que tout y tourne autour de la mort, et même du meurtre ; j'ai l'impression qu'ils n'ont rien d'autre à l'esprit. Ils sont si orgueilleux, maître Gwydion, et pourtant si effrayés, au fond. J'ai vu bien des fois un faucon crécerelle fondre sur un mulot et le mettre en pièces, mais lui fait ça parce qu'il a faim ou pour nourrir ses petits. Tandis que quand les hommes tuent, c'est poussés par la haine... ou alors... ou alors...

Gwydion avait les yeux fixés, souriants, sur l'horizon à l'ouest.

— Les sept faux pas découlent des trois faiblesses. La haine est l'une d'elles. Et elle pénètre le cœur des hommes, principalement, par le mensonge, qu'on enseigne aux petits et qu'ils tètent avec le lait de leur mère, ou aux vieux, plus tard, quand les plus faibles ont appris à croire n'importe quoi, du moment que cela les arrange. C'est comme ça qu'ils se laissent prendre par ce que colporte la confrérie. À quelques exceptions près, c'est la jalousie, la haine ou la peur qui font que les êtres humains se blessent ou s'entretuent. Ces trois faiblesses-là, nous enseigne la magie, l'homme sage se doit de les éviter, coûte que coûte.

— La jalousie, la haine et la peur, comme celles qui s'agitent dans les mensonges qui suitent des pierres batailleuses.

Gwydion hocha la tête.

— C'est tout à fait ça. J'aime à constater que tu sembles t'être débarrassé de ces peaux mortes, ces déguisements qu'on t'a mis sur le dos à Foderingham.

Will vit là une occasion de se décharger de son fardeau.

— Vous voyez bien, maître Gwydion, pourquoi vous devez vous tromper à mon sujet. Je ne puis être la troisième incarnation du roi Athur : je n'ai pas les dispositions qui font un roi guerrier.

— Voilà une réflexion fort à propos. Dans sa première incarnation, Arthur était un aventurier, dans la deuxième, un roi guerrier. Qui sait en quoi il sera réincarné dans sa troisième et ultime forme ? Peut-être un jeune crétin entêté.

— Qu'est-ce que je disais ? s'exclama Will, que l'idée divertissait beaucoup. Quel intérêt y aurait-il à ce qu'il revienne dans la peau d'un homme ordinaire ? Et surtout, ordinaire comme moi. Il ne ferait pas ça, non ? Comment cela pourrait-il l'aider à sauver le royaume ?

Il se rejeta en arrière en riant, les yeux fermés. Puis il se laissa glisser dans cet état de conscience flottante qu'il avait appris à cultiver, depuis quelque temps.

L'instant d'après, il s'était redressé d'un bond :

— Par la lune et les étoiles, maître Gwydion !

— Qu'y a-t-il, mon garçon ?

— Il y a... Il y a une pierre par ici.

Gwydion le dévisagea attentivement.

— Tu en es sûr ?

— J'ai senti quelque chose. Juste là, tandis que je cherchais à ouvrir mon esprit. J'ai eu l'impression de marcher endormi dans la brume, et le sol au-dessous de moi était fait de roches escarpées, et en contrebas montait la brume...

— Désigne-moi la direction dans laquelle se trouve la roche.

— Je... Je ne peux pas dire exactement.

Will ferma les yeux, écarta les bras et commença à se balancer lentement d'avant en arrière, comme un épouvantail dans le vent. Quand il rouvrit les yeux, il dit :

— Maître Gwydion, que se passe-t-il si une construction a été édifiée à l'endroit où est enterrée une pierre batailleuse ? Comment faire pour la relever et la sortir si le propriétaire ne veut pas nous laisser entrer ?

— Pourquoi poses-tu cette question ?

— Parce que j'ai peur que ce spécimen-là ne soit couché tout à côté, sous le manoir de Lord Clifton.

Gwydion lui agrippa le bras.

— Tu en es sûr ?

— C'est... juste une impression.

Gwydion alla se placer derrière lui et demanda :

— Cette pierre, est-elle plus forte ou moindre en puissance que la pierre dragon ?

— Moindre, répondit Will sans hésiter. Mais à peine. Peut-être d'un huitième.

L'enchanteur plissa les yeux en hochant la tête, émerveillé.

— Tu peux être aussi précis ?

Will ferma les yeux une fois encore et soupesa la pierre, par la pensée.

— C'est aussi précis comme impression que de voir deux hommes et de dire lequel des deux est le plus grand. Je peux dire qu'il s'agit d'un exemplaire assez petit — en poids et en taille. Haut comme un enfant de quatre ans, avec un tour de taille tel qu'un homme peut l'encercler de ses bras. Il me semble que je pourrais le soulever tout seul, mais pas parvenir à le porter bien longtemps.

Le mage se mit à faire les cent pas, très excité.

— Comment peux-tu savoir tout ça, quand la pierre est sous terre, et à deux lieues d'ici ?

— Je l'ignore, mais la ligne est très facile à repérer, je la sens bien. Peut-être est-ce le soleil et la lune. Je n'ai jamais rien perçu d'aussi net. Peut-être cela a-t-il quelque chose à voir avec l'endroit où je me suis installé pour me reposer. Nous sommes en plein dessus.

— Remarquable.

Gwydion dansait d'un pied sur l'autre, hochant la tête : il

réfléchissait. Un moment plus tard, il fit signe à Will de le suivre, mais il ne prit pas la direction du manoir.

— Viens, Willand, il faut nous mettre en route.

— Mais où allez-vous ?

— Je crois que, finalement, nous ferions mieux de ne pas approcher cette pierre, même si ce pourrait être une de celles qui sont les plus puissantes.

Will était sidéré de la décision du magicien.

— Ne pas l'approcher ? Après toutes ces semaines que nous avons passées à en chercher une ?

— Il nous faudra revenir plus tard, bien entendu, fit Gwydion, invitant Will à le suivre. Mais d'après ce que tu m'as dit, il ne peut s'agir du specimen que nous cherchons.

— Comment en êtes-vous certain ?

— Je n'en suis pas certain. Les certitudes sont choses rares, en ce qui concerne les pierres batailleuses. Mais la pierre du destin doit être plus puissante que la pierre dragon et le *Livre noir* dit que « la dernière plantée sera aussi la plus meurtrière ». J'en ai tiré l'interprétation suivante : la première grande bataille fera rage à l'endroit même où repose en ce moment la Pierre du destin. Nous devons la chercher ailleurs.

— Mais celle-ci est déjà passablement puissante ! Ce n'est probablement pas une borne, s'indigna Will. Il y aura une bataille ici aussi, en fin de compte.

— Cette pierre ne sera probablement pas dangereuse avant quelques années, et il peut se passer beaucoup de choses en six mois, susceptibles de rendre plus facile la solution du problème. Je préfère profiter de ce moment où la ligne de lorc est forte pour tâcher de la suivre.

Will jeta derrière son épaule un regard au manoir, et une douleur aiguë le fit porter la main à son bras et crier.

— Qu'y a-t-il ?

— Rien, maître Gwydion. Juste une crampe.

Mais ce n'en était pas une et il le savait bien. Il se frotta le bras, et la sensation atroce sembla descendre pour se fondre dans le sol et disparaître. Il haussa alors les épaules et, comme son regard croisait celui de l'enchanteur, observa :

— Il y a une chose que je sais : si j'étais le duc Edgar je choisirais de lever une armée ici plutôt que n'importe où ailleurs.

— Qu'est-ce qui te fait dire cela ?

— Il n'y a pas de château, et vous lui avez dit, un jour, de les éviter, sous peine de mort.

Gwydion hocha la tête et, dans un sourire :

— C'est ce que je lui ai dit, en effet, Willand. Et tu as raison, voilà encore un indice dont nous devrons tenir compte.

Ils découvrirent que la ligne sur laquelle était installée la pierre batailleuse d'Aston Oddingley traversait la contrée d'est en ouest. Les jours suivants, le courant enfla de façon significative, si bien qu'ils furent en mesure de le suivre, plein ouest. Puis ils le perdirent et le lorc dut faire un crochet vers le nord, hésitant au hasard de méandres sans fin, jusqu'à ce qu'en traversant une rivière du nom de Trennet qui marquait la limite du comté de Staffe, alors que la lune se levait, Will sentît de nouveau bouger quelque chose. Il sut immédiatement de quoi il s'agissait et que cette ligne-ci était différente de celle qu'ils avaient suivie jusqu'alors. C'était difficile à expliquer.

— Elles ne sont pas si dissemblables que le goût du cidre et celui de la bière, mais tout de même assez ; on pourrait comparer cela au parfum de deux fleurs, si vous voyez ce que je veux dire.

— Si c'était le cas, répondit Gwydion, je serais bien plus avisé que je ne le suis, hélas !

— Eh bien, lui répliqua-t-il, avec un large sourire, il va vous falloir me croire aveuglément, juste comme vous l'attendiez du duc Richard à votre égard.

Et Gwydion approuva, dans un rire :

— Bien dit !

Finalement, aidés de la pleine lune, ils arrivèrent devant ce que Will assurait être une pierre batailleuse. Elle était à moitié enfouie dans le sol, dans un méandre de la Churnet.

Les habitants du comté de Staffe, comme ceux du comté de Warrewyk, étaient, d'après Gwydion, les plus sages du royaume. Les gens du cru, les villageois de Cheddle, refusaient de s'approcher de l'endroit où reposait la roche, tout au bout d'un champ de ciboule. On l'appelait la pierre du fléau, et l'on racontait que quiconque la toucherait tomberait raide mort avant la prochaine lune.

— Je suis venu ici souvent et j'ai entendu parler de cette pierre depuis des générations, confia Gwydion. Mais il existe des dizaines de milliers de ces blocs rocheux dispersés dans le royaume et un grand nombre d'entre eux ont soit mauvaise réputation, soit manifestent vraiment une nature maligne. Ainsi donc, celle-ci est une pierre batailleuse, hein ? Quelle chance que tu sois là pour me la désigner.

Il y avait quelque chose de sarcastique dans le ton du magicien, et même de sinistre. Il flottait dans l'air un parfum d'ail sauvage. À la vue de la pierre, Will eut la chair de poule. Quand Gwydion l'envoya tester le sol alentour avec sa baguette de sourcier, il trouva quatre courants d'influence, deux qui convergeaient vers la pierre, deux qui s'en éloignaient. À nouveau, il était en mesure de ressentir les différences entre eux.

— Ah ! fit Gwydion en se penchant pour examiner les fleurs des champs, un peu rabougries, qui poussaient là. Ce doit être parce que deux courants se coupent en cet endroit.

— Celui qui est orienté nord-ouest, sud-est est le plus fort, annonça Will, tandis que l'instrument en coudrier bondissait soudain dans sa main.

— Là ! Ce doit être la ligne désignée dans le *Livre noir* sous le nom de « Mulart », d'après le sureau. L'autre est, forcément, « Bethe », nommée ainsi d'après le bouleau.

— Les lignes ont des noms ? murmura Will. Vous ne me l'aviez pas dit. Il y a trop de choses que vous gardez pour vous.

— Allons bon ! fit Gwydion en pointant le menton. Alors, que je te dise : le lorc est constitué de neuf grandes lignes. Au vieux, vieux temps, elles avaient nom : Eburos, Caorthan, Indonen, Tanne, Collen, Celin, Mulart, Heligan et Bethe. En voilà peut-être assez, pour l'instant, pour rassasier ton appétit de savoir et calmer ta mauvaise humeur ?

— Puisque vous savez tout cela, pourquoi ne pouvez-vous pas les trouver vous-même ?

— Je te l'ai déjà expliqué, la connaissance du tracé de chaque ligne est perdue depuis longtemps. Fais attention ! Il nous faut approcher la pierre.

— Allez-y sans moi, lança Will. (Une répugnance soudaine, obstinée, s'était emparée de son esprit.) Je crois que vous avez trouvé le *Livre noir*, en secret, et que vous ne voulez rien m'en révérer !

Quand le magicien se retourna, il arborait un mauvais sourire, le doigt pointé comme un démon malfaisant.

— Tu es trahi ! s'écria-t-il, levant un doigt crochu de sorcier. Un deviendra deux ! Tu vas mourir !

Une image parfaitement vivante se glissa dans l'esprit de Will, celle d'une herse de pont-levis qui descendait d'un coup et le coupait en deux. Son courage fragile flancha et il s'enfuit à toutes jambes. Quand Gwydion le rattrapa, il était assis dans l'herbe, la tête entre les mains.

— Willand, Willand...

— Allez-vous-en !

Il tremblait.

— Parle-moi.

— Pourquoi avez-vous fait ça ?

— Quoi donc ?

— Dit que j'étais trahi ! Qu'un deviendrait deux et que j'allais mourir !

— Jamais je n'ai dit que tu étais trahi ou que tu allais mourir. Tu dois l'avoir imaginé.

Will releva la tête. Il était en colère.

— Je pensais que vous étiez Masgull !

— Masgull ?

— Il est sorcier, hein ? Il aurait pu avoir pris votre place, la nuit dernière, pendant que vous dormiez. Pour vous, tout va bien, vous êtes un enchanteur. Votre esprit est un œuf bien à l'abri dans le Grand Nord. Rien ne peut vous atteindre !

— Si tu crois que je suis protégé du mal, réféchis un peu. Je t'ai dit plus d'une fois que le pouvoir que recèle une pierre batailleuse est largement suffisant pour me détruire. Je ne m'en approche jamais à la légère, et d'ailleurs tu ne... (Gwydion se tut soudain et leva les mains au ciel.) Mais écoute-moi ça ! Quelle paire nous faisons ! Nous sommes en train de nous sauter à la gorge comme Nag et Blaggard. À ton avis, c'est dû à quoi ?

Will dut faire un immense effort pour s'éclaircir les idées.

— C'est... C'est la pierre.

— Si nous recommencions, depuis le début ?

Will réussit à se remettre debout et contraignit son esprit à ouvrir une brèche. Un minuscule éclat de terreur entra et jeta son étincelle à l'intérieur de son crâne, mais il la chassa sans pitié et par la contrainte, réussit à obtenir de ses pieds qu'ils le portent en avant. Comme ils progressaient vers la pierre menaçante, le soleil passa derrière un nuage et la douleur que Will avait au ventre s'intensifia tout à coup.

La roche n'était pas très grosse — deux hommes forts auraient suffi à la soulever, une fois dégagée. Mais elle était partiellement enfouie dans le sol, dans une position scabreuse, un peu comme une jambe cassée, un navire en train de sombrer ou la tour d'un château écroulé. Peut-être quelqu'un avait-il déjà essayé de la libérer, mais sans y parvenir. En grinçant des dents, Will obtint de ses jambes réticentes qu'elles l'amènent plus près, d'un pas encore.

— N'y touche pas !

Et alors, faisant le contraire de ce qu'il avait recommandé à Will, le mage s'approcha du bloc et posa la main, paume ouverte, sur son flanc. Les mots qu'il murmura appartenaient à la vraie langue :

— *Acil na dorcais an gealach agish greane...*

Gwydion avait posé une question qui exigeait réponse. Il demanda l'aide de son jeune compagnon :

— Willand, que dis-tu de ça ?

Will écarquilla les yeux pour examiner la surface verruqueuse. Comme il ouvrait son esprit un petit peu plus, une puanteur effroyable lui sauta aux narines et son ventre se tortilla, comme s'il était plein de vers. L'horreur de ce qu'il avait sous les yeux lui provoqua un haut-le-cœur. Aux abords immédiats de la pierre, le goût des deux lignes de lorc se combinait, pour fabriquer une amertume puissamment écœurante qui lui emplit la bouche et l'obligea à cracher.

— Ce spécimen n'est pas de ceux que nous cherchons, dit-il en s'essuyant la bouche. Il appartient à la moindre espèce.

— Tu en es sûr ?

— Oui.

— Et il n'y a pas de vers gravés.

Will s'étouffa à moitié, tandis qu'une nouvelle vague de dégoût lui soulevait les entrailles.

— Un mot seulement, gravé à l'une des extrémités.

— Lequel ? demanda Gwydion en se penchant pour regarder par lui-même.

— *Duirre*, « chêne ».

— Voilà. Pas de vers. Pas d'indice.

— Tant qu'elles sont pleines de malignité, ces pierres ne délivrent que les signes qu'elles veulent bien révéler ! Peut-être faudrait-il la purger pour en savoir plus !

Les yeux de Will se mirent à lui piquer. Il battit des paupières et des larmes de sang se mirent à couler. Gwydion l'empoigna pour l'éloigner en toute hâte. Il réussit à parcourir, tant bien que mal, en boitant et se traînant, une centaine de pas, avant de s'effondrer.

— C'est fini, lui dit l'enchanteur. Tu as fait tout ce qu'on te demandait. Repose-toi, maintenant.

Lentement, la nausée reflua et Will commença à se sentir mieux. Il s'assit sur l'herbe humide, le cœur battant la chamade. Au bout de quelque temps, les battements reprirent un rythme plus régulier.

— Cette pierre du fléau est en fait l'une de celles dont il est question dans le *Livre noir.* Il y est dit que c'est la deuxième par ordre de puissance, dans la catégorie de celles de moindre importance. Ce n'est pas négligeable, mais ce n'est pas, hélas, ce que j'espérais découvrir !

Will était étendu, le coude dans l'herbe, la tête dans la main. Il refusait de penser à la pierre du destin. Ce qu'il venait de subir était déjà bien assez atroce. Avec appréhension, il interrogea le mage :

— La question est celle-ci, maintenant que nous l'avons trouvée : qu'est-ce que vous voulez en faire ?

— Il nous faut la lever.

Will ne put retenir un gémissement.

— Elle n'est pas là depuis plus longtemps que les autres. Pourquoi relever celle-ci, et pas la précédente ? Ce n'est pas un an ou deux de plus…

— Je crois que nous ne devrions pas la laisser ici.

— Vous ne voulez pas dire que vous allez essayer de la purger ?

— Oh, ce serait beaucoup trop dangereux. Et inutile. Mais nous devrions la déplacer. Si le lorc reprend son activité, les bonnes gens de Cheddle et des autres villes et villages alentour pourraient être attirés jusqu'à elle, et blessés.

— Bien, maintenant dites-moi le vrai motif.

Gwydion jeta son bâton au sol.

— J'ai de bonnes raisons de croire que le fait de retirer du circuit une borne pourrait retarder l'éveil des autres pierres.

— Et où vous proposez-vous de l'emporter ? Où serait-elle sans risque ? Vous avez enchaîné la pierre dragon avec des sortilèges, mais elle a réussi à laisser filtrer beaucoup de mal.

Le magicien le dévisagea avec acuité, puis il porta une main à sa bouche et se mordilla une phalange.

— Il y aurait bien un endroit. Reste ici pendant que je vais réduire cette pierre à l'impuissance, avec mes enchantements.

Après que Gwydion eut exécuté ses danses de magie, ils allèrent emprunter une carriole, des cordes et autres outils. Ils relevèrent la pierre du fléau, comme ils l'avaient fait de la pierre dragon, et prirent en direction du nord. Will dut cracher encore : il n'arrivait pas à se débarrasser du goût infect qu'il avait dans la bouche, pas plus qu'il ne réussissait à chasser de son esprit l'image de la roche, avec sa surface blême et verruqueuse, telle la peau du crapaud.

— Elle m'aurait vraiment tué, si je l'avais touchée ?

— Peut-être pas sur le coup, repartit Gwydion avec un sourire ironique. Mais tu peux encore essayer, pour voir.

Will s'enquit du genre de château où ils se rendaient cette fois-ci, et de quel gardien aurait la force de tenir tête aux murmures susurrés par la pierre. Mais Gwydion ne voulait rien en dire. Il préféra plutôt distraire Will avec des récits de la vie à Trinovant. Il parla de la grande flèche et de la salle blanche, puis de la tour blanche, où les souverains entretenaient une ménagerie, entre autres un énorme ours polaire, qu'on promenait au bout d'une longue chaîne et qui se rendait, par les beaux jours d'été, au bord de l'Iesis, où il attrapait truites et saumons pour son dîner.

Il finirent par arriver dans une contrée sauvage et désolée, et Will sut qu'ils touchaient à destination. Ils avaient parcouru de nombreuses lieues, et il se sentait loin de tout et exposé au danger, de nouveau. Il supposa que c'était dû aux défenses de la pierre, qui essayaient de s'en prendre à lui, mais il ne pouvait s'empêcher de jeter autour d'eux des regards inquiets en frissonnant.

— Où sommes-nous ?

— Haut les cœurs, répondit Gwydion. Tu es en sécurité. Personne ne s'aventure par ici.

Will n'en examina que plus attentivement les alentours.

— Et pourquoi ?

— Parce que ici, vit un lépreux.

— Un lépreux ?

— Ne prends pas cet air-là. Il n'est plus contagieux. C'est un homme que je connais bien, car c'est moi qui ai arrêté l'affection serpigineuse qui lui dévorait les chairs. Autrefois, il était maçon, et fameux maçon avec cela.

— Qu'est-ce qu'il construisait ?

— Il a travaillé toute sa vie à bâtir des tours et des clochers pour Ceux-qui-ne-voient-pas. Mais dans sa quarantième année, il a commencé à perdre la sensibilité du bout de ses doigts. Un jour, il a laissé tomber son marteau, qui a bien failli toucher l'un des Anciens du chapitre. Après quoi, la confrérie a découvert le pot aux roses et l'a renvoyé : il n'avait plus le droit d'œuvrer pour eux. Il était trop fier pour quémander la charité en tendant la main à travers les barreaux d'un lazaret. Au lieu de cela, on l'a conduit dans un endroit tranquille où vivre en solitaire, non loin du village où il était né.

— Ici ?

Gwydion désigna la falaise rocheuse dont ils approchaient.

— Anstin le lépreux vit seul dans une grotte, là-bas. J'ai réussi à enrayer sa maladie, mais aucun de mes enchantements n'a pu réparer les dommages causés à ses mains et son visage, ni les restaurer dans leur état premier. Pour cela, j'étais impuissant, car c'était arrivé pendant l'époque où il était employé par Ceux-qui-ne-voient-pas et l'origine du mal était dans son cœur troublé.

Will ouvrait grand les yeux : la lande sinistre et désolée, les touffes rabougries de bruyères et de genêts, les broussailles et puis, ici et là, la roche à fleur de sol.

— Comment survit-il dans cette désolation ?

— Ici, c'est une carrière désaffectée. Les outils de travail d'Anstin sont arrimés à ses moignons par des courroies de cuir. Il gagne sa pitance en sculptant des statues dans la pierre qu'il trouve à profusion autour de lui. Une sœur dépose à boire et à manger, chaque semaine, à proximité de son abri et emporte le travail fini qu'il laisse à son intention, mais jamais elle ne lève les yeux sur lui.

— C'est bien triste.

— Je suis persuadé qu'il n'est pas de meilleur endroit pour la pierre du fléau que la grotte d'Anstin, car il n'y touchera pas, et personne d'autre n'oserait s'aventurer par ici. L'expédient est loin d'être parfait, mais il faudra bien s'en contenter jusqu'à ce que je puisse mettre la main sur la jumelle et la transporter.

— Mais vous n'avez même pas encore retrouvé celle de la pierre dragon, objecta Will, avec un regard de côté. Je pensais que c'était l'un de vos objectifs, quand vous avez quitté Foderingham.

— Il y avait bien d'autres préoccupations plus urgentes que cette roche, qui est, ne t'en déplaise, malgré tes craintes, bien moins dangereuse, prisonnière, qu'elle ne l'était en liberté.

Will jeta encore un coup d'œil à la pierre du fléau, se demandant si la réticence du magicien à prendre les mesures qui s'imposaient était le fruit de son influence maligne.

— Qu'arriverait-il si vous vous trompiez en essayant d'apparier deux spécimens qui ne sont pas faits pour aller ensemble ?

— Ce serait ma dernière erreur, j'en ai peur.

La carriole brimbalante s'arrêta et Will commença de percevoir le cliquetis d'un ciseau de maçon. Une légère odeur de chair en voie de décomposition flottait dans l'air et fit se retourner Will tout soudain, comme s'il soupçonnait la pierre.

— Ce serait mieux que tu descendes ici, pour m'attendre, suggéra Gwydion.

Will se tint à l'entrée de la carrière, tandis que Gwydion prenait les rênes et s'avançait à l'intérieur. Le cliquetis dû à la blessure infligée à la terre s'arrêta. Will s'assit sur un rocher, à ressasser les paroles de l'enchanteur, tout en montant la garde auprès de ses pensées, tandis qu'elles se portaient sur Anstin. C'était une malheureuse destinée, celle que Gwydion venait de lui révéler, et Will se demanda combien d'autres personnes, à travers le royaume, étaient aux prises avec une tristesse solitaire, comme celle-ci, qui n'aurait jamais dû advenir. « Si j'étais roi, songea-t-il, j'instaurerais un jour de Tristesse, où tous les blessés de la vie pourraient défiler ensemble et chanter d'une seule voix. Voilà qui serait d'un vrai souverain, et bien mieux que tout cet appétit de richesses, et ces querelles intestines. »

Il se força à regarder à l'intérieur de la carrière et à jeter un coup d'œil sur la forme que personne n'osait regarder, mais comme il contournait la roche qui marquait l'entrée, il fut arrêté par un spectacle si inattendu que ses mains retombèrent, inertes, le long de son corps, car deux silhouettes humaines, parfaites, nues, flanquaient l'ouverture, grandeur nature et sculptées avec tant de grâce et de beauté que le souffle lui manqua, et que les larmes lui montèrent aux yeux.

— C'est un lépreux qui a fait ça ? s'étonna-t-il.

Et puis, il se rappela un dicton : « La beauté véritable a souvent la peau tavelée, mais c'est un fruit délicieux. »

Il renoua ses tresses en attendant, tout en songeant à Willow ; elle lui manquait plus que jamais. Puis Gwydion vint à sa rencontre, conduisit la charrette à l'intérieur de la carrière pour décharger la pierre. Sept éclairs de lumière bleue fusèrent sur la roche. Il y eut un coup de foudre intense mais silencieux, puis une atmosphère plus douce s'installa, avec le bruit d'un sanglot. Quand Gwydion réapparut, ils s'installèrent sur la carriole et se remirent en route : ils avaient un long chemin devant eux pour rentrer à Cheddle. L'enchanteur ne dit mot de ce qui s'était passé dans la grotte d'Anstin, et Will n'eut pas le courage de le questionner.

CHAPITRE DIX-NEUF

L'ombilic du monde

APRÈS QU'ILS EURENT RAPPORTÉ LA CARRIOLE à Cheddle, Gwydion pressa Will de reprendre la recherche du tracé des lignes de lorc, que ce soit Bethe ou bien Mulart ; mais c'était plus vite dit que fait.

— Le fait que nous ayons enlevé la pierre du fléau semble avoir amoindri les courants, expliqua Will au mage.

— Il se peut que j'aie gagné du temps sur le lorc, observa Gwydion. Mais il se peut aussi que je sois allé chercher des verges pour nous faire fouetter.

— Ce que je sens, en tout cas, c'est que nous avons repoussé le flux plus profondément sous la terre.

Will s'aperçut que la force d'une ligne donnée n'était jamais constante. Cela variait avec le temps qu'il faisait, avec la nature et l'aspect du sol. Cela montait et descendait selon un rythme journalier, combiné à un mouvement mensuel, un peu comme les marées, et tout bien considéré le plus difficile consistait à le démêler des propres variations d'humeur de Will. Mais quelle que soit son humeur, il cherchait sans cesse, filant vers le nord pour ensuite redescendre au sud, et même si, une fois ou l'autre, il ressentit dans les bras et les jambes un léger fourmillement, la sensation ne durait jamais guère plus qu'une douzaine de pas, et puis il perdait la trace.

Un jour, comme ils atteignaient le village de Stoneyfold, au nord,

Gwydion perdit patience. Son bâton ponctuait sa marche, toc, toc, toc, tandis qu'ils suivaient un sentier dans les bois. Deux pies s'amusaient dans les branches au-dessus d'eux, très intéressées, manifestement, et fort curieuses de savoir qui s'en venait là. Le printemps était de retour et avec lui, les jours plus légers, plus doux — et plus longs. Le temps serait bientôt assez clément pour permettre aux hommes d'entrer en guerre. L'enchanteur avait cessé d'arborer, depuis peu, son masque de confiance tranquille. Après une matinée difficile où Will s'était montré plus indécis encore qu'à l'ordinaire, Gwydion voulut le faire accélérer avec une remarque un peu trop acerbe.

— Maître Gwydion, je fais du mieux que je peux ! rétorqua Will en s'arrêtant. Avec cette façon que vous avez de taper du bâton par terre, comment voulez-vous que je me concentre ? Et je n'arrive pas à me sortir ce verset de la tête ; c'est bien simple, il me rend fou.

— Quel verset ? Je n'ai pas prononcé le moindre fragment de poésie aujourd'hui !

— Celui sur la pierre dragon. Il est fait d'un rythme au long balancement, seize mesures, exactement comme vous marchez, et c'est ça qui me ronge.

— Tu as l'oreille musicale, bravo. C'est très bien, mais je préférerais que tu te consacres au sujet qui nous préoccupe.

— Je n'arrive à me consacrer à rien. C'est ce rythme, toujours là, obsédant, qui tourne en rond dans ma tête et me donne le tournis !

— La musique de la vraie langue est puissante, je te le garantis. Elle plante les idées dans le crâne bien mieux que les langues dégradées d'aujourd'hui. Même si, une fois traduits, les versets des pierres batailleuses ne gardent qu'un rien de leur puissance originelle...

Et sur ce, il entonna :

Fils ensorcelé du roi du Nord,
Reine de la lune dans le champ de son père,
Dragon de noirceur, éveille-toi pour le massacre !
Pierre solitaire, éloigne de nous la guerre !

— Qu'est-ce que ça peut bien vouloir dire ? demanda Will une nouvelle fois, soucieux et frustré.

Il énonça à voix haute la lecture croisée :

Roi et reine avec pierre dragon,
Ensorcelés par la lune, seuls dans la noirceur,

Dans le champ du Nord jamais plus ne s'éveilleront,
Le fils et le père, par la guerre tués.

— Cette transcription semblerait annoncer la mort au combat du roi Hal et de son fils, maître Gwydion. Mais ce ne peut être avant beaucoup d'années, car l'enfant marche à peine.

— D'un autre côté, remarqua l'enchanteur, cela pourrait faire allusion à un autre roi.

— Lequel ?

— Pas celui qui a été couronné, mais celui qui, selon les strictes règles du droit de succession, aurait dû l'être.

Will déglutit difficilement, car il n'avait pas envisagé cette possibilité.

— Vous voulez dire, Richard d'Ebor... et Edward.

Ils quittèrent le chemin forestier pour un sentier plus étroit, qui s'enfonçait profondément dans le bois en passant sous les hautes arches où jouaient toutes les nuances du vert, que le soleil diaprait. Quand ils sortirent, ils débouchèrent sur une allée bordée de chèvrefeuille. Un cerisier sauvage offrait à la brise suave la profusion de ses fleurs délicates. C'était si beau à regarder, ces pétales volant au vent léger, que Will s'étonna de ne jamais avoir remarqué auparavant, à ce point, la grâce subtile de la nature. Dans cet endroit de bonne allure, il ouvrit son esprit plus largement qu'il ne l'avait jamais osé.

— Il nous faut prendre au sud, annonça-t-il, sachant à peine pourquoi il avait dit cela.

— Le verset de la pierre dragon mentionne un roi nordique et un champ au nord, lui rappela Gwydion.

— Oui, et cependant je... Je sens qu'il nous faut aller au sud.

L'enchanteur hocha lentement la tête et sur son visage on pouvait lire que cette fois-ci, Will avait intérêt à avoir raison.

Ils célébrèrent Beltane à Aston Gravel, l'un des charmants petits villages installés au bord de la Rea. Gwydion se garda bien de révéler aux villageois que Will avait quinze ans ce jour-là, car il voulait lui épargner les occasions de rougir. Sur un caprice apparent de Will, ils firent un crochet de cinq lieues au nord-ouest, et sur une suggestion de Gwydion visitèrent Atherstone, puis poursuivirent jusqu'à Bilstone et s'attardèrent à Congerstone. Après quoi ils allèrent faire un tour à Shackerstone, ce qui les conduisit à

Snarestone, d'où ils poussèrent jusqu'à Swepstone avant de revenir à Odstone, par Nailstone et Barlestone.

— Il n'y a pas une région de ce royaume qui soit si étonnamment affligée de noms de lieux dérivés des pierres, remarqua le magicien. Es-tu sûr que tu sens le lorc, par ici ?

— Oui. À vrai dire... non. Enfin, je ne suis pas sûr. Mais il y a quelque chose. C'est comme une chanson fredonnée, en fond sonore. Ou un parfum, si vous voyez ce que je veux dire. Cela pourrait venir de ce côté — ou bien filer par là, plutôt.

— Mais ce sont deux directions complètement opposées ! Ah ! La barbe, Will ! Il y a de quoi devenir fou !

— Et moi, alors ? Vous croyez que ça ne me rend pas fou ?

— Ne me parle pas sur ce ton !

— Alors, ne me criez pas dessus non plus ! (Will pointa le doigt en avant.) Maître Gwydion, vous ne comprenez pas ce qui se passe. Je suis comme quelqu'un qui était aveugle de naissance et qui, tout d'un coup, voit. Eh bien, cet homme ne saurait pas davantage ce qu'il regarde que je ne sais ce que je ressens ! Vous ne pouvez pas me laisser un peu en paix ?

Trépignant de colère, il alla s'asseoir tout seul et se mit à gratter un bouton qui lui était venu à la joue. Ça faisait du bien de l'écorcher jusqu'au sang. Personne ne comprenait. Personne ne pouvait. Personne !

Quand il eut boudé tout son saoul, ils reprirent la route, vers l'ouest, en direction d'un endroit nommé la lande de Personne, et là Will déclara qu'il en avait assez de faire le sourcier et qu'il voulait manger. Ils installèrent leur camp et rompirent le pain, mais Will gardait l'air maussade et furieux et, juste comme il s'allongeait pour dormir, il sentit la ligne.

Cette fois-ci, en dépit de la confusion dans sa tête, elle était assez forte pour qu'il l'identifie sans conteste ; c'était Mulart, pas de doute.

Le lendemain, il essaya de rentrer en contact avec elle. Gwydion lui donna une baguette de coudrier fraîchement coupée et lui demanda de s'y prendre exactement comme la veille.

— Hier au soir, je voulais par-dessus tout que Willow soit là avec nous, dit-il en écartant les bras, la baguette dans les mains, prêt à chercher.

— Je me rends compte à quel point tu en es épris.

Will s'arrêta un instant, le temps de sourire.

— Vous savez, je l'ai aimée du premier instant où je l'ai vue. Je crois bien que c'est ma meilleure amie.

— Ce n'est pas... Edward ?

— Edward ? Non ! (Il lança à Gwydion un long regard de côté.) Willow et moi avons la même façon de voir, parce que nous sommes si différents, si vous voyez ce que je veux dire.

Il tenta d'exprimer le fond de sa pensée, sans résultat ; il se rendait bien compte que son langage manquait de précision.

— Edward, en même temps, c'est... c'est...

— Peut-être veux-tu dire qu'Edward te ressemble trop ?

Will secouait la tête : il ne se sentait pas à l'aise, et le souffle lui manquait.

— Edward n'est pas du tout comme moi. Il veut être un grand homme, et digne héritier de son père. Il est impétueux, démonstratif, et même il en fait trop. Je ne trouve pas que nous nous rapprochions en quoi que ce soit. Vous estimez, vous, que c'est le cas ?

— Il se pourrait bien que, en dépit des apparences, vous ayez beaucoup plus en commun que vous ne voudriez l'admettre. (Gwydion fit passer le poids de son corps d'un pied sur l'autre.) Que je te récite, Willand, le dit des conversions magiques. Il est tout simple : « Les contraires s'attirent. » Il en va souvent ainsi des gens. C'est peut-être pour cela que tu aimes Willow et, peut-être, qu'Edward et toi avez du mal à vous entendre aussi bien que vous le pourriez.

Will se gratta la tête.

— J'espère sincèrement qu'il ne lui arrivera rien de mal, maître Gwydion. (Et, un instant plus tard :) Maître Gwydion, vous êtes sûr de n'avoir rien fait pour amener Willow à Foderingham ? Rien de... magique ?

— Je n'ai rien fait. Tu peux me croire sur parole.

Will se sentit soulagé, mais cela ouvrait la porte à une autre interrogation, plus vaste, et à laquelle Gwydion ne pouvait pas répondre. Si personne n'avait, par enchantement, conduit Willow à Foderingham, alors comment une chose aussi improbable s'était-elle produite ? La pierre dragon les avait-elle réunis dans le seul dessein de les faire souffrir bien davantage, ensuite ? Ou peut-être Willow avait-elle raison : c'était le fruit de sa magie à lui, après tout. Se pouvait-il qu'il eût fait triompher son désir sans même le savoir ? Avait-il ce pouvoir entre les mains ? Le vieux Gort avait eu l'air d'en être persuadé. Peut-être était-ce ce qu'avait voulu dire

Gwydion en l'appelant l'enfant du destin ? Et peut-être, s'il *était bien* la réincarnation d'Arthur — et si Gwydion avait raison en affirmant que pour cette fois, Arthur n'avait pas forcément besoin d'être roi —, était-il promis à devenir une sorte de magicien…

Cette pensée-là était encore plus déstabilisante que de songer qu'un jour, il lui faudrait sans doute se battre pour le trône du royaume, parce qu'en tant que magicien, il devrait certainement affronter Masgull.

Comme ils erraient au petit bonheur, Will décida qu'il était grand temps de se concentrer sur sa tâche. Il remarqua que le sol changeait de nouveau — de l'argile lourde alternant avec du terreau brun et friable — et que les plantes qui poussaient là étaient différentes, elles aussi. Le Wortmaster avait dit qu'il fallait des siècles avant qu'une prairie naturelle s'installe à nouveau et prenne ses aises sur une terre à laquelle on avait fait porter des récoltes, aussi évitèrent-ils les champs labourés, de façon que Will puisse sentir, entre ses doigts de pied, la texture du tapis naturel où ses pas s'imprimaient. Ses yeux se délectaient des minuscules fleurs de toutes les couleurs qui revêtaient les talus, où le brun de l'humus se mêlait au blanc du calcaire. Il se laissait guider, jusqu'à ce que leur chemin devienne tout autre que celui qu'aurait choisi un vagabond ou un mage. Car même si les pieds de Gwydion connaissaient la route la plus appropriée et savaient trouver le meilleur sentier de moindre résistance, ils étaient incapables de localiser une ligne. Et d'ailleurs, aujourd'hui, Will aussi.

Les Middle Shires qu'ils traversaient leur présentaient l'aspect de riches terres agricoles, vertes et fertiles, avec des paysans bien nourris, mais plus ils y pénétraient, plus ils sentaient comme une ombre peser sur les bourgs et les villages. Partout où ils passaient, ils entendaient dire que le comte Marshal et les sergents recruteurs du roi étaient venus et avaient arraché les hommes à leur foyer. Dans les bourgs, on avait déjà levé des troupes enrôlées, et sur les terres des grands propriétaires des camps fleurissaient, dans lesquels on instruisait les nouvelles recrues dans les arts de la guerre.

Quand ils arrivèrent à Wootton-le-Dragon, dans le district d'Arden, Will inspecta les alentours d'un œil inquiet, car il avait à l'esprit le bestiaire de Lord Strange, avec les « bêtes ailées mangeuses d'hommes » qui y était décrites en regard du dessin adapté. Mais Gwydion, qui s'en était allé frapper à l'enseigne de la Tête de taureau, y apprit de la bouche de l'aubergiste une nouvelle bien plus inquiétante que la présence de n'importe quelle créature féroce. Le roi Hal avait finalement recouvré la santé, tout soudain, et la reine et le duc Edgar avaient trouvé dans cette brusque guérison prétexte à évincer le duc Richard et ses fidèles de toutes les fonctions officielles qu'ils occupaient jusqu'alors. Car à présent que le souverain était rétabli, il n'y avait plus place pour un quelconque lord Protecteur, même si, à vrai dire, les capacités intellectuelles de Hal lui permettaient tout juste de retirer aux membres du clan d'Ebor les fonctions dont ils vivaient pour les attribuer aux protégés de la reine. Déjà le comte Sarum avait perdu son ruban de chancelier et Lord Warrewyk n'était plus capitaine de Callas. Il n'y avait plus qu'une issue possible à tout cela.

— D'après la rumeur, les deux grands ennemis sont en train de se préparer à l'affrontement, leur confia l'aubergiste. Avant longtemps, nous aurons droit à un règlement de comptes.

Gwydion referma plus étroitement la main sur son bâton, tandis qu'il parlait à Will en aparté, avec une douceur véhémente :

— Masgull a bien choisi son heure, et voilà qu'il a levé le sortilège qu'il avait jeté sur la personne du roi, de sorte que tout ce que j'ai mis en place s'écroule !

— Ça se présente si mal que ça ?

— Cela anéantit tes espoirs que le conflit tarderait à éclater. Mais cela ne me surprend pas, car chacune des mesures que j'ai prises pour restaurer la bonne santé du royaume, l'ami Richard s'en est servi pour enrichir la maison d'Ebor et ses alliés. Je l'avais averti qu'un tel appât du gain le mènerait à sa perte.

— Pour nous, en tout cas, nous en tirons un bénéfice, observa Will, soucieux de préserver un peu d'espoir.

L'enchanteur leva un sourcil interrogateur.

— Quel bénéfice crois-tu que nous puissions retirer de ces nouvelles ?

— Eh bien, si la guerre approche, je suppose qu'il me sera plus facile de sentir les émanations du lorc.

Et Gwydion le dévisagea, bouche bée, rejeta la tête en arrière avant d'éclater d'un rire sonore, de lui donner une bonne claque dans le dos et d'observer :

— Ah, tu es un diamant parmi les hommes, Willand ! En vérité, en vérité : un diamant !

Le lendemain ils traversèrent l'Arfyn et puis la Stoore, et la nuit de la nouvelle lune Will se tailla une baguette de coudrier toute fraîche, et commença de sentir bouger quelque chose dans la terre.

— Est-ce que ce ne serait pas la ligne de Caorthan ? se demanda Gwydion, pressé de savoir, tandis qu'ils se penchaient pour examiner le sol. Nous ne sommes pas à plus d'une douzaine de lieues d'Aston Oddingley.

— Ce que je perçois, annonça Will, d'un ton incertain, est confus. Tout ce que je sais, c'est que mes pieds veulent aller dans cette direction.

— Toujours vers le sud ? interrogea Gwydion, qui avait l'air d'avoir des doutes. Pourtant, la ligne doit courir plus ou moins d'ouest en est.

— Je sens quelque chose qui m'attire à l'opposé, fit Will. (Il se rendait bien compte que le magicien était contrarié.) Ce n'est pas ça, à votre avis ?

— C'est toi qui dois avoir une certitude. Ouvre ton esprit. Lis-tu la terre comme tu le devrais ? Ou bien es-tu en train d'écouter les désirs de ton cœur ?

— Ils ne font qu'un, maître Gwydion.

— Tu crois cela, mais peut-être te trompes-tu.

Will sentit le ton coupant des paroles du mage, qui sonnaient comme une accusation.

— Vous ne me faites pas confiance ? Vous ne croyez pas que je cherche à vous conduire du bon côté ?

— Ne le prends pas mal. Il y a peut-être une pierre batailleuse dans le coin.

— Non, non. Je ne crois pas. Cette fois-ci, c'est juste que je suis en colère contre vous.

— Regarde-toi en face, Willand. Il y a quelque chose dans ton esprit qui interfère entre ta tâche et toi.

— Eh bien, je ne vois pas ça comme ça, maître Gwydion.

— Depuis trois jours, tu vas tout droit à la maison, comme une colombe qui rentre au pigeonnier.

— Une *colombe* ?

Gwydion plaça ses mains l'une contre l'autre et dit, avec un sourire désespéré :

— Cela fait trois jours que tu te diriges droit sur le val !

— Oh... (Les épaules de Will s'affaissèrent.) Je vois...

Il rentra en lui-même. Bien sûr, c'était vrai qu'il voulait rentrer chez lui. Et rien n'aurait été plus doux que de revoir son père et sa mère. Il porta la main au talisman qui pendait à son cou. Malgré tout ce qu'il avait appris, les mots gravés dessus restaient irrémédiablement incompréhensibles, hors d'atteinte. De nouveau, il le montra à Gwydion.

— Breona m'a dit que je portais cette amulette quand vous m'avez trouvé. Vous ne pouvez pas lire le message ?

— C'est une écriture que je ne connais pas. Et je ne puis deviner davantage la signification du symbole.

Gwydion lui rendit l'objet.

— Trois triangles encastrés l'un dans l'autre — c'est un rébus, enveloppé de mystère, à l'intérieur d'une... d'une...

— D'une énigme ?

— Oui. D'une énigme. (Il s'étira en bâillant.) Eh bien, ce soir, je mangerais volontiers une part de tarte aux pommes, c'est sûr, mais je n'en oublie pas pour autant notre quête.

Le magicien hocha la tête, satisfait.

— Je te crois. Mais ce que j'aimerais savoir à présent, c'est ce qui a pu t'attirer par ici : quoi d'autre ?

— Je ne sais... (Will resta un moment silencieux, avant de se redresser d'un bond.) Maître Gwydion !

— Qu'y a-t-il ?

— J'ai beaucoup pensé à la pierre dragon. Cela fait trois fois que, dans mes rêves, j'ai cru m'en rendre maître pour m'apercevoir, au réveil, que la clé m'avait échappé. Mais à présent, il me semble que je saisis ce que signifie la seconde lecture. Je me demandais où j'avais entendu cela auparavant, et maintenant je crois que je sais.

> Fils ensorcelé du roi du Nord,
> Reine de la lune dans le champ de son père,
> Dragon de noirceur, éveille-toi pour le massacre !
> Pierre solitaire, éloigne de nous la guerre !

— Vous vous rappelez qu'un jour vous m'avez dit que vous m'aviez amené dans le val à cause de la proximité des Hauts et de l'Anneau du Géant ?

Les yeux du mage ne cillaient pas plus que ceux d'un aigle.

— Oui, oui, c'est cela.

— Vous avez dit aussi que vous pensiez que l'Anneau pourrait être près d'une ligne et qu'une forme de protection en émanait.

Gwydion opina du chef.

— Le vrai nom de l'Anneau est *Bethen feilli Imbliungh*, l'« ombilic du monde ».

— Et voilà comment vous êtes récompensé de vos efforts pour vos leçons d'histoire, maître Gwydion, car quand nous partions de chez Dimmet, vous m'avez parlé de l'Anneau du Géant, il y a très longtemps, à l'époque des premiers hommes. Vous avez évoqué la tombe d'Orba qui est tout à côté. Vous m'avez dit qu'elle était la femme de Finglas et qu'on l'avait nommée la reine de la lune d'été !

— Par tout ce qui vit et respire, c'est vrai ! fit Gwydion, songeur.

— Vous avez dit aussi que Finglas était venu du pays du Nord. Donc nous avons : « Le fils ensorcelé du roi du nord — ce pourrait être Finglas — et — la reine de la lune dans le champ de son père ». Finglas est venu dans le Sud la prendre pour femme, donc cette terre, ce doit être celle de sa femme et non la sienne !

— C'est juste. Elle fut enterrée par la suite au cœur du domaine de son père, qui plus tard encore fut ravagé par Fumi, le dragon noir.

— D'où : « Dragon de noirceur, éveille-toi pour le massacre ! » Et puis la pierre dragon elle-même : « Pierre solitaire, éloigne de nous la guerre ! »

Gwydion marchait en décrivant des cercles, mais sa pensée fusa droit comme une flèche.

— Tout cela s'ajuste parfaitement, aussi sûr et serré qu'un bouton de rose ! Et voici qui conclut le tout : Finglas s'est querellé avec les druides qui rejoignaient deux fois l'an *Bethen feilli Imbliung* pour rendre hommage au pouvoir du lorc. Il redoutait que cela l'implique dans la guerre, aussi fit-il façonner une pierre magique conçue pour lui seul, qu'il érigerait à côté de la pierre du roi. Il y a toutes les raisons de penser qu'elle se trouve dans le périmètre de l'ombre portée par celle-ci au lever du soleil, le jour de Midsummer, car on dit que c'est à cette époque de l'année que les antiques cercles de pierre du royaume sont le plus puissants.

— Alors, peut-être avons-nous un assistant ! s'écria Will. Peut-être que le Liarix a fait pour nous une partie du travail — quel meilleur endroit pour une pierre batailleuse, pendant toutes ces années, que l'ombre d'une protectrice ?

— Mais considère ceci : il se peut que la défaillance du Liarix soit l'une des raisons pour lesquelles le lorc est revenu si soudainement à la vie. L'Anneau du Géant a toujours été un lieu de grand pouvoir. Je suspecte que c'est l'ombilic par lequel passe l'influx qui nourrit le lorc. C'est ainsi que l'ont toujours vu les hommes qui savent sentir la force tellurique et qui ont été amenés à passer par là. À notre époque, les bergers sont rarement des érudits, pourtant peu de mortels savent apprécier la terre comme eux. Et ils ont toujours dit qu'un fragment du Liarix leur assure la bonne fortune, durant le voyage sur les Hauts, quand ils conduisent leurs bêtes au marché. Au cours des siècles, ils en ont arraché des petits morceaux, de sorte qu'aujourd'hui la roche est loin d'être entière, et du coup, il lui manque certainement une bonne partie de sa force bénéfique. Viens, Will ! Il faut nous rendre à l'Anneau du Géant, car c'est là, je pense, que nous trouverons notre prochain indice.

Ils marchèrent donc vers le sud, avec une certaine hâte, jusqu'au coucher du soleil, et Will commença de ressentir, à l'humeur du sol, qu'ils approchaient du val. La nostalgie de la maison s'empara de lui, avec les souvenirs du jour de son départ. La fête du Coucou, au pays, avait toujours été un moment heureux, avec les vieillards, assis sur les bancs au soleil, devant l'Homme vert, levant leur chope de cidre en racontant des histoires du vieux, vieux temps. Et puis le mât de mai qu'on plantait, et la course autour de la pierre bitumeuse. Il pensa alors à Eldmar et Breona, et la brûlure au coin de ses yeux l'avertit qu'il allait pleurer. Et quand Gwydion annonça qu'ils faisaient une pause, il fut pris par surprise. Il essaya de faire diversion en riant de ses larmes et en protestant de ce qu'il n'avait nul besoin de se reposer : il pourrait très bien parcourir encore une ou deux lieues. Mais l'enchanteur observa doucement :

— Nous avons déjà bien marché et il serait peut-être préférable de n'aborder l'Anneau du Géant que demain, dans la lumière du matin, frais et dispos. Aussi, nous allons faire halte ici, nous reposer et nous préparer de quoi dîner.

Will ne discuta pas. Il était reconnaissant de pouvoir s'allonger de tout son long dans l'herbe et de se délecter de l'air embaumé de cette soirée de fin de printemps. Au fil de la journée, le sol sous ses pieds avait changé de couleur pour prendre finalement cette teinte ocre qui lui était si familière, et à présent, l'atmosphère elle-même avait le parfum qu'il connaissait si bien, celui du pays. Il se rendit compte qu'ils étaient bien plus près du val qu'il ne l'avait d'abord supposé, car ils étaient sur les Hauts, à présent.

Quand Gwydion s'en fut quérir quelque chose à manger pour leur souper du soir, Will resta à fixer les flammes qui venaient lécher leur vieux pot. Il se sentait très content de lui d'avoir enfin réussi à déchiffrer le quatrain et à guider Gwydion vers une autre pierre batailleuse, mais il savait qu'une fois trouvée, celle-ci les conduirait vers une autre, et puis une autre encore, et tout cela ne ferait que l'éloigner de chez lui.

Une nostalgie poignante le prit à la gorge. Il imagina Eldmar et Breona vaquant à leurs activités, en cet instant précis, dans la chaumière où il n'était pas revenu depuis deux ans. Très probablement, ils se disposaient à aller se coucher. Breona disait bonsoir aux voisines ou se penchait vers Eldmar pour poser sur son front le baiser du soir, comme elle le faisait si souvent. À moins que celui-ci ne vienne tout juste de rentrer, après avoir été faire un tour à l'écurie, pour voir si tout allait bien, ou encore il était en chemin vers la maison, après avoir passé une heure ou deux à l'Homme vert, à raconter des histoires et à chanter des chansons qui faisaient chaud au cœur.

Will ne voyait rien du sillon qui entaillait la montagne et dans lequel se nichait Nether Norton, et pourtant il était sûr de n'être pas à plus d'une lieue de l'endroit où, depuis toujours, il était chez lui. Si seulement il pouvait y retourner à pas furtifs, juste un instant, juste pour jeter un coup d'œil...

Mais comment ? Le val était caché sous un voile de magie qui le dissimulait aux yeux du monde, et quand bien même le village eût été étendu à ses pieds, clair comme de l'eau de roche, il ne se serait pas senti le droit de s'y rendre avant d'avoir accompli son devoir.

Et pourtant il se sentait plein d'un désir ardent de parler à ces gens qu'il tenait pour son père et sa mère, de les serrer contre lui et d'être en leur compagnie, pour ne plus être, fût-ce l'espace d'un instant, un orphelin jeté à tous les vents.

Il sortit du col de sa chemise le petit poisson vert et le frotta entre le pouce et l'index. Ce contact lui procura le réconfort habituel, mais alors un sentiment étrange et inquiétant le submergea, et il lui fallut se lever et s'éloigner du feu. La nuit était claire, la lune, un mince croissant pas plus épais qu'une rognure d'ongle, qu'on devinait dans la faible lueur de l'après-crépuscule, à l'ouest. Il songea à cet étrange jour du Coucou, où tout avait basculé dans son existence, et à ce vœu fatal qu'il avait fait d'aller voir ce qui se passait sur les Hauts. Tant de choses s'étaient produites depuis lors et avaient changé. Mais à la maison, rien ne se modifiait. Le val serait toujours le même.

Il regarda ses mains, ses bras, qu'il tenait levés dans la pénombre.

Ils étaient plus larges, ceux d'un homme, désormais — des bras qui avaient cherché à lire la terre, au bout d'une baguette de sourcier, des mains qui, si l'on en croyait Gort, avaient, et plus d'une fois, projeté une puissante magie. Will se rappela le curieux livre de sortilèges qu'il avait, un jour, lu en cachette, et ce souvenir vint projeter comme une ombre sur son humeur légère. Puis il se rappela le moment atroce où il avait vu s'ouvrir en deux l'if de Preston Mantles, et où le squelette du jeune Wale lui était apparu dans toute son horreur, lui faisant courir par tout le corps une onde de terreur.

— Pourquoi est-ce que je repense à tout cela ? s'interrogea-t-il à haute voix, soudain mal à l'aise. C'est la pierre batailleuse. Elle doit être plus proche que je ne le crois.

Il essaya de reprendre le contrôle de lui-même. Mais même ainsi, une sueur froide lui glissait sur la peau, la peur s'insinuait dans son cerveau et il frissonna. « C'est comme si quelqu'un venait de marcher sur ma tombe, se dit-il. C'est la formule de Gwydion, quand quelqu'un frissonne sans raison. »

La lune n'était pas encore dans son premier quartier et il y avait quelque chose d'inhabituel dans la façon dont le courant tellurique était en train de monter dans le creux de ses os. Sa force le surprit. Il fit quelques pas alentour, essayant de trouver Gwydion pour l'avertir que cela clochait, mais l'enchanteur, en quête de plantes d'eau, s'était aventuré jusqu'à un repli du sol où courait le petit ruisseau qu'on appelait le Sware Brook.

Une impression discrète de désespoir flottait dans l'air, une odeur de moisi, impossible à confondre avec une autre, comme un relent caractéristique et à demi oublié...

Qu'est-ce que c'était ?

Il l'avait remarqué à Clarendon, et aussi, mais à peine, à Preston Mantles, et puis de nouveau au bord du trou d'eau morte. Maintenant il savait ce qu'il avait senti à Foderingham au milieu de la nuit, et aussi quand ils étaient entrés à Ludford...

C'était la mort ; c'était Masgull.

D'un bond il fut en alerte, prêt, sur ses gardes. Mais il n'y avait rien en vue. Il referma plus étroitement sur lui sa houppelande, puis dirigea ses pensées vers l'intérieur de lui-même, tâchant d'ouvrir son esprit pour voir s'il pouvait détecter d'où venait ce relent fétide. Mais il avait disparu.

Lentement, il se détendit. Il avait dû l'imaginer. C'était encore un fantôme inspiré par la proximité de la pierre batailleuse. Mais l'impact de la révélation resta et l'idée persista en lui, comme un fourmillement de sinistre augure. « Gwydion se doute-t-il que son ennemi a été à un cheveu de me trouver ? Et si souvent ? Le sentiment qui m'a submergé dans la grande salle de Ludford était d'une puissance énorme, puisque je voulais tuer ou mourir ! Est-ce que cela aussi aurait pu être l'œuvre de Masgull ? Ou bien jouait-il un jeu plus malin encore, dont Gwydion ignore toutes les règles ? »

Will leva les yeux pour interroger le ciel. Le soleil s'était couché depuis une heure maintenant, et à l'ouest on devinait une lueur, comme entre chien et loup ; entre lui et le croissant de lune, cependant, s'interposait une ombre incongrue. Il fit quelques pas dans sa direction, avant de s'arrêter. La terre sous ses pieds ne lui communiquait toujours rien de bon. Il retourna près du feu et s'assit pour se réchauffer, mais tandis que le mince croissant continuait sa course sur la ligne d'horizon, il commença de sentir la présence de plus en plus forte de la ligne. Elle passait tout à côté, juste là, sous la masse sombre d'un bois, au sud, et visible maintenant sous la forme d'une très légère lueur verdâtre. Il se tourna dos au feu et tâcha d'habituer ses yeux, petit à petit, à ce semblant de clarté.

Pas de vent. À la place, un silence pesant qui couvrait la terre comme un linceul et Louvan, la longe laiteuse du ciel, qui scintillait au-dessus, comme un écho à l'infime palpitation lumineuse de la ligne. Will pouvait sentir l'odeur nauséabonde des satyres puants dans le bois voisin, ces étranges champignons qui sortent des œufs de sorcières. Partout où l'on en trouvait, ils emplissaient l'espace de leur relent caractéristique de viande pourrie, ce qui attirait les mouches durant le jour et les bousiers la nuit. Ce devait être leur effluve froid qu'il avait pris pour la présence du sorcier.

À l'autre bout du boqueteau, il voyait émerger le lorc. D'après Gwydion, la ligne avait nom Eburos, la ligne d'if, la plus importante des neuf voies vertes à avoir été jetées au travers des îles. Il fit quelques pas dans cette direction, trébuchant sur le sol inégal, puis identifia, découpé sur l'horizon, ce qui lui sembla être un groupe de personnes ; à quelque distance, se distinguait la silhouette d'une haute pierre anguleuse.

Il voulut appeler Gwydion, mais ses mots se perdirent en un murmure. Il se dirigea en titubant vers la masse dressée, remarquant à quel point la pâle lueur de la ligne passait tout près d'elle. Quand il se retourna pour regarder en arrière, il n'y avait en vue ni Gwydion ni le feu de bois qu'il avait allumé. Il était sur la ligne de crête des Hauts, le point culminant à des lieues à la ronde. Il s'apercevait à présent que ce qu'il avait pris pour des gens debout était une assemblée de pierres levées.

Ainsi donc, finalement, c'était l'Anneau du Géant. Mais il ne ressemblait pas à ce qu'il avait imaginé. Il était constitué non pas d'énormes blocs oblongs de la taille de plusieurs hommes, mais de pierres petites, voûtées, informes, évoquant plutôt un groupe de mendiants installés à la table de leur chef. À cette différence près qu'il n'y avait pas de table, mais un simple cercle d'herbe de quarante à cinquante pas de diamètre. Dans la clarté conjuguée du clair de lune et de la lueur sinistre de la ligne, Will arrivait à peine à distinguer la pierre maîtresse, la plus grande, toute droite, orientée au nord. Il approcha avec audace et, comme s'il y avait été invité, posa les deux mains sur la surface rugueuse, comme marquée de petite vérole.

Il ne savait pas ce qui l'avait poussé à ce geste, cela lui semblait simplement la chose à faire, une marque de respect. Il ne sentit ni frayeur ni dégoût, comme lorsqu'il avait approché les pierres batailleuses. Bizarrement, la ligne ne passait pas au milieu du cercle comme il l'avait supposé, mais faisait un léger détour par le nord, plus près de l'endroit où se nichait la pierre du roi. Le contact de la roche était frais à ses paumes. La surface en était grossière, couverte d'excroissances écailleuses et sèches, avec de menues dépressions, comme si elle était rongée de l'intérieur par une colonie de vers. Elle lui sembla très, très ancienne et connectée à quelque énorme structure mystique, qui ruminait en sous-sol.

Gwydion eût-il été par là, il l'aurait appelé pour lui annoncer ce qu'il avait trouvé, pour lui dire que même si la sensation était forte, cela n'avait rien à voir avec ce qu'il avait expérimenté auparavant. L'Anneau du Géant, au toucher, n'était que douceur, chaleur et tendresse, comme s'il était réellement l'ombilic du monde !

Mais Gwydion n'était pas dans les parages et Will resta silencieux. Au lieu de crier, il avança au centre de l'Anneau, écarta les bras et se mit à danser sur lui-même, de sorte que le ciel et les étoiles tournoyèrent au-dessus de lui. C'est alors qu'il remarqua que le sol vacillait. Il se remit d'aplomb — la tête lui tournait légèrement — et planta les pieds plus fermement dans l'herbe rase, pour assurer son équilibre. La terre était animée d'une pulsation presque imperceptible, teintée de lilas. Ici et là, il vit les pierres jeter des étincelles. Des bandes de couleur pourpre s'enroulaient en spirale entre ses jambes, et il percevait des trépidations sourdes dans le sol.

Alors, une haute flèche de lumière bleue fusa du sommet du Liarix, pour s'en aller toucher le ciel, rapide comme la lame d'une épée.

— Oh là là ! s'exclama Will tandis que les vibrations augmentaient, au point de presque lui faire perdre l'équilibre.

En levant les yeux, il vit quelque chose qu'il identifia comme une étoile filante, avec cette particularité que celle-ci descendait du ciel droit sur lui, à toute vitesse et...

Il y eut un appel d'air, accompagné d'un sifflement qui fut bientôt un rugissement assourdissant. Alors, la lumière pourpre au-dessus de lui le percuta de plein fouet et il se sentit exploser en particules de poussière.

La première chose qui lui vint à l'esprit fut qu'il avait été propulsé haut dans les airs au-dessus de l'Anneau du Géant et qu'il pouvait voir, au-dessous de lui, un tapis de lumière dont la surface et la luminosité augmentaient sans cesse. C'était une explosion continue de couleurs et de formes. Un bourdonnement répétitif, une musique aux basses lancinantes, sur un rythme à quatre temps, semblait naître de partout. Il vit la lueur bleue du Liarix et la ligne verte qui s'étendait, à l'infini semblait-il, d'est en ouest, et passait au beau milieu de la cavité sombre qui, il le savait, ne pouvait être que le val. Mais tout cela ne fit que traverser son esprit, l'espace d'un instant, car alors la douleur le frappa et il s'entendit pousser un hurlement. Il se mit à tourner sur lui-même comme un pendu, la chair brûlant, masse pourpre enflammée.

Il cria, mais la souffrance atroce s'intensifia encore. Elle sembla durer une éternité, tandis qu'il se tortillait, rôtissant dans une fournaise démoniaque. Ses nattes craquaient et crissaient contre sa joue tels des serpents enflammés. Il tenta de jeter les bras en avant et cria de nouveau, mais il se sentit arraché violemment du brasier et jeté au sol, avec une brutalité à lui faire céder les os. Il roula encore et encore dans l'herbe humide, tout entier dans la gratitude d'avoir échappé au feu et d'être encore en vie.

Il avait dans le nez l'odeur de terre mouillée et celle de cochon grillé de ses cheveux roussis. Il était au-dehors de l'Anneau du Géant à présent, étendu dans l'obscurité, là où il était tombé. La musique, immense à vous envahir la tête, avait cessé, et seuls résonnaient à ses oreilles les à-coups de son souffle pantelant. Mais les pulsations pourpres continuaient de battre partout alentour, sinistres, grotesques, tenaces, indomptables.

Et Gwydion était là, debout, haut et droit, avec cette aura qui l'entourait, comme une lueur bleue, et les étincelles qui crépitaient depuis l'extrémité brillante, argentée, de son bâton. Il avait ramené Will à la vie — pas un de ses os ne manquait —, mais c'était lui qui subissait l'épreuve.

Une silhouette sortit de l'ombre derrière la pierre du roi et fit face au magicien. Elle était tout entière de lumière pourpre, chatoyante. C'était un sorcier, jeune et beau, élégant et sûr de lui. Il ne portait pas de cape, mais des herbes folles cueillies au plus noir de la nuit et disposées au moyen de broches d'argent. Ses mains étaient gantées et ses pieds, revêtus de métal, portaient des éperons, comme ceux des chevaliers. Lui aussi brandissait un bâton, à cette différence près que le sien semblait fait de métal — c'est du moins ce qu'il parut à Will —, car quand il en frappa le Liarix il résonna, et le rayon lumineux provoqué par le choc enflamma la nuit d'une traînée violette aveuglante.

Il dégagea son manteau d'un geste large, révélant la pierre batailleuse qui gisait là. Elle était à moitié enterrée, et luisait d'une lueur sinistre et rougeoyante, tandis que le sorcier se perchait dessus.

— Cest cela que tu cherches, mon frère ?

Son visage brasillait tandis qu'il parlait, transformé pour un instant en tête de mort. Gwydion ne répliqua pas. Will observait la scène depuis l'obscurité où il se trouvait plongé, incapable d'en détourner le regard. Du fond même de sa souffrance et de sa confusion, il pouvait sentir la force intense qui habitait celui qui brandissait la cruelle lumière pourpre.

Un rayon violet surgit du bâton du sorcier, mais avant qu'il puisse atteindre Gwydion il se consuma, comme s'il s'était heurté à un mur, et se divisa, tel le souffle d'un dragon, dans un rideau de flammes orangées.

Will plongea pour se préserver, la terreur au ventre, et se cacha le visage tandis qu'un souffle torride passait sur lui. L'air brûlant lui assécha les poumons, dans un rugissement. Il attendit que le rayon de feu, lancé à sa rencontre, en finisse avec lui et avec sa terreur. Il aurait voulu se dresser comme un lièvre et d'un bond, sauter dans les ténèbres protectrices. Mais l'instinct atavique qui pousse la proie à faire le mort le tint immobile, le corps pressé de toutes ses forces contre le sol. Il dut rassembler son courage pour oser ouvrir les yeux.

Le sorcier se déplaçait de long en large, sur la légère éminence d'un tumulus usé par le temps.

— J'ai parcouru bien des lieues, depuis la dernière fois que nous nous sommes vus, Gwydion, fit-il d'une voix sonore, profonde et troublante. J'ai tenté bien des choses et souvent, j'ai mis à l'épreuve les pouvoirs de ce monde. Dommage que tu n'aies pas choisi de faire route avec moi, ou encore accompagné Semias quand ton temps était venu.

Deux éclairs bleus, pareils à ceux que produit l'orage, bondirent des mains de Gwydion, mais se fracassèrent avant d'avoir pu faire la moitié du chemin. Comme en réponse, le feu violet illumina de nouveau l'obscurité, dans un rugissement enragé qui se déploya tout autour du sorcier, le laissant, lui, indemne, au cœur froid du brasier.

— Tu m'entends, Gwydion ? Semias se trompait. À la fin, ce n'était plus qu'un rêveur qui pensait que le monde pouvait rester tel qu'il avait toujours été. Son ingérence nous a conduits là où nous en sommes aujourd'hui.

— C'est toi, toujours, qui t'es mêlé de ce qui ne te regardait pas, et non lui !

— J'avais envie d'apprendre. Voilà pourquoi je suis devenu plus puissant que Semias. Tout le pouvoir de l'Ogdoad réside en moi, à présent. Regarde la flamme, Gwydion ! Elle ne me brûle pas. Elle ne peut pas me blesser, car je me suis baigné dans la source de Celamon !

L'aura bleutée de Gwydion brillait d'un éclat moins vif, à présent.

— Tu as toujours été le plus téméraire, Masgull. Tu es bourré de talent, c'est incontestable. Mais à quel usage l'as-tu employé ? Il y a en toi, et ce de tout temps, le défaut fatal.

Will ne pouvait qu'admirer le courage du magicien : il avait sous les yeux un homme qui avait survécu à tous les âges et qui affrontait son plus formidable adversaire.

La flamme qui enveloppait le sorcier cessa de brûler et il leva les bras :

— Tu peux dire ce que tu veux, car maintenant tu es à ma merci.

— Rodomontades, Masgull ! La pire des faiblesses est inscrite au plus profond de toi ! Je le vois clairement ! L'égoïsme a toujours logé dans ton cœur comme un asticot, mais même de cela, nous aurions pu te débarrasser, s'il n'y avait eu, par-dessus le marché, cet orgueil démesuré !

Le sorcier ne fit qu'en rire.

— Mais écoutez-moi ça ! Tu oses parler de défauts ! Et qu'est-ce que tu nous montres là, si ce n'est pas de l'envie ? Comment pourrais-tu deviner ce qui se passe dans un esprit bien plus grand que le tien, hein, comment ?

— Grand esprit, tu l'es certainement, qui prétend le contraire ? Mais à quoi bon l'intelligence, même chez le plus éminent des penseurs, s'il ne connaît pas la compassion ?

— Tu recommences à prétendre me juger ! Mesure ta propre arrogance avant de blâmer celle des autres !

— Oh, ce n'est pas bien difficile de voir où elle se loge, Masgull ! Tu te dis que le monde pourrait être comme tu voudrais qu'il soit, donc qu'il devrait l'être, donc qu'il le sera, pour son propre bien.

La lumière pourpre enfla de nouveau.

— Tu étais un poltron, Gwydion. Toi, et Gortamnibrax aussi ! Quelle jolie paire de claquedents vous faites ! Vous avez peur du changement. Vous n'avez jamais tenté de comprendre la véritable nature de ce qui doit advenir. Et vous n'avez pas la moindre idée de ce qu'est la vraie voie !

Gwydion brandit son bâton d'un geste accusateur.

— Si seulement tu avais pu te voir, il y a longtemps, comme Semias avait finalement réussi à voir en toi. Il s'en fallait de si peu. Il a compris comment ton orgueil te conduisait à nous dissimuler tes fautes et tes faiblesses. Mais au lieu de nous demander de l'aide comme tu avais juré de le faire en pareil cas, tu as choisi de suivre ta propre voie en secret. Semias, en sa profonde sagesse, avait compris ce que tu dissimulais au fond de ton cœur.

— Mais il n'a rien fait pour m'arrêter. Tu es aussi faible qu'il l'était, et aussi ignorant. Il existe un nouveau monde, là, à portée de main, plus vaste que le nôtre, et je l'ai découvert. Il y a longtemps, j'ai ancré nos deux destinées l'une à l'autre et je les ai lancées sur une route de collision ; nous convergeons l'un vers l'autre depuis la nuit des temps. Voilà ce qu'était mon plan, Gwydion, ce qu'était mon ambition : rapprocher deux mondes et les faire confluer...

La douleur battait, par pulsations violentes, dans la tête et les mains de Will. Il ne parvenait pas à se concentrer sur les paroles de Masgull, mais ne pouvait pas davantage s'en détourner, car la voix du sorcier s'élevait, tranchante et claire comme de la glace.

— Il y aura la guerre, exactement comme je l'ai voulu ! La guerre ! Et avec elle viendra le changement. Il faut que les choses bougent, Gwydion, pour que les deux univers entrent en collision. Ce n'est qu'après qu'adviendra la paix. Mais ce sera, alors, l'aurore d'une véritable paix, sans fin, que ni ce monde ni l'autre n'auront jamais connue.

— Ce sera la paix du tombeau ! Tu es induit en erreur par tes rêves insensés, Masgull. Écoute-moi, pendant qu'il en est encore temps.

Le sorcier cracha, pour toute réponse.

— C'est fini, Gwydion. Bientôt nous nous tiendrons à la croisée des chemins. Et le moment venu, il nous faudra emprunter la bonne voie. Il le faut, ou sinon notre monde tournera sans fin, à jamais, dans la même ornière.

La formidable flamme violette rugit de nouveau et fut arrêtée à quelques pas de l'endroit où se tenait le magicien.

— Masgull, quand les faiseurs de coutumes deviennent des briseurs de coutumes, alors il n'y a plus de coutumes !

Will s'accroupit plus bas encore, choqué jusqu'au tréfonds de son être par la violence de l'échange. Chacune des pensées de Masgull semblait tournée vers l'avancement d'un vaste plan, impossible à connaître.

— Ne le laissez pas gagner, maître Gwydion, murmura-t-il. Ne le laissez pas vous tuer...

— Te voilà bien fatigué, Gwydion. L'Ogdoad n'est plus, et toi-même, tu n'es plus grand-chose. Tu aurais dû entreprendre la longue marche vers le nord avec Semias quand il était temps. Tu t'es accroché trop longtemps aux coutumes, mais un nouveau monde est en train de naître, voilà pourquoi la force t'abandonne.

Une flamme pourpre fut propulsée en avant, plus vigoureuse, cette fois-ci. Elle épargna Gwydion de justesse, mais mit le feu à un petit buisson d'aubépine, qui craqua et crépita sous sa morsure. La voix de Masgull s'éleva :

— Comme la lame est forgée dans le feu, de même le futur renaîtra dans les souffrances de la guerre ! Il est temps pour les coutumes de disparaître ! Prépare-toi, car ta dernière heure sous la forme terrestre est venue !

Là-dessus, une flamme pourpre partit à l'assaut de l'enchanteur et s'enroula alentour. Elle enveloppa sa silhouette austère dans une fournaise chauffée à blanc. Le feu faisait rage alentour. De la fumée s'éleva. L'herbe brûlait. Gwydion avait résisté aussi fièrement, aussi longtemps qu'il pouvait, mais Masgull avait triomphé.

La peur vint saisir Will au cœur, aux tripes, et il crut un instant qu'il était perdu. Il vit le magicien s'effondrer à genoux au centre du carré d'herbe rase, fumante. Il se consumait. Les flammes s'élevèrent autour de lui, puis s'évanouirent. Alors Masgull se disposa à frapper le dernier coup. Il fit lever la semblance de Gwydion du squelette noir et fumant, l'arracha au sol et vint la planter au cœur noueux d'un sureau.

La forme de l'enchanteur s'imprima contre l'arbre, tronc contre tronc, bras contre branches, membres encastrés, se muant et se mélangeant à présent au point que la peau devint écorce ; et la silhouette du mage disparut à la vue des mortels.

Will ne pouvait s'arracher à la contemplation de cette vision cauchemardesque : l'arbre en train d'absorber la chair de son ami. Des souvenirs de l'if de Preston Mantles l'assaillirent. Les larmes lui roulaient sur le visage tandis qu'il tentait de tenir à distance l'horreur qui l'envahissait.

Masgull trébuchait, étourdi, semblait-il, par l'effort surhumain qu'il venait de fournir. Une faiblesse manifeste le submergea, qu'il parvint à maîtriser, et finalement il se laissa tomber lourdement du tumulus et vint se planter au pied du sureau. D'une voix rendue pâteuse par l'extrême fatigue, il articula :

— Finalement, tu es tombé dans le plus simple des pièges. Je savais que tu serais incapable de résister au désir de voler au secours de ton apprenti. Quel fou tu as été de prendre un garçon à ton service en un moment pareil ! La dernière chose dont tu avais besoin, c'était cet otage de la fortune. C'en est fini de l'Ogdoad. C'en est fini des maîtres des anciens usages. Le nouveau monde est presque là et nous n'aurons plus besoin d'aucun de vous. Il me faut m'en aller, car j'ai une guerre sur le feu, aussi porte-toi bien, Gwydion le sureau ! Reste planté là en sentinelle, à veiller sur la pierre de ma victoire. Et quand les armées déferleront, comme il ne manquera pas d'arriver, puissent-elles t'abattre avec leurs haches de guerre et nourrir de tes morceaux leurs feux de camp…

Will fut abandonné à la terreur. Il ne pouvait rien faire d'autre qu'enfoncer davantage son visage contre la terre, dans un effort désespéré pour étouffer ses sanglots. À tout instant, il le savait, un jet de chaleur d'un violet ardent, presque blanc, viendrait le griller, mais c'est à peine s'il s'en souciait, car Gwydion n'était plus. Le combat était terminé et plus rien n'avait d'importance.

CHAPITRE VINGT

La chevauchée de nuit vers Hooe

ENFIN, LA LUNE SE LEVA et la pâle lueur qui soulignait la piste de la ligne commença de s'estomper. Un certain temps encore, des flammes pourpres dansèrent comme des feux de Saint-Elme au sommet des pierres, puis elles s'évanouirent petit à petit et tout revint à l'obscurité première.

Étendu dans l'herbe humide de rosée, frissonnant, Will ne ressentait rien d'autre que le vide qui faisait écho en lui. Ses vêtements étaient imprégnés d'une odeur âcre de fumée, et la douleur de la brûlure qui lui tenaillait le visage et les mains le mordait jusqu'à l'os. Étrange, se dit-il, comme le destin avait fini par le ramener chez lui. Il n'en était plus très loin, à présent. Si seulement il pouvait trouver le val, alors Breona l'entourerait de ses soins et couvrirait ses blessures d'une compresse fraîche, lui enduirait les mains de bonne graisse, et avant une semaine la peau commencerait à guérir, et tous ses soucis s'envoleraient. Il redeviendrait un jeune homme ordinaire, vivrait une vie ordinaire, dans un endroit ordinaire, et les choses suivraient le cours qu'elles auraient toujours dû suivre ; il reprendrait la vie qui aurait été la sienne, n'eût été cette quête échevelée qui lui était échue.

Eh bien, à présent c'était fini…

Mais tandis qu'il observait, au-dessus de lui, le mouvement des étoiles indifférentes, il sut qu'il rêvait un rêve sans espoir. Les choses ne revenaient jamais à ce qu'elles avaient été. Masgull avait gagné et le monde allait tourner à l'aigre.

Affreusement misérable, il se releva. Son corps tremblait tant que c'est à peine s'il pouvait tenir debout. Ses cheveux étaient roussis, dégarnis par plaques sur tout un côté de la tête, là où ses tresses avaient flambé comme des mèches de chandelles. Il avança en boitant à travers la jonchée d'herbe carbonisée, jusqu'au pied du sureau. Comme il aurait voulu, maintenant, avoir eu le courage de se jeter sur le sorcier dans un dernier acte de défi. Mais il avait eu bien trop peur.

Et le pire de tout, c'était de savoir qu'il avait été l'appât qui avait précipité la perte de Gwydion.

— Vous n'auriez pas dû me choisir, moi, lança-t-il à l'adresse de l'arbre. Vous disiez que j'étais l'enfant du destin, mais je savais bien qu'il n'en était rien. Vous auriez dû me laisser à la maison, à vivre ma tranquille petite vie, mais non, il a fallu que vous veniez me chercher ! Et maintenant, regardez où vous a conduit toute votre sagesse !

Il s'attendait à moitié à ce que le sureau lui réponde, mais non. Au lieu de cela, une brise fraîche se leva de l'ouest, apportant des senteurs printanières qui chassèrent l'odeur âcre du brûlé, et le vieil arbre frissonna au passage du vent dans ses feuilles.

Will, atrocement abattu, leva le nez en l'air et, la voix brisée par l'anxiété, se mit à parler tout seul.

— Je sais bien que je ne devrais pas me contenter de rentrer à la maison, maître Gwydion, mais que puis-je faire d'autre ? Je ne peux pas continuer à errer par le royaume, à chercher des pierres pendant que la guerre fait rage. Pas tout seul. Et qu'est-ce que j'en ferais ? Les charroyer jusqu'à la grotte d'Anstin ? Combien de temps faudrait-il à Masgull, à votre avis, pour me trouver et me réduire en cendres, moi aussi ?

L'arbre émit un craquement, mais cela mis à part, il resta silencieux. À la lueur ténue des étoiles, l'herbe chantait, et Will se rappela quelque chose que lui avait dit Gort, il y avait longtemps, à propos des fées et de l'Homme vert, que les arbres et l'herbe s'en souvenaient encore, s'en souvenaient toujours.

Une larme au goût de sel lui roula sur la joue.

— Je suppose qu'ils sont tous au lit, en bas dans le val, en train de regarder les Hauts et de se dire les uns aux autres qu'il vient d'y avoir un fameux orage sur les crêtes. Pauvres gens ! Ils ne savent même pas qu'une guerre approche. Ils ignorent tout du reste du monde.

Il fouilla l'obscurité, à la recherche de la lueur de son feu de camp. Il voulait trouver le sac en peau de grue. Il y avait une chemise à l'intérieur, qui aurait pu lui servir pour panser les plaies de ses mains. Mais quand il y fut arrivé, il s'aperçut que ses doigts étaient trop brûlés pour détacher les cordons de serrage et il dut les défaire avec les dents.

Quelque chose de brillant tomba de la besace, et il en fut tout étonné. C'était le cor d'argent qu'il avait trouvé, il y avait si longtemps. Il l'avait complètement oublié et à présent, voilà que ses pleurs redoublaient, et la douleur avec, parce que dans l'affontement crucial qui venait de se dérouler il n'avait pas eu une pensée pour l'objet, et à cause de cela Gwydion était mort.

— C'est ma faute, après tout, gémit-il.

Il pensait au cours qu'auraient pu prendre les choses si l'Homme vert et tous ses elfes guerriers avaient entendu les appels de l'instrument enchanté.

Il le laissa au milieu des cendres et s'en retournait au pied de l'arbre quand quelque chose lui attira l'œil dans l'obscurité. Il alla voir de quoi il s'agissait. C'était tout à côté du petit tas de guenilles calcinées, tout ce qu'il restait à l'endroit où Gwydion, pour la dernière fois, s'était tenu courageusement. C'était le bâton du mage, couché, à demi caché dans l'herbe, où il avait été projeté, à l'écart du brasier. Will se pencha pour le ramasser. Ce faisant, un mouvement dans son dos le fit se retourner.

Il y avait une forme blanche et souple qui bougeait là, vaporeuse et indistincte. La terreur s'engouffra en lui dans un spasme, mais alors un chat miaula.

— Pangur Ban... murmura-t-il.

Il était trop vidé pour ressentir autre chose qu'une immense gratitude, qu'un ami soit venu à lui en cette heure où il en avait un si grand besoin.

Déposant le bâton de Gwydion contre le tronc noueux, il s'assit, adossé à l'arbre, et prit le chat dans ses bras. Quand il ferma les yeux, la brûlure se rua dans ses mains et son visage, et dans sa tête explosa un vacarme rouge. Mais le chat se frotta contre sa poitrine et se mit à ronronner, jusqu'à ce que la douleur reflue et que Will, enfin, se mette à pleurer.

Il ignorait combien de temps s'était écoulé, mais quand le froid de la nuit eut pénétré ses os, il savait ce qui lui restait à faire.

— Wortmaster Gort, murmura-t-il entre ses lèvres couvertes de cloques. Il saura comment m'aider. Je dois le retrouver, mais d'abord...

Concentrant tous ses efforts, il posa le chat à terre et se mit debout, puis il grimpa sur le tumulus où se dressait le Liarix, plongé dans les ténèbres à cette heure. Des ondes douloureuses lui passèrent au travers du corps. Il avança à l'aveuglette sur l'herbe roussie, refusant de s'arrêter avant d'être parvenu à l'emplacement terriblement perturbé où la pierre batailleuse gisait dans la poussière. Pangur Ban se tint prudemment à l'écart et resta près du sureau. Dans le noir, Will faillit tomber dans la cavité, mais il progressa à tâtons en contournant les arêtes, les mains tendues devant lui, jusqu'à ce qu'il parvienne à l'endroit, noir comme l'encre, où Masgull s'était caché en les attendant. Quand il toucha la roche du bout des doigts, un torrent de douleur toute fraîche le submergea. Il poussa un cri et retira vivement la main, pour la reposer immédiatement contre la surface et tâcher de sentir en tâtonnant les reliefs de l'inscription.

C'était comme de plonger la main dans du plomb fondu, mais même si l'acuité de la souffrance semblait abolir toute pensée, il paraissait qu'il n'y eût rien à déchiffrer. Le bloc était lisse comme l'ardoise. Le mal, intenable, était tel qu'il sentait se fermer les volets de son esprit. Il savait qu'il ne fallait pas tomber dans l'inconscience et recula. Instantanément, la douleur diminua. Il tomba à genoux pour reprendre son souffle. Il était en larmes. Quand il eut rassemblé ses esprits il se rendit compte que ce qu'il aurait pu extorquer à la pierre batailleuse, il aurait dû le prendre par magie. Peut-être n'avait-elle jamais porté la moindre marque. Peut-être Masgull avait-il lu, puis effacé le message, quel qu'il fût.

Même cela ne menait à rien. En l'absence d'ogham, plus moyen d'avancer. Il se releva et s'en fut au pied du sureau, où Pangur Ban attendait.

— J'ai fait mon possible, lui dit-il en lui tendant les mains. Je ne suis tout simplement pas du bois dont on fait les héros.

— C'est un grand dit de magie, que seul celui qui cherche trouvera.

Les yeux de Will s'ouvrirent tout grands et l'espace d'un instant, il se dit qu'il devait entendre des voix, car les chats ne parlent pas et l'intonation ne ressemblait à aucune autre.

— Gwydion ?

— Masgull peut bien avoir été piller le moindre recoin le plus reculé du monde, dans l'intention de saccager l'œuvre de l'Ogdoad, il n'est toujours pas aussi fort que toi et moi, quand nous luttons côte à côte !

— Gwydion !

— Et qu'est-il advenu de *maître* Gwydion, si je puis me permettre ? Tu oublies bien vite les règles de la politesse !

Will fouilla l'obscurité, sans trouver trace de l'enchanteur.

— Où êtes-vous ?

— À l'intérieur de l'arbre. C'est le truc préféré de Masgull, on dirait, ces temps-ci.

Will sentit son estomac se retourner et les larmes lui monter aux yeux.

— Je vous croyais mort, dit-il. Comme le jeune homme de Preston Mantles.

— Wale n'était pas magicien, hélas ! Mais même moi, je serai pris au piège jusqu'à ce que l'arbre meure de sa belle mort, à moins que tu ne trouves un moyen de me dégager.

Will avaient les yeux qui le piquaient ; il les frotta du revers de la main.

— Je m'en vais chercher une hache et l'abattre.

— Quoi ? Et me torturer ? s'écria la voix. Je sentirais le moindre coup, car ma conscience ne fait plus qu'un, désormais, avec l'arbre. Si ce vieux sureau sorcier venait à mourir, il m'en faudrait, du temps, avant de revenir dans le monde.

— Mais vous m'aviez dit que votre esprit était contenu dans une pierre philosophale, enterrée quelque part dans le Grand Nord en un endroit secret !

— Mais oui. Et je l'ai bien caché ; tu ne pourrais pas le trouver.

— Alors... que dois-je faire ?

— Seule la plus puissante des magies me remettrait en état, celle que maîtrisent les magiciens de l'Ogdoad.

— Mais qui dois-je aller quérir ? Il n'y a plus aucun membre de l'Odgoad, à part...

— Je ne crois pas qu'il soit judicieux de demander à Masgull !

— Alors, qui ? (Le cœur lui battait.) Je me disais que j'allais solliciter le Wortmaster.

— Pas le temps. Et de toute façon, il s'agit d'une opération qui dépasse de très loin les compétences de mon excellent ami Gort. Les envoûtements de Masgull font souvent appel au pouvoir de la nuit. Il est probable que si je ne suis pas délivré avant l'aube, je reste prisonnier de cet arbre.

— Mais que faire, en quelques heures seulement ? s'affola Will. Maître Gwydion, dites-moi que faire et je le ferai !

— Cela va requérir une magie forte. Ce sera à la fois délicat et dangereux. Es-tu prêt à t'y essayer ?

Chaque fibre du corps de Will répugnait à cette idée, mais il hocha la tête :

— Je le ferai.

— D'abord, il te faut ouvrir ton esprit comme je te l'ai appris. Ensuite, tu devras me laisser emprunter ton corps pour un moment.

Will battit des paupières.

— Emprunter mon corps ?

— J'ai besoin de... comment dire... J'en ai besoin pour un petit bout de temps.

— Mais alors, et mon esprit à moi ? Où vais-je aller pendant cette durée ?

— Il faudra que ta conscience vienne ici.

— Vous voulez dire, que j'aille à l'intérieur de l'arbre ? Et vous, vous serez ici, dehors, à l'intérieur de mon corps ?

— C'est ça l'idée, plus ou moins. Et quand je serai libre de mes mouvements, je pourrai mettre en œuvre la grande magie nécessaire à te libérer. (Il y eut un silence.) Je ne prétendrai pas que la procédure est sans danger. Espérons que ta compréhension de la vraie langue est aussi profonde qu'elle doit l'être. Pour l'invocation, tu dois être capable d'évaluer les nuances de sens des mots que je te demanderai de prononcer, car l'intention compte pour beaucoup dans l'énonciation des sortilèges.

— Maître Gwydion, je ne suis pas certain d'y arriver.

Ce qu'il voulait dire, c'est qu'il était sûr qu'il n'y parviendrait pas.

— Les héros ne savent pas qu'ils sont des héros, tant qu'ils ne sont pas au pied du mur.

Will ferma les yeux et se recueillit en lui-même. Il tremblait. En lui, il n'y avait que de l'effroi, mais qu'était-ce donc que Gwydion avait dit, déjà, à propos des trois faiblesses ?

La haine, la jalousie et la peur. À sa façon, il avait triomphé de la haine et de la jalousie. Il était temps, à présent, de bannir la peur. Certes, il se sentait prêt à défaillir, mais il prit une profonde inspiration et annonça de sa voix la plus ferme :

— Maître Gwydion, je suis prêt.

— Alors allonge-toi tout contre le pied de l'arbre. Prends le bas bout de mon bâton dans ta main gauche. Assure-toi que la poignée touche le tronc. Ouvre ton esprit et laisse-moi faire le reste. Maintenant, répète après moi...

Will fit comme on le lui disait. Il s'abandonna et ferma les yeux. Son visage, ses mains le faisaient atrocement souffir, à devenir fou, mais il s'efforça d'évacuer cette donnée de sa conscience, d'ouvrir son esprit et de répéter les mots antiques. Ce n'était pas difficile, car la vraie langue était belle, et ce qu'il en avait appris la rendait plus magnifique encore. Le bâton de Gwydion se mit à trembler et même s'il avait les yeux parfaitement clos, Will discerna un éclair aveuglant qui semblait provenir de la poignée.

Une drôle de sensation le traversa. C'était comme s'il flottait, mais bientôt ce fut comme une chute sans fin dans un vide sans fond. Et puis, avant même qu'il ait eu le temps de prendre peur, l'impression disparut et ce fut alors comme la caresse de la brise sur sa peau, dans ses cheveux, sur son visage. Un sentiment aigu d'appartenance à un lieu, d'enracinement lui vint, comme s'il avait été là de toute éternité. Les saisons et les cycles dansaient leur ronde sans fin au-dessus de lui. Les étoiles et les nuages étaient ses amis, la lune son amante, et le soleil à la fois son père et sa mère. Il se nourrissait de sa chaleur et s'abreuvait à la pluie, exultait au printemps et s'endormait l'hiver, et sentait les courants telluriques se soulever et retomber dans le sol, tout autour...

Cependant, quand il voulut ouvrir les yeux, il s'aperçut qu'il ne le pouvait pas. Il ne parvenait pas à bouger du tout. Il se rendit compte qu'il ne respirait plus, que son cœur ne battait plus. « Je suis pris au piège ! » se dit-il. Il tenta de se débattre, mais il n'y avait rien contre quoi se battre ni rien pour se battre. C'était comme d'être enterré vivant. Il songea de nouveau au squelette de Preston Mantles et son esprit vacilla à la pensée de la mort effroyable que Wale avait subie. C'était le sort qui allait lui échoir, à lui aussi, et très bientôt, si Gwydion commettait un faux pas.

« Pourquoi ne se passe-t-il rien ? hurlait-il en son for intérieur. Pourquoi Gwydion ne fait-il rien ? »

Mais alors, une part de lui-même, plus calme, plus sereine, lui répliqua que ce contre quoi il se débattait n'était rien d'autre que sa propre peur. Il percevait la voix de Gwydion à présent, ténue, comme venue de très loin. Il ne comprenait pas ce qu'elle disait, bien qu'il tendît l'oreille. Puis ce furent trois coups portés contre l'arbre et il les sentit frapper sa chair. Il voulut répondre, mais il était muet. Il ne pouvait rien faire. La sensation de flottement, de chute s'empara de lui à nouveau et cette fois-ci, il la reconnut pour ce qu'elle était. Le moment était venu de lâcher prise et de s'autoriser à abandonner l'arbre, ou bien il serait coincé, comme Gwydion l'avait été. Tout à coup, il sentit commencer de céder les liens qui le retenaient. Il ouvrit son esprit et eut foi en la délivrance.

La chute aveugle se poursuivit interminablement. Ce qui lui avait semblé auparavant un plongeon terrifiant s'apparentait maintenant à un envol. Une sensation de pure liberté le saisit, comme si son esprit avait désormais licence d'aller où il voulait. C'était comme s'il planait très haut et regardait, en bas, le monde entier plongé dans le sommeil. C'est alors qu'une terrible commotion le frappa, et il eut de nouveau l'impression d'être précipité à toute vitesse dans une chute brutale. Il suffoqua, l'air s'engouffra dans ses poumons et la brûlure revint, violente, dans ses mains et son visage. L'instant d'après il était étendu, comme froissé, face contre terre, avec au front la douceur et la fraîcheur de l'herbe humide. C'était miraculeux. Quand il voulut se retourner, son corps fit exactement ce qu'il lui ordonnait et quand il tenta de respirer, une goulée d'air s'engouffra dans ses poumons.

Il ouvrit les yeux. L'obscurité de cette nuit à présent sans lune était brillante, comparée à la noirceur absolue qu'il venait d'expérimenter. Les étoiles tapissaient le ciel, mais entre elles et lui, une ombre faisait écran.

— Qui est là ? s'écria-t-il.

Gwydion s'appuyait pesamment à son bâton. Il était épuisé, à peine en état de parler, mais réussit à murmurer :

— Qui donc, à ton avis ?

Will essaya de s'élancer pour étreindre le magicien.

— Oh, maître Gwydion !

(Il chancela.) J'ai voulu lire la pierre, maître Gwydion, mais il n'y a rien d'écrit dessus !

— Calme-toi. Tu étais hors de toi. Tes pensées étaient perturbées par le choc émotionnel. Cela arrive parfois, avec la magie.

Will avala sa salive, saisit le bâton de Gwydion et s'y accrocha. Quand son sommet commença de luire d'un éclat surnaturel, l'enchanteur enserra ses deux pieds et l'aida à prendre dans la terre une longue goulée de force réparatrice. Avec la fraîcheur du sol, la douleur l'élança de nouveau, et parcourut son visage et ses mains.

Will souffla doucement dessus, tour à tour, mais cela n'y fit pas grand-chose.

Gwydion le pressa d'approcher de la pierre batailleuse. Will vit qu'en dépit de sa force formidable, ses émanations ne se propageaient pas très loin, car elles étaient refoulées par le Liarix. Mais même ainsi, il pouvait sentir sa puissance affluer à l'est, le long de la ligne.

— Soyez prudent, maître Gwydion. Le lorc est en crue cette nuit.

Quand l'enchanteur atteignit le léger cratère où était installée la roche, il se pencha pour y regarder. La pierre était lisse, et dans la lueur bleue émise par le bâton du mage, on aurait dit qu'elle avait été débarrassée et dégagée de toute la poussière alentour, comme par un vortex.

— Qu'est-ce que cet imbécile a fait, avec sa magie ? commenta Gwydion, posant ses mains noircies sur la pierre. (Il prononça des mots, puis se releva :) C'est bien ce que je craignais. Les talents de Masgull ont toujours été aussi démonstratifs qu'approximatifs. Il s'est toujours beaucoup plus préoccupé de l'apparence que de la substance, signe immanquable de friponnerie. Et il n'a guère pris de précautions, en plus. Je vois là des sorts jetés en toute hâte, dont un qui a servi à dissimuler l'inscription.

— Et ne pourriez-vous pas le lever ?

— Peut-être, si je savais de quoi il s'agit. Mais la magie n'est pas une énergie renouvelable dans laquelle on peut puiser à la demande. Après les luttes de cette nuit, il va me falloir un peu de temps pour recouvrer mon énergie.

Il jeta autour de lui un regard circulaire, comme s'il cherchait quelque chose dans l'obscurité.

— Et un sortilège de sauvegarde a été lancé, dont l'efficacité durera au moins jusqu'au lever du soleil. Comme je le pensais, Masgull s'est appuyé sur les forces nocturnes. Il est persuadé que l'aube va venir me piéger à tout jamais dans cet arbre là-bas. C'est un adversaire de taille, car il me connaît bien — mais pas moitié aussi bien qu'il se l'imagine !

— Pourquoi ne m'a-t-il pas tué, maître Gwydion ?

— Parce qu'il croit encore que tu n'es rien d'autre que le porteur de sac d'un magicien, un petit oisillon, un blanc-bec de corbeau novice, car c'est ainsi que je t'ai toujours présenté, partout, depuis le début.

— Mais il est venu à Foderingham, et aussi à Ludford. C'était lui, quand j'ai cru voir la mort.

— Ce n'est pas pour te débusquer qu'il s'est rendu à Foderingham, mais parce qu'il cherchait la pierre dragon. Et plus tard, il était à Ludford parce qu'il y avait anticipé mon arrivée, parce que cela a toujours été une coutume de l'Ogdoad d'échouer dans les lieux de réunion du pouvoir temporel, et depuis quelque temps il a pris l'habitude d'espionner après mon passage ce que je pourrais avoir laissé derrière moi sans protection magique, de façon à me tendre des pièges. (Gwydion fouaillait du bout de son bâton la terre bousculée.) Masgull me connaît depuis longtemps, mais moi aussi je le connais. C'est un insecte capable de survoler des dizaines de fleurs plus parfumées les unes que les autres pour finalement se poser sur un chardon. Un de ces jours, rappelle-moi de t'instruire dans le dit de l'amitié, qui est tout proche du cœur même de la magie.

— Qu'est-ce qu'il voulait dire, avec toutes ces histoires d'univers qui entrent en collision ?

— Vanité ! Vaines rêveries de suprématie et de domination. Il pense qu'il y a de la liberté là-dedans. Et il part du principe qu'il faut une guerre pour provoquer cette « collision d'univers » qu'il appelle de ses vœux. Quel que soit le sens qu'il lui donne, il imagine que ce sont ses efforts qui la provoquent et la déterminent. Il ne voit même pas à quel point il est devenu l'esclave du pouvoir du lorc.

Will baissa les yeux vers le bloc de pierre menaçant qui puisait des forces dans la substance — étrangement lumineuse — qu'il était en train de sucer avidement.

— Il y a une chose que je sais, fit-il, d'un ton qui força l'attention de Gwydion. Cette pierre est la pierre du destin.

Le regard que lui lança le magicien était si pénétrant qu'il en fut effrayé.

— Ce sont tes dons qui te font dire ça ?

— Ce n'est pas quelque chose que je sens, mais j'en suis persuadé.

— Dis-moi pourquoi.

— Parce que Masgull l'a dit lui-même quand il était en train d'exulter, après sa victoire. Il a dit quelque chose comme : « Reste planté ici, Gwydion le sureau, et monte bien la garde sur la pierre de ma victoire. Quand les armées viendront, comme elles ne manqueront pas de le faire, elles te débiteront en morceaux pour alimenter leurs feux de camp. » Pour moi, c'est une indication que la première bataille sera livrée ici.

Gwydion posa les mains sur les épaules de Will.

— Ne pense pas, Willand. Sens.

Il ouvrit son esprit et de nouvelles craintes l'assaillirent.

— Qu'allez-vous faire ?

— Je veux que tu regardes et que tu écoutes.

Gwydion se redressa, la mine sévère dans la faible lueur bleue que projetait son bâton. Il siffla en direction de la pierre comme un chat en colère, puis déploya son bras gauche. Un instant plus tard, une forme blanche et silencieuse fusa dans la lumière étrange. C'était une chouette effraie qui vint se percher, légère, sur le bras tendu.

Will était bouche bée devant l'oiseau et la façon dont il regardait l'enchanteur. Il avait l'air de comprendre, quand celui-ci parlait.

Mar achoinni, cueir foras a-chuen Cormac-t...

Et le rapace s'en fut aussi vite, aussi discrètement qu'il était venu.

— Que lui avez-vous dit, maître Gwydion ?

— Je prenais des dispositions. Quand j'aurai fini mon ouvrage, il n'y aura pas de difficultés à déménager la pierre. Je l'expédierai en lieu sûr, par-delà les mers, à la garde de mon ami Cormac le Fort. Il est seigneur du clan MacCarthach, bâtisseur et défenseur de la place forte d'An Blarna. Ne fais pas cette tête, mon garçon ! Si j'arrive à mes fins, la bogue vide de ce monstre représentera pour lui, ainsi que pour ses hôtes, et à tout jamais, non pas une calamité mais une faveur très spéciale !

Will sentait son cœur battre comme un tambour.

— Vous... Vous allez la purger, c'est bien ça ?

— Oui.

Will se retourna à moitié et, par-dessus son épaule, regarda en direction du val.

— Mais vous disiez que c'était trop dangereux !

Gwydion leva le visage vers les étoiles.

— C'est notre seule chance. Deux formidables armées se préparent à l'affrontement, elles marchent l'une contre l'autre : nous sommes au seuil de la guerre. Le premier choc entre elles est imminent. Je vais faire ce que je dois.

— Vous m'avez expliqué qu'une telle opération serait une tâche lente et harassante, car le mal doit être extrait une petite goutte à la fois, et chacune traitée à son tour, avant d'en laisser sortir une autre. (Il assaillait le magicien.) Vous avez dit que si tout le mal s'échappait d'un seul coup, d'un seul, cela provoquerait...

— Alors, laisse-moi la place de travailler ! La pierre du fléau m'a enseigné quantité de choses, que je ne savais pas quand nous avons déterré la pierre dragon. J'agirai rapidement, mais prudemment aussi, car les grossiers sortilèges de Masgull vont sûrement me compliquer la tâche.

Will roulait des yeux incrédules. Le plan de Gwydion le glaçait d'effroi, mais que faire d'autre ? Il se laissa repousser à l'écart, tandis que Gwydion plantait ses pieds fermement dans le sol et absorbait une grande quantité d'énergie. Alors, il se mit à danser, exécutant une suite d'enchaînements complexes qui donnaient forme et force à ses incantations. Finalement, il s'adressa à la pierre. Ses doigts rampèrent à sa surface, qu'ils commencèrent à interroger, fouillant aussi loin que possible à la recherche des pièges magiques que Masgull avait dressés à son intention.

Quand se fut calmé le désordre de ses pensées, Will osa ouvrir son esprit. Il sentit la noirceur bouillonnante, prompte à l'esquive, contenue dans la roche. Au bout d'un moment, il commença à craindre pour l'enchanteur, car Gwydion semblait tombé dans une transe, et quand il s'extirpa de la fosse pour déambuler à grandes enjambées dans le périmètre de l'Anneau du Géant, il se mit à prononcer des mots dans une langue inconnue de Will, avec une voix qui n'était plus la sienne.

> *... tireauq eroproc ni otcnufed mecov te,*
> *tinev ni sarbif erenluv enis setnats idigir sinomlup,*
> *salludem ataturcs otel sadileg...*

Finalement, il revint à lui et se remit à parler en langage ordinaire, les yeux fermés.

— J'ai eu une conversation avec la Morrigane. C'est la goule qui présage la guerre. Elle dit qu'elle est en route dans l'Est, en ce moment, et attend impatiemment de se repaître de son festin de chair.

— Qu'est-ce que cela signifie ? interrogea Will, dans un souffle.

— Que les armées ne viennent pas de ce côté-ci, en fin de compte. (Gwydion avait la mine fatiguée, le teint gris dans la lueur étrange.) Nous nous sommes trompés : cette pierre n'est pas la pierre du destin.

Will prit soudain conscience de tout ce que cela impliquait.

— Mais ça ne peut être qu'elle ! Elle est bien plus puissante que la pierre dragon !

— Ce n'est pas la pierre du destin. Tu es induit en erreur par la proximité de l'Anneau et par les maléfices que Masgull a jetés. Nous avons été détournés par les ruses de mon ennemi. Pourtant un détail joue en notre faveur : Masgull a lancé ses sortilèges par-dessus la jambe, cette nuit. Je m'en vais retirer le voile nocturne qu'il a jeté à la hâte et révéler l'indice qu'il dissimule, car le verset caché dessous est désormais notre seul espoir de trouver à temps la véritable pierre.

— Mais ne vaudrait-il pas mieux attendre le point du jour ?

Gwydion sourit, d'un sourire sans joie.

— Le bain de sang aura lieu avant minuit.

— Si tôt ?

— Tu ne le sens pas ?

Tristement, Will approuva de la tête.

— Le lorc est plein à déborder.

— Et la pierre du destin, où qu'elle se trouve, est déjà en train de vagir. Elle appelle les hommes à leur mort, en cet instant même, pendant que nous perdons notre temps en paroles. La Morrigane a dit que le prochain crépuscule serait rouge de sang. Recule-toi ! Car il faut que je me mette à l'ouvrage, et dans cette tâche tu ne peux point m'aider.

Will alla s'asseoir sous le sureau. À trente pas on n'était pas en lieu sûr, mais du moins cela permettait à Gwydion de retrouver le calme sans être dérangé. Comme il avait grand besoin de réconfort, Will chercha Pangur Ban, mais le chat s'était éclipsé prudemment. Là-bas, sur la légère éminence, à distance du Liarix, la lumière surnaturelle qui émanait de la houlette de Gwydion se fit plus brillante et gaina d'un lustre poli la sinistre sépulture, tandis qu'il installait son matériel. Il souffla des poudres de sa confection au-dessus de la pierre, avant de verser des gouttes argentées d'une fiole qu'il avait sortie de son sac.

— *Aircill u mas brethar*, dit-il avec douceur. *Foscleig te criedhe mo !*

La première masse de malfaisance sortit de la roche et jeta sa lueur, d'un noir qui faisait froid dans le dos. Tout en prenant de la hauteur, elle se reput de la lumière surnaturelle qui émanait du mage, avant de se resserrer sur elle-même en une boule tournoyante, pour enfin planer au-dessus de la pierre batailleuse. La clarté diffusée par le bâton tourna au brun terne. Gwydion dansait.

Il joua avec la sphère tel un charmeur d'abeilles avec un essaim, lui chantonnant des choses dans différentes langues, changeant de voix, ses mouvements, ses postures la prenant dans un filet de formules magiques, la cajolant, la persuadant, la maîtrisant, tout en lui faisant prendre de plus en plus de hauteur. Il l'éloignait de la pierre. Comme un marin à la barre, il guidait la masse tourbillonnante avec délicatesse, virant de bord, évitant les écueils, surveillant ses avants et ses arrières, louvoyant prudemment. Chaque fois qu'il cédait un pouce de terrain, le globe retombait, essayant, ou du moins c'est ce qu'il semblait, de reprendre contact avec la pierre. Mais alors, Gwydion avançait, le forçant à remonter. Même en décrivant des cercles pour l'éviter, même en crachant sa rage contre lui, la boule de pure malveillance ne réussissait pas à réintégrer le sol. Il la travailla au corps, la projetant toujours plus haut dans les airs et enfin, quand elle fut si haut qu'on ne la devinait plus qu'à la façon dont elle obscurcissait la lumière des étoiles, Gwydion dirigea contre elle un éclair brûlant.

Un foudroiement d'un bleu étincelant la frappa en plein cœur et s'y enfonça. Elle se mit à enfler, à grossir hideusement à vue d'œil pendant quelques instants. Will redoutait qu'elle eût absorbé l'éclair, mais en même temps qu'elle gonflait, ses parois devenaient plus minces et plus grises, si bien que finalement elle se rompit et explosa en menus morceaux.

Des éclats de matière retombèrent en pluie. Comme ils passaient en criblant Will, il sentit des douleurs aiguës dans les dents et jusque dans la moelle de ses os. Elles lui tenaillèrent l'estomac, la tête, et atteignirent un pic d'intensité insoutenable, puis s'estompèrent et disparurent, laissant derrière elles une immense fatigue. Il comprit alors que chaque pierre batailleuse possédait sa propre qualité de malfaisance. Que pour chacune d'elles ce serait différent : non pas comme les têtes de flèches et les casse-têtes forgés, tous sur le même modèle, à Grendon Mill, mais chacune dotée de son caractère particulier.

— Bien, voilà une bonne chose de faite, fit Gwydion. (Il se pencha sur la surface obstinément muette de la pierre, à la recherche de signes inscrits.) Reste en arrière ! Nous avons encore un long chemin à parcourir.

Mais le magicien ne bougeait pas, le regard perdu dans le vide. Anxieux, Will l'interpella :

— Qu'attendez-vous, maître Gwydion ?

— J'ai besoin de restaurer mon moi profond et de retrouver

mon centre. Il est difficile de se rappeler à l'humilité après que les mots de la magie la plus puissante se sont formés dans la bouche, car il arrive souvent qu'on se persuade, alors, que le monde est un jouet entre nos mains, à manipuler à notre guise. C'est là le grand piège pour ceux qui se frottent à une magie trop puissante pour eux. Joins-toi à moi par l'esprit, Willand, et essaie de ressentir ce que je ressens !

— Oui, oui, maître Gwydion.

Il veilla attentivement, tâchant patiemment de maintenir l'espoir, coûte que coûte. Chaque décharge d'esprit destructeur arrachée à la pierre devait être entièrement dispersée. Mais combien de fois Gwydion serait-il obligé de répéter l'opération purgative avant de contraindre la roche à montrer son verset ? Et si, par quelque malchance, il avait sous-estimé sa force ou, au contraire, surévalué la sienne propre ?

Will tenta de chasser ces pensées corrosives, sachant que son devoir était, par un mouvement de solidarité, de compassion, d'ajouter son énergie positive à celle du mage. Il devait faire de lui-même une fontaine d'espérance où l'enchanteur pourrait puiser. Et pourtant, la pierre réussissait à atteindre quelque chose en lui, car il n'arrivait pas à se débarrasser de cette question lancinante : combien de douleurs allaient-elles s'abattre sur le monde, maintenant qu'une telle masse de malignité avait été libérée ? Assisterait-on à une recrudescence spectaculaire d'épidémies, de morts, de blessures par accidents, de retards et de contretemps, d'infidélités et de trahisons intempestives et inattendues ? D'après Gwydion, c'était ainsi que l'univers marchait.

Mais déjà, le magicien avait repris sa danse et appliquait encore une fois sa magie à la pierre :

— *Nai dearmhaida lirran, tar an gharbade sa echearitan, arieas aragh e gundabhain !*

De la deuxième parcelle de noirceur s'élevait une mélopée funèbre, digne de ces fées qui présagent la mort. Elle différait de la première en ceci qu'elle était plus grande et de forme plus irrégulière. Elle se déplaçait plus vite, aussi, tel un formidable vol d'étourneaux en train de se rassembler avant de fondre sur une vigne. Le mage s'était servi d'un sortilège différent, plus puissant, pour extraire le mal, et il pulsait et battait dans l'air de tous ses atomes. Il évoquait à Will ces créatures gélatineuses qu'il avait vues flotter entre deux eaux dans l'océan. Il ferma les poings, et se tint ferme et droit ; il aurait voulu pouvoir aider en quelque chose, mais savait qu'il ne devait pas s'en mêler.

Une lutte à mort se déroulait au-dessus de la pierre. Il entrevit des formes qui rappelaient des poings ou des visages humains dans la nuée d'atomes. Par trois fois, elle se rassembla pour se jeter en avant et tenter de s'emparer de celui qui la tourmentait, mais la résolution de Gwydion tint bon. Et finalement, ce fut à lui qu'il appartint de châtier et de punir. Il articula un charme formidable dans la vraie langue, qui trouva un point faible chez son adversaire. Tandis que les particules noires se rassemblaient furieusement au-dessus de lui, son attaque magique les fit entrer en collision et elles se mirent à brûler, rouges comme les étincelles dans le feu. La plupart d'entre elles furent retenues en l'air par l'envoûtement, mais quelques-unes retombèrent en explosions violentes ou prirent la tangente, comme si elles essayaient de piéger le magicien sur un autre terrain. Mais Gwydion s'était bardé de protections, et le moindre atome qui venait trop près était consumé et laissait derrière lui une traînée orange, incandescente. Il résista assez longtemps pour que la nuée dépense toutes ses forces et les épuise, et c'est alors que la deuxième vague d'assaut du mal enfermé dans la pierre vola en éclats et fut expédiée aux quatre vents.

Cette fois-ci, Will fut projeté au sol. Il grimaça de douleur et toutes les coutures de sa chemise lâchèrent, mais l'instant d'après il bondit en exultant et en poussant des cris de triomphe tandis qu'escarbilles, scories et poussières de suie retombaient en flottant alentour.

— Vous avez réussi, maître Gwydion !

— Je t'ai dit de rester couché ! lui répondit Gwydion d'un ton tranchant. (Son visage était pâle de l'effort fourni. Il était contrarié, la pierre refusait toujours de délivrer son message.) C'est un travail douloureux et épuisant, s'écria-t-il. Et maintenant, il me faut y retourner !

Sans se donner le temps de souffler, il repartit au combat. La troisième goulée de noirceur arrachée à la pierre prit la forme indistincte d'une grande chose ailée. Elle surgit et s'éleva, terrible, effrayante. Elle plana, menaçante, au-dessus de Gwydion, bête tissée d'ombres, charognard qui empestait la mort. Elle frôla Will de ses battements d'ailes et il se sentit envahi de la puanteur de toutes les terreurs qu'il eût jamais connues. Cela rugissait et battait l'air comme un phénix à son envol, en projetant une flamme sombre, mais en dépit de ses efforts, la chose ne réussit pas vraiment à s'élever.

Gwydion dansait à sa rencontre, plein d'audace, et la frappa du bout de sa houlette. Il triompha de sa menace et l'envoya glisser dans la fumée grisâtre du néant, et quand celle-ci passa au-dessus de Will, il eut l'estomac soulevé, comme dans une chute au fond d'un abîme. Il vacilla et sombra dans l'inconscience.

Il revint à lui pour voir Gwydion tituber et courut lui porter secours. Le mage tremblait de tout son corps, exténué et vidé de sa substance, comme un homme qui est resté trop longtemps sans manger ; ses joues étaient creuses et ses paupières bordées de rouge.

Il leva les yeux sur Will.

— Tu devrais faire plus attention, articula-t-il faiblement. Ton nez saigne.

— Arrêtez, maintenant, maître Gwydion. Arrêtez, je vous en supplie ! Au moins, reposez-vous un peu.

— Je ne puis, répondit l'enchanteur en s'appuyant à son bras. Mais je dois procéder prudemment. Je n'aurais pas dû me servir si tôt de mon bâton, car l'adversaire commence à se faire à mes façons. La dernière décharge a presque réussi à se matérialiser, et malheur à nous si cela devait se produire !

— Combien de fois encore vous faudra-t-il le faire ? Reposez-vous un instant, d'abord. Et buvez.

Will lui offrit de l'eau. Gwydion, la tête levée vers le ciel, versa la fiasque sur sa tête. On était alors à un mois seulement du solstice et les premières lueurs rosées de l'aube commençaient à poindre aux limites du ciel. Bientôt, de longs doigts de lumière plus crue viendraient se glisser sous les franges de l'horizon, à l'est.

— Cette pierre n'est pas encore à moitié purgée. Je ne prendrai du repos qu'une fois le travail accompli, et jusqu'au bout.

— Oh, non ! s'écria Will, montrant du doigt l'ennemie. Regardez ! Maître Gwydion, que se passe-t-il ?

Tous les deux, ils s'approchèrent, avec méfiance et pourtant fascinés. La surface de la roche écumait de colère et fulminait comme un chaudron de sang bouillonnant.

— Je connais tes feintes, ta dissimulation, ta fausseté, ta vilénie ! s'écria Gwydion en fondant sur la coupable.

Il emberlificota l'émanation qui s'en exalait dans un contre-sortilège.

— Enfin ! Maintenant, je puis lever les sorts nauséabonds que

Masgull a introduits là. Tant que cela ne sera pas fait, nous ne devrons nous fier à aucun verset que cette pierre voudra bien nous livrer.

Pendant qu'il extirpait la forme illusoire, celle-ci se tortillait de douleur en mugissant, à la pointe du bâton de l'enchanteur, jusqu'à ce que finalement, à bout de forces, elle s'efface, dans un dernier paraphe. Ce qu'il en subsistait était une masse de faces à demi bestiales, qui criaient et imploraient merci, au fur et à mesure que l'enchanteur les libérait. Quand elles eurent disparu, ne restait que la pierre, dans sa plus simple apparence. Elle n'avait plus rien de lisse à présent, mais portait les profondes cicatrices de l'ogham, tout au long de ses arêtes exposées à l'air.

— *Feh fris !* se réjouit Gwydion. (Un flot de bleu brillant illumina la pierre.) À présent, nous allons voir ce qui était caché. Vite ! Il faut la mettre debout et la lire.

Will sauta dans la fosse, intoduisit de force ses doigts sous la pierre, fit levier, poussa, tira, pour aider le mage à la redresser. Alors, Gwydion le fit sortir et reculer, tandis qu'il tournait autour pour déchiffrer chacune des faces tour à tour.

La reine de l'Orient versera le sang,
Sur la route des tyrans, près du flot de Werlame.
Le roi, en son royaume, sera étendu martyr,
Et jamais n'emportera la victoire.

— Que voilà une excellente traduction, approuva l'enchanteur. (Mais il se retourna, s'appuya sur sa houlette, absorbé dans ses pensées, ou comme plongé dans la perplexité par un doute informulé.) Il me semble que je sais désormais où je vais trouver notre pierre du destin.

Will n'en revenait pas.

— Vous avez décrypté le verset ? Si vite ?

Le visage hagard de Gwydion s'illumina, dans la lumière magique.

— Le sens est sans ambiguïté. Quand la reine de l'Orient se dressa contre les envahisseurs de l'empire des tyrans, ses armées mirent le feu à trois cités. L'une d'elles, et seulement une, se trouve au bord d'une rivière nommée en l'honneur de Werlame. Aujourd'hui encore, tout le monde l'appelle Verlamion, tout le monde sauf Ceux-qui-ne-voient pas, qui lui ont donné un autre nom.

— Lequel ?

— Swythen. Les mains rouges ont dressé la plus grande de leurs maisons de chapitre au sommet du coteau de Werlame, parce que leurs premières recrues dans le royaume étaient assemblées là. Swythen est celui qu'ils appellent le « Martyr », car il fut tué pour sa peine par les tyrans, après quoi il est resté sans sépulture, en haut de la colline, pendant mille ans.

— Ce que la pierre annonce doit-il vraiment se produire à Verlamion ? Le roi Hal va-t-il tomber, martyr de son royaume, en cette ville ?

Gwydion laissa courir ses doigts sur la pierre.

— Ainsi nous l'enseigne l'antique magie. Quoi qu'il arrive, le sort ne permettra pas au roi Hal de l'emporter, dans la bataille à venir, en tout cas c'est ce qu'il semble.

— Mais s'il est destiné à perdre, cela veut dire que le duc Richard va gagner.

— Oui, tu peux voir les choses ainsi.

Malgré lui, la perspective d'une victoire du duc donna à Will un secret sentiment de satisfaction. Si Gwydion n'était pas revenu le chercher, il était plus que probable qu'en ce moment même, il serait en marche pour la bataille, à cheval au côté d'Edward.

Il lâcha :

— Donc, à présent la tâche qui nous incombe est d'empêcher la victoire du duc Richard, je suppose.

Gwydion croisa son regard, comme s'il lisait dans ses pensées.

— La tâche qui nous incombe, c'est d'empêcher un bain de sang.

Will se redressa.

— C'est loin, Verlamion ?

Mais Gwydion ne répondit pas. Il se mit à tourner autour de la pierre, la houlette à la main, prononçant à haute voix l'autre lecture possible :

> Quand une reine réduit son roi en esclavage,
> Voyage au lever du soleil un royaume à gagner,
> Le martyr de Werlame n'aura pas la victoire,
> Mais restera étendu là où jamais ne coule le sang.

Will fit tout son possible pour essayer de retenir les vers par cœur, mais avant même qu'il ait pu en saisir le sens, un énorme trou s'ouvrit sur la pierre, en son sommet, qui se mit à vomir un limon noir. Aussitôt, Gwydion y porta son bâton et tenta de le cautériser en y appliquant la lumière bleue, mais quelque formule magique qu'il tentât, il n'y avait pas moyen de le refermer. L'atroce odeur qui s'en dégageait provoqua un haut-le-cœur chez Will et l'obligea à reculer. Puis il entendit s'élever un bourdonnement, qui s'amplifia et lui emplit la tête au point qu'il eut l'impression qu'on le frappait avec un marteau.

— Je t'avais averti qu'il y avait encore trop de malfaisance dans cette pierre ! lui cria Gwydion, tandis que tous les deux faisaient marche arrière en titubant. C'est la magie de Masgull qui doit être en train de la vider entièrement. Le dernier sortilège qu'il a jeté n'était pas destiné à la fermeture, comme je le pensais, mais au contraire, prévu pour déverser tout le mal d'un seul coup ! Si tu n'avais pas insisté pour que je m'interrompe, comme tu l'as fait — si j'avais continué à danser ma magie d'ouverture —, nous serions tous les deux morts à l'heure qu'il est !

Will se recula le plus qu'il put, sans quitter des yeux le haut de la pierre. Elle bouillonnait et gargouillait à présent, tel du goudron fondu, mais il ne s'agissait plus d'une illusion, d'une de ces supercheries dont Masgull était coutumier, comme celles qui avaient précédé. Cette fois-ci, c'était tout le mal resté dans la pierre, une bonne moitié de ce qu'elle avait recelé au départ, de la malfaisance pure, qui émergeait, libre de tout contrôle.

Pas de masse informe s'élevant dans les airs sur l'ordre de Gwydion, pas de chose vague incapable de trouver sa propre substance et qu'il pouvait faire danser à sa guise ; ceci était un cauchemar, un vrai, une terreur aboutie, qui voulait sortir. Elle luttait en gigotant pour venir au monde, forçant le passage par ce trou qui semblait maintenant bien trop étroit pour l'enfanter, et une formule de malédiction se répandait déjà tout autour de la chose, portant l'atmosphère à incandescence :

Anaichte ishubaich na't slaughe immer Werlamich,
Biedh fordhagan argh fehdair fhuill !
Bidthwe imada oig ishan guihnn !
Caine goirfen Badhbi ta' gach peirte !

Bidh de tiudbha da lucht na Trinobhacnd !
Budh d'tiudban dau cuchtar nai !
Buedh tiudhbha dorlin abusgh leaia !

— Cours ! cria Gwydion à Will.

Il ne se le fit pas dire deux fois. Il se retourna et bondit en avant tandis que les mots de la terreur se propageaient par-dessus les champs. Il en discernait à peine le sens, mais il savait que sous le rire fou de cette voix, il était question de sang, de massacre et de mort. À cet instant, rien n'aurait pu le persuader de s'éloigner du magicien, et ils fuyaient de conserve. Gwydion leva les bras, hurla des formules magiques et lança en direction de la chose un éclair crépitant, mais cela ne servit qu'à exciter leur poursuivant. Ils se précipitèrent vers la sépulture abandonnée d'Orba, au milieu du champ. À présent, la chose malfaisante avait dépassé la taille du Liarix. Et elle était en train de changer d'apparence à vue d'œil, avec ce pouvoir de fascination qui atteignait Will de plein fouet. Le temps de cligner des yeux, elle n'était plus la même, mais chaque fois elle était plus terrible.

— Par ici ! cria Gwydion. Là-bas !

— Qu'est-ce que vous faites ? lui répliqua Will, ébahi de voir que l'enchanteur s'était arrêté et se penchait, tâchant d'attirer le monstre à lui.

— Nous devons l'entraîner ailleurs ! Si jamais il prend de la force dans l'Anneau, il n'y aura plus moyen de l'arrêter ! Prends par ici, moi je prends par là. Willand, fais ce que tu peux pour le détourner vers toi, car il me faut récupérer mes forces !

Le mage escalada alors les pierres de la sépulture d'Orba. Il se planta, les pieds bien écartés, ses yeux basculèrent dans leurs orbites et il tomba dans une transe muette : il essayait de tirer de l'énergie de la terre. Dans ces circonstances de la dernière chance, Will eut l'impression d'avoir été laissé seul pour affronter le danger. Les yeux grands ouverts, fasciné, il observait la chose maléfique qui se tortillait et bouillonnait, flamme sombre au-dessus de la lueur rougeâtre de la pierre batailleuse.

— Maître Gwydion ! s'écria-t-il en secouant le magicien. Maître Gwydion ! Faites vite !

Dans un ultime effort, la chose qui se débattait réussit à se libérer, faisant voler la pierre en une douzaine d'éclats. Elle se rassembla, émit une clameur à glacer le sang, et quand elle se dirigea de leur côté, Will ne fut plus que pure terreur. Pour essayer de se faire prendre en chasse, il agita les bras en criant le plus fort qu'il put et quand la masse bestiale avança sur lui, il prit ses jambes à son cou.

Le rugissement du mal était assourdissant, chacun de ses pas faisait trembler la terre. Will l'écarta de l'endroit où se tenait l'enchanteur, évitant de se diriger vers l'Anneau, mais aussi vers le doigt déformé du Liarix. Il s'arrêtait de temps à autre pour se retourner et jeter en direction de la forme monstrueuse de pleines poignées de terre, pour s'assurer qu'elle était toujours aussi enragée, aussi férocement à ses trousses. Il courut jusqu'à sentir ses genoux céder sous lui, se releva, reprit son allure folle, mais ce fut pour se jeter droit dans un buisson, qu'il réussit à franchir tant bien que mal. De l'autre côté, il se prit les pieds dans un fouillis de branchages à demi calcinés. Le sol était couvert de cendres encore tièdes ; c'étaient les restes de leur feu de camp, à l'endroit où, quelques heures auparavant, il avait rêvé de rentrer chez lui.

Il heurta quelque chose de dur — le sac en peau de grue ! Il se souvint du cor au liseré d'argent et de la formule qui y était gravée, dans la vraie langue :

Ca iaillea nar oine baiguel ran,
Ar seotimne meoir narla an,
Aln ta'beir aron diel gan.

Si d'aventure tu te trouvais en détresse,
Sonne-moi, et tu auras la vitesse.

Il le sortit du sac, le porta à ses lèvres et souffla à pleins poumons.

Rien ! L'air passa dedans sans produire le moindre son. Et voilà que l'horreur malveillante approchait, enflée, fumante, enragée. Will souffla de nouveau, plus fort, crachouilla, crachota, postillonna, mais rien ne venait. Au moment où il allait abandonner et reprendre sa course, il se souvint de la façon dont les gardes, sur les murs de Foderingham, utilisaient leurs trompes pour avertir d'une approche. Il resserra ses lèvres autour de l'instrument et cette fois-ci la note sortit, claire, haute, tenue. Trois fois il sonna du cor, mais sans voir apparaître aucun Homme vert, pas le moindre bataillon d'elfes guerriers, comme il l'avait espéré. Au lieu de cela, le mal poursuivait sur sa lancée : il avait gagné du terrain et rugissait de plus belle, tout près maintenant de s'abattre sur lui, aussi sûr que l'obscurité de la nuit se refermait sur le monde, au crépuscule.

Et puis, à l'instant précis où Will pensait que sa dernière chance s'était envolée, il y eut une réponse à son appel. Une immense jument blanche sortit au galop de la pénombre, avec Gwydion sur son dos.

— Agrippe-toi à Arondiel ! lui lança-t-il en débouchant à toute vitesse d'entre les pierres qui formaient la tombe d'Orba. Arondiel, coursier de la dame Epona du vieux, vieux temps ! La plus rapide des montures ! Tu l'as appelée depuis le mont qui domine Dumhacan Nadir, car même si je ne l'avais pas lu au premier abord, dissimulé comme il l'était, c'est son nom qui était gravé sur le cor !

Will sauta à cheval, se pencha sur l'encolure, et ils se jetèrent en avant pour sauver leur vie.

— Cours ventre à terre en direction de l'est, mon amie au pied sûr ! lui lança Gwydion. Cours vite, et cours bien ! Prends le mal de vitesse, alors qu'il progresse vers Verlamion ! Fonce vers le soleil levant, car c'est à l'Est que sont tous nos espoirs !

Et ils filèrent comme le vent, le mal sur les talons, et ses rugissements qui secouaient les arbres en faisaient tomber les feuilles, et son ombre menaçante s'étendait sur l'univers endormi, à mesure qu'il passait. Il les poursuivait, aussi vite qu'aucun cheval de ce monde eût pu galoper, mais Will était penché en avant, cramponné à la crinière argentée d'Arondiel, les doigts refermés sur les crins, à pleines poignées, et ils semblaient voler.

Gwydion, à l'arrière, jetait des envoûtements dans leur sillage. Will entendait la puissance de ses sortilèges, mais ils étaient sans effet et le mal gagnait sur eux.

— Maître Gwydion, pourquoi se moque-t-il de votre magie ? cria-t-il, pris de frayeur.

— Parce que j'ignore le nom qui me donnerait barre sur lui.

— Or donc, nous sommes perdus !

— Pas tant qu'il me reste un souffle.

Des lueurs bleues fusaient, tournoyaient et s'envolaient d'entre les mains de Gwydion.

— Arrière, furie ! Ou je te transpercerai de mon éclair aveuglant !

Mais, quand bien même chacun des coups portés atteignait leur poursuivant, rien ne semblait pouvoir l'arrêter. Chaque boule de feu explosait en secousses qui faisaient trembler la terre à grand fracas, dans la lumière blême. Sous le ciel, illuminé à intervalles rapprochés, Will entrevoyait les champs et les bois, éclairés quelques secondes avant de s'abîmer dans le néant. Loin au-dessus du lit abrupt des torrents, des larges flancs des rivières, ils s'élançaient, laissant derrière eux les haies d'ormeaux et les coteaux verdoyants. Ils réussirent même à passer entre deux très vieux chênes, que Gwydion écarta par enchantement. Et pendant ce temps, il continuait de murmurer des sorts, tandis que les sabots d'Arondiel les propulsaient en avant. La jument téméraire volait au-dessus des barrières, des ruisseaux, des bosquets et des collines, par bruyères et bouchures, vers l'est, toujours plus à l'est, comme si elle connaissait le chemin le plus court vers la gloire.

Mais derrière eux courait le mal, sans se démonter. Chaque fois qu'Arondiel forçait l'allure, bizarrement, il progressait. Et ils s'élançaient toujours, par monts et par vaux, par les halliers et les clairières, par les prés et les marais où poussent les iris. Mais où que les conduisent leurs pas, le mal était sur leurs talons, et rien de ce que Gwydion lui envoyait ne pouvait le faire trébucher ou reculer.

Will s'accrochait, attentif à ne pas lâcher prise, car il se rendait bien compte qu'une chute, à pareille allure, eût été mortelle. Ils eurent bientôt parcouru deux fois la distance, et deux fois plus vite, que n'importe quel cheval de ce monde n'aurait pu franchir, avec deux cavaliers sur le dos. Ils voyageaient par la terre assoupie, passant au grand galop par les sombres Cents, par les villages de Thring, Wing et Ivangham, et puis ils ralentirent l'allure à l'approche de la route des faiseurs d'esclaves, qu'on nommait Ickenold. Finalement, ils se trouvèrent au pied d'un escarpement crayeux qui se dressait au milieu de leur chemin, tel un rempart.

Will était sûr que la bête monstrueuse allait les attraper, maintenant, et elle se rapprocha, certes, mais Gwydion lui lança une décharge de feu scintillante, et Arondiel prit son envol, les entraînant plus haut, toujours plus haut, vers le sommet. Au-dessous d'eux s'étendaient les plaines de Hooe, mais Will vit qu'ils ne les atteindraient jamais.

— Cachez-nous ! s'écria-t-il entre ses dents serrées. Faites-nous disparaître, comme vous l'avez déjà fait une fois !

— Nous ne pouvons nous cacher ! Je n'ai pas pu préparer de sortilège de disparition. Et d'ailleurs, ce n'est pas cela, et rien d'autre du reste, qui pourrait tromper cette terreur. Où que nous allions elle nous suivra, car nous l'avons relâchée, et elle a été fabriquée pour s'appliquer à notre destruction.

— Mais si nous ne pouvons la prendre de vitesse, ni non plus nous en cacher, alors il n'y a pas d'échappatoire possible ! Il nous faut faire face et l'affronter maintenant !

— Alors rassemble ton courage tandis que tu le peux, Willand ! Car j'ai bien peur que nous n'en arrivions là, sur Beacon Hill, à l'instant !

Mais Arondiel n'était pas encore épuisée. Elle boucla à toute allure le sentier sinueux qui débouchait au faîte de la falaise, tandis que le verset que la chose malfaisante avait crié en émergeant de la pierre n'en finissait pas de résonner dans la tête de Will. Dans la vraie langue, les mots avaient le pouvoir de terroriser les hommes, et leur sens était limpide :

Comme les armées approcheront de Verulam,
Des flots de sang rougiront les lances !
Les jeunes hommes iront au massacre !
Le corbeau de la mort on entendra crier par toutes les îles !

Retombe le sang sur les gens de Trinovant !
Qu'il retombe sur eux tous !
Le sang, sur chacun et sur tous !

— À quoi bon qu'Arondiel coure davantage ? cria Will en se retournant. Il faut nous arrêter ici et faire face !

— Si nous faisons cela, nous périrons, c'est certain !

— Nous devons faire face, maître Gwydion, car nous sommes arrivés à cette montagne et nous ne devons pas aller plus loin !

L'enchanteur regarda où ils se trouvaient et secoua la tête.

— Quelle certitude te fait dire cela ?

Will répondit d'une voix suppliante :

— Mieux vaut que tous deux, nous nous battions ici jusqu'à la mort, plutôt que de courir en un lieu où la bête trouvera à se repaître du sang de deux armées.

Arondiel, dans une dernière volte, s'inclina pour les laisser descendre. Et Will, en soufflant de nouveau dans le cor bordé d'argent, la fit disparaître, et ce fut comme si elle n'avait jamais été là.

— Bon vent, mon beau destrier ! s'écria Gwydion dans un dernier salut, tandis que la silhouette de la jument se dissolvait devant eux.

— Nos remerciements t'accompagnent ! lança Will dans la nuit. Si ma vie doit s'arrêter ici, j'aurai au moins connu l'expérience sans pareille d'avoir chevauché la plus belle monture qui fut jamais — et jamais ne sera !

Mais il n'était plus temps pour les mercis et les adieux.

— Nous sommes sans armes et en fait de magie, je n'ai plus grand-chose sur quoi compter, annonça Gwydion. Mais tu sais qu'il est encore quelqu'un qui serait prêt à combattre le mal à nos côtés. Il viendra si je le requiers, quel que soit le lieu ou le moment.

— Eh bien, c'est le lieu de le requérir, et le moment !

Gwydion se retourna. Il plongea le regard au pied de la montagne et vit l'ombre qui émergeait des bois, en contrebas. La chose ralentit et s'arrêta, suspectant quelque ruse. Puis, s'imaginant les tenir, elle lança un rugissement à faire trembler l'air tout autour et avança dans leur direction.

— Tiens bon, Willand ! Cette horreur ne nous prendra pas sans combattre ! s'écria Gwydion.

Alors, la formule d'émanation lui vint sur les lèvres. Le sol se mit à vibrer et à se fissurer, et si vaste que fût l'ombre qui les poursuivait, celle qui émergeait à présent était plus vaste encore.

— Alba ! s'écria Will. Ainsi donc, il existait bel et bien, après tout !

— Lève-toi, géant de la terre ! ordonna Gwydion. (Et, à Will :) Une fois convoqué, jamais Alba ne tolérera que pareille atrocité ravage son royaume en toute impunité.

Et c'était vrai, car dans le point du jour grisâtre, Will vit pour la seconde fois le géant Alba surgir de la terre humide de rosée, aussi large d'épaules, aussi puissant qu'il lui était apparu, il y avait si longtemps. Et cette fois-ci encore, il était manifestement en colère. Plus il s'extirpait du sol en projetant des mottes de terre, plus sa taille augmentait, et quand il fut debout, il tourna sa face verruqueuse vers la puissance maligne qui ébranlait le sol.

La lutte fut féroce et les deux formes gigantesques, chacune à son tour, prit l'avantage sur l'autre. Will observait, fasciné, le mal qui déchirait les chairs d'Alba, et pourtant celui-ci, d'une secousse, l'envoyait voltiger. Une pluie de coups de poing s'abattait sur la forme malfaisante qui s'enroulait, tel un serpent, à l'une des jambes formidables d'Alba et lui crachait son venin dans les yeux. Alba, l'ayant saisi à la gorge, la rejeta à terre, où elle s'abattit pesamment. Il en profita pour l'emprisonner dans une étreinte d'acier, les muscles bandés pour en broyer la force. Alba donnait tout ce qu'il pouvait, mais au moment où l'on aurait pu croire qu'il avait gagné, l'ombre de la guerre se volatilisa.

À présent, un mirage de fumée noire s'entortillait autour de lui. Le nuage bougeait, exaspérant le géant, comme pour démontrer combien il était facile d'échapper à son étreinte. Alba tenta, encore et encore, de se saisir du mal qui lui échappait, mais il se perdit finalement dans les brumes grisâtres. Alors, autour de lui, l'air se mit à étinceler de coups, chacun d'eux comparable au plus cuisant des coups de poignard. À présent, la colère aveuglait Alba. Dans un rugissement, il tituba et se lança une fois encore à l'assaut de l'ennemi, mais sans pouvoir en trouver aucun. Le mal avait disparu à la vue, et pourtant Alba était lacéré de tant de blessures atroces qu'il hurlait sa douleur. Il tourna sur lui-même, jetant les bras devant lui, provoquant par ses cris son adversaire : il voulait se battre encore. Hurlant, trépignant, rugissant furieusement, il défiait en vain ce vil serpent pour le châtier, et si ce n'avait été aussi effrayant, Will aurait pu admirer le spectacle tragique de l'impressionnante puissance protectrice d'Alba si aisément trompée par la pernicieuse malice de son ennemi.

Mais ce n'était pas tout, car à présent, ayant mis le géant hors de ses gonds, le mal se rassembla de nouveau pour fondre sur lui et l'attaquer par-derrière. Il prit forme et substance : une serre puissante, qui mordit les épaules du géant et lui déchira la nuque. Et c'est ainsi qu'il lui fit mettre genou en terre.

Will se rendit compte immédiatement qu'Alba était gravement blessé, car quand il réussit à se débarrasser du mal, ce fut dans un gémissement pitoyable, celui d'un combattant qui sait son destin scellé. Et quand le mal se jeta sur lui une fois encore, il fut clair que le géant était à bout de forces.

— Il est terrassé ! s'écria Will.

— Il s'est battu bravement, mais contre un tel opposant, la bravoure seule ne suffirait pas.

— Cette fois, c'en est fait de nous !

Will regardait couler le sang brun d'Alba. Il l'entendit gémir pitoyablement, quand sa force le quitta et que ses genoux cédèrent. En s'abattant, il se mêla à la glaise dont il était sorti et qui l'engloutissait de nouveau. Un ultime grognement lui échappa, un souffle et ce fut tout : Alba était retourné au néant, ne laisssant derrière lui qu'un monticule de terre, comme la tombe d'un roi antique, qui désignait son dernier lieu de repos, à tout jamais.

Avec Alba s'effondraient tous leurs espoirs.

— Il faudra bien plus fort qu'un géant de terre pour nous sauver, désormais, annonça Gwydion.

— Mais qui ?

— Qui d'autre que le grand roi Arthur pourrait affronter pareil adversaire et l'abattre ?

Will ne pouvait détacher les yeux du mal qui se ramassait parmi les ombres, en contrebas. Il rassembait ses éléments épars, se mélangeait et se fondait en une seule forme, plus énorme, plus hideuse que jamais, et absorbant quelque chose de l'aspect et des contours de son ennemi vaincu. Des volutes de brume voltigeaient, tourbillonnaient, se croisant et s'entremêlant, jusqu'à façonner la silhouette d'un géant prêt pour l'attaque.

Gwydion éleva d'un geste implorant ses mains brûlées et noircies. Sa voix retentit, grave et solennelle :

— Ne t'avais-je pas dit qu'un jour viendrait où tu n'aurais plus peur des géants ?

Will eut un sourire accablé.

— Si seulement j'avais entre les mains une arme digne de ce nom !

— Ce vœu, au moins, peut s'accomplir : regarde donc en quel endroit nous a menés Arondiel ! Aujourd'hui on l'appelle le mont Lumineux, mais ce fut autrefois un grand champ de bataille.

Alors, quelque chose remua au tréfonds de Will et il s'entendit demander :

— Son nom, ce ne serait pas plutôt... le mont Badon ?

— C'est cela même ! Et maintenant, réclame ton épée, et elle te sera donnée !

Et Will s'écarta de quelques pas, alla se poster sur un petit tertre au bord du sentier et, plongeant son regard dans la vallée, entra en transe. Les bras levés, il appela :

— *Anh farh bouiadan ! An ger bouiadhane !*

Et cette fois-ci, à mesure que les mots se formaient sur ses lèvres, il sut qu'il avait un jour, loin dans le temps, proféré la même formule pour exhorter une formidable armée. Et voici que c'était au tour de Gwydion de prononcer des paroles subtiles. Will s'agenouilla car là devant lui, étincelant de tout son éclat dans l'herbe humide, la poignée d'une épée venait d'apparaître.

Comme Will s'en saisissait de la main droite, il lui sembla qu'une force extraordinaire se coulait en lui. Il retira la lame plantée dans le sol aussi aisément que s'il l'avait fait glisser de son fourreau. Elle n'était pas sans rappeler celle qu'il avait vue au côté de Leir, une lame forgée à des siècles de là. En la brandissant, il s'aperçut qu'elle luisait d'un fier éclat, qu'elle était maniable et bien équilibrée. Elle se distinguait par un poli incomparable, un or qui reflétait le ciel pâle et ce qui restait des étoiles nocturnes. La prendre était une vraie jouissance.

— Elle a nom Branstock, lui annonça Gwydion.

Son regard avait l'ardeur des braises.

— L'épée de puissance ? murmura Will, qui se souvenait de ses leçons d'histoire.

— C'est l'épée sacrée, en effet, et nulle autre !

— Mais comment est-elle arrivée ici ?

— Comment ? Parce que ta destinée te suit d'aussi près que les hommes leur ombre. Mets toute ta maîtrise dans le maniement de cette lame, et sois prêt à mourir comme les héros des temps anciens !

Will se retourna pour affronter son destin. Là, tout en bas, le mal poussait des clameurs de victoire et la montagne en retentissait. Bras dessus, bras dessous, enchanteur et guerrier remontèrent à reculons jusqu'au sommet de l'escarpement et ils se disposèrent à accueillir dignement leur adversaire. C'est ici qu'ils feraient face, sur le mont Lumineux, face au couchant où s'attardaient les ombres, Gwydion le bâton à la main, Will tenant fermement son épée, le même défi dans leurs deux cœurs. Gwydion, solidement planté sur ses pieds, prépara les sortilèges qu'il avait encore à sa disposition pour ces ultimes instants. Son plan consistait à présent à saigner une aussi grande quantité que possible de ce mal, à diminuer, autant qu'il était en son pouvoir, le fléau qu'il avait libéré et lancé sur le monde.

Au-dessous d'eux, l'être maléfique ne cachait pas sa fureur. Il éclata d'un rire lourd de menace et de triomphe, et pourtant, tandis qu'il se lançait à l'assaut du versant qui le séparait d'eux, Will brandit son épée devant lui d'un air crâne. Ils étaient, le mage et lui, épaule contre épaule. L'impulsion qui le poussait à courir était passée. Tant qu'à mourir, autant que ce soit ici, au côté de son ami et maître, en luttant pour protéger le dernier phantarch aussi longtemps que ses forces le lui permettraient.

Alors, il ouvrit grand son esprit et inspira profondément une longue goulée d'air froid. Et voici que se dissipait la sensation oppressante de la peur, lui laissant le cœur plus léger. Peu à peu le courage et la confiance lui revinrent, et il résolut de tomber à bras raccourcis sur le mal, et de ne pas céder un pouce de terrain, comme il avait dû le faire devant Masgull. Il fit deux pas en avant, Branstock brandie devant lui, immobile, face à l'adversaire qui marchait sur lui.

La chose essaya de le frapper à toute volée et la douleur fusa au moment où un bras, ou la semblance d'un bras, vint le cueillir à la tête. Sous le coup, il faillit s'écrouler, mais dans un cri il balança l'épée et se glissa de côté, redressant l'arme à la verticale tandis que les éclairs bleus que jetait Gwydion claquaient dans l'air alentour.

Le mal se fondit en une vile parodie de son ennemi vaincu. Une gigantesque face taillée à la serpe apparut au-dessus de Will. Une jambe puissante et grossière essaya de l'écraser, de le clouer au sol, mais il bondit pour l'éviter et l'énorme bête, aveuglée de colère et de rage, ne trouva que l'air à déchirer et fit tressaillir le sol dans un trépignement d'impuissance.

Et soudain, la lame téméraire de Will heurta quelque chose de solide et s'arrêta net. Il trébucha tandis qu'une douleur aiguë lui labourait le bras. Un, deux, trois éclairs vinrent s'écraser contre les flancs du monstre, l'obligeant à relâcher l'épée. Il voyait combien les efforts du magicien étaient chaque fois plus vains. Will fut projeté à terre. Gwydion, cependant, faisait barrage de son corps et lançait des sortilèges, de plus en plus faiblement, jusqu'à ce que la bête se retourne contre lui et l'écarte violemment.

Un tourbillon de poussière s'éleva, suivi d'une pluie de pierres, et Will, aveuglé, sentit venir une nouvelle onde de douleur, encore plus violente : il n'arrivait plus à penser. Mais il balaya la poussière dans ses yeux du dos de la main, à temps pour voir le mal modifier de nouveau son apparence et prendre la forme d'une créature féroce, terrifiante.

Gwydion gisait à terre, épuisé, sans défense, mais déjà Will y voyait plus clair. Il se remit debout et avança, Branstock brandie une dernière fois au-dessus du corps de son ami.

— *Ar Gwydionh !* s'écria-t-il dans la vraie langue. Ce coup-ci, je vous le dédie !

Le mal était là, tout proche, les dominant. Prêt à frapper, semblait-il, et cependant quelque chose le fit s'arrêter. Will ne pouvait voir ce que c'était, mais quand il leva de nouveau son épée et la tint bien haut, la lame s'embrasa d'une lueur écarlate, et la forme grotesque poussa un rugissement de fureur et se tourna d'un côté et de l'autre, comme aux prises avec une souffrance intolérable. Elle grondait, déchaînée, et vomit une lave de feu sombre, comme pour parer des coups invisibles. Puis, tel un ours blessé, le mal battit l'air, chancela et se mit à reculer en trébuchant.

— Maître Gwydion ! Relevez-vous ! s'exclama Will en faisant tournoyer Branstock. Regardez ! Il bat en retraite !

Et sur la partie encore ombreuse de la pente, le fantôme de la guerre reculait en effet, avec force grognements, à croupetons, en se traînant au bas du tertre. Il était maintenant à quatre pattes, s'aplatissant tel un chien battu. Il semblait entièrement préoccupé de se sauver. Will n'en revenait pas. Il se retourna pour tenter de comprendre ce qui avait bien pu provoquer pareil miracle. Et il vit, en effet : par-delà la bande de terrain découvert que constituaient les plaines de Hooe, montait au-dessus de l'horizon, à l'orient, splendide et cramoisi, le disque du soleil.

L'ombre lança un dernier vagissement, mais c'était cette fois une clameur d'impuissance et de désespoir, le hurlement d'une bête qui se sait condamnée. Elle se débattit, vociféra, tenta de s'enfouir dans le sol pour se soustraire aux rayons qui allaient l'anéantir.

— Nous avons gagné ! s'écria Will, tout à sa joie. (Riant, dansant, virevoltant, il finit par s'écrouler d'épuisement.) Regardez ! Nous sommes vivants, et victorieux !

— *Maithei thuir !* s'exclama Gwydion en tombant à genoux.

Il ouvrit les mains, les paumes tournées vers le ciel, et dans la langue de l'île, invoqua la mémoire de Danu, mère de Lugh, une dame révérée en des temps si reculés que nul, depuis des milliers d'années, ne s'était adressé à elle. Mais Gwydion le chercheur de vérité, dernier phantarch, prononça par trois fois son nom, car il avait vu la mort de tout près, plus près qu'aucun enchanteur jamais ne l'avait vue.

CHAPITRE VINGT ET UN

Ciels de feu

C'EST AINSI QU'ILS FINIRENT PAR ARRIVER dans les plaines de Hooe, pour voir les terres étirer leur opulence, au levant, dans les brumes bleutées du petit jour.

Gwydion exultait.

— Le mal a été introduit en ce monde par les maléfices d'un sorcier tissés de nuit, à la sauvette, et sa puissance ne dépassait pas le seuil de l'obscurité !

Will était émerveillé.

— Ainsi donc Masgull, bien contre son gré, a épargné nos vies. Et c'est lui, justement, qui nous a menés en vue du flot de Werlame.

— Maintenant, tu commences à comprendre comment s'agencent les cercles qui tiennent ce monde en équilibre. Comme l'assure le dit : « Ce qui est venu, reviendra. »

— Nous avons un dicton très proche de celui-là, chez moi dans le val.

— Je n'en doute pas, car c'est moi qui l'ai donné aux gens du val, même s'ils l'ont adapté à leur façon. Allez, viens ! Il n'y a pas de temps à perdre !

Le chemin qu'ils empruntèrent les conduisit au nord de Verlamion, et là Gwydion s'arrêta. Il murmura des paroles de recueillement, puis alla se planter seul un moment au milieu d'un pré, pour demander son énergie à la terre. Will essaya de l'imiter et le suivit au fil de ses émotions. Une fois que celui-ci eut absorbé une copieuse portion de force tellurique, ils reprirent leur route et Will se rendit compte — mais il aurait été bien en peine d'expliquer comment — que lui aussi se sentait comme régénéré.

Ils traversèrent deux lignes de toute première force, si gonflées que Will n'eut besoin de nulle baguette de coudrier pour les détecter. Puis ils aperçurent, dressées dans les champs, à l'est, les bannières et les tentes d'une formidable armée. Le regard aiguisé de Will distinguait, au loin, les rais du soleil qui ricochaient sur le métal poli et il sut immédiatement qu'il devait s'agir des troupes du duc d'Ebor. Par milliers, ces hommes avaient fait route vers le sud avec leur seigneur, plus nombreux que Will n'en avait jamais vu assemblés en un même lieu. Le spectacle, sidérant, l'obligea à s'arrêter, mais Gwydion le pressa de se remettre en chemin. Ils traversèrent des champs où se lisait l'opulence de fenaisons à venir : centaurée, plantain, saxifrage. Le parfum de l'herbe foulée s'élevait sur leur passage tandis que le soleil, toujours plus haut, entamait sa course vers le sud et que Will se repérait à la ligne verte qui courait, invisible, sous ses pieds. La ville était bâtie sur l'extrémité d'un contrefort montagneux incliné au nord. Elle était enserrée, côté est, par un antique fossé dont Gwydion lui indiqua le nom : la Tonne. On l'avait renforcé par des sections de mur et de haies vives. Will pouvait voir qu'on avait abattu de grands hêtres, dont on avait traîné les troncs gris en travers des voies d'accès, pour les rendre impraticables aux soldats comme aux chevaux. Toute circulation avait cessé et le long du fossé, Will distinguait des hommes, la pioche à la main, qui creusaient pour l'approfondir encore, et du même coup consolidaient la berge, en arrière, pour qu'elle soit la plus haute possible avant que les attaquants ne donnent l'assaut.

— Trinovant se trouve à une longue journée d'ici, sur la grande route du nord, en direction du sud, l'informa Gwydion. Il y eut jadis une antique cité de l'Empire des tyrans, ici, dans la vallée, où passe encore une voie des faiseurs d'esclaves. Mais de la cité il n'y a plus guère de traces, sinon par endroits, là où l'on a dérobé aux ruines de l'Empire la brique et la pierre travaillée pour construire les chapitres et les cloîtres de Ceux-qui-ne-voient-pas.

Bien installée sur le versant ensoleillé de la montagne, le plus agréable, leur puissante tour carrée s'élevait au-dessus d'une longue salle fortifiée. Tout autour se déployait un dédale de bâtiments annexes, dépendances, quartiers, cours et courettes. On y voyait se hâter des silhouettes encapuchonnées de noir.

— Une chose est sûre, au moins, c'est qu'aucune attaque ne sera lancée de ce côté-ci de la ville, constata Will.

— Vrai, fit Gwydion, avec un geste d'impuissance en direction de la colline. Pourtant, ces murs ne sont pas construits pour être des défenses. Ils ne servent qu'à séparer le cloître de la cité.

Will repensa à ce que lui avait dit Gwydion à propos des frères — qu'ils n'étaient pas autorisés à quitter leur ordre, une fois admis — et frissonna. Il ne pouvait détacher les yeux de la gigantesque maison du chapitre, qui dominait de toute sa hauteur les tours de couvre-feu et les toits de chaume. C'était un bâtiment qui inspirait l'effroi et il n'en avait jamais vu d'aussi grand. La richesse volée que tout cela représentait dépassait l'entendement et le moindre sou, là-dedans, avait été dérobé au labeur d'autrui.

Dans les terres à découvert autour de Verlamion, la rosée montait du sol. Bourdons et papillons étaient déjà là, en quête de nectar, et les alouettes, haut dans le ciel, faisaient des vocalises. La journée s'annonçait splendide. Ou plutôt elle aurait pu l'être, songeait Will, n'eussent été les deux armées qui avaient convergé ici et ne pensaient qu'au massacre.

— La pierre du destin les a appelées, observa Will, qui venait de renifler, flottant dans l'air, une odeur vile et douceâtre. J'entends sa voix qui murmure à l'oreille des hommes. Si nous nous dépêchons, peut-être avons-nous encore le temps de suivre le tracé des lignes de lorc et de découvrir où elle est !

Gwydion hocha la tête.

— Trop tard. La pierre ne peut pas être purgée. Notre seul espoir — et il est bien menu — est la contre-persuasion. Il me faut déployer tout mon art pour amener les ducs à parlementer. Peut-être, de cette façon, arriverai-je à gagner un peu de temps, même si j'ai bien l'impression qu'une bataille est inévitable, désormais. Avec la présence de Masgull, le mieux que nous puissions espérer, c'est que l'issue tourne à notre avantage.

Une onde de peur passa sous la peau de Will.

— Masgull ? Ici ?

— Tu doutais de sa venue ? Il sera dans l'escorte du roi, il y est déjà au moment où nous parlons.

Will agrippa le magicien par la manche.

— Mais comment parviendrez-vous à mettre les ducs en présence ? Richard d'Ebor et Richard de Mells ? Ils se haïssent avec la dernière violence. Avec cette pierre qui diffuse sa folie, ils seront sourds à toute forme de persuasion.

— Ils écouteront la mienne... (Gwydion lui fit face, désolé mais déterminé.) Sinon, je lancerai sur eux un envoûtement contraire, qui les obligera à se soumettre.

Will en fut bouche bée.

— S'opposer à la volonté de la pierre du destin, par moyen de magie, à l'intérieur d'un être humain, ce peut être très dangereux !

— C'est potentiellement mortel. Le moins à quoi l'on puisse s'attendre, c'est une folie irréparable qui s'emparerait de tous les deux.

— Alors, vous ne devez pas le faire ! s'écria Will en s'accrochant de nouveau à la robe de l'enchanteur, et Branstock brilla dans sa main. Maître Gwydion, ce serait un meurtre ! Et d'ailleurs, cela n'arrêterait pas la bataille.

— J'ai déjà fait ce genre d'ouvrage, et je le ferai encore, car on peut acheter tant de vies innocentes au prix de celle de deux ou trois fieffés imbéciles !

— Mais la pierre du destin murmure à l'oreille de tous ! Les armées, quoi qu'il en soit, s'affronteraient, même sans leur chef. Je dois trouver cette pierre, si je le puis ! Au moins laissez-moi essayer !

— Et puis quoi ?

— Vous saurez quoi faire. Vous saurez toujours !

— Willand ! (Le mage le saisit au collet et ses yeux étaient deux braises.) N'oublie pas : la pierre t'affecte, toi aussi.

— Et vous, maître Gwydion !

— Tu vas m'obéir, à présent !

— Non ! (Will lutta et réussit à reprendre possession de lui-même, suffisamment pour tourner sa langue dans sa bouche :) Oui, maître Gwydion ! Comme vous voudrez !

Ce n'est que lorsqu'il eut fait quelques pas au-dehors du tracé de la ligne et chassé complètement de lui l'influence néfaste qu'il put voir la vérité : Gwydion ne le laisserait jamais se dresser face à la pierre du destin — il agirait, mais seul.

L'enchanteur fit retirer à Will son paletot pour en envelopper la fabuleuse épée. Il expliqua que la vue d'une lame nue entre les mains d'un homme qui n'arborait pas les couleurs alliées pouvait donner lieu à un malentendu.

— Comme tu l'as dit, l'esprit de ces soldats est déjà enflammé par la perspective de la bataille. Pour eux, tout étranger est un ennemi, et mieux vaut prévoir les ennuis possibles, afin de les éviter.

Quand ils firent halte pour jeter un coup d'œil aux défenses de la ville, Will demanda :

— À votre avis, qu'est-ce que le duc Richard a à l'esprit ?

Gwydion s'abrita les yeux de la main et observa les longs pennons qui ondulaient dans l'air léger aux abords du beffroi.

— M'est avis que l'ami Richard aurait bien aimé être le premier dans la place et s'installer dans Verlamion avant l'armée royale. Mais il a été battu au poteau.

— Les rues grouillent déjà d'hommes en armes, et j'en reconnais plusieurs pour les avoir vus à Clarendon dans l'entourage du roi.

— Les couleurs du duc Edgar flottent à côté de la bannière du roi.

— Je ne sais pas ce que le duc Richard a l'intention de tenter, mais si j'étais lui, je fondrais sur la ville en son point le plus faible.

— Il va essayer de forcer le passage, fit Gwydion. Ses soldats ne se laisseront point dissuader par des fossés à sec ou des arbres abattus, pas avec les troupes de Lord Warrewyk à leurs côtés. Ses chevaliers sont de farouches combattants, issus d'une caste où l'on ne badine pas avec l'orgueil. Ils préféreront mourir plutôt que reculer. Cette vanité est bien, d'ailleurs, la source de tous nos malheurs. J'ai de bonnes raisons de croire qu'il y aura de nombreux morts avant la fin du jour, car la prise d'une cité est entreprise fort hasardeuse.

Will sentit son estomac se retourner, ne sachant que trop bien vers quel camp balançait son cœur. Il regarda encore une fois l'agglomération accroupie sur son éperon rocheux, assailli de pressentiments funestes.

— Je dois faire ce que je puis, maître Gwydion.

— Prends soin de rester tout près de moi, mon garçon ! Car tu n'as jamais assisté à une bataille de cette ampleur, et moi, je n'en ai que trop vu. Il y a bien des façons de mourir.

Will eut soudain très peur d'ouvrir son esprit en un lieu si dangereux. Il entendait battre les tambours, qui annonçaient l'arrivée d'une énorme troupe de fantassins. Les hommes d'armes arboraient des livrées de couleur et des heaumes de métal étincelants, et avançaient en rangs serrés, les étendards de leurs seigneurs haut levés au-dessus d'eux. Certains portaient des pots de fer de métal riveté, des haches d'armes et des merlins, et aussi des javelots, et ils marchaient sous les ordres de mercenaires appointés, tandis que leurs capitaines parcouraient les lignes d'avant en arrière, montés sur des chevaux aux caparaçons splendides.

Voici qu'arrivait un bataillon de Ludford, suivi d'autres encore, descendus des territoires du Nord. Plus loin encore, c'était la garnison du château des Cadrans solaires. Et puis, là-bas, un corps d'armée appartenant au comte de Warrewyk, les piquiers de Kennet, que Will reconnut au rouge de leurs surcots. Et sur la route progressaient d'autres hommes, qui tiraient et poussaient dans un nuage de poussière un énorme engin de bois et de fer, qu'on appelait le sanglier de Warrewyk et qui, par quelque artifice de feu, faisait des trous dans les murailles de pierre.

Will traversa sur les talons de Gwydion une immense prairie piétinée par les chevaux et les soldats, et bientôt ils furent absorbés par la marée des guerriers du duc, qui s'assemblaient à l'est de la ville. La première compagnie qu'ils rencontrèrent arborait une livrée bleu et blanc. Les hommes avaient fière allure, le regard clair, la plaisanterie aux lèvres. Mais ils étaient sous les ordres d'un capitaine bien jeune et bien mal assuré. Il était de mauvaise humeur, et manifestement débordé par sa tâche. Sa monture ombrageuse gratta le sol du pied en hennissant quand Gwydion approcha.

— Je suis à la recherche du duc Richard, annonça l'enchanteur. Où puis-je le trouver ?

Le capitaine fit tourner bride à son cheval, ignorant superbement Gwydion et sa question, quand l'un de ses hommes intervint.

— Messire, je reconnais ce garçon, même s'il a bien changé : c'est l'un des pages de la maison du duc.

— Jackhald ! s'écria Will.

— Tu ne serais pas tombé la tête la première dans un feu de camp, dis-moi ?

Le capitaine fit faire volte-face à sa monture.

— Que dis-tu là ?

Un autre soldat s'en mêla :

— Messire, ce jeune homme a été un temps page du comte des Marches, avant de prendre la poudre d'escampette !

— Est-il vrai ? s'enquit le capitaine, la mine sévère. (Puis, s'adressant à Jackhald :) Le duc a bien d'autres chats à fouetter, aujourd'hui, que de se préoccuper de gaillards qui prennent la fuite. Si celui-ci est venu combattre à nos côtés, enrôle-le dans notre compagnie. Et débarrassez-moi le plancher de ce mendiant, du plat de votre épée !

— Que nenni, messire ! s'interposa un autre, qui s'avança avec audace. Si je puis me permettre, messire. Mais vous ne devez pas parler ainsi, car cet homme est le mage du duc, rien de moins !

Le visage du jeune capitaine était à présent rouge d'exaspération.

— Un mage ? glapit-il. Quel mage ? Le duc n'en a pas d'autre que son vieux jardinier.

— Oh, par ma foi il dit vrai, messire ! Je l'ai vu faire des conjurations, de mes yeux vu !

— Oui ! Il a fait disparaître la neige de la cour intérieure de Ludford en un clin d'œil. Toute une matinée de travail, qu'il nous a épargnée, vrai comme je respire !

Le cou du jeune capitaine se gonfla, les tendons prêts à sauter, et il hurla :

— Assez ! Rentrez dans le rang !

Il eut encore un coup d'œil de mépris à l'adresse de Gwydion, quand tout à coup son regard se noya et il tomba en avant, le nez sur l'encolure de son cheval, comme s'il avait été touché entre les omoplates par un carreau d'arbalète.

— Le capitaine ! s'écria l'un des gardes.

Les soldats se précipitèrent. Saisissant leur chef sous les épaules, ils le firent glisser à bas de sa monture et le déposèrent par terre pour lui prodiguer leurs soins, tandis que d'autres balayaient du regard les alentours, cherchant d'où venait le coup. Une clameur se propageait :

— Arbalètes ! Prenez garde !

— Mais non ! Il est évanoui, seulement. Et tout froid.

— Alors, c'est sorcellerie ! fit une autre voix, tremblante. Regardez ! Le magicien lui a tailladé la figure !

— Que nenni. Il saigne du nez, c'est tout !

Des hommes approchaient pour se rendre compte, mais déjà leur capitaine s'était assis, clignant des yeux. Gwydion entraîna Jackhald à l'écart d'une main ferme et lui traça un signe sur le front.

— Et maintenant, dis-moi : quelles rumeurs te sont venues aux oreilles ?

Et Jackhald, le regard absent, répondit :

— J'ai ouï dire que le vieux roi Hal a appris que notre ennemi était pour lui rendre visite à Trinovant, alors il quitte sa belle ville et se met en route, plein nord. Ç'aurait ben pu être le jour d'avant-hier. Y disent que Trinovant était encore ben trop entortillé par les envoût'ments du maître corbeau. Ben trop dur, pour le sorcier du roi Hal, de manigancer ses maléfices dans c'te lieu-là…

Gwydion secoua Jackhald par les épaules.

— Quoi d'autre ?

Et le soldat, les yeux dans le vague :

— Paraît que notre seigneur suzerain est mieux aimé du menu peuple qui d'meure à Ludd que le roi lui-même.

— Jackhald, écoute-moi. Où le roi Hal avait-il l'intention d'aller ?

— Eh ben, au nord. À Leycaster, p'têt ben, où le duc Edgar et la reine ont sûrement plus d'amis qu'y z'en ont à Trinovant. Le duc de Rockingham marche avec eux, et aussi son fils, le comte de Stratford.

— Et le comte d'Umber, intervint un autre soldat qui passait par là en ouvrant de grands yeux. Et puis, faut pas oublier le chevalier noir.

— Et aussi deux seigneurs des Middle Shires, ajouta un troisième homme de troupe, qui faisait le compte sur ses doigts. Et y'a aussi le baron Clifton, ses hommes disent qu'il est fou.

— Comment cela ?

— Il est fou, raide fou, messire. Nos espions, y disent qu'il est venu avec son fils, John, et trois cents lanciers.

Will se souvint de la pierre qu'il avait repérée avec sa baguette de coudrier, sur les domaines d'Aston Oddingley. C'était là la demeure de Clifton. « Pas étonnant qu'il ait l'esprit dérangé », se dit-il, se rappelant comme la pierre dragon, même bridée par les enchantements les plus puissants, avait réussi à persuader Edward, qui n'était pourtant pas facile à influencer, de lui rendre visite.

— Le roi a-t-il déjà envoyé ses hérauts ? demanda Gwydion aux soldats.

Ils s'entre-regardèrent, avant de hocher la tête.

— Nous n'en savons rien.

— Où se trouve le duc Richard, en ce moment ?

— Là-bas, près du petit bois.

Le garde pointait du doigt un endroit où s'assemblaient des hommes en plus grand nombre encore.

Gwydion se précipita vers l'escorte du duc et Will pressa le pas derrière lui. Ils trouvèrent d'abord sir Hugh Morte, armé de pied en cap et monté sur son palefroi, une grande bête vigoureuse. Quand ils lui demandèrent si les hérauts du roi étaient venus proposer de parlementer, sir Hugh lui éclata de rire au nez.

— C'est déjà réglé ! En réponse à notre lettre de doléances, de fausses missives nous sont parvenues, qui enjoignaient à monseigneur de préserver la paix du royaume. Mais ce n'est point monseigneur d'Ebor qui la menace !

— De fausses missives, dites-vous ?

Sir Hugh leur coula un long regard blasé.

— Je puis vous garantir que la seule fois où Sa Majesté le roi s'est donné la peine d'écrire une lettre de sa propre main, ce fut pour commander qu'on rajoute du lait dans sa tasse. C'est la reine qui parle en son nom. Elle le manipule comme un pantin, et dans le royaume, pas un qui ne le sache !

Gwydion pointa sur le chevalier un doigt réprobateur.

— Vous seriez bien avisé, ami Hugh, de vous rappeler que votre suzerain a juré allégeance, le genou en terre, à celui que vous accablez si légèrement de vos sarcasmes.

Sir Hugh — la patience n'était pas son fort — laissa éclater sa colère.

— Décampez, vous et vos arguties, magicien. Il n'est plus temps de discuter : nous sommes déjà déterminés à courir sus à la traîtrise.

— Ce sol sera bientôt gorgé de sang et vous ne pourrez pas dire que je ne vous aurai pas mis en garde !

Nerveux, le destrier s'ébroua et sir Hugh reprit les rênes.

— Eh bien, allez trouver la reine et persuadez-la d'en faire à votre volonté, si vous le pouvez ! Et rappelez-vous bien ceci : pendant que vous parlementerez à la grande porte de Verlamion, monseigneur Warrewyk s'emploiera à défoncer la porte de derrière ! Sur mon âme ! Et moi à son côté, avec ma meilleure lame !

— Où est le Wortmaster ?

— Gort ? Retourné à ses plantes puantes, à Foderingham, pour ce que j'en ai à faire !

— C'est un guérisseur. Il devrait être là.

— Et nous, nous devrions déjà être au combat ! Et n'avons pas de temps à perdre en vaines paroles !

Là-dessus, sir Hugh ajusta la visière de sa salade et mit au petit trot son cheval, qui piaffait, laissant Will avec une question qui resterait sans réponse. Un terrible soupçon le hantait : *où était Willow ?*

Il prit le risque d'ouvrir son esprit, juste un petit peu. C'était une habitude qu'il avait prise ces derniers temps, une opération qu'il accomplissait comme un prélude nécessaire avant d'aiguiser son intuition. Mais cette fois-ci, il y avait nécessité.

Il chancela et ses jambes se dérobèrent sous lui.

— Qu'y a-t-il ? s'inquiéta Gwydion.

Il tendit la main devant lui, en même temps que sa vue se troublait.

— Je sens des mouvements dans le sol. Ils m'empêchent de voir nettement. L'herbe ressemble aux eaux de l'océan... ou au reflet des nuages dans un étang. Et la terre se soulève. C'est la même chose que j'avais ressentie à Ludford. Je n'aurais pas dû baisser ma garde.

— Se pourrait-il que ce fût *une autre* ligne ? Ici même ? Prends bien garde, Willand, il s'agit de la force de la pierre du destin, à pleine puissance ! Ne te laisse pas faire !

— Elle... elle me parle, maître Gwydion !

— Fais-la taire, je te dis ! C'est comme ça que, sans se douter de rien, les hommes se laissent prendre à son influence maléfique. Elle se répand dans l'atmosphère quand une pierre entre en activité, de sorte que les mieux avisés en perdent leur jugement. (Du regard, l'enchanteur fouillait les alentours.) Ainsi donc... ce ne sont pas deux lignes qui se rejoignent ici, mais trois ! Et c'est cela qui donne à la pierre du destin sa formidable capacité de nuisance !

Gwydion l'entraîna à l'écart et ils pressèrent le pas pour rejoindre la garde rapprochée du duc. Une troupe impressionnante d'hommes de guerre était rassemblée dont le nombre augmentait d'instant en instant — chevaux et gonfanons aux armoiries bleu et blanc, et partout on voyait les symboles de la rose blanche et du faucon enchaîné. L'agitation et l'émoi régnaient autour du duc. L'air était saturé du bruit des ordres criés et du piétinement des sabots. Will remarqua deux chevaliers balafrés vêtus de leur plus belle armure et qui portaient des massues oblongues. Chaque pièce de harnois du duc brillait d'un poli sans égal, de telle sorte qu'il sembla à Will avoir revêtu un costume taillé dans les éclats d'un miroir.

De partout résonnait le choc métallique des cottes de mailles qu'on finissait d'ajuster. Will, qui avait été à bonne école, n'eut aucun mal à se rappeler les noms que sir John Morte lui avait rabâchés si souvent — la tête et le corps, puis les bras, puis les jambes —, et voilà qu'il se les répétait encore et encore, non pas pour le plaisir, mais comme une comptine ensorcelante qui lui permettait de tenir la pierre en échec :

Salade... cuirasse... braconnière... dos et plastron.
Épaulière... brassard... cubitière... gantelet.
Tassette... cuisse... genouillère... jambière... soleret.

Le ventail de la salade du duc était relevé, mais sa cuirasse était déjà attachée, de la poitrine au menton, ce qui lui donnait une posture guindée, fort inconfortable, semblait-il. Sir John avait toujours pris soin de souligner combien il était important de donner du jeu aux pièces qui protégeaient le torse, une fois celles-ci installées, car il y avait là un défaut qui pouvait se révéler fatal : si la charnière cédait, il n'était guère facile à une main revêtue du gantelet de la remettre en place, encore moins dans le feu de la bataille. C'était toujours le plastron des nobles seigneurs que les archers cherchaient à atteindre, car quel meilleur moyen de mettre d'un seul coup sa famille à l'aise ?

Autour du duc chevauchaient les hommes de sa maison, les chevaliers de son entourage proche ainsi que son escorte. Les autres alliés s'étaient dispersés de gauche et de droite, pour prendre le commandement de leurs propres troupes. À la tête de la colonne de gauche avançait le seigneur de Warrewyk, celle de droite était sous les ordres du propre père de celui-ci, le comte Sarum, homme sans peur s'il en fut.

En dépit de sa contenance hautaine, ce fut le duc qui les héla, les voyant approcher.

— Soyez le bienvenu, maître Gwydion ! Voyez comme notre cause avance ! Nous avons levé cette armée de toute première force et chevauché jusqu'ici pour débarrasser le roi, une fois pour toutes, de ses indésirables compagnons. Je suis fort aise de constater que vous avez mis fin à vos vagabondages pour venir nous prêter main-forte aujourd'hui !

Gwydion marchait à grandes enjambées à côté du cheval de guerre.

— Et dois-je vous répéter encore ce que je vous ai dit si souvent, Richard, que la magie n'est pas quelque chose dont on fait commerce. Vous ne pouvez vous en servir pour acquérir un avantage personnel. Vous ne devriez même pas y penser, car ce qui est venu...

— Reviendra, coupa le duc, terminant la phrase à sa place. Je connais cette leçon sur le bout des doigts.

— Alors, pourquoi vous conduisez-vous en dépit de toute sagesse ?

Tous les yeux étaient sur l'enchanteur, à présent, car ses paroles avaient les intonations du défi et tous ceux qui les entendaient dévisageaient le duc, dans l'attente de sa réaction. Will eut l'impression qu'il avait bien du mal à garder un ton badin et l'humeur légère. Cependant, il essaya :

— Je ne suis pas en train de tenter de vous acheter vos pouvoirs, maître Gwydion. Mais puisque vous voici venu à nous en ce moment crucial, ne suis-je pas en droit de supposer que c'est pour prodiguer votre aide à ceux qui sont ici pour assurer, par les armes, la victoire du bien sur le mal ?

— Ne me parlez pas du bien et du mal, Richard, car vous ne connaissez ni l'un ni l'autre — à moins que vous n'ayez eu affaire à des sorciers !

— La barbe, maître corbeau ! Je sais ce que je dois faire aussi bien qu'aucun homme !

Le duc se détourna, peu enclin à poursuivre plus loin la discussion, mais Gwydion, les bras levés, le força à se retourner.

— Masgull, le sorcier, est mon ennemi. Prenez garde à la façon dont vous jouez avec le royaume en sa présence, car on ne trouve point à s'abriter sous un arbre mort !

Les yeux du duc s'embrasèrent de colère.

— Un arbre mort ? Qu'est-ce que c'est que ces devinettes ? Expliquez-vous ! Vous êtes pour nous, ou contre nous ?

— Si vous avez eu commerce avec Masgull, il vous faut me le dire, ou vous connaîtrez bientôt le prix à payer pour ce genre de transaction. Quant à moi, je dois percer à jour ses intentions et m'y opposer autant qu'il est en mon pouvoir de le faire. S'il cherche à vous détruire, vous pourrez compter sur mon aide. Mais si sa stratégie consiste à vous donner son appui pour que la victoire soit vôtre, je vous priverai de ce triomphe, Richard ! Ainsi, vous voilà prévenu !

L'escorte rapprochée du duc broncha, devant ce qui lui apparut comme une menace magique.

— Épargnez vos sortilèges ! Je sais ce qui me revient de droit, maître corbeau !

— Ah, Richard ! Que ne choisissez-vous le camp de la sagesse, par égard pour les vôtres ! (Gwydion leva sa houlette à bout de bras.) Songez à votre fils premier-né, et choisissez la voie de la patience, comme je vous le conseille à présent !

Mais le duc ne fit pas un mouvement pour arrêter la colonne ou pour prendre le magicien à part, de façon à pouvoir converser avec lui. Au lieu de cela, il éleva plus fort encore sa voix de stentor :

— Si vous êtes venu pour nous aider, maître Gwydion, je vous souhaite la bienvenue dans cette compagnie. Mais si c'est pour nous faire la leçon, alors accordez-nous la grâce de décamper. (D'un geste de défi, il brandit vers le ciel Fregorach, sa spendide épée de combat.) Car avec ou sans vous, je suis résolu, aujourd'hui, à porter remède à la maladie qui afflige ce royaume ! Nous sommes ici pour briser les liens qui nous étranglaient !

Des cris d'approbation forcenés s'élevèrent parmi la suite du duc. Des épées, moins imposantes certes, furent levées. Puis l'armée, lentement, commença de faire mouvement.

— Will !

À l'instant, parmi les clameurs, son nom avait été lancé haut et fort. Il leva les yeux vers le deuxième escadron et repéra une haute silhouette élégante en grand arroi, montée sur un destrier en harnois et caparaçon aux couleurs lie-de-vin et bleu : Edward, dans tout l'apparat que lui valait sa qualité de comte des Marches.

— Tu as encore joué avec le feu, dirait-on ! Mais je vois que tu es venu nous rejoindre, et juste à temps. Je savais que le mage de mon père ne nous ferait pas défaut !

— Heureux de te revoir, Edward, fit Will d'un ton bourru. Mais nous ne sommes pas ici pour combattre. Pas plus que Gwydion n'est le mage de ton père.

Perplexe, Edward lui rendit son regard.

— Pas pour combattre ? Mais quoi d'autre à faire, dans une bataille ? C'est ce qui peut arriver de meilleur à un homme, de se révéler au combat. Viens te battre à mon côté, Willand, nous serons de nouveau comme deux frères !

— Des frères, tu en as à ta suffisance. Où est Edmund ?

Une ombre passa sur le visage d'Edward au souvenir de son cadet, encore infirme de corps et d'esprit depuis sa rencontre avec la pierre dragon, mais il se contenta de répondre :

— Il est trop jeune. Mais toi, tu as l'âge. Qu'on donne une monture à cet homme !

Will, qui marchait à côté du cavalier, sentit passer dans le sol une nouvelle onde malfaisante et avec celle-ci, un désir soudain de sortir de son emballage l'épée qu'il tenait toujours, comme un paquet, sous son bras. La chose, quelle qu'elle soit, qui s'était saisie de lui quand il avait baissé sa garde, reprenait de la vigueur.

« Pourquoi ne pas la sortir, cette épée ? se dit-il. Elle t'appartient de plein droit, c'est un présent que tu reçus à l'heure du plus grand besoin. Déploie-la, car sa lumière t'a déjà sauvé la vie une fois. »

Il réussit à se dominer.

Et pourtant, Branstock était si belle qu'il aurait adoré la brandir, là, devant son ami et tous ces guerriers.

Et de nouveau, quelque chose au plus profond de lui écarta cette tentation, et il dit à Edward :

— Je n'ai nul besoin de prouver ma valeur au combat. Quant à la bataille, maître Gwydion a fait le chemin jusqu'ici pour construire la paix, et c'est une tâche bien plus grandiose.

— Il est trop tard pour ça !

Edward, qui n'avait rien à envier à son père quant à la magnificence de l'équipage, sortit de son fourreau la lame éclatante de son arme.

— Regarde ! C'est Dalgur, par laquelle j'ai été armé chevalier. L'honneur m'est enfin échu de chevaucher dans l'escorte rapprochée de mon père.

— Et moi, je vais te montrer la mienne, Edward, car ce n'est pas une épingle à chapeau. La mienne, c'est l'épée sacrée !

La réplique lui avait échappé malgré lui et il s'aperçut que sans le vouloir, il avait déjà retiré le paquet de dessous son bras. Il essaya de se dominer et d'arrêter son geste, mais Edward lui rétorqua d'un ton méprisant.

— Que voilà de belles paroles, Willy-qui-frétille-du-bâton !

— Je vais te faire voir !

Il fallut à Will toute sa maîtrise de soi pour ne pas céder à l'envie de le faire. Il voyait bien comment procédait la pierre du destin, qui cherchait à se saisir de sa moindre faiblesse pour l'exploiter à son profit. Il se domina, attendit d'avoir retrouvé un calme parfait, puis d'un air serein remballa son balluchon et le glissa sous son bras.

Mais Edward, dans un rire, se pencha et de la pointe de Dalgur alla cueillir le paquet, qu'il envoya valser en l'air, et l'instant d'après, Will avait à ses pieds dans l'herbe son grand manteau de coureur de chemins, tailladé, et une épée à côté. Et ce n'était pas Branstock, mais une arme de bois grossière faite à partir d'une branche d'épine noire, de celles que les enfants se taillent pour jouer avec.

Le jeune comte, rejetant la tête en arrière, partit d'un grand rire de gorge, et de même firent les chevaliers qui l'entouraient.

— Il va te falloir mieux que ça si tu dois chevaucher avec nous, observa-t-il. Arrière, tous ! Voici Willy-qui-frétille-du-bâton et son épée de bois !

Will était piqué au vif. Très échauffé, il chercha Gwydion du regard, persuadé d'être la victime de quelque vilain tour. Mais l'enchanteur était encore en train d'essayer de persuader le duc, disputant âprement mais vainement avec lui, même à présent, à la onzième heure. L'escadron se mit en marche, Edward en tête, dont la monture piétina au passage le paletot de Will, et tous les autres à sa suite.

L'idée vint soudain à Will de demander des comptes à Edward au sujet de Willow. Une vague de rage monta en lui, mais voyant Gwydion se démener sans compter pour maintenir la paix, il trouva la force de dompter sa colère ; dès qu'il y eut réussi, il commença de voir beaucoup plus clair dans la situation.

« Le chemin suivi par celui qui veut la paix est le plus ardu de tous, se dit-il, et pour moi il est rendu plus malaisé encore, du fait que je connais l'issue de la bataille. La pierre batailleuse a prédit la défaite du roi Hal. Je n'ose pas le dire à Edward, car de savoir la victoire certaine ne ferait que l'éperonner... »

Alors il se souvint de la pierre dragon et de la façon dont Edward avait voulu, à tout prix, aller la voir. Dès qu'il se fut porté de nouveau à hauteur du poitrail de son coursier, Will s'écria :

> Roi et reine avec pierre dragon.
> Ensorcelés par la lune, seuls dans la noirceur,
> Dans le champ du Nord jamais plus ne s'éveilleront,
> Le fils et le père, par la guerre tués.

— Ce n'est pas le moment de lui réciter des poésies ! lui cria l'un des chevaliers de l'escorte. C'est un guerrier ! Ne viens pas t'interposer entre lui et son jour de gloire !

— Attends ! s'écria Edward, la posture raide et hautaine. Qu'est-ce que c'était que ça ?

— C'est le verset que tu as vu gravé sur la pierre dragon. Celui que tu disais être une prophétie !

Will lutta pour s'éclaircir les idées. La douleur montait à l'intérieur de son crâne et il se frappa la tête, trébucha, et faillit tomber. Il s'écria de nouveau :

— Edward, maître Gwydion m'a dit que ce qu'annonce la prédiction, c'est la mort du roi légitime et de son héritier !

Cette déclaration suscita une vive émotion et l'un des gardes rapprochés d'Edward leva son épée, prêt à couper la tête à l'audacieux. Will connaissait parfaitement le prix à payer pour le crime qui consistait à « imaginer la mort d'un roi ».

Mais Edward ne donna pas l'ordre de tuer. Il dévisagea ses hommes tour à tour.

— Le pauvre hère est aussi ramolli de la cervelle que ce vieux Gort. Nous allons nous battre, aujourd'hui, et nous allons gagner ! Nous ne redoutons rien !

Quand Edward brandit son épée, une immense clameur monta des poitrines des soldats qui l'accompagnaient. La vapeur qui s'élevait de leurs pennons vibra dans l'air léger, leurs armures cliquetèrent. La colonne prit de la vitesse. Des groupes avançaient avec force cris, et venaient former et puis grossir les rangs de bataille, de plus en plus denses, qui donneraient bientôt l'assaut à la Tonne.

Will courait plus vite à présent, pour se maintenir à hauteur du destrier d'Edward.

— Mais il y a pourtant quelque chose à redouter : un très puissant sorcier a pris place au sein de l'armée du roi !

— Nous savons qu'il est là.

— Vous le savez ? fit Will, les yeux agrandis de surprise.

— Mais oui. La reine n'arrête pas de s'en vanter. Il peut faire apparaître entre ses mains du feu coloré, exactement comme le maître corbeau. Mais père dit que ce n'est qu'un jongleur, un attrape-nigaud de champ de foire qui se donne des airs mystérieux et fait mine d'entendre des voix, et qui se sert d'artifices de sorcier pour étonner les imbéciles ! Les arquebusiers de monseigneur Warrewyk sont capables de faire bien mieux. Leurs armes utilisent de la poudre pour faire de la flamme et du bruit, et aussi pour projeter des boulets de pierre ou de fer sur l'ennemi. Ils pourraient bien les passer au travers du corps de Jarred, pour le punir de son insolence !

— Mais je ne parle pas de Jarred ! Celui que j'évoque s'appelle Masgull. Maître Gwydion s'est battu contre lui la nuit dernière. C'est un sorcier terriblement dangereux.

— Je n'ai jamais entendu parler d'un tel magicien.

— Si Gwydion est ici, c'est pour vous protéger contre lui, car s'il devait faire tomber sa foudre sur votre armée, vos hommes mourraient comme des pieds de bruyère dans un feu de forêt.

— Qu'ils viennent donc, tous autant qu'ils sont ! Sorciers ! Enchanteurs ! Et qui d'autre encore ! Et qu'ils nous prédisent réussite ou malheur, peu importe. Verlamion tombera aujourd'hui, quoi qu'ils disent et quoi qu'ils fassent !

Comme Edward ressemblait à son père à présent : on aurait cru entendre le duc. Il l'avait bien observé, en effet, et s'était modelé étroitement sur lui. Will s'exclama :

— Venez parlementer ! Maître Gwydion dit qu'une fois la guerre commencée, elle dévorera toute une génération !

— Je ne suis point comme toi, Will. Un sang royal coule dans mes veines. Je suis né pour chevaucher et pour manier noble épée, comme firent mes aïeux. J'y ai droit par ma naissance !

— La vraie chevalerie ne se glorifie pas du sang versé ! s'exclama Will en s'accrochant à l'étrier d'Edward. Quand elle tire l'épée, c'est toujours à regret.

— Pousse-toi de là, Will !

Il vit descendre Dalgur, qui brilla un instant au soleil avant de venir l'atteindre, du plat de sa lame, à la tempe, et il dût lâcher prise.

— Le sang va couler aujourd'hui et j'y serai pour quelque chose ! Et mon épée aussi ! Alors, ne reste pas en travers de mon passage !

Edward éperonna sa monture et Will fut laissé à la rude tâche d'essayer de ne pas se faire piétiner par les chevaux de sa garde. Puis il s'arrêta le temps de reprendre haleine.

« Ils sont tous hors de portée de la raison, maintenant, se dit-il, plein d'appréhension. Tous. »

Mais comme les cavaliers s'éloignaient au galop, son regard se porta sur un bataillon d'archers, des hommes qui venaient de Cambray. Ils étaient vêtus de vert et bleu, et arboraient fièrement l'insigne du dragon rouge de Rannor. Chacun d'eux était déjà chargé de deux pleins carquois, mais leurs arcs étaient encore emballés. Ils attendaient près des charrettes ou s'avançaient tour à tour pour prendre une lance de bois qui leur servirait à se défendre, éventuellement, contre des soldats à cheval. Il vit une silhouette sauter à bas du chariot le plus proche et quelque chose dans la façon dont elle bougeait mit son cœur en émoi. Quand elle sortit de derrière le chariot, il la saisit par le bras.

— Willow !

— Will ?

Il la sentit tressaillir, sous le choc.

— Mais tu es... brûlé.

Il savait de quoi il devait avoir l'air. Peut-être avait-elle une bonne raison de se montrer distante, mais il ne s'était pas attendu à de la répugnance. Il essaya de lui conter ce qui était arrivé, mais elle n'écoutait pas et ne s'activa que plus vite à décharger la carriole.

— Il faut que tu t'en ailles d'ici, lui dit-il en lui empoignant le bras. Maître Gwydion affirme que...

— Maître Gwydion ! fit-elle en se dégageant brusquement. Tu fais toujours ce qu'il te dit de faire ?

— Willow, accoutrée comme te voilà, on te prendra pour un soldat ! Quand la bataille va commencer, qui sait ce que...

— Je suis un soldat ! dit-elle. (En dégageant son bras, elle prit entre deux doigts une mèche folle, qu'elle fit glisser derrière son oreille.) Nous sommes ici pour nous battre. Mon père est un fameux archer. Les hommes de Leigh sont tous ici, avec nous, et nous avons juré serment au duc. Nous avons été intégrés à la compagnie des gens de l'Ouest, qu'on a levée à Presteigne, en Cambray — des hommes tout ce qu'il y a de courageux.

— Mais tu ne peux pas te battre !

— Et pourquoi pas ? C'est le devoir de ceux à qui leur seigneur procure abri et nourriture de prendre les armes pour lui quand tel est son désir. Tu ne le sais pas ?

— Mais tu ne peux pas !

La colère lui monta aux joues.

— Je tire à l'arc aussi bien qu'un homme — peut-être pas aussi loin, mais je touche souvent plus près de la cible.

— Tu n'as pas d'arc !

— J'en aurai bientôt un. Et en attendant, je puis être coursier pour la compagnie.

Will ne put s'empêcher de maugréer, sachant que le tenant de ce poste était chargé de ramasser les flèches qui avaient manqué leur but et de les remettre à leur propriétaire, avec les remerciements de celui-ci.

— Mais c'est la place la plus exposée sur un champ de bataille !

— Et puis alors ? Je n'ai pas les deux pieds dans le même sabot.

Elle se tut un instant et lui jeta un regard dur. Il comprit que c'était comme forcé.

— Et je n'ai pas peur d'accomplir mon devoir !

Will n'en doutait pas. Elle était loyale et consciencieuse, et il eut de la peine en constatant comment ces vertus avaient été détournées par la pierre du destin.

Il se débattit contre la brume qui s'infiltrait dans son cerveau, l'attrapa à bras-le-corps et la secoua.

— Maître Gwydion dit que les gens vont mourir par centaines aujourd'hui, à cause d'une poignée d'hommes bouffis d'orgueil qui auront refusé de partager une même tente pendant une heure !

Elle se libéra de son étreinte.

— Ah bon, maître Gwydion dit cela ? Eh bien, mon père, lui, dit qu'il faut débarrasser le royaume d'un mal atroce.

— Ne parle pas du mal !

— Oh que si ! Je vais en parler ! Il a un autre nom : l'appât du gain, et tue plus de gens que ne le fera jamais la guerre. Nous avons discuté toute la matinée de combien cinq douzaines de flèches par homme pouvaient causer de morts chez un pareil ennemi !

— Ennemi ? Quel ennemi, Willow ? Nous ne sommes pas en train de repousser une invasion. Les hommes, à Verlamion, ne sont pas des gobelins hideux qu'il faudrait haïr et massacrer, mais de pauvres gens des campagnes, tout comme nous ! C'est pure folie !

Il grimaça sous la douleur qui éclatait tout à coup dans sa tête et lança une main en avant, comme pour la tenir en respect, mais cela ne l'empêcha pas de tomber à genoux.

Willow le contemplait, d'un regard inflexible.

— Déjà blessé, c'est ça ?

Il serra les mâchoires, attendant que le spasme soit passé, puis se releva péniblement.

— La voix de la haine nous parle en ce moment, à nous tous. Je lutte contre elle. Et toi aussi, tu dois la combattre, car elle se sert de ce qui est en nous contre nous.

— Je n'entends point de voix. Tu ne serais pas ivre, par hasard ?

— Willow, c'est un dit de magie : chaque changement contient le germe de son contraire ! Si la voix nous parle et possède en savoir ce qu'il y a dans notre esprit, alors nous devrions pouvoir tirer savoir de cette voix, nous aussi. Écoute-moi :

> Quand une reine réduit son roi en esclavage,
> Voyage au lever du soleil un royaume à gagner,
> Le martyr de Werlame n'aura pas la victoire,
> Mais restera étendu là où jamais ne coule le sang.

Elle se détourna d'un air dédaigneux et retourna à sa tâche.

— Va-t'en et laisse-moi tranquille, avec tes poèmes !

— Mais c'est la prophétie d'une pierre batailleuse ! Elle concerne ce qui est en train de se passer ici. C'est un rébus, un indice pour nous mettre sur la piste d'une autre pierre plus puissante encore, et que je dois trouver. Tu ne peux pas m'aider ?

Elle fit non de la tête.

— Je pensais que tu étais en passe de devenir l'enfant chéri du grand magicien. Et tu n'es pas assez malin pour t'apercevoir toi-même que la reine évoquée là, c'est la reine Mag, et que c'est notre armée qui est en marche depuis le lever du soleil pour emporter la victoire ?

— Mais où est-ce que le sang jamais ne coule ?

Quand il plongea ses yeux dans les siens, il s'aperçut qu'ils étaient brillants de colère.

— Laisse-moi tranquille, Willand. J'ai à faire.

Il la saisit par les épaules.

— Où est-ce que le sang jamais ne coule ? Dis-moi ! Où ? Je dois trouver la pierre du destin !

— Lâche-moi ! Tu es fou !

Elle posa une main sur sa poitrine et le repoussa. Il trébucha et tomba à la renverse. Quand il tenta de se relever, il roula sur lui-même et se retrouva à lutter au corps à corps avec la pierre du destin : il se battait pour tenter de la faire taire. Pour finir, il eut l'audace de claquer d'un geste rageur la porte qui ouvrait son esprit et perdit connaissance.

Quand il revint à lui, il était en train d'essuyer du revers de la main la salive qui lui avait coulé de la bouche. Comme en un rêve, il regarda Willow, indifférente et froide, qui, poursuivant le déchargement, grimpait dans la charrette. Son regard glissa jusqu'à l'immense maison du chapitre, où semblaient converger les trois lignes. Il fit un effort pour se concentrer.

— Les mains rouges... Ils ont édifié une grande maison de chapitre sur la colline de Werlame... parce que le frère qui recruta le premier par ici... celui qu'ils appellent le martyr... fut tué ici... Il est resté sans sépulture au sommet de la colline pendant un millier d'années...

Quand il se remit debout, au prix d'un grand effort, il constata que Willow le regardait sans le voir, comme s'il n'existait pas. C'était comme si l'amour qu'elle avait eu pour lui était enfermé quelque part, hors de portée ; comme si la pierre du destin la tenait occupée à sa tâche et bloquait tous les mouvements naturels de son âme.

Il se redressa de toute sa taille, se porta à l'avant de la charrette et entreprit de débarrasser le cheval de son harnais. Sans qu'on le remarquât, il le fit sortir d'entre les brancards et monta sur son dos. Dès que ses pieds eurent quitté le sol, il se sentit l'esprit plus clair et son cerveau s'alluma, tel un rayon de soleil qui se met à jouer tout à coup sur le versant d'un mont. Le courage formidable et paisible de l'animal lui vint en aide. La pauvre bête n'avait rien d'une Arondiel, mais elle força l'allure avec la meilleure volonté du monde quand il l'en pria et soudain, lui aussi sut ce qu'il avait à faire. Il la dirigea vers le champ découvert qui séparait l'armée du duc Richard de la ville. Trois bataillons de guerriers se tenaient prêts à entrer en action, et quand il les dépassa pour poursuivre son chemin, il se demanda ce qui l'attendait aux barricades.

Il s'était préparé à une réception désagréable, un jet de carreaux d'arbalètes, peut-être, au moment où il approcherait de la Tonne, mais les soldats qui tenaient cette position le virent s'avancer seul vers leurs lignes avec des exclamations enthousiastes. Les bravos et les hourras fusèrent sur son passage, et on lui fit bon accueil : les gens du roi étaient ravis de leur voir arriver un jeune gaillard qui, déserteur de l'armée ennemie, allait peut-être donner des idées aux autres.

Quand ils l'eurent laissé dépasser les chevaux de frise, il sortit de son balluchon un rouleau en leur criant :

— Regardez ! J'apporte au roi un document important ! Il pourrait encore nous sauver la vie !

Ils ne firent qu'en rire, au début, mais le voyant sans armes et sans livrée, avec ce parchemin qu'il brandissait, ils y songèrent à deux fois. Et maintenant qu'ils l'avaient laissé pénétrer de leur côté, ils étaient bien ennuyés, ne sachant que faire d'autre que le garder avec eux.

— Saisissez-vous de lui ! s'écria l'un des défenseurs.

— Saisis-toi de lui toi-même, lui répondit un autre. Nous n'avons pas un homme de trop ici, qui pourrait lui servir de gardien.

— Laissons-le gagner la ville haute, si c'est ce qu'il veut !

— C'est un aventurier ! Et s'il est venu pour faire du tort au roi ?

— Eh bien, qu'il aille donc se frotter à ses gardes !

— S'il doit se battre, alors qu'il reste avec nous !

— Oui !

Intervint alors un grand gaillard qui, poussant de côté ses compagnons, leur mit le doute à l'esprit :

— Et s'il avait vraiment un message pour Sa Majesté le roi ? Qu'est-ce qu'on fait ?

— Si c'est vrai, alors qu'il nous le montre !

— Regardez, vous voyez ! fit Will en dépliant le manuscrit.

C'était l'une des recettes du Wortmaster, et il y était question de pois cassés, d'avoine et de thym. Il la déploya pour qu'ils puissent voir les signes à l'encre noire et dans leur regard passa un respect mêlé d'effroi. Nul d'entre eux n'avait encore jamais vu un document écrit, même si tous croyaient dans le pouvoir des mots. Ils se poussaient du coude, en admiration devant ces marques magiques, sachant fort bien que les édits royaux, les lois fixant le montant de la dîme, les titres de propriété et la plupart des autres objets de toute première importance étaient tous, d'abord, des pages d'écriture.

— Allons, vite ! fit Will en mettant dans sa voix toute l'autorité qu'il put. Où puis-je trouver Sa Majesté ?

— Sa bannière flotte tout à côté de l'enseigne de l'auberge du Château, lui indiqua l'un des soldats en désignant du bras une brasserie, dans le haut de la ville.

Will avisa la rue qui montait à la place du marché. Remerciant les hommes, il pressa les flancs de sa monture et se dirigea vers les maisons accroupies au pied d'une énorme tour carrée, le beffroi. C'était une haute construction et il remarqua l'escalier octogonal qui courait tout du long, sur un côté. Huit gargouilles de pierre, penchées sur la rue, en ornaient le dernier étage. Tout autour se pressaient de nombreuses bâtisses à colombages joliment ouvragées et des échoppes d'artisans ou de commerçants à un ou deux étages. Le sol était pavé sur la place où, les jours de marché, une douzaine de changeurs et des marchands de noisettes dont la réputation s'étendait bien au-delà de Verlamion installaient leurs bancs de négoce. Aujourd'hui, le marché était réduit à une douzaine de bannes déguenillées, car des milliers de soldats avaient envahi les ruelles. Will s'apercevait à présent qu'il y avait autant d'hommes de guerre à l'intérieur de la cité qu'à l'extérieur.

Trois ou quatre débits de bière bordaient l'un des côtés de la place. Au-dessus du seuil du plus proche se balançait une enseigne peinte représentant un château, et Will repéra, juste devant, l'étendard du roi. C'était tout autre chose que le simple drapeau à quartiers rouges et bleus ornés de léopards dorés et de lys rehaussés d'or — celui-ci annonçait que le souverain lui-même était là. Se pressait au-dessous une foule de seigneurs armés de pied en cap, qui entouraient le suzerain. Autour de tous ces nobles sires, les soldats, en grand nombre, montaient la garde, glaive ou hallebarde en main. Ils étaient sur le qui-vive à présent, et tendus, car la place bruissait des frayeurs et de l'excitation de l'affrontement imminent.

Will, ne pouvant plus faire avancer son cheval, mit pied à terre et se fraya un chemin vers la tour de couvre-feu. Comme il jetait un coup d'œil dans une rue adjacente, il fut assailli par la rumeur des tambours de l'armée qui approchait. Elle fut suivie par la volée d'explosions des arquebuses, au loin, qui brûlaient leur poudre, et projetaient plomb et pierre sur les hommes de leur propre pays. Puis vinrent les bruits plus profonds, plus assourdissants d'un formidable engin défonceur de murailles qui rugissait, toute flamme dehors, et il sut que Lord Warrewyk avait déclenché l'assaut contre la Tonne.

Un cheval se cabra et se mit à reculer dangereusement. En se retournant, Will aperçut des hommes revêtus de la livrée rouge et argent de Lord Strange, puis la hure de sanglier en personne, plus hideux que jamais, l'écume aux lèvres et les défenses d'un jaune peu engageant, son anneau toujours pendu à ses naseaux humides. Pas de doute, il avait recruté des gens pour se battre sous la bannière du roi, voyant là l'occasion de rentrer dans les bonnes grâces de la reine, après la perte de ses chariots chargés de munitions.

Will n'était guère désireux qu'on le reconnût. Il s'esquiva, dissimulant son visage jusqu'à ce que Lord Strange ait disparu à la vue ; il s'aperçut alors qu'il se trouvait devant une barrière de défense tenue par les gardes royaux. Se haussant du col, il distingua au milieu d'eux un individu au visage pâle, avec un long nez et le regard triste. Difficile d'imaginer figure moins faite pour porter l'armure. Parmi l'affluence des seigneurs de sa suite, on distinguait deux jeunes garçons manifestement effrayés, qui lui servaient de pages. Chacun d'eux portait un coussin à bout de bras, l'un supportant une épée de guerre dans son fourreau, l'autre un casque surmonté de la couronne.

Will n'en finissait pas de dévisager le roi : à Clarendon, il lui avait semblé falot et stupide. À présent, il paraissait alerte et en pleine possession de ses moyens, bien qu'horrifié de ce qui se passait autour de lui. Tout près se tenait la reine Mag, si impliquée dans le déroulement des opérations qu'elle avait déjà pris des dispositions pour assurer sa fuite en lieu sûr. Elle était enveloppée dans une cape rouge sang bordée de fourrure noire taillée dans l'extrémité de la queue d'une centaine d'hermines et gantée de rouge. Son visage était si blanc qu'on eût dit de la cire, ce qui mettait en valeur ses yeux noirs comme le charbon et l'arc parfait de ses lèvres cramoisies. À son côté, silhouette solidement charpentée, se tenait le duc Edgar, qui vociférait des ordres, et lui obéissait au doigt et à l'œil.

Les yeux de Will s'étrécirent, tandis qu'il dévisageait l'homme qui, jadis, avait failli le couper en deux. Et soudain, ses narines perçurent une pestilence qu'il aurait reconnue entre toutes, et il se retourna, la peur au ventre.

Masgull !

Où était-il ?

Will s'aplatit contre un mur, jetant des regards à droite et à gauche, n'osant pas ouvrir son esprit cette fois encore, de peur de se laisser envahir. La peur le tenait cloué sur place et il sentit la malfaisance de la pierre du destin assurer plus fermement sa prise sur son cœur. Les hommes se pressaient maintenant autour de lui, visages rouges de colère, mines agressives. Ils lui jetaient des regards cruels, car les émanations leur donnaient ce goût frénétique de verser le sang. Will ne put réprimer un frisson, son cerveau se brouilla et ses pensées s'en allèrent à la dérive.

« Pourquoi ne pas aller trouver Lord Masgull ? se demanda-t-il. Pourquoi n'irais-je pas le dénicher, tant que je le puis ? »

— Non ! s'écria-t-il, titubant sous les élancements de la douleur qui lui prenait la tête comme dans un étau.

Tout près de lui, les soldats lui jetaient des regards monstrueux.

Et si c'était Lord Masgull le véritable phantarch, et Gwydion l'imposteur ? Si c'était Gwydion qui avait refusé d'entreprendre le long voyage vers le Grand Nord en compagnie de Semias ? « Peut-être un nouvel âge s'ouvre-t-il pour le monde, de guerre et de merveilles, qui durera cinq cents ans. Il faut que Masgull en soit le héraut et Gwydion le roseau brisé. Il n'a même pas été capable de se tirer tout seul du tronc de ce sureau, il lui a fallu de l'aide. »

— Au secours ! hurla Will en tombant à genoux.

— Courage, mon gaillard !

Il sentit s'estomper la pulsation qui battait dans sa tête. Puis un bras fut glissé sous son buste, qui l'aidait à se relever. Gwydion était là et tandis que Will se redressait, avec l'aide du mage, il sentit tout son corps envahi d'un intense soulagement. Il inspecta les alentours, se demandant comment l'enchanteur était arrivé jusqu'à lui, ou pour quelle raison, à moins que ce ne soit pour contrecarrer ses plans. Il fit mine de se débattre, mais il suffit à Gwydion de lui toucher le front pour qu'il se calmât aussitôt ; alors, le mage sortit de dessous les plis de sa robe un rouleau de parchemin.

Ce n'était pas un simple document froissé, mais un véritable instrument de paix.

— Regarde ce que j'ai là ! Une lettre portant le sceau du duc Richard, qui ne doit rien à la force de mon art. Par un effort de volonté, le duc Richard nous a donné une dernière chance, l'assurance gagée par écrit qu'il ne veut aucun mal à la personne du roi Hal, mais qu'il a assemblé ses troupes et les a conduites jusqu'ici dans la seule intention d'obtenir réparation de certaines doléances. Maintenant, allons voir quelle figure fera le roi à ces nouvelles !

— Mais les combats sont engagés.

— Aux barricades seulement, mais cette folie peut encore être arrêtée avant que les hommes de Richard ne s'introduisent dans la ville.

— Je... Je vais tâcher de trouver la pierre du destin, fit Will d'un air obstiné. Et n'essayez pas de m'en empêcher !

Le magicien le dévisagea, les yeux brillants d'admiration.

— Dans la terreur où je te vois, tu es tout de même décidé ?

— Ne tentez rien pour me retenir, maître Gwydion. Ce n'est pas la pierre du destin qui me dit ce que je dois faire. C'est mon cœur qui parle.

— Eh bien, va, et marche légèrement. Mais avant de partir, attends de voir ce que va donner ma diplomatie, car il se pourrait qu'elle suffise.

Gwydion s'éloigna parmi la foule et Will le vit s'avancer le long du cordon de la garde. Les sergents essayèrent bien de lui barrer le passage, mais certains signes qu'il leur traça au front leur fit négliger leur devoir et se détourner. Quand le mage eut pénétré jusqu'au noyau central de l'armée royale, même le chambellan, pourtant si attentif, ne le vit pas passer. Will repéra le duc Edgar et à côté de lui son fils, Henry. Ils étaient tout armés d'acier, en arroi de bleu et blanc, et semblaient chargés d'importantes responsabilités ; mais ils étaient bien trop occupés à donner leurs ordres pour remarquer un vieil homme accoutré d'un manteau gris souris.

Cependant voici que revenait l'odeur nauséabonde de Masgull et Will, tournant la tête de côté, se pressa plus fort contre la muraille. Il ne vit pas le sorcier tout d'abord, puis levant les yeux sans bouger la tête, tout là-haut, il l'aperçut : Masgull était penché au dernier étage du beffroi, prêt à ne rien perdre de la boucherie qui n'allait pas tarder à commencer, dans les rues en contrebas. Silhouette enveloppée de noir, il les espionnait tous, par-delà les toits de chaume. Il portait cape et capuchon, ses mains gantées de noir s'ornaient de bracelets d'or et là, à son cou, brillant de tous ses reflets blanc-bleu, on voyait pendre au bout d'une chaîne d'or l'énorme diamant qui avait été si longtemps la parure du somptueux vêtement mortuaire du roi Leir. « Masgull a dû le dérober à la reine ! » se dit Will, alarmé de constater qu'un objet aussi précieux que l'Étoile d'Annuin fût désormais en possession du sorcier.

Il jeta à Gwydion un regard plein d'angoisse. Masgull aurait pu s'apercevoir de la présence de son ennemi, si seulement il avait choisi de porter son regard immédiatement au-dessous de lui, mais il était trop occupé à savourer à l'avance une victoire qui lui avait coûté tant d'efforts et de patience. Les troupes du duc Richard étaient à présent massées autour de la Tonne et le premier sang de la journée allait être versé, d'un instant à l'autre. Will sentit encore une fois sous ses pieds le tressaillement de la terre parcourue par le flot destructeur. Mais malgré son estomac qui se retournait et le sang qui se retirait de ses orbites, il tenta d'évaluer la direction dans laquelle coulait la force. Les lignes, en cet endroit, étaient resserrées, concentrées. Il les voyait agir. L'humeur des soldats entassés sur la place du marché se fit tout à coup plus agressive, tandis que l'onde de violence passait au milieu d'eux. Un début de rébellion éclata et les sergents de Lord Strange se précipitèrent pour mater l'échauffourée.

C'est à cet instant que Will vit le duc Edgar s'éloigner du roi : c'était l'occasion que Gwydion attendait. D'un geste preste, le mage traça un signe au front de la reine, dont le regard se fit vague et comme absent. Et voici que le roi recevait la lettre, et prenait la main du magicien. Il avait les yeux innocents d'une biche... Mais à cet instant la pulsion maléfique qui courait le long de la ligne passa juste au-dessous d'eux et tout vola en éclats.

— Sale fouineur !

Will vit le roi flancher sous ce cri de rage. Les lèvres rouge sang de la reine étaient tordues dans une grimace hideuse et elle se précipita vers les deux hommes, les yeux animés d'un éclat sauvage.

— Trahison ! Gardes ! Emparez-vous de ce vieillard !

Will vit le rouleau de parchemin arraché à la main du roi par le gantelet du duc Edgar.

Gwydion, le bâton dressé, lui parla avec colère :

— Imbécile que vous êtes, Edgar de Bowforde ! Par cet acte, vous venez de signer votre arrêt de mort !

— C'est faux ! Je ne mourrai pas ce jour, car j'ai pris garde de me souvenir de votre prophétie ! J'ai conduit l'armée du roi, pour y livrer bataille, ici, près du tombeau du martyr, car il n'y a pas de château à Verlamion !

Tout là-haut, au sommet du beffroi, le sorcier fut tiré de ses rêveries sublimes. Trop tard, cependant, pour réagir. Si proche était son ennemi des nobles seigneurs qui lui apportaient leur soutien, qu'il ne pouvait sans risque lancer sur le groupe compact un de ses éclairs porteurs de mort. Son adversaire fila entre les mains des gardes du roi avec une étonnante agilité. Et le cœur de Will, un instant, cessa de battre quand, dans un tourbillon de sa houppelande, il sembla se fondre et disparaître, et les hommes qui étaient sur le point de se saisir de lui se cognèrent les uns dans les autres, les mains vides.

Tous les regards fouillèrent la foule à la recherche du mage évanoui, et Will était en train de se dire qu'il ferait mieux de décamper, lui aussi, quand les yeux d'Henry de Bowforde tombèrent sur lui. En un éclair, il le reconnut et s'élança, la dague en avant.

— Ennemis ! s'écria-t-il. Là ! Devant !

Will se précipita dans la foule pour s'y fondre, mais soudain tout ne fut plus que confusion : un formidable jet de feu violet passa au-dessus des têtes. Il balayait les toits et volait jusque dans les champs, en contrebas.

— Les rebelles attaquent ! hurla Masgull. Écrasez-les ! Détruisez-les !

Comme pour confirmer cet avertissement, une averse de grêle noire apparut dans le ciel. Les grêlons décrivirent un arc parfaitement ajusté et un instant plus tard, des hurlements fusèrent de tous côtés dans le vacarme des boucliers qui s'entrechoquaient, tandis qu'un millier de flèches atteignaient leur but.

Ce fut une pluie meurtrière et elle ne fut pas plutôt passée qu'une autre volée siffla aux oreilles des combattants. Or voici qu'une flamme qui n'avait rien de naturel fut crachée du sommet du beffroi, droit sur les traits, dont elle embrasa les pennes dans un rugissement rageur, mais sans réussir à les empêcher de trouver leur cible et de retomber, semant la mort parmi les soldats du roi.

Alors, comme en réponse à la flamme pourpre, on en vit fuser une autre, d'un bleu éclatant. À l'endroit où elles se touchèrent, une boule incandescente explosa. Des ricochets de feu se jetèrent à l'assaut l'un de l'autre, dans un jaillissement d'étincelles qui s'envolaient du centre de la tourmente embrasée, et en quelques instants le souffle brûlant menaça les toits de la ville. Mais quand la boule incandescente mourut, ne restait qu'un filet, mi-violet, mi-bleu, qui se tordait et se tortillait sur lui-même en décrivant des boucles, qui tantôt descendaient vers le sol, tantôt montaient vers le ciel. Une fois ou deux, la flamme pourpre faillit avoir raison de la bleue. Mais alors celle-ci repartit à l'assaut et vint lécher les pierres grises de la tour de couvre-feu, qu'elle réussit à noircir avant d'être à nouveau repoussée.

En bas, Will s'aperçut qu'il était pris au piège, pressé de toute part par des centaines de corps. Deux mille soldats du roi, ses troupes à pied, s'agitaient sous le ciel menaçant, où la lutte faisait rage. Ils étaient à découvert et prêts pour l'engagement, mais l'ennemi n'était pas encore là. Pressés les uns contre les autres sur cette place, ils étaient des cibles faciles pour les archers embusqués, de l'autre côté des maisons. Tout près de Will, ils essayaient de se tapir, de se recroqueviller, de se faire tout petits. Certains tâchaient de gagner le couvert des maisons ou levaient les bras pour protéger du mieux possible leur tête cerclée de fer des flèches qui s'abattaient sur eux.

Mais rien n'offrait grande protection contre pareille grêle. Les traits enflammés retombaient au sol après avoir transpercé leurs victimes à la tête, à l'épaule, dans le dos. Leur extrémité acérée s'enfonçait profond dans les chairs, et parmi les carreaux d'arbalète, plus d'un était terminé d'une aiguille double — afin d'ouvrir de force les mailles des protections de fer —, et d'autres se terminaient par de petits burins fort habiles à percer l'acier. Will vit les hommes qui étaient tombés. Certains hurlaient, d'autres vomissaient le sang. Quelle que fût la nature et la gravité de leur blessure, de toute façon, ils mouraient bientôt écrasés, piétinés.

La panique gagna ceux qui attendaient debout, à découvert. Pendant que les fantassins tombaient sous les traits qui s'abattaient tout autour, Lord Strange, qui couinait et grognait de frayeur, entreprit de se forcer un chemin à coups d'épée au milieu de ses propres soldats pour aller se mettre à couvert. Henry de Bowforde suivit son exemple, et puis le duc Edgar, qui agrippa le roi Hal et le tira dans une rue, à l'écart.

— Cachez-le !

Il remit son fardeau entre les mains de la reine, dont les gardes avaient déjà enfoncé la porte d'une tannerie. Elle poussa son époux à l'intérieur, tandis que le duc et sa compagnie tentaient une sortie vers l'extrémité de la rue, où les avant-toits qui dépassaient leur assuraient meilleure protection.

Les hommes de troupe qui entouraient Will se mirent à protester et à jurer, car une nouvelle volée s'annonçait. Il en tomba, morts, quelques douzaines de plus, à même la rue, dans des hurlements pitoyables. Les survivants crièrent en direction de leur commandant, le suppliant d'avoir pitié d'eux et de leur donner enfin l'ordre de se porter sans attendre au-devant de leur ennemi ; mais le duc Edgar n'en fit rien.

Will se mit sur la pointe des pieds, pour essayer de voir par-dessus la mer de bonnets de cuir et de heaumes d'acier. Au bas de la rue en pente, à la barricade, des troupes portant les couleurs du baron de Clifton étaient prises dans un engagement furieux, qui les opposait aux fidèles du duc Richard. Le soleil étincelait, réfléchi par les armures, là où les combats étaient les plus rudes. Le duc lui-même était au plus fort de la bataille, à pied, parmi sa garde rapprochée bien armée, et il ouvrait la voie aux siens. Et Edward était là lui aussi, qui maniait l'épée sans reproche, tandis que l'attaque se concentrait sur les barrières de défense.

Et voici qu'un flot d'hommes en pourpoint rouge se jetaient sur elles, et semaient la mort parmi les défenseurs. Un moment, l'issue fut incertaine, puis tout à coup la ligne céda et les assaillants se jetèrent en avant : par centaines, ils franchissaient la Tonne et surgissaient les armes à la main, piétinant les jardins potagers qui occupaient l'espace entre ville et fossé. Il ne leur fallut pas longtemps pour atteindre l'arrière des premières maisons et Will vit que leur écu figurait l'ours blanc, le blason du comte Warrewyk, spécialiste et amoureux de la guerre.

Une autre volée de flèches atteignit sa cible et les dégâts furent énormes, car les archers de Cambray avaient bien progressé et tiraient plus haut. Les traits qui s'abattaient à présent sur la ville auraient pu fendre en deux la porte d'une maison de chapitre. Will vit la lutte redoubler, du fait de la terreur. Et il y avait pire encore, car les hommes du comte Warrewyk, à grands coups de hache d'armes, se mirent à tailler dans les murs de torchis des bâtisses qui bordaient la place du marché. Ils débouchèrent à quelques pas seulement de Will, portant la mort devant eux en remontant la rue.

On en était venu au corps à corps, tandis que d'énormes pierres étaient lancées des fenêtres des étages, et que les haches et les merlins accomplissaient leur besogne sanglante en s'abattant parmi la foule. Will se trouva emporté par la bousculade des soldats jusqu'au seuil du débit de bière quand les troupes du comte Warrewyk firent une percée. Le mur de l'habitation voisine s'effondra, et il eut le temps de voir le duc Edgar et une poignée de nobles sires se replier promptement à l'intérieur. Ils espéraient sauver leurs vies, car l'armée royale faisait repli à présent, ayant été coupée en deux par le mouvement de l'ennemi. Mais l'estaminet s'avéra un piège mortel. Voyant dans quel dilemme ils se trouvaient, le duc Edgar fut trop lent à rallier les siens. Faisant montre d'une volonté farouche, il les rassembla avec force rugissements et vociférations, leur criant de ne pas rester là pour se faire tuer l'un après l'autre. Puis il tenta une sortie par la grande porte, avec une douzaine d'entres eux. Taillant de gauche et de droite, il se battait comme un fou, dans une tentative désespérée de se dégager.

Mais la lutte était inégale, l'adversaire bien supérieur en nombre, et tout se ligua contre eux. Deux soldats seulement réussirent à prendre la fuite, le premier, un excellent escrimeur, qui se fraya un passage à grands coups d'épée au milieu des fidèles de Warrewyk, et le second, un homme en bleu et blanc, qui eut la bonne idée de le suivre de tout près. Celui-ci était Henry de Bowforde. Son père n'eut pas cette chance. Le duc Edgar de Mells fut coupé en deux et taillé en pièces par des soldats qui maniaient la hache et la masse d'armes. La dernière chose que Will vit de lui, ce fut un corps gisant, à la désinvolte, à même la rue, devant l'enseigne de l'auberge du Château.

C'est à peine si Will pouvait bouger à présent, tant il était coincé de toute part par les vagues de combattants luttant au corps à corps, qui le pressaient, le poussaient, le soulevaient. Là-haut, les flammes rageuses de pourpre et de bleu continuaient de s'affronter. Leurs jets s'étaient emmêlés et finirent par s'annuler l'un l'autre : enchanteur et sorcier étaient dans une impasse. Will se représenta Gwydion, les pieds plantés fermement au sol, rassemblant ses forces pour réduire à l'immobilité la malignité que Masgull essayait de projeter sur les guerriers. Ni l'un ni l'autre n'étaient plus en mesure d'influer sur le cours de l'affrontement et de toute évidence, si rien n'était fait pour abattre le pouvoir de la pierre du destin, la bataille allait se poursuivre jusqu'à ce que le sol soit jonché de milliers de cadavres.

Will savait ce qu'il lui restait à faire. Il osa ouvrir son esprit et trouva la force de se frayer un chemin à travers la mêlée. Enfin, il était libre.

CHAPITRE VINGT-DEUX

Le sarcophage de Verlamion

QUAND WILL RÉUSSIT À SE DÉGAGER, il s'aperçut qu'il était arrivé sous les murs de la maison du chapitre. Ils étaient deux fois de la hauteur d'un homme et impossibles à escalader, aussi courut-il jusqu'aux grandes portes. Il les trouva solidement fermées.

Au-dessus de l'arc de pierre était gravée la mystérieuse devise de la confrérie : E R O B A L E N I S L I N.

Au milieu de la porte, il avisa un énorme heurtoir de cuivre, imitant la forme d'un bras, grandeur nature. Il tambourina sur les vantaux, essaya sans succès de pousser le volet qui couvrait une petite ouverture grillagée.

Rien ne se produisit.

— Sanctuaire ! cria-t-il à pleine gorge. (Sa voix se brisa sur la dernière syllabe.) Je réclame le sanctuaire de la confrérie !

C'était la formule effrayante que Gort lui avait indiquée, à laquelle la confrérie se devait de répondre, toujours.

— Vous devez me laisser entrer ! Vous le devez ! s'écria-t-il.

Un long moment, Will crut que ses efforts seraient vains. Mais soudain, quelle horreur ! Le heurtoir en forme de bras humain s'avança et le saisit par le poignet. Puis le portail s'ouvrit dans un lent craquement, d'abord de la largeur d'un doigt, puis plus grand, et il fut tiré à l'intérieur.

Il essaya de se dégager de la poigne de cuivre, dans la crainte d'être remis entre les mains des hommes qui montaient la garde à la porte. Mais ce jour n'était pas ordinaire et les deux frères qu'il trouva là n'étaient aucunement en état de remplir leur fonction. Ils se roulaient par terre, emberlificotés dans leur robe de bure, leurs mains rouges cherchant à s'agripper au sol, comme des serres, avec dans la poitrine des cris étranglés.

Le bras de cuivre le jeta au sol avec eux et le battant se referma derrière lui dans un claquement sec. Will, atterré, dévisagea les frères portiers. Leur visage effroyable aux orbites vides était une vision d'horreur et quand il se fut relevé, les jambes flageolantes, il se dirigea vers le bâtiment principal, d'où dépassait le clocher.

Il comprit qu'il avait été introduit brutalement dans la cour du chapitre. Ici la rumeur de la bataille s'était tue, remplacée par une terrible lamentation.

Tout près, le grand chapitre de Verlamion était un spectacle stupéfiant. Il était bâti à partir des pierres et des briques des tyrans, les murs garnis de pinacles et de tourelles, et percés de hautes ouvertures enchâssées dans le plomb, fermées au jour par du verre taillé menu, presque noir. Will leva les yeux vers ces fenêtres aveugles et il lui sembla qu'une lueur brunâtre venait de l'intérieur de l'édifice, ainsi que des sons terriblement discordants.

La plainte s'amplifia à mesure qu'il essayait de repérer le lieu où les trois lignes se croisaient. Il n'osa pas ouvrir plus grand son esprit, car en cet endroit, la puissance du lorc était comparable à une fournaise ardente. Il courut jusqu'à un arbre dont la vaste ramure couvrait de son ombre une partie de la cour, sentant le sol s'ébranler sous ses pieds. Une pluie d'aiguilles et de petits cônes de bois tombait à terre, tout autour de lui. Il trébucha dans les racines et les pavés descellés : il savait désormais que ce qu'il cherchait se trouvait à l'intérieur même du chapitre.

Il courut vers les immenses portes et se précipita à l'intérieur, mais une fois là, un spectacle d'épouvante l'arrêta dans son élan. Devant lui, dans le vaste espace de la salle basse, l'assemblée des frères était réunie. Ils étaient agenouillés par centaines, en rang, à même les dalles de pierre, leur capuchon noir rejeté en arrière, leurs mains atrocement repoussantes pressées devant leurs yeux, bouche ouverte. Tous, ils geignaient comme ceux que Will avait vu se tordre par terre, au portail. Et comme si ce spectacle n'était pas suffisant pour le glacer d'horreur, voilà que s'annonçait pire encore, et son cœur, un instant, cessa de battre : sous les avant-toits noircis par la fumée des cierges, se profilaient des dizaines de figures sculptées, des créatures ailées, à demi humaines peut-être, et pourtant semblables à des chauves-souris, avec des dents comme des aiguilles, épouvantables jusque dans les moindres détails.

Mais comment pouvait-il s'agir de sculptures, quand leurs faces hideuses semblaient ne grimacer que pour lui et leurs yeux concupiscents ne s'adresser qu'à lui ?

Les figures d'effroi ne firent pas un geste dans sa direction, mais se serrèrent plus étroitement les unes contre les autres en le voyant, comme si elles avaient peur. Les hauts murs étaient couverts d'une épaisse couche de suie et quand, rassemblant tout son courage, il pénétra plus avant dans la salle du chapitre, la pestilence de la graisse animale en train de brûler lui provoqua des haut-le-cœur. Des encensoirs emplissaient l'air d'un parfum âcre. Par dizaines de milliers, les chandelles éclairaient la pénombre, sans réussir à illuminer l'intérieur insalubre et répugnant. Piliers, murs, tentures, tout était gravé ou peint avec une débauche d'ornementations, mais ce qu'elles donnaient à voir, c'était des scènes de torture et de souffrance inimaginables.

Partout, des images de douleur : statues de marbre représentant des hommes mourant de faim, peintures ruisselant d'or, avec pour motif des cœurs transpercés et sanglants, crânes et squelettes brisés, ossements éparpillés ; les allées mêmes étaient pavées de pierres tombales, de sorte que les frères, pieds nus sur les dalles, aient la mort présente à l'esprit à chacun de leurs déplacements.

« Voilà à quoi ils emploient l'argent de la dîme, songea Will, qui sentait la colère monter en lui. Ils retirent le pain de la bouche des enfants et transforment nos richesses en chandelles. Des chandelles qui ne brûlent que pour éclairer ces trésors morbides ! Des trésors qu'ils ne voient même pas ! Se peut-il que ce soit vraiment à cela qu'on utilise le tribut collecté au nom de la règle de fer ? Pas étonnant qu'ils mettent du verre fumé à leurs fenêtres. Pas étonnant, car qui, bourgeois ou paysan, tolérerait plus longtemps la confrérie, si la vérité venait à être connue ? »

Le sol se remit à trembler, à tanguer sous ses pieds au point de lui donner la nausée, comme si l'édifice lui-même avait remarqué son intrusion. Mais les frères, non. Ils ne lui prêtaient nulle attention tandis qu'il remontait en courant l'allée au milieu d'eux. Ils agitaient en l'air leurs mains et leurs bras rouges et écailleux, tandis que leur chant lugubre montait de leur bouche grande ouverte, comme s'élèverait une tour impalpable faite de sons repoussants.

Cette lamentation sinistre emplissait les hauteurs de l'espace sombre, au-dessus d'eux. Les chanteurs étaient captivés par leur propre litanie, ou peut-être leur fallait-il fermer leur esprit à la plainte rivale dont on distinguait la rumeur, en provenance de l'aile est de leur vaste maison.

Droit devant, la voie semblait libre, mais comme Will s'avançait plus profondément au milieu des visages aveugles, certains commencèrent à s'agiter et d'autres se tournèrent vers lui, comme s'ils sentaient qu'une offense avait été commise. Il évita aisément les faibles tentatives de se saisir de lui, mais ils étaient de plus en plus nombreux à s'extraire de leurs dévotions pour essayer de l'atteindre à tâtons. Vint le moment où il ne put plus avancer. Il réussit à se défaire des rangs de confrères pour se jeter dans une allée adjacente, redoutant à chaque instant d'être débordé par le nombre, si l'un d'eux parvenait à se saisir fermement de lui.

Il descendit l'allée au pas de course, passant à toute allure devant les tombes rehaussées d'or et les funèbres mémoriaux de pierre, cependant que les frères, les bras devant eux, à l'aveuglette, cherchaient à refermer sur lui leurs doigts en forme de serres. Ils avaient la bave aux lèvres et bégayaient de colère, à l'unisson. Par dizaines ils s'étaient joints à la poursuite. Ils approchaient, et l'horreur de leur visage et de leurs mains dévastés apparut à Will dans toute sa crudité. Il laissa échapper un gémissement d'effroi en voyant les yeux au regard mort qu'on avait peints sur leurs orbites vides — horrible parodie de ce qui avait été. Il n'y avait plus entre eux et lui que la distance de quelques pas. Ses poursuivants n'étaient ni forts ni agiles, mais plus nombreux à chaque instant et implacables, à n'en pas douter. Quand il chercha du regard une voie qui fût libre, il comprit qu'il n'y avait pas de solution. Chacune des allées le ramenait plus avant au cœur sacré de la maison du chapitre — et par là, rien d'autre à attendre que la mort.

Il fit un crochet, courut, tourna encore. La dernière allée qu'il emprunta le conduisit à un cul-de-sac impossible à deviner : le sanctuaire dédié au martyr. Baigné dans la lueur de bougies plus nombreuses encore que celles qui éclairaient les scènes de torture dans la partie basse de la grande salle voûtée, il émergeait d'une brume d'encens cramoisi. Il était constitué d'un énorme monolithe de pierre sculptée, entouré de flûtes et de piliers dressés sur fond de draperies d'or. Mais il était aussi protégé par des grilles de fer en forme de lances, car à l'intérieur reposait la statue en albâtre du martyr en personne.

Le visage sinistre et impressionnant, c'était Swythen, sur son lit de mort. Will jeta alentour un regard affolé. Les émanations mortelles provenaient du tombeau lui-même ! Il y avait des trous à la base, d'où s'échappait une lumière intense. Gwydion avait dit que les frères avaient là un endroit sacré où l'on amenait, dans l'espoir de les guérir, les infirmes et les malades. Will voyait bien à présent la force qui se cachait derrière ces impossibles guérisons — la force de persuasion, obtuse et obstinée, de la pierre batailleuse. Et il comprit aussi pourquoi la confrérie entretenait pareilles pratiques : sans aucun doute, le bruit qui courait, de miracles accomplis, faisait affluer en nombre les affligés, qui venaient lui abandonner leur personne et tous leurs biens.

En un éclair, cela frappa du caractère de l'évidence l'esprit de Will, acculé comme un renard au fond d'un hallier. Il n'y avait pas d'échappatoire. Au-dessus de lui étaient les hautes fenêtres, décorées d'immondes scènes de mutilation, dont la lugubre lumière brune projetait des ombres cruelles sur tout ce qu'elle touchait. Elles étaient infranchissables, serties comme elles l'étaient : découpées à l'intérieur par des barres de métal, elles n'offraient aucun espace où l'on pût passer.

Des lueurs brunâtres jouaient sur la foule des monstruosités geignardes qui avançaient à tâtons pour prendre leur revanche. Elles avaient déjà formé un demi-cercle autour de Will, horde aveugle dont les derniers rangs s'étiraient le long de l'allée centrale. Il était sans arme : impossible d'espérer plonger au milieu pour tâcher de se tailler une voie de sortie. Devant lui, les mains se tendaient déjà, prêtes à le saisir. Derrière, une immense plaque de pierre et derrière encore, le mur.

Il se sentit tituber et lutta contre la douleur qui inondait chaque pouce de son crâne. Mais il restait capable de penser, et de penser juste, car il vit sa chance. Il s'approcha aussi près qu'il l'osa des serres, puis recula prestement vers le mur.

Au dernier moment il sauta et réussit à fourrer le pied sur le léger renflement de la plaque de pierre. Prenant son élan, il se lança d'un bond puissant et attrapa au vol la grande roue pendue au bout de lourdes chaînes au-dessus de l'allée sud-est. L'énorme chandelier fut secoué quand il lança son bras au travers. Il se balança, s'accrochant comme il pouvait, puis entreprit de grimper. Une pluie de suie brûlante l'arrosa au passage, crachée par dix douzaines de cierges, créant un mouvement de panique au-dessous, chez les frères.

Will se hissa sur l'immense roue et se mit debout sur le cercle de fer, accentuant le mouvement de balancier de l'ensemble, accroché à l'une des trois chaînes de métal qui assuraient la suspension et disparaissaient dans l'obscurité au-dessus. Tandis que la balançoire improvisée allait et venait, Will, les genoux pliés, pesait de tout son poids et lui donnait de l'élan. Il eut bientôt réussi à lui faire effectuer un arc suffisant pour craindre que les chaînes ne cèdent. La poussée l'envoyait près des hautes fenêtres, à les toucher, et puis le ramenait doucement au-dessus des têtes des frères enragés, et à nouveau là-haut jusqu'aux barreaux d'une grille de ferronnerie. Il était le battant d'un énorme pendule qui oscillait d'avant en arrière.

Tout autour du tombeau du martyr, il remarqua une cage dont la partie supérieure était ouverte et qui formait un petit réduit exclusif ; à l'intérieur étaient agenouillés les Anciens, dans une parodie de piété. Ils se distinguaient des confrères de moindre rang de la salle basse par leur grand âge et le luxe de leurs vêtements, mais eux aussi étaient à genoux, les paumes pressées contre les orbites vides de leurs yeux morts, la bouche ouverte. Le plus répugnant de tous, aux yeux de Will, était bien le très haut gardien Isnar, dont les genoux tremblotaient devant un trône vide.

Il n'y avait pas d'autre moyen de se sauver. Au plus haut point de l'ellipse suivante, Will prit son élan et atterrit sur le rideau de barres de fer qui enserraient le tombeau. Il monta dessus, l'escalada avec l'agilité d'un acrobate et progressa jusqu'à atteindre trois ou quatre fois la hauteur d'un homme au-dessus du sol. Comme il se trouvait en équilibre précaire au sommet de la grille, les doigts accrochés aux barreaux noirs et luisants, il sentit sa baguette de sourcier glisser hors de sa ceinture. Elle tomba et une main hésitante de frère la récupéra, mais bien qu'il la lachât vivement, comme si elle brûlait, d'autres l'aggripèrent et se battirent pour la mettre en pièces.

Il y avait maintenant des centaines de visages aveugles tournés vers Will, des centaines de doigts rouges tendus vers lui. Les voix montaient, assourdissantes. Il toussait et étouffait dans la fumée de suif, la main devant les yeux pour se protéger du rougeoiement filtré par l'air gorgé d'encens, qui réussissait presque à l'aveugler. Mais au-dessous de lui, il voyait briller des étincelles révélatrices dans l'étoffe qui couvrait le sépulcre. La lumière filtrait de l'intérieur du tombeau ouvragé, comme de la poussière de pierres précieuses, comme les traces laissées par les escargots brillant au premier soleil du matin. Six rayons irradiaient de l'intérieur du sarcophage. Il avait trouvé l'endroit où convergeaient les trois lignes, où reposait la pierre du destin. Mais que faire, maintenant ? La roche était enchâssée dans le tombeau du martyr.

Il sentit céder sous lui l'ouvrage de fer forgé sur lequel il était perché en équilibre. La grille se mit à bouger d'avant en arrière, ployant sous le poids des frères qui essayaient de grimper pour l'atteindre. D'un bond, il s'accrocha à la partie interne de la structure, et quand les serres écarlates s'avancèrent à travers les barreaux pour tenter de lui saisir les jambes, il recula aussi loin qu'il put. Que faire ensuite ? Il n'était plus temps d'y penser. Dans un instant, les autres auraient posé leurs vilaines pattes sur lui, le traîneraient pour le mettre à la torture et lui arracheraient les yeux.

Il commença à regretter d'avoir laissé aller la roue du chandelier. Mais d'un regard en bas il remarqua au niveau du sol, tout à côté de l'endroit où le martyr dormait de son dernier sommeil, un évidement de forme carrée. Il était assez grand, à coup sûr, pour qu'un homme pût s'y glisser, mais couvert d'une grille métallique. Les barres de la crapaudine en laissaient filtrer une lumière hachée, rouge, qui provenait de quelque part, au-dessous.

C'était donc ça !

De son perchoir Will pouvait voir que, sous la grille, s'amorçaient les premiers degrés d'un escalier de pierre. On aurait dit qu'il y avait une crypte. Un enthousiasme tout neuf lui réchauffa le cœur, puis la peur le saisit quand il regarda l'excavation : qu'arriverait-il s'il sautait à terre pour s'apercevoir que la grille était fixée ? Mais il n'avait pas le choix. Les fenêtres nord de la maison du chapitre s'animèrent à nouveau d'une lueur brunâtre et il sut qu'au moins, Gwydion n'en avait pas encore terminé avec son duel. Cela lui rendit espoir.

À présent, la douleur dans sa tête était devenue insupportable, et de même le bruit à ses oreilles. Il prit une profonde inspiration et se prépara au grand saut. Il secoua la tête, tâchant de chasser la sensation d'hébétude qui l'envahissait, puis essuya du mieux qu'il put la sueur et la graisse qu'il avait sur le visage et les mains. Comme il regardait une dernière fois son point de chute, le courage faillit lui manquer : il y avait une fameuse distance à franchir et des dizaines de mains agglutinées se tendaient vers ses chevilles. Il murmura un sortilège de protection et se laissa choir.

La première chose dont il se rendit compte, ce fut la douleur dans ses genoux et ses chevilles. Il était à terre et roulait, roulait sur lui-même au beau milieu des Anciens. Ils étaient en extase dans la petite enceinte du sanctuaire quand il s'immobilisa, mais le temps que l'un d'eux, le plus proche, revienne au sens des réalités, Will s'était précipité sur la grille de fer et tirait dessus. Elle était lourde et il dut s'y reprendre à deux fois, mais à la fin elle céda. Il plongea en dessous et la laissa retomber derrière lui. Dans le passage malaisé où il s'engagea, la lumière cramoisie était deux fois plus intense et la lamentation si violente qu'elle attaquait les racines mêmes de sa raison. Comme il approchait du réduit de la crypte, il dut faire écran de ses mains devant son visage, comme un homme aux prises avec une averse de grésil. Il semblait impossible d'avancer à l'encontre d'une telle puissance. Il ne s'agissait pas là d'une pierre batailleuse comme une autre ; c'était la pierre du destin, une force qui, en ce moment, consumait les vies humaines par centaines. Des milliers d'autres étaient sous son influence. Des milliers devraient mourir pour assouvir sa soif de sang.

Mais Will ne s'était pas battu comme il l'avait fait pour venir s'interroger ici sur les appétits de la roche. Et bien qu'elle le mît à rude épreuve, le déchirât, le lacérât, il tint bon, serra les dents et se força à la regarder droit en face. Elle était couchée sur une tombe, immense bloc noir semé de points, tel un léopard, et par les accidents de sa surface sourdait la radiation cramoisie. C'était le couvercle du tombeau du martyr.

Une puissance abominable en arrivait par flots. Elle aurait fait fuir le plus solide des hommes, mais ce qui sauva Will tandis que, pouce par pouce, il approchait, ce fut le savoir des pierres qu'il avait déjà accumulé. Il reconnut fort bien les vils sentiments que son adversaire éveillait en lui. Il identifia les horreurs qui lui passèrent par l'esprit, immondes et rampantes. C'était une magie formidable qu'il allait falloir invoquer, s'il entreprenait de détruire cette pierre.

Il entendit des ricanements tandis que s'exhalaient les émanations pestilentielles. Il subit les vagues d'assaut de la folie pure, une force qui essayait de soulever le couvercle de son esprit.

Il reprit son souffle, gronda comme une bête féroce pour répondre au rugissement de la matière, et il sembla que son ennemi l'assaillait de toute part, que des haches s'abattaient sur lui, que soudain il était à genoux, la poitrine ouverte, le sang de son cœur en train de se déverser en une mare sombre devant lui, comme le duc Edgar. Pourtant, aussi longtemps que durèrent ces visions atroces, une partie de lui, minuscule mais intouchable, tint bon, sachant les ruses de la pierre du destin, la voyant utiliser ses propres frayeurs pour les retourner contre lui-même.

Quand il se força à avancer un pied, puis l'autre, ce fut un nouveau mouvement de panique. Il se persuada que c'était plus qu'il n'en pouvait supporter, que son esprit ne tiendrait pas. Puis il s'agrippa à la raison qui lui disait qu'il était encore là, debout, qu'il avait tenu bon, et quand il l'eut compris, il trouva les ressources de se débarrasser des frayeurs mortelles.

Au prix d'une lutte inouïe, il parvint à faire un pas de plus, tandis que son esprit en déroute partait dans toutes les directions, mais quoi qu'il dût abandonner à l'adversaire, sa résolution resta ferme, sa détermination sans faille, sous les agressions. Et en entendant mourir au loin l'écho de ses propres hurlements, il se rappela à quel point la magie était salie par la colère et la lâcheté, et toutes les autres faiblesses dont les créatures humaines étaient la proie.

Et tout à coup, le tintamarre se tut. Silence. La folie était partie. C'était comme s'il était entré dans l'œil du cyclone, un calme, un endroit de raison sereine au cœur du carnage.

Il progressa et une avalanche de douleur explosa à l'intérieur de lui. La lame d'une épée le fendit en deux, les doigts armés de ventouses de la goule du marais emprisonnèrent son visage, il eut les poumons en feu, son squelette fut rongé par les vers au cœur d'un sureau ensorcelé, un père et une mère qu'il n'avait jamais connus, silhouettes sans visage, se dressèrent parmi les ombres pour l'appeler...

Il fit face à tout cela en grinçant des dents, tout en sachant que le moment était venu de rester debout bien fermement, les pieds plantés au sol, et de se rappeler les mots qu'avait prononcés Gwydion quand il avait purgé la pierre.

— *Aircill ur maesa bretharbhi*, commença-t-il, adaptant les termes de la vraie langue aux circonstances présentes. *Foscleiga ter criedhen mo !*

Au son de ce langage, la pierre commença de frissonner. Un jet de lumière en sortit, qui rappelait l'éclat féroce dans l'œil d'un prédateur. Mais Will était prêt pour les étranges perceptions que provoquait l'usage de la très grande magie. Les mots de Gwydion lui revinrent à l'esprit : « Pour la magie, il n'y a pas de répétitions. Comme l'enfant premier-né, la magie vient au monde, et elle est parfaite. »

L'onde de pouvoir magique qui montait en lui le souleva et il poussa un cri. La force était comme une main qui lui entrait sous la peau, le saisissait par l'épine dorsale et le nourrissait d'une énergie sans limite. Il réalisa qu'il avait à sa disposition un pouvoir infini et le sentit arriver en effet, et courir sous le bout de ses doigts : un pouvoir souverain.

— *Nai dearmhaida, lir-dah, teaor an ghabade saon echearitan...*

L'enchantement qui se formait sur ses lèvres lui donna l'impression d'être assez fort pour abattre la maison de chapitre tout entière, la déchirer à mains nues, la moudre avec ses dents. D'un tour de poignet il aurait pu, lui semblait-il, faire jaillir des flammes haut dans les airs. Rien n'était au-delà de ses capacités, à présent. Et aucune arme, si effrayante fût-elle, ne pouvait laisser sa marque sur lui.

C'est à cet instant même qu'un éclair de conscience lui revint, juste à temps. « Voilà le piège qui attrappe et consume les imprudents. Le traquenard qui attend ceux qui s'aventurent à user de la magie de façon impure. Combien de fois maître Gwydion ne me l'a-t-il pas dit ? "La magie doit être invoquée, pas convoquée, toujours abordée avec respect, jamais traitée avec dédain. Demande ouvertement et honnêtement, car seul l'honnête homme peut prononcer les mots qui donnent le pouvoir !" »

Il avança d'un pas encore, sans peur à présent, habité par la force, sûr de lui. Il dénuda ses avant-bras, se pencha vers la pierre. Puis, dans un geste délibéré, il posa les mains sur le monolithe et le mit au défi : il y avait là quelqu'un qui était prêt à lutter à mains nues avec ce qui détournait à des fins mauvaises la force tellurique — quel que soit le prix à payer.

La roche, en réponse, émit une lumière ténue d'un rose fané, faible écho de l'éclat cramoisi qu'elle irradiait quelques instants plus tôt. Et quand Will fit le geste d'imposer les mains, il s'en éleva un pâle feu doré. Les flammes vinrent lécher la surface et s'éteignirent.

La lueur rougeâtre reprenait le dessus et Will fit une nouvelle tentative. Cette fois, il appuya ses bras nus sur son adversaire et poussa des deux mains. Pendant un instant qui lui parut une éternité, son corps entier tressauta, tandis que son regard pénétrait profondément, jusqu'aux entrailles de la pierre du destin.

Il vit toutes les horreurs fomentées en son sein, comment elle tirait substance de ce qu'offrait le lorc, comment elle usait de la force tellurique à des fins meurtrières, infectant l'esprit des hommes, jetant la peur et la haine entre eux. Et il découvrit aussi ce qui se déroulait sous les murs du chapitre et dans Verlamion à feu et à sang : les soldats venus pour tuer qui se déversaient dans la ville, l'armée royale en train de résister autour du beffroi et, par là-dessus, le gigantesque tournoi qui opposait le sorcier à l'enchanteur, et emplissait le ciel de feu et de furie...

Will reprit pied dans la réalité, ouvrit les yeux et vit la pierre animée de pulsations, comme des cendres sur lesquelles on souffle. Le réduit où reposait le sarcophage était brûlant, dégageait une odeur fétide et il y flottait un mince halo blanc, irrespirable. Deux plaques rouges luisaient faiblement sur la roche, là où ses paumes avaient appuyé. Ses deux mains étaient noircies et gourdes.

Mais à l'instant où il croyait avoir trouvé la clé, une voix lui parla, et ce qu'elle lui susurrait était d'une douceur si exquise qu'elle le frappa comme un coup de hache entre les deux yeux.

— Je sais d'où tu viens...

La sueur se mit à ruisseler sur le visage de Will. Là où elle tombait sur la pierre, les gouttes dansaient une danse démente avant de rissoler dans un bruit de friture et de s'évanouir en vapeur. Le démon qui lui assaillait l'esprit depuis l'instant où Gwydion était venu le chercher dans le val lui rugit au visage, faisant lever chez lui une tempête de frayeurs.

— Je sais qui tu es réellement...

— Menteuse !

— Laisse-moi la vie, et tu sauras la vérité, toi aussi...

Il recula en titubant. Le doute le fit vaciller. Tous ses soupçons revenaient le tarauder et la pierre était en train de s'en nourrir goulûment. Et voilà que ressurgit la lueur cramoisie, le forçant à reculer d'un pas, et il se sentit hésiter, faiblir, distrait par l'oscillation des frères, au-dessus, par le bruit d'une grille de fer qu'on ouvrait.

— Tu mens ! s'écria-t-il à nouveau.

Mais il ne savait que trop bien comme était profonde la blessure que son adversaire venait de toucher du doigt. Elle avait alimenté ses rêves par tant de sombres nuits, ces cauchemars contre lesquels il ne pouvait rien, dans lesquels son imagination lui représentait la mort comme étant son père. Il croyait s'être affranchi de cette terreur depuis longtemps.

— Sale marchande de peur ! Je t'ordonne le silence !

La colère au ventre, il se pencha et vint placer les mains et le front, fermement appuyés, contre le monolithe où battait sauvagement la lueur sinistre. C'était l'épreuve de tous les dangers, le moment crucial pour lequel il avait enduré le reste. Mais quelque chose n'allait pas. Si près du but, la pierre du destin avait réussi à le déstabiliser, à miner son assurance, à souiller son sacrifice.

Alors, il y eut comme un raclement à la surface de la roche. C'était le talisman que Breona lui avait remis. Elle n'était pas sa mère, mais elle l'avait entouré des mêmes soins, chéri de la même affection que si elle l'eût été, et c'est avec la même tendresse qu'il avait emporté, et gardé, l'emblème de cet amour. Il y posa les lèvres, rompit la cordelette et le posa à même la matière.

Un hurlement à glacer la moelle s'éleva, divagua, tempêta contre lui. La pierre s'efforçait de répliquer. Une lueur sanglante s'en échappa rageusement, plus menaçante que jamais, mais il était résolu à ne pas se laisser fléchir. Jamais de la vie. Jamais. De. La. Vie.

Et quand l'atteignit de plein fouet la herse de pont-levis qui s'abattait d'un seul coup et le coupait en deux, il était prêt à retourner l'agression contre elle-même.

— C'est toi qui es brisée, annonça-t-il à la pierre avec le plus grand calme. Car j'ai avec moi une petite comptine en forme de devinette, enveloppée dans un mystère, à l'intérieur d'une énigme. Je suis venu accomplir la prophétie de l'enfant du destin, et c'est maintenant qu'un deviendra deux ! *Qu'il en soit ainsi !*

Et comme il prononçait les derniers mots, un choc d'une puissance inouïe lui passa dans les bras et la poitrine, et son univers implosa jusqu'à n'être plus qu'une tête d'aiguille. Il y eut un bruit assourdissant, et il sentit son corps projeté dans les airs et son esprit se dissoudre. Et puis, plus rien.

CHAPITRE VINGT-TROIS

Tout est gagné, mais tout est perdu

Quand Will revint à lui, il reposait sur le dos, les yeux grands ouverts sur une nuée grise, dont les volutes s'enroulaient à la dérive au-dessus de lui. Il ne comprit pas, tout d'abord, de quoi il s'agissait, puis il se souvint des énormes masses de mal que Gwydion avait purgées de la pierre batailleuse à l'Anneau du Géant et se persuada que la pierre du destin le tenait maintenant à sa merci.

Il ne pouvait rien pour sauver sa peau. Le monde réel lui semblait loin, très loin, à l'extrémité d'un long tunnel. Toute force l'avait abandonné et il se sentait aussi démuni qu'un nourrisson. Cette forme qui se lovait, menaçante, allait à coup sûr prendre une consistance démoniaque et le détruire. Mais si c'était le cas, pourquoi attendait-elle si longtemps ?

« Ça va faire mal », se dit-il. Mais la douleur ne venant pas, il se risqua à ouvrir de nouveau les yeux. À mesure que sa vision s'améliorait et qu'il reprenait peu à peu ses esprits, il vit que la masse qui se tordait n'était autre qu'un ruban de fumée qui flottait dans l'air.

Il se mit sur son séant, tâcha de la chasser de la main, mais c'était au-delà de ses forces, car ses membres étaient de plomb et refusaient d'obéir. La matière était épaisse. Elle pénétra dans ses poumons, déclenchant une quinte de toux. Il se rendit compte alors à quel point ses côtes étaient douloureuses, et aussi à quel point il était affaibli. Il avait l'impression que ses mains étaient devenues du charbon de bois...

Il sentit venir le sommeil. Comme il s'allongeait et commençait de glisser dans une demi-conscience, il sursauta : un son étrange venait de quelque part, au-dessus de lui. « Ce sont mes oreilles, se dit-il. Elles tintent telle l'enclume d'un forgeron, et c'est à présent seulement que je m'en aperçois. » Il aurait voulu que le bruit cessât et le laissât en paix. Mais il persistait. Comme l'impression qu'il avait d'être encore en danger. Il secoua la tête et le son au-dessus de sa tête, lentement, prit forme : c'étaient des cris.

Ceux-qui-ne-voient-pas !

En un éclair, il se souvint de l'endroit où il se trouvait. Ces hurlements provenaient de la maison du chapitre, là-haut. Déjà ses yeux se fermaient, mais il savait que s'il s'endormait maintenant, les frères le trouveraient et feraient de lui du savon et des bougies. Ce lugubre réduit enfumé serait la dernière chose que ses yeux verraient... et cela ne pouvait être.

Un moment il contempla la fumée qui s'échappait des cratères lépreux du tombeau, avant de faire une nouvelle tentative pour s'asseoir. Alors, il s'obligea à approcher l'univers de souffrance qui l'attendait, luisant dans l'ombre.

La crypte était toute différente. Will avait été soufflé sur la moitié de la pièce et avait atterri dans un coin près des marches. Là où auparavant avait brillé la lumière cramoisie, il n'y avait plus à présent que des rais d'une lueur faible qu'on distinguait à travers la nuée et qui dessinaient aux murs d'improbables silhouettes. Et là au milieu, la coupable, l'imposant monolithe de la pierre du destin, proprement ouverte en deux.

Sa surface grêlée, grisâtre, était à présent sombre et inerte, et Will sut, à ce moment-là seulement, que c'était lui, et nul autre, qui l'avait brisée. L'espoir l'exalta. Il était temps de sortir d'ici. De laisser cette tombe ! De retrouver la vie !

Il inspira profondément, se releva tant bien que mal, à genoux d'abord, puis debout. Et il entreprit l'ascension des degrés de pierre. À la dernière marche, il souleva la grille, la poussa, pour émerger dans le sanctuaire dans un nuage âcre. Le soleil illuminait et purifiait l'espace où les hautes fenêtres noircies empêchaient auparavant la lumière d'entrer. L'effigie blanche et glacée de Swythen semblait presque transparente à présent, baignée par les chauds rayons. Les Anciens allaient et venaient dans la plus grande confusion et tentaient d'arrêter, avec force cris, les rais de l'astre qui les blessaient, leurs mains rouges tendues devant eux.

Voilà que Will respirait à nouveau librement. D'avoir échappé au tombeau faisait circuler en lui le flux vital. Mais les frères, au-delà du sanctuaire, ne se sentaient pas si bien, eux. Quand la pierre du destin s'était fendue en deux, ils s'étaient retrouvés en pleine déréliction, sans ordres et sans maître à penser. Ils tournaient et se tordaient telles des bêtes à l'agonie. Ils cherchaient les coins d'ombre, semblables aux vers exposés soudain à la lumière du soleil. Certains couraient en rond en poussant des cris aigus. D'autres étaient étendus au sol, pelotonnés les uns contre les autres, les mains pressées sur leurs yeux, sur leur bouche. Will se fraya un passage hors des grilles du sanctuaire et se débattit au milieu de cette folie, pour atteindre les imposantes portes de chêne. Il se jeta dans la cour sous les fenêtres explosées dont les débris jonchaient le sol et en se retournant vit s'élever de grands panaches de fumée. Ils se concentraient pour former un gigantesque champignon, qui s'éleva très haut au-dessus de sa tête, une colonne qui s'estompait, jusqu'à se perdre en minces volutes dans l'air léger.

Le grand cèdre de la cour était entièrement nu à présent. Will courut s'y abriter, enjambant les dalles jonchées d'un tapis d'aiguilles et d'échardes noires et luisantes : les débris des fenêtres dévastées. Puis il grimpa sur le toit d'un appentis et enjamba un mur, pour se retrouver dans les jardins contigus. Un chat noir, sans âge à force d'être vieux, était assis au bord d'une fontaine. Il lui jeta un regard méfiant, mais ne bougea pas. Le soleil de mai dardait ses rayons, radieux et chaud. Pas de chants d'oiseaux, mais point de traits de feu non plus pour souiller le bleu du ciel limpide. En dépit de tout, les pensées de Will allèrent d'abord à Willow ; il repensa au rôle si dangereux qu'elle avait choisi de jouer dans l'affrontement. Il était heureux de l'avoir libérée de l'étreinte de la pierre et espérait n'être pas intervenu trop tard.

Il sauta la barrière qui donnait dans une allée latérale et descendit celle-ci en courant. L'air vif dans ses poumons lui fut comme une grande goulée d'eau fraîche dans un gosier desséché. Mais en débouchant dans la rue, il prit de plein fouet le choc du silence terrible qui était tombé sur toute chose. C'était comme si des milliers de somnambules s'éveillaient soudain au même moment, pour s'apercevoir qu'ils étaient des assassins. Le combat avait cessé. Les armes étaient tombées des mains et les visages aux traits flasques, saisis d'un étonnement sans nom, étaient hâves, et portaient les traces d'une barbe d'un jour. Beaucoup de ces hommes regardaient, bouche bée, l'immense nuage qui s'élevait en volutes au-dessus de la ville. Un moment, il sembla fondre sur eux telle une nuée d'orage menaçante, mais ce n'était que la fumée de la maison de chapitre qui montait en tourbillons, aspirée vers le ciel, et qui à présent s'y dissolvait.

Comme l'ombre froide qu'elle faisait planer sur Verlamion se dissipait, Will remonta en courant la rue principale. Il filait vers l'endroit où flottait la bannière du roi. Là, régnait la plus grande confusion. Au-dessus de lui, le sommet du beffroi était noirci par le feu et la porte qui en commandait l'accès avait été défoncée.

— Maître Gwydion ! appela-t-il, sachant qu'une bataille au moins n'était peut-être pas terminée encore.

Il enjamba comme il put les débris abattus du portail, monta en courant la centaine de marches étroites qui s'élevaient en spirale vers le sommet de la tour. Tout en les grimpant quatre à quatre, il redoutait de tomber sur Masgull et d'avoir à affronter sa colère. Mais quand il eut atteint sans mauvaise rencontre le premier palier, il reprit courage et se jeta en avant avec une nouvelle ardeur.

Sur le second palier, les entrailles d'un formidable engin à marquer le temps gisaient dans un coin obscur, une chose faite de métal noir, munie d'une énorme cloche ; elle était arrêtée à l'heure de midi.

Will, par précaution, s'immobilisa de nouveau, mais toujours rien en vue, de Masgull et de ses flammes pourpres. Il résolut donc de passer outre sans se soucier davantage de ses propres mises en garde. Apercevant la lumière du jour, il pressa le pas, se souvenant de ce que lui avait dit Gwydion un jour : la force de Masgull, si grande fût-elle, ne pouvait rien contre eux deux réunis.

Quand il déboucha en courant sur le toit, tout y était brûlant, noirci et charbonneux. Et là se tenait la silhouette menaçante de Masgull.

— Maître Gwyd… commença Will.

Mais Gwydion n'était pas là.

Le sorcier se tourna vers lui.

— Toi ! rugit-il. Le petit apprenti ! J'aurais dû m'en douter !

— Par le soleil et la lune ! qu'avez-vous fait de maître Gwydion ?

Will se jeta sur le sorcier, mais son corps se gela à mi-distance, pris dans les rets magiques.

Le sorcier se détourna avec un geste de dédain.

— Je t'ai fait, je puis aussi bien te défaire.

— Non !

Will vit les mains du sorcier s'écarter, prêtes à l'attaque magique. Et c'est alors que l'énorme diamant bleu-blanc, sur sa poitrine, s'alluma de son feu propre. Un rayon d'un bleu plus pâle sembla exploser à l'intérieur, dans un halo éclatant.

Et Will, soudain, put de nouveau bouger et alla se cogner contre le parapet. Il fit volte-face, se remit debout, prêt à une seconde attaque contre le sorcier.

Mais Masgull avait disparu.

Will n'en revenait pas. Il alla inspecter un à un les quatre coins du toit et se pencha au-dessus du parapet. La chaleur du combat s'attardait encore dans la pierre et dans les pièces de métal. Quand il jeta un coup d'œil dans la cage de l'escalier octogonal érigé à un angle de la tour, il s'aperçut qu'elle aussi était noircie et qu'une bonne partie du plomb de son toit pointu était fondue. Mais qu'était-il advenu du sorcier ? Aux endroits où, auparavant, il y avait eu huit gargouilles de pierre, il n'en subsistait que quatre. Se pouvait-il que les quatre autres aient été rappelées à la vie, pour faciliter la retraite du sorcier ?

Mais qu'importait après tout que Masgull fût parti ?

Will titubait, heureux tout simplement d'être en vie. Ses seules pensées allaient à Willow et à Gwydion : il lui fallait les retrouver. En s'abritant les yeux de l'éclat du soleil, il fouilla du regard la ville, en contrebas. Des milliers de soldats des deux camps emplissaient la place du marché. Impossible de trouver quiconque dans une cohue pareille. Il s'élança cependant dans l'escalier, le plus vite qu'il put, et se rua au-dehors. Ses pas le portèrent vers une ruelle où l'on avait brancardé les blessés pour leur porter secours. Willow n'était pas parmi eux. Un peu plus loin, au coin de la plus grande brasserie, il y avait des morts, en plus grand nombre encore, gisant là où ils étaient tombés.

Il s'élevait des cadavres une sorte de brume, un étrange miasme qui flottait dans l'air un moment, avant de s'abîmer dans le néant. Will recula et s'en fut plus loin, plus désireux que jamais de retrouver Willow — mais pas là, surtout pas là.

Et voici qu'il perçut un gloussement pitoyable. C'était Lord Strange, sous bonne garde, agenouillé dans une supplication abjecte, protestant de son innocence et implorant qu'on le menât devant le duc Richard pour lui faire ses excuses. Will se détourna, pour tomber un peu plus loin sur la tannerie où il avait vu se précipiter la reine, en compagnie du roi Hal. Il lui vint une idée lumineuse. À l'intérieur s'entassaient des piles de peaux, de maroquins, de vélins. Le tanneur avait pris depuis longtemps la poudre d'escampette.

En y pénétrant, Will sentit une présence, puis il vit l'atelier jonché de pièces d'armure, jetées par terre au hasard comme autant de coquilles vides après un dîner de fruits de mer. Et pami elles, il y avait une salade brillante, à laquelle était attaché un grand cercle d'or.

Il se retourna, examina les lieux, mais la reine et le dernier cercle de ses courtisans avaient filé pour sauver leur vie, voyant la bataille tourner à leur désavantage. Dans leur hâte, ils avaient abandonné le roi.

Will repoussa du bras une pile de peaux de mouton et une silhouette bougea. Le roi Hal se glissa à croupetons sous l'établi. Il avait les yeux grands ouverts et l'on voyait du sang là où une flèche lui avait éraflé la joue.

— Ne craignez rien, Votre Majesté, le rassura Will, l'invitant à sortir de sa cachette. La bataille est terminée. Il est temps de vous montrer à votre peuple.

— Nous sommes blessé… dit le roi, défaillant.

Ce n'était guère qu'une égratignure. Will ramassa le heaume du souverain, en détacha la couronne et tenta de la lui placer sur la tête, mais c'était une couronne de combat, suffisamment large pour s'ajuster à un heaume, et elle tomba tout droit sur le cou royal.

— Vous devez sortir, intima Will au souverain avec autorité. Car un roi me serait utile. Il y a quelqu'un que je dois trouver, et même si ma voix est beaucoup moins suave que la vôtre, Votre Majesté, elle est loin de porter aussi loin.

Le roi Hal n'avait pas vu plus de trente-cinq printemps, mais il se mouvait pourtant comme un vieil homme. Peut-être était-ce le fait d'avoir eu peur toute sa vie qui lui faisait le dos courbé et le pas incertain, peut-être était-ce le fait d'avoir été laissé seul, pour la première fois de sa vie. En tout cas, Will se rendant compte à quel point la couronne lui seyait mal, il allongea le bras pour l'enlever de son cou. Mais couronne ou pas, quand Will conduisit le roi au-dehors, tous ceux qui le virent le reconnurent immédiatement et furent stupéfaits. Le bruit de sa présence courut comme un feu de paille. Les soldats tombaient à genoux sur toute la surface de la place du marché. Il fut alors aisé d'identifier Gwydion, debout parmi eux. Il traversa l'espace pour les rejoindre et Will en le voyant venir se disait qu'il lui semblait plus grand, plus fort que dans son souvenir. Sa barbe était roussie et ses mains couvertes de suie, mais il était sain et sauf, et avançait de son long pas tranquille au milieu des soldats agenouillés devant leur souverain.

Will se précipita à sa rencontre et le serra sur son cœur.

— Nous avons réussi, maître Gwydion ! Nous avons réussi !

L'enchanteur le prit par les épaules et plongea son regard dans le sien.

— Tu as réussi, Willand. Toi, et toi seul.

— J'ai fini par l'accomplir, cette prophétie de l'enfant du destin ! J'ai transformé un en deux, ma foi très bien, et j'ai fendu cette pierre, crac, en plein par le milieu !

Le mage leva un sourcil interrogateur, avant d'ajouter :

— Willand, en cet instant je suis plus fier de toi que je ne puis te le dire.

Mais Will n'écoutait pas.

— Maître Gwydion, je vous en prie... Je dois retrouver Willow. Elle est ici, quelque part ! Je me disais que si je pouvais trouver le roi, il pourrait faire passer un mot pour elle...

Le mage le prit par le bras.

— Je vais t'y aider, mais tout en marchant, raconte-moi ce qui s'est passé, car le lorc semble avoir cessé d'agir sur le coup de midi. C'était comme si quelqu'un l'avait saisi au cœur.

Will raconta et raconta, et finalement ses yeux se portèrent sur le haut de la tour de couvre-feu, et il observa :

— Ce que je ne comprends toujours pas, c'est ce qui est arrivé à Masgull.

— Il est parti.

— Voulez-vous dire qu'il est mort ?

— Non, simplement parti. Je l'ai envoyé loin d'ici, grâce à un sortilège de disparition.

— Mais vous affirmiez que vous n'en aviez pas préparé. Hier soir, quand nous avions le mal à nos trousses, vous avez dit...

— J'ai dit que je n'avais pas eu le temps d'en préparer un pour assurer notre sécurité. Je t'ai expliqué aussi, il y a un certain temps, que l'on ne pouvait en prévoir qu'un à la fois. La raison pour laquelle je ne pouvais pas en élaborer un pour nous, c'est que j'en avais déjà tissé un et qu'il était prêt à fonctionner.

— Et le détonateur, c'est Masgull qui l'avait ? Vous voulez dire qu'il a été assez fou pour accepter quelque chose de vous ? interrogea-t-il. Il se souvenait du crâne d'oiseau que Gwydion avait porté autour du cou et des falaises vers lesquelles il les avait fait disparaître.

— Indirectement, fit Gwydion en souriant. Il l'avait, là-haut, sur la tour. Tu te souviens du diamant qui venait du manteau de cygne du roi Leir ?

— L'Étoile d'Annuin ? Ainsi donc, elle avait son rôle à jouer, après tout !

Le large sourire du mage se teinta de satisfaction.

— Vois-tu, mon but, avec ce diamant, n'était point tant de soudoyer la reine, ni même de gagner à Richard la charge de lord Protecteur et Défenseur du royaume, mais plutôt d'amener la souveraine à se montrer en public avec le bijou à son cou. Je voulais qu'elle manifeste avec ostentation qu'il était en sa possession. Je connais Masgull, et depuis longtemps. Et je tablais sur le désir qu'il aurait de cette pierre. Je savais qu'il la voudrait pour lui. Il ne m'a pas déçu. Il la convoitait, sans pourtant en deviner la vraie nature ni, et c'est plus important, d'où elle venait.

— Alors, si je comprends bien... Masgull est désormais coincé dans le tombeau de Leir ?

— Ne t'inquiète pas de cela, Willand, un tumulus n'est pas un lieu assez sûr pour lui.

— Alors... où est-il ?

— Tu m'as vu prendre l'Étoile d'Annuin dans la tombe de Leir, c'est certain. Mais je t'ai dit un jour que ce diamant appartenait à un roi plus grand encore que Leir, car il avait été rapporté du royaume du dessous par Arthur, au temps des premiers hommes. Depuis le commencement des temps, il reposait avec les autres objets sacrés dans une cavité, au plus profond de la terre. C'est là que la main de l'homme, pour la première fois, toucha l'Étoile, et c'est là que Masgull a été expédié par mes soins. Et l'opération ne dépendait que d'une chose : il fallait que je le prenne au dépourvu pour faire entrer en contact le détonateur qui armait mon sortilège avec le diamant. Or Masgull est rusé, et il tient à sa peau — un ennemi difficile à prendre en défaut. Mais quand tu es apparu derrière lui et qu'il s'est retourné, alors j'ai saisi ma chance, et c'est ainsi qu'il a été, au pied de la lettre, défait par nos deux forces conjuguées.

Ils étaient presque arrivés près du roi et Will avait du mal à contenir son impatience.

— Maître Gwydion, il faut que je sache ce qu'il est advenu de Willow. Même si tout est gagné, tout sera perdu pour moi si je ne la retrouve pas !

— Marche d'un pas léger, Willand...

Will rongea son frein tandis que l'enchanteur remettait le roi Hal aux capitaines du duc Richard et exigeait du souverain qu'il fît tout ce qu'il pouvait pour ceux qui étaient tombés, par l'imposition de ses mains qui avaient le pouvoir de soulager les souffrances. Puis on réussit à trouver les hérauts, et on les envoya demander partout si une certaine Willow était au nombre des survivants, car le suzerain requérait sa présence de toute urgence.

— Fais-lui honneur, lui intima Gwydion. Et rends-toi utile en l'attendant. Prends ce baume et occupe-toi des blessés, car il y a mainte boucherie à défaire, tant que nous le pouvons encore.

Et Will, dont le cœur se serrait au spectacle de tout ce sang versé, prit l'onguent et s'en fut porter secours à ceux qui gisaient à terre. Il passait parmi eux et tandis que ses propres blessures se dissipaient au contact de la souffrance d'autrui, il saisissait la vérité du dit qui affirme : « Les mains d'un guérisseur se soignent en soulageant ceux qui souffrent. » Et tout en s'activant, il continuait de chercher Willow des yeux parmi la foule et se demandait avec inquiétude la raison pour laquelle elle n'avait pas déjà répondu à la convocation du roi.

À la fin, il n'y tint plus. Il délaissa les mourants pour aller la dépister lui-même. Mais comment la trouver parmi les milliers de soldats entassés dans la ville ? Il criait son nom et tâchait de repérer le vert et blanc des archers de Cambray, la compagnie dans laquelle elle avait servi. Ses pérégrinations l'amenèrent une fois de plus en ce lieu d'horreur qu'il connaissait déjà, sous l'enseigne représentant le château où était étendu, mort, le duc Edgar de Mells.

À côté de son cadavre gisait celui du comte d'Umber, la nuque transpercée d'une flèche. Mort aussi, tout à côté, Humphrey, comte de Stratford, fils du duc de Rockingham, et « John le Cinglé », le baron Clifton d'Aston Oddingley, avec tant d'autres victimes de moindre renom. Tous avaient été hideusement étripés et saignés à blanc.

Il sentit soudain sur son épaule le poids d'une main dans son gantelet. Se retournant, il vit le duc Richard en personne, venu comme l'exigeait le code d'honneur de la guerre regarder son adversaire vaincu et faire la paix avec les morts. Il portait son heaume sous le bras, et l'on pouvait voir ses yeux ; ils étaient tristes.

— J'ai entendu dire que le duc Edgar avait été averti par Gwydion d'avoir à se garder des châteaux. Regarde comme il va rendre fameuse la sentence du mage.

— L'ennemi personnel de votre grâce a été abattu, observa Will, le cœur lourd. Peut-être les morts pardonneront-ils, mais qu'en sera-t-il d'Henry, le fils du duc Edgar ? Je sais que j'aurais du mal à vous pardonner si c'était le corps de mon père qui était étendu là dans la rue.

— Parbleu, et moi de même, si c'était celui du mien, intervint Edward, qui les rejoignait. (Il n'avait pas tout saisi des paroles de Will, mais il ajouta :) Willand a raison, père. Méfiez-vous des fils de tous ceux que vous avez sous les yeux en cet instant, car ce jour, ils ne sont pas près de l'oublier !

Comme le duc, debout, continuait de contempler les dépouilles, il posa les mains sur leurs deux épaules, comme s'il s'était agi de ses deux fils. Will songea à Edmund, le fils boiteux, faible d'esprit, qui jamais ne deviendrait un guerrier. Pendant quelques instants, il se sentit membre à part entière de cette famille au sein de laquelle il avait achevé ses années de formation et était devenu un homme, mais ce moment s'enfuit. En quittant le duc, Will lui demanda s'il accepterait d'envoyer ses hommes à la recherche de la compagnie des archers de Cambray, pour s'enquérir de Willow.

En retraversant la place du marché, Will aborda le haut de la ruelle où d'autres morts jonchaient le sol. Ils étaitent alignés en rangs et quelqu'un les avait couverts de lin blanc, fourni par les habitants de quelque riche demeure. C'était comme si une cinquantaine d'hommes avaient fait leur lit en pleine rue, comme s'ils n'étaient qu'endormis. Ils ne bougeaient pas, leur visage était blême et l'illusion durait, au point de devenir quelque chose de terrible. Will posait un genou en terre quand il aperçut Willow, là, près des cadavres.

Elle aussi était à genoux, et son chagrin était plus grand encore, car le mort sur lequel elle se penchait n'était autre que son père.

— Je suis arrivée trop tard, lui dit-elle d'un air affligé. L'entaille qu'une lame lui a faite me l'a ravi pour toujours. Oh, Will !

Il la laissa s'accrocher à lui, la serra fort dans ses bras et ils restèrent ainsi embrassés un long moment, tandis qu'elle libérait son cœur de toute cette détresse en laissant ruisseler ses larmes.

Il s'écoula une éternité avant que Gwydion ne les trouve. Déjà, au-delà de la Tonne, on commençait à creuser deux grandes fosses et l'enchanteur avait mainte chose à superviser. Willow lavait le visage de son père et lui peignait les cheveux. Elle était dirigée dans son travail par les sages femmes qui étaient entrées dans la ville pour faire ce qu'elles pouvaient, maintenant que les combats étaient terminés. La sœur échangea avec Gwydion quelques mots à voix basse, et il entraîna Will à l'écart, de façon que père et fille puissent passer ensemble un dernier moment tranquille.

Gwydion le ramena en présence du roi, car certaines questions ne pouvaient attendre davantage — en premier lieu les explications concernant la pierre du destin et ce qui s'était produit à midi sonnant, quand les fenêtres de la grande maison du chapitre qui abritait le martyr avaient volé en éclats, et qu'un nuage s'en était élevé. Mais quand tout eut été dit sur le sujet, Gwydion mit en présence le roi et le duc, l'un en face de l'autre, et leur traça au front des signes sybillins.

— Que chacun écoute et regarde ! s'écria-t-il en se retournant vers les hommes présents, le bâton haut levé. Car voici que nous allons être les témoins de la paix qui va être scellée sous nos yeux !

Le duc Richard, faisant montre de clémence, miséricorde et générosité, s'agenouilla selon les règles devant le roi. Il ne le regardait pas, mais la tête baissée en signe d'humilité, il dit :

— Avec votre permission, sire, je me dispose à chevaucher en procession vers Trinovant, comme votre escorte. Et une fois rentré dans votre royal palais, vous aurez loisir de décider de ce qu'il convient de faire, pour le mieux.

Le roi le regarda, avant de lui répondre dans les formes, le visage blême comme la pleine lune, avec dans ses yeux sombres une tristesse insondable et une désolation sans nom.

— Richard d'Ebor, vous vous êtes révélé notre sincère et loyal vassal. Nous n'irons pas en notre royal palais de Trinovant, mais regagnerons plutôt la Maison blanche et là, sous le regard de la pierre des Scions, sera convoqué un parlement des seigneurs pour débattre de la bonne gouvernance du royaume. C'est là que nous ferons connaître sans ambiguïté notre recommandation devant les États rassemblés, à savoir que le duc d'Ebor redevient lord Protecteur et Défenseur du royaume, qu'au comte de Sarum reviendra le grand sceau, qui lui sera délivré au titre de chancellier, et que le comte Warrewyk retrouvera son titre et ses fonctions de capitaine du port de Callas.

Et quand tout fut dit, que tous les nobles personnages présents se furent déclarés satisfaits, Gwydion conduisit une fois encore Will devant le duc Richard et annonça d'un ton tranquille :

— J'aimerais savoir comment vous avez l'intention de

récompenser ce jeune homme, pour la part décisive qu'il a prise à la victoire. Même si vous l'ignorez, il a servi ce royaume plus qu'aucun autre, aujourd'hui.

— Décisive, dites-vous ? Il n'y paraît pas, mais je vous crois bien volontiers, maître Gwydion, car votre tour de main est fort impressionnant.

Le duc Richard était presque comme un enfant en présence du magicien. Il avait perdu toute insolence et ne nourrissait plus de doute quant aux intentions de Gwydion, mais se tenait devant lui plein de respect ; cela s'était passé comme il le lui avait dit, la bataille s'était terminée de façon fort mystérieuse et il venait de remporter une victoire d'un genre plus étonnant encore que tout ce qu'il avait jamais envisagé.

— Oui, fit le duc humblement. Il en sera fait selon vos désirs, car vous êtes plus sage que je n'ai jamais été capable de l'entrevoir.

Sur ce, il convoqua son porteur de bannière et bientôt se présenta un serviteur qui portait le plus riche équipement ; il demanda à Will de choisir parmi ce qui se trouvait là et de décider de ce qu'il voulait prendre, en gage de sa gratitude. C'était une offre généreuse, faite d'un cœur honnête, car il y avait des bourses lourdes de monnaie d'argent, et des armes dont la lame était enchâssée dans les pierres précieuses et l'or le plus fin, des objets de grand prix, parmi ce qui était offert à sa guise.

Will fit un pas en avant et s'inclina avant de baiser, en signe de respect, l'anneau que le duc portait au doigt, bien que son cœur fût encore plein du chagrin de Willow. Il eût de beaucoup préféré se trouver auprès d'elle plutôt que d'être contraint de choisir parmi tout l'or des forges de Fumi.

— Je remercie Votre Majesté de ses bontés, dit-il, mais je préférerais à présent retourner chez moi, et rien de ce qui est ici ne m'y serait d'aucune utilité.

— Eh bien, je vais te donner mon destrier pour t'y conduire.

On l'amena et en le voyant, Will se laissa fléchir.

— Je l'accepte avec reconnaissance, car cet élégant cheval blanc m'en rappelle un autre, que j'ai eu un jour l'occasion de chevaucher.

Et Gwydion observa et donna son approbation à ce présent :

— Il a nom Avon. Parmi ceux de son sang, c'est le plus racé. On dit qu'une bonne monture, un solide bâton et une bonne épouse sont les trois bénédictions qui font à un homme un sourire sans mélange.

Sur quoi, le mage fit incliner une fois encore Will devant le roi et traçant un signe au front de celui-ci, il lui glissa quelques mots en privé. Le souverain convoqua alors son scribe et apposa son sceau sur un papier qu'il tendit à Will.

— Qu'est-ce que c'est ? s'enquit le jeune homme en s'avançant pour le recevoir.

— J'entends dire par maître Gwydion que tu aimes ta vallée par-dessus toute chose, murmura le roi.

— Par-dessus toute chose sauf une, Votre Majesté. Je vous remercie.

Gwydion lui parla doucement à l'oreille.

— Le présent que te fait l'ami Hal n'est qu'un des nombreux bienfaits qu'il accomplira aujourd'hui en redonnant santé et vigueur au royaume. Le tien est une charte secrète que tu dois rapporter chez toi en y veillant bien. Par ce document, le val et chacun des villages et hameaux qui le composent seront exemptés de la dîme. La charge de celle-ci incombera, par son ordre qui sera tenu secret, au trésorier royal.

— Votre Majesté est trop généreuse, protesta Will, bouleversé par l'honneur qui lui était fait. (Pourtant, il demeurait inquiet :) Je dois aller retrouver Willow. Maître Gwydion, je dois...

Gwydion le retint.

— Attends un moment encore, car il se peut que nous soyons longtemps sans nous revoir, et j'aimerais te faire mes adieux en bonne et due forme.

— Vos adieux ?

Will sentit passer l'ombre d'un nuage devant le soleil qui s'inclinait à l'ouest.

— Souhaite-moi l'au revoir, Willand, car on est en train de me seller un cheval. J'aurai quitté Verlamion avant la tombée de la nuit.

— Déjà ? Mais où allez-vous, maître Gwydion ?

— D'abord, à Trinovant. Je dois m'assurer que cette paix si chèrement gagnée est solide. Puis je me rendrai seul dans le Nord, car j'ai beaucoup à débattre et à étudier, et il y a là-bas de vieux sages que je dois consulter. Il me faut décider quoi faire de la pierre dragon et de toutes les autres pierres batailleuses éparses par le royaume. Ce sont de vastes problèmes, auxquels il ne sera pas facile de trouver des solutions. (Il dévisagea Will d'un regard pénétrant.) Mais rien de tout cela ne te concerne, pour l'instant, car comme tu l'as dit toi-même, tu as accompli la prophétie de l'enfant du destin...

Mais dans la façon dont l'enchanteur laissait sa phrase en suspens, il y avait quelque chose qui fit douter Will de ce que la destruction de la pierre du destin était bien l'aboutissement de la prédiction.

— Mais l'un a été fait deux, dit-il. C'est la force de la prophétie qui a brisé la pierre. N'est-ce pas, maître Gwydion ?

L'expression du mage restait impénétrable.

— Tu ne connais pas encore ton propre pouvoir. Et comme le dirait le Wortmaster : « Quand il est question de prophéties, qui peut dire ? » Pour ma part, je m'en tiendrai à ceci : le lorc est peut-être réduit au silence, mais il n'est pas mort. Je m'attends donc à ce que nous entendions résonner un jour à nouveau « la trompette des voix ancestrales », comme dit Gort. (Il jeta un regard alentour.) En attendant, tu devrais rentrer chez toi — construis-toi une belle existence, vis à ton aise et souviens-toi d'être bon envers toi-même. Et pour nous garantir tous contre ce jour qui pourrait bien venir, tu dois me laisser monter la garde. (Il glissa une main à l'intérieur de sa manche.) Et maintenant, regarde ! J'ai choisi ceci comme cadeau d'adieu.

Will prit le mince volume que le mage lui tendait. Il était ancien, relié de cuir brun tout éraflé. À la différence de la plupart des livres, il n'avait pas de fermoir de métal, mais sur la couverture ces mots étaient gravés : *Ane radhas a'leguim oicheamna, ainsagimn deo teuiccimn.*

Will sourit, car il en connaissait fort bien la signification dans la vraie langue :

— Prononcez ces mots pour... lire les secrets ici contenus .. apprendre et ainsi... atteindre un champ de champignons de toutes les couleurs... Quoi ?

— ... Et ainsi atteindre au vrai entendement, le corrigea Gwydion.

— Mmh. Un joli petit ouvrage, à moi tout seul, enfin. Quel plaisir ! fit-il en le tournant et le retournant. Mais on dirait qu'il y manque l'emplacement pour une chaînette.

Gwydion grommela.

— Pitié pour l'homme qui essaierait d'en mettre une. Les mots inscrits sur la couverture sont un sceau suffisant.

— Et comment un si petit livre peut-il renfermer plus qu'un tout petit peu de sagesse ? demanda l'irrévérencieux Will.

— Ah ! plus qu'il n'en faut pour les impies comme toi, à mon avis. Plus tu le liras, plus il grossira. Tu verras !

— Alors, je vais le chérir, maître Gwydion. Et j'espère qu'il deviendra si épais un jour qu'une dizaine d'hommes ne suffiront pas à en tourner une page ! Est-ce que je deviendrais un sage si j'arrivais à le lire tout entier ?

L'enchanteur eut un petit rire.

— Aucune œuvre ne peut cela. Mais j'imagine qu'il te rendra plus instruit et plus fort. Et tu ne peux l'être sans être un peu sage, et tu n'auras pas la sagesse avant d'avoir engrangé un peu de savoir dans cette tête de linotte qui est la tienne — en tout cas, c'est ce qu'affirme l'un des dits essentiels, concernant l'état d'homme fait.

Will reçut le compliment avec une grimace, tout heureux du présent, mais triste cependant que ce soit un cadeau d'adieu. Quand il voulut l'ouvrir, la couverture refusa de bouger avant qu'il n'ait prononcé les mots en lettres d'or. Et alors, les pages semblaient vierges, même si, à force de les regarder, des mots se révélèrent peu à peu, comme émergeant d'une brume. Et quand Will en détourna le regard, tout disparut.

— C'est la précaution habituelle, lui dit Gwydion. (Il ajouta, baissant la voix :) En matière de lecture, fais-toi de l'habitude une amie. Lis dans ce livre tous les jours. Si tu t'y engages loyalement et si tu t'y tiens, tu t'apercevras qu'au moment où tu atteindras le val, tes yeux y verront assez pour y trouver leur chemin. Et — rappelle-toi bien ces mots — si tu devais un jour être dans la nécessité, reporte-toi à la page où vole l'oiseau le plus rapide. Appelle-le par son nom et cela suffira.

Ils s'embrassèrent, Gwydion murmura quelques mots dans la vraie langue et ils s'en allèrent promptement chacun de son côté. Will regarda s'éloigner le mage et dès qu'il eut disparu à la vue, il se mit en quête de Willow. Quand elle vint au-devant de lui, il la serra tendrement dans ses bras et referma sur elle les pans de son manteau.

— Veux-tu rester en service dans la maison du duc ? lui demanda-t-il.

Elle hésita.

— Je ne vois pas ce que je pourrais faire d'autre.

— Il sera d'accord, car lady Cicely dit que tu es une solide travailleuse, dotée d'un heureux caractère, et que tout le monde t'aime bien.

Elle ne répondit pas mais regarda au loin, et il vit comme les larmes avaient lavé ses joues de la poussière de la bataille.

— C'est drôle, dit-il, ne sachant trop comment trouver les mots justes. Mais chez moi au pays, il y a une mère qui se languit depuis toujours d'avoir une fille. Ce que je veux dire, c'est... Je serais trop heureux si tu décidais de rentrer avec moi. Enfin, je veux dire, si tu voulais...

— Oh, Will ! Je le désire plus que tout !

Et elle fondit en larmes, car elle redoutait d'être laissée seule et à la vérité, cela faisait plus d'un an qu'elle souhaitait devenir la fille d'une certaine mère.

Les ombres s'allongeaient à cette heure sur la place du marché et une brise fraîche s'était levée, qui rendait plus poignant encore le moment des adieux. Ils restèrent le temps de voir ensevelir Stenn, l'homme sans peur qui avait été le père de Willow. Will, plongé dans l'affliction, se tint sur le bord de la tombe tandis que Willow l'enveloppait dans son linceul, puis tous les deux ensemble, ils le couchèrent parmi les héros tombés. Et Will resta debout à le veiller, en larmes, jusqu'à ce que le soir commence à tomber et qu'on allume les torches. Et ceux qui avaient survécu passèrent pour un dernier hommage, en une longue et lente procession, chaque individu jetant une poignée de terre sur les morts des deux armées. Et ainsi ceux qui étaient tombés au combat reçurent, comme s'ils ne formaient qu'un seul corps, les honneurs solennels rendus aux guerriers et chaque homme qui regardait la scène était reconnaissant, du fond du cœur, de n'être pas lui-même l'un des défunts qui reposaient là, dans la glaise froide.

Quand tout fut fini, Will fit monter Willow sur le dos d'Avon et tourna la tête du cheval en direction de la dernière lueur du couchant. Et ainsi quittèrent-ils la funeste ville de Verlamion avant que le jour fût tout à fait achevé, chacun d'eux cherchant le réconfort dans la présence de l'autre.

CHAPITRE VINGT-QUATRE

L'Homme vert

LA CARESSE DE L'ÉTÉ QUI APPROCHAIT enrobait la terre de douceur, car au lever du jour, l'aubépine en fleur embaumait l'air, et il y avait le chant des criquets, le bourdonnement des abeilles et l'appel suave de l'alouette. Willow parla beaucoup de son père tandis qu'ils avançaient et Will écouta, sachant bien que pour alléger la douleur de la perte, il n'était rien de tel que de la laisser partager les souvenirs des jours heureux.

Ainsi, deux jours et deux nuits ils allèrent leur chemin, droit vers l'ouest, alors que l'été du royaume s'installait tout autour d'eux. Willow allait à cheval, tandis qu'il menait Avon par la bride et quand elle était lasse de chevaucher, ils échangeaient leur place ou marchaient côte à côte. Les blessures au visage et aux mains de Will guérirent avec une rapidité surprenante, et il commença à savourer une paix de l'esprit toute nouvelle — un état qu'il n'avait pas connu auparavant. Il suspectait que les mots d'adieu chuchotés par Gwydion à son oreille y étaient certainement pour quelque chose.

Le deuxième jour à midi, Willow et lui soufflèrent le duvet d'un pissenlit, et il lui demanda de faire un vœu sans lui dire lequel. Puis il lui montra le talisman, qui de nouveau lui pendait au cou. Il lui confia que le bijou était porteur d'un autre vœu, fait par une mère aimante, il y avait plus de deux ans de cela.

— *Gunhe robh arh chlachsan ammet adhorn*, récita-t-il en serrant l'amulette dans sa main. *Gesh an ruigha ma mer cheanat uidhe.*

— C'est ça qui est écrit sur le poisson ? demanda Willow.

— Non. C'est juste un vœu — dans le langage des pierres. Ça veut dire quelque chose comme : « Puisse cet ornement rester en ma possession jusqu'à mon retour à la maison. »

C'était un bien long voyage, ce trajet qu'à l'aller ils avaient fait si vite, pourtant, Gwydion et lui, sur le dos d'Arondiel. Avon progressait d'un pas tranquille sur les routes poussiéreuses, et nombreux furent les paysans qu'ils croisèrent à admirer le magnifique cheval blanc et à s'enquérir de la terrible bataille livrée tout récemment sur le coteau de Werlame.

Will refusait de s'étendre sur le sujet. Il se contentait de hocher la tête en évoquant « une bien triste affaire ». Et quand il y pensait, il lui semblait que l'atrocité des scènes qu'il avait vues perdait de son acuité, que le souvenir s'en estompait pour se fondre dans les brumes du souvenir. Et pourtant, durant ce lent cheminement, il eut tout le temps de se rappeler le pitoyable roi et de réfléchir au destin qui s'annonçait pour le royaume. Il songeait au lorc, aussi, cette chose qui avait été pensée comme une bénédiction pour les hommes, mais qui pour finir avait instillé la haine dans leurs cœurs. Mais plus il se penchait sur ces grandes questions, plus leur sens lui échappait. Ce sur quoi les deux parties étaient tombées d'accord à Verlamion, c'était que le roi Hal continuerait de régner en nom et en titre, mais que l'autorité souveraine et le pouvoir de décision seraient entre les mains du duc Richard. Et Will se disait qu'après tout, c'était le genre d'arrangement qu'auraient conclu paisiblement deux habitants du val en vidant une chope de bière, sans qu'il y eût besoin d'élever la voix — sans parler d'estropier et de massacrer des hommes.

Et quand il contemplait le chagrin de Willow, il comprenait que les ravages de la guerre s'étendaient bien au-delà de ceux qui tombaient sur le champ de bataille, car comme le disait Gwydion, les actes que posent les hommes, qu'ils soient bons ou mauvais, se propageaient comme les ondes à la surface d'un étang et se répercutaient en fin de course sur tous les habitants de ce monde ; ils se traduisaient en joie ou en désespoir, pour le meilleur ou pour le pire.

Chaque jour, Will fit comme Gwydion le lui avait ordonné. Il lisait son livre, même s'il ne le vit jamais grossir comme il s'y attendait. Après chacune de ses lectures, il se surprenait à penser aux pierres batailleuses encore enfouies ici ou là, attendant d'être découvertes, et à ce que Gwydion lui avait dit : que le lorc n'était pas mort, même s'ils avaient réussi à lui arracher sa dent la plus pourrie. Will songeait aussi à l'étang profond de la destinée et se rendait compte à quel point Masgull avait été tout près de jeter son énorme pierre dans les eaux du monde vivant, les empêchant à jamais de revenir à leur niveau d'autrefois.

Qu'était-il devenu, en vérité ? Car il pouvait bien être encore en vie, et d'après ce que Gwydion avait laissé entendre, il semblait qu'il fût plutôt banni que défait. Et quand Will évoquait l'image du sorcier, les derniers mots de celui-ci tintaient aux oreilles de Will, et le mettaient à la torture :

— « Je t'ai fait, je puis aussi bien te défaire. » Qu'entendait-il par là, au juste ? demandait-il à la voûte céleste.

Mais elle ne répondait pas.

Au matin du troisième jour, ils chevauchaient sur les Hauts quand ils parvinrent à un endroit d'où Will pouvait voir l'Anneau du Géant. Ses mâchoires se crispèrent quand, en approchant du pouce tordu de la pierre du roi, il vit en contrebas les ruines de la pierre batailleuse, qui gisaient encore, éparpillées au sol — un gros morceau et une douzaine de débris plus petits. Il fit descendre Avon le long de la pente, vers l'amas de roches comme marquées de petite vérole, les restes du tombeau de la reine Orba. Avon refusa d'approcher de la terre écorchée alentour et Will lui fit faire un détour avant de s'éloigner. Quand ils atteignirent le chemin de transhumance, il sortit son livre et l'ouvrit avec des précautions solennelles.

Comme il entamait sa lecture, les mots qu'il prononçait soulevèrent un pan du manteau de protection magique et les bois qui couvraient les hauteurs du val apparurent, comme au sortir de la brume. Il sauta sur le dos d'Avon, tendit la main à Willow, la fit monter derrière lui et ils galopèrent un moment vers l'est. Avant longtemps, Nether Norton fut en vue, délicatement niché en contrebas. Les hirondelles les saluaient et n'en finissaient pas de tourner en boucle au-dessus d'eux, et Will sentit dans ses os un délicieux fourmillement. Puis ils plongèrent droit vers le val, et Willow n'en revenait pas de voir les bruyères et les ronces s'écarter pour leur laisser le passage.

Le sentier les mena, par les bois de Foxberry et ceux d'Overmast, jusqu'aux abords de la chaumière de Gundal. C'était un monde tout différent qui s'ouvrait ici, plus chaud, d'un vert plus tendre et caressé d'une lumière plus douce. Et le cœur de Will tressaillait d'une joie particulière, une sensation de légèreté, de sorte que dès qu'il posait ses yeux quelque part, les souvenirs des jours heureux lui revenaient, alors qu'il les imaginait à demi oubliés. Le sentier descendait en lacets entre les hautes futaies de hêtres gris, ombreux, à l'écorce veloutée, et comme ils approchaient de la demeure solitaire, un vol de pigeons blancs vint à leur rencontre, et l'un d'eux se posa sur l'épaule de Will.

Un chien aboya au seuil de la maison.

— Qui est là ? interrogea Ysenleda, la veuve de Gunal.

— Amis, fit Will, bien qu'elle les dévisageât comme si elle n'en croyait rien. Tu ne me reconnais pas, Ysenleda ? Par le soleil et la lune, moi je te reconnais, en tout cas !

Elle plissa les yeux, avant d'éclater de rire.

— Mais c'est Willand ! Pour ça oui, c'est bien toi... Mais comme te voilà changé ! Où sont passées tes nattes ? Et qui est cette jolie fille avec toi, perchée sur ce grand cheval ? Descendez de là, tous les deux, et venez donc partager une tasse de lait avec moi, si ça vous dit !

Ils s'exécutèrent, car ils avaient la gorge sèche et la veuve Ysenleda adorait parler du bon vieux temps avec tous ceux qui voulaient bien l'écouter. Will, quant à lui, était avide de savoir ce qui s'était passé dans le pays pendant ces deux ans, mais il finit quand même par se lever en annonçant qu'il leur fallait partir : en vérité, il ne tenait plus en place, tant il était excité à l'idée de rentrer chez lui tout de bon.

Ils arrivèrent au village par un chemin poussiéreux, Willow sur le dos d'Avon à présent et Will le menant par la bride. Rien n'avait changé. Nether Norton était tel qu'en lui-même.

Les garçons qui jouaient devant l'Homme vert eurent bien du mal à reconnaître Will. Leurs pères et leurs frères aînés cessèrent leurs palabres et le dévisagèrent un bon moment. L'enseigne au-dessus d'eux était le même vieux panneau de bois peint battu par les intempéries, mais aujourd'hui l'effigie arborait un sourire plus large que jamais.

— J'aurais préféré rentrer tout droit à la maison, murmura Will à l'oreille de Willow, mais j'ai l'impression que nous n'irons pas plus loin, pour l'instant.

— Mais qui voilà ? Si ce n'est pas Willand le coureur de chemins en personne ! s'exclama Chauve le Bon, pointant le doigt vers lui comme s'il avait vu un revenant. Hé, Breg ! Regarde qui s'en vient là ! Et les cheveux coupés court, et même quelques poils de barbe au menton !

Bregovina passa la tête sur le pas de la porte.

— Ah ça ! Voilà-t'y pas quequ'chose que j'pensais jamais voir !

En un clin d'œil, ils étaient déjà une demi-douzaine d'habitants du val sur le seuil. Ils tirèrent Will à l'intérieur de l'auberge et lui fourrèrent dans les mains une chope de bière en guise de bienvenue.

— C'est à peine si je te reconnais ! lança Baldulf, plus gras et le teint plus rose que jamais.

— Wybda nous avait dit à tous que t'étais trépassé ! s'exclama le tenancier de l'Homme vert. T'avais eu des embrouilles, qu'elle nous a dit, et aussi que les farfadets t'avaient rôti, et puis avalé !

— Si les farfadets l'ont mangé, fit Chauve le Bon, ils ont pas tardé à le recracher.

— Oh, j'ai jamais dit une chose pareille ! protesta Wybda du fond de la salle. (Elle avait toujours sa broderie.) Ce que j'ai dit c'est que ça m'surprendrait pas qu'il ait attappé la mort en s'en allant comme il a fait.

— Ah, faites pas attention à ce qu'elle raconte, cette vieille Wybda ! fit Baldulf, qui dévisageait Willow, à présent. Mais, et la politesse, alors, Will ? Tu nous présentes pas ?

Il se sentit tout intimidé.

— Voici une amie. Elle a nom Willow.

Elle leur sourit et tous, ils hochèrent la tête et se déclarèrent très heureux de faire sa connaissance. Puis Chauve le Bon alla quérir d'autres chopes de bière mousseuse qu'il fit passer à la ronde, de sorte que la salle puisse boire à la santé de Will et souhaiter la bienvenue à son amie. Mais Willow restait stupéfaite, car même si les habitants du val se montraient gentils avec elle et semblaient sincèrement ravis de voir Will de retour parmi eux, personne ne s'enquit de là où il s'était rendu ni de ce qu'il avait fait, ni même d'où venait Willow.

— C'est le manteau de protection magique, lui glissa-t-il tout bas. J'imagine que si Gwydion n'avait pas rendu les hommes du val un peu indifférents au monde extérieur, ils se seraient sans doute aventurés loin d'ici un jour ou l'autre et n'auraient jamais plus retrouvé le chemin du retour.

La nouvelle de leur arrivée se répandit vite, car tandis qu'il dégustait sa bière, Will vit apparaître à la porte de plus en plus de visages familiers.

— Et maintenant, dit-il en se levant quand il estima que la moitié du village était là, regardez tous ! Nous avons un cadeau pour vous, de la part du roi en personne !

Willow lui tendit la charte et Will lut à haute voix le contenu du document avec une telle fluidité qu'il y eut des oh ! et des ah ! d'étonnement et d'admiration. Puis ils commencèrent à poser mainte question : qu'est-ce que tous ces mots voulaient dire ?

— Cela signifie que le roi a promis qu'on ne pourra plus venir prélever l'impôt sur les habitants du val.

— Plus d'impôt ? Pour l'année entière ?

— Cette année. Et l'année prochaine. Et pour toujours.

Il y eut de la surprise, et de la joie, et des vivats, et quand Will se retourna, là aux derniers rangs de la foule, se tenaient Eldmar et Breona. Il courut à eux et ils s'étreignirent sans un mot, avec dans les yeux des larmes de joie.

— Mère, père, dit-il, prenant Willow par la main pour la conduire devant eux. Il y a là quelqu'un que j'aimerais vous présenter.

NOTE DE L'AUTEUR

Nulle part, dans *Le Langage des pierres*, il n'est fait mention de la Grande-Bretagne ou de l'Irlande, ou de quelque pays connu, car ils appartiennent à notre monde. Mais l'univers dans lequel Willand a grandi n'est pas totalement imaginaire ; il entretient avec le nôtre des rapports complexes, à la fois dans le temps et dans l'espace. Il existe des correspondances entre certains épisodes du livre et des événements qui se déroulèrent au XVᵉ siècle, entre les différents décors du roman et certains lieux qui relèvent de la géographie de la Grande-Bretagne.

Le lecteur qui aurait envie d'explorer ces décors peut démarrer son périple dans l'Oxfordshire, dans la région qui se situe à mi-chemin entre Oxford et Stratford-sur-Avon. Nether Norton, et le reste du val, ont probablement leur origine en cet endroit. Tout amateur de bière connaît certainement le nom de Hook Norton, mais il y a bien d'autres Norton dans le coin.

Non loin de là, se situe le plus oriental, et le plus charmant, des cercles mégalithiques de Grande-Bretagne, à proximité de la route qui relie Little et Great Rollright. On pourrait dire qu'il se trouve sur « les Hauts », car c'est le point dominant de la contrée. Associée à ce cercle de pierres, on trouve la pierre du roi, déformée et crochue, même si le roi en question ne se nommait pas forcément Finglas, ainsi qu'une tombe en ruine, qui était peut-être celle d'une reine du nom d'Orba.

Au sud de ce val putatif, coulent la Windrush et l'Evenlode, qui traversent les domaines seigneuriaux de Cornbury et de Blenheim. Par ici, tout dépendait autrefois de la grande forêt royale de Wychwood, d'une superficie de quatre cents kilomètres carrés. C'est à Woodstock que le roi Henri Ier entretenait une ménagerie d'animaux exotiques, même si sa collection ne comporta jamais de licorne. Les traces de cette forêt perdurent dans les noms de plusieurs villages qu'on trouve à l'ouest de la zone. La voie romaine connue sous le nom d'Akeman Street passait autrefois par Wychwood, et une portion en est encore empruntée de nos jours par les randonneurs qui utilisent l'Oxfordshire Way. Bien qu'il existât un Lord Strange dans l'Angleterre du XVe siècle, il ne vivait pas à Wychwood et rien ne subsiste de l'endroit où se dressait la tour du Lord Strange que Will a connu, sinon des douves. Il faut dire, et c'est dommage, qu'on n'a pas replanté de chênes dans ce qui fut la forêt de Wychwood — d'un autre côté, on n'y fabrique plus d'armes non plus. Le visiteur qui désirerait voir quelque chose de semblable à la tour de Lord Strange aurait avantage à se rendre à Castell Coch, dans cette nation que nous appelons le pays de Galles ou encore Cymru, et que Will a connue sous le nom de Cambray.

Le voyage qui mène Will et Gwydion à Clarendon les aurait conduits, aujourd'hui, à traverser la Tamise à Radcot Bridge (qui fut, au XIVe siècle, le théâtre d'une bataille), pour passer ensuite par Uffington, célèbre pour son cheval blanc. Il existe vraiment un mont du Dragon sous l'escarpement, et le Wormhill Bottom mentionné en passant dans l'histoire se trouve dans les Downs, juste au-dessus de Lambourn — fameux pour ses chevaux, bien sûr.

Si le voyageur des temps modernes veut bien grimper jusqu'à Ridgeway, non loin de Wayland's Smithy, et s'il tourne d'abord vers l'ouest puis vers le sud, il arrivera à Savernake Wood, près de Marlborough. Et de là, on a vite fait de rejoindre les sources de la Bourne, dont le cours suit plus ou moins la frontière entre Wiltshire et Hampshire, puis de redescendre vers Salisbury.

Les ruines de Celuai na Sencassimnh existent dans l'univers réel, bien que « les prairies des diseurs de contes » soient fréqentées, de nos jours, par des visiteurs en bien plus grand nombre qu'il ne s'en assembla jamais, aux jours fixés, parmi les pierres de Great Henge pour écouter les grandes gestes épiques qu'on y contait dans la vraie langue.

Les ruines d'Old Sarum et de l'Anneau de Figsbury existent encore, elles aussi, non loin de la moderne Salisbury, de même qu'il subsiste des traces de ce qui fut Clarendon Palace. C'est le lieu même où, dans l'été de 1453, le roi Henri IV d'Angleterre devint fou, précipitant ainsi les événements qui allaient aboutir à la guerre des Deux Roses.

Le lecteur en visite en Irlande y trouvera abondance de trésors du néolithique. Il est tentant de se persuader que les falaises où s'accrochent Will et Gwydion sont les Cliffs of Moher, dans le comté de Clare, parois de roche nue qui surplombent l'Atlantique, six cents pieds au-dessous. Perché au bord de ce précipice, on peut admirer les plus beaux couchers de soleil qui soient sur terre. Il faut dire cependant que le tumulus enfermant la jumelle de la pierre dragon pourrait bien se trouver plutôt le long de la côte découpée du comté de Kerry, du côté de Cnoc Breanainn.

Un petit bateau faisant voile au départ d'un port de la côte sud — disons Cobh, par exemple — essaierait probablement de prendre les vents dominants de secteur ouest qui balaient les eaux grises de la mer d'Irlande. Les habitants de l'une des îles jetées là pourraient bien reconnaître comme familier le lieu de naissance de Gwydion, Druidale. Mais supposons que l'embarcation contourne largement par le sud l'île d'Ellan Vannin et vienne finalement, en laissant à babord l'île de Lundy et en longeant la côte sud du pays de Galles, remonter l'estuaire de la Severn. Après avoir doublé Bristol et passant sous les deux magnifiques ponts suspendus qui relient aujourd'hui l'Angleterre et le pays de Galles, si elle arrivait à la bonne heure pour la renverse, elle profiterait du courant dénommé Severn Bore et se laisserait porter tranquillement jusqu'à Gloucester. Et là, son navigateur aurait loisir, pourquoi pas, d'aborder sur la rive est et de parcourir les collines, en direction du sud. Ce petit périple le conduirait tout près d'Uley, au pied de ce fameux tumulus tout en longueur connu sous le nom de Hetty Pegler's Tump.

Une autre randonnée, au nord, à travers les Cotswolds, mènerait le voyageur contemporain sur une ligne qui coïncide avec le périple effectué par Will et Gwydion. Dans ce cas, il suivrait un chemin parallèle à la voie romaine connue sous le nom de Foss Way. Il pourrait la croiser finalement, et laisser ses pas le porter dans le Warwickshire et puis vers l'ouest, par les extrémités nord de l'Oxfordshire, en traversant l'une des régions du Northamptonshire où sont les sources de la Cherwell. Le lecteur attentif s'amusera sans doute à repérer l'endroit où reposait autrefois la pierre dragon, même si les noms des villages ont subi, eu égard au temps passé, quelques altérations.

En empruntant une route orientée toujours plus au nord-est et en suivant le cours de la Nene — qui la mène irrésistiblement vers le Wash —, l'explorateur moderne se trouverait traverser d'abord les vestiges de la grande forêt de Rockingham. À l'est de Geddington, lieu réputé pour abriter la croix d'Eleanor, on tombe sur le village de Waddenhoe sur la Nene. À huit kilomètres de là, vers le nord, on traverse Oundle et à huit kilomètres encore, toujours au nord, Fotheringhay. C'est, de nos jours, un charmant petit village, avec une église extraordinaire, bien trop grande, semble-t-il, pour une communauté si modeste. Il n'y a pas grande difficulté, à présent, à traverser la rivière, mais si l'on se donne la peine de jeter un coup d'œil à l'arrière des bâtiments de ferme qui se dressent tout à côté du pont, on découvre une levée de terre : les fondations de ce qui fut autrefois un château opulent.

Dans le monde réel, celui de Fotheringhay eut son heure de gloire au XVe siècle, pour avoir été l'une des places fortes de Richard, duc d'York, et le lieu de naissance de son fils Richard, duc de Gloucester, qui devait devenir le roi Richard III d'Angleterre. Un siècle plus tard, Fotheringhay revêtit un manteau d'infamie pour avoir été le théâtre d'un meurtre légalisé par les autorités judiciaires, car c'est dans la grande salle du château que la courageuse Mary, reine d'Écosse, fut décapitée. Quand son fils Jacques VI d'Écosse accéda au trône d'Angleterre au siècle suivant, il fit détruire la salle ainsi que la petite pièce de réunion octogonale qui la jouxtait, joyau d'architecture qu'il ordonna d'effacer, avec les souvenirs pénibles qui s'y attachaient. Dans la foulée, il fit araser le château, de sorte que c'est à peine s'il en subsiste quelques pierres. Mais la levée de terre des fondations est toujours là et l'on dit que des chardons lancéolés y poussent chaque été, et qu'on y voit parfois errer, par les nuits d'automne, quand les bancs de brume arrivent en dérivant des Fens, une forme fantomatique.

Le Shropshire, aux limites du pays de Galles, s'enorgueillit de posséder une autre des forteresses de Richard d'York, celle de Ludlow. Ludlow est une jolie cité historique, qui garde encore une grande part des éléments de son château. En visitant, il n'est pas interdit de se pencher sur le puits, l'un des plus profonds visibles en Angleterre. Quand Will quitte Ludford, il arpente en compagnie de Gwydion les « Middle Shires », et nombre des endroits qu'ils traversent ensemble ont leur équivalent dans le monde d'aujourd'hui. Le « champ de ciboule » de la pierre du fléau est un indice qui permet de retrouver les parages de la grotte d'Anstin, tout comme le nom de Cheddle.

Les « charmants villages le long de la Rea », où Will passe son quinzième anniversaire, sont désormais engloutis par Birmingham, mais les neuf hameaux dont les noms se terminent en « stone » existent sous différentes formes dans l'univers contemporain et tous, sauf Atherstone, sont blottis au nord de Market Bosworth dans une région minuscule, logée dans un carré de six kilomètres sur six.

Le jeune Shakespeare entama sa carrière de dramaturge en racontant le « différend entre les deux célèbres familles de York et de Lancaster », ou encore, la guerre des Deux Roses. Un coup d'œil sur sa pièce *Henry VI* — spécialement le troisième acte — livrera au lecteur quelques indices relatifs aux personnages principaux — s'il est attentif, il y découvrira d'autres connexions.

Tout familier du fameux barde de Stratford-sur-Avon hochera probablement la tête en voyant mentionner le « district d'Arden ». Wooton Wawen a bien un taureau noir, mais il n'est pas certain que des « bêtes ailées dévoreuses d'hommes » aient jamais été élevées en cet endroit. Il n'existe nulle part en Angleterre d'Aston Oddingley, ni aucun domaine ayant appartenu à un certain Lord Clifton, mais il y a bien un Oddingley, du côté de Worcester, et il y eut deux Lord Clifford, le père et le fils, qui se couvrirent suffisamment d'opprobre pour figurer dans les chroniques du XVe siècle.

En ce qui concerne les autres noms et titres de seigneurs, il nous faut préciser qu'il n'y eut jamais de duc de Mells en Angleterre, bien qu'il existe un village de ce nom — encore un endroit qui possède une église démesurée par rapport à ses modestes proportions. Il est dans le Somerset, et son cimetière abrite l'un des plus grands poètes épiques d'Angleterre. Et il se pourrait que le fameux Jack Horner de la comptine ait quelque chose à voir avec Mells.

Le galop d'Arondiel aurait pu conduire Will et Gwydion, par l'Oxfordshire et le Buckinghamshire, jusqu'à la colline qui marque le début (ou la fin) de la voie romaine de Ridgeway. Ils traversent « Thring, Wing et Ivangham », dont les noms font écho aux trois fiefs qui, d'après une ancienne chanson populaire, furent trahis par un certain seigneur qui s'était querellé avec le prince noir. Sir Walter Scott reprit ce nom, sous la forme d'Ivanhoé. De nos jours, il existe trois villes — Wingrave, Tring et Ivinghoe — au voisinage de la brèche de calcaire.

Et voici que le voyageur contemporain arrive enfin dans l'Hertfordshire, dans la ville qui abrite la cathédrale St Alban. Les Romains dénommaient Verulamium leur cité voisine, et c'est à St Alban, en mai 1455, qu'une armée rassemblée autour de la personne du roi Henry VI, et une autre, commandée par le duc d'York et le comte de Warwick, vinrent exiger réparation pour des torts réels ou supposés. Si le voyageur visite St Alban par un jour d'été, il pourrait avoir la chance de trouver ouverte la tour du beffroi. Il arrive même qu'on puisse avoir accès à l'escalier qui donne sur le toit et ainsi, contempler la ville du haut depuis le toit comme le fait Masgull dans une tour semblable, tandis que la bataille fait rage à ses pieds. Dans la cathédrale, on peut se mettre en quête d'une pierre plate de couleur noire « cassée net en deux morceaux ». On la trouvera adossée au mur dans l'aile sud du presbytère, tout près du tombeau. Si d'aventure on a l'occasion de se rendre dans une autre immense cathédrale, au nord, où l'archevêque porte le titre d'« Ebor », on y trouvera une autre pierre intéressante. Celle-là est emprisonnée au fond d'une crypte et a nom « pierre du destin ».

Il ne faut pas perdre de vue qu'un roi d'Angleterre, au XVe siècle, disons Henry VI, par exemple, avait une conception tout autre que la nôtre de l'histoire et de la géographie de son pays. Nous disposons de cartes précises qui nous renseignent sur le territoire que nous habitons et nous montrent comment ses différentes parties sont reliées entre elles. Nous nous déplaçons aisément dans tous les recoins de notre royaume. Et nous bénéficions de trois siècles d'études, de recensement et d'investagation scientifique, durant lesquels les universitaires ont exploré notre passé pour le déchiffrer. Aucun des monarques du Moyen Âge ne disposait d'un tel trésor. Devant Henry se déployait un monde incertain, curieux mélange de religion, de chroniques embrouillées et de mythes destinés à servir la notion de souveraineté, telle l'*Historia Regum Britanniae*, composée par Geoffrey de Monmouth au milieu du XIIe siècle. Ce récit mystique cherchait à construire de toutes pièces pour l'Angleterre un héritage dont elle pût être fière, et ce faisant, à offrir à ses monarques un pedigree exaltant. Le nom de « Trinovant », qui en étonnera certains, est mentionné à plusieurs reprises dans *Le Langage des pierres*. Il fait référence à une imposante cité ceinte de remparts sur les berges de la Iesis, qui fut un jour, semble-t-il, le siège du gouvernement. Dans l'ouvrage de Geoffrey, on raconte comment un dénommé Brutus, en fuite après la chute de Troie, vint s'établir et fonder une nouvelle capitale dans une île qu'il nomma, d'après son propre nom, Britain. Cette capitale s'appelait Troy Novant, la Nouvelle Troie, de même — ou presque — que celle de Will.

Il faut se rappeler, enfin, que dans cette époque médiévale depuis longtemps enfuie, il était d'usage de croire en la magie, ses géants et ses dragons. Les spectres jumeaux de la peur et de l'émerveillement arpentaient les chemins ombreux de l'Angleterre ; à présent que nul n'y croit plus, qui peut dire s'il faut s'en réjouir ou le regretter ? L'univers de Will a été imaginé, à dessein, comme un monde dans lequel les fantaisies excentriques qui hantaient l'esprit des hommes du Moyen Âge n'étaient pas considérées comme probables, mais bien réelles.

APPENDICE I

Sur les âges du monde

L'assertion des druides

« Le monde est tel que nous le croyons. » Ainsi l'affirme le dit. Avant qu'il y ait des yeux pour voir le monde et des esprits pour le comprendre, il n'était pas de monde dont on pût parler. Et par la suite, bien des choses se mirent en place au temps des fées, quand il n'y avait que les glaces. De cela nous n'avons pas de savoir certain, et donc ceux qui cherchent à retracer l'histoire du monde commencent par dire : « Au commencement, étaient les glaces... »

Extrait du Livre des âges

Et quand le pouvoir du soleil crût et que se retirèrent les glaces, il apparut que les terres noyées étaient devenues océan et que la terre d'Albion était une île. Et après cela vint l'âge des arbres et là, parmi leurs tours de verre, vivaient les nobles fées en un temps hors de toute mémoire, et ce sont elles qui plantèrent les arbres quand les glaces eurent disparu.

Et peu après ces événements arrivèrent des hommes sur cette terre, et ces premiers hommes étaient différents de ceux qui vinrent après eux, car ils étaient grands et forts, avaient le parler doux et le rire sonore. Ils vivaient longtemps et ne manquaient de rien, car leurs jours étaient comptés en un temps de magie où l'univers était plus clément à l'homme.

Mais à mesure que la magie déclinait dans le monde, le mal commença de croître et le premier âge toucha à sa fin. Les fées choisirent de quitter la terre d'Albion. Elles se retirèrent dans le royaume du dessous, et léguèrent le royaume de l'air et de la lumière aux premiers hommes, qui en furent attristés, comme l'est un enfant qui voit partir des parents aimants.

Mais après cela, les hommes d'Albion vécurent en paix sur leur terre, avec le savoir et la sagesse que les fées leur avaient transmis gracieusement. Et pourtant, après nombre de générations, vint une terrible calamité, et les premiers hommes disparurent à leur tour. Pour les îles, vint le temps de la désolation. Et de cet âge nul ne compta les années, car la terre était occupée par les vouivres et les dragons, mâles et femelles. Des géants hideux habitaient les montagnes, des ogres et des créatures mi-hommes, mi-bêtes, et des êtres terrifiants infestaient les cercles de pierre du Nord montagneux. L'obscurité était partout.

Et ces îles furent placées sous un lugubre manteau d'effroi, car pas un homme n'osait, venant de l'est, se risquer jusqu'aux falaises de Wight, de crainte d'être jeté hors de son embarcation et dévoré par les monstres qui peuplaient alors ces îles, et ce temps fut appelé l'âge des géants.

C'est alors qu'arriva un héros, un homme du nom de Brea qui, exilé de son propre pays, était à la recherche d'un lieu où s'établir. Il arriva sur les îles par l'est, et certains prétendent qu'il venait du royaume nommé Armor, et avec tous ses frères et leurs vaillantes familles, il parvint en Albion et défit les géants, prit possession des îles qui connurent de nouveau la présence des hommes. C'est ce qu'on nomma l'âge de fer.

La lignée de Brea régna pendant plus de mille ans, jusqu'à ce que finisse l'âge de fer, et que commence celui de l'esclavage et de la guerre... Ce temps dura mille ans, jusqu'à la venue de Gillan le Conquérant. Et ce fut alors le cinquième âge du monde, le nôtre, qui, parce qu'il est incertain, s'appelle l'âge de la querelle.

L'âge des arbres
L'âge des géants
L'âge de fer
L'âge de l'esclavage et de la guerre
L'âge de la querelle

APPENDICE II

Les rois de la lignée de Brea

Les treize premiers monarques porteurs du sceptre

1	Brea	Triompha des géants Magog et Gogmagog
2	Loegrin	Fils de Brea
3	Gwendolin	Reine, épouse bafouée de Loegrin
4	Maddan	Fils de Loegrin et de Gwendolin
5	Memprax	Fils de Maddan ; régna en tyran
6	Ibrax	Fils de Memprax
7	Ibron	Dit « Brea Scathgiree », fils d'Ibrax
8	Liele	Fils de Brea Scathgiree
9	Hudibrax	Fils de Liele
10	Bladud	Dit « Bladud le Lépreux »
11	Leir	Fils unique de Bladud, dit « le Grand »
12	Cordelin	Reine, troisième fille de Leir
13	Goneril et Regan	Reines, première et deuxième filles de Leir ; elles exercèrent le pouvoir ensemble.

Les rois de la lignée de Brea au temps des tyrans faiseurs d'esclaves

77	Hely	Fils de Dagwen
78	Ludd	Fils aîné d'Hely, et roi de grand renom

79 Cawalan	Second fils d'Hely, repoussa les tyrans
80 Tervan	Troisième fils d'Hely
81 Cunobelin	Fils de Trevan
82 Carutax	Fils aîné de Cunobelin ; défait par les tyrans
83 Avirax	Fils cadet de Cunobelin
84 Maric	Fils d'Avirax, dit « Avirax le traître »

Les rois de la lignée de Brea au temps d'Arthur

99 Orelin	Dit « le Vieux » ; succéda à son frère
100 Uther	Petit-neveu d'Orelin
101 Arthur	Fils d'Uther, Arthur le Grand

Remerciements

Je tiens à remercier tous ceux qui m'ont aidé dans la préparation de cet ouvrage, et tout particulièrement Jane Johnson, Sarah Hodgson, Chris Best, Jessica Woollard, Toby Eady, Mary Judah, Tom Robinson, David Wingrove et Ian O'Donnell — Slàinte.

Table des matières

PREMIÈRE PARTIE

UN ENFANT, UN HOMME

DEUXIÈME PARTIE

LES FORCES TELLURIQUES

TROISIÈME PARTIE

AU PLAISIR DU DUC D'EBOR

QUATRIÈME PARTIE

LA MISE À L'ÉPREUVE DE WILL

N.B. Dans les romans du Cycle des pierres, il n'y a jamais de chapitre treize.

Achevé d'imprimer sur les presses de

BUSSIÈRE

GROUPE CPI

à Saint-Amand-Montrond (Cher)
en mars 2005
pour les Éditions du Pré aux Clercs
12, avenue d'Italie
75013 Paris

Composition : Facompo, Lisieux

N° d'édition : Q00216/01. — N° d'impression : 050909/1.
Dépôt légal : mars 2005.

Imprimé en France